Matt Ruff:
Fool on the Hill
Roman

Deutsch von Ditte König
und Giovanni Bandini

Deutscher
Taschenbuch
Verlag

dtv

Ungekürzte Ausgabe
Oktober 1993
2. Auflage Dezember 1993
Deutscher Taschenbuch Verlag GmbH & Co. KG,
München

Titel der amerikanischen Originalausgabe:
›Fool on the Hill‹ (Atlantic Monthly Press, New York)

ISBN 3-446-15878-2
Umschlagtypographie: Celestino Piatti
Umschlagbild: Dietrich Ebert
Satz: Fotosatz Amann, Aichstetten
Druck und Bindung: C. H. Beck'sche Buchdruckerei,
Nördlingen
Printed in Germany · ISBN 3-423-11737-0

Das Buch

»Als es in Delaware Abend wurde, verließ die schönste Frau der Welt die Hauptstadt und wanderte auf der Bundesstraße 13 in Richtung Norden. Ihr Name war Kalliope, und sie hinterließ auf ihrem langen Weg eine Kette sorgfältig gebrochener Herzen ...« Nicht alle Universitäten sind graue Klötze aus Fertigbeton irgendwo vor der Stadt. In Amerika sieht's freundlicher aus. An einem windstillen Sommertag auf dem sonnenüberglänzten Campus der Cornell University beginnt diese Geschichte. Der junge Schriftsteller S. T. George steht im Begriff, einen Drachen steigen zu lassen und sich in eine Frau zu verlieben, die zu diesem Zeitpunkt allerdings noch einige hundert Meilen entfernt ist. Der Kobold Puck verfolgt die Dame Zephyr in seinem Doppeldecker bis auf den Friedhof, und im fernen New York machen Blackjack und Luther sich auf den Weg in den Himmel für Hunde und Katzen. Nur Walter Smith ist nicht glücklich, denn er weiß nicht, wie er seine über alles geliebte Tochter Aurora befreien soll aus ihrer Verlobung mit einem tödlichen Langweiler. Trotzdem wäre sicher alles ganz friedlich geblieben, hätte Stephen Titus George nicht diesen Grabstein mit der Aufschrift PANDORA entdeckt, unter dem das Ungeheuer Rasferret darauf wartet, die Welt zu erobern. »Ein echter Hit: witzig, frech und flott erzählt ... Don Quixote de la America: von Herzen gut, von Grund auf fröhlich und am Ende immer wieder obenauf.« (Angelika Ohland im ›Deutschen Allgemeinen Sonntagsblatt‹)

Der Autor

Matt Ruff wurde 1965 in New York geboren und wuchs als Sohn eines lutheranischen Pfarrers in Queens auf. Er studierte bei Alison Lurie und schloß 1987 sein Studium an der Cornell University, Ithaca, ab.

Zueignung

Den Bohemiern in Dankbarkeit,
den grauen Vrouwen in Zuneigung
und Frau Fortuna
in Liebe

Verzeichnis der Hauptpersonen

Stephen Titus George, *ein Geschichtenerzähler*
Aurora Borealis Smith, *die Tochter eines Nonkonformisten*
Mr. Sunshine, *ein griechisches Original*
Kalliope, *die schönste Frau der Welt*

Die Bohemier

Löwenherz, *König von Bohemia*
Myoko, *Königin der Grauen Vrouwen*
Ragnarök, *bohemischer Verteidigungsminister*
Prediger, *bohemischer Minister für Moralfragen*
Z. Z. Top, *bohemischer Minister des Schlechten Geschmacks*
Fujiko, *eine Graue Vrouwe*
Woodstock, *bohemischer Minister des Ungestüms*
Bettelstab, *bohemischer Minister der Lust*
Aphrodite, *bohemische Ministerin der Liebe*

Andere Menschen

Jinsei, *Ragnaröks Liebe und Predigers Geliebte*
Walter Smith, *Auroras Vater*
Brian Garroway, *Auroras Freund*
Wachtmeister Nattie Hollister, *eine Polizistin*
Wachtmeister Samuel Doubleday, *ein Polizist*
Shen Han, Amos Noldorin und Lucius DeRond,
die drei Präsidenten der Tolkienia
von Grautsch, Tchikovsky und Harp, *die drei Architekten*
Catherine Reinigen, *Auroras Freundin*

Die Kobolde

Hobart, *Ältester und Hüter des Glockenspiels*
Zephyr, dessen Enkelin
Puck, *Zephyrs Liebhaber*

Hamlet, *Pucks bester Freund und Ratgeber in Liebesangelegenheiten*
Saffron Dey, *Pucks Gespielin*

Hunde und Katzen

Luther, *eine Promenadenmischung*
Blackjack, *ein Manxkater*
Excalibur III., *verwirrter Schäferhund und Direktor des Instituts für kynologische Studien der Cornell University*
Edel, *ein Bernhardiner*
Skippy, *ein Beagle*
Rover-der-Ätzer, *ein Rasta-Puli*
Bucklette, *eine rechtsorientierte Collie-Hündin*
Rex Malcolm, *König von Luthers und Blackjacks Heimatviertel*

Fieslinge

Rasferret der Engerling
Zer, *eine Ratte*, *General von Rasferrets Armee*
Der Grüne Drache
Die Gummimaid
Der Bote
Drakon, *ein Irischer Wolfshund*
Jack Baron und die Korpsbrüder der Rho Alpha Tau
Laertes, *Saffron Deys rachgieriger Bruder*

Prägnante Randfiguren

Denman Halfast IV., *Ithacas führender Slumspekulant & Mietwucherer*
Fantasy Rastamop und die Provo-Patrouille Blaue Zebras
Joe Scandle, *ein schwarzer Aktivist*
und
Ezra Cornell als er selbst

Anmerkung des Verfassers

Die Cornell University ist natürlich ein realer Ort, und man könnte darüber beliebig viele wahre Geschichten erzählen; und man hat es auch getan. ›Fool on the Hill‹ aber ist, trotz der zahlreichen darin enthaltenen Anspielungen auf wirkliche Ereignisse und lokale Legenden, in erster Linie ein Werk der Phantasie. Das hier beschriebene Cornell ist ein Schatten-Cornell, dem wirklichen ähnlich und zugleich davon verschieden; die Personen, die hier leben und lieben, haben niemals existiert, wenngleich sie es durchaus hätten tun können.

Geschichts-Freaks seien vorab gewarnt, daß selbst da, wo der Autor in das Reich realer Begebenheiten abschweift, diese oft gemäß den Anforderungen der Erzählung verändert worden sind. Ein solcher Fall, der besondere Erwähnung verdient, betrifft die 1969 erfolgte Besetzung der Willard Straight Hall durch schwarze Studenten. Im vorliegenden Buch wird der »Kommando-Angriff«, bei dem eines Samstagmorgens eine Gruppe von Weißen versuchte, das Gebäude zurückzuerobern, der erfundenen Verbindung Rho Alpha Tau zugeschrieben; in Wirklichkeit gehörte die Mehrheit der Angreifer zur Delta Ypsilon. Hiermit möchte der Verfasser jedoch in keiner Weise unterstellen, die D. Y. ähnele in irgendeiner sonstigen Hinsicht seinen Rho Alphas. Es ist zu hoffen, daß keine Studentenverbindung das tut; wenngleich es andererseits nett wäre, irgendwo ein wirkliches Tolkien-Haus zu entdecken.

Ich möchte den folgenden Personen und Einrichtungen danken und zugleich all diejenigen um Verzeihung bitten, die ich möglicherweise vergessen habe: den Professoren Bob Farrell, Alison Lurie, Lamar Herrin und Ken McClane vom Cornell English Department, meiner Agentin, Melanie Jackson, und meinen Lektoren, Anton Mueller und Morgan Entrekin, dafür, daß sie diesem Buch zur Veröffentlichung verholfen haben; der Stadt Ithaca, der Cornell University und dem Prudence Risley Residential College dafür, daß sie mir vier Jahre lang etwas zu tun gegeben haben; Jeff Schwaner und Lisa V. für Freundschaft, Poesie und billiges Bier, wenn ich welches brauchte; Susan Hericks dafür, daß sie die einzige wirkliche Heilige in der Stadt ist; Thalia für mütterliche Ratschläge; Suzie Q. für den Verlust der Unschuld, Julie K. für den Verlust der Selbstsicherheit und Muffy für astreinen Stoff; Chuck für weiteres billiges Bier; und Jenny New Wave einfach dafür, daß er ist, wie er ist.

Dank auch Erica Ando, für die ich wirklich ein Buch geschrieben habe; den Leuten von der Dewitt Historical Society, die mir im letzten Augenblick noch bei Recherchen geholfen haben; Brad Krakow von Risley Dining, der mich mit kostenlosem Kaffee versorgt hat; den engelsgleichen Angestellten der Risley Hall; und schließlich den Angehörigen der Campus- und der Stadtpolizei von Ithaca, die mir bei ein paar technischen Fragen weitergeholfen haben und in Wirklichkeit viel lockerer und längst nicht so Clint-Eastwood-mäßig sind, wie im Buch dargestellt. Sollten sie sich je dazu durchringen können, die Fingerabdrücke meiner Freundin zurückzuschicken, werde ich sie sogar noch mehr in mein Herz schließen.

Fool on the Hill

1866
Dämmerung im Tal

Mr. Sunshine betritt die Stadt erstmals an einem Frühlingstag des Jahres 1866, kurz vor Sonnenuntergang. Starke Regenfälle haben Wege und Straßen in Schlammsuppe verwandelt. Das sind nicht gerade die Witterungsverhältnisse, die Mr. Sunshine bevorzugt, doch ein Geruch lockt ihn immer weiter – ein süßer Geruch, den der frische Regenduft nicht zu übertönen noch fortzuspülen vermag: der Geruch von Geschichten.

Die Stadt liegt in einem Tal am Ufer eines langgestreckten Sees und trägt den Namen einer fernen griechischen Insel – so fern, daß sie nur wenig mehr als ein Traum ist. Ithaka, Heimat des sagenumwobenen Odysseus. Mr. Sunshine weiß diesen Namen zu schätzen, da auch er aus Griechenland stammt, ja, ein griechisches Original ist. In jüngeren Jahren ist er ziemlich weit in der Welt herumgekommen, doch neuerdings hält er sich fast nur noch in seiner Bibliothek auf – außer wenn ihn der Wunsch nach neuem Stoff hinaustreibt.

Und so trifft es sich, daß er von Westen her auf der Owego Street (die bald in State Street umbenannt werden wird) stadteinwärts geht, während hinter ihm die Sonne sinkt und ringsum Gaslaternen gegen die nahende Dunkelheit anzuleuchten beginnen. An der Kreuzung mit der Fulton Street ist ein Pferd samt Einspänner hoffnungslos im Morast steckengeblieben, doch Mr. Sunshine schreitet ungehindert fürbaß. Ebensowenig hält ihn die Bürgerschaft von Ithaca auf, die, bemerkte sie seine sonderbare Kleidung, mit Sicherheit zur gaffenden Horde zusammenliefe: Schon die antiken Sandalen an seinen Füßen reichen völlig aus, um ihn als einen ausgeflippten Typen kenntlich zu machen. Dennoch – und obwohl er auf seinem Weg in die Stadt viele Menschen sieht und von vielen gesehen wird – erregt er keine unerwünschte Aufmerksamkeit, stößt er auf keinerlei Schwierigkeiten.

Auf der Corn Street verfolgen zwei Polizeibeamte gerade ein abtrünniges Schwein; ehemals als Familienmüllschlucker in einem nahe gelegenen Haus tätig, beschloß das Borstentier, sich als Freiberufler zu versuchen. Mr. Sunshine schaut ihm nach, wie es (die sich abstrampelnden Polizisten im Schlepptau) den Häuserblock hinanstürmt, wendet sich dann ab und wirft einen ersten langen Blick auf den Hügel. Es gibt viele Hügel rings um die Stadt, doch nur einer ist für Mr. Sunshine von Bedeutung. Dieser Hügel, der Hügel, erhebt sich am östlichen Rand Ithacas. Er wird von zwei bewaldeten Klammen durchschnitten – der Cascadilla-Creek- und der Fall-Creek-Schlucht –, aber abgesehen von diesen Naturwundern hat er wenig zu bieten ... fürs erste jedenfalls.

Doch es wird einst ein Mann kommen, denkt Mr. Sunshine und blickt – nicht ganz so mühelos, wie er diese morastige Straße hinunterschaut –, weit in die Zukunft, ein Mann voller Träume, verliebt in die Liebe, ein Mann mit einem Drachen und dem Namen eines Heiligen. Und eine Frau mit dem Namen einer Prinzessin, die für das, was er ihr geben kann, Verwendung hat...

Außer diesen beiden sieht er noch weitere Personen: eine seltsame Meute moderner Ritter, die ebendiese Straße hinaufpreschen werden, einen Hund auf der Suche nach dem Himmelreich, eine Fee mit Flügeln aus Fichte und Marienseide. Doch es ist noch ein weiter Weg bis dahin; die Geschichte, die ihn angezogen hat, wird erst in über hundert Jahren ihren wirklichen Anfang nehmen. Das ist schon in Ordnung; so wird er Zeit für Vorbereitungen haben, Zeit, ein wenig mitzumischen.

Dämmerung. Am Himmel verblaßt das letzte Rot des Tages, macht Platz für sternenübersäten Samt. Es ist kein Mond da, was Mr. Sunshine deprimierend findet, aber man kann schließlich nicht alles haben. Beim Licht der Gaslaternen nähert er sich der Kreuzung Owego und Aurora Street, wo das Hotel Ithaca steht. (Es wird fünf Jahre später, während einer nächtlichen Feuersbrunst, ebenso wie Dutzende benachbarter Gebäude bis auf die Grundmauern niederbrennen.) Zwei Männer stehen vor dem Hotel und diskutieren – oder besser: beenden gerade eine Diskussion.

»Sie sind ein gottverdammter Narr«, schreit der kleinere, breitere von beiden, »wenn Sie glauben, die Bevölkerung von Ithaca werde sich die Gründung eines – eines Oberlins innerhalb ihrer Stadtgrenzen einfach so bieten lassen!«

»Die gemeinsame Erziehung der Geschlechter ist ein gesundes Prinzip«, erwidert der andere Mann in ruhigerem Ton. Hochgewachsen, schwarzer Mantel und Zylinder: ein vermögender

Mann mit einem grauen Bart, der so lang ist wie das Gesicht seines Kontrahenten. »Ich glaube nicht, daß unsere Mitbürger noch irgendwelche Einwände erheben werden, wenn die Universität erst einmal den Lehrbetrieb aufgenommen hat. Wir hoffen, mit der Zeit alle nur erdenklichen Disziplinen anbieten zu können ... und zwar jedem Interessenten, gleich welchen Geschlechts.«

»Seien Sie jedenfalls versichert, mein Herr«, sagt der untersetzte Bursche in abschließendem Ton, »daß keines meiner Kinder, gleich welchen Geschlechts, je eine solche Einrichtung besuchen wird.«

»Zweifelsohne«, pflichtet ihm der hochgewachsene Mann bei. »Zu den Studiengängen, die mir vorschweben, rechne ich natürlich nicht den zum Erwerb der Fähigkeit, sich wie ein aufgeblasener Esel aufzuführen – was mutmaßlich die einzige Ihrem Nachwuchs gemäße Bestrebung sein dürfte.«

Womit der zivilisierte Teil der Diskussion erledigt wäre. Der Kleinwüchsige bläht seine Backen auf, als versuchte er, zu explodieren und den Großen mitzunehmen; als seine Bemühungen erfolglos bleiben, vollführt er eine beidhändige Gebärde, die man in diesen Breiten nur selten zu Gesicht bekommt, macht kehrt, stolpert über seine eigenen Füße und fällt längelang in den Schlamm. Abermals vom vergeblichen Wunsche durchdrungen, ein Sprengkörper zu sein, rappelt er sich wieder auf, wobei sein gleichfalls schwarzer und nicht billiger Mantel von Matsch und Pferdemist trieft, und stapft von dannen (quietsch, quaatsch, quietsch). Das zunehmende Dunkel verschluckt ihn.

Mr. Sunshine tritt näher und macht sich bemerkbar; trotzdem empfindet der große Mann, als er seiner ansichtig wird, keinerlei Überraschung oder Empörung ob seiner seltsamen Aufmachung. »Denman Halfast«, erklärt er anstelle eines Grußes und zeigt dabei auf seinen im Rückzug begriffenen Gegner. »Hiesiger Großgrundbesitzer: wenn sich mit seinen Liegenschaften auch sein Horizont erweitert hätte, könnte er jetzt eine wahre Säule des Gemeinwesens sein.«

»Und Ihr werter Name?«

»Cornell.« Der große Mann lüftet den Hut, hustet dann; er ist nicht mehr der Jüngste – schon seit geraumer Zeit nicht mehr. »Ezra Cornell.«

»Der Millionär.« Mr. Sunshine nickt, ohne sich seinerseits vor-

zustellen. »Einer der Gründer der Western and Union Telegraph. Ich habe schon von Ihnen gehört. Und täusche ich mich, oder haben Sie wirklich von der Gründung einer Universität gesprochen?«

»Da oben.« Cornell zeigt auf den Hügel, jetzt kaum mehr als ein Schattenriß; die Sonne ist endgültig hinter dem Horizont verschwunden, und in wenigen Minuten wird völlige Finsternis herrschen.

»Da oben«, wiederholt Mr. Sunshine und nickt abermals. Klingt ganz vernünftig. »Viele Menschen werden einst hierherkommen. Viele Personen...«

»Ich glaube nicht, daß ich Sie schon einmal gesehen habe«, sagt Cornell. »Sind Sie viel auf Reisen?«

»Manchmal«, bestätigt Mr. Sunshine.

»Was führt Sie nach Ithaca?«

»Geschichten«, lautet die Antwort. »Ich bin ein Geschichtenerzähler auf der Suche nach einer neuen Fabel. Vielleicht kann ich was aufschnappen.«

Ezra Cornell runzelt kaum merklich die Stirn. »Geschichtenerzähler. Sie schreiben Romane?«

»Ich schreibe, ja. Mißbilligen Sie das?«

»Nun«, Cornell räuspert sich, »ich schätze gewiß die schöne Literatur –«

»Ich auch«, sagt Mr. Sunshine. »Besonders gern beschäftige ich mich mit den Klassikern: Chaucer, den altnordischen Sagas, den Heiligenviten, Shakespeare, der griechischen Mythologie natürlich –«

»– natürlich«, schaltet sich Cornell wieder ein, »aber Unterhaltungsliteratur habe ich von jeher für eine schlichte Vergeudung von Zeit und Gelehrsamkeit gehalten.«

»Dann können Sie ganz unbesorgt sein«, beruhigt ihn Mr. Sunshine. »Verstehen Sie mich recht, ich bin kein gewöhnlicher Erzähler, kein Schreiberling, der mit billigen Erfindungen tändelt. Ich bin ein Geschichtenerzähler; ich schreibe ohne Papier, und alle meine Dichtungen, Ezra, sind wahr.«

Cornell sieht ihn verständnislos an, und Mr. Sunshine antwortet mit einem Lächeln.

»Schon gut«, sagt das griechische Original. »Kommen Sie, begleiten Sie mich. Ich möchte mir Ihren Hügel ansehen... und schauen, was ich damit anfangen kann.«

Erstes Buch
Die Straße zum Hügel

Der Schutzheilige der Tagträume

I

An einem windstillen Sommertag eines unbestimmten Jahres, mehr als ein Jahrhundert nach der Gründung von Cornell, erklomm ein Mann, der vom Lügen lebte, den Hügel, um einen Drachen steigen zu lassen. Er war ein (selbst für einen professionellen Lügner) erstaunlich reicher junger Mann, und er wohnte allein in einem knallgelben Haus in der Stewart Avenue.

Der Lügner (auch als Schriftsteller bekannt) ging mit flottem Schritt den Libe Slope hinauf, und so sehr war er an die Steigung gewöhnt, daß er kaum ins Schnaufen und schon gar nicht ins Keuchen kam. Auf halber Höhe blieb er stehen und warf einen prüfenden Blick gen Himmel; es sah nach Regen aus, doch vorläufig würde sich das Wetter noch halten. Er setzte seinen Aufstieg fort.

Es war Sonntag, und er war auf dem Weg zum Arts Quad, den er mit einiger Unverfrorenheit für das Herz der Universität hielt. Während der Vorlesungszeit war nirgendwo auf dem Campus soviel los – angefangen mit dem Griechischen Festival im September bis hin zur Verbrennung des Grünen Drachen im März – wie auf dem Quad, und außerdem war es der Ort, wo alles angefangen hatte. Die allerersten drei Gebäude der Universität – Morrill, White und McGraw Hall – standen auf dem Kamm des Hügels wie alte, graue Männer und blickten gelangweilt auf die Stadt zu ihren Füßen. Unmittelbar südlich von ihnen bohrte sich, neben der Uris-Bibliothek, der McGraw-Glockenturm in den Himmel: eine weitere Schildwache. Sein Geläut war der Schlag dieses Herzens, auch wenn es manchmal den Ton nicht richtig traf.

Der Arts Quad war außerdem ein echt guter Platz zum Drachensteigenlassen – selbst an einem Tag ohne Wind.

Oben angelangt, bog der Mann, der vom Lügen lebte, zwischen Morrill und McGraw Hall ein. Die zwei gedrungenen Kästen waren ein Tribut an Ezra Cornells völligen Mangel an ästhetischem Empfinden und ließen es nicht unverständlich erscheinen, daß man für den Entwurf der anderen Universitätsgebäude kunstsinnigere Architekten verpflichtet hatte.

Auf dem Quad entbot der professionelle Lügner den Standbildern von Ezra Cornell und Andrew White seinen Gruß und setzte sich dann ins Gras, um den Drachen zusammenzubauen. Um diese Zeit – die Zeiger der Uhr des McGraw-Glockenturms standen auf fünf nach zwölf – war er da oben der einzige Mensch weit und breit. Cornell machte gerade seinen allsommerlichen Winterschlaf durch, die tote Zeit zwischen der Abreise der letzten Sommerkursteilnehmer und der Ankunft der ersten regulären Studenten zum Herbstsemester. North und West Campus, die zum größten Teil aus Wohnheimen bestanden, waren jetzt Geisterstädte; auf dem Central Campus hielten nur ein paar vereinzelte Dozenten die Stellung, von denen die meisten noch im Bett lagen und in Visionen von Forschungsstipendien schwelgten.

Die Hunde waren allerdings unterwegs. Wie immer. Ende der dreißiger Jahre hatte ein gewisser Ottomar Lehenbaur, einer der Stammaktionäre der Ford Motor Company, Cornells Fakultät für Maschinenbau zwei Millionen Dollar gespendet. Da »Lehenbaur Hall« holprig – und für damalige Verhältnisse vielleicht etwas zu deutsch – geklungen hätte, überzeugte der Treuhänderausschuß Ottomar von der Ratsamkeit, eine andere Bedingung an seine Schenkung zu knüpfen. Nach reiflicher Überlegung verfaßte er daraufhin ein Kodizill, das jedem Hund, »gleich, ob herrenlos oder nicht, in alle Zukunft, zumindest aber solange diese Universität bestehen mag«, die uneingeschränkte Freizügigkeit innerhalb der Grenzen des Campus garantierte. Vornehmlich infolge dieses Kodizills war die Hundedichte auf dem Hügel so stark angestiegen, daß sie mittlerweile etwa dreimal so hoch war wie im Rest dieser Region des Staates New York.

Der Berufslügner schaute von seinem Drachen auf und sah einen Bernhardiner, der unter einem Baum saß und ihn aufmerksam betrachtete. Er winkte dem Tier zu und griff in die Schweizer Armeetasche, die er umgehängt hatte. Er holte eine Handvoll Hundekekse heraus und streute sie auf die Erde.

»Hungrig?« fragte er den Hund. Der Bernhardiner stand auf, trottete gemächlich hinüber und fraß die Kekse nach kurzem Schnüffeln auf. Dann ließ er sich zu Boden plumpsen und bekundete seine Bereitschaft, gestreichelt zu werden.

»Braver Hund«, sagte der Mann, der vom Lügen lebte, und kraulte den Bernhardiner am Bauch. »Ein bißchen Gesellschaft ist immer was Feines. Soll ich dir erzählen, wie es kam, daß ich reich und berühmt wurde?«

Der Hund bellte unverbindlich.

»Ach, komm schon. Es ist eine wirklich gute Geschichte, ehrlich. Und es kommt eine schöne Frau darin vor. Eigentlich sogar ein ganzer Siebenjahresvorrat an schönen Frauen. Na, wie wär's?«

Der Hund bellte noch einmal, jetzt mit hörbar mehr Begeisterung.

»Gut! So ist's recht«, sagte der professionelle Lügner. Sein Name war Stephen Titus George, wenngleich man ihn auf dem Umschlag seines ersten Buches zu »S.T. George« abgekürzt hatte; ein – sehr wohlwollender – Kritiker war noch einen Schritt weitergegangen und hatte ihn »St. George« genannt.

Wie recht er damit gehabt hatte, sollte niemand je erfahren.

II

»Meine Eltern habe ich nie gekannt«, begann George mit seiner Erzählung und baute dabei den Drachen weiter zusammen. »Ich wuchs bei meinem Onkel Erasmus auf. Erasmus galt wegen seines Berufes als schwarzes Schaf der Familie, doch er war auch der einzige, der die Verantwortung für ein Kind übernahm, das nicht seins war. Er war Bildhauer, talentiert und strebte echt nach Höherem, auch wenn er sein Geld hauptsächlich mit dem Verkauf von Betontieren verdiente, was dir vielleicht nicht allzu einträglich erscheinen mag – aber Mann, wir wohnten in New York City. An drei Tagen in der Woche fuhr er mit seinem Lieferwagen von Queens rüber nach Manhattan, baute einen Stand an irgendeiner belebten Ecke auf, Eichhörnchen, Backenhörnchen, Tauben, alles massiv Beton und fünf Dollar das Stück. Städtische Dschungelkunst nannte er das. Das unpraktischste Mitbringsel, das ich mir vorstellen kann – wer will sich schon den ganzen Tag mit einer Betontaube unterm Arm zu den Sehenswürdigkeiten New Yorks schleppen? –, aber die Touristen waren absolut verrückt nach den Dingern. Besonders die Südstaatler.

Spätestens nach drei Stunden hatte Erasmus immer seinen ganzen Vorrat verkauft, und dann kam er wieder heim, um einen neuen Schwung zu gießen. Das ließ ihm massig Zeit für die Arbeiten, die ihm wirklich am Herzen lagen, und gehungert haben wir nie.

Durch ihn bin ich schon als Kind auf jede Art von Kunst abgefahren. Er sagte immer: ›Eines darfst du nie vergessen, George: Künstler sind begnadete Wesen. Sie sind – Götter nicht mitgerechnet – die einzigen Leute, die Unsterblichkeit verleihen können.‹

Das hat mich echt beeindruckt, verstehst du? Jeder möchte wie Gott sein, wenigstens bis er in die Pubertät kommt. Eine Zeitlang versuchte ich es mit der Bildhauerei, aber das war nicht ganz mein Geschmack. In der Sechsten mußte ich dann einmal eine Kurzgeschichte für einen Englischwettbewerb schreiben. Und da hat irgendwas geklickt. Ich ging zu meinem Onkel und fragte ihn, ob er was dagegen hätte, wenn ich Schriftsteller würde, und er gab mir seinen Segen und kaufte mir einen Kugelschreiber ganz für mich allein. Und so fing ich an zu schreiben, langsam und ohne viel Talent, aber –«

Der Bernhardiner hob den Kopf und bellte zweimal.

»Minute noch, ich komm gleich zu der Lady«, versprach George. »Geduld. Was ich grade sagen wollte: Mein größtes Problem war anfangs, daß es mir einfach zu gut ging. Schriftsteller brauchen seelische Qualen, um sich inspirieren zu lassen; wenn alles prima läuft, kannst du's vergessen. Zum Glück ließ die Pubertät bei mir nicht lang auf sich warten.

Im zweiten Jahr auf der High-School entbrannte ich total und hoffnungslos in Lust zu einem Mädchen namens Caterina Sesso. Ich würde gern ›in Liebe‹ sagen, aber ich will dir nichts vormachen: ›Lust‹ ist schon der korrekte Ausdruck. Sie war Italienerin, und zu der Zeit waren italienische Mädchen der letzte Schrei. Später kamen die Rothaarigen in Mode, und momentan sind Asiatinnen in, aber damals auf der High-School war, was Freundinnen angeht, die Italienerin das Nonplusultra. Was natürlich ungeheuer rassistisch und sexistisch ist, aber ich hab eigentlich noch niemand getroffen, der nicht irgendwelche Vorlieben gehabt hätte – du vielleicht?

Caterina war Italienerin, aber auch katholisch (das gehört

irgendwie zusammen), was ein ziemliches Pech für mich war. Katholische Mädchen kriegen von Kindesbeinen an beigebracht, jeder Lust aus dem Weg zu gehen, und die Sache wurde in meinem Fall noch dadurch beträchtlich verschlimmert, daß ich aus einer halbprotestantischen Familie stamme. Ich probierte alle normalen Annäherungstechniken aus, und sie weigerte sich, irgend etwas mit mir zu tun zu haben. Und dann, nach Wochen ununterbrochener Qual, setzte ich mich hin und schrieb ihr eine Erzählung. Dreiundzwanzig Seiten. Und gut war sie auch noch – das Beste, was ich bis dahin geschrieben hatte. Ich tippte sie, machte ein paar Kopien und gab eine davon Caterina.

Vier Monate später, an meinem sechzehnten Geburtstag, gab sie sich geschlagen und schlief mit mir.« (Hier bellte der Bernhardiner wieder, und George nickte.) »Ich weiß. Hat mich auch überrascht. Es war natürlich nicht die Erzählung allein, aber die hat mir eindeutig den Einstieg verschafft, hat sie dazu gebracht, mich wenigstens zur Kenntnis zu nehmen. Wir gingen eine Zeitlang miteinander, und dann gab's am Abend meines Geburtstags diese Fete im Haus meines Onkels, zu der alle meine Freunde kamen. Als die Sache gegen Mitternacht zu Ende war, schlenderten Caterina und ich rüber zum Flushing Meadow Park. Wir saßen da und tranken Bier bis zwei, und dann legten wir uns unter diese große Stahlkugel, die sie für die Weltausstellung gebaut haben, und fingen an zu knutschen und machten einfach immer weiter.

Auf einmal ging die Sonne auf, und wie sich rausstellte, war in der Zwischenzeit jemand vorbeigekommen und hatte die restlichen Bierdosen mitgehen lassen.«

Der Bernhardiner bellte zweimal in fragendem Ton.

»Was dann passierte? Na ja, eine Woche lang konnte ich kein einziges Wort schreiben. Das Leben war vollkommen, nicht die allerkleinste Sorge, und so hatte ich nichts, was mich beflügelt hätte. Das Problem löste sich allerdings früh genug von selbst: Bei ihrer nächsten Beichte gelangte Caterina zu der Überzeugung, daß wir eine Todsünde begangen hatten, und machte Schluß mit mir. Danach habe ich sieben Jahre lang, bis auf den heutigen Tag, nur versucht, zu dieser Geburtstagsnacht unter der Weltkugel zurückzukehren.«

Wau.

»Ganz einfach. Fortuna ließ mich sitzen. Vielleicht hatte ich einen Spiegel zerbrochen, ohne es zu merken. Das einzige, was ich mit Sicherheit weiß, ist, daß ich von da an jedesmal, wenn ich in die Nähe einer Frau kam, wieder daran denken mußte, wie es mit Caterina gewesen war, und das endete dann immer damit, daß ich mich viel zu krampfhaft bemühte und sie in die Flucht schlug. Gleichzeitig aber wurde mein Schreibstil, vor allem durch die viele Übung, besser und besser.

Als ich siebzehn war, kam einmal auf der Fifth Avenue eine Frau angerannt, die ich noch nie gesehen hatte, küßte mich und machte sich davon, bevor ich überhaupt wußte, was geschehen war; ich ging heim und schrieb meine erste Kurzgeschichte, die veröffentlicht wurde. An einem meiner letzten Tage auf der High-School sah ich eine Rothaarige, die in einem Corvette durch die Gegend kurvte, und der ›New Yorker‹ zahlte mir für das Ergebnis dreihundert Dollar. Und dann kam ich hierher.

In meinem zweiten Jahr in Cornell entbrannte ich erneut total und hoffnungslos in Lust. Diesmal auf eine taiwanesische Punkerin. Absolut irre aussehende Frau. In den Weihnachtsferien schrieb ich ihr einen Roman. Vierhundert Seiten in einem einzigen Monat in die Maschine gehauen. Geschlafen hab ich mit ihr nicht, ich weiß bis heute nicht mal, wie sie hieß, aber das Buch wurde veröffentlicht und ein Bestseller. Ebenso die zwei folgenden...«

Der Bernhardiner stand auf und schüttelte sich wild.

»Ehrenwort!« sagte George zu ihm. »Warum sollte ich wohl einen Hund belügen? Immer wenn ich meinen Onkel in Queens besuche, lächelt er mich bloß an und sagt: ›Du bist eindeutig nach mir geschlagen, was, George? Ein Glück, daß dein Vater nicht mehr lebt, sonst würde er mir noch unterstellen, ich hätt was dran gedreht.‹ Ich bin dreiundzwanzig Jahre alt, habe schon jetzt mehr Geld, als ich vermutlich für den Rest meines Lebens brauchen werde, habe summa cum laude abgeschlossen und bin gerade zum Campusschreiber ernannt worden. Und alles nur in Ermangelung einer festen Freundin.«

Schwanzwedelnd leckte der Hund ihm die Hand. Winselte.

»Nein«, sagte George. »Nicht unglücklich. Wie könnte ich in einer Welt, in der jemand seinen Lebensunterhalt mit dem Verkauf von Betonfauna verdient, deprimiert sein? Einsam vielleicht. Manchmal. Immer rastlos. Aber ich hab so eine Theorie, weißt du, daß wer auch immer den Laden schmeißt, dabei ist, mich für eine ganz große Sache aufzubauen – sagen wir ›Moby Dick‹, Teil 2 hoch vier, einen Roman, der den Gang der Geschichte verändern wird –, und habe ich es erst mal geschafft, wird der Lektor die Zügel lockern und mir erlauben, wieder mit einer Frau zu schlafen, vielleicht sogar, mich richtig zu verlieben. Bloß, daß er nach einem Monat vollkommener Seligkeit wieder das Steuer herumreißen und mir was Neues vor die Nase setzen wird, weswegen ich mir Sorgen machen kann...«

Der Drachen war jetzt fertig zusammengebaut. George hob ihn hoch und zeigte ihn dem Bernhardiner. Mit seiner traditionellen Rautenform sah er aus wie ein längs aufgeschnittener Diamant, weiß mit einem aufgemalten roten Drachenkopf, von dem rote Strahlen nach allen Seiten ausgingen. Hinten schleifte ein rot-schwarzer Schwanz.

»Den habe ich erst gestern abend in einem Laden gefunden«, sagte George. »Mal sehen, wie er fliegt, hm?«

Er stand auf, und der Hund fing wieder an zu bellen. Es war noch immer nicht der leiseste Hauch einer Brise zu spüren.

»Ich weiß, ich weiß. Keine Sorge. Ich mag kein großes Glück bei Frauen haben, aber der Wind und ich sind fast schon ein klassisches Liebespaar.«

Und unter den weiterhin zweifelnden Blicken des Bernhardiners schaute George konzentriert in den Himmel, als suchte er dort nach einem vertrauten Gesicht. Den Drachen in der einen und eine Rolle starken Garns in der anderen Hand, begann er sich auf der Stelle zu drehen – erst nach Westen, dann nach Norden, dann nach Osten, dann nach Süden. Dreimal drehte er sich so im Kreis, unentwegt lächelnd, als wirkte er einen ebenso amüsanten wie machtvollen Zauber. In gewissem Sinn tat er das wirklich, wenn er auch beim besten Willen nicht hätte sagen können, ob Magie oder Zufall dabei die treibende Kraft war. Er wußte nur, daß es funktionierte.

Er blieb stehen und blickte dem Himmel noch einmal tief ins Auge. »Na komm«, lockte George leise, und der Wind kam. Er wehte von Westen her, wo er die ganze Zeit gewartet hatte, und hob den Drachen mit unsichtbaren Händen empor. Der Bernhardiner stimmte ein wütendes Gebell an.

»Toll, was? Das erste Mal hätte ich mir vor Angst beinah in die

Hosen gemacht. Aber jetzt, wo ich mich dran gewöhnt habe, macht's irgendwie Spaß.«

Er stand da und lauschte dem Wind, der wahrscheinlich sowieso geweht hätte, aber jedenfalls niemals ausblieb, wenn er ihn rief – und das schon seit seinem zwölften Lebensjahr, seit dem Tag, als er unter Anleitung von Onkel Erasmus seinen ersten Drachen hatte steigen lassen.

»Vielleicht ist das ja auch gar nicht so merkwürdig«, sagte er. »In einem Buch oder einer Erzählung brauche ich nur einen einzigen Satz zu schreiben, und schon weht der Wind. Und jetzt stell dir mal die Welt vor, das wirkliche Leben, das ist doch auch nur eine Geschichte. Bloß, daß die keiner aufzuschreiben braucht.«

George lachte und zwinkerte dem Bernhardiner zu, während über ihnen der Drachen höher und höher stieg, ein Fabelwesen in einem rautenförmigen Käfig, das seine Flügel zum ersten Mal erprobte.

III

»George fühlt sich mal wieder einsam«, bemerkte Zephyr, hoch oben in der Glockenstube des McGraw-Turms.

»Ach ja?« meinte ihr Großvater Hobart zerstreut. Er war mit der täglichen Inspektion des Glockenspiels beschäftigt. »Das ist gut.«

»Sehr optimistisch einsam«, fügte Zephyr hinzu, »aber doch einsam.« Sie seufzte und legte eine tröstende Hand auf den Knauf ihres Schwertes – eigentlich eine fünf Zentimeter lange Krawattennadel, die mit einem Miniaturgriff aus Elfenbein versehen war. Zephyr selbst war eine Miniatur, nur fünfzehn Zentimeter groß und unsichtbar für Menschenwesen, ausgenommen sehr betrunkene und sehr weise. Es gab viele Namen für ihr Geschlecht – Elfen, Zwerge, Feen, das kleine Volk –, doch *Kobolde* war die geläufigste Bezeichnung. Auf dem Hügel lebten weit über tausend von ihnen und halfen den Menschen, ihre Angelegenheiten zu erledigen.

»Ich wollte, ich könnte etwas für ihn tun«, sagte Zephyr in fragendem Ton, und als Hobart nicht augenblicklich mit Vorschlägen aufwartete, fuhr sie zum Zwecke eines Zornausbruchs herum – aber natürlich war Hobart niemand, dem man hätte zürnen können. Beim besten Willen nicht.

»Großvater!« quengelte sie also, bereit, sich mit gespieltem Ärger zu begnügen. »Hörst du mir überhaupt zu?«

»Mit einem Ohr«, antwortete Hobart. »Nimm's mir nicht übel, Liebes, aber seit sechs Monaten redest du praktisch von nichts anderem.«

»Hältst du das für unrecht?« fragte Zephyr ernsthaft.

»Einen Menschen zu lieben? Nein. Wenn das ein Verbrechen wäre, hätte ich mehr Schuld auf mich geladen als du. Zu meiner Zeit habe ich selbst einen geliebt. Was glaubst du wohl, warum ich mich die letzten hundert Jahre so um diese Glocken gekümmert habe?« Er warf ihnen einen zärtlichen Blick zu. »Die liebe, holde Jenny McGraw. Wie sie mir fehlt.«

Zephyr beugte sich interessiert vor. »War sie schön?«

»Wenigstens in meinen Augen. Wohlgemerkt, nicht so schön wie deine Großmutter Zee, doch es fehlte nicht viel.«

»Hat sie... hat sie dich jemals gesehen?«

»Auf dem Sterbebett vielleicht. Sie bekam die Schwindsucht, während sie im Ausland auf Reisen war. Sie kehrte nach Ithaca zurück, um hier zu sterben. In ihren letzten Tagen bin ich ihr treuester Gesellschafter gewesen, treuer noch als ihr Ehemann. Und ganz am Ende, als sie schon wirklich begonnen hatte, hinüberzugleiten, da schien sie mich wahrnehmen zu können.«

Hobart bekam einen abwesenden, etwas traurigen Blick.

»Das ist das Problem, wenn man einen Menschen liebt«, sagte er. »Die meisten von ihnen können uns, außer in extremen Situationen, überhaupt nicht sehen, und selbst dann trauen sie oft ihren eigenen Augen nicht. Die liebe Jenny... ich bin fast sicher, daß sie mich für eine bloße Halluzination gehalten hat.«

»Ich glaube, George könnte mich sehen«, sagte Zephyr. »Und ich glaube nicht, daß er dazu betrunken sein oder im Sterben liegen müßte. Er ist nicht verrückt, aber... er hat starke Tagträume.«

»Starke Tagträume.« Hobart kicherte. »Und was wäre, wenn dieser Tagträumer dich wirklich sehen könnte? Was tätest du dann? Vollziehen kannst du die Liebe mit einem Riesen nicht, Kleines. Ich habe mehrfach versucht, mir auszumalen, wie das mit mir und Jenny McGraw gewesen wäre, und die Vorstellung war, gelinde gesagt, ziemlich peinlich. Manche Dinge sollen eben einfach nicht sein.«

»Aber... wenn ich nur irgend etwas...«

»Was das angeht«, fuhr Hobart fort, »wie kommst du überhaupt darauf, du müßtest etwas für ihn tun? Du sagst, er ist einsam, aber schau doch. Er lacht ja da unten.«

»Aber er hat grad mit einem Hund gesprochen. Mit Tieren redet man doch nur, wenn man sich einsam fühlt.«

»Dein eigener Vater hat sich oft mit Frettchen unterhalten.«

»Ja, aber Vater *verstand* die Frettchen.«

»Tat er das wirklich? Ich werde irgendwie das Gefühl nicht los, daß er, wenn er sie tatsächlich verstanden hätte, nicht zu guter Letzt von einem aufgefressen worden wäre. Aber vielleicht bin ich auch einfach nur zu alt und wirr im Kopf, um die höheren Zusammenhänge zu begreifen.«

Zephyr schlug die Augen nieder. »Jetzt machst du dich über mich lustig. Gib's doch zu, du findest wirklich, daß ich mich albern aufführe, nicht?«

»Nicht mehr als jeder andere von uns«, versicherte ihr Hobart. »Es ist bloß so, daß du, wie die Dinge liegen, bestenfalls hoffen kannst, George eine Menschenfrau zu finden, in die er sich verlieben kann. Aber das sollte man besser dem Schicksal überlassen. Ich kann dir aus eigener Erfahrung sagen, daß ein Kobold, der sich in die persönlichen Angelegenheiten eines Menschen einmischt, fast immer nur Unglück bringt.«

»Aber wir –«

»*Persönliche* Angelegenheiten. Es ist ein Unterschied, ob man der Universitätsverwaltung hilft, die Akten in Ordnung zu halten, oder ob man Heiratsvermittler spielt. Auf diesem Gebiet, Zephyr, schafft jede Einmischung mehr Probleme, als es die Sache wert ist. Frag Shakespeare, wenn du mir nicht glaubst.«

»Was soll ich dann tun?«

»Laß ihn selbst damit klarkommen. Er hat den Wind zum Verbündeten; er wird's schon schaffen. Und wenn du dich erst wieder verliebst – diesmal in einen Kobold –, wird es nicht annähernd so weh tun wie jetzt.«

Hobart legte eine Kunstpause ein und fügte dann hinzu: »Puck hat sich nach dir erkundigt.«

»Puck ist ein Idiot«, sagte Zephyr automatisch.

»Puck hat seine Fehler. Er hat auch seine guten Seiten. Früher hast du das gewußt.«

»Vielleicht bin ich nicht mehr dieselbe wie früher.«

Hobart zuckte mit den Achseln.

»Wie du willst«, sagte er. Er wußte, daß es keinen Sinn hatte, darüber zu diskutieren. »Aber eins kannst du mir glauben: Zee kennenzulernen war das Beste, was mir jemals passiert ist.«

»Das Beste«, wiederholte Zephyr. »Aber trotzdem kümmerst du dich um Jenny McGraws Glockenspiel – nicht wahr?«

»Na ja...«

»Wenn George weggeht, möchte ich ihm mit dem Gleiter nachfliegen. Darf ich?«

»Von mir aus«, seufzte Hobart. »Aber er wird wahrscheinlich hinunter zum Knochenacker gehen. Ich will nicht, daß du dich da herumtreibst, nicht einmal, daß du ihn überfliegst.«

»In Ordnung. Wenn er wirklich da hingeht, mache ich einfach kehrt und komm zurück. Versprochen. Okay?«

»Also gut«, willigte Hobart unsicher ein.

Er nahm seine Inspektion wieder auf, während Zephyr sich an den äußersten Rand der offenen Glockenstube stellte, ohne darauf zu achten, daß es da gut zwanzig Meter in die Tiefe ging.

»Großvater Hobart?«

»Ja?«

»Was ist so schlimm am Knochenacker? Was ist dort?«

Hobart zögerte lange mit der Antwort. »Alpträume«, sagte er endlich. »Alte Alpträume.«

IV

George blieb fast eine Stunde auf dem Quad. Als er schließlich den Drachen einholte und wieder auseinandernahm, legte sich der Wind nicht. Er wehte beständig weiter und führte Wolke um Wolke heran, bis der ganze Himmel stahlgrau war. Jetzt sah es schon mehr nach Regen aus.

»Laßt mir eine Stunde Zeit«, bat George die Wolken. »Ich möchte noch einen Spaziergang machen.« Er legte den Kopf schief, als horchte er auf eine Antwort, verstaute dann den zerlegten Drachen wieder in der Schweizer Armeetasche und machte sich auf den Weg – denselben, den er gekommen war. »Bis dann, Kumpel«, sagte er zum Bernhardiner, der zu seinem Baum zurückgetrottet war. »Danke für die Gesellschaft.«

Als er an Ezra Cornell vorbeikam, schnippte er ihm wieder einen Gruß zu und mußte lächeln, als er sich an die Sage erinnerte: Wenn eine reine Jungfrau genau um Mitternacht zwischen den zwei Statuen hindurchging (so hieß es), würden Ezra und Andrew zum Leben erwachen und sich die Hand reichen. Überlebensgroße Fußabdrücke, die man auf den Weg zwischen den zwei Statuen gemalt hatte, spielten auf diese Vorstellung an. Aber wenn ich vorbeikäme, dachte George, würd's eine schwere Entscheidung für euch werden, hm? Einmal mit sechzehn und dann sieben Jahre enthaltsam – nach soviel Zeit könnte sich die Unschuld eines Mannes durchaus von selbst regenerieren. Verdammt noch mal, manchen Leuten wachsen ja auch dritte Zähne.

Über diese Frage nachsinnend, ließ George den Arts Quad hinter sich und eilte über den Libe Slope in Richtung Knochenacker hinunter, während die Wolken am Himmel abstimmten und beschlossen, ihr Wasser noch ein Weilchen zu halten.

V

Der Gleiter, ein uraltes Vehikel aus Fichte und Marienseide, war in einem versteckten Hangar untergebracht, der sich in der Turmspitze über der Glockenstube befand. Zephyr erreichte ihn über eine verborgene Leiter und eine Treppe. Oben angelangt, zog sie an einem in der Wand eingelassenen Hebel und setzte dadurch ein System von Gegengewichten in Bewegung, die das Tor des Hangars öffneten.

Der Gleiter parkte am hintersten Ende des Schuppens und sah etwa ebenso flugtüchtig aus wie ein Turnschuh mit Tragflächen. Dafür konzipiert, so unsichtbar wie ein Kobold zu sein, schienen seine tragenden Holzteile jeden Augenblick der Schwindsucht erliegen zu wollen, und die Flügel – gewoben aus Seedunst der Johannisnacht – waren selbst im hellsten Tageslicht nur als schwacher Schimmer wahrzunehmen. Der einzige Passagier hing, unter dem Rumpf schwebend, in einem schmalen Tragegurt und steuerte mit Hilfe von zwei Fäden... doch über die Flugrichtung entschied in erster Linie der Wind.

Ohne zu zögern, stieg Zephyr furchtlos in die Gurte. Sie flog für ihr Leben gern; es war zweifellos eine bequemere Art der Fortbewegung, als zu laufen oder auf Eichhörnchen zu reiten. Warum der Großteil der Kobolde erdgebunden blieb, war ihr ein Rätsel.

Sicher, Puck flog ziemlich viel – wenngleich es bei ihm eher technisch als magisch zuging –, aber sie versuchte bewußt, jetzt nicht daran zu denken. Seitdem sie ihn vor einigen Monaten in der Uris-Bibliothek dabei ertappt hatte, wie er es mit Saffron Dey in einem der Schaukästen trieb, weigerte sie sich, ihn zu sehen oder mit ihm zu reden. Zufällig datierten ihre Gefühle für George ziemlich genau aus jener Zeit.

Zephyr setzte den Gleiter mit einem Gedanken in Bewegung. Wie George stand auch sie auf vertrautem Fuß mit dem Wind; sie hatte es jedoch nicht nötig, sich auf der Stelle zu drehen, um ihn zu beschwören. Sie rief ihn einfach im Geiste an, und schon flutete ein Luftstrom in den Hangar und ließ das Flugzeug wie einen Korken, der eine Sektflasche im Zeitlupentempo verläßt, sanft hinausgleiten. Der Hangar lag nach Norden, wodurch sie beim Austritt ins Freie einen herrlichen Blick auf den Quad bekam; dann legte sie den Gleiter in die Rechtskurve und sank in einer weiten Spirale um den Turm abwärts.

»Behalt das Wetter im Auge!« rief Hobart ihr zu, als sie die Glockenstube passierte. »Und denk dran – bleib vom Knochenacker weg!«

Zephyr winkte ihm nur zu, ohne sich die Mühe zu machen, zurückzurufen, daß sie ihn verstanden hatte, und dann war sie auch schon tiefer und kreiste um die Zifferblätter am Turm. Ich hab dich lieb, Großvater, dachte sie und wünschte gleichzeitig, er würde sich nicht immer soviel Sorgen um sie machen. Doch alte Kobolde schienen eine starke Neigung zum Sorgenmachen zu haben, und mit seinen hundertzweiundsiebzig Jahren (Zephyr, erst vierzig, war gerade auf der Schwelle zum Erwachsensein) war Hobart der älteste noch lebende Kobold auf dem Hügel; er hatte bereits aktiv am Großen Krieg von 1850 gegen Rasferret den Engerling teilgenommen, dem furchtbarsten Konflikt seit Koboldgedenken. Zephyr wünschte, er würde endlich lernen, die Dinge ein bißchen lässiger zu nehmen.

Sie fing den Gleiter in etwa dreißig Fuß Höhe ab und setzte George nach, der inzwischen am Fuß des Libe Slope angelangt war und gerade die West Avenue überquerte; dahinter begann der vorübergehend entvölkerte West Campus. Sein Vorsprung war schon auf weniger als die Hälfte zusammengeschrumpft, als Zephyr ein leises Summen vernahm. Kaum hatte sie das Geräusch erkannt, als sie sich nach einem möglichen Versteck umschaute, doch die nähere Umgebung bot keine Deckung. Im nächsten Augenblick hatte ein Doppeldecker mit Propellerantrieb den Gleiter eingeholt.

»Hallo, Zeph«, rief Puck ihr zu. Seine Maschine war ein einmotoriges Modellflugzeug von der Art, wie Menschen sie aus dem Baukasten zusammensetzen und ferngesteuert fliegen lassen. In diesem Fall ließen sich Steuerung und Motor allerdings vom Cockpit aus bedienen. »Lange nicht gesehen. Ich hatte gehofft, wir würden uns hier oben über den Weg laufen.«

»Leb wohl«, antwortete Zephyr kurz angebunden und riß die Nase des Gleiters hoch. Dadurch verlor das Flugzeug beträchtlich an Geschwindigkeit, und Puck, der es ihr nicht gleichtun konnte, ohne die Maschine zu überziehen, schoß an ihr vorbei. Der Doppeldecker setzte zu einer weiten Wende an, während Zephyr die Nase des Gleiters wieder nach unten drückte, den Fuß des Hanges ansteuerte und den Wind um zusätzliche Beschleunigung bat.

»Ach komm schon, Zeph!« bettelte Puck. »Ich will nur mit dir reden!«

»*Ich* aber nicht mit *dir*!«

Sie schwebte über die West Avenue hinweg und unter dem Bogen zwischen Lyon Hall und McFaddin Hall durch, dann machte sie eine scharfe Rechtskurve in der Hoffnung, Puck zwischen den Wohnheimen des West Campus abzuhängen. George, der auch den Weg durch den Torbogen genommen hatte, dann aber geradeaus weitergegangen war, stutzte einen Augenblick, als der Gleiter in seiner Nähe vorbeiflog, obwohl er ihn natürlich weder sehen noch hören konnte. Allerdings hörte er ein paar Sekunden später das Summen von Pucks Doppeldecker, doch schrieb er es einer Mücke zu und ließ sich dadurch nicht weiter aufhalten.

»Komm schon, Zeph!« rief Puck noch mal. Doch statt zu antworten, gab sich Zephyr jetzt alle Mühe, ihn mit knappen Ausweichmanövern, plötzlichen Kehrtwendungen und anderen Kunststücken zwischen den Gebäuden abzuschütteln. Puck gab volle Leistung und blieb dran. Er war ein guter Pilot, ihr durchaus ebenbürtig, und er wußte, sie würde früher oder später aufgeben müssen.

Aber er hatte ihre Hartnäckigkeit nicht bedacht – und auch nicht die Tatsache, daß sie mit dem Wind im Bunde war. Der Wind trieb Zephyrs Gleiter mit einem unglaublichen Tempo vor sich her, ohne dem Doppeldecker eine ähnliche Unterstützung zu gewähren; und mehr, als mit ihr Schritt zu halten, war für Puck nicht drin. Dann, nach einer besonders scharfen Wende, sah er, wie Zephyr zwischen zwei nah beieinanderstehenden Bäumen hindurchflog. Ihre Kronen berührten sich fast, doch eine freundliche Brise drückte die Zweige auseinander und machte dem Gleiter Platz. Zephyr flog durch die Lücke, und Puck versuchte, ihr zu folgen.

Die Zweige schlossen sich vor ihm.

»Wahnsinn«, sagte Puck. Er versuchte, die Maschine hochzureißen, es gelang ihm aber bloß, den Motor abzuwürgen; der Doppeldecker rauschte voll ins Geäst. Sekundenlang herrschte nur knacksendes Tohuwabohu, dann tauchte das Flugzeug, Wunder über Wunder, unversehrt auf der anderen Seite wieder aus den Bäumen auf. Der Propeller drehte sich allerdings weiterhin nicht, und die Maschine begann augenblicklich, kopfüber in die Tiefe zu stürzen.

»Wahnsinn«, sagte Puck wieder, als sich der störrische Doppeldecker nicht abfangen ließ. Er war zu schwer für einen richtigen Gleitflug, und so wie Mutter Erde ihm entgegensauste, um ihn wie einen verlorenen Sohn an die harte Brust zu drücken, blieb keine Zeit, den Motor wieder anzulassen. Er würde auf den Bürgersteig knallen.

»Wahnsinn«, sagte Puck zum dritten- und aller Voraussicht nach letztenmal.

Der Wind rettete ihn. Er ballte sich unter seinen Tragflächen wie ein Polster zusammen, fing das Flugzeug ab und hielt es ruhig. Puck verschwendete keine Zeit mit Fragen; er hämmerte auf den Anlaßknopf, bis der Propeller ruckte und wieder anfing, sich zu drehen. Im selben Augenblick löste sich das Windkissen auf und überließ ihn wieder sich selbst und seinem Motor.

»Bist du okay?« fragte Zephyr. Der Gleiter war jetzt direkt neben ihm, so daß sie nicht gegen den Motorenlärm anzubrüllen brauchten.

»Ich lebe noch«, antwortete Puck, zu weitergehenden Zugeständnissen nicht bereit. »Du bist ja gemeingefährlich, wenn du dich aufregst, Zeph – ich hoffe, das ist dir klar!«

»Da bist du selbst dran schuld.« Jetzt, da sie sah, daß er sich nichts getan hatte, schlich sich ein Teil von Zephyrs Wut in veränderter Form wieder ein. »Das Ding da ist sowieso die reinste Todesfalle. Es ist ganz schön dumm von dir, dich auf die Physik zu verlassen. Hätte ich den Wind nicht überredet, dich zu retten –«

»Mich *retten?!* Du hast mich doch überhaupt erst in den Schlamassel gebracht!«

»Na ja«, verteidigte sie sich etwas unsicher, »du hättest aber genausogut auch ohne mich in Schwierigkeiten geraten können. Was wäre dann gewesen?«

»Ich habe einen Fallschirm«, informierte sie Puck, obwohl auch dieser Einwand nicht sehr überzeugend klang. Sie schwiegen einen Augenblick, während sie nach links abdrehten, um einer weiteren Baumgruppe auszuweichen. Ein Spatz schaute beim Geräusch des Doppeldeckers auf und tschilpte.

»Das kommt noch hinzu«, sagte Zephyr. »Du bist viel zu laut und zu sichtbar.«

»Vielleicht. Aber die Menschen haben eine besondere Begabung, das Offensichtliche nicht zu sehen. Selbst dieser Typ da, dein George –«

»Kein Wort über George!« warnte Zephyr.

»Schon gut. Aber ich habe keine Angst vor Menschen, Zephyr. Wirklich nicht.«

»Und wie steht's mit Tieren? Die sehen und hören dich durchaus. Die meisten von ihnen hätten wahrscheinlich zuviel Angst, um was zu unternehmen, aber ein Schwarm Krähen oder eine Eule...«

»Mein Gott, Zephyr, machst du dir wirklich solche Sorgen um mich?« Puck grinste sie an, und sie warf ihm einen bösen Blick zu. »Nein, mal im Ernst. Auf Krähen und Eulen war ich selbst schon gekommen, und da habe ich mit Spinnwebs Hilfe was zurechtgebastelt.«

Er zog seinen Doppeldecker ein paar Fuß höher, so daß sie zwei schwarze, zylindrische Gebilde an der Unterseite der unteren Tragflächen erkennen konnte.

»Was ist das?« fragte Zephyr. Wie alle Kobolde faszinierten sie Waffen.

»Minikanonen. Spinnweb hat sie an eine elektronische Zündschaltung angeschlossen und mit Schrot geladen. Sollte eigentlich ausreichen, um eine Eule aufzuhalten.«

»Oder dir die Flügel wegzupusten.«

»Vielleicht. Aber dann hab ich immer noch den Fallschirm...«

Zephyr sah sich die Kanonen noch einmal an. So gefährlich sie auch sein mochten, sie waren eine interessante Sache, und sie mußte zugeben, daß keine vergleichbare Waffe an den Gleiter montiert werden konnte.

»Toll, was?« fragte Puck, der ihre Gedanken erriet.

»Wirklich nicht übel«, gab Zephyr zu. »Ich –«

Als erwachte sie plötzlich aus einem Traum, wurde ihr mit einem Mal bewußt, daß George verschwunden war. Gleiter und Doppeldecker waren dabei, aus dem West Campus in nördlicher Richtung abzudriften, auf die Fall-Creek-Schlucht zu. Ohne sich mit Abschiedsfloskeln aufzuhalten, scherte sie aus, machte kehrt und steuerte wieder den Knochenacker an, den George mittlerweile erreicht haben mußte.

»Was –?« sagte Puck, als er bemerkte, daß er plötzlich ohne Begleitung flog.

»Flieg nach Haus, Puck«, rief Zephyr ihm nach. »Ich will nicht mit dir reden.«

»Wahnsinn«, sagte Puck, als er sah, wie sie wegflitzte. Er gab wieder volle Leistung, wendete und machte sich an die Verfolgung. »Jesus, Troilus und Cressida – auf ein neues!«

VI

Eines darfst du nie vergessen, George, Künstler sind begnadete Wesen. Sie sind – Götter nicht mitgerechnet – die einzigen Leute, die Unsterblichkeit verleihen können...

Der Knochenacker lag unterhalb der Stewart Avenue, etwa auf halber Höhe des Hügels. George hatte diesen Platz vor mehreren

Jahren entdeckt und besuchte ihn seitdem regelmäßig, um sich davon inspirieren zu lassen. Er schlenderte dann zwischen den Grabsteinen herum, blieb häufig stehen, um Namen, Daten, Grabinschriften zu lesen und sich allerlei Fragen zu stellen: Wie war diese Frau? Wie ist sie gestorben? Hier steht, daß sie verheiratet war; haben sie eine glückliche Ehe geführt? Dieser hier ist jung gestorben; hat er sein kurzes Leben genossen? Was hat er an seinem sechzehnten Geburtstag gemacht?

Hunderte von Grabsteinen; Hunderte von Geschichten, jede einzelne viel zu lang, um jemals vollständig erzählt zu werden. Aber hin und wieder sah George etwas, das ihm im Gedächtnis haftenblieb – vielleicht nur einen ungewöhnlichen Namen –, und wenn er sich dann das nächstemal an den Schreibtisch setzte, würde diese Person Teil einer neuen Geschichte werden, der Ewigkeit einen Schritt näher kommen.

Obwohl er schon viel Zeit auf dem Knochenacker zugebracht hatte, entdeckte er seltsamerweise immer wieder etwas Neues. Diesmal stieß er auf zwei ungewöhnliche Steine, die ihm bislang noch nie aufgefallen waren. Der eine war die übliche rechteckige Marmorplatte, auf der die Worte eingraviert waren:

Im Gedenken
an meinen innig geliebten Mann
Harold Lazarus
1912–1957
von seiner liebenden Frau
Der Herr schenke ihm Frieden

Gegen die Inschrift als solche war nichts einzuwenden – sie war liebevoll, ja sogar ein bißchen rührend; aber die Verzierungen waren absolut grotesk. Unter dem Der Herr schenke ihm Frieden war eine Art Dämon mit Pfeil und Bogen eingeätzt, der hinter einer Hirschkuh herlief. Weitere dämonische Gestalten trieben sich in den oberen Ecken der Steinplatte herum, und das Ganze wurde von einer minutiös gearbeiteten wasserspeierähnlichen Figur gekrönt, die den Betrachter zu belauern schien.

George schüttelte den Kopf und versuchte, nicht zu lachen. Armer Harold Lazarus. Womit hatte er ein solches Denkmal verdient? Oder hatte seine Frau lediglich einen überdurchschnittlich schlechten Geschmack gehabt?

»Was meinst du, Harold?« fragte George, kauerte sich neben den Stein und zog einen Notizblock hervor. »Würd's dir gefallen, ewig zu leben?«

Er machte eine Skizze von der Wasserspeierfratze, milderte aber dabei ihre Züge ab, so daß sie einen eher unglücklichen als grimmigen Ausdruck bekam. Unter die Skizze schrieb er: »FÜR LAZARUS – VON SEINER LIEBENDEN, ABER GESCHMACKLOSEN FRAU«. George hatte keine Ahnung, was für eine Geschichte sich daraus entwickeln würde, aber er wollte sich auf alle Fälle bemühen, Harold etwas von seiner Würde zurückzugeben.

Der andere Stein hatte nichts Komisches an sich. Er stand auf einer kleinen Erhebung, und verglichen mit seinen Nachbarn – kostspielige, hohe Dinger, die wie maßstabsgetreue Nachbildungen des Washington-Denkmals aussahen – war er hoffnungslos primitiv. Er hatte nicht einmal eine erkennbare Form, machte vielmehr den Eindruck, als habe sich jemand einen Findling vorgenommen und so lange daran herumgehämmert und -geklopft, bis er ausreichend zusammengeschrumpft war, um als Grenzstein dienen zu können. Ebenso war die Inschrift auf die denkbar kunstloseste Weise eingemeißelt worden; sie ließ sich allerdings immer noch entziffern. George starrte sie lange unverwandt an.

HIER RUHT ALMA RENAT JESSOP
GEBOREN AM 23. APRIL 1887
GESTORBEN AM 23. APRIL 1887
IHR VATER HAT SIE GELIEBT

Der Himmel wurde immer finsterer. Der Regen würde nicht mehr viel länger warten, und George wollte noch zu einer bestimmten Stelle am nördlichsten Ende des Ackers. Ein paar Augenblicke blieb er aber noch vor dem Stein stehen und betrachtete seine rauhe, grob behauene Oberfläche, bis er endlich begriff.

»Du Hurensohn«, flüsterte er ehrfürchtig. »Den hast du selbst für sie gemacht.«

VII

»Der Ort soll gefährlich sein, weißt du«, sagte Puck, während er versuchte, mit Zephyr, die sich durch die Grabsteine schlängelte, Schritt zu halten. Sie waren weiter oben, in der Nähe des Eingangs zum Knochenacker gelandet und hatten sich zu Fuß an Georges weitere Verfolgung gemacht. Puck wußte nicht mehr so recht, warum sie das eigentlich getan hatten, doch schien es ihm bei näherer Betrachtung kein sonderlich intelligenter Einfall gewesen zu sein. »Hier gibt's Ratten.«

»Du wirst doch wohl keine Angst vor Ratten haben, oder?« fragte ihn Zephyr.

»Nein, natürlich nicht. Jedenfalls nicht, solang's nur ein paar sind. Ich kann auf mich aufpassen.«

Zephyr lachte zum erstenmal, seitdem sie ihm an diesem Tag begegnet war. »Solltest du damit andeuten wollen, daß ich das nicht kann«, sagte sie, »dann ruf dir doch bitte ins Gedächtnis zurück, wer dir das Fechten beigebracht hat.«

»Beigebracht hat's mir dein Großvater. Du warst bloß mein Sparringpartner.«

»Ja, aber du hast mich im Training nie geschlagen, oder? Nicht einmal... ach, komm schon, Puck! Wenn du schon unbedingt hinter mir hertrotten mußt, dann versuch wenigstens, einen Zahn zuzulegen.«

Puck knurrte und versuchte es, aber Zephyr war auch ohne ihren Gleiter außergewöhnlich schnell. Und er hatte mehr zu schleppen als sie – außer seinem Schwert trug er auch eine Armbrust, mit der er Nadeln abschießen konnte und die mit jedem Schritt schwerer zu werden schien.

»Hör mal, Zeph«, keuchte Puck und stolperte fast über einen Grashalm. »Ich wollte dich schon die ganze Zeit fragen...«

»Die Antwort ist nein, worum geht's?«

»Also, Spinnweb und ich und noch einige andere planen, in ein paar Wochen wieder eine Versuchstier-Befreiungsaktion durchzuziehen, und ich dachte, daß du vielleicht –«

»Nein danke«, schnitt Zephyr ihm das Wort ab. »Das ist doch eh nur ein großer Jux, und das weißt du auch. Warum fragst du nicht Saffron Dey? Ich bin sicher, daß sie liebend gern mitkommen würde.«

»Schau, Zeph, Saffron... Saffron ist ein verdammt hübsches Mädchen und so, und ich geb ja zu, daß ich eine Zeitlang was an ihr gefunden hab, aber bei Licht betrachtet, kann sie dir doch nicht das Wasser reichen!«

»Ach wirklich?« Völlig desinteressiert.

»Hundertprozentig! Schau, es tut mir wirklich leid, wenn es dich verletzt hat, aber ich kann einfach nicht glauben, daß du immer noch sauer bist...«

»Sauer!?« Sie warf ihm einen Blick über die Schulter zu, bei dem selbst Zuckermus sauer geworden wäre. *»Sauer!* Himmel, du hast es mit ihr in einem *Schaukasten* getrieben! Was erwartest du denn, wie ich mich fühlen soll?«

»Na, dann war's eben in einem Schaukasten. Na und? Es konnte uns ja niemand sehen! Außer Spinnweb natürlich, und der hat mir zwei Fingerhüte Tequila dafür gegeben, daß er zusch –«

Puck verstummte abrupt und fragte sich nicht zum erstenmal in seinem Leben, womit er eine Zunge verdient hatte, die soviel schneller arbeitete als sein Hirn. Zephyr sagte kein weiteres Wort, beschleunigte lediglich ihren Schritt noch mehr, bis Puck beinahe hyperventilierte.

Ein Stück vor ihnen führte ein zementierter Gehweg über einen schmalen Graben, in dem ein Bächlein floß. George überquerte ihn gerade, von etwas angezogen, das sich auf der anderen Seite befand. Zephyr setzte ihm mit unverminderter Energie nach, während Puck verbissen hinterherstapfte.

Sie spürten es beide im selben Augenblick.

Es war etwas Ungreifbares, eine kalte Ausstrahlung, die ihnen über den Graben entgegenschlug, als sei irgendwo auf der anderen Seite eine kleine schwarze Sonne aufgegangen. Die zwei Kobolde blieben wie angewurzelt stehen. Plötzliches Grauen rollte wie Donner über sie hinweg.

»Was ist das?« flüsterte Zephyr, als fürchtete sie, daß jemand sie hören könnte.

»Ich weiß nicht.« Puck hatte seine Armbrust abgesetzt und fröstelte. »Es ist böse... da drüben ist etwas sehr Böses.«

George hatte den Graben überquert und spazierte unbekümmert weiter.

»Wie hält er es nur da drüben aus?« rief Zephyr ungläubig.

Auch sie hatte angefangen zu frösteln. »Spürt er denn nicht, wie böse es ist?«

»Vielleicht nicht. Und wenn er es nicht spürt, kann es ihm vielleicht auch nichts anhaben.«

»Glaubst du, es weiß, daß wir hier sind?« fragte Zephyr.

Noch während sie sprach, schossen zwei fette Friedhofsratten hinter einem nahen Grabstein hervor. Puck sah sie kommen, riß seine Armbrust hoch und schaffte es irgendwie, mehr durch Glück als Geschick, die eine zu töten. Die zweite rannte weiter und stürzte sich, sobald sie nah genug herangekommen war, mit einem langen Satz auf Zephyr.

»Zeph!« schrie Puck. »Paß au-«

Doch sie fuhr schon herum, das Schwert in der Hand.

VIII

George hatte gefunden, wonach er suchte.

Es war eine schlichte, weiße, quadratische Marmorplatte, die flach auf der Erde lag, mehr eine Tafel als ein richtiger Grabstein und stark verwittert. Er hatte keine Ahnung, warum ausgerechnet ein so unscheinbares Ding einen solchen Eindruck auf ihn machen sollte, aber Tatsache war, daß er noch nie dem Knochenacker einen Besuch abgestattet hatte, ohne hier kurz vorbeizugehen. Etwas Merkwürdiges war ihm immerhin aufgefallen: Alle anderen, stehenden Grabsteine in der Umgebung hatten sich geneigt und schienen von diesem einen fortzustreben, wie Blütenblätter vom Herzen einer seltsamen Blume. Das war sicher nur ein Zufall, doch es trug zur Illusion bei, das hier sei, na ja, das *Zentrum* von irgend etwas.

Der Stein trug kein Datum und nur einen einzigen Namen, sieben Buchstaben, von einer längst verwelkten Hand eingemeißelt:

PANDORA

Als George sich über die Grabstätte beugte, spürte er nichts als eine seltsame und unerklärliche Faszination. An seiner Stelle wären Puck oder Zephyr augenblicklich vor Angst gestorben, doch George fragte sich lediglich im stillen: Was für eine Geschichte wohl hinter diesem Stein steckt? Er wünschte fast, er könnte die Vergangenheit tatsächlich wieder aufleben lassen, statt sich nur etwas auszudenken. Was für eine Geschichte? Wie auch immer – ich wette, es ist eine gute.

Er ließ die Finger über die Marmorfläche gleiten, fuhr die Buchstaben einzeln nach. In der Ferne zuckte ein Blitz.

IX

Zephyr wischte ihr Schwert mit einem Stück von einem welken Blatt ab. Sie hatte die Ratte mit einem einzigen Streich getötet: ein Ausfallschritt, und das Tier wurde noch im Ansprung mitten durchs Herz aufgespießt.

»Siehst du?« sagte sie zu Puck, nachdem sie das Schwert wieder in die Scheide gesteckt hatte. »Ich kann durchaus auf mich aufpassen.«

»Sicher«, sagte Puck noch etwas zittrig. Die Empfindung des Bösen jenseits des Grabens hatte etwas nachgelassen, lauerte aber noch im Hintergrund wie ein nachklingender Alptraum.

»Eine Sache wundert mich«, fuhr Zephyr fort. »Es sieht nicht so aus, als ob hier noch viele Leute begraben würden, oder? Die meisten Plätze sind schon besetzt. Was machen aber dann die Ratten hier? Brauchen sie nicht haufenweise frische... du weißt schon was?«

»Das kann ich dir auch nicht sagen, Zeph. Aber es hat schon immer massenhaft Ratten auf dem Knochenacker gegeben. Schon immer. Es ist wirklich ein gefährlicher Ort. Wahrscheinlich werden bald mehr davon aufkreuzen.«

»Fliegen wir also zurück«, sagte Zephyr nach kurzem Schweigen. »Ich will jetzt nach Hause.«

Sie hatte, wenigstens für den heutigen Tag, jedes Interesse an Georges Beschattung verloren – wofür Puck im stillen der Vorsehung dankte. Er machte sich allerdings nichts vor: Es war noch ein weiter Weg, bis sie ihn wieder in Gnaden aufnehmen würde.

Sie hasteten, angespannt nach Ratten Ausschau haltend, auf demselben Weg zurück, den sie gekommen waren, und erst, als sie sich wieder in der Luft befanden (eine Talwindbö hatte Zephyr dabei unter die Flügel gegriffen), begann Puck, sich allmählich wieder sicher zu fühlen.

X

George schaffte es gerade noch bis nach Hause, ehe das Gewitter losbrach. Kaum hatte er den Schutz seiner Veranda erreicht, als der Regen auch schon mit einer solchen Wucht auf Bürgersteige und Autodächer einzuprasseln begann, daß er zu Nebelschwaden zerstäubte. Das Ganze wurde von einer erstaunlichen Darbietung elektrischer Entladungen begleitet.

Da es Sonntag war, gab es – glücklicherweise – keine Post (Fans wie Feinde sorgten für einen stetigen Zustrom von Briefen, deren Lektüre ihn ziemlich viel Zeit kostete), aber sein Hauswirt hatte einen Zettel an der Tür hinterlassen:

MIETER,
KLEMPNER KOMMT IRGENDWANN IM LAUF DER WOCHE, UM SICH UNDICHTE STELLEN ANZUSEHEN. GLASER NIE ZU ERREICHEN; VIELLEICHT VERSUCHEN SIE ES SELBST MAL. WG. DER ANDEREN SACHE: ICH VERSTEHE NICHT, WAS SIE MIT »SCHABEN IN DER KÜCHE« MEINEN. KAMMERJÄGER ERST JANUAR D. J. DAGEWESEN.

IHR HAUSWIRT,
DENMAN HALFAST IV.

George lächelte wehmütig und schüttelte den Kopf. Denman Halfast… er erinnerte sich, wie er dem Mann einmal ein Exemplar eines seiner Bücher geschenkt hatte. Eine Woche später war es mit dem ebenso unpersönlichen Vermerk zurückgekommen: »MIETER, ZU PHANTASTISCH UND ZU LÄSTERLICH. IHR HAUSWIRT…«

Vielleicht wäre es wirklich an der Zeit gewesen, das Mieterdasein aufzugeben und sich einfach ein Haus in Ithaca zu kaufen; Geld genug hatte er ja. Aber er war sich nicht sicher, ob ihm der Gedanke, hier (und sei es auch nur versuchsweise) Wurzeln zu schlagen, überhaupt behagte. Er war noch jung genug, um sich als Wanderer zu begreifen, und, wie Onkel Erasmus einmal gesagt hatte, Wanderer kaufen nicht. Sie mieten sich was oder übernachten einfach irgendwo. Dazu kam, daß dies das Haus war, in dem er – damals mit drei Freunden – gewohnt hatte, als sein erstes Buch ›Der Ritter der weißen Rosen‹ erschienen war. Auf dieser Veranda hier hatte er jeden Sonntag die ›Times Book Review‹ gelesen und mitverfolgt, wie sein Roman jede Woche eine Position höher auf der Bestsellerliste geklettert war, bis er schließlich mit Platz drei seinen Höchststand erreicht hatte, nur noch von Jackie Collins und dem neuesten Stephen King übertroffen.

Er holte sich eine Cola aus dem Kühlschrank und ging wieder auf die Veranda, um sich das Gewitter anzusehen. Der Regen roch frisch und sauber und verheißungsvoll: Er schien ein aufregendes neues Jahr zu versprechen. Und wenngleich weder George noch sonst jemand (außer einem gewissen Mr. Sunshine) das jetzt schon wissen konnte, sollte dies das aufregendste Jahr werden, das Ithaca jemals erlebt hatte.

Indes saß George ahnungslos auf seiner Veranda, trank seine Cola und spann Tagträume aus dem Regen. Er fragte sich, was für ein Buch er wohl dieses Jahr schreiben würde; und er fragte sich – nicht allzu verzweifelt –, ob die Liebe endlich zu ihm finden und ihm wenigstens für eine gewisse Zeit Frieden schenken würde. Doch während er darüber nachdachte, lächelte er unentwegt, weil er im Grunde glücklich war, einfach nur am Leben zu sein und dem Gewitter zuzusehen – und das war das Besondere an ihm.

Anderswo, nah und fern, hatte inzwischen der allgemeine Aufbruch nach Ithaca eingesetzt. Neue Studenten, alte Studenten, Dozenten im Urlaub – für sie alle würde es bald Zeit sein, zu kommen und Cornell aus dem Dornröschenschlaf zu wecken, es auf ein weiteres Jahr mit Leben zu erfüllen.

Doch nicht alle, die sich in diesen letzten Augusttagen auf den Weg zum Hügel machten, suchten dort Belehrung; und nicht alle waren Menschen.

Luther auf dem Weg zum Himmel

I

Blackjack kauerte vollkommen reglos in einer dunklen Ecke eines verlassenen Kellers. Sein Atem ging leicht und beherrscht; seine Schnurrhaare zitterten nicht, seine Krallen kratzten nicht am Boden, sein Schwanz zuckte nicht. Genaugenommen hatte er überhaupt keinen Schwanz.

Die Ratte war etwa zehn Meter links von ihm. Ihre Bewegungen waren immer noch vorsichtig, aber allmählich begann sie zu glauben, die Luft sei rein. Blackjack mußte mit aller Kraft gegen sein Jagdfieber ankämpfen. Er wartete schon seit fast einer Stunde, ohne sich zu rühren, und er wollte nicht alles mit einem zufälligen Geräusch oder Gedanken vermasseln. Ruhig Blut war die Parole. Und traute sich die Ratte erst von der Wand weg und in die Mitte des Raums, wo es wahrscheinlicher war, daß sie die Übersicht verlor, würde er zuschlagen.

Nach ungefähr einer Minute war es tatsächlich soweit. Die Ratte witterte Nahrung, ein Stückchen ranziger Käse duftete ihr aus einem Haufen anderen Unrats entgegen, den ein durchziehender Penner hinterlassen hatte. Es lag auch Katzengeruch in der Luft, und ein vorsichtigerer Nager hätte ihn vielleicht bemerkt, aber der Käse war allzu verlockend, und bis die Ratte die drohende Gefahr erkannt haben würde, wäre es schon zu spät.

Ein Stück vom Fußboden war von Sonnenlicht überflutet. Ein Brand hatte das Gebäude oben fast völlig zerstört, und die Sonnenstrahlen sickerten durch einen Riß in der Kellerdecke herein. Die Ratte hielt am Rand dieses Lichtsees inne, schnüffelte und bereitete sich auf die endgültige Entscheidung vor. Der Käse befand sich am jenseitigen Ufer.

Warte, ermahnte sich Blackjack, wobei er darauf achtete, daß der Gedanke nicht nach draußen entschlüpfte. Warte, bis sie in der Sonne und geblendet ist. Dann schleich dich so nah wie möglich heran und…

»Blackjack?«

Das Wort kam aus der Richtung der teilweise eingestürzten

Kellertreppe. Die Ratte erstarrte, ließ sich die Sache eine knappe Sekunde lang durch den Kopf gehen und schoß dann davon.

»Scheiße.« Blackjack machte einen Satz nach vorn, obwohl er wußte, daß es schon zu spät war. Die Ratte warf einen flüchtigen Blick auf den kohlschwarzen Manxkater, der ihr mit weiten Sprüngen nachsetzte, legte noch einen Zahn zu und brachte sich bequem in Sicherheit. Blackjack kam schlitternd vor dem Rattenloch zum Stehen und scharrte vergeblich daran herum.

»Blackjack?«

Der Kater drehte sich wutschäumend um. Eine Hündin – ein Mischling – stand am Fuß der Treppe und sah ihn an.

»Ich hoffe, du hast ne gute Ausrede, Riva«, fuhr Blackjack sie an. Hätte er gesprochen, wäre es ein Brüllen gewesen. »Das war mein Mittagessen.«

»Malcolm will dich sprechen«, sagte sie.

Seine Augen weiteten sich ein bißchen, aber seine Wut über die verlorene Ratte blieb unvermindert.

»Ach nee, Malcolm will mich sprechen? Schön für ihn. Richt ihm aus, ich schau vorbei, sobald sich's irgendwie ergibt. Nächste Woche vielleicht.«

»Malcolm will dich *jetzt* sprechen«, beharrte Riva.

Blackjack zog eine weitere patzige Antwort in Erwägung, überlegte es sich aber dann anders. Zwar hatten Katzen – Straßenkatzen jedenfalls – keine Angst vor Hunden, aber Malcolm war der übelste Macho des Viertels. Es wäre unklug gewesen, ihn oder seine Abgesandte zu vergrätzen. Außerdem hätte er Blackjack nie ohne einen wirklich wichtigen Grund holen lassen.

»Gleich«, gab Blackjack nach. »Ich komm gleich. Geh schon mal vor und sag Malcolm –«

»Du hast mir nix zu sagn, Macker!« giftete Riva, die für Katzen wenig übrig hatte. »Malcolm sagt, du kommst mit mir mit, also kommst du. Jetzt.«

»Worum geht's? Was hat er denn mit mir zu bereden?«

»Frag ihn doch selbst, Mann! Was weiß denn ich?«

Blackjack sah sie scharf an, und sie schlug sofort die Augen nieder. »Geht um Luther«, sagte sie. »Mit Luther ist irgendwas schiefgelaufen.« Der Kater nickte oder vollführte die katzenmäßige Entsprechung eines Nickens. Die Nachricht überraschte ihn nicht; in letzter Zeit war bei Luther allerhand schiefgelaufen.

»In Ordnung«, willigte er ein. »Ich komm mit... aber Malcolm schuldet mir eine Ratte.«

II

Ein Wort über Tiere und Telepathie.

Viele Geschichtenerzähler, von Äsop bis Richard Adams, haben uns Geschichten aufgetischt, in denen sich Tiere miteinander unterhalten. Im wirklichen Leben findet man allerdings nur schwache Indizien für solche animalischen Plaudereien; wenn auch manche Tierarten über eine erstaunliche Vielfalt an Lautäußerungen verfügen und diese ihnen eine gewisse rudimentäre Kommunikation ermöglichen, ist die Vorstellung von, sagen wir, zwei Hunden, die sich über den Sinn des Lebens ankläffen, doch reichlich lachhaft. Und da man auch noch nie davon gehört hat, daß etwa Pferde sich über ihre sexuellen Probleme auseinandersetzen, ist es nicht weiter verwunderlich, wenn die meisten Leute meinen, Tiere seien zwar liebenswert, aber doch deutlich beschränkter als der Mensch.

Tatsache ist, daß jedes Lebewesen – einschließlich des Homo sapiens – mit der latenten Fähigkeit zur Telepathie auf die Welt kommt. Bei den meisten Menschen kommt dieses Talent allerdings nie zur Entfaltung, und zwar einfach deswegen, weil seine Hauptfunktion von der Sprache übernommen wird. Bei Tierarten aber, die in engster Gemeinschaft mit dem Menschen leben – insbesondere bei Katzen und Hunden –, hat sich die Telepathie im Laufe der Zeit zu einem höchst leistungsfähigen und wertvollen Instrument entwickelt.

Wiewohl Katzen und Hunde ohne jede Schwierigkeit miteinander »denken« können, unterscheiden sie sich bezüglich ihrer Auffassungsgabe doch in mancherlei wichtiger Hinsicht. Ein solcher Unterschied besteht etwa darin, daß Katzen aus einem nicht weiter bekannten Grund imstande sind, die menschliche Sprache zu verstehen, Hunde hingegen nicht. Einige Katzen lernen auch lesen – eine weitere Unmöglichkeit für Hunde –, wenngleich die Beschaffung und Handhabung von Büchern sie verständlicherweise vor einige Probleme stellt.

Dieser Umstand führte zu einer extremen Polarisierung. Der

Hund – fähig zwar, sich in das Seelenleben des Menschen einzufühlen, aber völlig außerstande, die Komplexität seines Denkens zu begreifen – begegnet ihm schon seit langem mit der größten Ehrfurcht und schreibt ihm eine wenigstens teilweise göttliche Natur zu. Die Katze andererseits wurde, nachdem sie jahrhundertelang Zeugin der gewaltigen Dummheit des Menschen gewesen war, mit der Zeit zurückhaltend und einzelgängerisch und verkehrt mit ihm seitdem – wie sie meint – nur noch unter ihren eigenen Bedingungen. Katzen sind außerdem weit weniger religiös und abergläubisch als Hunde; Blackjack selbst war ein überzeugter Atheist.

Auf den ersten Blick könnte es also scheinen, als ob sich die zwei Gruppen – bei so diametral entgegengesetzten Anschauungen – in einem ständigen Kriegszustand befinden müßten. Indes kommt es trotz eines grundsätzlichen wechselseitigen Mangels an Respekt gelegentlich zu engen Freundschaften zwischen einzelnen Katzen und Hunden. Eine solche Beziehung bestand zwischen Blackjack und Luther, und nur um dieser Freundschaft willen verfügte sich der Kater an jenem Tag sofort zu Malcolm, anstatt sich durch eine gebührende Verspätung für den Verlust der Ratte schadlos zu halten.

Dasselbe Gefühl der Freundschaft führte außerdem dazu, daß Blackjack sich zu guter Letzt mit Luther auf die Reise begab – um etwas zu suchen, dessen Existenz der Kater nicht einmal für möglich hielt.

Den Himmel.

III

Malcolm hielt hof in der Ruine einer verlassenen Kirche. (Das Attribut »verlassen« traf übrigens auf die Mehrheit der Gebäude dieses Viertels zu, eines der ärmsten Gettos der südlichen Bronx.) Riva ging voraus, obwohl Blackjack den Weg selbstverständlich kannte. Als sie sich der Treppe vor der Kirche näherten, drehten sich mehrere herumlungernde Hunde – alles Mischlinge – nach ihnen um. Beim Anblick des Manxkaters wichen sie ein Stückchen zurück.

Eine von Blackjacks ersten Taten, nachdem er sich in dieser

Gegend niedergelassen hatte, war eine Schlägerei mit einem berüchtigten Hund namens Bluto-der-Furchtlose gewesen. Bluto war ein erklärter Katzenhasser, und kaum hatte er Blackjack mit Luther zusammen gesehen, war er schier tollwütig geworden. Als bleibendes Andenken an den nachfolgenden Kampf hatte Blackjack noch heute eine lange Narbe an seiner linken Flanke. Bluto-der-Furchtlose aber hieß fortan Bluto-der-*Klötenlose*, und Gerüchten zufolge hatte er seitdem bei Katzen nicht einmal mehr einen Blick riskiert.

»Ihr könnt ruhig aufhören zu zittern«, telepathierte Blackjack (insgeheim stolz auf seinen Ruf) den Hunden, während er die Treppe hinaufstieg. Nach dem, was er Bluto angetan hatte, gab es im Umkreis von fünf Meilen keinen einzigen Kerl, der nicht nervös geworden wäre, wenn er vorbeischlenderte.

Mit Ausnahme von Malcolm.

Sie betraten die Kirche. Die meisten Bänke waren von Rowdys umgeworfen worden; keine war unversehrt. Mehrere grimmig dreinschauende Mischlinge kauerten zwischen den Trümmern, und vor dem demolierten Altar am Ende des Hauptschiffs lagerte, von den vier bestaussehenden Hündinnen des Viertels flankiert, Rex Malcolm.

»Hallo, Kater«, sagte Malcolm. Er war eine Mischung aus Schäferhund, Dobermann und Dogge... mit einer Spur Timberwolf, wenn man den Geschichten Glauben schenken wollte. Was Blackjack nicht tat.

»Ich habe einen Namen«, entgegnete Blackjack. »Benutze ihn.«

»Schlechte Laune heut, Kater? Mal sehn...« Er konzentrierte sich für einen Augenblick. »Hat's möglicherweise was mit ner Ratte zu tun, die dir entwischt ist?«

»Ja«, sagte Blackjack etwas verunsichert. In der Regel ließen sich mit Hilfe der Telepathie nur auswärts gerichtete Gedanken wahrnehmen, aber Malcolm war eines jener seltenen Tiere, die wirklich in die Tiefen eines fremden Bewußtseins einzudringen vermochten – wie weit, wußte wohl nur er selbst.

»Und möglicherweise«, fuhr Malcolm fort, »meinst du, ich bin dran schuld.«

»Och, schuld ist die da«, sagte Blackjack und zeigte auf Riva. Die Hündin knurrte ihn an. »Sie hat die Ratte verscheucht. Aber da sie in deinem Auftrag kam und da sie dein Eigentum zu sein scheint –«

»Mein Eigentum? Ach, Kater, du kränkst mich. Hündinnen und Eigentum... das ist ja ne Rassi-Vorstellung, wie sie im Buche steht. Ein alter Mischmasch wie ich hat wahrhaftig Beßres zu tun, als andere Hunde zu besitzen.«

Blackjack warf einen Blick auf die vier Hündinnen vor dem Altar. Wenn sie läufig waren, durfte sie kein Kerl ohne Malcolms Aufforderung und Billigung anfassen.

»Du bist ja so emanzipiert«, sagte Blackjack.

»Nuuu... keiner hat behauptet, ich sei vollkommen, Kater. Aber bloß, damit du siehst, wie großzügig ich bin...« Er wandte sich einem der Hunde zu, die zwischen den umgestürzten Bänken saßen. »Besorg dem Kater da was zu essen.«

Der Hund verschwand in der ehemaligen Sakristei, um schon einen Augenblick später nicht mit einer, sondern mit drei ihm aus der Schnauze baumelnden toten Ratten zurückzukehren. Er legte sie zu Blackjacks Füßen nieder.

»Sind'n bißchen steif«, entschuldigte sich Malcolm, »aber fett. Gibt massenhaft fette Ratten neuerdings.«

»Was ist mit Luther?« fragte Blackjack. Ein Geschenk von drei intakten Ratten ließ ihn das Schlimmste befürchten.

»Er will Moses suchen gehen.«

»Ach so...« Moses war Luthers Erzeuger. Er war außerdem verstorben. Vor drei Tagen hatte ihn ein Auto überfahren, und sein Körper war erst gestern vormittag von zwei Männern von der Straßenreinigung in einem Lastwagen fortgeschafft worden. »Er will zur Müllkippe?«

»Das hab ich zuerst auch gedacht«, sagte Malcolm. »Aber ich hab ihn richtig gründlich durchleuchtet, und jetzt glaub ich, daß er vielleicht doch ne längere Reise vorhat. Ne viel längere Reise.«

»Und was hab ich damit zu schaffen?«

»Du bist sein Freund, Kater. So was wie seine Familie, jetzt, wo Moses übern Jordan ist. Es ist deine Aufgabe, auf ihn aufzupassen.«

»Meine Aufgabe...« Blackjack wurde wieder wütend; er schätzte es nicht sonderlich, irgendwelche Verantwortung aufgebürdet zu bekommen. »Schlag dir das ruhig aus dem Kopf, Malcolm. Ich mag Luther, aber gehen tu ich mit ihm nirgendwohin.«

»Red's ihm aus, wenn du's schaffst. Aber wenn er die Flatter macht, Kater, dann flatterst du mit. Die Welt hat 'n wölfischen Hunger; möglicherweise kommt sie auf die Idee, Luther zum Frühstück zu verspeisen, und ich hab nich vor, das zuzulassen. Das bin ich Moses schuldig.«

»*Ich* aber«, sagte Blackjack, als redete er mit einem zurückgebliebenen Katzenkind, »*ich* bin Moses überhaupt nichts schuldig.«

Malcolm ließ plötzlich alle Trägheit fahren und baute sich drohend vor ihm auf. Zum erstenmal legte auch der Hund gewisse Anzeichen von Unmut an den Tag.

»Hör zu, Kater, hör gut zu. Ich werd's nich noch mal sagen. Du *gehst*, und wenn du Luther um die halbe Welt begleiten müßtest. Verdammt, dieser Hund hat nich den geringsten Kampfgeist. Und er hat keinen blassen Schimmer von den Rassis – Moses wollte nich, daß er was davon erfährt. Was meinst du wohl, wie lang er's machen würde, ohne jemand, der ihm Rükkendeckung gibt? Und *du*, Kater, du hast Kampfgeist für zwei. Oder drei.«

»Versuch nicht, mir zu schmeicheln«, sagte Blackjack. Aber er wurde schon weicher.

»Ich schmeichel dir nich, Kater«, erwiderte Malcolm. »Ich sag dir bloß, was ich sehe. Ich kann in dich reinsehn, weißt du, wie durch Glas. Zum Teil ist das Glas beschlagen und undurchsichtig, aber wo ich klar seh... na, direkt *schmeicheln* würd ich dir vielleich nich, aber ich hätt's auch nich so furchbar eilig, dich aufn Müll zu kippm. Und Luther wird deine Hilfe brauchen, wenn er hier weggeht.«

Keine Reaktion.

»Hast du auch ne Zunge, Kater?« fragte Malcolm. »Oder seh ich bloß nich, wie du nickst?«

»Ich werd ihm die Sache ausreden«, sagte Blackjack mehr zu sich selbst als zu Malcolm. »Es braucht keiner von uns irgendwohin zu gehen. Ich red's ihm aus.«

»Dann iß jetzt besser deine Ratten. Er is fest entschlossen, und du wirst nen vollen Magen brauchen, um ihn davon abzubringen.«

Aber Blackjack hatte den Appetit verloren.

»Wo ist denn Luther überhaupt?« fragte er.

»Die Straße runter, in dem Haus, wo früher das ganze Fleisch war«, sagte Malcolm. »Er is aufm Dach.«

IV

»Luther?«
Blackjack betrat den ehemaligen Bet-Shebaschen Fleischerladen, eines der Geschäfte, die sich in der Gegend am längsten gehalten hatten. Direkt hinter der Schwelle saß zwar ein Hund, doch es war nicht Luther.

»Geh mir aus dem Weg, Isaac«, sagte Blackjack warnend, als der Mischling den Eingang versperrte.

»Verschwinde«, befahl Isaac, mit weichen Knien zwar, doch von einem Haß beseelt, der das wettmachte. Er stammte aus demselben Wurf wie Bluto-der-Furchtlose. »Du bist hier überflüssig, Kater.«

»Malcolm meint, ich soll mit Luther reden«, teilte ihm der Kater mit. Nach einer Pause fügte er hinzu: »Früher oder später wäre ich sowieso gekommen.«

»Malcolm meint, daß *du* mit ihm reden sollst? Ist er übergeschnappt oder was?«

»Warum gehst du nicht einfach hin und fragst ihn selber? Hör zu, mein Freund ist auf dem Dach, also mach, daß du –«

Isaac fletschte die Zähne... und taumelte zurück. Ein blutender Schmiß zog sich quer über seine Schnauze.

»Dummkopf«, sagte Blackjack und zog die Krallen wieder ein. Isaac machte einen Satz wie ein Hundchen, wenn's donnert. »Droh niemals einer Katze, außer du meinst es ernst. Genau den Fehler hat dein Bruder gemacht.«

Ohne ein weiteres Wort zu verlieren, durchquerte er den Laden; Isaac belästigte ihn nicht mehr. Blackjack schnupperte und witterte sofort die Geister von koscherem Speck und Leberpastete. Im Hinterzimmer war der Geruch noch intensiver, und Blackjack erinnerte sich mit Behagen daran, wie der Oberschlachter ihm Abfälle zugesteckt hatte. Für einen Menschen war er schon ein famoser Bursche gewesen, der Schlachter – hatte nie erwartet, daß Blackjack um das Essen bettelte oder Kunststückchen vollführte, noch hatte er jemals versucht, ihn zu streicheln.

So ein Mensch konnte einem fast Achtung einflößen: ließ einem die Würde *und* das Futter.

Er fand die Treppe nach oben und begann mit knurrendem Magen hinaufzusteigen... jetzt bedauerte er, die drei Ratten – oder wenigstens eine davon – nicht gegessen zu haben. Die Treppe führte direkt aufs Dach, das genaugenommen ursprünglich der Fußboden des zweiten Stockwerks gewesen war. Das eigentliche Dach war eingestürzt, ebenso drei Wände; die vierte, die noch stand, ging auf die Seitengasse links vom Fleischerladen. Da saß Luther und starrte durch ein schartiges Loch, das einst ein Fenster gewesen war, in die Gasse hinunter. Er war eine mittelgroße Promenadenmischung mit einem kurzen, schwarzweiß gesprenkelten Fell.

»Luther?«

»Blackjack«, begrüßte ihn Luther, ohne aufzublicken. Er projizierte seine Gedanken leise und deutlich, so wie Moses es ihm einst beigebracht hatte. »Du bist gekommen. Ich wußte es.«

»Es – es war eigentlich gar nicht meine Idee. Ich wußte nicht einmal, daß du hier oben bist, bis Malcolm es mir gesagt hat. Äh... warum bist du überhaupt hier oben, Luther?«

»Ich habe mir nur die Stelle angeschaut, wo Moses gestorben ist. Nachdem sie ihn angefahren hatten, schleppte er sich in diese Gasse.«

»Ach ja?«

»Sein ganzes Leben lang«, fuhr Luther fort, und in seinem Gedanken lag ein Anflug von Ehrfurcht und Trauer, »hat er nur versucht, niemand lästig zu fallen. Als es zu Ende ging, wollte er seinen Kadaver vermutlich nicht mitten auf der Straße liegenlassen.«

»Ich glaube kaum, daß es irgendwen gestört hätte«, sagte Blackjack und setzte sich neben ihn. »Nicht in dieser Gegend. Es tut mir wirklich leid. Ich weiß, daß ich's dir schon gesagt habe, aber es ist mein Ernst.«

»Es gibt nichts, was dir leid tun müßte. Du kannst ja nichts dafür, daß er gestorben ist. Schuld ist nur Raaq.«

»Wer?«

»Raaq. Der Versucher.«

»Aha.« Blackjack hatte wirklich keine Lust, sich auf eine Diskussion über die Hundeversion des Satans einzulassen.

»Er ist nicht der Tod, weißt du«, sagte Luther, der in religiöser Stimmung war, »aber sie reisen immer zusammen. Die Aufgabe des Todes ist, die Seelen einzusammeln. Das eigentliche Töten allerdings erledigt Raaq. Wann immer ein Auto einen Hund überfährt, sitzt Raaq am Steuer. Sicher, es ist eigentlich ein Mensch – ein Herr –, aber für den einen Augenblick wird er zu Raaq. Und das Auto wird auch zu Raaq...«

»Luther«, unterbrach ihn Blackjack sanft.

»... Er läßt Hund gegen Hund kämpfen, er schickt die Krankheit. Er ist in der Tollwut. Er läßt die Hündin verwerfen. Er –«

»Luther!«

»Hä?« Luther riß den Kopf herum, als schüttelte er einen besonders schlimmen Traum ab. »W-was hast du gesagt?«

Blackjack sah Luther forschend in die Augen. Er sah nicht gut aus. Hätten Hunde weinen können, wäre sein Gesicht jetzt von hysterischen Tränen überströmt gewesen.

»Ich finde es nicht fair«, sagte Luther, und der Gedanke war sanft und demütig. »Ich war der einzige aus meinem Wurf, der den ersten Monat überlebte. Und meine Mutter ist eines Tages einfach verschwunden. Moses hat immer geglaubt, die Fänger hätten sie erwischt. Neuerdings frage ich mich aber, ob's nicht etwas Schlimmeres gewesen sein könnte. Was, wenn sie eines Nachts ganz allein ausgegangen und Raaq in Person begegnet wäre?«

»Raaq ist nichts Reales, Luther«, sagte Blackjack geduldig. »Raaq ist nur ein böser Traum, dem irgendein Höhlenmensch einen Namen gegeben hat. Dann hörte eine Katze zufällig, wie der Höhlenmensch davon sprach, und erzählte es, nur so zum Spaß, einem Hund. Und seither jagt ihr euch selbst damit Angst ein.«

Luther hörte sich das ebenso geduldig an. Katzen sagten oft seltsame Dinge, besonders in bezug auf die Herren. Ein braver Hund nickte dazu höflich und nahm es nicht so schrecklich wörtlich.

»Du wirst aber doch weiter mein Freund bleiben, Blackjack, oder?« fragte er, als der Kater ausgeredet hatte. »Jetzt, wo Moses gestorben ist, habe ich niemand mehr außer dir.«

»Ich bleibe dein Freund«, versprach Blackjack. Und weil Umarmungen für Katzen schlecht zu bewerkstelligen sind, biß er

Luther spielerisch ins Ohr. Dann sagte er: »Was ist das jetzt für eine Geschichte, daß du Moses suchen willst?«

»Na ja...« Luther schlug die Augen verlegen nieder. »Selbst mit dir als Freund, sei mir nicht böse, fehlt er mir doch sehr. Ich will ihn wiedersehen.«

»Du meinst seinen Körper?«

»Aber nein!« Luther sah ehrlich überrascht aus. »Warum sollte ich den sehen wollen? Wozu ist ein Körper schon gut, wenn niemand drin ist?«

»Aber dann –«

»Ich will seine Seele wiedersehen, Blackjack.«

»Seine Seele.« Der Kater rutschte unbehaglich auf seinem Sitzfleisch hin und her. »Und wo bitte soll die sein?«

»Im Himmel natürlich.«

Diesmal war es an Blackjack zu staunen. Als er zufällig auf die Gasse hinunterblickte, überfiel ihn ein schrecklicher Gedanke.

»Ich hoffe, du bist nicht so dumm, da runterspringen zu wollen«, sagte er feierlich. »Selbst wenn Selbstmord eine vernünftige Lösung wäre, kann ich dir gleich sagen, daß es vom zweiten Stock aus nicht klappt. Nicht hoch genug. Es tut weh, aber außer du landest auf dem Kopf, reicht es vermutlich nur dazu, dich zum Krüppel zu machen. Bestimmt nicht zum Sterben.«

»Ich will doch gar nicht springen, Blackjack. Wie kommst du denn darauf? Man springt nicht in den Himmel. Dorthin geht man zu Fuß.«

»Wie bitte?«

»Mir ist da so eine Idee gekommen«, erklärte Luther. »Das war gestern, direkt nachdem sie Moses' Körper abgeholt hatten. Ich war unten auf der Gasse, schnüffelte an der Stelle herum, wo er gelegen hatte, und konnte ihn immer noch riechen.«

»Das ist doch klar. Es hat ja nicht geregnet, also gibt's überhaupt keinen Grund, warum der Geruch sich nicht so lange halten sollte. Aber was hat das mit dem Himmel zu tun?«

»Na ja«, sagte Luther, »ich stand so da und dachte: Wenn ich Moses' Körper wittern kann, dann könnte ich ja vielleicht auch seine Seele aufspüren. Und dann dachte ich: Und was, wenn ich gleich den Himmel selbst aufspüren könnte?«

»Ach...« Langsam begann Blackjack zu begreifen.

»Na, und so bin ich eben hier heraufgestiegen, um die Witterung des Himmels aufzunehmen. Ein höheres Gebäude wäre wahrscheinlich besser, aber ich bin irgendwie gern hier, und Moses war's auch. Wie dem auch sei«, fuhr er fort. »Lange Zeit habe ich überhaupt nichts gewittert. Die ganze letzte Nacht und den ganzen Vormittag über war nichts anderes zu riechen als die Auspuffgase von der Stadt. Und dann, vor ein paar Stunden erst, kam eine Brise auf und brachte einen neuen Geruch mit. Sehr schwach, aber er war da.

Ich habe den Himmel gerochen, Blackjack! Er ist im Norden. So hoch im Norden, daß ich nicht einmal sicher weiß, ob die Welt ganz bis da hinreicht, aber ich glaube doch, daß ich's schaffen kann... oder wir, wenn du mich begleiten willst.«

Blackjack hatte Luther während seiner Gedankenrede mit wachsender Nervosität beobachtet und war bald zu der Einsicht gelangt, daß er ihm die Reise niemals würde ausreden können. Jedes mögliche Argument – daß es den Himmel gar nicht gab, daß, wenn es ihn doch gab, man da garantiert nicht lebendig hinkommen konnte, ja daß er als Reiseziel wahrscheinlich maßlos überschätzt wurde – alles wischte der leicht romantisch verklärte und leicht wahnsinnige Ausdruck in Luthers Augen hinweg. Er erkannte auch – zähneknirschend –, daß sein nicht mehr ganz einwandfreies, aber doch immer noch funktionsfähiges Gewissen ihm nicht erlauben würde hierzubleiben, wenn Luther sich in eine Welt hinauswagte, in der er, unschuldig wie er war, allein nie und nimmer überleben würde.

»Erklär mir eins«, sagte Blackjack, während er versuchte, sich mit dem Gedanken an die Reise abzufinden, und bereits wußte, daß er die nächste Nacht kein Auge zutun würde.

»Na klar«, erwiderte Luther schwanzwedelnd. »Was möchtest du denn wissen?«

»Dieses Dings da, der Himmel. Wie hat er eigentlich gerochen?«

»Nach Regen«, sagte Luther verwundert. »Nach Regen und Hügeln.«

»Mann«, sagte Blackjack. »Das klingt ja einfach klasse.«

V

Drei Tage später brachen sie auf. Die meisten Hunde des Viertels und einige der ortsansässigen Katzen versammelten sich, um sie zu verabschieden. Allgemeiner Austausch von Lebewohls, viel Glück und alles Gute, und dann zogen sie los. Malcolm begleitete sie den ersten Kilometer und rasselte dabei letzte – in erster Linie Luthern zugedachte – gute Ratschläge herunter.

»... Und vergeßt nich, daß ihr beide kein Halsband habt. Das is zwar für sich genommen nich direkt ne Schande – mir hat noch kein Mensch 'n Halsband angelegt –, aber so können euch die Fänger aufn ersten Blick als Herrenlose erkennen. Ihr müßt immer wie die Schießhunde aufpassen und dürft nie vergessen, daß manche von ihnen euch auch von weitem abknallen können. Und dann«, sagte er in einem Ton, als packte er ein heißes Eisen an, »müßt ihr auch vor den Rassis auf der Hut sein?«

»Rassis?« fragte Luther. »Was ist denn das?«

»Reinrassige«, sagte Blackjack, ohne den Blick von der Straße abzuwenden. »Reinrassige Hunde.«

»Was sind –«

»Hat hauptsächlich was mit Blut zu tun«, erklärte ihm Malcolm. »Also, ich zum Beispiel hab das Blut von drei bis vier verschiedenen Hundesorten in mir. Du, Luther, du hast sogar noch mehr drauf. *Deine* Mischung kriegen nur noch die Götter auseinander, und selbst *die* müßten dafür ziemlich lange sortieren. Aber ein Reinrassiger – das ist ein Hund, der nur Blut von einer Sorte hat, oder jedenfalls soviel von einer, daß er behaupten kann, es sei nur die eine. Das nennt man nen Stammbaum, und sie glauben, sie wären dadurch was Besseres als die, die keinen haben.«

»Aber wie kann man denn erkennen, wer einen Stammbaum hat, wenn es nur eine Frage des Blutes ist? Am Geruch?«

»Oh, du wirst sie schon erkennen, Luther. Reinrassige gibt's von den verschiedensten Sorten, den verschiedensten Geschmacksrichtungen sozusagen, aber alle von einer Sorte sehen gleich aus. Nicht *völlig* gleich natürlich, aber es gibt eine Norm, ein Ideal, das sie zu erreichen versuchen. Und sie hassen Hunde wie uns. Mischlinge.«

»Sind denn alle Reinrassigen so?«

»Nein«, warf Blackjack ein. »Er übertreibt.«

»Nich sehr, Kater«, beharrte Malcolm. »Ganz und gar nich sehr. Aber die wirklich üblen – die, die euch töten wollen – werdet ihr an nem Gedanken in ihrem Kopf erkennen. Ihr werdet ihn ganz klar und deutlich verstehen, selbst wenn sie versuchen, ihn unter anderen Gedanken zu verstecken.«

»Was für ein Gedanke?«

»Krätze«, sagte Malcolm. »So nennen sie uns. *Krätze*. Wenn du diesen Gedanken im Kopf von nem andern Hund hörst, wenn du ihn fühlst, ihn riechst, ihn schmeckst, dann weißt du, dieser Hund is dein Feind. Dann mach, daß du so schnell wie möglich verschwindest. Oder bring ihn um, wenn du mußt.«

»Ihn umbringen?« Luther riß die Augen vor Entsetzen auf. »Ein Hund, der einen anderen Hund tötet, läßt Raaq in sein Herz ein, Malcolm. Das weißt du doch. Du kannst doch nicht –«

»Kann sein, daß Raaq wirklich reinkommt. Aber solang ein Hund noch lebendig is, kann er hoffen, Raaq auch wieder rauszujagen. Daß ein Hund einen andern umbringt, passiert alle naselang, Luther. Und das weißt du ganz genau.«

Luther sagte nichts. Sicher, er wußte es, aber er wußte auch, was Moses ihn gelehrt hatte – daß es nicht so sein mußte.

»Krätze«, wiederholte Malcolm mit unverhohlenem Widerwillen. »Merk dir das Wort, Luther. Bewahr's in deinem Herzen. Und schreib's dir hinter die Ohren.«

Sie hatten die Grenze ihres Heimatreviers erreicht. Vertraute Gerüche verblaßten, neue, fremde traten an ihre Stelle. Andere Tiere, andere Dinge.

»Bis hierhin geh ich mit«, sagte Malcolm zu den beiden. »Vergeßt nich, was ich euch gesagt hab, und paßt auf euch auf. Du wirst mir fehlen, Luther. Vielleicht wirst sogar *du* mir fehlen, Kater. Du bist zwar kein Hundesohn, aber man kann sich glatt an dich gewöhnen.«

»Ich bin zutiefst geschmeichelt«, sagte Blackjack.

»Sag nicht Lebwohl, Malcolm«, bat Luther. »Wer weiß, vielleicht kommen wir ja eines Tages zurück.«

»Ich glaub's nich, Luther. Nich, daß ich was dagegen hätte, aber es sieht irgendwie nich danach aus.«

»Fangen wir jetzt auch noch an zu prophezeien?« stichelte Blackjack. »Na, ist ja wohl ganz passend, wo wir uns aufmachen, ein mythisches Reich zu suchen.«

»Das is so ne Sache mit dir, Kater«, erwiderte Malcolm. »Für so 'n extrakluges Tier bist du manchmal ganz schön dämlich. Was weißt du, ob ich nich doch in die Zukunft sehen kann? Hab ich *dich* nich ganz ordentlich durchschaut? Die Zukunft is ein trüberes Glas, aber nich völlig undurchsichtig.«

»Und du glaubst nicht, daß wir zurückkommen?« fragte Luther traurig.

»Nein«, sagte Malcolm. »Dir steht Großes bevor, Luther. Wer weiß, vielleicht wartet irgendwo da draußen wirklich der Himmel auf dich. Aber ich hab so meine Zweifel, daß wir uns in dieser Welt noch mal sehen werden.«

»Wenn's wirklich noch ne Welt außer dieser gibt«, warf Blackjack ein, »wird das wahrscheinlich ein solcher Schock für mich, daß ich sogar froh sein werde, deine häßliche Schnauze wiederzusehen. *Du* bist allerdings ein Hundesohn, Malcolm, aber ich schätze, man kann sich auch an dich gewöhnen.«

»Mach's gut, Kater. Du auch, Luther. Lebt wohl.«

»Leb wohl, Malcolm«, sagte Luther und wandte sich ab. Blackjack folgte ihm auf den Fersen.

Als sie aufbrachen, zog die Nacht gerade herauf. Der Himmel war bedeckt, versprach aber keinen Regen, und im Süden leuchteten die Wolken matt im Widerschein von Manhattan. Malcolm stand an der Grenze des Heimatreviers, *seines* Reviers, und sah ihnen nach, bis Hund und Kater in der zunehmenden Dunkelheit verschwunden waren.

Während er allein zur Kirche zurückging, erhob sich ein leichter Wind.

I

Am Morgen, an dem seine Tochter für ihr letztes Jahr im College abreisen sollte, stand Walter Smith noch vor Tagesanbruch auf, zog sich lautlos an und schlüpfte in den kühlen Morgen Wisconsins hinaus, noch bevor Eos sich des Himmels bemächtigte. Walt betrieb zwar keine Milchwirtschaft, war vielmehr Fabrikarbeiter – beziehungsweise Fabrikarbeiter in Rente –, doch sein Grundstück grenzte an eine der größten Weideflächen des Staates. Dorthin machte er sich auf. Unterwegs flankte er seinem Alter zum Trotz über zwei Zäune und durchwatete ein seichtes Flüßchen. Von der Arthritis war er, jedenfalls bis jetzt, glücklicherweise verschont geblieben, aber er bezweifelte, daß selbst schmerzende Gelenke ihn im Haus gehalten hätten. Frühmorgens war seine Zeit der Rebellion. Ganz besonders an diesem Morgen.

Walter Smiths in nahezu jeder Hinsicht hoffnungslos normales Leben hätte ohne weiteres zur Definition des Begriffes »durchschnittlich« herangezogen werden können. Anfang der zwanziger Jahre als Sohn weder reicher noch armer lutheranischer Eltern geboren, hatte er die große Wirtschaftskrise, den Zweiten Weltkrieg, die Hexenjagden der McCarthy-Ära, die Bürgerrechtsbewegung, den Vietnamkrieg und den Watergate-Skandal erlebt, ohne von diesen nationalen Umwälzungen mehr als kaum wahrnehmbare Erschütterungen mitzubekommen. Er hatte mit fünfundzwanzig geheiratet und sich am Rand des verschlafenen Städtchens niedergelassen, wo er, seine Frau und seine Tochter heute noch wohnten. Die nächsten vierzig Jahre seines Lebens hatte er in einer Farbenfabrik der Great Midwest Paint Company gearbeitet (und während dieser ganzen Zeit war das aufsehenerregendste Ereignis in der Fabrik die Einführung einer brandneuen Serie von Holzbeizen gewesen – die »Great-Midwest-Beizen«). Walt war mittlerweile ein vertrautes und respektiertes Gesicht in der Stadt, nicht gerade die Sorte Mensch, die man zum Bürgermeister wählt, doch zweifellos jemand, den man zum nächsten Wohltätigkeitsbasar einlädt. Ein netter, unauffälliger Normalbürger.

Das jedenfalls war, was jedermann glaubte. Nicht einmal Prudence, Walters Frau, wußte von seiner Angewohnheit, gelegentlich Dinge zu tun, die... nun... nicht ganz so normal waren. Diese »Abschweifungen«, wie Walter sie nannte, waren keine besonders häufigen oder groß angelegten Aktionen. Im Grunde seines Herzens war ihm wohl bewußt, daß er ausschließlich zum Normalbürger taugte, doch im Lauf der Jahre hatte er sich zu einem großen Bewunderer jener seltenen Glückspilze entwikkelt, die aus dem Rahmen fallen, aus der Reihe tanzen. Seine Abschweifungen waren eine Art Ehrenbezeigung, eine kleine Verneigung vor der Aufsässigkeit, der Verrücktheit... dem Anderssein.

Vielleicht hatte diese Anlage schon seit seiner Geburt wie ein latentes Nierenleiden in ihm geschlummert, doch war sie erst ziemlich spät zum Vorschein gekommen. Walter würde nie jenen Tag des Jahres 1955 vergessen, da er, vom rücksichtslosen Dick Stark (Ex-Ledernacken, neuer Verkaufsleiter der Great-Midwest-Farbenfabrik und würdiger Nachfolger von Attila dem Hunnen) an die Grenze seiner Belastbarkeit getrieben, zum erstenmal ins Kaninchenloch des Nonkonformismus gestürzt war. Walters Ur-Abschweifung war überaus unauffällig gewesen; sie bestand lediglich darin, die Zahlen in Starks Verzeichnis der wöchentlichen Auslieferungen ein wenig durcheinanderzubringen. Es war reiner Zufall, daß Walt sich an jenem Tage in Starks nicht abgeschlossenes und unbewachtes Büro verirrte und das riesige hellgrüne Hauptbuch sah, in dem alle Bestellungen notiert wurden; den eigentlichen Sabotageakt beging er, praktisch ohne zu denken – doch die Folgen hätten selbst kühnste Erwartungen übertroffen: Im Lauf der nächsten zwei Wochen wurde ein renovierungsbedürftiges Detroiter Bestattungsinstitut mit einer dreifachen Menge Latexfarbe von heiterstem Zitronengelb beliefert, ertrank die Gemeinde einer neuerbauten Kirche in Ohio in einer Sintflut von Schocklila, erhielt ein Great-Midwest-Farbengeschäft in Milwaukee LKW-Ladungen von Rosa-Luxemburg-Pink... ein Farbton übrigens, der sich auch auf Starks Antlitz wiederfand, als er Ende des Monats ohne viel Federlesens gefeuert wurde.

Noch lange nach dieser Heldentat hatte Walter sich ziemliche Sorgen um seine Zurechnungsfähigkeit gemacht – es war schließlich das erstemal gewesen, daß er etwas getan hatte, das nicht mehr im entferntesten mit Rechtschaffenheit und Ordnung zu vereinbaren war (und was für ein erstes Mal!); gleichzeitig erfüllte ihn der Zwischenfall mit einem seltsamen Hochgefühl. Diese wenigen Augenblicke im Auslieferungsbüro, als er mit fliegender Hast die Bestellungen geändert hatte, waren für Walter Smith ein kurzer Abstecher in die Welt des Nonkonformismus gewesen, und wenn es auch nicht seine Welt war, so hatte es ihm dort großartig gefallen.

Weitreichende Abschweifungen wie diese waren in all den Jahren danach nur seltene Ausnahmen geblieben, doch dafür hatte es Walt geschafft, sich zusätzlich ein, zwei Marotten für den Alltag zuzulegen. Eine davon war seine Angewohnheit, sehr früh aufzustehen und einen Spaziergang zu machen, während das restliche Wisconsin – einschließlich der Bauern und ihrer Milchkühe – noch schlief. Und jetzt, als Rentner, hatte er etwas anderes entdeckt, etwas köstlich Aufrührerisches, das wie geschaffen war für die dunklen, heimlichen Stunden vor dem Morgengrauen.

Walter Smith saß auf einem einsamen Baumstumpf am Rand der Viehweide und holte einen Plastikbeutel mit Reißverschluß aus der Jackentasche. Im Beutel befanden sich vier fertig gerollte Marihuanazigaretten. Er kaufte sie für einen Dollar das Stück bei einem ehemaligen Kumpel aus der Fabrik namens Don Kawumm, um sich an jenen Morgen, an denen es ihn überkam, hier draußen auf dem Stumpf einen zu dröhnen. Als Walter erstmals zu diesem Zweck an ihn herangetreten war, hatte Don seinen Ohren nicht getraut, und die Erinnerung an seine Verblüffung war Walt ganz besonders teuer.

Er nahm einen Joint heraus und legte den Beutel neben sich auf den Stumpf. Zündete die Zigarette mit einem angelaufenen Sturmfeuerzeug an und inhalierte tief, um die Glut in Gang zu bringen. Er behielt den Rauch so lang wie möglich in der Lunge und entließ dann eine reinweiße Säule. Er konnte das schon ziemlich gut, mußte nicht mehr nach jedem Zug husten.

Die nächsten zwanzig Minuten tat Walter nichts als rauchen. Normalerweise begnügte er sich mit einem Joint, doch an diesem Morgen ging er beträchtlich weiter; an diesem Morgen machte er sich Sorgen wegen seiner Tochter, seiner einzigen, allereinzigsten

Tochter, von der er so sehr gehofft hatte, sie würde sich zu einer wahren, einer hauptberuflichen Rebellin entwickeln.

Sie war vor knapp einundzwanzig Jahren in einer schier nicht enden wollenden Nacht auf die Welt gekommen. Die Wehen hatten dreizehn Stunden gedauert, und irgendwann hatte es Walt im Wartezimmer nicht mehr ausgehalten und sich auf die Suche nach einer möglichst ungewohnten Beschäftigung gemacht. Schließlich hatte er sich an einem Kiosk in der Nähe eine Pakkung Marlboro gekauft (auf Marihuana wäre er damals nicht einmal im Traum verfallen, aber für einen Nichtraucher stellte Tabak schon eine ziemliche Abschweifung dar) und wäre am ersten Zug beinahe erstickt. Als er dann zum Krankenhaus zurückgeschlendert war, hatte er zum Nachthimmel emporgeblickt und ein Leuchten gesehen: das Nordlicht, das zu einem Gastauftritt aus Kanada angereist war.

Die Neugeborene wurde dementsprechend auf den Namen Aurora Borealis Smith getauft.

II

»... und da hat Brian gesagt, er fände es ziemlich abartig, solche Magazine in einem ganz normalen Geschäft offen herumliegen zu lassen, wo Jugendliche ein und aus gehen und sie sich anschauen können, und Mr. Garfield hat gesagt, da könne er recht haben, aber es sei schließlich nicht Brians Geschäft und wenn es ihm nicht paßt, dann soll er künftig woanders einkaufen. Da hat Brian ihn gefragt, was er tun würde, wenn auch andere Leute woanders einkaufen würden. Da ist die Sache dann erst richtig losgegangen. Mr. Garfield hat angefangen, von Bürgerrechten und Pressefreiheit zu reden, und Brian hat seine Bibel gezückt, und dann haben sie sich bestimmt eine Stunde lang herumgestritten –«

Sie war hochgewachsen, blaß, blond. Das Haar reichte ihr bis fast an die Schultern. Die Lippen waren schmal und lieblich, die Wangen wohlgeformt, die Augen leuchteten blau wie der Glanz des Mittags auf einem See oder eine Kornblume am Brusttuch einer Herzogin. Es war alles fast genauso, wie es sein sollte, als ob ihr nur noch eine winzige Zutat fehlte, um statt hübsch wirklich schön zu sein.

Walter Smith betrachtete Aurora, während sie das Frühstück vorbereitete, und hörte kaum, was sie sagte. Mrs. Smith lag noch im Bett, da sie an ihrer alljährlichen Cornellitis litt. Zu Auroras Immatrikulation waren sie alle zusammen nach Ithaca gefahren, und das erste, was sie bei ihrer Einfahrt durch den North Campus gesehen hatten, waren zwei Frauen, die auf der East-Avenue-Brücke über dem Fall Creek standen und sich am hellichten Tage und mit weit geöffneten Mündern küßten. Und als wollte Gott damit irgendwas beweisen, war das Pärchen nicht nur lesbisch, sondern auch noch gemischtrassig gewesen. Walter hatte sich daraufhin berechtigt gefühlt, von Cornells radikalisierender Atmosphäre Großes zu erwarten, doch seine Frau Prudence war beinahe in Ohnmacht gefallen. Jetzt erkrankte sie jedes Jahr schwer, wenn sich die Sommerferien dem Ende zuneigten, und sie hatte sich geweigert, den Campus vor Auroras Abschlußfeier noch einmal zu betreten.

»... danach sind wir noch ein bißchen herumgelaufen und haben uns unterhalten. Mir war wirklich nicht besonders wohl bei der ganzen Sache. Brian hatte natürlich recht, aber einem alten Mann wie Mr. Garfield angst zu machen... Na ja, man muß schließlich auch an ihn denken, nicht nur daran, daß irgendwelche Kinder ein *Penthouse* in die Finger bekommen könnten. Ich meine, irgend jemand muß sie doch kaufen, sonst würde er sie doch gar nicht führen, und vielleicht muß er eben auf diese Kunden Rücksicht nehmen...«

Walt spielte immer noch Haschen mit der Wirklichkeit. Er hatte sich auf seinem Baumstumpf übernommen, hatte zwei Joints und vom dritten die Hälfte geraucht, ehe er – zu spät – begriffen hatte, wie stark es reinhauen würde. Er fühlte sich wie abgeschottet, fußlahm im Kopf; das Ärgerliche an einem Marihuanarausch war, daß man es einfach nicht schaffte, sich auf mehr als eine Sache auf einmal zu konzentrieren, und selbst die neigte stark dazu, einem ständig zu entwischen.

Aurora rührte Eier und ließ sich weiter über ihr Rendezvous vom Vorabend aus, während Walters Gedanken in die Vergangenheit zurückschwirrten. Zu seinen Söhnen. Aurora war erst spät ins Spiel gekommen, ein Überraschungsbaby sozusagen, aber in ihrer Anfangszeit hatten Walter und Prudence zwei Söhne auf die Beine gestellt.

Ed, der Älteste, war ein grundanständiger Kerl und noch durchschnittlicher als sein Vater (Walter hatte bei ihm sehr aufmerksam nach etwaigen Anzeichen gelegentlichen Abschweifens Ausschau gehalten, doch er hatte keine bemerkt). Er lebte in Minnesota mit einer lauen, methodistischen Frau und zwei Kindern, war bei einer Versicherungsgesellschaft angestellt und schickte zu Weihnachten sowie an Mutter- und Vatertag je eine Karte.

Der andere Junge, Jesse, hatte erst nach einer langwierigen Entbindung den Mutterleib verlassen und dabei Zeter und Mordio geschrien. Ein Weltbeweger vom ersten Augenblick an. Während des Vietnamkriegs war Jesse in Berkeley gewesen, hatte an Protestmärschen teilgenommen und war durchschnittlich einmal im Monat verhaftet worden. Er hatte oft nach Hause geschrieben und dabei von seinen Heldentaten berichtet und Zeitungsausschnitte mitgeschickt, und in den Abendnachrichten war sein Gesicht einmal für einen Augenblick in einer Menschenmenge zu sehen gewesen. Kurz vor dem Ende war Walter sogar der Verdacht gekommen, Jesse habe da drüben einen festen Freund. Trotz Mangel an Beweisen hatte Walter bei dem Gedanken einen Anflug von Stolz verspürt: Es wäre schon herrlich unkonventionell gewesen, auch wenn Prudence vermutlich ganz anders darüber geurteilt hätte…

Vier Tage vor seinem Abschluß war Jesse direkt außerhalb des Unigeländes von einem Auto angefahren worden und gestorben. Der Fahrer war nicht betrunken gewesen; er hatte lediglich im falschen Augenblick in die falsche Richtung geschaut, und das empfand Walter als die größte Grausamkeit: daß es keinen Schuldigen geben sollte, niemanden, dem man die Faust unter die Nase halten konnte, niemanden außer vielleicht dem Schicksal. Er hatte Jesse lange beweint – lange und in einer Weise, wie er um Ed zugegebenermaßen niemals hätte weinen können. Und wenn ihm etwas schließlich aus seiner Verzweiflung herausgeholfen hatte, so war es etwas gewesen, was die damals knapp fünfjährige Aurora für ihn getan hatte.

Sie hatte einen Blumenstrauß für ihn gestohlen. Nicht einfach nur gepflückt, sondern regelrecht gestohlen; sie war unter Zäunen durchgekrochen, hatte sich überall in der Stadt klammheimlich in anderer Leute Gärten geschlichen – und in einem Fall (ihrem Bericht zufolge) mit einem sehr großen Dobermann Verstecken gespielt –, um mit einem bunten Sortiment an Blumen zurückzukehren: Rosen, Ringelblumen, Tulpen, Osterglocken, Päonien und andere mehr, von denen er nicht einmal wußte, wie sie hießen. Sie hatte ihm den Strauß gegeben und genau erzählt, wie sie dazu gekommen war, und sie hatte ihm gesagt, er könne jetzt aufhören, so traurig zu sein, es würde schon alles gut werden. Er besaß die Blumen noch heute, jede für sich zwischen den Seiten einer gebundenen Ausgabe der ›Abenteuer des Tom Sawyer‹ gepreßt, die in der untersten Schublade der Kommode lag. Und er hegte noch diesen Funken Hoffnung für sie, der damals plötzlich in ihm aufgekeimt war, als er in ihren Augen Jesses Blick entdeckt hatte – schlummernd zwar, aber unleugbar vorhanden und nur darauf wartend, zum Leben erweckt zu werden.

Wäre nur Brian Garroway nicht gewesen.

»... und da hat Brian gesagt...«

Brian war Auroras fester Freund, und das schon seit der High-School. Um ehrlich, ja schonungslos offen zu sein, war er praktisch ihr Verlobter. Das einzige, was noch fehlte, war die Anschaffung eines Rings und die Festlegung eines Datums – reine Formalitäten, die man wahrscheinlich über Thanksgiving, spätestens aber zu Weihnachten erledigen würde. Und dann... dann würde es zu spät sein.

»... und Brian...«

Walter war sich völlig im klaren darüber, daß die meisten Eltern Brian als ideales Schwiegersohnmaterial betrachtet hätten. Er war ein anständiger, geradliniger Bursche, der sein Studium demnächst mit dem Hotelkaufmannsdiplom einer der besten Universitäten des Landes abschließen würde. Er war außerdem ein überzeugter Christ, unerschütterlich in seinem Glauben und ein erklärter Gegner von Drogen, Alkohol, Zigaretten und Pornographie. Und Weltbewegereien. Für Walt wäre der Anblick von Brian, der bei einer Demo mitmarschierte, ein sicheres Anzeichen für die bevorstehende Erscheinung der Apokalyptischen Reiter gewesen. Alles in allem ein netter Junge – jemand, der niemals über die Stränge schlagen würde, der heiraten, seinen Platz als nützliches Mitglied der Gesellschaft einnehmen, nette, durchschnittliche Kinder großziehen und sein Leben lang nichts Erwähnenswertes zustande bringen würde.

»... und wir...«

Wir. Das war noch so eine Sache: Brian schien in die erste Person Plural verliebt zu sein. Wir dies und wir das. Wenn man ihn ließe, würde er einem das Reden (und auch das Denken) vollständig abnehmen. Das war Walts größte Angst, daß Brian alles, was von diesem kleinen Mädchen, das damals den Blumenstrauß für ihn gestohlen hatte, noch übrig sein mochte, (in der allerbesten Absicht natürlich) restlos einebnen könnte.

High (oder besser down), wie er war, nahmen seine Überlegungen weit paranoidere und hoffnungslosere Züge an als gewöhnlich, und als Aurora ihm arglos lächelnd einen dampfenden Teller Rührei mit Speck vorsetzte, faßte er den Entschluß, ein offenes Wort mit ihr zu reden, bevor sie sich nach Cornell absetzte und sich seinem Einfluß entzog. Als sie mit ihrem eigenen Teller zurückkam und sich an den Tisch setzte, stellte er folglich den Blickkontakt zu ihr her, wobei schon der Ausdruck in seinem Gesicht keinen Zweifel daran ließ, daß er ihr etwas äußerst Wichtiges zu sagen hatte. Dann machte er den Mund auf, doch das Marihuana stellte ihm ein Bein, und die Worte, die herauskamen, waren vielleicht nicht die glücklichsten:

»Solltest du jemals lesbisch werden«, erklärte er mit größtem Ernst, »so hätte ich dafür Verständnis.«

Da sie eigentlich nicht die Absicht hatte, lesbisch zu werden, ja sich generell eher selten mit diesem Fragenkomplex beschäftigte, war Auroras Reaktion auf diese Eröffnung nicht allzuschwer vorherzusagen: ein herausplatzendes, gestottertes oder ruhig ausgesprochenes einsilbiges »Was?«. Es dauerte allerdings einen Augenblick (und wer wollte ihr das verübeln?), bis ihre Ohren einen Testdurchlauf gemacht und sich von der Richtigkeit ihrer Wahrnehmung überzeugt hatten.

»Was?« sagte sie, wobei sie exakt den Mittelweg zwischen Herausplatzen und ruhiger Frage erwischte.

Walter blickte sie über den Tisch hinweg an, und daß seine Augen rot waren und tränten, lag nicht ausschließlich am Gras.

»Papa«, sagte sie mit einer Stimme, die sich offensichtlich immer noch nicht für einen bestimmten Ton entscheiden konnte, »was ist los mit dir, Papa?«

Die Zunge versagte ihm den Dienst. Er ballte eine Faust und schlug sich auf den Oberschenkel, als wollte er ein störrisches

Tonbandgerät zum Laufen bringen, schaffte es endlich, sich zu konzentrieren, und die Worte sprudelten aus ihm heraus:

»Jesse. Ich dachte gerade an deinen Bruder Jesse, daß er... daß er dieses Lächeln hatte, dieses besondere Lächeln. Auf einem der Ausschnitte – ich hab ihn noch – da sieht man zwei Polizisten, wie sie ihn wegschleifen, nachdem er gebrüllt hat, daß Lyndon B. Johnson ein Schwein ist. Sie schleifen ihn zu so einem komischen Polizeibus, und der eine von beiden hat ihn gerade zusammengeknüppelt, aber er lächelt, lächelt trotzdem und brüllt weiter, als ob es ein ungeheures Vergnügen sei. Dieses Lächeln, das war ein... ein *Ich-lebe*-Lächeln könnt man's wohl nennen, denn das tat er, ich meine, er *lebte*, er... er...«

Seine Rede geriet wieder ins Stocken, und Aurora schüttelte den Kopf. Rang immer noch um eine Entscheidung.

»Papa, ich weiß nicht –« Sie biß sich auf die Lippen. »Versuchst du mir zu sagen, daß Jesse schwul war, oder...«

»Nein, nein!« platzte er los. »Nein! Ich meine, vielleicht war er's ja, die Hoffnung bleibt uns immerhin, aber darum geht's gar nicht, sondern um... um... es war das Lächeln, das Lächeln! Jesse hat niemals versucht, sich anzupassen, er war *anders*, in jeder nur erdenklichen Hinsicht anders, und dieses Anderssein machte ihn *lebendig*, und deswegen lächelte er. Ed, sicher, er lächelt und lacht auch, aber niemals so. Vielleicht ist ja auch nicht jeder dafür geschaffen, so zu lächeln. Aber wenn's in dir steckt, dieses... diese Fähigkeit, und du sie nicht... sie nicht...«

Er beugte sich über den Tisch und ergriff Auroras Hand.

»Ich weiß noch«, fuhr er fort, »wie wir damals nach Minnesota gefahren sind, zwei Jahre nach Jesses Tod, zu Eds Hochzeit. Am Ende des Saales waren die Brautjungfern aufgereiht, wie die Hühner auf der Stange, mit diesen großen gelben Hauben auf dem Kopf, und da hast du plötzlich so Jesse-mäßig gelächelt und mich gefragt, was wohl passieren würde, wenn jetzt jemand anfangen würde, den Mädchen die Hüte vom Kopf zu reißen. Und ich... ich hätte dich machen lassen, weißt du, ich hätte zugesehen, wie du rüberläufst und hochspringst und versuchst, die Hüte runterzureißen. Aber deine Mutter hat das mitbekommen, und sie war sowieso schon ziemlich sauer wegen einiger Verwandten, mit denen sie sich hatte unterhalten müssen, und da hat sie dir gesagt, daß du dich benehmen und aufhören sollst, dir so was einfallen zu lassen. Wann... wann hast du eigentlich angefangen, auf deine Mutter zu hören, Aurora?«

»Papa, *was*...«

»Ich möchte einfach nicht, daß du in dreißig Jahren aufwachst«, erklärte er und drückte ihr dabei die Hand so fest, daß es fast weh tat, »und feststellen mußt, daß deine Chance, mehr vom Leben zu haben, deine Chance, immer so zu lächeln, wie Jesse lächelte, unwiederbringlich vertan ist. Ich möchte nicht, daß du einmal diesen Verlust empfinden mußt. Kapierst du?«

III

»Machen Sie sich keine Sorgen wegen des Schadens, Mr. Smith«, sagte Brian Garroway gerade. »Der linke Scheinwerfer ist hin, aber der Motor ist in Ordnung, und wir werden nicht nach Einbruch der Dunkelheit fahren. Dafür können Sie sich übrigens bei meinem jüngeren Bruder bedanken. Sein Verantwortungsgefühl reicht so eben für den Sandkasten.«

Brian trug Auroras Gepäck zum Heck seines Kombiwagens, der auf der Smithschen Einfahrt parkte. Der Kombi hatte hinten einen Aufkleber mit der Aufschrift »JESUS FÄHRT MIT« und vorne links einen stark verbeulten Kotflügel; der Scheinwerfer war tödlich verwundet.

»Geht's dir auch bestimmt gut?« fragte Aurora ihren Vater leise, während Brian die Heckklappe aufschloß. »Ich schwör dir, beim Frühstück dachte ich, du stündest kurz vor einem Nervenzusammenbruch.«

»Alles in Ordnung«, sagte Walter. Sie musterte ihn unsicher und bemerkte jetzt erst, wie rot seine Augen waren. Ihr kam plötzlich ein Gedanke, den sie gleich darauf als absolut lächerlich abtat.

»Was würdest du dazu sagen«, fuhr Walter fort, »wenn ich dir anbieten würde, dich zu fahren?«

»Mich wohin zu fahren, Papa? Du meinst doch wohl nicht nach *Ithaca*!«

»Das Auto steht in der Garage«, sagte Walter. »Der Tank ist fast voll. Wir könnten eine ordentliche Strecke schaffen, ohne einmal anhalten zu müssen. Und wir könnten uns unterhalten, nur wir beide, worüber du willst. Zum Beispiel über meinen ›Nervenzusammenbruch‹.«

»Papa...«

»Es ist mein Ernst. Beim Frühstück war ich nicht ganz klar im Kopf, aber jetzt geht's mir besser. Vielleicht würde mir vor der Abfahrt noch ein bißchen Ruhe guttun, aber ich bring dich hin. Wirklich.«

»Aber... was ist dann mit Brian?«

»Soll er doch allein mit seiner Mistkarre fahren«, erwiderte Walter, und Aurora hätte darüber gelacht, wenn er es nicht offensichtlich vollkommen ernst gemeint hätte.

»Papa«, sagte sie noch mal, »Papa, du mußt doch einsehen, wie albern das Ganze ist.«

Walter schlug die Augen nieder und nickte dabei.

»Es ist ganz schön albern, was? Ja, wirklich ganz schön idiotisch...« Er sah wieder auf. »Aber was meinst du dazu?«

Für einen winzigen Augenblick – wohlgemerkt, wirklich nur für einen Augenblick – zog Aurora die Möglichkeit in Betracht, seinen Vorschlag anzunehmen und sich von ihm nach Ithaca fahren zu lassen, wenn es ihm denn so viel bedeutete. Und vielleicht, vielleicht entsprang dieses Zögern nicht ausschließlich töchterlicher Fürsorge.

»Wir müssen, Aurora!« rief Brian, und der Bann war gebrochen.

»Ich hab dich lieb, Papa«, sagte Aurora und gab Walter einen Kuß auf die Wange. Dann rannte sie zum Kombi. Auf halbem Weg drehte sie sich noch einmal kurz um: »Ich ruf dich an, sobald wir angekommen sind, ja? Versprochen.«

Walter nickte wieder und mußte seine ganze Kraft aufbieten, damit sich seine Fäuste nicht selbsttätig ballten. Er fühlte sich erschöpft, geschlagen.

»Alles Gute.«

Bevor Aurora etwas sagen konnte, antwortete Brian: »Wir kommen schon zurecht, Mr. Smith. Machen Sie sich keine Sorgen.«

Die zwei stiegen in den Kombi, schlugen die Türen zu. »Anschnallen«, sagte Brian automatisch, während Aurora schon die Hand nach dem Gurt ausstreckte. Er ließ den Wagen an, legte den Rückwärtsgang ein und begann vorsichtig zurückzusetzen. Walter winkte vom Haus aus, und Aurora winkte zurück... und als sie das Ende der Auffahrt erreichten, griff sie zum Lenkrad hinüber und drückte zweimal auf die Hupe.

»Jesses!« rief Brian erschrocken. Sein Nervensystem vollführte ein paar rasche Aufwärmübungen. »Was soll das?«

»Nur mal tschüß sagen«, sagte sie.

»Na, dann sag's eben anders, sei so gut, ja? Momentan verstehe ich keinen Spaß, was das Auto angeht.«

Aurora ging nicht darauf ein und winkte ihrem Vater ein letztesmal zu. Dann fuhren sie davon und ließen Heim und Eltern zurück. Die nächsten paar Minuten herrschte Schweigen im Wagen.

»Das wird ein gutes Jahr«, sagte Brian schließlich. Er lächelte und drückte ihre Hand. »Vielleicht unser bestes bisher.«

»Hoffentlich«, sagte Aurora. Sie lächelte zurück, und Brian merkte nicht mal, wie gezwungen das aussah. »Das hoffe ich wirklich.«

Plötzlich wünschte sie sich sehnlichst, sie hätte den Vorschlag ihres Vaters angenommen.

IV

Für Walter Smith endete der Vormittag mit einem Gebet. Kein Gebetbuchgebet à la »Herr, wir flehen Dich an«, sondern etwas mehr in Richtung eines echten Zwiegesprächs. Walter war schon seit einigen Jahren nicht mehr in der Kirche gewesen – wenngleich Prudence weiterhin regelmäßig hinging und Brian Garroway ihn häufig und eindringlich bat, ein nämliches zu tun –, doch hatte er sich ein gut Teil seines Glaubens bewahrt; ohne eine leitende Gauklerhand wäre die Welt bestimmt kein so wunderschönes Durcheinander geworden.

Als der Kombi nicht mehr zu sehen war, setzte sich Walter auf seine Veranda und starrte auf das Stück Auffahrt, wo Brians Auto noch eben geparkt hatte.

»Hör zu«, fing er an. »Ich glaube, du mußt mir jetzt einen wirklich großen Gefallen tun...«

Der Tag ging wieder zur Neige, und als es in Delaware Abend wurde, verließ die schönste Frau der Welt die Hauptstadt Dover und wanderte auf der Bundesstraße 13 in Richtung Norden. Ihr Name war Kalliope, und sie hinterließ auf ihrem langen Weg eine Kette sorgfältig gebrochener Herzen – wie Diamanten, die ein Edelsteinschleifer in eine schönere Form gebracht hat.

In eine schönere Form... auch sie war schön, eine Spezialanfertigung, wenn man so will. In der Stadt, die sie gerade verlassen hatte, lebte ein arbeitsloser Mechaniker, ein Mann von geringem Ehrgeiz und noch geringerem Mut. Schüchtern, aber begabt mit einer besonderen, leidenschaftlichen Liebesfähigkeit (seiner einzigen Stärke), bevorzugte dieser Mechaniker Frauen mit feuerrotem Haar, milchweißer Haut und Silberaugen, mittelgroße Frauen, die er küssen konnte, ohne sich bücken oder strecken zu müssen; Kalliope entsprach haargenau dieser Beschreibung, ja noch genauer, als man es für möglich gehalten hätte. Und sie besaß selbst für Männer, deren Idealgeliebte völlig anders aussah, etwas Herz-Eroberndes, ein vollkommenes, absolut unwiderstehliches Etwas. Daß sie in dieser Nacht zu Fuß ging, geschah denn auch nur, weil sie es so wollte; jeder Fahrer, selbst der gehetzteste, hätte Kalliope mitgenommen, wäre dies ihr Wunsch gewesen. Doch sie zog es vor zu laufen, weil sie eine Zeitlang allein sein wollte. Wie immer nach einem Abgang.

In Dover würde der Mechaniker bald von eines langen Tages Wanderung heimkehren und feststellen, daß seine Geliebte fort war. Spurlos verschwunden. Fotos von ihnen beiden zeigten jetzt nur einen Menschen, ihn; eine von ihrem Duft durchtränkte Jacke roch jetzt nur noch muffig; ihr gemeinsames Bett war so glatt und jungfräulich, als habe noch nie jemand darin geschlafen. Er würde verzweifelt nach ihr suchen, und sobald er erkannt hätte, daß sie wirklich für immer verloren war, würde der Große Schmerz einsetzen. Kalliope hatte ihn gründlich verführt; so groß würde sein Schmerz sein, daß er anfangs glauben würde, daran sterben zu müssen. Doch der Tod würde nicht kommen, und er würde sich mehr und mehr von seinem Schmerz verwandelt finden und zuletzt um seiner verlorenen Liebe willen eine heldenhafte, folgenreiche Tat vollbringen. Wie genau das vor sich gehen würde und zu welchem Zweck, hätte Kalliope nicht sagen können... sie wußte nur, daß es etwas mit einer Geschichte zu tun hatte. Wie immer. Doch der Geschichtenerzähler war jemand anders; sie selbst war Teil der Handlung.

Kalliope richtete ihren Blick wieder nach vorn, auf die nächste Begegnung. Diesmal versprach es, eine wichtige Liebe zu werden, und sie würde komplizierter sein als die letzte. Sie verscheuchte alle Gedanken und ging weiter, mit einem Matchsack über der Schulter, einem Kettchen mit einer winzigen Silberpfeife um den Hals.

In dieser Nacht schien kein Mond. Kalliope kam in der Finsternis gut voran. Gegen Viertel vor zwölf erreichte sie das Städtchen Talbot's Legacy, das an die dreißig Kilometer von Dover entfernt lag. Die Straße war verlassen, und als sie das Stadtzentrum durchquerte, leisteten ihr nur die spärlichen Straßenlaternen Gesellschaft, die ungefähr alle dreißig Meter einen schwachen Lichtkreis auf den Asphalt warfen. Und der Wind natürlich. Der Wind war stets an ihrer Seite.

Die Verwandlung begann genau um Mitternacht.

Hoch im Norden, meilenweit entfernt, so daß kein normaler Sterblicher es hier hätte hören können, markierte ein melodisches Glockengeläut den Übergang in den nächsten Tag, als die Zeiger der Uhr die Zwölf berührten. Kalliope spitzte bei diesem Klang die Ohren.

Einen Augenblick später durchschritt sie den Lichtkreis einer Laterne, und ihr Haar war länger. Länger und dunkler – es bedeckte ihre Ohren, reichte fast bis an die Schultern. Und das war nicht die einzige Veränderung an ihr, wenngleich momentan die auffälligste.

An die dreißig Schritte durch die Schatten, und eine andere Straßenlaterne fing sie ein. Ihr Haar, schwarz wie der Neumond, bedeckte jetzt ihren halben Rücken. Ihre Haut nahm Farbe an, und ihre Augen gingen vom Silber in ein dunkles Braun über.

Mehr Schritte, mehr Veränderungen. Kalliopes ganze Gestalt begann sich zu verwandeln, sie wurde kleiner, zierlicher; ihre Haut färbte sich, bis sie einen satten Olivton angenommen hatte;

ihre Brüste wurden kleiner, kompakter, ohne dabei ihre makellosen Proportionen einzubüßen; ihre Nase wurde breiter.

Die vollständige Metamorphose nahm vielleicht fünf Minuten in Anspruch. Als sie beendet war, blieb Kalliope unter der nächsten Straßenlampe stehen und betrachtete ihr Spiegelbild in einem Schaufenster. Es war lange her, seit sie eine Asiatin gewesen war; der Anblick gefiel ihr.

»Bin schon unterwegs, George«, sagte Kalliope und vollführte eine anmutige Pirouette im Licht der Straßenlampe. »Bin schon unterwegs.«

Ein Abstecher in die Hölle

I

Für Luther und Blackjack war New York inzwischen nichts weiter als eine ferne Erinnerung. Sie waren jetzt schon einige Tage unterwegs, immer der Nase des Mischlings und dem Geruch des Himmels nach – im Zickzack zwar, doch in ungefähr nordwestlicher Richtung. An diesem Morgen hatten sie eine Stadt erreicht, deren Namen sie nie erfuhren. Sie waren durch ein Wohngebiet gelaufen – Reihen netter, ordentlicher Häuser, ein jegliches mit gepflegtem Vorgarten und Garage – und näherten sich nun dem Zentrum. Blackjack war nach dem Spaziergang durch das friedliche Viertel, wo sie erfreulicherweise von streichelnden Kindern und gartenschlauchsprühenden Greisen verschont geblieben waren, ungewöhnlich ruhig, doch Luther fühlte sich plötzlich angespannt. Seine Besorgnis vollführte einen Quantensprung, als er zwei Querstraßen weiter einen weißen Lieferwagen über eine Kreuzung fahren sah.

»Ich spüre, daß Raaq hier ist«, begann Luther. »Vielleicht sollten wir –«

»Oh, verdammt!«

»Was denn?« fragte Luther in der Annahme, Blackjack habe ebenfalls Gefahr gewittert oder etwas gesehen.

»Hitze«, antwortete Blackjack. »Hab ich grad gerochen. Da ist eine heiße Mieze in der Nähe. Wenn ich Glück habe, ist es eine Straßenmieze.« Er warf Luther einen hoffnungsvollen Blick zu. »Das ist irgendwie verlockend, weißt du. Hättest du was dagegen, wenn ich mich mal eben verabsentiere und...«

»Es ist gefährlich hier, Blackjack«, erwiderte Luther. »Spürst du es denn nicht? Raaq... Raaq ist irgendwo ganz in der Nähe.«

»Raaq«, wiederholte der Manxkater unbeeindruckt. »Hör mal zu, Luther, Raaq belästigt doch nur Hunde, oder? Ich meine, er ist dein Teufel, nicht meiner. Also brauch ich mir doch wohl keine Sorgen zu machen. Und wenn er wirklich aufkreuzen sollte, dann verpasse ich ihm, während er sich auf dich konzentriert, eine solche Breitseite, daß er erst mal aus dem Verkehr gezogen ist.« Eine ziemlich schludrig geschmiedete Gedankenkette, aber Blackjack hatte es eilig: Er wollte jetzt bumsen und keine Zeit mit unsinnigen Diskussionen verplempern.

Luther wandte den Blick enttäuscht ab. »Okay, Blackjack«, sagte er. »Wenn du dir einreden willst, ich sei mal wieder abergläubisch – bitte schön. Ich werde hier so lang wie möglich auf dich warten. Aber wenn wirklich was passiert –«

»Bitte, Luther, bitte, versuch nicht, mir ein schlechtes Gewissen einzureden. Ich begleite dich doch auf dieser Reise, oder? Und ich versprech dir, daß ich dich nicht im Stich lasse, bis du deinen Himmel gefunden hast – aber in diesem Augenblick hätte ich gern ein kleines bißchen Paradies auf Erden. Das ist doch wohl nicht zuviel verlangt, oder?« Er fing an, sich rückwärts in Richtung Hitzeduft zu entfernen, und schaute Luther dabei unverwandt mit großen, flehenden Augen an. »Ich bin in Nullkommanichts wieder da. Kater brauchen ohnehin nicht lange, und wenn die Zeit drängt, kann ich wirklich schnell sein. Bin gleich wieder da.«

»Na, dann geh«, sagte Luther knapp. »Aber du machst einen Fehler, Blackjack. Das ist ein böser Ort hier.«

»Wir werden früh genug wieder weg sein«, rief ihm der Kater zu, während er in einer Gasse verschwand.

Von Blackjacks Worten kein bißchen beruhigt, hockte sich Luther nervös neben einen Telegrafenmast. Er beobachtete die Straße und fragte sich, aus welcher Richtung – und in welcher Form – Raaq ihn anfallen würde.

Direkt über ihm hatte jemand einen Handzettel an den Mast geheftet. Luther warf einen kurzen Blick darauf und schenkte ihm dann keine weitere Beachtung. Blackjack hätte vielleicht etwas damit anfangen können, aber für ihn war es nur ein sinnloses Sammelsurium von Zeichen.

Auf dem Zettel stand:

BEKANNTMACHUNG
Städtische Verordnung Nr. 101-bb
vom 13. April d. J.:
Mit Rücksicht auf die zunehmende Zahl
durch streunende Haustiere verursachter Unfälle
hat der Gemeinderat

ein verschärftes Leinengesetz verabschiedet.
Hunde oder Katzen, die innerhalb der Stadtgrenzen
streunend aufgegriffen werden,
werden in das städtische Tierheim gebracht.
Ordnungsgemäß mit Halsband und Steuermarke
versehene Tiere
werden dem Halter, sofern dieser feststellbar,
gegen Entrichtung der dafür festgesetzten Gebühr
ausgehändigt.
Nicht abgeholte Tiere und solche, deren Halter nicht
festgestellt werden können, werden nach Ablauf einer Frist
von 30 (dreißig) Tagen veräußert oder eingeschläfert.
MACHEN SIE SICH NICHT STRAFBAR –
NEHMEN SIE IHREN LIEBLING AN DIE LEINE!

II

Nach einer halben Stunde war Blackjack noch immer nicht wieder zurück. Luther befand sich in einem argen Dilemma: Es waren Probleme aufgetaucht, und er hätte sich am liebsten verdrückt, doch war er ganz und gar nicht sicher, ob er Blackjack – oder der Manxkater ihn – dann auch wiedergefunden hätte. Jede weitere Minute, die er hier verbrachte, konnte andererseits noch schlimmere Folgen nach sich ziehen.

Luther blieb weiter neben dem Telegrafenmasten hocken. Auf der anderen Straßenseite lungerten zwei Deutsche Schäferhunde vor einem unbebauten Grundstück herum. Sie ließen ihn nicht aus den Augen. Vorher war noch ein Boxer bei ihnen gewesen, aber kaum hatten sie Luther ausgemacht, war er schnell in einer Seitenstraße verschwunden.

Jetzt endlich verstand Luther, was ein Reinrassiger eigentlich war. Die Schäferhunde sahen tatsächlich gleich aus, und die Zeichnung ihres Fells war – im Gegensatz zur unordentlichen, schmutzigen Färbung der Mischlinge, mit denen er aufgewachsen war – klar und markant. Er konnte verstehen, daß solche Hunde sich für etwas Besseres hielten: Sie waren unbestreitbar schön.

Aber Raaq war in ihnen – oder war in ihnen gewesen und hatte ein Mal auf ihrem Herzen hinterlassen, das ihre Schönheit vollkommen zunichte machte. Habt ihr euresgleichen getötet? hätte Luther sie gefragt, wenn er sich getraut hätte. Andere Hunde? Ich glaube schon. Und dieser Gedanke, vor dem Malcolm ihn so gewarnt hatte – Krätze –, schwelte wie Gift im Geist der Schäferhunde, während sie ihn beobachteten.

Luther warf einen Blick nach der Gasse und fragte sich, wie weit Blackjack wohl hatte laufen müssen, um die Mieze zu finden.

»Blackjack?« rief er hoffnungsvoll, als er ein Geräusch aus der Gasse hörte. Aber es war nur eine Zeitung, die eine leichte Brise vor sich hergetrieben hatte. Dann war es wieder still, und die Zeitung blieb wie ein schmutzigweißes Leichentuch liegen.

Blackjack, dachte Luther. Blackjack, wo bist du?

Und wo waren die Menschen? Irgendein gütiger Herr würde ihn bestimmt retten, wenn die Schäferhunde beschlossen, ihn anzugreifen. Aber es waren keine Menschen auf der Straße, niemand kam aus den Geschäften, niemand ging hinein.

Es war, als ob jemand – Raaq? – nicht wollte, daß er entkam.

Wieder drangen Geräusche aus der Gasse. Diesmal war es eindeutig ein Tier, und Luther wußte jetzt, daß er zu lange gewartet hatte, denn es war ein großes Tier, viel zu groß, um Blackjack sein zu können.

Eine Dogge kam aus der Gasse getrottet. Der Hund maß an der Schulter gut neunzig Zentimeter, war also mehr als anderthalbmal so groß wie Luther.

»Hallo, Krätze«, sagte er.

Da setzte sich Luther in Bewegung. Er kehrte der Dogge den Rücken zu und entfernte sich auf dem Bürgersteig, und der große Hund griff ihn nicht an. Er folgte ihm einfach in einem Abstand von ein paar Metern. Auf der anderen Straßenseite hatten sich die Schäferhunde aufgerafft und verfolgten ihn jetzt ebenfalls.

Luther lief weiter, mit zunehmender Angst immer schneller.

»Hallo, Krätze.«

Der Gruß kam von einem unbebauten Grundstück zu seiner Rechten. Er hatte vorgehabt, hier einzubiegen, doch nun sah er, daß ein Golden Retriever und zwei Schnauzer ihm den Weg versperrten. Er ging geradeaus weiter, am Grundstück vorbei. Der

Retriever und die Schnauzer schlossen sich der Deutschen Dogge an.

Jetzt wurde es noch schlimmer. Jetzt redeten sie über ihn.

»Ziemlich mickrig, was?« meinte einer der Schnauzer, der selbst ein ganzes Stück kleiner als Luther war.

»Irgendwie schon«, räumte die Dogge ein. »Aber ich wette, er ist ein streitbarer Bursche.«

»Wie jede Krätze«, meinte der Retriever. »Was glaubst du, wo er herkommt?«

»Ist doch völlig egal. Krätzen sind allgegenwärtig. Es gibt einfach viel zuviel von der Mistbrut.«

»Was glaubst du, was Drakon mit ihm machen wird?«

»Das dürfte nicht schwer zu erraten sein.«

»Ich würd ihn an Zerberus verfüttern, wenn ich Drakon wär.«

Gezwungen, ihnen zuzuhören, vernahm Luther plötzlich aus den tieferen Schichten seines Bewußtseins, wo er seine besten Erinnerungen aufbewahrte, ganz andere Worte. Moses' Worte.

»Du sollst niemals *einen anderen Hund töten, noch mit einem kämpfen. Es wird vielleicht der Tag kommen, da du dich dazu genötigt fühlst, da du absolut keinen anderen Ausweg siehst, aber denke immer daran, daß ein Hund, der Raaq in sein Herz einläßt, ohnehin tot ist.«*

»Aber Malcolm sagt –«

»Hör nicht auf Malcolm. Malcolm ist nix Besonderes, überhaupt nix Besonderes. Denk nur daran, wie leicht es ist, sich dem Haß hinzugeben, und erinnere dich dann, daß der leichte Weg niemals der richtige ist. Niemals. Und damit wär Malcolm abgehakt.

Hör mir gut zu, Luther. Gott gab dem Hund vier Beine, damit er rennen kann, und er schenkte ihm einen Verstand, damit er den richtigen Weg findet. Weißt du, welches der richtige Weg ist?«

»Jeder Weg außer Raaqs Weg.«

»Richtig. Halte dich daran.«

»... die blöde Krätze, ob die wohl genausolang betteln wird wie die letzte?« Luther beschleunigte seinen Schritt noch mehr. Ein Stück weiter vorn war eine Kreuzung, und wenn er im richtigen Augenblick Reißaus nahm, konnte er es schaffen. Sie hatten ihn in die Mitte genommen, aber bislang hatten die Schäferhunde noch nicht versucht, ihm den Weg abzuschneiden.

Ein plötzlicher Hakenschlag in eine rettende Gasse, und er konnte...

Der Boxer, der vorher mit den Schäferhunden zusammengewesen war, lief plötzlich heftig hechelnd um die Ecke. Ihm folgten ein Dalmatiner, ein Irischer Setter und ein Bullterrier.

Jetzt gab es keinen Ausweg mehr. Die Schäferhunde überquerten die Straße und zogen die Schlinge zu. Luther wich gegen ein Schaufenster zurück – ausgerechnet von einem Schlachterladen – und wartete, während die anderen Hunde immer näher kamen.

»Hallo, Krätze«, sagte der Boxer.

III

»Gib deinen Stammbaum an, Booth.«

Der Cockerspaniel kauerte in der Mitte eines schmalen Hofs, der zufällig durch die Lage mehrerer aneinanderstoßender Gebäude, größtenteils Lagerhäuser, entstanden war. Es gingen keine Fenster auf den Hof, und die einzigen Ausgänge bestanden in einer verriegelten Hintertür und zwei Gäßchen, von denen eine durch einen Maschendrahtzaun versperrt war. Die Luft war reglos und heiß, Mauern und Boden gleißten in der Mittagssonne. Eine Meute verschiedener Terrierarten hatte sich wie eine Jury an einer Seite aufgestellt, und zwei Mastiffs hielten Wache vor der offenen Gasse; mehrere andere Rassehunde standen oder hockten verstreut herum. Am hinteren Ende des Hofes umringten drei Dobermänner einen hohen Kieshaufen. Oben auf dem Haufen saß das Tier, das gerade telepathiert hatte, ein Irischer Wolfshund – die größte aller Hunderassen. Er maß von der Nase bis zur Schwanzspitze gut zwei Meter und hatte eine Schulterhöhe von fast einem Meter. Sein Fell war makellos weiß, und im Gegensatz zu den meisten der anwesenden Hunde trug er kein Halsband.

»Booth!« rief der Wolfshund, als der Spaniel nicht sofort antwortete. »Gib deinen Stammbaum an!«

Der Spaniel zögerte noch immer, und eine Bulldogge mit nur einem Ohr kam angerannt und zwickte ihn in die Flanke.

»Drakon hat dir einen Befehl erteilt!« sagte die Bulldogge unter wütendem Gebell. »Antworte ihm!«

Das versetzte den Spaniel nur noch mehr in Angst und Schrekken. Der andere Hund begann wieder nach seiner Flanke zu schnappen und trieb ihn im Kreis herum. Die übrigen verfolgten das Schauspiel mit großem Vergnügen.

»Judas!« sagte der Wolfshund schließlich, und die Bulldogge stand augenblicklich stramm. »Laß ihn in Ruhe.«

»Gewiß, Drakon. Wie du wünschst.« Er bellte noch einmal und setzte zurück. Jetzt blutete der Spaniel aus einer Rißwunde am Hinterlauf.

»Nun, Booth...« fing der Wolfshund an.

Am Eingang zum Hof wurde es unruhig. Eine weitere Meute, angeführt von einem Boxer und einer Dogge, war angekommen. Die Hunde standen eng um Luther gedrängt und hielten ihn in ihrer Mitte versteckt. Er sollte eine Überraschung werden. Die Wächter ließen die Neuankömmlinge ein, der Wolfshund warf ihnen einen kurzen Blick zu und beachtete sie dann nicht weiter.

»... machen wir's kurz«, fuhr er dann fort. »Ich habe dich nach deinem Stammbaum gefragt, aber wir kennen ihn doch beide sehr gut, oder? Dein Vater- und dein Muttertier waren beides reinrassige Spaniels, stimmt's?«

»J-j-j-ja«, sagte der Spaniel. Er war nicht übermäßig helle, und infolge von Inzucht litt er zudem an einem eigentümlichen geistigen Defekt – der telepathischen Entsprechung zum Stottern.

»Wie war das?«

»J-ja, D-d-d-drakon.«

»Und deine Vorfahren? Alles Spaniels?«

»J-ja.«

»Seit wie vielen Generationen? Von wie vielen weißt du's mit Sicherheit?«

»Si-si-sieben. Vielleicht a-a-auch a-acht.«

»Das ist schon ganz ordentlich«, sagte der Wolfshund zu ihm. »Acht Generationen. Das ist sogar noch besser als beim alten Judas da.« Die Bulldogge machte ein finsteres Gesicht, widersprach aber nicht. »Du bist ein echter Reinrassiger, Booth. Und sag mir, was schreibt das Gesetz den Reinrassigen vor?«

»S-s-sich... s-sich n-n-n-nicht...«

»Sich was nicht?«

»S-sich n-nicht a-a-außerhalb d-der R-r-r-r-«

»Rasse! Rasse!« schnauzte Judas.

»-r-rasse z-zu p-p-paaren.«

»Sehr gut, Booth.« Der Wolfshund bleckte die Zähne, die fast so weiß wie sein Fell waren. »Und was hast du verbrochen?«

Der Spaniel antwortete nicht.

»Na komm schon, Booth«, redete ihm der Wolfshund freundlich zu, während er Judas mit einem warnenden Blick an seinen Platz festnagelte. »Was hast du verbrochen?«

»I-ich ha-ha-habe g-gegen d-d-das R-r-rasseng-g-gesetz verstoßen. Ich... ha-ha-habe mi-mi-mit einer verschiedenra-ra-rassigen H-h-hündin... v-v-verk-k-kehrt.«

»Verkehrt.« Der Wolfshund zog die Mundwinkel so weit zurück, daß es aussah, als lächelte er. Dann explodierte er: »Du hast sie *geschwängert*, du Idiot! Und indem du sie geschwängert hast, hast du mich gezwungen, ein ansonsten vollkommenes Tier zu vernichten.«

»Vernichten?« wiederholte Luther, der einen langen Hals machte, um über die Köpfe seiner Eskorte hinweg etwas mehr zu sehen. »Was heißt –«

»Schnauze, Krätze«, sagte die Dogge scharf.

In der Mitte des Hofes hatte der Spaniel wieder mit seinen panischen Zuckungen und Windungen begonnen. »D-d-drakon«, versuchte er zu sagen, »D-d-rakon, e-e-es –«

»Du hast das Rassengesetz gebrochen, Booth«, schnitt ihm der Wolfshund das Wort ab. »Du hast dich gegen das oberste Gesetz überhaupt vergangen. Jetzt sag uns, sag allen, die hier versammelt sind, was ist die Strafe für die Übertretung des obersten Gesetzes?«

»Ich weiß es!« meldete sich Judas. »Der Hund, der das Rassengesetz verletzt und riskiert, Krätzen in die Welt zu setzen, hat den gesamten Orden der Reinrassigen sowie seine eigene Rasse verraten. Um dieses Verrates willen soll er in Stücke gerissen werden, ebenso wie er danach getrachtet hat, die Bande des Blutes und der Ziemlichkeit zu zerreißen.«

Der Wolfshund nickte.

»Zerberus«, sagte er.

Auf sein Wort hin erhoben sich die drei Dobermänner wie ein Hund. Luther hatte sie voll im Blickfeld und bemerkte sofort etwas Seltsames an ihren Bewegungen und in ihrem Blick. Er sah, wie sie mit großen Schritten vortraten und den Spaniel umzingelten. Auch wenn die drei nicht haargenau die gleichen Bewegungen machten, schienen sie auf eine unheimliche Weise gleichgeschaltet zu sein... fast als besäßen sie nur einen einzigen Willen.

»D-drakon!« flehte der Spaniel und scharrte dabei vergeblich am Boden, als versuchte er ein Loch zu graben, um sich darin zu verstecken. »D-d-drakon, b-bitte! A-als A-asta g-g-gestorben i-ist, d-da ha-ha-hast du v-versprochen, d-d-du w-w-würdest m-mir jemand a-a-anders b-besorg-g-gen: D-du ha-hast es v-v-versp-p-prochen! I-i-i-ich ko-ko-konnte n-nicht l-l-länger wa-wa-warten: Ist d-d-denn d-d-das so sch-sch-schlimm? I-i-ist d-d-d-denn d-da –«

»Schlachten«, befahl der Wolfshund. Die Dobermänner fielen von allen Seiten über den Spaniel her.

Luther schloß die Augen und wendete den Kopf ab. Er konnte die Geräusche zwar nach wie vor hören, doch glücklicherweise dauerte die Hinrichtung nur einen Augenblick. Während dieses kurzen Augenblicks geschah etwas Merkwürdiges; Luther spürte, wie seine Angst dahinschwand und eine seltsam geistige Ruhe an ihre Stelle trat. Und wieder fielen ihm Moses' Worte ein.

»Genug!« befahl der Wolfshund, und die Dobermänner wichen mit blutigen Fängen und Lefzen zurück. Was vom Spaniel übriggeblieben war, hatte nicht mehr allzuviel Ähnlichkeit mit einem Hund – oder überhaupt einem Tier. Die Dobermänner kehrten an ihren jeweiligen Platz am Fuß des Kieshaufens zurück, und einer der Mastiffs trat vor, um den Kadaver wegzuschleifen.

»So«, sagte der Wolfshund. »Was wäre der nächste Punkt auf der Tagesordnung?«

Die Dogge, die vor Luther stand, bellte zaghaft auf.

»Hallo, Aleister«, begrüßte ihn der Wolfshund. »Hast du was für uns?«

Die Dogge und die übrigen Hunde, die Luther umringten, traten etwas beiseite, so daß er für die Menge sichtbar wurde. Die Augen des Wolfshundes weiteten sich, und die Dobermänner stimmten ein verbissenes Gebell an.

»*Krätze*«, sagte der Wolfshund fröhlich. »Aleister, du hast eine *Krätze* für uns aufgetrieben.«

»Na ja, nicht ich allein«, wiegelte die Dogge bemüht bescheiden ab. Der Boxer und die zwei Schäferhunde warfen ihm einen ärgerlichen Blick zu. »Ich hatte Helfer.«

»Dann werden wir euch alle belohnen müssen. Wo habt ihr ihn gefunden?«

»Direkt draußen auf der Straße«, warf der Boxer ein, bevor die Dogge antworten konnte. »Er saß einfach da, als ob er auf etwas warten würde.«

Der Wolfshund verdaute die Information. »Könnte er auf eine andere Krätze gewartet haben? Oder gleich mehrere davon?«

»Ich weiß nicht, Drakon.« Der Boxer sah nervös aus, als befürchtete er, für seine Unachtsamkeit bestraft zu werden. »Es wär schon möglich. Tut mir leid, wir hätten wohl noch etwas warten müssen.«

»Dann werden wir nachher eine Suchaktion starten. Sobald wir mit dem hier fertig sind. Ich kann keine rumstreunenden Krätzen in der Stadt gebrauchen.« Er richtete seine Aufmerksamkeit auf Luther. »Tritt vor, Krätze.«

Immer noch unerklärlich ruhig, gehorchte Luther und begab sich an die Stelle, wo der Spaniel gestanden hatte. Der Boden vor ihm war mit Blut befleckt.

»Wie heißt du, Krätze?« fragte der Wolfshund.

»Man nennt mich Luther.«

»Was heißt ›man‹? Warst du mit anderen zusammen, bevor man dich aufgegriffen hat?«

»Meines Wissens bin ich der ... die einzige ›Krätze‹ hier an diesem Ort.«

Der Wolfshund kniff die Augen zu Schlitzen zusammen. Konzentrierte sich.

»Du lügst«, sagte er. »Nein, nicht direkt ... aber du verheimlichst etwas. Du warst unterwegs, und du hattest einen Reisegefährten. Wer war das? Was für ein Tier?«

Er kann in mich hineinsehen, begriff Luther. Genau wie Malcolm. Aber Malcolms Blick ist schärfer.

»Warum beantwortest du dir die Frage nicht selbst?« forderte ihn Luther heraus. »Wenn du dazu imstande bist?«

»Entdecke ich in deinen Worten eine Spur von Impertinenz? Oder willst du den Helden markieren?«

»Du bist entschlossen, mich zu töten«, erwiderte Luther. »Ich brauche deine Gedanken nicht zu lesen, um das zu wissen. Du wirst das Ganze vielleicht etwas aufmotzen und eine große Schau daraus machen, um deinen Spaß zu haben, aber schlußendlich wird's doch nur darauf hinauslaufen, daß ein Hund einen anderen tötet. Raaq ist in euren Herzen, in jedem einzelnen von euch, und es ändert wohl nichts an der Sache, ob ich ›impertinent‹ bin oder nicht.«

Mehrere Terrier heulten vor Vergnügen, während die Dobermänner ein Basso Continuo knurrten. Der Wolfshund nickte bloß.

»Eindrucksvolle Rede. Mein Name ist Drakon, falls du das noch nicht mitgekriegt haben solltest. Ich bin der Führer in diesem Reich. Ich brauche dir wohl nicht zu erklären, worin dein Verbrechen besteht, oder?«

»Es gibt nichts zu erklären.«

»Du bist eine Krätze. Eine widernatürliche und ekelerregende Mischung von Rassen, die von Rechts wegen nichts miteinander zu tun haben sollten. Nach unserem Gesetz ist schon deine bloße Existenz ein Verbrechen.«

Jetzt bellte Luther erheitert auf. »Solltest du damit sagen wollen, daß ich dadurch ein Verbrechen begangen habe, daß ich geworfen wurde, dann mußt du mich für Gott halten. Für die Schöpfung ist er verantwortlich.«

»Dieses Verbrechen«, fuhr der Wolfshund fort, »wird durch Vernichtung bestraft.«

»Auch für die Vernichtung ist Gott allein zuständig. Hunde können nur morden. Das ist es doch, was du in Wirklichkeit meinst, nicht wahr?«

Drakon sah ihn nachdenklich an. »Du hast Mut, Krätze. Viel mehr, als Booth gehabt hat. Kannst du kämpfen?«

»Absolut nicht.«

»Kannst du nicht, oder willst du nicht? Es fällt mir irgendwie schwer zu glauben, daß du ein Feigling sein sollst.«

»Ich werde mich nicht an deinem Morden beteiligen. Raaq kann mir das Leben nehmen, aber meine Seele als Dreingabe bekommt er nicht.«

»Kein Feigling also. Nur ein Dummkopf. Das ist auch eine typische Krätzeneigenschaft. Jetzt begreifst du wohl, warum wir so strikt auf die Einhaltung unserer Rassengesetze achten müssen.«

»Einen übermäßig intelligenten Eindruck machte Booth nicht gerade«, bemerkte Luther.

»Booth war ein bedauerlicher Ausnahmefall«, erwiderte der Wolfshund. »Aber in gewisser Weise ist auch das deine Schuld. Je mehr Krätzen es auf der Welt gibt, desto weniger Reinrassige gibt's, und desto geringer ist die Kopfzahl jeder einzelnen Rasse. Da Spaniels in dieser Gegend knapp waren, hatten Booths Vorfahren nicht genügend Auswahl und trieben Inzucht.«

»Und das ging ins Auge«, hakte Luther nach. »Vielleicht ist das also gar kein so gutes System.«

»Ach, Krätze. Selbst eine reinrassige Mißgeburt ist unendlich wertvoller als deinesgleichen, begreifst du das denn nicht?«

Doch Luther ging nicht darauf ein. »Wenn das stimmt«, sagte er, »dann müßt ihr jedes neue Mitglied eures Ordens aber genauestens unter die Lupe nehmen, um sicher zu sein, daß seine Vorfahren in Ordnung waren...«

»Abstammungsnachweis«, sagte der Wolfshund. »Jeder Reinrassige muß einen Abstammungsnachweis erbringen, und zwar bis auf wenigstens fünf Generationen zurück. Wir haben schon Mittel und Wege, um sicherzustellen, daß keiner dabei lügt.«

»Nur *fünf* Generationen?« sagte Luther mit gespieltem Erstaunen. »Was ist das schon? Da, wo ich herkomme, müssen bei den Reinrassigen *zwölf* Generationen stimmen.«

Das verschlug ihnen allen die Sprache. Luther konnte über die Wirkung seiner Behauptung nur staunen. Nicht wenige von den Reinrassigen begannen darüber hinaus, deutliche Anzeichen von Besorgnis an den Tag zu legen.

»Zwölf?« rief Judas unter nervösen Zuckungen aus. »Zwölf wäre nicht fair, ganz und gar nicht fair. Wie kann man von einem Hund erwarten, daß –«

»Er lügt!« Der Wolfshund bohrte seinen Blick in Luthers Gedanken. »In dem Dreckloch, aus dem er kommt, gibt's überhaupt keine Reinrassigen!«

»Ja, aber warum wirst du denn gleich nervös?« erkundigte sich Luther. »Du bist der Führer, Drakon. *Dein* Stammbaum ließe sich doch bestimmt zwölf Generationen zurückverfolgen! Oder sollte er etwa nicht ganz astrein sein?«

»Mein Stammbaum ist makellos!« betonte Drakon. »Und du, Krätze, wirst sterben. Langsam und qualvoll.« Er warf den Dobermännern einen Blick zu. »Zerb –«

Der Exekutionsbefehl wurde von einer neuen Gedankenstimme unterbrochen, die laut und verängstigt aus dem nicht abgesperrten Durchgang drang.

»... Mister hunt, loz mich! Ich bin an alte kaz, a kezel wos schtert kejnen nit. Sej weln nit wej ton mir, dem altn Jack, weln sej? Sogt sche, az nit –«

»Vorwärts!« kommandierte eine andere Stimme.

Ein schwarzer Kater ohne Schwanz purzelte, von einem wütend dreinschauenden Malamut gefolgt, an den Wachen vorbei in den Hof. Es dauerte einen Augenblick, bis Luther begriff, daß es sich dabei um Blackjack handelte, denn die Bewegungen und die Haltung des Manxkaters waren ihm äußerst ungewohnt. Schließlich kam er auf des Rätsels Lösung: Blackjack gab sich demütig – und verängstigt dazu.

»Was haben wir denn hier?« fragte Drakon.

Judas bellte freudig erregt. »Er hat keinen Schwanz! Guckt euch das an! Ein Kater ohne Schwanz!«

Ohne zu fauchen oder sonst Verteidigungsbereitschaft zu zeigen, kauerte Blackjack geduckt am Boden und schien sich, wenn überhaupt möglich, noch mehr zu fürchten, als der Spaniel selig.

»Ich hab diesen... diesen *Kater*«, erklärte der Malamut angewidert, »auf der Straße aufgelesen. Er hat mich gefragt, ob ich eine Krätze namens Luther gesehen hätte. Ich dachte, das würde dich vielleicht interessieren, Drakon.«

»*Das* ist also dein Reisegefährte«, kombinierte der Wolfshund.

Für einen Augenblick wirkte der Malamut etwas perplex. Dann entdeckte er Luther und fing an zu knurren.

»Räumt die Krätze beiseite!« befahl Drakon. »Wir nehmen uns erst den Kater vor und lassen sie dabei zuschauen!«

Gesagt, getan. Luther wurde von der Dogge und dem Boxer aus dem Spielfeld gedrängt, und Blackjack schob man gewaltsam vor, bis er genau auf der Stelle hockte, wo der Spaniel sein Leben gelassen hatte.

»Wos tut sich do?« fragte der Manxkater zitternd. »Wos wolt ir ton? Ich bin an alte kaz, ir wolt nit –«

»Hör auf zu winseln!« bellte ihn der Malamut an.

»Zerberus«, sagte Drakon. Die Dobermänner erhoben sich. »Du hast freie Hand, Zerberus – aber sieh zu, daß es unterhaltsam wird.«

Als die Dobermänner auf ihn zugingen, sträubten sich dem

Kater sämtliche Haare. Er versuchte zurückzuweichen, aber der Malamut stimmte ein wüstes Gebell an, das ihm jeden Mut zum Rückzug raubte.

»Sajt asoj gut, mister hunt!« Blackjack wand sich wie ein Wurm, warf sich Gnade heischend platt auf die Erde. »Sajt asoj gut, sej weln mir nit wej ton, weln sej? Kejn mol hob ich gerirt a hunt, ich wel kejn mal nit riren a hunt, nit der alte Jack...«

»Jetzt weiß ich, wo du deinen Mut herhast, Krätze«, sagte Drakon. »Du hast ihm *seinen* geklaut.«

Luther zeigte keine Reaktion. Er beobachtete Blackjack und fragte sich, was zum Teufel mit ihm los sein konnte. Ob er irgendwie den Verstand verloren hatte?

»Sajt asoj gut, mister hunt, sajt asoj gut...«

Jetzt umzingelten ihn die Dobermänner. Eine Zeitlang schnappten sie nur nach ihm, reizten ihn, trieben ihn hin und her. Dann rückte einer von ihnen, der eine Spur größer als seine Kollegen war, ihnen aber ansonsten aufs Haar glich, langsam vor, bis er fast Nase an Nase mit Blackjack stand. Wie vorher bei Drakon waren die Lefzen des Dobermanns so weit zurückgezogen, daß er zu grinsen schien. Geifer tropfte von seinen gefletschten Fängen.

»Ich wette, er geht ihm jetzt an die Eier!« meinte Judas. »He, Kater, er geht dir jetzt an die Eier!«

»Tatsächlich?« sagte Blackjack, wobei er seine Krallen ausfuhr und sie einrasten ließ. »Ich fürchte, da wird er sich ganz auf seine Nase verlassen müssen.«

»Zerberus!« rief Drakon aus. »Paß auf, Zerberus!« Doch die Warnung kam zu spät.

Das letzte, was der Dobermann – das letzte, was überhaupt einer der Anwesenden – von dem völlig verängstigten Kater erwartet hatte, war ein Angriff. So kam der Hund nicht einmal auf den Gedanken, sich zu verteidigen, als Blackjack die Vorderpfoten ausstreckte und ihm ruhig und professionell beide Augen auskratzte.

»Viel zu einfach«, sagte der Kater. Der Dobermann riß den blutenden Kopf zurück und stieß ein Schmerzensgeheul aus... in das seine zwei Kollegen einstimmten.

Blackjack schoß davon. Nach einem Augenblick gewannen die zwei unverletzten Dobermänner ihre Fassung zurück und stürzten sich blindlings auf den Fleck, wo der Kater gerade noch gestanden hatte. Da sie ihn nicht antrafen, begannen sie, statt seiner sich gegenseitig zu zerfleischen.

»Das«, sagte Blackjack, der sich kurz umgesehen hatte, »ist die saudümmste Dummheit, die mir je untergekommen ist. Luther! Weg hier!«

Luther hörte den Ruf und rannte los. Niemand achtete darauf; die Reinrassigen waren vom Anblick des ruinierten Zerberus wie gebannt. Luther holte den Kater ein, und die beiden hatten bereits zwei Drittel der Entfernung bis zur Gasse hinter sich, als Drakon merkte, daß sie geflohen waren.

»Haltet sie auf!« befahl der Wolfshund. »Reißt sie in Stücke!«

Jetzt stürzten alle Hunde vor, und man hätte meinen können, die Lage sei für Blackjack und Luther nunmehr völlig aussichtslos. Doch eines wußte der Kater aus langer Erfahrung: Was einer Handvoll Kämpfer leicht gelingt, erweist sich für eine Armee oft als unmöglich. Der Geruch von Blut, der die Luft erfüllte, versetzte zahlreiche Rassehunde in rasende Mordgier; oder vielleicht war auch Raaqs Geist in sie gefahren. Konnten sie nicht augenblicklich ihre zwei Opfer entdecken, machten viele Hunde einfach kehrt und sprangen dem nächstbesten Artgenossen an die Kehle.

Irgendwie gelang es Luther, durch die erste Welle von Angreifern zu kommen. (Später äußerte er vor Blackjack wiederholt die Vermutung, Gott oder Moses' Schatten habe ihm dabei geholfen – eine Hypothese, die der Kater stets mit höflichem Schweigen überging.) Aber plötzlich fand er sich eingezwängt in einem Haufen von Hunden, die allesamt krampfhaft versuchten, sich in das Kampfgetümmel zu quetschen. Er wurde unzählige Male gebissen – die Raserei hatte inzwischen auf alle Reinrassigen übergegriffen –, doch niemand schien sich dessen bewußt zu sein, daß er der Hund war, den sie eigentlich suchten. Schritt für Schritt arbeitete er sich durch das Gedränge auf die Gasse zu, die jetzt unbewacht war.

Blackjack sah zwei Deutsche Schäferhunde, die von vorn auf ihn losgingen; eine Dogge und ein Malamut näherten sich von rechts, ein buntgemischtes Terrierquartett von links und eine ungebärdige und unzählbare Horde von hinten. Er nahm den hochbeinigsten Angreifer ins Visier, zog den Kopf ein und schoß genau unter ihm durch. Unter Ausnutzung des nachfolgenden Chaos schlug auch er einen Bogen zur Gasse hin und ließ dabei von jedem Hund, der ihn aufzuhalten versuchte, das eine oder andere Stück mitgehen.

Drakon kämpfte sich suchend durch die Menge. Zwei große Hunde bäumten sich, ineinander verklammert, vor ihm auf. Er trennte sie und stürzte sich dann kopfüber auf ein Tier, das er für Luther hielt. Er war es nicht; es war der Boxer, der mitgeholfen hatte, Luther einzufangen. Als Drakon seinen Irrtum erkannte, hatte er ihn allerdings schon am Genick gepackt und zu Tode gebeutelt.

Rein zufällig streifte sein Blick dann die Gasse, gerade noch rechtzeitig, um Luther und Blackjack entwischen zu sehen. Sonst hatte niemand ihren Abgang bemerkt.

»Nein!« schrie er. »Sie fliehen! Sie fliehen! Hört auf, euch zu raufen, und verfolgt sie! Hört auf, euch zu raufen...«

Doch es dauerte eine ganze Weile, bevor er sich bei den Reinrassigen Gehör verschaffen konnte.

IV

»Was war denn mit dir los, Blackjack?« fragte Luther, als sie auf die Straße hinausschossen. »Du warst so lange weg, ich dachte schon, dir wär was zugestoßen.«

»Wär auch fast«, sagte der Kater. »Fänger. Ein Gespann von gottverdammten Fängern in einem großen Lieferwagen. Sie haben die Mieze erwischt. Ich hatte sie geortet und wollte mich grade ranmachen, als die vorbeigekommen sind und sie sich geschnappt haben. Eine Minute später, und sie hätten mich wahrscheinlich auch gehabt – sozusagen in flagranti ertappt.«

»Haben sie dich gesehen?«

»Deswegen war ich ja so lange weg. Der eine ist mir zu Fuß hinterher. Kein schlechter Läufer für einen Zweibeiner. Er hat mit so einer komischen Kanone auf mich geschossen und mich einmal fast erwischt. Als ich ihn endlich abgeschüttelt und wieder zurückgefunden hatte, hatten die Rassis dich schon hopsgenommen. Also habe ich mir diesen Malamut gesucht und mich von ihm hopsnehmen lassen.«

»Den Ängstlichen hast du ja gut gespielt, Blackjack. Ich war wirklich fast davon überzeugt, du hättest den Verstand verloren.«

»Ich mußte mich nicht sonderlich verstellen«, gab der Kater zu. »Eine solche Meute ist mir wirklich noch nie über den Weg gelaufen, und wenn es noch mehr von der Sorte gibt, dann ist mir schon klar, wo Malcolm seinen Verfolgungswahn herhat.«

Sie zickzackten durch die Straßen, ohne bestimmtes Ziel, aber darauf bedacht, nicht zu ihrem Ausgangspunkt zurückzukehren. Luther versuchte, die Witterung des Himmels aufzunehmen, aber an diesem Ort war keine Spur davon zu finden.

»Ich finde den Himmel nicht, Blackjack«, sagte Luther. Er blutete aus einem Dutzend kleinerer Wunden. »Was machen wir jetzt?«

»Aus dieser Stadt verschwinden, und zwar so schnell wie möglich«, antwortete der Kater. »Über den Himmel können wir uns anschließend den Kopf zerbrechen.«

Ein grauhaariger Mann mit Spazierstock sah sie noch um die nächste Ecke wischen. Ihm fiel auf, daß sie weder angeleint waren noch ein Halsband trugen, und in Erinnerung daran, wie zwei Monate vorher ein herrenloses Hund-und-Katz-Team seinen Garten verwüstet hatte, begab er sich zum nächstgelegenen Münzfernsprecher und benachrichtigte das Städtische Tierheim.

V

»Nun, Lucrezia?«

Die Bluthündin schnüffelte gründlich am Boden herum, reckte dann die Nase in die Luft. »Norden«, sagte sie schließlich. »Sie entfernen sich in ungefähr nördlicher Richtung.«

»Gut«, sagte Drakon. »Das war auch meine Meinung, aber ich wollte sichergehen. Sie haben einen ziemlichen Vorsprung, aber wenn sie so weiterlaufen, geraten sie mit etwas Glück mitten ins Labyrinth, und das müßte sie eigentlich lange genug aufhalten... also gut: Lucrezia, Aleister, Perdurabo und Manson kommen mit mir. Judas, du gehst zum Hof zurück und schickst die anderen alle nach Hause. Keine Patrouillengänge mehr für heute. Morgen halten wir noch eine Versammlung ab und besprechen alles, was passiert ist.«

»Aber...«

»Aber was?« bellte der Wolfshund ungeduldig.

»Na ja... es ist bloß, daß ich eigentlich auch ganz gern mitgegangen wär, und die meisten der anderen sicher –«

»Nein. Keine Zusammenrottungen auf den Straßen. Es ist Nachmittag, jetzt werden mehr Leute unterwegs sein, und wir haben schon so genug Ärger mit den Fängern. Wenn du bis morgen nichts von mir gehört hast, sag Therion, daß er die Führung übernimmt. Und schau dich schon mal nach einem Ersatz für Zerberus um.«

»Ja, Drakon«, sagte Judas, noch sichtlich enttäuscht. »Wie du wünschst.«

»Und jetzt«, sagte Drakon, während die Bulldogge davontrottete, »schnappen wir uns die Krätze. Und dieses verdammte Katzenvieh.«

VI

»Verdammt! Wir kommen hier schon zum drittenmal durch.«

»Die Straßen sind ein einziger Wirrwarr, Blackjack.«

»Es ist mir egal, wie wirr die sind. Wir sollten imstande sein, hier rauszufinden. Sichverlaufen ist was für Menschen.«

»Ich hab so ein Gefühl, daß Raaq uns nicht rauslassen will. Mich wenigstens. Und wer weiß, vielleicht kann er Katzen *doch* was anhaben.«

»Vergiß Raaq und hilf mir lieber, einen Ausweg zu – Wart mal! Guck mal da rüber!«

Luther guckte. Nicht weit von ihnen entfernt verließ ein Mann im Overall ein Haus. Er blieb an der Tür stehen und verabschiedete sich liebevoll und ausführlich von einer halb angezogenen Frau, die ihn hinausbegleitet hatte. Am Bordstein parkte ein Pritschenwagen mit der Aufschrift BEATRIX A. G.

»Was hältst du davon?« fragte Blackjack. »Wir könnten hinten raufspringen und uns ein Stück mitnehmen lassen. Wenn er wieder dahin zurückfährt, wo wir herkommen, springen wir schleunigst ab, aber wenn er aus der Stadt rausfährt...«

»Ja!« rief Luther, als sei ihm soeben eine Offenbarung zuteil geworden. »Das ist es, Blackjack! So kommen wir raus!«

Der Mann im Overall verweilte noch immer an der Haustür. Er und die Frau waren völlig und hoffnungslos ineinander versunken und merkten nicht, wie ein Straßenköter und eine schwanzlose Katze auf die Pritsche des Lastwagens kraxelten. In einer Ecke der Ladefläche lag eine unordentlich hingeworfene Plane, und Hund und Kater versteckten sich darunter.

Blackjack spürte etwas Spitzes an seiner Flanke und drehte sich ein wenig um. Er sah einen Metallkasten, in dessen Deckel das Wort »Phillips« eingeprägt war, und es gelang ihm, im trüben Licht, das unter dem Rand der Plane hereinsickerte, die restliche Inschrift zu entziffern:

> Damit du deinen Liebling
> während der einsamen Nächte
> auf der Straße nicht vergißt.
> Meine Gedanken sind stets bei dir.
> – Dein Gobibärchen

»Ein Werkzeugkasten«, sagte Blackjack und hätte gekichert, wenn er dazu imstande gewesen wäre. »Was für ein sinniges Geschenk.«

»Was?« fragte Luther.

»Unwichtig. Aber ich hab so das Gefühl, daß dieser Wagen die Stadt verläßt. Wer weiß, vielleicht bringt er uns sogar deinem Himmel ein Stück näher.«

»Ganz bestimmt«, erwiderte Luther.

VII

»Wir haben sie!« triumphierte Drakon, als er die anderen in das kreisförmige Gewirr von Straßen hineinführte, das als »Labyrinth« bekannt war. »Wie weit wohl noch, Lucrezia?«

»Nicht weit«, versicherte ihm die Hündin. »Riecht so, als wären sie gerade weit genug gekommen, um sich da drin zu verlaufen.«

»Wir haben sie!« wiederholte Drakon und beschleunigte seinen Schritt. »Wir haben sie!«

Hinter ihnen wurde ein fernes Motorengeräusch allmählich

lauter. Drakon rannte weiter, ohne darauf zu achten, aber Perdurabo warf einen Blick über die Schulter, um zu sehen, was da kam.

»He, Drakon…« sagte er.

»Das einzige Problem wird der Kater sein«, instruierte sie Drakon im Galopp. »Wir fallen von allen Seiten über ihn her und bringen ihn auf der Stelle um…«

»Drakon, ich glaube…«

»… die Krätze dürfte nicht allzu viele Schwierigkeiten machen. Mit ihr können wir uns Zeit lassen. Ich will –«

»Ei, verflucht!« rief Perdurabo aus, als ein weißer Kastenwagen donnernd auftauchte. »Fänger! Fänger!«

»Was?«

Drakon sah sich endlich um, doch da war es schon fast zu spät.

VIII

»He Mensch, Dante, guck dir das an!«

Der glasig dreinblickende, von Schlachten gezeichnete Zweiterweltkriegsveteran & Hundefänger beugte sich über das Lenkrad, sah in die angezeigte Richtung und grinste.

»Ah-hm«, sagte er.

»Fünf Hunde, Dante!« fuhr sein Kumpel vergnügt fort. »Fünf, und nich ein einziges Halsband! Dafür laß ich irgendso'n beschissenes Katz-und-Köter-Pärchen aber allemal stehen!«

»Ah-hm.«

»Mann, guck dir mal den Großen da vorn an. Is das nich 'n Prachtbursche? Virgil flippt total aus, wenn er sieht, was wir da rangeschafft haben!«

Dantes noch minderjähriger Gefährte griff wie ein Kind, das unter dem Weihnachtsbaum wühlt, hinter seinen Sitz und brachte eine Pistole mit der Aufschrift »Lethe« zum Vorschein. Er legte sie auf das Armaturenbrett, griff wieder nach hinten und zog ein Gewehr mit der gleichen Beschriftung hervor. Die Schußwaffen durften eigentlich nur in Notfällen benutzt werden – und ganz gewiß nicht vom fahrenden Wagen aus –, doch für die Jugend und den Kriegsneurotiker ist das Leben ein einziger, ununterbrochener Notfall.

»Halt den Kurs, Dante!« schrie der Schütze, während er sich aus dem Beifahrerfenster lehnte.

»Ah-hm.«

»Uuuuuuh-uamm!« Er drückte ab, und ein kleiner Pfeil traf den letzten Hund in die Flanke. Perdurabo, dessen Name soviel wie »Ich werde fortdauern« bedeutete, stolperte – mehr aus Schreck als deswegen, weil das Betäubungsmittel sofort gewirkt hätte – und wurde von den Vorderrädern des Lieferwagens zermalmt.

»Ah-*hm*!« rief Dante triumphierend aus.

»Hoppla«, sagte der Schütze mit einer Spur von Besorgnis in der Stimme. »Ich weiß nicht, ob das Virgil gefallen wird.« Dann, mit frischem Mut: »Ach zum Teufel! Das macht Spaß, was, Dante?«

»Ah-hm!!!«

»Okay, Kumpel, drück drauf!«

Dante drückte drauf. Während der Wagen auf Touren kam, begann er eine Arie aus ›La forza del destino‹ zu summen.

IX

»Raaq ist nahe!«

»Jesses, Luther, mach dir deswegen keine Sorgen. Wir fahren. Jetzt kann uns gar nichts mehr passieren – es sei denn, Rassis könnten fliegen.«

Der Pritschenwagen rollte gleichmäßig und, abgesehen von einem gelegentlichen Schlagloch, ruhig dahin. Dann verlangsamte er plötzlich seine Fahrt, und sie vernahmen ein schwaches Gebell.

»Das klingt nach Drakon«, sagte Luther.

»Jesses«, wiederholte der Kater. »Warte mal! Luther, nicht!«

Aber Luther war schon aus der Deckung der Plane hervorgekrochen. Er reckte den Kopf in die Höhe, um über die Bordwand zu schauen.

Was er sah, verschlug ihm das Denken. Es war, als habe hier ein gewaltiger Racheengel gewütet und völlige Zerstörung hinterlassen. Weit hinten lag Perdurabo wie eine zerfetzte Flickenpuppe tot auf der Straße. Vielleicht fünfzehn Meter vor ihm ein weiteres

Stück Asphaltfutter, das einst die Dogge Aleister gewesen war. Lucrezia hatte ein bißchen mehr Glück gehabt: Obwohl auch sie von einem Pfeil getroffen war, hatte sie es irgendwie noch geschafft, sich von der Fahrbahn zu schleppen, bevor sie bewußtlos wurde. An der Spitze befand sich Drakon, der sich vor dem im Leerlauf tuckernden Lieferwagen gerade noch auf den Beinen hielt; zwei Pfeile staken in seiner Flanke. Die Fänger hatten ihr Fahrzeug verlassen und versuchten gerade, ein Netz über ihn zu werfen.

Paß nur auf, Luther. Raaq ist nicht zu trauen. Manchmal wendet er sich auch gegen die Seinen.

Das hatte Moses gesagt, und es schien auch zu stimmen. Nur Manson war entkommen.

Das habt ihr euch selbst zuzuschreiben, dachte Luther und versuchte, nicht zuviel Mitleid mit den Toten zu haben. Ihr hättet euch gefreut, wenn man uns überfahren hätte.

»Ww-« Benebelt, wie er war, fing Drakon den Gedanken ab. Er hob den Kopf und sah Luther auf der Pritsche vorbeifahren. »KRÄTZE!«

Der Wolfshund machte einen Satz, mit dem er unter normalen Umständen auf dem Laster gelandet wäre. Halb betäubt, wie er war, kam er gerade einen Meter weit und schlug dann hart auf den Beton. Während der Pritschenwagen davonbrauste und die Fänger anrückten, schleuderte er Luther eine Abschiedsdrohung hinterher, Gedankensplitter wie Schrapnellgeschosse.

»... kill dich, Krätze ... find dich ... ich ...«

Dann verschluckte ihn graues Nichts.

»Na«, sagte Blackjack und gesellte sich zu Luther, »scheint ja doch so was wie Gerechtigkeit auf der Welt zu geben. Was meinst du?«

Luther gab keine Antwort. Er starrte auf die Überreste von Perdurabo, an denen sie gerade vorbeifuhren.

»Laß dir wegen denen keine grauen Haare wachsen, Luther«, riet Blackjack. »Die haben's wirklich nicht anders verdient. Und jetzt brauchst du auch nicht mehr zu befürchten, gegen sie kämpfen zu müssen.«

Luther sagte immer noch nichts. Er kroch unter die Plane und sprach mehrere Stunden lang kein Wort. Der Laster rollte weiter, durchfuhr einen kurzen Tunnel am Stadtrand und machte sich an den langen Aufstieg aus dem Tal.

Sie waren wieder auf dem Weg zum Himmel.

Der Ritt der Bohemier

I

Sollte irgendein friedliebender Millionär einst einen Preis für die ruhigste Kleinstadt in ganz Pennsylvania ausschreiben, würde Auk mit fast hundertprozentiger Sicherheit einen der ersten Plätze belegen. (Zum Sieger dieses Wettstreits würde zweifellos Thanatos erkoren werden. Im Jahre 1892 als Stadtgemeinde konstituiert, ist das knapp zwanzig Kilometer von Scranton entfernt gelegene Thanatos im wahrsten Sinne des Wortes ein Friedhof. Der einzige lebende Einwohner der Stadt ist Desmond Emery Sargtrager, seines Zeichens Platzwart, und er schnarcht nicht einmal.)

Wenn Auk auch niemals hoffen darf, Thanatos' heitere Ruhe überbieten zu können, unterscheiden sich die beiden Orte an guten Tagen doch nicht allzusehr. In einem Umkreis von fünfzehn Kilometern führt keine größere Straße am Städtchen vorbei; die weitere Umgebung besteht aus pennsylvanischem Wald und sonst nichts, ohne die kleinste Höhle, ohne beskibaren Hang, ohne einen Wasserfall oder sonstige potentielle Touristenattraktionen. Die einzige dort heimische Industrie ist die Puzzlemanufaktur, mit Gewißheit einer der am wenigsten aktionsgeladenen Wirtschaftszweige überhaupt. Den vielleicht überzeugendsten Beweis für Auks friedlichen Charakter erbrachte jedoch die Hundertjahrfeier der Stadt, die erst wenige Jahre vor den hier beschriebenen Ereignissen in einer ruhigen und gesitteten Weise begangen wurde. Es gab kein Feuerwerk, keine marschierenden Blaskapellen oder Umzüge und nur eine einzige Festansprache, die exakt zwei Minuten und siebenunddreißig Sekunden dauerte und damit noch den Durchschnitts-Popsong unterbot.

Mag dies dem Außenstehenden auch eine langweilige Sachlage dünken, sind die Einwohner von Auk – vielfach Senioren oder doch nicht weit davon entfernt – mit ihrem Leben durchaus zufrieden. Sie brauchen keine Aufmunterung, verbindlichsten Dank auch, und falls es sie einmal tatsächlich nach den wahren Abenteuern gelüsten sollte, so gibt's ja immer noch das Kabelfernsehen (Auk ist seit einigen Monaten angeschlossen).

Aber man kann nicht alles haben, was man will; nicht immer jedenfalls. Zwei Tage nach Luthers und Blackjacks Zusammenstoß mit Drakon erlebte die Stadt Auk in knapp zwei Stunden genug Aufregung für hundert Jahre: ein Ereignis, von dem die Auker Bürger immer noch reden – und vor dessen Wiederholung sie noch heute bangen.

Der Zwischenfall erwuchs aus einer verrückten, unausgegorenen Mischung von Besuchern, die schubweise, wie aufeinanderfolgende Wellen von Vandalen, in Auk einfielen: drei Jäger, zwei Bärenjungen, vier Nonnen in einer umgebauten Limousine, ein ausgewachsener Bär, siebeneinhalb versprengte Rocker, auf dem Rückzug nach einem Bandenkrieg in Rhode Island, und zwei methodistische Urlauber, deren einer an Hämorrhoiden litt.

Und mittendrin Cornells selbsternannte Hüter der Nonkonformität.

Die Bohemier.

II

Für Jed Cyrus, Wachtmeister der Stadt, begann der Tag wie tausend andere auch. Er wachte um Punkt sechs Uhr auf, duschte, rasierte sich, zog sich an, küßte seine Frau, die indes weiterschlief, auf die rechte Wange und verließ das Haus exakt um 6 Uhr 20. Er ging den Cherville Drive hinunter, eine von Auks vier Nebenstraßen, bis er die Hauptstraße erreichte, wo er links einbog und seinen Weg in Richtung Stadtzentrum fortsetzte. Dies geschah um 6 Uhr 25. Hätten sich die Dinge wie gewohnt weiterentwickelt, wäre er um 6 Uhr 30 im Canterbury Café eingekehrt, hätte dort, gelegentlich nippend, fünfzehn Minuten vor einer Tasse schwarzen Kaffees verbracht – er trank sie immer nur zur Hälfte aus und goß den Rest weg – und sich schließlich ins Revier begeben, wo er um 6 Uhr 55 die morgendliche Schreibarbeit in Angriff genommen hätte.

Das erste Anzeichen dafür, daß nicht alles so glatt verlaufen würde, trat in dem Augenblick auf, als Wachtmeister Cyrus während seines Gangs über die Hauptstraße ein Steinchen in den Stiefel rutschte. Es waren wie angegossen sitzende, richtig schön knackenge Stiefel, und wie es das Steinchen geschafft hatte, sich da einzuschleichen, war ein Geheimnis; doch es setzte sich hinter Cyrus' Ferse fest und heischte ungeteilte Aufmerksamkeit. Bis er es entfernt und seinen Stiefel wieder angezogen hatte, hinkte er um zwei Minuten hinter seinem Zeitplan her.

Eine Kleinigkeit, könnte man denken – und hätte damit auch vollkommen recht. Doch später, während der Aufräumarbeiten, kehrten Wachtmeister Cyrus' Gedanken immer wieder zu diesem Steinchen zurück, und er fragte sich mehrfach, ob es nicht etwas wie ein Omen gewesen sei, ein dringender, gutgemeinter Rat, umzukehren und sich wieder ins Bett zu legen.

Jankin Badewanne und seine Frau Alison – Auks ältlichstes und am frühesten aufstehendes Ehepaar – saßen auf der Veranda vor dem Canterbury Café und spielten Dame, als der Wachtmeister eintraf.

»Morgen, Jed«, sagten sie unisono, ohne aufzublicken. Der Wachtmeister tippte wie jeden Morgen an die Krempe seines Huts und blieb kurz auf der Verandatreppe stehen. Er warf einen raschen Blick die Hauptstraße rauf und runter, um sich zu vergewissern, daß kein Haus über Nacht verschwunden war. Es waren noch alle da, sogar Farrels Trink- und Grillhalle, die immer so aussah, als könnte sie jeden Augenblick auf- und davongeweht werden. Beruhigt tippte er noch einmal an seinen Hut in Richtung Jankin und Alison und betrat das Café.

Als er hereinkam, stand die große Uhr hinter der Theke auf 6 Uhr 32. Perry Bailey, der Wirt, sah den Wachtmeister an und stellte die Uhr sofort zwei Minuten zurück.

»Morgen, Jed«, sagte Bailey und reichte ihm die bereitstehende Tasse mit schwarzem Kaffee. Wachtmeister Cyrus gab ihm dreißig Cent und tippte wieder an seinen Hut. Dann begab er sich an einen Tisch am vorderen Fenster und setzte sich hin. Voll Behagen nahm er ein erstes Schlückchen von seinem Kaffee und sagte sich, daß das garantiert mit die erfreulichste Zeit des Tages sei.

Die Jäger kreuzten fünf Minuten später auf, und die Decadents ließen auch nicht viel länger auf sich warten.

III

Die Bohemier von Risley Hall hatten vor gut einer Woche ihre Sommerquartiere in SoHo verlassen, New Jersey auf Nebenstraßen durchquert und steuerten jetzt, durch die nordöstliche Ecke von Pennsylvania, Binghamton im Staat New York an. Einstweilen waren sie nur zu sechst, doch ihre Zahl würde sich in Binghamton verdreifachen und sogar verfünffachen, ehe sie schließlich ihren Einzug in Ithaca halten würden.

Das für die Jahreszeit kühle Wetter war ihnen willkommen. Die Kleidung spielt für einen Bohemier eine große Rolle, und der Hauch von Herbst, der in der Luft lag, hatte ihnen ermöglicht, unterwegs ihre Langmäntel zu tragen und, wenigstens in den frühen Morgen- und Abendstunden, als angenehm zu empfinden. Als sie in Auk einzogen, gaben sie ein farbenprächtiges Bild ab.

Löwenherz, regierender König von Bohemia, ritt vorneweg auf einem prachtvollen schwarzen Hengst, dessen Mähne irokesenmäßig gestutzt und leuchtend purpurn gefärbt war. Das Pferd war ein garantiert reinrassiges, aus England importiertes Vollblut, doch sein Reiter war weitaus schwieriger zu klassifizieren. Dank einer längeren Reihe extrem liberal gesinnter Vorfahren besaß Löwenherz Gene und äußere Merkmale so ziemlich jeder Rasse auf Erden: dunkelbraune Haut, krauses rotes Haar, das er mit Ausnahme eines langen, dünnen Zopfes am Hinterkopf sehr kurz geschnitten trug, grüne Mandelaugen, scharf geschnittene Nase, dünne Lippen, schmale Kinnlade und lange, muskulöse, fast völlig unbehaarte Arme und Beine. Er sah nach keinem landläufigen Maßstab gut aus, wirkte dafür aber so herzerfrischend anders, daß das gar nicht weiter auffiel. Wie es sich für seinen königlichen Stand geziemte, war sein Langmantel ebenso purpurn wie die Mähne seines Rosses.

Myoko und Fujiko, die Grauen Vrouwen, ritten neben Löwenherz auf nicht minder prachtvollen Pferden. Beide Frauen waren Halbasiatinnen, aber während Fujiko klein von Wuchs war und das rotgefärbte Haar Ohren und Nacken freiließ, erreichte Myoko die Einsachtzigmarke, und das Haar wallte ihr mitternachtsschwarz über den halben Rücken hinab. Ihre Langmäntel waren selbstredend grau.

Ragnarök, der bohemische Verteidigungsminister, und Prediger, der bohemische Minister für Moralfragen, ritten Seit an Seit hinter den Vrouwen. Der blonde und hellhäutige Ragnarök war der einzige Bohemier, der nicht auf einem Vierbeiner saß. Er fuhr statt dessen ein jettschwarzes Motorrad und hielt dabei geduldig mit den anderen Schritt; er trug einen schwarzen Vinylregenmantel und eine schwarzgetönte Brille, wenngleich so früh am Morgen die Sonne noch kaum über die Bäume lugte. Prediger, ein großer, massiger Schwarzer, trug einen weißen Langmantel und ritt einen weißen Hengst.

Z. Z. Top, Minister des Schlechten Geschmacks und eine faszinierende Studie in schmutzigem Leder, bildete die Nachhut. Auf seinem grantigen Grauchen (weder die Baseballmütze der San Diego Padres, die man irgendwie am Kopf des Tieres befestigt hatte, noch das von dessen Schwanz baumelnde, individuelle Disneyland-Plastik-Nummernschild – CHICO 69 – trug zur Verbesserung seiner Laune bei) sah er aus wie der geklonte Sprößling von James Dean und Fidel Castro nach einer Spritztour durch die städtische Kläranlage. Er vermittelte den Eindruck, als habe er im Verlauf seines Lebens nur selten eine Badewanne von innen gesehen, und dieser Eindruck war in der Tat nicht falsch. Der Top – einer der Großen Ungewaschenen – hatte seine Satteltaschen mit Bierdosen der abscheulichsten Marken vollgestopft, die man für Geld nur kriegen kann: Layman's Mountain Brew, St. Stephen Club, Cologne Rinsing. Gott segne dieses Spülicht. Immerhin war er kinderlieb.

Die Bohemier erreichten das Stadtgebiet von Auk gegen halb sieben. Sie waren schon seit 4 Uhr früh unterwegs und hofften, die Staatsgrenze nach New York im Lauf des Nachmittags zu passieren. Zuerst war allerdings ein schnelles Frühstück fällig, und während sie durch die noch schlafende Stadt zogen, hielten sie Ausschau nach einem Restaurant oder Café.

Als sie endlich das Canterbury fanden, hatte die verrückte Teegesellschaft bereits ihren Anfang genommen.

IV

Um 6 Uhr 35 war Wachtmeister Jed Cyrus noch immer mit seinem Kaffee beschäftigt, hatte indes aufgehört, sich zu sagen, daß dies eine der schönsten Zeiten des Tages sei. Statt dessen beobachtete er durch das Fenster des Canterbury Cafés die drei Männer, die vor Waynes Tankstelle angehalten hatten, und zerbrach sich darüber den Kopf, ob er rausgehen und sie verhaften sollte. Derlei Krisensituationen, die geeignet waren, ihn in einen Gewissenskonflikt zu stürzen, schlugen ihm grundsätzlich auf den Magen; er spürte bereits, wie sich der Kaffee in Säure verwandelte.

Die drei Männer – ihrer Kleidung nach zu urteilen Jäger – sahen ausreichend häßlich und schwachsinnig aus, um das Ergebnis einer blutschänderischen Verbindung zu sein. Sie standen vor der Tankstelle und kratzten sich ratlos am Kopf. Hin und wieder steckte einer von ihnen einen Arm in den Kleintransporter, mit dem sie gekommen waren, und hupte nach der Bedienung. Offenbar hatten sie sich nicht die Mühe gemacht, das anderthalb Meter hohe Schild zu lesen, worauf geschrieben stand: WAYNES TEXACO. GEÖFFNET VON 8 BIS 22 UHR.

Dem Wachtmeister war ihre zweifelhafte Abstammung nicht minder gleichgültig als ihre mangelnde Intelligenz. Das waren keine Verbrechen, jedenfalls keine, die üblicherweise eine Verhaftung nach sich zogen. Was ihm zu denken gab, war der zusammenlegbare Stahlkäfig auf Rädern, den die Jäger an ihren Transporter gehängt hatten. Er enthielt zwei lebende Bärenjungen. Nun war Wachtmeister Cyrus zwar kein Waidmann und auch nicht übermäßig vertraut mit den neuesten Jagdbestimmungen; nichtsdestotrotz hätte er fast wetten können, daß die zweite Augusthälfte keine Bärenzeit war. Und selbst wenn, so wurde er den unbestimmten Verdacht nicht los, daß es verboten sei, lebende Bärenjungen zu fangen.

Er verhandelte gerade mit seinem Gewissen, ob er sie nicht einfach laufenlassen und es der Polizei im nächsten größeren Ort überlassen sollte, für ihre Verhaftung und die Erledigung des dazugehörigen Papierkrams Sorge zu tragen, als sich am Horizont seines Vormittags weitere finstere Gewitterwolken abzuzeichnen begannen. Mit einem Mal war die Luft vom Dröhnen nahender Motorräder erfüllt, und noch während sich die drei häßlichen Jäger nach allen Richtungen umsahen, erschien eine Horde noch unersprießlicher aussehender Männer auf Harley-Maschinen.

Wachtmeister Cyrus kannte Rockerbanden bislang nur aus Filmen, und die nun folgende Aufhebung des Status quo verfehlte es nicht, ihn ziemlich zu beunruhigen. Auch wenn sie keine Hell's Angels waren, sahen sie doch vergleichsweise furchterregend aus: Abzeichen an ihren Lederjacken wiesen sie als die RHODE ISLAND DECADENTS aus. Wachtmeister Cyrus hielt sich nicht mit der Frage auf, was solche Gestalten außerhalb von Neuengland täten; er war vollauf damit beschäftigt, sein Zähneklappern weitmöglichst zu unterdrücken.

Die Rocker waren sieben an der Zahl. Ihre wirklichen Namen spielen sub specie aeternitatis keine Rolle – nennen wir sie also Sleepy, Sneezy, Sleazy, Grumpy, Dopey, Bashful und Doc (ein zusätzliches Abzeichen auf Docs Jacke erklärte ihn zum DUKE DER DECADENTS). Sie waren die Nacht durchgefahren und entsprechend ausgehungert, und so brachten sie ihre splittbespritzten Harleys (die bedrohlichsten Fahrzeuge, die Wachtmeister Cyrus je zu Gesicht bekommen hatte) vor dem Canterbury zum Stehen. Sleazys Maschine war mit einem Beiwagen versehen, und darin thronte ein verschnürter und bekränzter Schrankkoffer. Seitlich auf den Koffer hatte jemand die pietätvolle Inschrift gekritzelt: FRED – AKUTES BREMSVERSAGEN.

Während die Decadents auf die Veranda sprangen, nahm sich der Wachtmeister einen Augenblick Zeit, um den Umstand zu beklagen, daß er seinen Revolver nicht bei sich hatte. Um die Wahrheit zu sagen, lag die Waffe schon seit seinem Amtsantritt vor zehn Jahren auf der Wache, in der abgeschlossenen Schublade seines Schreibtisches. Er war sich auch keineswegs sicher, ob er überhaupt den Mut aufgebracht hätte, sie zu benutzen, doch wie die Dinge lagen, hätte er sich mit ihr beträchtlich wohler gefühlt.

»He, he«, sagte Sleazy und postierte sich neben Jankin und Alison Badewanne, die weiterhin Dame spielten. Er nahm einen schwarzen Stein vom Brett, biß ihn glatt entzwei und spuckte die Hälften auf die Straße. Beide Badewannes blickten erzürnt auf, sahen die aufgerollte Schneekette, die Sleazy in der Rechten hielt, und sagten nichts.

»He, he«, sagte Grumpy, indem er die Eingangstür aufstieß

und hereinstolzierte. Der Anblick des Wachtmeisters ließ ihn innehalten.

»He, he«, sagte Duke Doc, als er sich zu Grumpy gesellte. In diesem Augenblick beging Wachtmeister Cyrus den großen Fehler, aufzustehen; Doc sah sofort, daß er keine Waffe trug, und lächelte entspannt.

»He, he«, wiederholte er, indem er ein Schnappmesser herausholte und auf den Knopf drückte. Zwanzig Zentimeter Stahl schnellten matt schimmernd hervor. »Guten Morgen, Officer.« Seine höfliche, nahezu kultivierte Stimme stand in einem gewissen Widerspruch zur Waffe.

Perry Bailey ragte starr hinter der Theke empor und betete stumm darum, daß man ihn übersehen möge. Der Wachtmeister schwankte sanft hin und her und stotterte: »Ich... ich...«

»Wie meinen?« fragte Doc und streichelte liebevoll die Messerklinge.

»Ich... hä-hä-hä-hätt...«

»Bitte, Sir«, sagte Sleazy, der gerade mit schneekettenumwickelter Faust das Café betrat. »Nur frisch von der Leber weg.«

»I-i-i-i-ich...«

Die übrigen vier Decadents traten mit gezückten Waffen hinzu.

»Wachtmeister?« fragte einer von ihnen. »Wie meinen?«

Der Wachtmeister stülpte die Lippen vor und brüllte ihnen unter Aufbietung großer Willenskraft entgegen: *»Ich hätte heute zu Hause bleiben können!«*

Kaum hatte er sich dieser Botschaft entledigt, brach er ohnmächtig zusammen.

»Wirklich schade«, seufzte Grumpy. »Kein Rückgrat.«

»Zum Kotzen tragisch«, pflichtete Sleazy bei.

»Sagen Sie, bitte«, wandte sich Doc an Perry Bailey. »Pflegt er bei Beanspruchung immer zu kollabieren?«

Perry Bailey holte nun selbst zum Stottern aus, der Notwendigkeit eines Ohnmachtsanfalls wurde er allerdings durch das Auftauchen der bereits erwähnten vier Nonnen in einer Limousine enthoben. Wie das Steinchen in des Wachtmeisters Stiefel waren auch die Nonnen nichts Aufsehenerregendes (sie fuhren, ohne anzuhalten, auf direktem Wege durch Auk und wirkten lediglich ein bißchen deplaziert in dem großen Auto, das ein wohlhabender Müller in der Hoffnung, Gott möge ihm seinen Reichtum verzeihen, ihrem Kloster geschenkt hatte), doch übten sie immerhin einen gewissen Einfluß auf den weiteren Gang der Ereignisse aus.

Die Decadents begaben sich wieder hinaus auf die Veranda, um dem Durchzug der Nonnen beizuwohnen. Sie winkten, und eine der Nonnen bedankte sich mit einem flotten Segen aus dem Wagenfenster. Als die Rocker dem sich entfernenden Schlitten nachsahen, wurde ihre Aufmerksamkeit erstmals in die Richtung der Texaco-Tankstelle, der Jäger, des Kleintransporters und vor allen Dingen der Bärenjungen im stählernen Anhängerkäfig gelenkt.

Doc warf einen Blick auf die Jungen und vergaß schlagartig Perry Bailey und den bewußtlosen Wachtmeister.

»He, he«, sagte er leise.

V

Die Straße vor dem Canterbury war bald mit Glasscherben übersät. Als die Decadents die ersten Anstalten machten, die Tankstelle heimzusuchen, holte einer der Jäger unklugerweise eine Schrotflinte aus der Fahrerkabine des Transporters. Vier Rocker entwaffneten ihn und schlugen ihn bewußtlos. Grumpy lief die Straße hinunter und ballerte Fenster zu Bruch; als die letzte Patrone verschossen war, warf er die Flinte durch die Glasfront von Farrels Trink- und Grillhalle und demolierte dabei ein Neonschild, das da sagte: DURST WIRD DURCH BIER ERST SCHÖN.

»Wo haben Sie die Bären her?« fragte Doc einen der zwei Jäger, die noch standen.

»Das war Freds Idee!« sagte der Jäger ängstlich und zeigte auf seinen gefallenen Kameraden.

»Fred?« Doc lächelte und warf einen liebevollen Blick auf den Schrankkoffer im Beiwagen. »Darf ich vorstellen? Fred – Fred.«

»Er meinte, wir könnten die verkaufen!« brabbelte der Jäger mit aufgerissenen Augen weiter. »Wir haben rausgefunden, wo die lebten, haben ihre Spuren bis zu dieser Höhle verfolgt, und Fred, der hatte ein Dings dabei, so ein, na, ein Trannkwillitzergewehr –«

»Ein Trannkwillitzergewehr«, wiederholte Doc.

»Ein Trannkwillitzergewehr«, sagten die übrigen Decadents im Chor.

»Wir haben sie schlafen gelegt«, fuhr der Jäger fort. »Richtig fein schlafen gelegt, die Jungen. Aber es war stockdunkel wie sonst was, und es war ne ganz schöne Plackerei, die zum Anhänger zu schleppen. Und dann ist die Bärenmutter aufgekreuzt ...«

»Die Bärenmutter«, sagte Doc.

»Die Bärenmutter«, wiederholten die Decadents.

»Ja... ja, die Bärenmutter. Die ist aufgekreuzt, aber wir haben uns mit den Jungen irgendwie aus dem Staub gemacht und Scheiße, Mister, wollen Sie uns umbringen oder was?«

»Mal sehen«, entgegnete Doc. »Sammeln Sie ihren Fred ein und stellen Sie sich in die Mitte der Straße, bitte.«

»W-was?«

»Stellen Sie sich in die Mitte der Straße. Beide. Und Fred.«

Nach kurzem Zögern hoben die zwei Jäger Fred auf und schleppten ihn ein Stück weiter. Vier Decadents bestiegen ihre Maschinen und fingen an, die Jäger wie Haie zu umkreisen. Sleazy und Bashful sprangen hinten auf den Anhänger drauf und rüttelten an der mit drei Vorhängeschlössern gesicherten Käfigtür. Ein Bärenjunges streckte eine Tatze nach ihnen aus und zog sie schleunigst wieder zurück, als Sleazy mit seiner Schneekette zuschlug.

»He!« rief der kuhäugige Jäger, zu jeder Hilfeleistung bereit, die seine Überlebenschancen verbessern könnte. »He, ich hab die Schlüssel, wenn Sie möchten!«

»Danke, nicht nötig«, sagte Sleazy und rüttelte weiter. Die drei Vorhängeschlösser gaben allmählich nach.

Doc begab sich wieder auf die Veranda des Cafés zurück, um bei den Festivitäten zuzuschauen. Einen solchen Spaß hatte er nicht mehr gehabt, seitdem er von den Firedrakes, einer rivalisierenden Gang, aus Providence verjagt worden war. Als er einen Blick ins Café warf, sah er, daß der Wachtmeister – trotz Perry Baileys eifrigen Wiederbelebungsversuchen – noch immer hinüber war.

»Gut«, sagte sich Doc. Wenn der Wachtmeister ein typischer Vertreter der Auker Bürgerschaft war, dann hätten sie mindestens noch eine halbe Stunde Zeit, bevor jemand das Spektakel mitbekam und den Mut aufbrachte, die Staatspolizei zu rufen. Die

Rocker könnten sich bequem über die Grenze nach New York absetzen, ehe der erste Bulle aufkreuzte.

Die vier Decadents zogen ihre Kreise enger um die Jäger. Einer scherte nach innen aus und fuhr mitten durch das Grüppchen, wobei er dem Kuhäugigen leicht auf die Schulter klopfte und ihm einen Schrei entlockte. Doc mußte darüber lachen und stieß dabei mit dem Oberschenkel gegen das Damebrett der Badewannes. Plötzlich wurde ihm bewußt, daß die zwei Alten weg waren.

»Mist«, sagte er. Sie waren nirgends zu sehen; es bedurfte keines besonderen Scharfsinns, um ihr Vorhaben zu erraten. Schlagartig schweißfeucht, schaute Doc die Straße hinunter in der Erwartung, sich anschleichende Staatspolizisten zu erblicken. Statt dessen sah er die Bohemier, und die brachten ihn irgendwie noch mehr aus dem Gleichgewicht.

»Was...«

»Guten Morgen!« begrüßte Löwenherz die Rhode Island Decadents mit kräftiger, klarer Stimme. Die Motorradfahrer hörten auf zu kreisen, und alle Augen richteten sich auf die Bohemier. Sie standen aufgereiht nebeneinander und versperrten die Straße. Mit Ausnahme Ragnaröks, der seine Maschine weiterhin geduldig aufbrummen ließ, waren alle abgesessen.

Löwenherz fuhr fort: »Wer in dieser Stadt nichts zu suchen hat, der scheue sich bitte nicht, sich anderswohin zu verfügen. Sofort.«

Die Decadents trauten ihren Ohren nicht. Grumpy suchte nach einer passenden rassistischen Verunglimpfung, konnte sich aber für keine der zahlreichen Möglichkeiten entscheiden. Schließlich versuchte er es mit: »Verdammte Kacke, was hast du gesagt, du Arschloch?«

»GUTEN MORGEN!« wiederholte Löwenherz, lauter und langsamer diesmal und jedes einzelne Wort sorgfältig artikulierend. Prediger und Z.Z. Top wiederholten derweil seine Worte mit Rücksicht auf die Gehörgeschädigten in Zeichensprache. »IHR KÖNNT JETZT ALLE GEHEN.«

»Wer, verdammt noch mal, bist denn *du*?« Wutentbrannt ließ Grumpy seine Maschine aufheulen und schoß schneekettenschwingend auf die Bohemier zu.

»Fuji«, sagte Löwenherz ruhig. Fujiko, die einen zerlegbaren Kunstharz-Kampfstock aus ihrer Satteltasche geholt und zusammengesetzt hatte, trat vor und stellte sich dem Rocker in den Weg. Der Decadent raste direkt auf sie zu. Er erkannte leider zu spät, daß ihre Waffe die größere Reichweite hatte.

Das fahrerlose Motorrad setzte seine Fahrt noch fast fünfzehn Meter weiter über die Hauptstraße fort, ehe es gegen einen Briefkasten knallte und verstummte.

»Wer ist der nächste?« fragte Fujiko. Zu ihren Füßen lag der gestürzte Grumpy und versuchte, sich gleichzeitig die Beule am Kopf und die Beule am Hintern zu reiben.

»Heiliger Krötenrotz«, flüsterte Sleazy. »Sie hat ihn runtergeholt.«

Just in diesem Augenblick warfen sich beide Bärenjungen gegen die Käfigtür. Die Schlösser gaben endgültig nach, und Sleazy und Bashful fielen vom Anhänger.

»Heilige Kacke!« brüllte Sleazy. Er schaffte es gerade noch, sich seitlich abzurollen, um nicht von einem der entfleuchenden Bären zerquetscht zu werden.

Das Chaos brach aus; die Bohemier verteilten sich und rückten – ebenso wie die drei noch berittenen Rocker – kampfbereit vor. Sleazy und Bashful strampelten sich ab, um ihre Maschinen zu erreichen, während Doc und die Bärenjungen von einer vorübergehenden Entschlußlosigkeit befallen zu sein schienen. Die zwei unbewaffneten Jäger brachten sich und Fred, den sie hinter sich herschleiften, im Kleintransporter in Sicherheit.

Die verrückte Teegesellschaft kam jetzt richtig in Fahrt:

Zwei weitere Motorradfahrer stürmten auf Fujiko los. Der eine überlegte es sich im letzten Moment anders und schwenkte ab; der andere blieb auf Kurs, schwang eine lange Brechstange und machte Anstalten, Fujiko über den Haufen zu fahren. Löwenherz griff ihn von der Seite an, stemmte ihn von seiner Maschine und hatte ihn zu Boden geworfen, bevor der überhaupt wußte, wie ihm geschah.

Ohne auf das Durcheinander um ihn herum zu achten, entfernte sich Z. Z. Top, um die Bekanntschaft der Bärenjungen zu machen. Er hatte schon den halben Weg zurückgelegt, als ein Rocker seine Maschine herumriß und auf ihn zuhielt. Fast beiläufig hob der Top eine Kette auf, die ein anderer Decadent hatte fallen lassen, schleuderte sie dem Angreifer in die Speichen des Vorderrads und katapultierte ihn in hohem Bogen auf den Asphalt.

Bashful rannte auf sein Motorrad zu und sah sich plötzlich Myoko gegenüber. Wie alle Grauen Vrouwen hatte sie eine innere Ausstrahlung, die sie wunderschön machte, und im rosigen Licht der Frühe sah sie engelhaft genug aus, um Bashful zeitweilig vergessen zu lassen, daß sie auf verschiedenen Seiten standen. »Hallo«, hauchte er und bemühte sich, nicht zu erröten. »Hallo«, erwiderte sie hold, und wie der andere Engel, der einst mit Jakob rang, schlug sie ihn auf das Gelenk seiner Hüfte und renkte ihm das linke Bein aus.

Mit schrillem Feldgeschrei versuchte noch ein weiterer Rocker sein Glück bei Fujiko und scheiterte.

Wachtmeister Cyrus wankte, endlich aus seiner Ohmacht erwacht, auf die Veranda hinaus und gewahrte ungläubig, was da in seinem friedlichen Städtchen geschah. Was ihm auch in späteren Jahren am deutlichsten in Erinnerung blieb, war das Bild von Z. Z. Top, wie er breit lächelnd auf die Bärenjungen zulatschte. »Hallo, Bären«, hörte er ihn sagen, und dann begann der Top die zwei zu knuddeln.

Sleazy wurde in voller Fahrt von Löwenherz, Fujiko und Prediger gleichzeitig angefallen. Das Gespann geriet ins Schleudern und kippte um, und Freds Behälter flog auf die Straße. Glücklicherweise ging die Kiste nicht auf.

Die drei Jäger stimmten in der Fahrerkabine ihres Kleinlasters ein Hurrageschrei an. Indes begannen einige wißbegierige Einwohner von Auk (manche von ihnen noch in Pyjama und Nachthemd) die Straße zu säumen. In der Ferne erklangen allmählich lauter werdende Polizeisirenen.

Schließlich sprang Duke Doc von den Rhode Island Decadents – das einzige Mitglied der Gang, das noch auf den Beinen war – völlig entnervt auf seine Maschine, um sich aus dem Staub zu machen. Er zückte sein Schnappmesser und fuchtelte damit drohend herum für den Fall, daß sich ihm jemand in den Weg zu stellen gedachte. Doch die Bohemier hatten die Straße geräumt.

Mit Ausnahme von Ragnarök, der einen Häuserblock weiter noch immer geduldig auf seiner Maschine saß.

»Geh mir aus dem Weg«, sagte Doc mit einem leichten Zittern in der Stimme. Ungerührt nahm Ragnarök seine Sonnenbrille ab, wischte sie mit einem schwarzen Taschentuch blank und setzte sie wieder auf. Dann streckte er die Hand nach einem röhrenförmigen Behälter aus, der seitlich an seiner Maschine montiert war, und entnahm ihm einen geschnitzten schwarzen Stab. Er sah aus wie ein Zepter oder kurzer Spazierstock, doch er konnte ebensogut als Keule dienen.

»Komm und hol mich, Partner«, sagte Ragnarök gelassen.

Doc ließ sich das eine Minute durch den Kopf gehen. Das immer lauter werdende Geräusch der Sirenen gab schließlich den Ausschlag.

»In Ordnung!« zischte er, legte eine Hand an den Gasgriff und nahm das Messer in die andere. »In Ordnung, dann mach dich auf was gefaßt!«

Sie ließen die Kupplung gleichzeitig los und schossen donnernd aufeinander zu. Als nur noch wenige Meter Straße sie voneinander trennten, breitete sich ein Lächeln auf Docs Gesicht aus: Er kannte dieses Spiel, hatte sogar – einst, vor dem Machtverlust der Decadents – den Leutnant der Firedrakes bei einem solchen Zweikampf außer Gefecht gesetzt. Noch bevor er ihn erreichte, malte er sich aus, wie sein Messer Ragnaröks Mantel samt Inhalt aufschlitzen und sein Gegner zuckend und schreiend von der Maschine stürzen würde. Doc lächelte stolz auf die Leistung, die er noch nicht erbracht hatte.

Er lächelte noch, als Ragnarök die Keule mit einer anmutigen Bewegung aufwärts schwang, sein Handgelenk erwischte und ihm das Messer aus der Hand schlug. Als die Maschinen aneinander vorbeischossen, verpaßte der bohemische Verteidigungsminister Doc einen gewaltigen Tritt mit seinem schwarzen Stiefel und brachte ihn aus dem Gleichgewicht.

Der Duke der Rhode Island Decadents flog von seinem Motorrad und dotzte ein-, zwei-, dreimal auf. Sein Ofen schlitterte funkensprühend über den Asphalt und kam zu Füßen eines Parkverbotsschilds zum Stillstand.

»Jesus, Marimba und Podex auf einem sogdischen Wasserbüffel«, sagte Wachtmeister Cyrus zusammenfassend.

Ragnarök ließ die Keule wieder in ihren Behälter gleiten, als das erste Polizeiauto in Sicht kam. Der Wagen raste mit einem ziemlichen Tempo heran, und dementsprechend laut quietschten die Reifen, als er plötzlich auswich, um nicht mit einem weißen Buick zusammenzustoßen, der aus einer Querstraße bog. Ein Aufkleber auf der vorderen Stoßstange des Buick verkündete: »Wir sind Methodisten und verdammt stolz darauf.«

»Was jetzt noch?« stöhnte Perry Bailey, hinter dem Damespiel der Badewannes verschanzt.

Die Limousine kam vor dem Café abrupt zum Stehen; drei Angelruten lösten sich aus ihrer Halterung hinten am Auto und fielen scheppernd auf die Straße.

»So ein verfluchter Mist!« schrie der Fahrer zum Wachtmeister hinüber und rutschte gequält auf seinem Sitz hin und her. »So ein verfluchter, gottverdammter Mist!«

»Was denn?« fragte Wachtmeister Cyrus furchtsam. Doch die Antwort war bereits in Sicht – ein ausgewachsener Bär war aus derselben Richtung wie der Buick aufgetaucht und griff im Augenblick den Polizeiwagen an.

»Die Chefin!« schrie einer der Jäger. Z. Z. Top entfernte sich hastig von den Bärenjungen. Der Jäger versuchte, den Transporter anzulassen, aber der Motor ächzte und stotterte bloß.

Wachtmeister Jed Cyrus drehte sich halb um und sah nach der Uhr im Café. Es war jetzt 7 Uhr 5. Noch vor einer halben Stunde hatte er gemütlich vor seiner Tasse Kaffee gesessen.

»Jesus Marimba«, faßte er seine Kurzdarstellung der Ereignisse noch weiter zusammen.

»Alles okay, Mann?« fragte jemand. Es war Prediger, der gerade die Verandatreppe hinaufstieg.

Der Wachtmeister warf ihm einen kurzen Blick zu, klappte seinen Unterkiefer ein paarmal rauf und runter und fragte: »Was zum Teufel seid ihr für Leute? Irgendso ein Rächer der Enterbten e. V.?«

Prediger lächelte unschuldig.

»Nein, Sir«, sagte er. »Wir sind Bohemier.«

Die Bibliothek war, wie Mr. Sunshine selbst, ein griechisches Original. Sie stand auf dem Gipfel eines Hügels, der weit höher war als der Hügel – ein Hügel ohne Regen, auf dem es immer Sommer und immer früher Samstagnachmittag war, die richtige Zeit für eine Flasche Retsina oder vielleicht, war man in eher philosophischer Stimmung, für ein Täßchen Schierlingstee. Eine sanfte Brise wehte den Duft von Lorbeer durch die offenen Fenster der Bibliothek, und von draußen hörte man das Muhen von Hornvieh und den gelegentlichen Akkord einer fernen Lyra.

Mr. Sunshine saß an seinem Pult im Schreibzimmer der Bibliothek und zackerte an seinem jüngsten Manuskript, einer Geschichte mit dem Arbeitstitel ›Absolutes Chaos in Chicago‹. Mr. Sunshines Schreibtisch ähnelte seinem Namen zum Trotz in keiner Weise einem gewöhnlichen Schreibtisch; ebenso unterschied sich sein Manuskript von jedem Manuskript, das Stephen George je hervorgebracht hatte. George lebte vom Lügen, Mr. Sunshines Dichtungen aber waren alle wahr, und obwohl er bisweilen Schwierigkeiten mit der Orthographie hatte, waren seine Geschichten nicht auf Papier geschrieben. Die fertigen Bände seines Werkes waren nicht wie üblich gebunden; und die Bücher in der Bibliothek waren nicht katalogisiert oder in Regalen eingestellt wie gewöhnliche Bücher. Es war alles überaus abstrakt, aber eigentlich auch wieder nicht.

Könnten Sie einen Blick auf Mr. Sunshine und seinen Schreibtisch werfen – und wären Sie dazu imstande, seine Arbeit zu begreifen –, dann würden Sie erkennen, daß in seinem Fall »Schreiben« in Wirklichkeit »Mitmischen« bedeutete. Erdachte Dichtungen nämlich, die Art von Lügen also, wie Stephen George sie erzählte, erfordern harte Arbeit seitens ihres Urhebers, um vollendet zu werden; Mr. Sunshines Geschäft aber waren *wahre* Dichtungen, und die laufen, einmal aufgezogen, wie eine Uhr von selbst und benötigen keine weitere Unterstützung. Mr. Sunshines Erzählertätigkeit beschränkte sich also, um bei diesem Bild zu bleiben, darauf, gelegentlich (oder auch öfter als gelegentlich) die Zeiger der Uhr zu verstellen und zu beobachten, was für interessante Spielarten von öffentlichem Ärgernis daraus erwuchsen.

Da seine Geschichten sich ohne sein Zutun weiterentwickelten, konnte er zwischen den laufenden Arbeiten hin und her springen, ohne je mit einer davon in Verzug zu geraten. Wenn er von einer Sache erstmal genug hatte, übergab er sie den Affen.

Sämtlich blind, taub und stumm und doch jedem gewöhnlichen schwerbehinderten Primaten unähnlich, umgaben die Affen Mr. Sunshines Schreibtisch in ungeheuren (aber nicht unendlichen) Scharen. Jeder Affe saß an einer Schreibmaschine, die natürlich keiner normalen Schreibmaschine ähnelte, und mischte mit. Da sie allerdings nicht die leiseste Ahnung hatten, worum es eigentlich ging, waren ihre Einmischungen vollkommen planlos und für gewöhnlich ohne Sinn und Verstand. Das war schon in Ordnung; die Geschichten liefen trotzdem weiter, und ab und zu gelang ihnen auch ein Treffer. Ein Affe, der am ›Leben Katharinas der Großen‹ herumwerkelte, hatte rein zufällig eine kleine Episode mit einem Pferd eingefügt, über die sich Mr. Sunshine noch tagelang kringelig gelacht hatte (die Zarin dürfte das allerdings nicht annähernd so lustig gefunden haben).

Die Affen waren am Schaffen; die nachmittägliche Brise wehte lind. Mr. Sunshine unterbrach seine Arbeit, um ein Wort nachzuschlagen, legte aber dann, als ihm plötzlich etwas einfiel, das ›Absolute Chaos in Chicago‹ für einen Augenblick beiseite. Er verließ seinen Schreibtisch und schritt die Reihen der Affen ab, wobei er die verschiedenen Arbeitstitel überflog. Zwischen ›Der Dritte Weltkrieg: Vorspiel‹ und ›Das Leben der Anita Bryant‹ fand er schließlich, wonach er gesucht hatte: ›Fool on the Hill‹, eine komische Sache, die er vor über einem Jahrhundert angefangen hatte und die jetzt endlich in Gang kam. Da hatten schon bedeutende Einmischungen stattgefunden, und weitere mußten noch erfolgen (anschließend würde er vielleicht hinuntergehen und sich den Höhepunkt aus nächster Nähe ansehen), doch vorderhand waren nur ein paar geringfügige Eingriffe nötig.

Eins nach dem anderen. Mr. Sunshine nahm den Platz des Affen an der Schreibmaschine ein und tippte:

Ein hübsches Häuschen erwartet sie; im Kühlschrank Sekt & Schafskäse.

Sowie:

Eines Morgens läuft Aurora George über den Weg.
Gäben sie nicht ein viel hübscheres Paar ab als Aurora und Brian?

Zufrieden übergab er die Sache wieder dem Affen und kehrte an seinen Schreibtisch zurück. Und nach Chicago. Mr. Sunshine nahm sein Lexikon zur Hand und schlug es ziemlich weit hinten auf.

»Also mal sehen... t-r-i-s-k...«

An der Pforte des Himmels

I

Die ersten, die nach Cornell zurückkehren (manche schon Mitte August), sind die Betreuer der Erstsemester und die Angestellten der studentischen Wohnungsvermittlung, deren Aufgabe es ist, den Heerscharen von Neuankömmlingen einen herzlichen Empfang zu bereiten und dafür zu sorgen, daß sie mit heiler Haut das erste Jahr überstehen. Am 23. August öffnen dann die Wohnheime ihre Pforten, und die Erstsemester beginnen, staunend und arglos einzutrudeln. Sie haben noch eine Woche Zeit, um die Vergnügungen auszukosten, die Ithaca zu bieten hat – in den Bächen am Grund der Schluchten zu schwimmen, die Umgegend zu erwandern, in den Bars von Collegetown zu trinken (wenn ihr gefälschter Personalausweis echt genug aussieht, ansonsten in den Wohnheimen) –, und aufs neue hallt von den Ziegel- und Betonmauern des West Campus das Getrippel Nike-beschuhter Füße wider. Im North Campus geht es bescheidener zu: Den meisten Krach produzieren noch Mary Donlon und Clara Dickson Hall (sowie natürlich Risley, das Wohnheim der Bohemier).

An diesem 23. August sowie am 24. und 25. goß es fast den ganzen Tag, als gebe sich Ithaca besondere Mühe, die Erstsemester gleich mit seinen klimatischen Verhältnissen vertraut zu machen. Während dieser drei Tage, an denen die Regenschauer sich mit dichtem Nebel abwechselten, machte Stephen George lange Spaziergänge durch die Stadt und über den Campus. Er musterte die Gesichter, denen er begegnete, sah alte Freunde wieder und lernte ein paar neue kennen. Ungeachtet des Wetters zog er oft mit seinem Drachen aus, und der Wind ließ ihn nur ein einziges Mal im Stich. Dieses eine Mal, am frühen Nachmittag des 23., gab George erst im letzten Augenblick auf, keine zehn Minuten bevor ein Mammutgewitter über die Stadt hinwegfegte. Zwei Männer aus Ithaca, die sich den falschen Tag zum Segeln ausgesucht hatten, wurden auf dem Cayuga Lake vom Blitz erschlagen, aber George hatte sich rechtzeitig in Sicherheit gebracht und trank gemütlich Tee im »Zeustempel« der Goldwin-Smith Hall.

Am Morgen des 24. schlenderte er zum Ithaca Commons, unten am Fuß des Hügels, und frühstückte bei McDonald's. Während er über drei Pfannkuchen in einer beigefarbenen Styroporschale meditierte, betrat ein grauhaariger alter Mann mit einem Eddie-Bauer-T-Shirt das Lokal. Der Alte war offensichtlich Stammkunde bei McDonald's und hieß, wie sich bald herausstellte, Cheddar. Die Frauen hinter der Theke überschlugen sich fast, als sie ihn begrüßten und mit viel Trara »Cheddars Morgenkaffee« kredenzten. George verrenkte sich den Hals, um festzustellen, ob der Kaffee schwarz oder mit Sahne war (denn für einen Schriftsteller besitzen derlei nebensächliche Details eine große Aussagekraft). Cheddar nahm den Styroporbecher entgegen, verneigte sich tief und fand einen freien Sitzplatz neben einer rundlichen Frau, die über Siebzig zu sein schien.

»Halli hallo«, sagte er zu der Frau (eine Bibliothekarin auf dem absteigenden Ast). »Ich heiße Cheddar. Und wissen Sie, warum? Weil ich *sooo* gerieben bin…«

Nach zwei Minuten hatte er sie soweit, daß sie wie ein Backfisch kicherte. Nach drei teilten sie sich eine Portion Pfannkuchen mit Wurst.

Wahre Liebe, dachte George und entdeckte zwei Nischen hinter dem charmierenden Cheddar ein bekanntes Gesicht. »Nicht weglaufen«, befahl er seinen Pfannkuchen und ging rüber, um hallo zu sagen.

»Hallo, Lady.« Aurora Smith sah auf und lächelte, als sich George zu ihr setzte.

»Hallo, George«, erwiderte sie den Gruß. Sie hatten sich vor zwei Jahren auf dem Arts Quad kennengelernt, als George, um einem Bohemier auf einer durchgehenden Stute aus dem Weg zu springen, Aurora buchstäblich umgeworfen hatte, und waren bald Freunde geworden. Sie kamen gut miteinander aus, wenngleich George sich in Brians Anwesenheit immer etwas unbehaglich fühlte. »Wie war der Sommer? Irgendwelche Geschichten für wildfremde Leute geschrieben?«

»Eine«, gestand George. »Ich hab was für die Tochter meines Hauswirts zusammengemurkst – ausgerechnet. Eine kurze Novelle. Der Herausgeber eines Literaturblättchens in Vermont möchte, daß ich einen Fortsetzungsroman daraus mache. Ach ja, und das hier ist gekommen.«

»Was ist das?« fragte Aurora, als George einen zusammengefalteten Briefumschlag aus der Tasche zog.

»Kommt angeblich von einer Dozentin für Eugenik an der Universität von Iowa. Mein erster Roman hat ihr gefallen, und jetzt möchte sie mich mit ein paar Teilnehmerinnen am dortigen Schriftsteller-Workshop paaren.«

Aurora lachte, und zwar lauter, als sie es in Brians Anwesenheit getan hätte. »Und? Wirst du von ihrem Angebot Gebrauch machen?«

»Nö.« George schüttelte den Kopf. »Bin einfach zu schlaff. Kein Stehvermögen. Die Uni von Iowa hat einen *Haufen* angehender Literatinnen. Wenn ich Mormonenblut in mir hätte, dann vielleicht... Und du? Wie ist's dir denn so ergangen?«

»Och, weißt du...« Achselzucken. Das war bei ihr eine recht häufige Gebärde; George bekam sie nahezu jedesmal zu sehen, wenn er ihr eine auch nur im entferntesten persönliche Frage stellte. »Das Leben ist schön. Ich bin glücklich.«

»Ja?« sagte George.

»Ja, wirklich... he, ich hab endlich ein Buch von dir gelesen.« Ihre Miene hellte sich auf. »Den ›Ritter der weißen Rosen‹. Ich hab es in einem Buchladen in Milwaukee gefunden, als wir im Juli hochgefahren sind.«

»Wie fandest du's?«

»Einfach toll«, sagte sie begeistert. »Wie bist du bloß auf die Idee zu dieser –«

»Na, worum geht's?« fragte Brian Garroway, der plötzlich aus dem Nichts auftauchte. Die Herrentoilette befand sich im finstersten Herzen von McDonald's, und Brian war sozusagen auf Safari gewesen.

»Um meine rasend spannende literarische Karriere«, antwortete George, während Brian sich neben Aurora setzte und ihr einen Arm um die Schulter legte. »Aurora erzählte mir gerade, daß sie ein Buch von mir gelesen hat.«

»Den ›Ritter der weißen Rosen‹?«

»Genau. Hast du's auch gelesen, Brian?«

»Überflogen.«

»Und wie fandest *du* es?«

»Du schreibst einen ganz ordentlichen Stil«, gab Brian zu. »In seiner unausgefeilten Art ganz gut. Abgesehen davon fand ich die

Geschichte ziemlich an den Haaren herbeigezogen – ein New-Wave-Artusroman? – und außerdem viel zu lästerlich. Und zu romantisch.«

George war beeindruckt. »Und du hast das Buch nur überflogen? Wirklich erstaunlich. Du sitzt in der falschen Fakultät, Brian. Du hättest besser Anglistik studiert.« Er sah Aurora an. »Fandest du es auch übermäßig romantisch?«

»Na ja...«, sagte sie. Sie zuckte automatisch mit den Achseln und schüttelte dabei versehentlich Brians Arm ab. »Eigentlich nicht. Das war absichtlich alles ein bißchen übertrieben, stimmt's?«

Noch ein Achselzucken, dann fing sie wieder an, in ihrer Kartoffelpfanne herumzustochern. Brian legte ihr eine Hand leicht auf den Nacken. Einen Augenblick später sagte er: »Bist du bald soweit? Ich treff mich gleich mit Michael Krist, oben in der Dickson.«

»Klar«, sagte Aurora und legte die Gabel hin. »Ich bin fertig.«

»Gut. Gehn wir.« Er stand auf. »Tut mir leid, daß wir so schnell verschwinden, George.«

»Schon okay. Wir werden uns dieses Semester wahrscheinlich öfters auf dem Campus über den Weg laufen.«

»Wär schön. Du liest dieses Jahr, stimmt's?«

»Stimmt. Will zusehen, daß ich etwas von meinem unausgefeilten Schreibstil an die Studenten weitergebe. Müßte eigentlich ganz lustig werden.«

Brian lachte höflich. »Viel Glück. Bis demnächst, George.« Aurora stand auf, winkte kurz zum Abschied. »Mach's gut.« Er nickte ihr zu, und dann waren die zwei schon unterwegs zum Ausgang. Als die Tür hinter Aurora und Brian zufiel, sagte jemand in Georges Rücken: »Da bahnt sich eine unglückliche Ehe an.«

George drehte sich nach der Stimme um. Es war der allseits beliebte Cheddar, der allein dasaß, während seine Bibliothekarin sich die Nase pudern gegangen war.

»Wie kommen Sie darauf?« fragte George.

»Das Gesicht, das die beiden machen«, erkärte Cheddar. »Der Blick in ihren Augen. Es ist nichts Greifbares, aber es erinnert mich haargenau an meinen Bruder und meine Schwägerin, bevor sie den Bund fürs Leben schlossen. Wird böse enden, mein junger Freund.«

»Was war denn mit Ihrem Bruder und Ihrer Schwägerin?«

»Zuviel Spannungen. Keine gute Grundlage für eine Beziehung. In der dritten Nacht ihrer Flitterwochen hatte sie die Nase voll und schoß ihm ins Bein. Üble Sache. Seitdem kann er nicht mehr richtig laufen.«

Cheddar schüttelte seufzend den Kopf, wandte sich ab. »Wollen Sie eine gute Tat vollbringen, junger Mann?« fügte er hinzu und rührte dabei in seinem Kaffee. »Schnappen Sie sich selbst das Herz dieser Frau – und ersparen Sie dem Jungen ein Leben auf Krücken.«

»Klar«, sagte George. Auch er schüttelte – grinsend – den Kopf und kehrte dann zu seinen Pfannkuchen zurück.

II

»Wie seh ich aus?«

»Absolut lächerlich, wenn du meine ehrliche Meinung hören willst.«

»Im Ernst, Blackjack. Seh ich aus wie ein Reinrassiger?«

»Du siehst aus wie ein neurotischer Hund, der sich in einer Schlammpfütze gewälzt hat. Was beweist, daß der Schein nicht immer trügt.«

Der Pritschenwagen hatte sie in den Norden des Staates New York gebracht, in die Nähe eines Städtchens, das die Menschen Watkins Glen nannten. Jetzt marschierten sie strikt nach Osten und hatten nur noch ein kurzes Stück bis zu dem Ort zu laufen, wo sich, wie Luther weiterhin felsenfest behauptete, der Himmel befand.

»Komisch, ich hatte eigentlich mit einer viel längeren Reise gerechnet«, sagte Blackjack. »Aber wenn der Himmel so nah ist, Luther, was machst du dir dann überhaupt noch die Mühe, dich zu maskieren? Wenn er wirklich so ist, wie du sagst, wirst du dort keinerlei Probleme mit Reinrassigen haben.«

»Nur für alle Fälle«, erklärte Luther. »Man kann nie wissen, Raaq könnte doch einen Ring von Wächtern da herumgezogen haben, um Hunden den Zutritt zu verwehren.«

»Aber wenn Raaqs Wächter dich töten«, wandte Blackjack ein, »kommst du dann nicht sowieso in den Himmel?«

»Na ja...« Der Gedanke war von einer beunruhigenden Logik, aber Luther wollte sein Inkognito nicht aufgeben. »Na ja, möglicherweise, aber ich will es nicht darauf ankommen lassen.«

»Ganz wie du willst. Allerdings müßte es schon ein ziemlich dämlicher Reinrassiger sein, der nicht merkt, daß mit dir was nicht stimmt, Luther.«

Luther hatte sich tatsächlich in einer dickflüssigen braunen Pfütze gewälzt, die vom letzten Regen übriggeblieben war. Zwei Eichhörnchen hatten ihm dabei neugierig zugesehen. Jetzt standen ihm die Haare strähnig ab und lockten sich auf eine Weise, die beim besten Willen nicht an ein natürlich gewachsenes Fell erinnerte, aber wenigstens war seine Farbe einheitlich. An einem guten Tag hätte er für irgendeine Art Terrier durchgehen können – einen Terrier, der sich gerade durch einen Erdwall gepflügt hat.

»Ich fühl mich einfach sicherer so, Blackjack«, sagte Luther. »Wenn Drakon jetzt vorbeikäme, würde er mich garantiert nicht erkennen.«

»Da hast du wohl recht. Nicht, daß ich damit rechne, ihn je wiederzusehen, so wie diese Fänger auf ihn losgegangen sind. Aber du riechst nach Scheiße. Es sollte mich nicht wundern, wenn in dieser Pfütze welche drin gewesen wäre.«

»Es ist mir egal, wie ich rieche. Den Himmel kann ich trotzdem immer noch wittern, sogar besser denn je, und nur das zählt. Wir werden ihn bald erreichen, vielleicht schon morgen, und dann wird alles gut. Ich freu mich so darauf, Moses wiederzusehen...«

Blackjack sagte einen Augenblick lang nichts. Der Teil von ihm, wo er sein Gewissen und seine zarteren Gefühle versteckt hielt, begann sich allmählich zu fragen, was passieren würde, wenn sie den Himmel nicht fanden. Es war für den Kater keine Frage, daß sie zumindest das, was man sich landläufig unter dem Himmel vorstellte, nicht finden *konnten* – und daß da Moses sein sollte, war ebenso unmöglich. Die Ereignisse während der Reise waren nicht dazu angetan gewesen, Blackjack von seinem Atheismus abzubringen. Die Begegnung mit Drakon hatte ihn im Gegenteil noch weiter in seinem Unglauben bestärkt; ein gerechter Gott würde bestimmt nie zulassen, daß so hirnlose Vorurteile in der Welt bestanden.

»Hör mal, Luther«, fing er an. »Wenn... wenn der Himmel

wirklich nur noch einen Katzensprung von hier entfernt ist, müßte man dann nicht langsam irgendwelche Anzeichen davon bemerken?«

»Anzeichen?«

»Wie die Lichter der Stadt, die von den Wolken reflektiert werden. Der Himmel müßte doch wenigstens größer als Manhattan sein, aber trotzdem haben wir noch keine Spur von ihm entdeckt. Klar, die Luft ist sauberer hier, aber das ist sie schon seit Tagen. An der Landschaft hat sich nichts verändert – es deutet einfach nichts darauf hin, daß wir auf etwas wirklich Großes zusteuern. Und meinst du nicht, daß irgend etwas zu sehen sein müßte, wenn wir wirklich so nah dran wären?«

»Im Klartext heißt das doch, du glaubst immer noch nicht, daß es den Himmel gibt?«

Blackjack starrte auf seine Pfoten.

»Und du möchtest nicht«, fuhr Luther fort, als keine Antwort kam, »daß ich enttäuscht bin, wenn wir ihn nicht finden?«

»Luther...« Er sah immer noch nicht auf. »Luther, du bist mein Freund, und du weißt, daß ich dir jede Enttäuschung ersparen möchte, aber... ich kann einfach nicht glauben, daß es einen solchen Ort wirklich gibt. So eine große Hundehütte über den Wolken, bevölkert von Hundeengeln und den Seelen der Toten. Das klingt einfach zu sehr nach einem Traum, und die Gegend hier sieht nicht danach aus, als ob sie sich demnächst in ein Traumreich verwandeln würde.«

»Warum bist du dann mitgekommen, wenn du nicht daran glaubst, daß wir den Himmel finden?« fragte Luther. Seine Stimme klang ganz ruhig; Blackjack konnte nicht sagen, ob er böse war.

»Weil du mein Freund bist«, antwortete der Kater etwas widerwillig, als schämte er sich, seine Gefühle einzugestehen. »Und vielleicht... vielleicht weil ich dachte, die Reise könnte sich trotzdem lohnen. Nicht, daß es mich irgendwie gestört hätte, in den Slums zu leben, die Ratten gedeihen dort prächtig, aber ich könnte mich schon dafür begeistern, mich irgendwo niederzulassen, wo es echte Bäume gibt und Gras, das nicht bloß aus den Rissen im Asphalt sprießt. Ich bin sicher, es ist schön da, wo wir hingehen, Luther. Vielleicht sogar schön genug, um diese verdammte Reise zu rechtfertigen. Ich weiß ja, daß deine Nase dich nicht völlig in die Irre führen würde. Aber den Himmel…«

»Du glaubst auch nicht, daß wir Moses finden werden, oder?«

»Nein«, sagte Blackjack, so sanft er nur konnte. »Ich glaube nicht, daß Moses noch existiert – außer als Erinnerung. Und das ist ja nicht wenig, denn früher oder später müssen wir alle sterben… Entschuldige meine Offenheit, aber ich möchte nicht, daß du allzusehr enttäuscht bist, wenn wir ihn nicht finden. Ich hoffe, du bist mir nicht böse.«

»Böse?« Luther klang überrascht. »Du hast einfach deine Meinung gesagt, Blackjack, und schließlich bist du kein Hund. Selbst wenn sich herausstellen sollte, daß du recht hast, ist es nicht deine Schuld. Es ist ja nicht so, daß du nicht *wolltest*, daß Moses noch existiert.«

»Nein, bestimmt nicht«, pflichtete ihm Blackjack bei. »Ich möchte, daß wir ihn finden. Aber da wir ihn nicht –«

»*Wenn* wir ihn nicht finden«, unterbrach ihn Luther. »Sagen wir doch *wenn*, bis wir wirklich da sind. Wer weiß, es kann ja immer noch traumhaft werden. Vielleicht müssen wir noch was ganz Besonderes tun, bevor wir wirklich da hinkommen. Wie… ich weiß nicht, wie einen Zauberfluß überqueren oder einen Berg erklimmen. Riechen tut's zumindest so, als ob es da hohe Hügel gäbe. Du solltest wirklich versuchen, ein bißchen optimistischer zu sein, Blackjack«, sagte er, als sie sich wieder in Bewegung setzten. »*Ich* finde, daß wir schon ganz entschiedene Fortschritte gemacht haben.«

»Und das sagt ein Hund, der wie aus dem Sumpf gezogen aussieht.«

»Blackjack, du –«

Und so ging der harmlose Wortwechsel weiter, während die beiden das letzte Stück Weg zum Himmel zurücklegten.

III

»Träum ich?«

Kurz nach 7, am Morgen des 25. Ein Streifenwagen der Stadtpolizei stand mit laufendem Motor an einer Kreuzung im Zentrum von Ithaca, während eine berittene Heerschar auf der West

State Street in Richtung Commons vorbeizog. Der Regen hatte eine kurze Ruhepause eingelegt, und die Bohemier tauchten aus dem Nebel auf wie eine Geisterparade.

»Nein, du träumst nicht«, sagte die Polizistin auf dem Fahrersitz. Sie war eine schlanke Schwarze namens Nattie Hollister; ihr Kollege, Samuel Doubleday, war blaß, mittleren Alters und bemerkenswert sommersprossig.

»Ganz schön bunter Haufen, was?« fügte Hollister hinzu.

»Wer – oder besser gesagt – *was* sind die?«

»Sie nennen sich Bohemier.«

»Ist das ne neue Sorte Kommunisten?«

»Nicht direkt. Sie sind in Ordnung, wirklich. Hab noch keinen von ihnen einbuchten müssen.«

Doubleday räusperte sich und spuckte aus dem Seitenfenster. »Vielleicht haben die sich bloß noch nie erwischen lassen. Mir gefallen se nich.«

In diesem Augenblick kam Ragnarök auf seiner Maschine am Streifenwagen vorbei. Er erkannte Hollister hinter der Windschutzscheibe und hob eine Hand zum Gruß.

»Gott segne alle Bullen von Ithaca!« rief er aus.

»Ave, Cäsar!« brüllten ein paar andere Bohemier.

»Siehst du? Siehst du?« knurrte Doubleday. »Haargenau wie diese Schwulen unten im Wave. Kein Respekt vor der Obrigkeit.«

»Och, die respektieren uns schon«, sagte Hollister. »Sie zeigen's eben auf ihre eigene Art, das ist alles.«

»Der da drüben«, fuhr Doubleday fort, als Z.Z. Top auf seinem Grauen vorübertrottete: »Marxist oder Kinderschänder. Keine Frage.«

»Mach dir man darum keine Sorgen, Doubleday. Die sind harmlos. Was meinst du, sollen wir rüber zum State Diner und uns einen Kaffee holen?«

»Ja. Ja, klar. Das heißt, sobald diese verdammte Kreuzung frei ist.« Sein Mund beschrieb einen zornigen Abwärtsbogen; Hollister begann sich zu fragen, ob der Mann überhaupt jemals lächelte. »Oh, verflucht!«

»Was denn noch, Doubleday?«

»Es regnet schon wieder!«

Hollister warf den Kopf in den Nacken und lachte.

»Applaus für den Regen!« rief Löwenherz, als sie über den Commons ritten, und der Wolkenbruch erntete handfesten Beifall. Die letzten sieben bis acht Kilometer hatten sie von den Waldmurmeltieren bis zu den Greyhound-Bussen absolut alles beklatscht, so sehr freuten sie sich, wieder zurückzukommen. Für viele von ihnen, darunter auch Löwenherz, würde dies das letzte Jahr in Cornell sein, und sie wollten es so positiv wie möglich angehen.

Löwenherz ritt immer noch, von Fujiko und Myoko flankiert, an der Spitze, während die anderen Bohemier und Grauen Vrouwen in ungeordnetem Zug folgten. Als sie über den Commons strömten, bejubelten sie die Geschäfte, bejubelten McDonald's, bejubelten die Gehsteige, auf denen sie ritten. Vor Iszards Supermarkt – wo einst das alte Hotel Ithaca gestanden hatte – trafen sie George, der an diesem Tag sehr früh aufgestanden war.

»Morgen, Geschichtenerzähler«, sagte Löwenherz und nickte ihm zu. Er hob eine Hand, und die Prozession kam zum Stehen. »Was treibt dich raus? Ich dachte, wir wären die einzigen, die so verrückt sind, noch vor der Sonne aufzustehen.«

»Was heißt hier Sonne?« fragte George heiter und warf einen Blick in die Wolken. »Außerdem dachte ich, es wär allmählich an der Zeit, daß ihr zurückkommt. Hab'n Begrüßungsgeschenk für euch.« Er reichte Löwenherz eine Flasche Midori hoch.

»Ich kann mir nicht helfen«, sagte der bohemische König. »Guter Geschmack in Sachen Alkohol flößt mir einfach Respekt ein.«

»He, George«, rief Z. Z. Top, während er zur Spitze des Zuges getrottet kam. Er hielt eine Zeitung in der Hand. »Hab was für dich. Starke Sache. Schon das Neueste aus Chicago gehört?«

»Nein. Wie geht's?«

»Astrein«, sagte der Top enthusiastisch. Er war ein Fan vom ›Ritter der weißen Rosen‹, und es machte ihm Freude, George abwegige Neuigkeiten zuzutragen. »Also paß auf, da ist dieser Typ in Chicago, dem so'n Riesenschuppen am Stadtrand gehört, der kommt vor zwei Tagen nach Haus und das Ding ist am Brennen. Keine Feuerwehr in Sicht, und sein Balg, das allein zu Haus war, schreit aus einem Fenster im Obergeschoß, Papi, Papi, rette mich. Alles klar, besorgter Vater und so, müßte eigentlich nix wie rein und das Kind retten, richtig? Das einzig Blöde is, der hat dieses Problem, also so'n Tick, eine Dings, eine Tri-... eine Trisko-... ach, scheiß drauf!«

»Triskaidekaphobie«, steuerte Myoko bei.

»Genau! Genau, das. Triskadingsbums. Was im Prinzip drauf rausläuft, daß sein Arschloch von der Zahl Dreizehn 'n toxischen Schock kriegt. Und aus *exakt* dreizehn Fenstern kommt Rauch raus.«

»Er hat sie gezählt?« fragte George skeptisch.

»He Mann, steht hier in der Zeitung, dem Wissensdurstigen zur Labung. Das Haus von dem Typen ist also eine einzige horrormäßige Darstellung der Zahl Dreizehn, und sein Spinxter beißt schon die Zähne zusammen...«

»Gut so, Top«, sagte Fujiko.

»... und er kann sich nicht ums Verrecken dazu durchringen, da reinzugehen, nich mal, wo sein eigenes Kind gleich in die Röhre soll. Also läuft er zum Auto zurück, holt'n Reservekanister aus dem Kofferraum, greift sich ne Limoflasche aus dem Rinnstein, reißt sich'n Streifen aus seiner Edelkluft und bastelt sich'n waschechten Spießer-Molli zusammen. Schmeißt den in ein'n Teil des Hauses, wos noch nich brennt, und päng, Feuer, Rauch, die Dreizehn wird zur Vierzehn, sein Arschloch riläxt wieder, und jetzt steht seiner Heldentat nix mehr im Weg. Holt das Balg intakt raus, aber der Schuppen is hin, und der Abschlußhammer kommt noch, die Versicherung will nämlich nich löhnen, weil der Typ ja Brandstiftung begangen hat, also, strenggenommen. Die wern damit noch ihren Spaß ham, vor Gericht.«

»Wahnsinnsstory.«

»Kein Scheiß. Aber wenn du was in der Art in eim Roman bringst, zack!, auf die Strafbank wegen Mangel an Realismus.«

George zuckte mit den Schultern. »Was Unglaubwürdigkeiten angeht, kommste gegen das wirkliche Leben nie an.«

»Kein Scheiß. Laufen neuerdings echt irre Sachen ab in Chicago. Wir müssen uns mal auf 'n paar Bierchen zusammentun, so zwo bis acht Layman's Mountain schlucken, während ich dir das alles verklicker.«

»Brauchst ne MFG zum Hügel, Geschichtenerzähler?« fragte Löwenherz, als Z. Z. Top fertig war.

»Nein danke«, sagte George. »Ich glaub, ich bleib noch'n bißchen hier.«

»Wie du meinst. He, hast inzwischen ne Frau?«

George wurde unmerklich rot.

»Leider nicht«, gab er zu. »Aber ich habs noch nicht gesteckt.«

»Na gut, also ich hab was für dich, dann sind wir quitt mit'm Midori.« Er holte einen Samtbeutel hervor und entnahm ihm ein Schicksalsplätzchen, das er George zuwarf.

»Was ist das?«

»Machs auf, Geschichtenerzähler. Stell keine Fragen.«

George brach das Plätzchen auf. Er nahm den Zettel heraus und las ihn laut vor.

»Nimm vor des Märzen Idus dich in acht.« Er blickte verwundert auf. »Kapier ich nicht.«

»Hä?« sagte Löwenherz. »Scheiße, ich muß dir das falsche gegeben haben.«

Er wühlte wieder in seinem Beutel und fand ein weiteres Plätzchen. »Hier.«

Diesmal ergab der Zettel mehr Sinn.

»›Einlösbar gegen eine (1) Frau Deiner Träume. Vorliegender Gutschein ungültig, wenn gesetzwidrig.‹ Stark. Genau das, was ich brauche.«

»Das sind magische Schicksalsplätzchen, Geschichtenerzähler«, erläuterte Löwenherz. »Hab se mir von so ner Wicca-Mieze in SoHo extra machen lassen. Wenn *das* nicht hilft, kannst du dich als hoffnungslosen Fall abschreiben.«

»Dank für das Vertrauensvotum, Lö«, sagte George.

»Nimms leicht, Geschichtenerzähler.« Der bohemische König lockerte die Zügel und setzte sein Pferd wieder in Bewegung. »Schau bald mal bei uns in Risley vorbei.«

»Mach ich«, sagte George. Er trat beiseite und sah zu, wie sie vorbeizogen; winkte dabei bekannten Gesichtern zu und errötete, als ihn eine Graue Vrouwe namens Kiri anlächelte. Bald waren sie alle durch und sprengten im Zeitlupentempo den Hügel hinauf, erst zu den Stallungen und dann zur Risley Hall.

George faltete beide Schicksalsplätzchenbotschaften sorgfältig zusammen und verstaute sie in einem trockenen Fach seiner Brieftasche. Dann ging er unter der Markise eines Ladens in die Hocke, um dem Regen zuzuschauen.

V

Kalliope erreichte Ithaca irgendwann während des Regens – wann genau hätte nur sie sagen können. Ein kleines Häuschen erwartete sie in einem Gehölz an der Triphammer Road, nördlich des North Campus. Es war gemütlich und genau das Richtige für sie, wenngleich sie wußte, daß sie es nicht lange bewohnen würde.

Nachdem sie ihre wenige Habe eingeräumt hatte, ging sie unter die Dusche, um die Gerüche der Landstraße fortzuspülen, und schrubbte sich, bis ihre Haut fast glühte. Anschließend erkundete sie den Kühlschrank des Häuschens und lächelte, als sie den Sekt und den Käse entdeckte. Aufmerksam von ihm. Sie aß und trank, während, hinter der Wolkendecke verborgen, die Sonne sank.

Lange nach Sonnenuntergang zog sie ein Paar Mokassins und ein merkwürdiges silberdurchwirktes Gewand an, das wie ein Mittelding zwischen einem Kimono und einem langen Umhang aussah. Sie ging hinaus in die Nacht.

Der Regen war erneut und diesmal endgültig einem dichten Nebel gewichen, und Kalliope war in ihrer Robe nahezu unsichtbar. Dreimal traf sie unterwegs auf Passanten. Keiner sah sie, aber jeder hielt, von einer tiefen Trauer erfüllt, für einen Augenblick inne, als habe er soeben eine große Liebe verloren.

Das Prudence-Risley-Wohnheim lag am Nordrand der Fall-Creek-Schlucht, rechts von der Straße, die nach der Brücke in die East Avenue einmündete und auf den Central Campus führte. Die Bewohner hielten gerade eine Nebelparty auf dem rückwärtigen Hof ab, und das ganze Gebäude erstrahlte im Lichterglanz.

Löwenherz mischte sich unter die Feiernden und trank ungefähr eine Stunde lang mit, dann torkelte er auf die Wiese vor dem Haus, um sich von der Musik zu erholen, die eine Reihe von »alternativen« Rockgruppen ununterbrochen produzierte. Nicht, daß solche Gruppen – oder jedenfalls die meisten von ihnen – nicht gut gewesen wären, aber sie wirkten in letzter Zeit paradoxerweise ein bißchen zu in. Jetzt, da der Disco offiziell tot war, wäre es vielleicht keine schlechte Idee, ihn bei den Bohemiern, nur um der Schockwirkung willen, wieder aufleben zu lassen.

Löwenherz schlürfte Midori aus einem Schnapsglas und

starrte durch Alkoholdünste auf das Wohnheim. 1913 als Studentinnenwohnheim errichtet, war Risley Ende der sechziger und Anfang der siebziger Jahre zunehmend radikal geworden und hatte sich schließlich zu einer Heimstatt für Außenseiter beiderlei Geschlechts entwickelt. Vor drei Jahren hatte ein konservatives Element begonnen, sich in Risley einzunisten, und Löwenherz, damals im ersten Semester, hatte als aktives Gegengewicht dazu die Bohemia ins Leben gerufen. Sicher, viel von dem, was die Bohemier taten, war nicht im eigentlichen Sinn des Wortes originell – Löwenherz verdankte, was den Kleidungsstil seiner Mitkombattanten anging, einen Großteil seiner Einfälle Greenwich Village, wo er aufgewachsen war; die Finanzierung des kavalleristischen Aspektes der Gruppe verdankte er wiederum dem beträchtlichen, aus der Alten Welt stammenden Vermögen seiner Eltern; dennoch war der Anblick eines purpurgewandeten Reiters auf einem purpurmähnigen Pferd selbst auf der relativ liberalen Cornell University ungewöhnlich genug, um eine gewisse Verwunderung hervorzurufen und Risleys früheren Ruf wiederherzustellen.

Hatte man die Geschichte dazu bringen können, sich zu wiederholen, so schritt sie doch auch ständig voran. Da die meisten Angehörigen des harten Kerns der Bohemier (einschließlich seiner selbst und seiner Geldsäcke) in diesem Jahr ihr Studium beenden würden, begann Löwenherz sich zu fragen, wie lang es wohl noch dauern würde, bis der Rest sich verlaufen oder zu einer bloßen Clique schrumpfen würde. Auch um das Wohnheim machte er sich Gedanken und darum, wie es zurechtkommen würde ohne solche Wunderwerke wie Z.Z. Tops elektronische Maultrommel.

Noch während Löwenherz Bohemias Rolle in Risley sowie im weiteren Kontext der menschlichen Gesellschaft erwog, tauchte Kalliope, vom Glanz des Wohnheims für einen Augenblick der Dunkelheit entrissen, aus dem Nebel auf.

»Ho...« Löwenherz, von ihrem Anblick gebannt, stockte der Atem. Das Schnapsglas entfiel seiner Hand, und der Rest Midori tränkte den Rasen.

»Ho?« Kalliope fing seinen Blick auf, lächelte und brach ihm das Herz. Sie war nämlich die schönste Frau, die er je gesehen hatte und jemals sehen würde, und doch wußte er sofort mit unerschütterlicher Gewißheit, daß sie nicht für ihn bestimmt war. Als sie ihm neckisch eine Kußhand zuwarf, verlor Löwenherz jede Kontrolle über sich.

»Wer bist du?« heischte der König der Bohemier, während er einen Satz nach vorn machte, um ihrer habhaft zu werden. »Sag mir wenigstens, wer du bist...«

»Ich bin nur der Traum einer einsamen Nacht«, sagte Kalliope und lachte. Als er die Hand nach ihr ausstreckte, wirbelte sie herum, ihr Kimono-Umhang glitt ihm geschmeidig aus den Fingern, und dann war sie ganz einfach nicht mehr da. Er stolperte und fiel hart auf die Erde.

»Warte!« rief er in den Nebel und klang dabei nicht mehr so königlich. »Warte doch...«

Ihr Lachen hallte noch einmal in der Ferne – es schien, als überquerte sie die Brücke – und verstummte dann. Löwenherz war drauf und dran, ihr nachzulaufen, verwarf den Plan aber gleich wieder, da er wußte, daß er sie gegen ihren Willen niemals würde fangen können. Außerdem war er gerade betrunken genug, um zu ahnen, daß es ihm übel bekommen konnte, wenn er zu aufdringlich wurde und sie belästigte.

»Sei wenigstens mit *ihm* nicht zu hart«, sagte der bohemische König mit schwerer Zunge und versuchte dabei aufzustehen. »Wer immer der Glückliche sein mag.« Kaum stand er wieder aufrecht, als Myoko um die Ecke kam und über die Wiese auf ihn zuging. Löwenherz meinte, noch nie so glücklich gewesen zu sein, jemanden zu sehen.

»Bist du wirklich?« fragte er, noch immer von seinem Sturz benommen.

»Was?« Myoko schwebte zu ihm. »Hast du grad ein Gespenst gesehen, Lö?«

Statt zu antworten, streckte er behutsam eine Hand nach ihr aus, als befürchtete er, daß auch sie herumwirbeln und sich in Luft auflösen könnte. Er ergriff ihre Hand, wunderte sich, als er festes Fleisch und Knochen spürte; strich mit den Fingerspitzen sanft über ihre Wange.

»Was ist los?« fragte Myoko, vom ehrfürchtigen Ausdruck in Löwenherzens Gesicht überrascht und geschmeichelt. Er war in letzter Zeit etwas kühl gewesen, hatte mit Zärtlichkeiten ziemlich gegeizt; jetzt schien diese Phase vorüber zu sein.

»Du *bist* wirklich«, sagte Löwenherz, nahm sie in die Arme und küßte sie. Und so blieben sie fast eine Stunde stehen, eng umschlungen, während die Geräusche der Party im Hof leise zu ihnen herüberklangen. Als sie sich endlich aus ihrer Umarmung lösten und langsam auf das Haus zugingen, war jede Erinnerung an Kalliope aus Löwenherzens Gedächtnis geschwunden. Er hatte diese Nacht niemanden außer Myoko gesehen, und er liebte sie.

VI

Als Kalliope den Arts Quad erreichte, war der Platz wie ausgestorben. Das war ungewöhnlich; wenn auch die Mehrzahl der nächtlichen Aktivitäten – insbesondere wilde Feten – in den Wohnheimen und Verbindungshäusern stattfand, so hätten doch bis weit nach Mitternacht zumindest vereinzelte Fußgänger über den Central Campus kommen müssen. Doch die Dame hatte Lust zu tanzen – zu tanzen, ohne dabei gesehen zu werden –, und so kamen alle, die sonst über den Quad gelaufen wären, plötzlich auf die Idee, einen anderen Weg zu ihrem jeweiligen Ziel zu nehmen.

Sie hüpfte ausgelassen herum. Unter einer Baumgruppe in der nordöstlichen Ecke des Quads, wo Nebel und Schatten zwanglos ineinander übergingen, legte sie eine kleine Pause ein. Sie zog ihre Pfeife hervor, hielt den winzigen Talisman behutsam in ihrer makellosen Hand und blies. Kein Ton war zu hören, doch der Nebel unmittelbar vor ihr leuchtete auf und zog sich zu einem Phantombild von George zusammen.

»So siehst du also aus«, sagte Kalliope lächelnd. Die äußere Erscheinung eines Menschen beeinflußte ihre Gefühle in keiner Weise; ihre Augen waren so beschaffen, daß sie jeden x-beliebigen uneingeschränkt anziehend finden konnte – ebenso wie es ihr kraft ihres besonderen Zaubers gelang, jedermann makellos schön zu erscheinen. Doch einen Blick auf ihn werfen wollte sie schon, und wenn auch nur aus reiner Neugier, ehe sie ihm leibhaftig begegnete.

Als sie genug gesehen hatte, entließ sie die Erscheinung mit einem Wink und ging mit langen Schritten über den Rasen, bis sie den Gehweg erreichte, der die beiden Statuen miteinander verband. Andrew D. White warf ihr einen strengen Blick zu, als sie sich ihrer Robe entledigte und bis auf die Mokassins nackt dastand. Auch diese flogen davon, sobald sie zu tanzen begann, ein wildes, dionysisches Ballett, wie es noch nie auf einer Bühne dargeboten worden war. Schon bald kam Wind auf und seufzte eine Melodie zwischen den Ästen und unter den Dachtraufen. Der Wind trieb den Nebel nicht auseinander, und so konnte niemand sehen, was da vor sich ging, doch mehrere Kobolde hörten den Äolsgesang und fragten sich verwundert, was er bedeuten mochte. Zephyrs Großvater Hobart war hoch oben auf dem McGraw-Turm für die ganze Dauer der Vorstellung erstarrt und von einer Angst erfüllt, die er nicht zu ergründen vermochte. Der Wind blies auch um Georges Haus, und er hielt ebenfalls inne und lauschte – doch ohne Furcht.

Wie lang der Tanz dauerte, ist ebenso ungewiß wie der Zeitpunkt von Kalliopes Ankunft, doch er endete um Mitternacht. Mit einem tollen Salto landete sie wieder zwischen den zwei Statuen, genau als die Uhr zu schlagen begann. Während das Glokkengeläut den Tageswechsel verkündete, sah Kalliope zwischen Andrew und Ezra hin und her, als forderte sie sie heraus, sich zu rühren. Sie taten es nicht. Dann verstummten die Glocken, und sie sammelte rasch Gewand und Schuhe ein und rannte lachend den Weg zurück, den sie gekommen war.

»Hier bin ich, George«, rief sie in die Nacht hinein. »Hier bin ich.«

VII

»Na, Blackjack, ist das traumhaft genug?«

»Ich geb zu, es ist recht interessant.«

Der Morgen des 26. graute, und Luther und Blackjack schritten durch eine weiße Welt, einen dichten Nebel, mit dem das Wetter der letzten drei Tage endgültig das Zeitliche segnete. Genau in diesem Augenblick begann die aufgehende Sonne, den Nebel wegzubrennen, aber einstweilen war es tatsächlich wie in einem Traum, so, als bewegten sie sich durch einen Tunnel auf eine verschwommene Welt zu, die nur langsam feste Umrisse annahm.

Die beiden Tiere waren den größten Teil der Nacht durchgewandert und hatten Ithaca bei ägyptischer Finsternis erreicht, wodurch sie fast nicht bemerkt hätten, daß sie sich nun in einer Stadt befanden. Auf dem verlassenen Commons war die Luft durch und durch von Luthers »Himmelsgeruch« geschwängert gewesen, und als sie am Fuß des Hügels angelangt waren, hatte der Mischling freudig verkündet, sie seien nun fast da, fast da. Wieder einmal hatte Blackjack geduldig und höflich reagiert, aber irgendwie hatte er doch erwartet, das Umfeld des Göttlichen etwas besser ausgeleuchtet vorzufinden.

Jetzt, in einem Augenblick vollkommener Stille, tauchte vor ihnen ein Tor aus dem Nebel auf. »Die Pforte des Himmels!« rief Luther aus. »Das ist das Tor zum Himmel, Blackjack! Wir haben ihn gefunden!«

»Petrus schläft wohl noch«, bemerkte Blackjack halblaut. Ohne ihn zu beachten, rannte Luther unter freudigem Gebell auf das Tor zu.

»Wir sind da! Wir haben's geschafft!«

»Bist du sicher?« fragte Blackjack und sah sich das Tor genauer an. Es war eine ziemlich schlichte Konstruktion aus Stein, die oben von einem schmiedeeisernen Bogen überspannt wurde. Keine Spur von Jaspis oder Perlen.

Während Luther unter dem Bogen bellte und herumtollte, ging Blackjack zum linken Torpfeiler. Der Nebel löste sich zusehends auf, und der Manxkater konnte auf einer Tafel die Worte entziffern:

TRITT ALSO EIN
AUF DASS DU TÄGLICH
GELEHRTER UND GEDANKENVOLLER WERDEST
REISE ALSO AB
AUF DASS DU TÄGLICH
DEINER HEIMAT UND DER MENSCHHEIT
MEHR UND MEHR NÜTZEST

Verwundert ging Blackjack zur anderen Seite des Tores und sah sich die dortige Tafel an:

Dieses Bauwerk widmete
dem andauernden Erfolg
der Cornell University
ihr Präsident
Andrew D. White
1896

»Universität?« sagte Blackjack. »Luther, das ist –«

»Wir haben's geschafft! Wir haben's geschafft!«

Der Kater konnte nicht weitersprechen. Es bedurfte keines großen Einfühlungsvermögens, um zu erkennen, daß Luther schier verzückt war über ihre Ankunft im »Himmel«; er wollte den Freund nicht dieses kurzen Glücks berauben. Luther würde noch früh genug der Wahrheit ins Auge blicken müssen.

Dachte Blackjack wenigstens.

»Hör doch!« sagte Luther plötzlich und stellte sein Gebell ein. Jetzt, da er darauf achtete, merkte Blackjack, daß sich irgendwo in der Nähe ein Wasserlauf befinden mußte. Und das war noch nicht alles – irgendwo weiter oben ertönte ein Glockenspiel.

»Die Engel brauchen wohl ein paar Musikstunden«, konnte sich Blackjack nicht verkneifen zu sagen, als die Melodie über einen falschen Ton stolperte. Wieder achtete Luther nicht auf seine Worte.

Sie durchschritten gemeinsam das Tor und trotteten an einem Riesenkasten vorbei, dem Cascadilla-Wohnheim. Immer der Musik nach, überquerten sie die Cascadilla-Creek-Brücke und betraten den Central Campus.

»Ich rieche Hunde«, sagte der Kater. »Haufenweise.«

»Ist doch klar, Blackjack. Aber keine Sorge, hier kann's keine Probleme geben, nicht an diesem Ort. Riechst du auch Moses?«

»Wie könnt ich... ich meine, nein, ihn nicht.«

»Ich auch nicht. Aber da sind so viele...«

Eine starke Witterung von nahenden Hunden wehte ihnen entgegen. Blackjack wurde schlagartig wachsam. Luther warf einen Blick in eine Pfütze und bemerkte jetzt erst, daß Regen und Feuchtigkeit seinen Schlammüberzug fortgespült hatten.

»O nein! Ich bin –«

»Es gibt hier nichts zu befürchten, weißt du noch?« sagte Blackjack beruhigend, während er beiläufig seine Krallen ausfuhr.

»Aber mir fällt gerade ein, Blackjack: Was, wenn Gott ein Reinrassiger ist?«

»Ich dachte, Gott sei mehr was in Richtung Mensch. So was wie ein Herr, wie du es nennen würdest.«

»Na ja…«

Sie erreichten das Ende einer Steigung und sahen zwei Hunde, die auf sie zukamen. Luther entspannte sich augenblicklich; der eine Hund war ein Mischling, der andere ein Reinrassiger, und sie schienen sich bestens zu vertragen. Der Rassehund, ein junger Beagle, wirkte irgendwie völlig überdreht: Er hüpfte in einem fort herum, als sei ihm das feuchte Pflaster zu heiß, aber das hatte nichts Feindseliges an sich. Soweit Luther feststellen konnte, spukte das Gedankenwort *Krätze* nirgendwo in seinem Bewußtsein herum.

»Hallo, ihr zwei«, sagte der Mischling mit einem Kopfnicken.

»'llöchen!« krähte das Beagle-Junge, das, wie sie bald erfuhren, Skippy hieß. »He, ich hab euch noch nie gesehen. Neu hier? Hä? Und he, Herr Pussykater, was ist mit Ihrem Schwanz passiert? Hä? Hä?«

»Hallo«, sagte Blackjack zu dem Mischling und zog die Krallen halb wieder ein. Den Beagle bedachte er mit einem reservierten Blick.

Mit einem Mal löste sich der letzte Rest Nebel vor ihnen vollständig auf, und das Licht der aufgehenden Sonne traf den McGraw-Turm und umgab ihn für einen Augenblick mit einer Gloriole. Bei diesem Anblick blieb Luther die Luft weg.

»Wir haben es geschafft«, sagte er noch einmal.

Mit einem disharmonischen Geschepper nahm die Meisterin des Glockenspiels ihr zweites Morgenlied in Angriff.

Zweites Buch
Herbstgeschichten

1866
Vor der Knochenpflanzung

Über einen Feldweg, der einst University Avenue heißen wird, doch einstweilen nur weitere namenlose Schlammsuppe ist, machen sie sich an den Aufstieg zum Gipfel des Hügels. Es geht sich schlecht; trotzdem kommt Mr. Sunshine – er trägt eine helle Laterne, die er, als sie vom Ithaca Hotel loszogen, noch nicht dabeihatte –, noch immer auf eine merkwürdige Weise über die Straßenverhältnisse erhaben, zügig voran. Und wenngleich Ezra schon seit geraumer Zeit kein munterer Jüngling mehr ist, folgt er ihm dicht auf den Fersen, getrieben von einem unerklärlichen Zwang, der sich in dem Augenblick bemerkbar machte, als er zu dieser Nachtwanderung eingeladen wurde.

Angemessen merkwürdig ist ihre Unterhaltung. Manchmal stellt Mr. Sunshine Fragen über Ithaca oder die geplante Universität; manchmal spricht er selbst in einer Weise darüber, die weitreichende Kenntnisse verrät; manchmal schließlich – und das ist zweifellos das Merkwürdigste überhaupt – nickt er, nachdem Ezra eine Frage beantwortet hat, und fügt ein paar ergänzende Informationen hinzu, die den Eindruck erwecken, als habe er von vornherein mehr gewußt als Cornell selbst. Und manche seiner Kommentare sind hoffnungslos unverständlich.

Eine solche Bemerkung läßt er etwa fallen, als sie das Tor des städtischen Friedhofs erreichen. Er blickt die Straße entlang, die jenseits des Lichtscheins seiner Laterne im Dunkeln liegt, und sagt: »Hier in der Nähe wird der Schwarze Ritter wohnen – in einem Schwarzen Haus. Hmm, was könnte ich wohl mit ihm anfangen?«

Dann richtet er seine Aufmerksamkeit auf den Friedhof und fragt: »Wie heißt dieser Ort?«

»Eine offizielle Bezeichnung gibt es meines Wissens nicht«, erwidert Ezra. »Er wird allerdings oft die Knochenpflanzung genannt. Eine Art Spitzname.«

»Knochenpflanzung.« Mr. Sunshine läßt die Silben auf der Zunge zergehen. »Knochenpflanzung – hübscher Einfall, aber ein bißchen holprig auszusprechen, meinen Sie nicht? Man könnt's ein wenig glätten.«

Cornell zuckt mit den Achseln. »Die Leute werden wohl weiterhin den Namen benutzen, an den sie gewöhnt sind.«

»Gewohnheiten lassen sich ändern«, sagt Mr. Sunshine. »Es braucht nur seine Zeit. Ich mag Friedhöfe; ich hab schon ein paar gute Geschichten geschrieben, in denen welche vorkamen. Hätten Sie was dagegen, durch ... den Knochenacker zu gehen?«

Wieder dieses Gefühl der Unausweichlichkeit.

»Ganz und gar nicht, Sir«, antwortet Ezra. »Ganz und gar nicht.«

Die erste Woche

I

Montag früh, 5 Uhr 50.

Beim ersten Licht des Morgengrauens machte George ein Auge einen Spaltbreit auf. Noch halb im Schlaf, gegen die Morgenkühle in eine mollige Wolldecke gewickelt, fühlte er eine plötzliche Hochstimmung in sich aufwallen, als habe er sich gerade auf ein großartiges Abenteuer eingelassen. In gewissem Sinne war dem auch so – um zehn nach zehn sollte er seine erste Unterrichtsstunde halten –, aber da war noch mehr, da war noch etwas, das sein waches Ich nicht ganz erfassen konnte.

Auf dem Fenstersims seines Schlafzimmers saß ein Spatz und lugte zu ihm hinein, vielleicht in der Hoffnung auf ein paar Brotkrumen. George lächelte über den Vogel, warf dann einen Blick auf den Drachen, der rechts vom Fenster an einem Stuhl lehnte... und verspürte wieder dieses seltsame Hochgefühl.

Es ist was im Anmarsch, dachte der Teil von ihm, der noch schlief. *Es wird was passieren.*

Das Semester fängt an, antwortete seine wache Hälfte und drehte sich prompt auf die andere Seite, um noch ein Stündchen Schlaf zu ergattern.

Draußen regte sich eine Brise, und der Spatz fing überrascht an zu tschilpen.

II

Montag früh, 6 Uhr 30.

Die Austräger der Unizeitung ›Daily Sun‹ waren schon seit fast einer Stunde unterwegs. Direkt unter dem Impressum hieß es zum *Wetter* an diesem ersten Vorlesungstag:

> Wie durch ein Wunder
> Warm und trocken;
> Genießt es,
> Solange es hält.

Folgender Leitartikel eröffnete die SUPER-ERWEITERTE KOMMENTARSEITE der ›Sun‹:

GESUCHT – EIN (1) KIPPSICHERER DRACHE

Es erscheint angebracht, an diesem ersten Vorlesungstag einige wenige ermutigende Worte an die Adresse derjenigen zu richten, die sich anschicken, ihre Studien in Cornell aufzunehmen. Wir von der ›Sun‹ rühmen uns allerdings von jeher einer unverbrauchten und originellen Denkungsart, und da in der Vergangenheit bereits zigmal jede nur mögliche Art von Ermutigung ausgesprochen worden ist, haben wir dieses Jahr beschlossen, uns damit nicht weiter zu belasten. Außerdem hat eine erst letzte Woche von der ›Sun‹ durchgeführte Umfrage ergeben, daß das eigentliche Kernproblem, das jeder/mann/frau/s Gemüt belastet – Erstsemester eingeschlossen –, mitnichten akademischer Natur ist. Vielmehr betrifft es die am 1. Dezember dieses Jahres in Kraft tretende Anhebung des trinkfähigen Alters von neunzehn auf einundzwanzig. Wir fragen uns: Gibt es ein Leben ohne die Wochenend-Bar-Szene? Wird Collegetown überleben? Werden *wir*, die Masse der Untereinundzwanzigjährigen, ohne ein paar uns nach verbockten Vorprüfungen wieder aufbauende, ordentliche Runden von Zweistöckigen überleben?

Es steht ganz außer Zweifel, daß alkoholmangelbedingte Krisen auftreten werden. Das einzige, was wir diesbezüglich tun können, ist zu versuchen, emotional erschütternde Situationen und Vorfälle nach bestem Vermögen zu vermeiden. Einschlägiges Beispiel: die alljährliche Parade des Grünen Drachen. Wie bereits etablierte Cornellianer wissen werden, handelt es sich dabei um ein Mitte März stattfindendes Ereignis, in dessen Verlauf ein von den Architektur-Erstsemestern konstruierter, riesiger Drache in einem windungsreichen Umzug über den Central Campus gefahren und zuletzt auf dem Arts Quad verbrannt wird. Diese auf Willard Straights Einfall zurückgehende, traditionsreiche Veranstaltung ist seit 1901 jedes Jahr getreulich und fehlerlos durchgeführt worden – bis letztes Frühjahr, als nämlich das überformatige Vieh keine drei Meter nach dem Start in sich zusammenbrach. Schamerfüllt fielen die Architekten daraufhin in die Bars von Collegetown ein, um ihren Kummer zu ertränken. Die Fiebertraum-Taverne, ein beliebter Treff, soll, bis auf den letzten Tropfen leergetrunken, lange vor der Polizeistunde den alkoholischen Offenbarungseid geleistet haben. Der Schnaps tat anscheinend seine Schuldigkeit; es wurden zwar einige Fälle öffentlicher Ruhestörung, aber keine Selbstmorde gemeldet. Die Archis waren einfach zu zu, um daran zu denken, sich in die eine oder andere Schlucht zu stürzen.

Heuer jedoch wird sich ein Rückzug in die Bars als *gänzlich unmöglich* erweisen. Die gesteigerte Wachsamkeit, mit der Kneipenwirte nach gefälschten Ausweisen fahnden werden, dürfte gescheiterten Architekten und sonstigen verkrachten Existenzen einen beträchtlichen Strich durch die Rechnung machen. Zum Wohle der Allgemeinheit fordert die ›Sun‹ daher alle Betroffenen auf, schon jetzt an den kommenden März zu denken. Was wir brauchen, sind ein paar tatkräftige Frauen und Männer, die einen *richtigen* Drachen bauen können, einen großen und standfesten Drachen, der erst dann zusammenbricht oder umkippt, wenn er soll. Und da wir schon beim Thema sind: Laßt uns alle fleißig arbeiten, die Vorprüfungen bestehen und unseren Hausarbeiten ein bißchen Orthographie einflößen. Wir von der ›Sun‹ sind sicher, daß uns letzten Endes Cola Light genausogut schmecken wird wie ein Manhattan – wenn wir damit einen Sieg feiern.

III

Montag früh, 8 Uhr 5.

Fujiko schrie auf, als ihr Wecker losrasselte und die erlesene Qual eines Southern-Comfort-Katers sich wie ein Schraubstock um ihren Schädel zusammenzog. Sie tastete im Halbdunkel nach einer Waffe, bekam einen Hockeyschläger zu fassen (ihr Exfreund hatte ihn als Andenken zurückgelassen) und zerlegte die Uhr mit einem einzigen, wohlplazierten Schlag in ihre Bestandteile.

Nachdem sie kraftlos in einen Bademantel gekrochen war und drei Schubladen nach einem Handtuch durchwühlt hatte, trat sie auf den Korridor – und stieß, von der plötzlichen Helligkeit geblendet, erneut einen Schrei aus. Auf der anderen Seite des Ganges schlurfte Z.Z. Top, mit gelber Badehose und extradunkler

Schneebrille angetan, gerade aus seinem Zimmer. Er stolperte über ein Exemplar der ›Sun‹, das unter seiner Tür gesteckt hatte, und verursachte ein Gestöber von Zeitungspapier. Er achtete nicht weiter darauf.

»Guten Morgen«, nuschelte Fujiko aus reiner Höflichkeit.

»Bockmist«, entgegnete der Top.

Sie betraten gemeinsam den Waschraum, wobei Fujiko der Risleyer Sitte gemäß die Aufschrift *Herren* ignorierte. Die einzige Dusche war besetzt (eine chorische Darbietung von Sex-Pistols-Songs wetteiferte mit dem Rauschen des Wassers), und Prediger saß im Schneidersitz auf dem Boden und wartete darauf, daß er drankam. Woodstock, der neuernannte bohemische Minister des Ungestüms, lag halb bewußtlos vor den Waschbecken hingestreckt.

»Jesus«, stöhnte Woodstock. Ein weiteres Opfer.

»Marke?« erkundigte sich der Top und gesellte sich zu ihm.

»Stroh-Rum«, sagte Woodstock. »Schnapsglas-Backgammon.«

»Ich muß kotzen«, verkündete Fujiko. Sie torkelte in eine Toilette und tat wie versprochen.

»Wer is unter der Dusche?« fragte der Top.

»Jim Taber und Ben Hull«, sagte Prediger. »Beide anscheinend ein ganzes Stück lebendiger als meine Wenigkeit.«

»Dein Müsli hat versagt«, schlug Woodstock vor.

»Wie steht's mit der Wanne? Is da jemand drin?«

»In der Wanne steht ein Zitronenbaum«, informierte ihn Woodstock. Zum Beweis seiner Aussage zog er eine kränklich aussehende Zitrone aus der Tasche seines Bademantels und begann daran zu lutschen.

»Ein Zitronenbaum«, wiederholte der Top. »Wie kommt –«

Prediger hob eine Augenbraue. »Willst du's wirklich wissen?«

»Nein. Scheiß drauf. He, hat jemand 'n Bier?«

IV

Montag, 11 Uhr 15.

»Sagtest du Himmel?«

»... die von der Gannett Foundation zu Ehren von Frank E. Gannett, Abschlußklasse 1898, gestiftete Gannett-Poliklinik. Sie dient vornehmlich der Verhütung ungewollter Schwangerschaften bei Menschen...«

Luther, Blackjack und eine zusammengewürfelte Gruppe von frisch angekommenen Mischlingen und Reinrassigen folgten einer silbergrauen Kätzin namens Zobel, die als ihre Fremdenführerin fungierte. Sie waren schon zum Agriculture Quad gewandert, über den Fall Creek auf den North Campus, dann an den Verbindungshäusern der Fraternity Row vorbei zu den Wohnheimen des West Campus und durch Collegetown wieder zurück auf den Central Campus. Jetzt trotteten sie über die Central Avenue zum Arts Quad zurück.

Zobel rasselte zu jedem Gebäude, an dem sie vorbeikamen, pflichtschuldigst Fakten und Jahreszahlen herunter, ohne sich groß darum zu kümmern, wieviel davon hängenblieb. Tatsächlich zogen es die Hunde, die an dieser Campusbesichtigung teilnahmen, vor, in die Gegend zu gaffen und miteinander zu plaudern, und achteten nicht weiter darauf, was die Mieze erzählte. Nur Blackjack war bei der Sache. Er ließ kein Auge von Zobel, die ihm vorhin ganz offen mitgeteilt hatte, sie würde bald in Hitze kommen.

»... zu unserer Rechten befindet sich die Olin Hall für Chemotechnik, finanziert durch eine Schenkung von Franklin W. Olin, Abschlußklasse 1896. Sie wurde im Oktober 1942 eröffnet...«

»Ja, der Himmel«, antwortete Luther dem Mischling, der neben ihm herlief. »Das hier *ist* der Himmel. Das muß er sein; es *riecht* nach Himmel, und abgesehen davon sind Blackjack und ich so weit gelaufen – es kann gar nichts anderes sein.«

»Ich möchte dir ja nicht widersprechen, mein Freund«, sagte der Mischling, der Denmark hieß, »aber ich hab auch eine lange Reise gemacht, um hierherzukommen. Bloß, daß es mir dabei nicht um Engel ging, sondern um Wissen. Das hier ist nämlich ein Ort der Gelehrsamkeit; etwas Besonderes, aber ganz bestimmt nicht der Himmel. Du mußt irgendwo falsch abgebogen sein.«

»*Du* mußt falsch abgebogen sein«, beharrte Luther.

»Och, aber ik heww ok gehört, dat dat en Ort der Gelehrsamkeit is«, sagte Nessa, eine schottische Terrier-Hündin. »De hewwen hier en Satz Fraagen, de man beantworten muß, nich. Dat is bes'timmt damit gemeint: ne Art Himmel up Erden, sozusagen –

up Grote Fraagen tau antworten hewwd ja bes'timmt wat Göttliches an sich.«

»Fragen?« wiederholte Luther.

»... das riesige Gebäude, das nun links in Sicht kommt«, sagte Zobel im Hintergrund, »ist die Willard Straight Hall, eröffnet im November 1921 und nach Willard Dickerman Straight benannt, Abschlußklasse 1901. Das Gebäude beherbergt eine Reihe menschenstudentischer Organisationen sowie eine der Universitätsmensen. Hunden ist der Zutritt zu den Speisesälen untersagt, aber es ist ohnehin kein guter Ort, um nach Resten zu betteln...«

»Die haben Fünf Fragen«, sagte Joshua, ein anderer Mischling. »Die Hunde, die das hier leiten, mein ich. Und bevor du wilde Behauptungen in die Welt setzt, von wegen ›göttlich‹ und so, solltest du dir die Fragen einmal anhören. Die Vierte ist für einige von uns wirklich alles andere als erbaulich.«

»Die Vierte Frage?« wiederholte Luther. »Ich versteh kein Wort. Das hier *ist* der Himmel. Das muß er sein.«

»Wart bis zur Vollversammlung am Freitag. Wart's ab, ob du dann immer noch derselben Meinung bist.«

»... nun biegen wir rechts ab und können deutlich die Sage Chapel vor uns erkennen. Die Menschen versammeln sich jeden Sonntag in diesem Gebäude, um Zeit zu vergeuden...«

Jetzt führte sie Zobel, an Kirche und Campus-Supermarkt vorbei, auf ein merkwürdiges Lager zu, das hinter der Day Hall (dem Sitz der Universitätsverwaltung) auftauchte. Als sie einem pickligen Erstsemester auswich, der es höchst eilig zu haben schien, irgendwohin zu kommen, streifte die Mieze Blackjack absichtlich und brachte sein Blut in Wallung. Sie war nicht in Hitze – noch nicht, noch nicht! –, aber er hätte vielleicht trotzdem einen Versuch gestartet, wenn Luther nicht seine Debatte mit Joshua abgebrochen und sich zu ihnen gesellt hätte.

»He«, sagte Luther zu Zobel, während er das planlose Gewirr von Schützengräben und Stacheldraht musterte, das direkt vor ihnen sichtbar wurde. »Was ist denn das?«

»Es heißt Provopolis.«

»Provopolis?« Luther konnte nicht umhin, sich über den Anblick zu freuen. Die Gräben und vereinzelten überdachten Verschanzungen aus Sandsäcken erinnerten ihn in ihrer Trostlosigkeit an die ausgebrannten Häuser seines heimatlichen Viertels. »Und was ist Provopolis?«

»Es ist eine Art ständige Protestdemonstration«, erklärte Zobel. »Demonstranten sind Menschen, die sich über die bestehenden Verhältnisse beschweren, was wiederum den übrigen Menschen die Möglichkeit gibt, sich zu ärgern und sie umzubringen, ohne dabei ein allzu schlechtes Gewissen zu haben. Letzten Endes soll das Ganze der Gerechtigkeit dienen.«

»Aha«, sagte Luther völlig verständnislos. Er blieb vor einem welligen Sperrholzschild am Rand des Lagers stehen, auf dem folgende für ihn unleserlichen Menschenworte aufgemalt waren:

WILLKOMMEN IN PROVOPOLIS!
Eine der letzten Bastionen des gesunden Menschenverstands
in einer Welt geisteskranken Konservatismus.
Wir, die Mitglieder der Provo-Patrouille Blaue Zebras,
Cornells einziger gutartiger terroristischer Vereinigung,
glauben an die denk-anstößige Wirkung
gewaltfreier Konfrontation.
Mit dieser Zielsetzung betätigen wir uns als fortwährender
Dorn im Auge der Universitätsverwaltung und ermutigen so
Cornells Personal und Studentenschaft dazu,
den Status quo jeden Tag aufs neue in Frage zu stellen.
Die Hauptziele der Woche:
1) Boykott aller Firmen, die mit dem
rassistischen Südafrika Geschäfte machen.
2) Chancengleichheit für alle und
mehr Studienplätze für Angehörige von Minderheiten.
3) Selbstverteidigungstraining für Robbenbabys.
(Es *ist* möglich.)
GEHIRN EINSCHALTEN UND DENKEN!!!

V

Montag, 11 Uhr 20.

»Da merkt man doch irgendwie, daß man in Cornell ist, nich?« meinte Z.Z. Top.

»Wär woanders völlig undenkbar«, pflichtete ihm George bei

und biß von seinem Sandwich ab. Die zwei saßen an einen Bunker gelehnt, umgeben von der lieblichen Wüstheit von Provopolis. Fantasy Rastamop, Anführerin der Blauen Zebras und ehemalige Bohemierin, hatte das Lager als ein Abbild aller Häßlichkeit der Welt konzipiert, das zugleich den unbeugsamen Kampf um die letztendliche Wiederherstellung vernünftiger Verhältnisse symbolisieren sollte. Drei Schützengräben furchten sich durch die unkenntlichen Überreste dessen, was einst grüner Rasen und Kiesweg gewesen war; stumpfer Stacheldraht lag mehr oder weniger planlos verstreut herum. Auf einer leichten Erhebung in der Mitte des Lagers war eine Sprungfederkanone postiert; sie zielte senkrecht nach oben und konnte jederzeit eine Wolke von Flugblättern – oder was einem sonst so einfiel – in die Luft schießen. Die Blauen Zebras in ihren charakteristischen blau-weiß-gestreiften Overalls verteilten sich über das ganze Gelände und mit ihnen weitere prominente Mitglieder der Cornell-Gemeinde: Joe Scandle, Leiter der hauseigenen Zimmervermittlung von Ujamaa, des Afrikanisten-Wohnheims, lunchte gerade mit Fantasy; der Schatzmeister der »Schwulen In Cornell« (SchIC) führte eine hitzige Debatte mit Brian Garroway und einem der führenden Köpfe der »Cornellianer für Christus«, während Aurora ihnen über einen Schützengraben hinweg zusah; die Redakteure der ›Sun‹ saßen im Schatten einer Mauer aus Sandsäcken und spielten Stud Poker. Am Rand des Lagers standen zwei Angehörige der Sicherheitskräfte von Cornell herum – mit der Verhütung eines nicht sehr wahrscheinlichen Bauernaufstands betraute Büttel –, tranken Kaffee und scherzten mit den Zebras.

Provopolis war vor anderthalb Jahren, während einer Periode studentischer Unruhen ins Leben gerufen worden; anfänglich durchaus mit Einwilligung der Universitätsverwaltung, die diese Gelegenheit, durch ein (wie es damals schien) so kleines Zugeständnis eine ganze Menge Leute zu besänftigen, mit beiden Händen ergriffen hatte. Die Verantwortlichen hatten es außerdem für keine schlechte Idee gehalten, alle Radikalen des Campus an einem Ort zu konzentrieren, wo man sie ohne Schwierigkeit unter Aufsicht halten konnte. Womit die Obrigkeit natürlich nicht gerechnet hatte, war die Möglichkeit, daß die Siedlung sich so lange halten würde. Seit seiner Gründung aber hatte Provopolis – ganz zu schweigen von seinen Bewohnern – bei etwa drei Vierteln aller Demos, Debatten und Versammlungen auf dem Campus eine mehr oder weniger tragende Rolle gespielt. Und die Blauen Zebras beschränkten sich nicht darauf, anfallende Protestkundgebungen zu unterstützen – sie *suchten* sie regelrecht. Und sehr gewissenhaft. Während die Bohemier das Evangelium des Nonkonformismus predigten, brachten Fantasy und ihre Zebras – zum großen Verdruß der Verwaltung – die Frohe Botschaft der Konfrontation und des Widerspruchs unter die Leute.

Bis auf den heutigen Tag war keinem der zahlreichen Versuche, Provopolis zu räumen, ein auch nur teilweiser Erfolg beschieden gewesen. Das Lager war seinerzeit – ein folgenschweres Versehen – ohne Angabe einer zeitlichen Begrenzung genehmigt worden. Als feuergefährlich konnte die Siedlung kaum eingestuft werden, da sie kein brennbares Material enthielt außer dem Sperrholzschild; und seitdem (durch die Errichtung des Bunkers) für separate sanitäre Anlagen gesorgt worden war, hatte auch das Gesundheitsamt keine Bedenken mehr anzumelden. Einen vernichtenden Schlag gegen etwaige Einmischungsversuche seitens der Obrigkeit hatte schließlich ein zum Unternehmer avancierter Exstudent der sechziger Jahre geführt, indem er der Universität eine Spende von fünf Millionen Dollar angeboten, daran aber die Bedingung geknüpft hatte, daß die 'Polis in Frieden gelassen wurde; derselbe Ehemalige hatte außerdem für den Fall, daß es sich einst als notwendig erweisen würde, die Schützengräben wieder zuzuschütten, zwecks Verhütung einer Wiederbegrünung des Geländes eine Summe von fünftausend Dollar ausgesetzt.

»Hübsch.« Z. Z. Tops Bemerkung ließ George aus seinen Träumereien aufschrecken. Seine Gedanken waren in den letzten Minuten abgeschweift und hatten sich um Provopolis' politische Bedeutung gerankt. Als der Top den verständnislosen Ausdruck auf seinem Gesicht sah, zeigte er auf Aurora, die immer noch jenseits der Schützengräben stand.

»Ach so«, sagte George. »Ja, sehr hübsch.«

»Wie is sie sonst? So zum Reden? Du kennst sie doch näher, oder?«

»Ja. Sie ist nett. Ein feiner Kerl.«

»Dacht ich mir irgendwie«, gab der Top zu. Dann überrumpelte er George total, indem er hinzufügte: »Du solltest sie dem Typ, mit dem sie zusammen ist, einfach wegschnappen.«

»Wie bitte?«

»Na ja, es geht mich zwar nix an, aber ich hab die zwei schon letztes Jahr miteinander rumziehen sehen, und die haben auf mich nich grad den Eindruck eines *wahnsinnich* glücklichen Paars gemacht.«

»Worauf willst du hinaus?« fragte George. Er mußte an Cheddar denken, im McDonald's unten auf dem Commons. »Meinst du damit, daß Aurora und Brian nicht gut zusammenpassen?«

»Nur so'n Gefühl. Es is, wie der *aussieht*, verstehste, dieses Mister-Herrenmensch-Gesicht. Nich direkt Hitlerjugend, aber so die Richtung. Und klar, sicher, die Lady sieht von hier aus ganz glücklich aus, aber wer weiß: Wenn sie sich mit nem Typ von der mehr alternativen Sorte zusammentäte, was weiß ich, so'm angelinksten Romancier...«

»Okay, Top.« George sah ihn forschend an. »Wer hat dich als Heiratsvermittler angestellt?«

Z. Z. Top schaute interessiert in den Himmel. »Och... Löwenherz *könnte* 'n paar von uns beauftragt haben, 'n Auge und 'n Ohr für dich offenzuhalten.«

George mußte wieder lachen. »Na wunderbar!« sagte er gutmütig. »Das hat mir gerade noch gefehlt, daß ihr Typen versucht, mich unter die Haube zu bringen.«

»Nich so abfällig, George. Wär bestimmt nicht das Schlechteste, was dir passieren könnte. Romeo hatte nich einen einzigen Bohemier auf seiner Seite, und schau, wie's ihm ergangen ist.«

»Is mir klar. Und es ist auch wirklich nicht so, daß ich das nicht zu schätzen wüßte. Nur – ich glaub einfach nicht, daß es bei mir auf die Art laufen wird.«

»Mag sein«, gab der Top bereitwillig zu. »Es gibt 'n Haufen Leute, die einfach warten müssen, bis der Groschen von selber fällt. Bei denen is nich die kleinste Schiebung drin. Aber man kann sich doch wohl 'n bißchen umkucken, während man wartet.«

»Ich kuck mich ja um«, sagte George. »Finden ist das Problem.«

Ohne Vorwarnung ging die Kanone in der Mitte des Lagers los und sprühte eine erstaunliche Fontäne von weißen Rosen in die

Luft. Die Blüten fielen in einem Umkreis von acht Metern zu Boden und jagten mehreren Zebras und vor allem Fantasy, die diese Salve nicht angeordnet hatte, einen gehörigen Schrecken ein.

Der Top amüsierte sich königlich. »O *Mann*, George, o *Mann*! Wenn man vom Teufel spricht, was?«

Eine Rose war in Georges Schoß gelandet. Wie gezielt. Und am Stiel war mit einem Faden – einem scharlachroten Faden – ein Briefchen befestigt. Wider alle Wahrscheinlichkeit war der Brief AN DEN TAGTRÄUMER adressiert. Innen standen drei Worte: ICH LIEBE DICH. Unterschrieben war die Botschaft nicht.

»Das ist unmöglich«, sagte George nüchtern. »Das kann nicht speziell für mich sein.« Nicht einmal der Wind hätte die Rose so zielsicher von der Kanone zu ihm hintragen können.

Irgendwo in der Nähe begann ein Hund zu bellen.

VI

Montag, 11 Uhr 25.

»Luther!« rief Blackjack. »Luther, was zum Teufel ist in dich gefahren? Luther!«

Luther gab keine Antwort. Er stand angespannt da und bellte wie ein Hund, der auf eine frische Fährte gestoßen ist. Dann schoß er los: am Sperrholzschild vorbei und, angezogen vom verführerischen Duft, den ihm eine Brise zugeweht hatte, nach Provopolis hinein.

»Luther!«

Der Mischling fegte haarscharf am Chef der Cornellianer für Christus vorbei und warf ihn beinahe um. Er blieb kurz stehen, um Auroras Beine zu beschnuppern, dann stürzte sich Luther kopfüber in einen Schützengraben und durchlief ihn in seiner ganzen Länge, wobei er nicht weniger als drei Blaue Zebras zu Fall brachte. Er kam unweit des Bunkers im Windschatten von George und dem Top wieder zum Vorschein.

George, der gerade hatte aufstehen wollen, plumpste auf seine vier Buchstaben zurück, als der Hund sich ihm an die Brust warf und ihn rücklings gegen die Betonwand drückte. Wäre dies ein Angriff gewesen, so hätte seine literarische Laufbahn – ja sein Dasein als Subjekt – hier wohl ein jähes Ende gefunden. Luther war jedoch nur von der innigsten Zuneigung beseelt, und zu deren Bekundung leckte er George das Gesicht in einer Weise ab, als hoffte er, einen Schatz zutage zu fördern.

»Hallo, Hund«, sagte der Top beiläufig, während George unter einer Breitseite von Schmatzern zusammenbrach. Der Geruch, den George und seine Kleidung im Lauf des jahrelangen Aufenthalts in Ithaca angenommen hatten – der Geruch nach Hügeln und Regen –, brachte Luther schier um den Verstand.

»Uachhh!« protestierte George und schnappte nach Luft. »Uachhh, ist ja gut! Ich krieg keine Luft, klar?«

Er schaffte es, den Hund zu streicheln und ihn mit derselben Bewegung ein paar Schritte zurückzuschieben. Als Luther anfing, liebevoll an seiner Hand zu knabbern, ließ George den Blick auf der Suche nach einem ganz bestimmten Augenpaar über das Lager wandern. Vorhin, gerade vor Luthers Auftauchen, hatte er sich nach jemandem umgesehen, der möglicherweise den Kanonenschuß abgepaßt haben könnte, um ihm die Rose zuzuwerfen, und er hatte einen Moment lang gemeint, ein Gesicht zu sehen, das ihn, halb hinter einem Haufen von Sandsäcken versteckt, angeschaut hatte. Doch jetzt war sie weg – wenn es sie überhaupt gegeben hatte.

»Herzlichen Dank auch«, sagte George zu dem Hund und versuchte, dabei einen strengen Ton anzuschlagen. Doch er konnte sich ein Lächeln nicht verkneifen: Luther hatte ihm die Vorderpfoten in den Unterleib gerammt, und das kitzelte. Der Hund verstand seine Worte ohnehin nicht und war im Augenblick viel zu entzückt, um seine Enttäuschung zu spüren. Denn George war durchtränkt vom Duft des Himmels, und nichts hätte Luther, einstweilen jedenfalls, von seiner Überzeugung abbringen können, einen ersten Kontakt zu einem echten göttlichen Wesen hergestellt zu haben – der Hunde-Entsprechung eines Cherubs oder Seraphs … oder eines Heiligen.

VII

Dienstag, 16 Uhr.

Puck lag ausgestreckt auf dem Deck eines Schlachtschiffes, das gerade vom Ufer des Beebe Lake abgelegt hatte. Es war ein kleines Schlachtschiff, knapp zweieinhalb Meter lang, und sein Rumpf war nicht aus Stahl, sondern aus stoßfestem Plastik, doch es konnte sich durchaus sehen lassen.

Das Schlachtschiff gehörte Hamlet, einem von Pucks besten Freunden. Hamlet hatte Wochen gebraucht, um das Boot aus einem AURORA-Modellbaukasten zusammenzusetzen, dann die nötigen Umbauten vorzunehmen und es mit einem Generator auszurüsten, so daß es wirklich benutzt und nicht bloß angeschaut werden konnte. Das Schiff erreichte eine bombenmäßige Höchstgeschwindigkeit von drei Knoten und verfügte über eine ausreichende Bewaffnung, um so ziemlich jeden tierischen Angreifer, gleich ob aus dem Wasser oder aus der Luft, erfolgreich abzuwehren. Das Schiff hieß »Prospero«, und Hamlet war völlig zu Recht stolz darauf.

»Aber was machst du, wenn es Winter wird?« fragte Puck, während sie Kurs auf die kleine Insel mitten im See nahmen, auf der Hamlet wohnte. Das Eiland war ganz mit Schilf bewachsen und verfügte über keine freie Fläche, die als Rollbahn hätte dienen können; Puck hatte seinen Doppeldecker im Gestrüpp am Ufer des Sees versteckt.

»Du meinst, wenn der See zufriert?« fragte Hamlet von der Kommandobrücke aus. »Das hab ich mir noch nicht so genau überlegt. Ich werd's vermutlich irgendwie docken müssen. Vielleicht kann ich aber auch Kufen dranmontieren und es zu einer Eisjacht umbauen.«

»Und wahrscheinlich mit Schwung über den Damm schlittern und den Wasserfall runter«, meinte Puck unheilverkündend.

»Wo du zweifellos zu mir stoßen wirst, sobald deine Flügel vereisen. Nur daß *ich* nicht ganz so tief fallen werde.«

Hamlet wollte gerade längsseits am Ufer der Insel anlegen, als Puck sich aufrichtete und sagte: »He, hättest du was dagegen, noch ein bißchen durch die Gegend zu schippern?«

»Ganz und gar nicht«, antwortete Hamlet und steuerte auf die Mitte des Sees zu. »Wenn du keine Angst hast, daß ich uns aus Versehen den Wasserfall runtermanövriere... Was auf dem Herzen?«

»Irgendwie schon.«

»Hat es irgendwie was mit Zephyr zu tun?«

»Mit wem wohl sonst?«

»Darf ich also annehmen, daß deinen Bemühungen, dich wieder mit ihr zu vertragen, kein allzu großer Erfolg beschieden war?«

»Na ja«, sagte Puck, »eine Zeitlang sah es so aus, als würde ich Fortschritte machen. Obwohl sie immer noch hinter diesem Dings, diesem George her ist...«

»Dem Menschen George?«

»Dem Großmaul George«, antwortete Puck mißmutig.

»Nun, nun, mein Freund«, warnte ihn Hamlet. »Ein Mensch, der mit dem Wind auf du und du steht, ist nicht zu unterschätzen.«

»Und wenn schon! Es ist überhaupt keine Kunst, den Wind zu rufen. Verdammt noch mal, Zephyr kann das doch ganz genausogut!«

»Allerdings«, gab ihm Hamlet recht. »Und sie hast du doch auch unterschätzt, oder?«

»Mn-jaaa... na ja, also, mal gleichgültig, wie das ganze Problem zustande gekommen ist: Tatsache ist, daß sie endlich anfing, Vernunft anzunehmen und zu erkennen, was für ein ideales Paar wir abgeben.«

»Was für ein ideales Paar«, wiederholte Hamlet.

»Genau: Ich bin zu dem Schluß gelangt, daß wir füreinander geschaffen sind. Und Zephyr war wirklich ganz kurz davor, mir zu verzeihen, als herauskam, daß Saffron Dey an der Befreiungsaktion teilnimmt. Na, und jetzt redet sie wieder nicht mit mir.«

»Wer hat ihr denn das mit Saffron gesteckt?«

»Ich fürchte, ich selbst. Wie hätt ich aber auch wissen sollen, daß Zephyr so reagieren würde? Ich hätte nie gedacht –«

»Das ist schon immer dein Hauptproblem gewesen, weißt du«, unterbrach ihn Hamlet. »Du leidest eben an einer schweren Denkinsuffizienz. Ich hab zum Beispiel nie begriffen, was du überhaupt an Saffron Dey fandest.«

»Ich könnt dir zwei gewichtige und handfeste Gründe angeben.«

Hamlet nickte. »Gut«, sagte er. »Es stimmt zwar, daß solche Oberweiten ziemlich dünn gesät sind, aber ist das wirklich ein vernünftiger Grund? Zephyr hat keine so übertriebenen Wölbungen wie Saffron, aber trotzdem eine bildhübsche Figur. Und vergiß nicht, mein Freund: Sie ist eine Persönlichkeit. Saffron ist hohl wie ein Pingpongball.«

»Völlig richtig«, gab Puck zu.

»Warum hast du's dann getan?«

»Es ist ja nicht so, daß Zephyr und ich uns zu irgendwas verpflichtet hätten…«

»Das«, sagte Hamlet, »ist eine der zwei dümmsten Ausreden, die Menschen- oder Koboldmänner allgemein vorzubringen pflegen.«

»Ich war *scharf*, okay?«

»Und damit wäre auch Nummer zwei erledigt.«

Puck drehte Däumchen, um Worte und auch sonst verlegen.

»Und noch eins«, fuhr Hamlet fort. »Was in Gottes Namen hat dich auf die schwachsinnige Idee gebracht, Saffron zur Befreiungsaktion einzuladen, besonders wo du gerade dabei warst, die Sache mit Zephyr wieder einzurenken?«

»Hab ich doch gar nicht. Offiziell geht sie mit Spinnweb. Wahrscheinlich hat's ihm Spaß gemacht, uns zuzugucken, wie wir im Schaukasten loslegten.«

»Hast du versucht, das Zephyr zu erklären?«

»Sie hat mir nicht geglaubt.«

»Hm. Ist wohl nicht weiter verwunderlich, wie?«

»Nein«, sagte Puck düster. »Aber was soll ich denn *machen*, Hamlet? Ich will nicht, daß sie mich bis in alle Ewigkeit haßt.«

»Ich glaub nicht, daß sie dich haßt. Klar, sie ist zur Zeit nicht besonders gut auf dich zu sprechen. Und ob sie dir je wieder vertrauen wird, steht in den Sternen… Ich fürchte, Puck, ich hab wirklich kein Patentrezept für dich. Die Folgen chauvimäßigen Verhaltens sind, wie man hört, nicht leicht zu beheben.«

»Und ich kann wirklich gar nichts tun?«

»Mir fällt auf Anhieb nichts ein, nichts Ehrenhaftes jedenfalls. Du könntest natürlich versuchen, den Schaden, den du mit der ersten Serie von Lügen angerichtet hast, mit Hilfe einer zweiten Serie zu reparieren, aber damit erzielt man in der Regel ziemlich durchwachsene Ergebnisse. Am besten fährst du meiner Meinung nach immer noch damit, daß du weiterhin nett zu ihr bist und darum betest, daß sich alles wieder einrenkt. Oder du schlägst sie dir endgültig aus dem Kopf und versuchst es bei einer anderen.«

»Das kann ich nicht, Hamlet.«

»Na gut, dann bleibt dir wohl nichts anderes übrig, als dich auf dein Glück zu verlassen. Wer weiß, vielleicht –«

Er brach mitten im Satz ab, als es plötzlich zu ihrer Rechten im Wasser platschte. Noch dreimal schlugen unsichtbare Objekte platschend in den See ein.

»Was war das?« fragte Hamlet und leitete schon ein Ausweichmanöver ein.

»Da drüben.« Puck streckte einen Finger aus. »Am Ufer.«

Vier Menschenjungen standen am Wasser, ungefähr zwanzig Meter vom Schlachtschiff entfernt, und warfen mit Steinen. Dann sah Puck, wie einer von ihnen eine Schleuder aus der Gesäßtasche zog.

»Wie haben die uns bloß entdeckt?« wunderte sich Puck.

»Du weißt doch, daß Kinder einen besonderen Blick für Dinge haben, die Erwachsene gar nicht wahrnehmen«, sagte Hamlet. »Und dieses Boot ist auch nicht gerade winzig. Ich hab schon ein paarmal ähnliche Probleme gehabt. Festhalten.«

Das Schlachtschiff kehrte den Jungen die Steuerbordseite zu. Jetzt gab Hamlet volle Kraft voraus und steuerte auf die Kinder zu.

»Moment mal«, sagte Puck. »Sollten wir uns nicht zurückziehen?«

»Kein Problem«, erwiderte Hamlet und betätigte einen Schalter. Auf dem Vorderdeck öffnete sich eine Luke, und ein katapultähnlicher Apparat tauchte aus der Versenkung auf.

»Au Kacke!« schrie der kleinste Junge. »Es greift uns an! Es greift uns an!«

»Schnauze, Mikey«, riet der mit der Schleuder. Er zielte sorgfältig und ließ einen Schuß los, der glatt über das Katapult hinwegging und dann mit einem dumpfen Knall von der Bedachung der Kommandobrücke abprallte.

Puck sah dem Stein nach, der fast soviel wog wie er selbst.

»Das sind so Fälle«, sagte er, »wo es mir fast leid tut, unsichtbar zu sein.«

»Wie kommst du darauf, daß sie aufhören würden, wenn sie uns sehen könnten?« fragte Hamlet. »Hast du noch nie gesehen, was die mit Backenhörnchen machen? Jetzt bete um einen Volltreffer!«

Er betätigte einen zweiten Schalter, und das Katapult schleuderte einen eiförmigen Gegenstand in die Luft. Es war in der Tat ein Ei, ein ausgeblasenes und neu gefülltes. Es flog in hohem Bogen und zerschellte an der Stirn des kleinsten Jungen – Mikey –, der augenblicklich in ein Geschrei ausbrach, als sei er tödlich verwundet.

»Hamlet!« rief Puck aus. »Was war das?«

»Kinderpulver«, sagte Hamlet. »Keine Sorge, die Wirkung läßt bald wieder nach.«

Mikey fing jetzt an, sich vor den Kopf zu schlagen, tappte blind durch die Gegend und heulte jämmerlich. Die anderen Kinder stellten ihr Bombardement ein und umringten den Angeschossenen, um zu sehen, ob er tot umfallen würde oder was.

»Wie wär's mit einem Täßchen Tee?« fragte Hamlet, während er das Schiff gemächlich wieder auf Heimatkurs brachte. »Macduff hat mir eine wirklich erlesene Mischung besorgt. Hat's anscheinend aus einem Wohnheim mitgehen lassen. Teils Orange Pekoe und teils Schwarzer Afghane.«

»Klingt vielversprechend«, meinte Puck. »Wer weiß, vielleicht verschafft mir *das* die nötige Inspiration.«

»Hab einfach Geduld«, riet ihm Hamlet. »Frauen pflegen ihre Meinung gern zu ändern.«

»Aha. Und wer, bitte, redet jetzt wie ein Chauvi?«

Hamlet lachte.

»Sag lieber Realo, Puck«, sagte er. »Ich bin nur Realist. Und außerdem hab ich mit keinem Wort behauptet, daß Männer auf vernünftigere Weise mit ihren Gefühlen umgehen, oder?«

VIII

Mittwoch, 12 Uhr 10.

»Guck dir *die* an, Partner.«

Prediger warf einen Blick zur anderen Seite des Arts Quad und sah die Frau, auf die Ragnarök zeigte. Blond, mittelgroß, Tri-Pi-Blazer.

»Nicht schlecht«, gab Prediger zu. »Plastik, aber nicht schlecht. Du kannst ruhig weiterträumen, Kumpel.«

»Wieso?«

»Was da an ihrem Handgelenk blitzt. Selbst wenn's Modeschmuck ist, hat's einiges gekostet. Und siehst du, wie ihr Ohr funkelt, jedesmal, wenn der Wind die Haare nach hinten bläst? Sieht das nicht nach einem Diamantklipp aus?«

»Dann haben ihre Alten eben Geld. Na und?«

»Na und? Wo siehst du denn da ne Marktlücke für dich? Bei der stehen die netten weißen Verbindungsbubis doch garantiert schon Schlange. Das einzige, was dich auszeichnet, ist, daß du statt einem Porsche einen Ofen fährst und keinen Schlips umhast. Sie wird wahrscheinlich glauben, das liegt daran, daß du keine Knete hast, und mit Armut, mein Freund, kannst du *überhaupt* keinen Blumentopf gewinnen. Dagegen wenn ein Mann käme, der ihr echt was Neues zu bieten hätte...«

»In den Verbindungen haben die auch Schwarze«, informierte ihn Ragnarök. »Und Latinos und Asiaten und Saudis.« Er lächelte. »Du bist auch nichts Besonderes, Predi.«

Prediger lächelte zurück. »Stimmt schon«, sagte er, »aber ich glaub, *der* Mieze würd ich sowieso nich nachsteigen.«

»Ach, natürlich nicht.«

»Im Ernst. Warum guckst du dir ihre Buchstaben nicht noch mal genauer an, bevor sie verschwindet?«

Ragnarök schüttelte verwundert den Kopf. »Was ist an der Tri-Pi auszusetzen?«

»Oh, gar nichts. Süße kleine Mädelschaft, die Pis. Aber warum kramst du nicht mal ein bißchen in deinem Luxushirn und versuchst dich daran zu erinnern, mit welcher Burschenschaft sie liiert sind?«

»Burschen... Oh! O Scheiße.«

»Haargenau«, sagte Prediger. »Mit der guten alten Rho Alpha Tau.«

»Die RATtenschaft. Scheiße.«

»Nicht nur das«, fuhr Prediger fort. »Wenn ich's mir recht überlege, hab ich sie schon ein paarmal beim Tanzen gesehn. Und rat mal, wer sie Samstagabend immer zum Schwofen ausführt?«

»Die Oberratte?« fragte Ragnarök aufs Geratewohl. »Jack Baron?«

»Derselbe. Na, immer noch angetan?«

»Miles Walker!« rief plötzlich eine schrille Stimme hinter ihnen. »Miles Walker und Charlie Hyatt! Hal-loh!«

Noch ehe sie sich umgedreht hatten, wußten die zwei, wem die Stimme gehörte. Ginny Porterhouse, eine Erstsemesterbetreuerin von wahrhaft gewaltigen Ausmaßen, stampfte auf sie zu wie ein Schleppkahn, der bei rauher See in den Hafen einläuft. Sie zog eine viel kleinere Frau hinter sich her.

»Miles, wie schön, dich zu sehen!« Bevor Prediger wegtauchen konnte, schnappte ihre ungefüge Umarmung zu. Ragnarök war schneller und kam mit einem schlichten Händedruck davon. Beide Bohemier waren wie immer sehr beeindruckt von ihren Liebesbezeigungen: Wie sie aus Erfahrung und Beobachtung wußten, hatte Ginny für verrückte Typen wie die Bohemier in Wirklichkeit nicht viel übrig, aber sie schaffte es doch immer, ihnen gegenüber höflich zu bleiben. Für kurze Zeit.

Ginnys Schützling des Tages war eine zierliche Asiatin, die eine riesige Umhängetasche schleppte und den Eindruck erweckte, als müßte sie durch die einseitige Belastung jeden Moment umkippen. Prediger konnte allerdings an ihren Augen erkennen, daß sie stark war, und vielleicht sah das auch Ragnarök, denn sie schlossen sie beide im selben Augenblick in ihr Herz – oder begannen sie zumindest auf freundliche Art zu begehren.

»Ginny P.!« platzte Prediger los. »Wie läuft's?«

»Oh, wir amüsieren uns heute *ganz* prächtig«, erwiderte Ginny in ihrem matronenhaftesten Ton. »Jungs, ich möchte euch Jinsei vorstellen. Jinsei hat ihr Studium an der Penn-State-Uni begonnen, aber vorher kam sie auf dem chinesischen Festland zur Welt, stellt euch vor, ausgerechnet!«

»Kein Scheiß?« sagte Prediger und zwinkerte Jinsei diskret zu. »Und dabei hatte ich dich glatt für ne Australierin gehalten.«

»Jinsei«, fuhr Ginny unerschütterlich fort, »das sind Miles Walker und sein Freund Charlie Hyatt.«

»Hallo«, sagte Ragnarök. »Wir kommen vom amerikanischen Festland.«

»Aus der Armeleutegegend«, fügte Prediger hinzu. »He, bist du sicher, daß du noch nie in Sydney gewesen bist?«

Jinsei lächelte die beiden gedankenverloren an. »Eigentlich bin ich in Pittsburgh aufgewachsen«, sagte sie.

»Echt?« Prediger wandte sich zu Ginny. »Das ist ja *die* Gelegenheit für dich, ein paar ordentliche Englischstunden zu nehmen, Gin. Ich wette, sie könnte dich in Nullkommanix von deinem kalifornischen Akzent heilen.«

»Ganz bestimmt«, sagte Ginny. Sie warf einen nicht zu auffälligen Blick auf die Uhr. »Meine Güte, so spät schon. Und dabei haben wir heute noch soviel vor...«

»Laßt euch von uns nicht aufhalten«, sagte Prediger.

»Das würde uns vermutlich eh nicht gelingen«, steuerte Ragnarök bei.

»Hat mich gefreut, euch kennenzulernen«, sagte Jinsei freundlich und folgte Ginny, die sich bereits entfernte. Prediger und Ragnarök verabschiedeten sich von ihr mit einer tiefen Verbeugung.

Es verstrichen ein, zwei Augenblicke. Dann rief Ragnarök: »He! He!« Die zwei Frauen, die schon ein Stück weitergegangen waren, blickten zurück.

»Glaub ihr kein einziges Wort!« rief Ragnarök Jinsei vergnügt zu. »Sie hat keinen blassen Schimmer vom Leben in Cornell!«

»Sie studiert nicht mal hier!« fügte Prediger hinzu. »Sie ist eine Spionin vom Ithaca College!«

Ginny ließ alle Verstellung fallen und warf ihnen einen bitterbösen Blick zu. Jinsei gönnte ihnen ein weiteres Lächeln und eroberte damit ihr Herz.

»Sie mag dich«, meinte Prediger.

»Sie mag dich«, entgegnete Ragnarök.

»Was machen wir da, Kumpel?«

»Wir wechseln uns ab«, sagte Ragnarök. Er hatte im Scherz gesprochen, doch wie sich herausstellen sollte, waren seine Worte prophetisch gewesen.

IX

Mittwoch, 18 Uhr 15.

Der Bus, der die Cornellianer für Christus zu ihrem ersten Herbstpicknick brachte, kam kurz vor Sonnenuntergang im Taughannock Park an. Er parkte am Ufer des Cayuga Lake, wo zahlreiche Tische, eine offene Hütte und ein fix-und-fertiges Lagerfeuer auf die Ausflügler warteten. Die Christler – wie sie, ob's ihnen paßte oder nicht, allgemein genannt wurden (die ›Sun‹ achtete natürlich peinlich darauf, einen anderen Spitznamen zu verwenden) – quollen aus dem Bus auf den Rasen und bildeten, sobald die nötigen Vorbereitungen für das Abendessen getroffen waren, zwei Mannschaften für ein Frisbeeturnier.

Aurora spielte nicht mit, und während Brian und Michael Krist Steaks über einem Holzkohlenfeuer brieten, überquerte sie die Straße und machte sich auf den Weg zu den Taughannock-Fällen. Ein Pfad führte an einem breiten Wildbach entlang, und sie blieb immer wieder am Ufer stehen. Die Fluten schienen lebendig zu sein; von Zeit zu Zeit schrumpfte der Wasserfall zu einem bloßen Rinnsal, und auch das Flüßchen wurde dann in Mitleidenschaft gezogen. Aber heuer nicht: Jetzt toste es, ungestüm und jubelnd. Doch bei all seiner Wildheit fand Aurora, daß die Melodie, die es hervorbrachte, wenn es über die Felsen in seinem Bett brauste, ausgesprochen weiblich klang. Ebenso das Rauschen des Windes zwischen den Bäumen.

Das alles war Teil einer hinreißend unorthodoxen Weltanschauung, über die ihr Vater – hätte er davon gewußt – maßlos entzückt gewesen wäre. Trotz des Kreuzes nämlich, das sie um den Hals trug, und trotz des dazugehörigen dogmatischen Überbaus hatte sie sich Gott schon immer als ein weibliches (oder besser: Weibliches) Wesen gedacht. Wenn sie sich gelegentlich ein Bild von Ihr machte, dann war es das einer nicht-ganz-alten, nicht-ganz-matronenhaften Frau, vor der das Universum wie ein Entwurf auf einem Reißbrett ausgebreitet lag. Es war eine romantische Vorstellung, und Aurora hätte sie Brian und den anderen Christlern niemals erklären, geschweige denn vor ihnen rechtfertigen können. Also glaubte sie einfach daran, in aller Stille und ganz für sich allein.

An einer Stelle entdeckte sie jenseits des Flüßchens einen eigentümlichen Stapel von Baumstämmen, der in Verbindung mit der zunehmenden Dämmerung an ein Blockhaus erinnerte. Sie mußte an eine Episode in Georges Buch denken, in der der Ritter der Weißen Rose und sein Knappe eines Abends in einem verwunschenen Wald in einer Hütte einkehren. Die schöne Hausherrin verwandelt sich bei Mondaufgang in einen Grislybären, und der Ritter kann sich nur mit knapper Not der Halbierung durch das Untier entziehen. Was den letzten Teil anging, war sich Aurora nicht so sicher, doch die vorausgegangene Beschreibung des Waldes und des Gehöfts hatte ihr sehr gefallen. Es wäre hübsch, in einem Zauberwald zu wohnen, dachte sie, und ab und zu käme ein fahrender Ritter zu Besuch.

Ich möchte einfach nicht, daß du in dreißig Jahren aufwachst und feststellen mußt, daß deine Chance, mehr vom Leben zu haben, unwiederbringlich vertan ist.

Im Lauf der letzten zwei Wochen hatte Aurora mehr als einmal darüber nachgedacht, was ihr Vater am Morgen ihrer Abfahrt gesagt hatte. Und wenn sie auch bei weitem nicht den ganzen Sinn seiner Rede entwirrt hatte, so begriff sie doch allmählich, was sein Hauptanliegen gewesen war, sie begriff jetzt seine Angst vor Brian Garroway und dem Einfluß, den dieser möglicherweise auf sie ausüben würde. Walter hatte ihren Freund zwar mit keinem Wort erwähnt, aber das war auch nicht nötig gewesen.

Sie hatte diesbezüglich recht gemischte Gefühle. Zuerst einmal rührte es sie, wie sehr sie ihrem Vater offensichtlich am Herzen lag, da sie wußte, daß sein Motiv Liebe und nicht Eigensucht gewesen war. Sicher, Walter träumte zweifellos davon, der Vater einer Nonkonformistin zu sein, doch die Betroffenheit, die seine Stimme an jenem Morgen verraten hatte, war nicht lediglich die eines Mannes gewesen, der befürchtete, von einem Traum Abschied nehmen zu müssen.

Dann erheiterte sie diese weitere Bestätigung ihrer Weltanschauung. Von Gott hieß es, Er sei allwissend, und doch hatte Aurora noch keinen Mann kennengelernt, der auch nur die geringste Begabung zum Gedankenlesen gehabt hätte. Ihr Vater war offensichtlich zum Schluß gelangt, daß ihr, da sie nach außen hin keinerlei Symptome einer radikalen Gesinnung erkennen ließ, die Fähigkeit und das Bedürfnis, »anders« zu sein, irgendwie abhanden gekommen sein mußten. Hier irrte sich Walter gewaltig. Gewiß, sie war ein recht stiller Teenager gewesen, hatte nur spärliche Anzeichen von Rebellion oder Widerspenstigkeit an den Tag gelegt. Von derlei Kundgebungen hielt Aurora nichts; wenngleich sie für Menschen, deren täglich Brot die Auseinandersetzung war, eine gewisse Bewunderung hegte, ging sie selbst (außer, wenn es sich wirklich nicht vermeiden ließ) jeder Konfrontation geflissentlich aus dem Weg und behielt weit mehr für sich, als die meisten geglaubt hätten. Doch ihre Träume waren grenzenlos.

Wenn Aurora gekonnt hätte, wäre sie unverzüglich in die Welt von Georges Buch hineingestiegen. Warum auch nicht? Durchquere den Zauberfluß und betrete eine verwunschene Welt. Und wenn man dabei einem Drachen oder auch zweien entgegentreten mußte, so war das ein durchaus angemessener Eintrittspreis. Im wirklichen Leben aber gab es andere Dinge, die einen davon abhielten, den Fluß zu überqueren, und die sogar noch stärker waren als Drachen. Zum Beispiel die Liebe.

Aurora liebte Brian Garroway. In Anbetracht der Beschaffenheit und Tiefe ihrer Träume hätte dies verwunderlich erscheinen können, doch die Liebe hatte ihre eigenen Geheimnisse. Für Walter Smith waren Brians schlechte Seiten offenkundig: Ungeduld, eine unerschütterliche Achtung vor dem Gesetz, allgemeine Intoleranz. Aurora jedoch konnte mit ihrem geringeren Abstand ebenso deutlich seine guten Seiten erkennen. Sie hatte Situationen miterlebt, die Walt nie kennenlernen würde: der ungeduldige Brian, der einen ganzen Sonntagnachmittag opferte, um das verendete Kaninchen seiner kleinen Schwester mit allen gebührenden Ehren zu Grabe zu tragen; der gesetzestreue Brian, der zahllose rote Ampeln überfuhr, um dieselbe kleine Schwester, die sich beim Rollschuhlaufen einen Knöchel gebrochen hatte, ins Krankenhaus zu bringen; der intolerante Brian, der kilometerweit lief, um sich bei einem Freund zu entschuldigen, weil er eingesehen hatte, daß er bei einer Diskussion etwas zu heftig geworden war. Solche Augenblicke dienten ihr als Prüfstein, als Möglichkeit, Brian wirklich zu sehen, anstatt ihn lediglich zu beurteilen.

Und natürlich liebte er sie ebenso – wie unzulänglich er bisweilen seine Liebe auch unter Beweis stellen mochte. Gerade das übte möglicherweise den stärksten Zwang überhaupt auf sie aus; es ist schwer, wahre Liebe – ganz besonders erste Liebe – abzulehnen, selbst wenn sie teuer zu stehen kommt.

Ich möchte nicht, daß du einmal diesen Verlust empfinden mußt...

Sie würde sich die ganze Sache noch einmal durch den Kopf gehen lassen. Gründlich. Noch hatte sie Zeit, nachzudenken. Nicht viel Zeit, denn Brian würde ihr schon bald einen förmlichen Heiratsantrag machen; aber doch hoffentlich genug. Zeit, um das Gute gegen das Schlechte abzuwägen, um sich auszurechnen, was sie gewinnen würde und was sie dafür würde aufgeben müssen.

Das letzte Stück Weg zum Wasserfall legte Aurora voller Staunen zurück – wie immer überwältigt vom ersten Aufleuchten einer sechzig Meter hohen Silberkaskade, die die letzten Strahlen der untergehenden Sonne in eine Lightshow verwandelte. Sie blieb auf einer steinernen Brücke stehen und verlor sich in der rauschenden Musik. Im Lauf der Jahre hatte der Taughannock-Fall Forschungsreisende, Touristen, Liebespaare und – 1903 – ein Pistolenduell gesehen. Er flüsterte ihr ein Lied von vergangenen Wundern zu und von Wundern, die noch kommen sollten.

X

Freitag, 5 Uhr 30.

Zu einer Uhrzeit, da kein zurechnungsfähiger Student oder Dozent wach sein möchte – selbst die Austräger der ›Sun‹ hatten nach einer Woche akademischer Mühsal beschlossen, ein bißchen länger zu schlafen –, hatten sich über hundert Hunde auf dem Arts Quad versammelt. Sergeant Blutbad, eine Bulldogge, die dem Cornellschen Trainingslager für Reserveoffiziere als Maskottchen diente, war seit 4 Uhr früh auf den Beinen, um überall auf dem Campus Reinrassige wie Mischlinge zu wecken und zur Hundevollversammlung zu bestellen.

Sie standen, saßen, lagen, rollten und rangelten sich in einem ungefähren Halbkreis vor Ezra Cornells Standbild: Vorsteh-, Apportier- und Hetzhunde, Schäferhunde, Terrier und Spaniels, ein einzelner Zwerghund, andere, exotischere Rassen und ein dichter Knäuel von Mischlingen, die sich am Rand der Menge zusammendrängten und trotzig Ausschau hielten nach Anzeichen herablassenden Verhaltens seitens der Reinrassigen. Luther, mit Blackjack an seiner Seite, blickte sich außerdem sehnsüchtig nach seinem Erzeuger um, doch Moses war nirgends zu sehen.

Während sie auf den Beginn der Veranstaltung warteten, führten Joshua und Denmark eine hitzige Diskussion mit einer Collie-Hündin namens Bucklette.

»Erklär mir doch bitte noch mal«, sagte Denmark, »inwiefern die Vierte Frage ›vollkommen akzeptabel‹ sein soll.«

»Das *ist* sie«, beharrte Bucklette. »Ihr Hunde« – hier sträubte sich Joshua das Fell – »begreift ganz einfach nicht die inneren Mechanismen des Erziehungsprozesses.«

»Sieht ganz so aus«, pflichtete Joshua ihr bei. »Wie wär's, wenn du mich aufklären würdest?«

»Schau«, sagte Bucklette, »es ist ja nicht so, daß ihr die einzigen wärt, die ein Recht hätten, sich aufzuregen – *wenn* es etwas gäbe, worüber man sich aufregen könnte. Die Vierte Frage impliziert jedoch ein grundsätzliches, gegen jeden gerichtetes Vorurteil.«

»Sie impliziert ein Vorurteil gegen *dich*. Möglicherweise. *Mich* zieht sie nicht einmal in Betracht.«

»Na, um so besser! Die Vierte Frage veranschaulicht in absolut wunderbarer Weise die reversive Reflexion.«

»Die reversive Reflexion?« wiederholte Denmark.

»Die reversive Reflexion?« fragte Joshua.

»Genau. Paßt auf, ich geb euch ein anderes Beispiel. Angenommen, da kommt ein Hund und fragt euch: ›Was ist der beste Weg, um sein linkes Vorderbein zu verlieren?‹«

»Mein Bein?« erwiderte Denmark. »Ich würde sagen, jeder Weg wäre ganz schön furchtbar.«

»Es ist eine idiotische Frage«, fügte Joshua hinzu.

»Genau. Und du beantwortest sie, indem du die Dummheit der ihr zugrunde liegenden Idee anprangerst – wie zum Beispiel der Voreingenommenheit. Das ist reversive Reflexion.«

»Es ist trotzdem idiotisch«, meinte Joshua. »Wie kannst du bloß...«

Und so weiter. Luther schenkte dem Wortwechsel kaum Beachtung, wenngleich das Thema der Diskussion und die unterschwelligen Spannungen, die zwischen den Mischlingen und den Reinrassigen herrschten, ihn beunruhigten. Es war eine lange Woche voller Entdeckungen gewesen, aber so erfreulich auch die Begegnung mit George gewesen war, hatte Luther doch sehr viele Dinge gesehen, die seine Überzeugung, den Himmel gefunden zu haben, allmählich ins Wanken gebracht hatten. Blackjack hatte das gespürt und prompt angefangen, ihn behutsam in Richtung Wirklichkeit zu schubsen.

»Luther...«, sagte er nun.

»Das hier *ist* der Himmel«, erwiderte Luther automatisch. »Moses ist hier, und früher oder später werden wir ihn finden, und dann wird alles gut sein.«

»Es gefällt mir hier«, gestand der Kater. »Die Luft ist sauberer, und ich muß nicht halb so oft hungern wie früher in der Stadt. Reichlich Abfälle, reichlich Wild. Aber wär es denn *so* schrecklich, wenn es nicht genau das wäre, was wir gesucht haben?«

Luther sagte darauf nichts, und Blackjack gab es bald wieder auf... fürs erste jedenfalls.

Um Viertel vor sechs wurde es schlagartig still, alles Denken verstummte. Von zwei Dobermannpinschern geführt, hatte ein alter Englischer Schäferhund den Arts Quad betreten. Luther verkrampfte sich kurzzeitig, als sich ihm die naheliegende Erinnerung an Drakon und Zerberus aufdrängte. Aber diese Dobermänner bewegten sich nicht im Gleichtakt; der eine versuchte, zu laufen und sich gleichzeitig den Sack zu lecken, während der andere bei jeder Hündin, an der er vorbeikam, zu hecheln anfing. Der Schäferhund war sogar noch weniger furchteinflößend. Mit schlaff herabhängender Kinnlade, die Augen hinter einem Zottelvorhang versteckt, folgte er blindlings den Dobermännern und schien absolut nichts von seiner Umgebung wahrzunehmen.

»Nun denn«, sagte der Schäferhund, als sie vor der Statue von Ezra Cornell stehenblieben, »sind wir schon losgegangen?«

»Ja, Sir«, erwiderte einer der Dobermänner. »Wir sind da.«

»In der Tat? Famos!« Er richtete die Schnauze auf ein Gebüsch und hob volltönend an: »Seien Sie mir alle herzlich willkommen! Mein Name –«

Während die Dobermänner sich bemühten, den Schäferhund nach dem Auditorium auszurichten, fragte Luther: »Wer ist denn das?«

Eine Mischlingsdame namens Micki – ziemlich schicke Hündin übrigens – sagte zu ihm: »Das is der Chef. Der Oberkultusmacker.«

»Unser Führer bei der Suche nach höherer Erkenntnis«, fügte Denmark mit einem leicht spöttischen Unterton hinzu.

Die Collie-Hündin schnaubte, und Micki warf ihr einen scharfen Blick zu.

»Haste Schwierigkeiten, Schwester? Können wir was für dich tun?«

Doch Bucklette gab keine Antwort. Kurz darauf begann der Schäferhund seine Ansprache von neuem: »Seien Sie mir alle herzlich willkommen! Mein Name ist Excalibur, Excalibur III., und ich bin Dekan und Direktor dieses Instituts.«

Die Menge jaulte und bellte Beifall. Beziehungsweise die Reinrassigen taten's, mit Ausnahme Edels, des Bernhardiners, der sichtlich versuchte, die Contenance zu wahren, und sich darauf beschränkte, den Dekan respektvoll anzublicken. Auch die Mischlinge schwiegen – mit ausgesprochen vorwurfsvollen Mienen. Indessen erfolgte ganz vorn in der ersten Reihe ein intermittierendes Schwanz- und Ohrengeflatter: Beagle Skippy machte Freudensprünge.

»Bevor wir uns nun dem eigentlichen Gegenstand dieser Veranstaltung, den Fragen, zuwenden«, fuhr Excalibur fort, »scheint es mir angebracht, einige Angehörige unseres Lehrkörpers vorzustellen. Ist es nicht? Doch.« Er machte eine Kehrtwendung und wandte sich an den Sockel von Ezras Standbild. »Sind die, äh, Katzen da?«

»Ja, Sir«, sagte einer der Dobermänner, während er den Dekan wieder richtig herumdrehte. »Sofort.« Er bellte dreimal kurz, und eine siebenköpfige Gruppe von Katzen trat lautlos auf. Sie sahen allesamt ziemlich gelangweilt aus.

»Für diejenigen unter Ihnen«, sagte Excalibur, nachdem der Dobermann ihn angestupst hatte, »die neu an dieser Hochschule sind, werden diese edlen Feliden als offizielle Dolmetscher sowie als Erstsemesterbetreuer fungieren. Sie werden gewiß feststellen, daß sie ganz famose Burschen sind, wenn man sie erst einmal näher kennt.«

Eine der Katzen, ein Siamese, reckte sich und gähnte.

»Was die Hundedozenten angeht – unsere Kynologen, wie wir sie zu nennen pflegen –, so sind wir in der glücklichen Lage, Ihnen für jede der Fragen, deren Beantwortung Sie sich zur Aufgabe machen möchten, zumindest *einen* kompetenten Tutor anzubieten. Na, ich habe mich doch erst neulich mit einem unterhalten, Rotz heißt er, glaube ich...«

»Ruff, Sir«, soufflierte der Dobermann, der sich geleckt hatte.

»Ja, ja, Ruff, natürlich. Famoser Bursche, wirklich. Sie werden mir gewiß recht geben, wenn Sie ihn erst einmal kennen. Nun gut, vielleicht sollten wir jetzt zur Tagesordnung übergehen, wie? Ja? Die Fragen. Ist Kanake anwesend?«

»Bimbo, Sir. Er heißt Bimbo.«

»Ja, ja, Bimbo. Bimbo, treten Sie vor!«

Bimbo war ein Affenpinscher, ein kleiner, dunkelhaariger

Hund mit einer eingedrückten Schnauze, die seinem Namen alle Ehre machte. Bimbo maß an der Schulter knapp zweiundzwanzig Zentimeter und wirkte kaum wie die Sorte Hund, der man ein verantwortungsvolles Amt anvertrauen würde. Nichtsdestoweniger waren seine Haltung und seine Bewegungen würdevoll, als er vortrat, sich neben Excalibur aufstellte, seine Knopfaugen fest auf die Menge richtete und einmal kurz um Aufmerksamkeit kläffte.

»Hört nun zu«, hub Bimbo an. »Vernehmt und erfahrt, was war und sich zutrug...«

Ein Falter wählte diesen Augenblick, um an des Affenpinschers Schnauze vorbeizuflattern. Bimbo schnappte ihn sich, zerkaute ihn kurz und spuckte ihn wieder aus.

»So hört«, wiederholte er, und sein Gedanke war wenigstens zum Teil an die Adresse der sterblichen Überreste des Falters gerichtet. »So hört und lasset euch belehren... Vor langer Zeit, in einer fernen Gegend, an der entlegenen Küste eines wirklich, wirklich schwer zu findenden Landes lebte einstmals ein Hund mit Namen Sapientia Stultitia – oder ›Doppel-S‹, wie er häufig genannt wird. Wir wissen nicht, zu welcher Rasse Doppel-S gehörte, doch es heißt, er sei stark und von reiner Abstammung gewesen...«

Ein Mischling fing an zu knurren. Luther sah, daß es Joshua war.

»... Nun war Doppel-S ein guter Hund, doch wurde er unentwegt von Katzen gepeinigt, welche weder ihm noch sonst einem seiner Rassengenossen Achtung entgegenbrachten. In jenem Zeitalter herrschte nämlich eine erbitterte Feindschaft zwischen Kaniden und Feliden – eine Feindschaft, die alle Schwierigkeiten, mit denen wir heutzutage angeblich zu kämpfen haben, weit in den Schatten stellte –, und die Katzen nutzten das Wissen, das sie sich von den Herren aneigneten, um Mißhandlung und Arglist zu üben...«

Blackjack und die übrigen Katzen lauschten teilnahmslos dem Bericht. Die Sünden ihrer Vorfahren waren für sie von keinerlei Interesse, noch flößten sie ihnen irgendwelche Schuldgefühle ein.

»... Und so begab es sich, daß Doppel-S die Notwendigkeit erkannte, den Hunden eine gewisse Bildung zu vermitteln, eine gewisse Vertrautheit mit fundamentalen philosophischen Wahrheiten, und wenn auch nur, um sie hiedurch ihren Peinigern ebenbürtig zu machen. Wie er selbst sagte: ›Ich wollte ein Lehrsystem schaffen, welches es jedem Hund ermöglichte, sich geistig mit jedem Feliden zu messen.‹ Mit diesem Ziel vor Augen ersann Doppel-S die Fünf Fragen.«

Der Affenpinscher legte eine Kunstpause ein und fuhr dann fort: »Zu diesem Zwecke haben wir uns also heute hier versammelt: um die alljährliche Suche nach den legendären Antworten zu eröffnen – eine Suche, an welcher sich zu beteiligen alle aufs herzlichste eingeladen sind. Und möge jederhund der Tatsache eingedenk sein, daß – wie Doppel-S so weise begriff – die Suche sich als ebenso wertvoll wie (oder gar wertvoller als) das Gesuchte erweisen wird: daß durch das Suchen ebensoviel zu gewinnen ist wie durch das Finden …«

»Fürwahr, fürwahr«, rief Dekan Excalibur, vom Bericht beflügelt, aus. »Wahrlich, wahrlich. Und nun, Bimbo, die Fragen. Die Fragen.«

»Die Fünf Fragen Höchster Weisheit«, sprach Bimbo und betonte bei seiner Aufzählung das jeweils erste Wort mit großem Nachdruck:

»Erste Frage: *Was* ist die wahre Natur des Göttlichen?

Zweite Frage: *Was* ist der Sinn des Lebens?

Dritte Frage: *Was* ist der Sinn der Liebe?

Vierte Frage: *Welche* ist die edelste Hunderasse?

Fünfte Frage: *Was* ist das beste Hundefutter?«

Bimbo trug die Fragen, wie es die Tradition verlangte, ungeachtet etwaiger Publikumsreaktionen ohne Unterbrechung vor. Als er die Vierte Frage aussprach, stimmten die Mischlinge ein Geheul an, dessen Lautstärke leicht über ihre geringe Kopfzahl hinwegtäuschen konnte.

»Rebellion?« schrie der Dekan furchtsam. »Rebellion?«

Edel, der Bernhardiner, betrachtete die Mischlinge mit Wohlwollen, wenn er auch gewünscht hätte, sie würden sich einer etwas leiseren Art bedienen, ihr Mißfallen kundzutun; Sergeant Blutbad und seine Sturmtruppe von Bulldoggen und Boxern machten sich auf Ärger gefaßt; Bucklette, die Collie-Hündin, warf ängstliche Blicke nach den Sicherheitskräften und wünschte sich, sie würden endlich was unternehmen, anstatt nur herumzustehen; die Reaktionen der anderen Reinrassigen reichten von Verlegenheit bis Verdruß. Blackjack bewahrte wie alle anwesenden Katzen eine betont neutrale Haltung, während Luther aus seiner Verblüffung keinen Hehl machte.

»Na, na«, sagte Excalibur zaghaft und versuchte, wenigstens einen Anschein von Ordnung wiederherzustellen. »Wir wollen die Sache doch bitte nüchtern und objektiv betrachten...«

Doch das Geheul wurde nur noch lauter und wütender. In der Sibley Hall, am anderen Ende des Quads, hielt ein sehr verschlafener Hausmeister in der Ausführung seiner ersten morgendlichen Pflichten inne und warf einen besorgten Blick nach einem nahen Fenster, überzeugt, daß ein Ungeheuer sich losgerissen habe und auf dem Arts Quad herumtobe.

XI

Sonntag, 23 Uhr 40.

Das Fencelove-Spezial-Tierforschungslabor befand sich am äußersten östlichen Rand des Campus. An drei Seiten vom Cornell-Naturpark umgeben, war es ein abgeschiedenes und (da der wissenschaftliche oder sonstwie dienstliche Betrieb um diese Uhrzeit meist ruhte) jetzt auch friedliches Fleckchen Erde. Sicher, an inoffiziellen Besuchern litt es auch nachts keinen Mangel: Wenn das Wetter es zuließ, kamen Studenten gern hierher, um sich in den schattichten Hainen des Naturparks der Liebe hinzugeben oder zu zechen und die Sterne zu beschauen. Das Gebäude selbst allerdings schloß in der Regel bei Einbruch der Dunkelheit – jedenfalls bis Mitte des Semesters, wenn kompliziertere Langzeitprojekte in eine Phase traten, die eine ununterbrochene Beobachtung erforderte. Normalerweise hielten sich im Labor nach Sonnenuntergang nur die Versuchstiere auf.

Und heute nacht die Kobolde.

Keine drei Meter von der Stelle entfernt, wo zwei höhere Semester, ihrer akademischen Sorgen vorübergehend entledigt, in der Dunkelheit eifrig Anatomiestudien betrieben, lag ein Modellflugzeug im Unterholz versteckt. Ein Stück weiter war an der Grundmauer des Forschungslabors ein Metallgitter herausgebrochen und ein rund fünfzehn Zentimeter hoher und breiter

Luftschacht freigelegt worden. Der – für jeden auch noch so kleinwüchsigen Menschen absolut unbetretbare – Schacht führte nach zahlreichen Richtungswechseln und Abzweigungen zu einem unterirdischen Lagerraum, in dem eine Lieferung von Versuchstieren ihrer Weiterleitung an verschiedene Institute harrte. In diesem Augenblick begann am anderen Ende des Luftschachts ein zweites Metallgitter unter dem Ansturm zweier winziger Vorschlaghämmer nachzugeben.

»Ja, gaud so!« ließ sich eine Stimme vor einem Hintergrund unterschiedlicher Tierlaute anfeuernd vernehmen. »Ja, Kinnings, nu man tau! Man tau, segg ik!«

Metallecken bogen sich auswärts; das ganze Gitter lockerte sich in seinem Rahmen. Zwei Händepaare ließen ungeduldig zwei Hämmer fallen, und zwei Schultern prallten mit Wucht gegen den Rost. Das Gitter gab vollends nach und fiel, gefolgt von zwei Kobolden, hinunter. Glücklicherweise ging es nur fünfzehn Zentimeter in die Tiefe.

»Scheiße«, sagte Puck und stemmte sich, leicht angeschlagen, hoch.

»Äußerst scharfsinnige Bemerkung«, meinte Hamlet, während er sich seine blauen Flecken rieb. Sie blickten nach oben und sahen Macduff, der am Rand des Schachts stand und über sie den Kopf schüttelte.

»Tscha«, sagte er zu ihnen. »Dat was man'n büschen *tau* tau, nich?«

»Och, ich weiß nicht«, tönte eine vierte Stimme. »Ich find sie irgendwie süß, so ganz durchgerüttelt, wie sie sind.«

Jetzt wurde Saffron Dey neben Macduff sichtbar. Sie trug ein Safarikostüm aus geflochtenen Ahornblättern, das dem Betrachter nur ein Mindestmaß an Vorstellungskraft abverlangte; selbst jetzt, da Spinnweb sie fest von hinten umfangen hielt, sah Saffron einladend genug aus, um Pucks Herz (und nicht nur sein Herz, o nein!) ein letztes Mal sehnsüchtig schwellen zu lassen. An diesen Augenblick sollte er später, nach ihrem Tod, noch oft zurückdenken.

Dann zwickte Spinnweb Saffron in den einen oder anderen Körperteil, um ihre Aufmerksamkeit auf sich zu lenken, und Macduff sagte: »Na, dat will'n wi man laten, nich? Wi heww noch wat vör. Nu giww man ümmer Licht her.«

Jemand weiter hinten im Schacht reichte ein schwach leuchtendes Stück Kristall nach vorn, das an einer kurzen Kette hing. Macduff rieb den Stein, und das Leuchten nahm zu, bis es den ganzen Kellerraum erhellte. Es war ein quadratisches Zimmer mit unverputzten Betonwänden, das man erst kürzlich umgebaut hatte. Die Wände waren mit Regalen bedeckt, auf denen zahllose, mit Schildchen versehene Käfige aufgereiht standen. (Von ihrem Ausstiegsloch aus waren die Kobolde auf einem der obersten Regalbretter gelandet, das teilweise leer war.) Ihnen gegenüber befand sich die einzige Tür – sie war aus Metall und mit drei verschiedenen Schlössern versehen. Gleichsam zur Erklärung für diese Vorsichtsmaßnahmen verkündete ein Schild:

INFOLGE VON IN LETZTER ZEIT DURCH UNBEKANNTE TÄTER
BEGANGENEN AKTEN MUTWILLIGER SACHBESCHÄDIGUNG
SIEHT SICH CORNELLS TIERFORSCHUNGSZENTRUM GEZWUNGEN,
EXTREME SICHERHEITSMASSNAHMEN ZU ERGREIFEN.
JEDES UNBEFUGTE BETRETEN DIESES RAUMES WIRD
OHNE RÜCKSICHT AUF DIE PERSON DES TÄTERS
STRAFRECHTLICH VERFOLGT.

»Unbekannte Täter«, kicherte Macduff in sich hinein und sprang zu Puck und Hamlet auf das Regal hinunter. »Dat sünd *wi*, Kinnings.« Den anderen, die sich noch oben im Schacht aufhielten, rief er zu: »Nu kümmt man herut', Traantüten, kräpelige! Wi heww nich dat ganze Johr Tid!«

Die übrigen Kobolde, alle mit Schwertern bewaffnet und manche zusätzlich mit allerlei Werkzeug ausgestattet, stiegen rasch hinunter: erst Saffron, dann Spinnweb, dann dessen drei Brüder Maus, Mostrich und Mondschein, Macduffs abenteuerlustige Spießgesellen Lennox, Ross, Angus, Caith und Menteith, die Tierführerin Jaquenetta und schließlich ihre Lehrlinge Rosaline, Maria und Catherine.

»Na gaud«, sagte Macduff, als alle Kobolde versammelt waren. »Noch Frogen, bevor wi anfangen?«

Hamlet hob die Hand. »Ich hätte eine. Soweit ich mich erinnere, waren wir die letzten paar Male im Erdgeschoß. Wie wollen wir denn jetzt, wo die alles in den Keller verlegt haben, die Tiere rausschaffen? Durch den Luftschacht?«

»Manniche«, stimmte Macduff zu. »Manniche. Un dann giwwd dat ja noch de Dör, Jung. Du wirs doch woll nich bange sin, up e'm ungesaddelden Karnickel ene S'tiege hoch tau hoppeln, wat?«

»Durch die Tür da drüben? Ja, willst du die Schlösser mit Krachern aufsprengen?«

»Sons' noch wat?« fragte Macduff, der Diskussionen überdrüssig.

»Nur eine Warnung«, meldete sich Jaquenetta zu Wort. »Ich weiß, daß die meisten von euch das schon mal gemacht haben, aber vergeßt nicht: Wenn ihr keine ausgebildeten Tierführer seid, befreit nichts, was größer ist als ihr selbst. Haltet euch an Frösche und kleine Nager.«

»Ja«, nickte Macduff. »Gaud ges'proken, weises Wort. Un nu... man tau!«

Ein Schrei, und die Kobolde machten sich an die Arbeit, verteilten sich in verschiedene Ecken des Zimmers, hangelten sich zu verschiedenen Regalen hinunter. Der erste Käfig, vor dem Puck stehenblieb, enthielt Meerschweinchen, aus deren Ohrmarken hervorging, daß sie für einen Biologie-Anfängerkurs bestimmt waren. Das erinnerte Puck an eines der Hauptargumente, die allgemein gegen solche Befreiungsaktionen vorgebracht wurden: Das typische, in Gefangenschaft geborene Versuchstier, hieß es, würde in der freien Natur unweigerlich binnen kurzem erfrieren oder verhungern. Dagegen ließ sich natürlich einwenden, daß dasselbe Tier noch schneller – und womöglich unter größeren Qualen – sterben würde, wenn man es seinem Schicksal überließ: in einem Hörsaal voll wissensdurstiger Studenten bei lebendigem Leib seziert zu werden.

»Hau ruck!« rief Puck und entriegelte den Käfig mit einem kräftigen Stoß. Er öffnete die Tür, und die Meerschweinchen begannen, anfangs noch schläfrig und lustlos, im Gänsemarsch auf die Regalfläche hinauszutapern. Er streckte die Hand aus und streichelte eines davon, das gerade an ihm vorbeikam, während er auf die primitiv-telepathische Kommunikation schaltete, die jeder Kobold beherrschte. Alles, was er empfing, war ein stumpfsinnig wiederholtes *Mutter-Mutter-Mutter-Mutter*. Meerschweinchen waren nicht gerade für ihre übermäßige Intelligenz berühmt; vielleicht hatten sie ja noch irgendwelche geheimen, tieferen Gedanken – Puck war jedenfalls außerstande, sie aufzufangen.

Caith und Ross standen hüfttief in einem Meer von weißen Mäusen. *Deren* Gedanken hatten, soweit erkennbar, nichts mit Mutter zu tun; die Mäuse dachten vielmehr an Käse, Laufräder und Sex, und zwar ziemlich genau in dieser Reihenfolge. Sie waren so in diese Gedanken versunken, daß einige von ihnen über den Regalrand hinausliefen und hinunterpurzelten.

»So«, sagte Caith, während er versuchte, die Nager von einem kollektiven Kopfsprung abzuhalten, »und wie schaffen wir die Burschen jetzt raus?«

»Durch den Schacht vermutlich«, erwiderte Ross. »Vielleicht kann sich Jaquenetta ja als Rattenfängerin betätigen oder so. Oder wir könnten sie gegen Macduff aufhetzen und ihn vorauslaufen lassen...«

Jaquenetta hatte im Augenblick jedoch anderes zu tun, als zu pfeifen. Sie hatte auf ebener Erde einen Käfig mit Kätzchen gefunden und konnte sich nicht entscheiden, wie sie mit ihnen verfahren sollte. Katzen waren selbst in so zartem Alter außerordentlich gefährlich und unberechenbar. Sie konnten Kobolde sehen, nahmen sie aber aufgrund ihrer durch und durch pragmatischen Veranlagung unweigerlich als etwas anderes wahr: als Nagetiere, als Blätter im Wind, als bloße Schatten – nur nicht als winzige Zauberwesen, deren Existenz jedem gesunden Katzenverstand widersprochen hätte. Aus diesem Grunde konnte kein Kobold hoffen, und mochte er auch der erfahrenste Tierführer sein, ihnen seinen Willen aufzuzwingen. Die Katze würde ihn entweder als Feind oder Beutetier ansehen und angreifen – oder ihn völlig ignorieren.

Diese Kätzchen aber waren, wie die Aufschrift an ihrem Käfig verriet, für neurologische Experimente vorgesehen, und Jaquenetta war sich keineswegs sicher, ob sie sie einem solchen Schicksal überlassen konnte. Während sie das Für und Wider abwägte, fuhren die übrigen Kobolde fort, die weniger gefährlichen Tiere zu befreien. Menteith sprengte mit einem Knallkörper den Riegel eines Glasbehälters und lachte dann herzhaft los, als eine Lawine von Fröschen heraussprudelte und Angus verschüttete.

»Du Arschloch!« zeterte Angus, während er sich aus einem Haufen zappelnder Amphibien kämpfte.

Auf einem der obersten Regale zog Spinnweb eine Mordsschau für Saffron Dey ab. Da sie ohnehin schon ein Auge auf ihn geworfen hatte, war es eigentlich unvermeidlich, daß die Nacht in seinem Sinne (wonach selbiger ihm auch immer stehen mochte) ausklingen würde; indes ging Spinnweb gern auf Nummer sicher. Um sie zu beeindrucken, führte er eine Serie waghalsiger Saltos vor, bei denen er dem Rand des Abgrunds bedenklich nahe kam, dann wieder zurückfederte und Käfigverriegelungen elegant aufkickte.

»Das ist ja echt Wahnsinn, wie du das machst«, flötete Saffron hirnlos dazwischen, »aber warum sparst du dir nicht ein bißchen Kraft für später auf? Wer weiß, du könntest sie ja noch brauchen...«

Sie zwinkerte ihm zu; Lennox, der nah genug bei ihr stand, um ihre Worte mitzubekommen, verzog das Gesicht über diesen völligen Mangel an Feingefühl.

»Yipp-piii!« schrie Spinnweb triumphierend. Trotz des Gedränges von Rennmäusen, die sie hektisch umwuselten, schaffte er noch eine weitere Serie von Saltos. Er wirbelte zurück und zurück und zurück und zurück, bis er vor einem besonders großen Käfig zu stehen kam. Macduff hielt zwar immer noch das Kristall in der Hand, das heller denn je leuchtete, aber er stand weit unter ihnen, und die Insassen des Käfigs blieben im Schatten verborgen. Ohne das Schildchen an der Tür eines Blickes zu würdigen, versetzte Spinnweb, von Saffrons Anblick gebannt, dem Riegel einen schwungvollen Tritt.

»Du«, sagte er. »Du bist die schönst-«

Eine riesige Ratte, eine braune Wanderratte von der Sorte, die gelegentlich Menschenkinder zerfleischt, schoß wie eine behaarte Kanonenkugel aus dem Käfig, schnappte zu und riß Spinnweb, noch bevor er gemerkt hatte, wie ihm geschah, einen Arm ab. Im ersten Augenblick schrie der Kobold nicht einmal, sondern glotzte nur, starr vor Entsetzen, auf den blutigen Stumpf an seiner Schulter.

Dann sah er die Augen, die Zähne der Ratte, und der gewaltigste Schrei seines Lebens, sein Todesschrei, entrang sich seiner Kehle, und er empfing in dieser extremen Notsituation die Gedanken der Ratte klar und deutlich.

Ich Zer, dachte die Ratte. *Zer killt dich.*

»ZER!« kreischte Spinnweb besinnungslos, als die Ratte ihm die Brust aufriß. Auch Saffron kreischte, doch auf den Einfall, das Schwert zu ziehen oder Spinnweb zu Hilfe zu eilen, kam sie nicht – wenngleich ihm ohnehin nicht mehr zu helfen war.

»ZER!« schrie Spinnweb noch ein allerletztes Mal. Angus hob den Kopf, Puck hob den Kopf, alle hoben rechtzeitig den Kopf, um zu sehen, wie Spinnweb vom Regal stürzte. Schon auf halber Höhe war er tot und verschwand, wie es in der Natur der Kobolde liegt: Sein Körper löste sich in Nichts auf, und seine Kleider wurden zu grauen Lumpen, die sachte flatternd hinabschwebten. Sein Nadelschwert schlug mit einem leisen Klingen auf dem Boden auf.

»Herrgott!« krächzte Macduff. »Wat is'nn nu –«

»Nein!« hörte man Saffron von oben schreien. Weitere Ratten schwärmten aus dem Käfig, und zwei von ihnen stürzten sich auf sie. Die eine brach, von drei Nadelbolzen getroffen (Puck, Hamlet und Mostrich hatten jeder eine Armbrust), sofort tot zusammen; die andere aber hielt sich so weit vom Rand des Regals entfernt, daß die Kobolde sie nicht ins Visier bekamen. Irgendwie hörten sie inmitten des Krachs, den die Tiere veranstalteten, das unverkennbare Zischen von Saffrons Klinge, die aus der Scheide fuhr, doch was danach geschah, konnten sie nicht mehr erkennen – sie hatten eigene Probleme.

Ohne sich von der Höhe abschrecken zu lassen, stürzten sich die übrigen Ratten – Zer und acht weitere – vom Regal. Eine starb, von einer Armbrust getroffen, bereits mitten im Flug, zwei landeten unglücklich und konnten sich nicht mehr rühren, aber die restlichen sechs verteilten sich, nach Blut und Freiheit lechzend, im Raum. Zwei von ihnen warfen Mostrich zu Boden, bevor er nachladen konnte; wenige Sekunden später war er tot.

Nachdem Mostrich sich aufgelöst hatte, blieben unten nur noch fünf Kobolde: Jaquenetta, ihre drei Lehrlinge und Angus. Von denen, die noch oben auf den Regalen waren, verfügten nur Puck und Hamlet über Fernkampfwaffen; die anderen machten sich schleunigst an den Abstieg. Lennox verlor in der Eile den Halt, schlug hart auf und brach sich ein Bein. Eine Ratte entdeckte ihn und rückte zum Todesbiß vor.

»Dat denks' du di so, du schietiger Bastard!« rief Lennox aus, zog blitzschnell sein Schwert und spießte die Kreatur im Ansprung auf. Sie zuckte einmal und brach dann tot zusammen. »Wie smakt di dat?«

Damit verlor er die Besinnung. Zwei Frösche hüpften über seinen zusammengesunkenen Körper, quakten vergnügt und schenkten der Schlacht, die um sie tobte, keinerlei Beachtung.

»Da, du Schietkerl!« Macduff landete auf dem Rücken einer Ratte und rammte ihr das Schwert wie einen Speer ins Genick. »Dat is för S'pinnweb!«

»Un dat för Mostrich!« schrie Angus, als er, keine anderthalb Meter von ihm entfernt, mit einem Vorschlaghammer nach einer weiteren Ratte ausholte. Das Tier taumelte benommen zurück, schoß dann wieder vor und riß Angus einen Klumpen Fleisch aus dem Schenkel. Gerade als es ein zweites Mal zubeißen wollte, nahmen es Ross und Caith in die Mitte und erledigten es.

Zwei weitere Ratten gingen auf Jaquenetta los. Ohne zu zögern, öffnete sie den Käfig mit den Katzenjungen. Hilf mir, flehte sie stumm, als das erste Kätzchen – ein schwarzes, kurzhaariges – herauskam. Das Gehirn des Tieres empfing ihren Gedanken und interpretierte ihn als ein plötzliches Hungergefühl; es schob sich am Schatten neben der Käfigtür vorbei und stürzte sich auf die Ratten.

Nicht im geringsten eingeschüchtert, rannten die Nager das Kätzchen über den Haufen und begannen, es zu zerfleischen.

»O Gott«, murmelte Jaquenetta und zog das Schwert. Doch noch ehe sie dem Kätzchen zu Hilfe eilen konnte, schlugen zwei Armbrustbolzen, von oben abgeschossen, in die Ratten ein.

Puck ließ seine Augen aufmerksam über den Fußboden schweifen, und als er im Gewühl von Kobolden und Versuchstieren keine lebende Ratte mehr entdeckte, richtete er seine Aufmerksamkeit auf das Regal, wo Spinnweb sein Leben gelassen hatte.

»Saffron.« Puck hängte sich die Armbrust über den Rücken, zog das Schwert und kraxelte so schnell wie möglich nach oben.

Saffron Dey lag in einer Blutlache. Sie hatte sich nicht aufgelöst, lebte also noch, doch schien der Tod nicht mehr weit zu sein. Die Ratte lag, von ihrem Schwert durchbohrt, neben ihr hingestreckt. Saffron hatte das Tier erlegt, war aber selbst böse zugerichtet worden.

»Jesus und Troilus.« Puck kniete sich neben sie und strich ihr mit der Hand über die Stirn. Er hatte erwartet, sie würde verschwinden, ohne das Bewußtsein wiederzuerlangen, doch unter seiner Berührung öffnete sie die Augen, und plötzlich hatte Puck Angst. Saffron begann, aus übel zerrissener Kehle zu lachen.

Im selben Augenblick kletterte Hamlet, auf der Jagd nach der letzten Ratte, verbissen höher und höher. Zer war ihnen irgendwie entkommen, krabbelte von Regal zu Regal und versuchte offensichtlich, den Lüftungsschacht und damit die Freiheit zu erreichen.

»Saffron?« flüsterte Puck, tief über sie gebeugt. Ihre Augen waren glasig, als sähen sie nicht ihn, sondern Etwas Anderes.

»Noch am Leben«, sagte sie mit diesem entsetzlichen Lachen. »Er ist noch am Leben.«

»Wer denn?«

»Sie haben ihn begraben«, fuhr Saffron fort, ohne ihn zu hören. »Auf dem Knochenacker begraben. Aber sie konnten ihn nicht töten. Verwundet. Mehr haben sie nicht geschafft.«

»Auf dem Knochenacker? Saffron, wovon redest du? Was ist mit dem Knoch-« Das letzte Wort blieb Puck im Hals stecken, als Saffron plötzlich mit einer unglaublichen Kraft nach seinem Arm griff. Sie blickte nicht mehr auf Etwas Anderes, sondern fixierte ihn – und er versuchte, sich von ihrer Hand zu befreien, weil ihn das, was er in ihren Augen sah, mit Grauen erfüllte.

»Die Büchse der Pandora wird sich bald öffnen«, sagte sie zu ihm, ohne loszulassen. »Sie haben ihn eingesperrt, aber er wird herauskommen. *Er wird herauskommen.«* Ihr Griff wurde immer fester und schmerzhafter, bis Puck sicher war, daß sie seinen Arm zerquetschen würde. »Und wenn er erst mal draußen ist, wenn er sich erst mal befreit hat, frißt er euch alle AUF, *alle auf*, ALLE AUF!«

»Jetzt hab ich dich, du Hurensohn«, sagte Hamlet und legte an. Die Ratte befand sich direkt unter der Öffnung des Luftschachts, und Hamlet bekam sie endlich gut ins Visier. Er zielte auf ihr Herz und drückte ab, doch im selben Augenblick bewegte sich die Ratte, und der Bolzen fuhr ihr lediglich in die Flanke. Schon halb im Schacht, zögerte das Tier kurz; dann stieß es sich mit einem letzten Kraftaufwand ab und zog die Hinterbeine nach. Gleich darauf war es verschwunden.

Saffron erstarrte, und ihre Hand griff einen qualvollen Augenblick lang noch fester zu. Dann löste sie sich auf und ließ Puck neben einem Haufen toter Blätter, den Überresten ihrer Kleider, zitternd zurück.

Die Büchse der Pandora wird sich öffnen.

Bald.

In der Ferne läuteten die Turmglocken Mitternacht.

Die Fiebertraum-Taverne bezog ihren Namen aus einem Roman, der von Vampiren am Mississippi handelte, und ihre politische Gesinnung aus einem fernen Ort etwa tausend Meilen links von der Mitte. Als das erzliberalste Territorium im ohnehin schon sehr liberalen Collegetown diente sie den Bohemiern und Blauen Zebras als naheliegende Anlaufstelle bei ihren nächtlichen Streifzügen. Die Musik war oft live, und die Getränke gab's meist zum halben Preis; mehr konnten sie nicht verlangen.

Eines Abends, knapp zwei Wochen nach Semesterbeginn, saß Stephen George im Fieber, nippte gelegentlich an einem meisterlich gemixten Slow Comfortable Screw und war von einer merkwürdigen Hochstimmung erfüllt. An diesem Abend spielten Benny Profane and the V-necks, die sich auf nicht sehr kongeniale Cover-Versionen spezialisiert hatten; mit einer weißen Weste aus Alligatorleder angetan, die seine Bizepse wunderbar zur Geltung brachte, drehte Benny seinen Verstärker voll auf und brachte die kanadische Nationalhymne in drei Viertel der Normalzeit hinter sich. Die Darbietung erhielt stürmischen Applaus.

Links von George befand sich hinter einem offenen Durchgang das Billardzimmer. Hier spielten Prediger und Fantasy Rastamop gegen Ragnarök und Fujiko Pool, derweil ein halbes Dutzend Zuschauer fachmännisch kiebitzte. Fujiko und Ragnarök führten um einen Punkt, doch das Blatt schien sich bald wenden zu wollen, da Fuji mit jedem weiteren Cuba libre etwas mehr von ihren psychomotorischen Fähigkeiten einbüßte. Im Schankraum scharten sich Myoko, Aphrodite (die bohemische Ministerin der Liebe) und Bettelstab (der bohemische Minister der zügellosen Lust) inzwischen um einen Tisch, um Löwenherz dabei zuzuschauen, wie er mit Woodstock eine Runde Advocatus diaboli spielte. Strenggenommen saß auch Z. Z. Top am Tisch, de facto befand er sich jedoch bereits darunter und war daher nicht zu sehen.

»... jetzt nimm doch mal diese SDI-Scheiße«, sagte Woodstock gerade. »Diesen Krieg der Sterne, die Lasersatelliten und der ganze Kram. Das is doch der absolut beschissene Horror.

Diese Vollnull treibt's noch so weit, daß wir allesamt in die Luft fliegen...«

»Vollnull?« fragte Löwenherz unschuldig. An einem Arm trug er eine mit rosa Elefanten geschmückte Stoffbinde – das traditionelle Symbol des Advocatus. »Was für ne Vollnull?«

»Reagan natürlich.«

Löwenherz lächelte. »Diese Vollnull, mein Freund«, gab er zu bedenken, »ist eine öffentlich gewählte Null. Gleich zweimal hintereinander. Und das letztemal hat er – außer in Minnesota, und das ist nicht unbedingt die Stimme der Nation, wenn du verstehst, was ich meine – in allen Staaten die Mehrheit gekriegt. Ein gewisses Quantum an Gehirnsubstanz muß der Mann schon haben, um die ganzen Leute für sich zu gewinnen, glaubst du nicht?«

»Reagan hat kein Hirn«, beharrte Woodstock. »Der Kerl ist senil.«

»Meinst du. Aber was ist mit den Demokraten, hä? Die haben sich ausgerechnet Walter Mondale als Gegenkandidaten ausgesucht. Die werden also auch schon ein bißchen alt im Kopf, ja?«

»Geraldine Ferraro war keine schlechte Entscheidung«, warf Myoko ein.

Löwenherz riß in gespieltem Entsetzen die Augen auf, während er ihr unter dem Tisch heimlich die Hand drückte. »Die kommt doch aus Queens!«

»Was zum Teufel hat das damit zu tun?« fragte Woodstock empört.

»Wenn wir irgendwie die Garantie gehabt hätten«, schlug Aphrodite vor, »daß Mondale direkt nach seinem Wahlsieg tot umgefallen und Gerry dann eingesprungen wäre, dann vielleicht...«

»Reagan wird bestimmt bald verrecken«, weissagte Bettelstab hoffnungsfroh. »Es ist eine Frage von Tagen, bis der Nullfaktor wirkt und er den Arsch ein für allemal zukneift. Das ist ja überhaupt der Grund, warum sie ihn wiedergewählt haben: Er war noch nicht im Amt gestorben.«

Myoko ließ sich das durch den Kopf gehen. »Zählt es auch als Nullfaktor«, fragte sie, »wenn Washington bombardiert wird, bevor Air-Force-Eins ihn da rausholen kann?«

»Das wär der Vollnullfaktor«, erwiderte Bettelstab.

»Damen und Herren«, sagte Woodstock. »Wir wollen uns doch bitte schön bemühen, die Diskussion nicht ins Kindische abgleiten zu lassen.«

Von plötzlichem Durst getrieben, stand Aphrodite in diesem Augenblick auf und steuerte die Theke an. Trotz der Wärme, die im Fiebertraum herrschte, trug sie noch ihren Langmantel (ein vollständig mit roten Klettverschlußapplikationen bedecktes Gewand: Wenn Aphrodite jemanden umarmte, dann hielt das).

»He, Geschichtenerzähler«, sagte sie, während sie auf den Hocker neben George kletterte, und gab bei Marley Rostfrei, dem Barkeeper, eine Bloody Mary in Auftrag.

George lächelte ihr zu. »Lang nicht gesehen. Wie läuft's?«

»Och, mittelmäßig. Bettelstab überschlägt sich heut abend mal wieder, um mich zu verführen.«

»Echt? Und wirst du von seinem Angebot Gebrauch machen?«

»Machst du Witze? Kuck dir doch mal an, was der anhat, George.« Bettelstabs Mantel war aus durchsichtigem, aalglattem Vinyl. »Das gibt keinen Halt«, sagte Aphrodite mit einem Blick auf ihre Klettverschlußarme. »Du glaubst doch wohl nicht, daß ich einem solchen Typen traue?«

»Du könntest ihm ja einen Pulli stricken.«

»Hmm...« Ihr Drink kam, und sie nahm einen tüchtigen Schluck. »Und du?«

»Mir geht's gut«, sagte George; er zappelte mit den Beinen und wippte dauernd auf seinem Hocker. »Ich meine, ich weiß auch nicht, es liegt irgendwie was in der Luft. Ich kann's nicht richtig erklären, aber die letzten paar Wochen hab ich das verdammte Gefühl, als... als müßte was *kommen.*« Er zuckte mit den Schultern. »Weiß auch nicht.«

»Und was hör ich da von einer heimlichen Verehrerin?«

»Was denn, hat der Top die Geschichte mit der Rose ausgetratscht?«

»Ja, aber verpaß ihm jetzt keinen Kinnhaken dafür. Besoffen, wie er ist, würd er momentan eh nix spüren. Hat sie sich schon gemeldet?«

»Ist ja gar nicht gesagt, daß es eine Sie ist. Ach Scheiße, ich weiß noch nicht mal, ob's nicht einfach ein Zufall war.«

»Gibt keinen Zufall«, beruhigte ihn Aphrodite. »Oha«, sagte sie dann, »die Wollust ruft, wenn mich nicht alles täuscht.«

»Hä?« George sah sich um. Benny Profane hatte sich wieder das Mikro gegriffen und grölte gerade eine Punkversion von »Heartbreak Hotel«. Bettelstab stand entmantelt auf der Tanzfläche und forderte Aphrodite winkend zu einer Runde Slamdance heraus.

»Na, vielleicht besteht für den Knaben ja doch noch Hoffnung«, sagte sie. Sie stellte den Rest ihres Drinks vor George auf die Theke. »Sei ein Schatz und trink für mich aus, ja? Wenn wir uns das nächstemal übern Weg laufen, müssen wir Liebesgeschichten austauschen.«

Sie gab ihm einen freundschaftlichen Klaps auf die Schulter und entschwand dann in Richtung Tanzfläche.

George unterhielt sich fünf Minuten lang mit der Bloody Mary; er hatte gerade den letzten Tropfen ausgetrunken, als alles Leben in der Taverne abrupt erstarb. Es war ein seltsamer, nachträglich nur schwer in all seinen Einzelheiten zu vergegenwärtigender Augenblick. So sind wahrhaft magische Ereignisse beschaffen: es sind trunkene, unzusammenhängende Zeitsplitter, die nie als klare Erinnerung überdauern können.

Just ein paar Sekunden vorher war Marley Rostfrei mit einem Stift in der einen und einem ›Ritter der weißen Rosen‹ in der anderen Hand zum Ende der Theke gekommen.

»He, George«, hatte Rostfrei gesagt, »du mußt mir einen Gefallen tun. Ich hab doch so ne Lady, drüben in Dryden, und die will mir einfach nicht glauben –«

Die Eingangstür der Taverne ging lautlos auf, und zwar *der*maßen lautlos, daß jedes andere Geräusch im Schankraum übertönt wurde. Rostfreis Rede verstummte wie abgesägt; Benny Profane stellte sein Gebrüll, er sei so einsam, daß er sterben könnte, schlagartig ein; Woodstock, der gerade eine besonders abschließende Bemerkung hatte loslassen wollen, blieb selbige im Hals stecken. Ähnlich unvermittelt endigte – selbst im Billardzimmer – jede Unterhaltung, und alle Augen, alle Blicke richteten sich auf *einen* Punkt.

Mehr einer Vision als einem Menschen ähnlich, erschien Kalliope in der offenen Tür. Sie war in ein durchscheinendes weißes Gewand gehüllt, das aus einem Traumgespinst hätte gewoben sein können, und eine Brise spielte in ihrem langen Haar und hielt es so, daß es das Licht in vollkommener Weise auffing und wie lebendig aussah. Ihre Lippen waren ganz genauso, wie Lippen sein sollten; ihre Haut schimmerte. In diesem Augenblick hätte das Wort »schön« nicht ausgereicht, um sie zu beschreiben.

»Jesus«, flüsterte Woodstock. »Schaut sie euch an.«

Einzig Löwenherz widerstand der Versuchung; seine Lippen waren fest auf Myokos Mund gepreßt, und er klammerte sich an sie, als ginge es um sein Leben. Die übrigen Männer und Frauen im Fiebertraum ergaben sich kampflos; Marley Rostfrei hatte weiche Knie, und Ragnarök und Fujiko mußten sich auf der Schwelle zum Billardzimmer aneinanderlehnen, um nicht umzukippen.

»George...«, hauchte Rostfrei. Denn die Vision hatte ihrerseits den Blick auf jemanden geheftet. Eine makellos geformte Hand ließ die Klinke los, und die Tür fiel butterweich ins Schloß; dann begann Kalliope, durch den Raum zu gleiten, schlängelte sich an den Tischen vorbei, an denen Statuen von Zechern wie festgefroren saßen und nicht wagten, sie anzurühren. Und als schließlich kein Zweifel mehr daran bestand, daß sie *ihn* meinte, stieg George vom Barhocker, um sie zu empfangen, und begriff endlich, worauf er die ganze Zeit gewartet hatte.

Sie kam näher und näher. George streckte eine Hand nach ihr aus und fragte sich, ob sie ihn jemals erreichen würde, fragte sich, ob sie wirklich oder ein bloßes Phantom war und ihm wie Rauch zwischen den Fingern zerrinnen würde. Doch sie erreichte ihn, Finger aus Fleisch und Knochen umfaßten seine Hand, sie kam noch näher, und als er sich vorbeugte, um sie zu küssen, erschien alles völlig natürlich, völlig normal, ganz wundervoll. Er versank unrettbar in ihrem Zauber, und als ihre Lippen sich berührten und alle Lichter in der Taverne gleichzeitig erloschen, erschien auch das ganz natürlich, als sei es eben nur eine weitere Regieanweisung in einem Drehbuch, das speziell für diesen Augenblick verfaßt worden war.

»Verdammte Kacke!« rief Z. Z. Top, als er plötzlich aus seinem Stupor erwachte und glaubte, erblindet zu sein. »Was zum Teufel geht hier vor?!«

Für George schien sich dieser eine Kuß im Dunkeln über Minuten, Stunden, Tage hinzuziehen: eine unbestimmte Zeit im Paradies. Als Kalliope schließlich den Kopf zurückzog, flüsterte sie ihm drei Worte zu: das Versprechen, daß mehr folgen sollte. Ehe das Licht wieder anging, löste sie sich irgendwie aus seiner Umarmung und verschwand. Auch diesbezüglich rätselte George später, wie es genau passiert war – es war so unvergeßlich und zugleich so schwierig, sich daran zu erinnern; aber vielleicht war sie schlicht in seinen Armen verdunstet, einfach weggeschmolzen. Wenngleich das natürlich unmöglich war.

»Verdammte Kacke!« rief der Top indes noch einmal. *»Verdammte Kacke!«*

I

Einer der bekanntesten Mythen über Cornell und andere liberale Universitäten besagt, daß selbige keine oder nur verschwindend wenige Jungfrauen beherbergen. Natürlich wird bereits eine flüchtige Inaugenscheinnahme – denn eine Jungfrau erkennt ein geübter Betrachter bereits daran, wie sie/er sich die Schnürsenkel bindet – sehr rasch die Irrigkeit dieser Behauptung an den Tag bringen. Ja, selbst schlichtes logisches Nachdenken würde sie hinlänglich widerlegen – warum sollten nämlich Jungfrauen, wenn sie wirklich so selten wären, im Bewußtsein der Öffentlichkeit eine so große Rolle spielen? Trotz der Tatsache jedoch, daß Cornellianer im Ruf stehen, vor Logik schier zu bersten, vergeht keine Nacht, in der nicht wenigstens dreißig Prozent der Studentenschaft mit der Überzeugung zu Bett gehen, alle anderen bumsten, nur sie nicht.

Was nicht bedeuten soll, daß Cornell in Sachen Enthaltsamkeit der Oral Roberts University (Tulsa, Oklahoma) das Wasser reichen könnte. Doch eine Nacht, in der die Mehrheit der Bevölkerung Geschlechtsverkehr hätte, wäre in der Tat eine außergewöhnliche Nacht, während eine, in der dies auf nahezu alle zuträfe, praktisch einem Wunder gleichkäme.

Folgendermaßen aber kommen Wunder zustande: Genau in dem Augenblick, da Georges und Kalliopes Lippen sich im Fiebertraum berührten, stießen unmittelbar nördlich von Ithaca zwei Tanklastzüge auf einer Fernstraße frontal zusammen. Der eine Laster gehörte einem Forschungsinstitut und enthielt knapp fünftausend Liter eines synthetischen menschlichen Pheromons; der andere transportierte eine chemische Substanz, die bei der Herstellung von Damen-Intimsprays verwendet wird. Infolge des Unfalls entwichen Dämpfe von beiden Substanzen und bildeten eine unsichtbare Wolke, die mit dem Wind in südlicher Richtung trieb und überall, wo sie hinkam, zur Lockerung der Moral, Festigung der Erektionen und Versteifung der Brustwarzen führte. Gegen 23 Uhr 30 erreichte die Wolke den North Campus;

bis Mitternacht waren die Kondombestände des Unishops restlos ausverkauft, und wer zu spät kam, mußte improvisieren. In den letzten fünf Minuten vor Ladenschluß gingen Gummihandschuhe weg wie warme Semmeln.

Der Wind blies weiter, und die Wolke zog über den West Campus hinunter nach Ithaca, wo sie weitere Sinnestaumel auslöste. Es war eine Nacht, die die Vorsehung für die Liebe – oder zumindest für einen fröhlichen Fick – ausersehen zu haben schien, und um so betrüblicher ist es, daß keine statistischen Erhebungen angestellt wurden; Masters und Johnson hätten sich die Daten zweifellos einiges kosten lassen. Doch muß es wie eine Ironie des Schicksals anmuten, daß, wenngleich eine detaillierte Schilderung aller Abenteuer dieser Nacht ganze Bände füllen würde, die intensivste Begegnung überhaupt nichts mit der Pheromonwolke zu tun hatte. Den Vogel schoß nämlich diesbezüglich ein Schriftsteller ab, der ganz allein in einem knallgelben Haus in der Stewart Avenue wohnte und in dieser Nacht keinerlei chemischen Unterstützung bedurfte.

Stephen Titus George hatte endlich einen Treffer gelandet.

II

Vor Mitternacht wieder zu Hause, versank George, was wohl niemanden wundern wird, alsbald in fundamentale Betrachtungen über die Wollust und namentlich über die Schwierigkeiten, die mit dem Versuch einhergehen, sie in schriftliche Form zu fassen. Er hatte alle Gedanken an die »Fiebertraum-Frau« so ziemlich aus seinem Bewußtsein verdrängt, da es ihm am vernünftigsten zu sein schien, einfach ihren nächsten Schritt abzuwarten. Während er also Speisekammer und Kühlschrank nach etwas Eßbarem durchwühlte, konzentrierte er sich statt dessen auf die Unzulänglichkeit seiner muttersprachlichen Mittel. Das konkrete Problem, das ihn im Augenblick beschäftigte, war erstmals in der Rohfassung eines unvollendet gebliebenen Romans mit dem Titel ›Venusneid‹ aufgetaucht: das eckige, rotzige, spillerige Wortbalg *ficken*, das kein um Zartgefühl und Eleganz bestrebter Autor guten Gewissens verwenden konnte. (Und der verhüllende Ausdruck »sich lieben« war – durch die Unterstellung einer Empfindung, die nicht immer am gemeinten Vorgang beteiligt war – nicht minder problematisch.) Noch schlimmer wurde die Sache, wenn man schildern wollte, was die zwei Beteiligten im einzelnen miteinander taten, weil man auf eine wahre Sintflut blödsinnigster Bezeichnungen für die einschlägigen Körperteile stieß. »Brüste« klang irgendwie okay, aber alles übrige war entweder von einer abstoßenden Wissenschaftlichkeit – »Penis«, »Klitoris«, »Gesäß« – oder stammte geradewegs aus Brooklyner Taxifahrerschnauzen. Wie »Schwanz«; George hatte nie verstanden, wie ein Schriftsteller das Wort »Schwanz« verwenden konnte, ohne grinsen zu müssen. »Aber es *soll* ja albern klingen, wußtest du das nicht?« hatte Aphrodite ihm einmal erklärt. »Das Ding ist schließlich einer der lächerlichsten Anblicke, die man auf Gottes weiter Erde geboten kriegt.« Alles schön und gut, aber George hätte durchaus einwenden können, daß es für die weiblichen Genitalien etwa sechs Millionen ebenso alberner Euphemismen gab.

»Ja«, sagte George zu sich selbst und zwängte zwei Pufftörtchen in den Toasterschlitz, »schön, aber ich wüßte doch gern, wie sie heißt.«

Es ist natürlich unmöglich, eine schöne Frau zu vergessen, die einen erst kürzlich im Dunkeln geküßt hat; ganz besonders, wenn sie zudem die schönste Frau der Welt ist. Kalliope drängte sich wieder in seine Gedanken; es half alles nichts. Was spielte es andererseits schon für eine Rolle, ob man ernsthaft über Sex schreiben konnte oder nicht? ›Venusneid‹ ruhte unvollendet in irgendeiner Schublade, doch er hatte ja immer noch seine anderen Projekte. Kein Grund also, auch nur einen Gedanken an *Venus* zu verschwenden, und wie zum Teufel hieß sie? George hielt es kaum noch aus vor Neugierde und verwandten Empfindungen.

Er hatte eine Milchtüte aus dem Kühlschrank genommen und sie auf den Tisch gestellt. Eine hübsche große Tüte mit einer grinsenden Kuh auf der Seite. »Ich weiß nicht, was es ist«, sagte George zu der Kuh. »Es ist irgendwie so, als hätte ich im Lotto gewonnen; bloß kann ich mich nicht daran erinnern, einen Tippschein ausgefüllt zu haben, hab mich nie darum gekümmert, ob meine Zahlen stimmen, und ich weiß nicht mal genau, worin der Hauptgewinn eigentlich besteht. Ich weiß nur, daß er unterwegs ist.«

Er holte sich ein Glas und goß es halb voll Milch. Nervös daran nippend, ging er auf und ab, und dann spürte er den Luftzug von nebenan. Er blieb stehen. Durch die Tür konnte er eine Gestalt erkennen, die im dunklen Wohnzimmer vor einem offenen Fenster stand – einem Fenster, das er vor nicht einmal zehn Minuten geschlossen und verriegelt hatte.

George widerstand der starken Versuchung zu fragen, wer da sei; er wußte sehr wohl, wer es war. Hatte er sie nicht erwartet? Sie trat langsam ins Licht und sah so verführerisch aus wie kurz zuvor im Fiebertraum – ja, noch verführerischer sogar, da sie jetzt nichts anderes anhatte als ein komisches Silberpfeifchen, das ihr zwischen den Brüsten hing. Schöne Brüste, schönes Gesicht. Der Rest war auch schön.

Mit einem Klick sprangen die Pufftörtchen aus dem Toaster, um nachzusehen, was los sei. George streckte, ohne seinen Blick von Kalliope zu wenden, den Arm aus, um das Glas auf den Tisch zu stellen. Der stand indes woanders, und das Glas zerschellte, Milch verspritzend, am Boden. George merkte nichts davon.

»Na«, sprach er (es waren dies die letzten Worte aus seinem Mund, bevor seine Zunge anderweitig ihre Tätigkeit aufnahm). »Das ist ja recht interessant.«

Dann strebten sie wieder aufeinander zu, und erneut begann George sich zu fragen, ob sie jemals zusammenkommen würden, und ebenso, ob sie wieder nach dem ersten Kuß verdunsten würde, wie sie es im Fiebertraum getan hatte (denn das war *wirklich* passiert). Schließlich aber fragte er sich, was auf den ersten Kuß folgen würde; *falls* etwas folgen würde.

Sie kamen zusammen.

Kalliope verlor in seinen Armen nicht an Festigkeit.

Was folgte, war ebenso wundersam.

III

Puck wohnte unter den hohen Dachsparren der Barton Hall, in einer Flucht von hängenden Vogelhäuschen, die er und Spinnweb ein paar Jahre zuvor dort angebracht hatten. Eine Falltür von der Größe einer Spielkarte führte in seinen versteckten Hangar auf dem Dach. Dort fand ihn Zephyr, wie er am Rand einer schmalen

Rollbahn im Mondschein saß und unverwandt in Richtung Naturpark starrte. Sie führte das Landemanöver mit der gebotenen Vorsicht durch – abgesehen von der Rollbahn war das Dach gefährlich abschüssig, sein Neigungswinkel schwer abzuschätzen –, und nachdem sie den Gleiter im Hangar sicher untergebracht hatte, ging sie wieder ins Freie und setzte sich neben Puck. Eine ganze Weile sprach keiner ein Wort.

»Es war eine schöne Trauerfeier«, sagte Puck endlich, um das Schweigen zu brechen. »Hobarts Nachruf auf Spinnweb hat mir gut gefallen.«

»Er hat im Lauf seines Lebens viele solche Reden gehalten«, war alles, was Zephyr darauf zu antworten wußte. »Während des Krieges gegen Rasferret starben die Kobolde zu Hunderten.«

»Aber das ist ewig her«, sagte Puck tonlos. Er blickte noch immer in die Ferne. »Er hat's trotzdem nicht verlernt.«

Da Kobolde nach ihrem Tod keinen Leichnam zurücklassen, findet natürlich auch kein Begräbnis statt, sondern lediglich eine feierliche Zusammenkunft der Hinterbliebenen – ohne den offenen oder geschlossenen Sarg, wie man ihn bei menschlichen Beerdigungen kennt. Die Tradition verlangt außerdem, daß jeder einzelne Verblichene – außer in Zeiten allgemeinen Notstands, wie etwa im Krieg, wenn andere Dinge ungeteilte Aufmerksamkeit verlangen – mit einer eigenen Zeremonie bedacht wird. Daher hatten die Feierlichkeiten zum Andenken von Spinnweb, Mostrich und Saffron Dey nicht gleichzeitig, sondern nacheinander stattgefunden, und als man den dritten Verstorbenen gebührend verabschiedet hatte, waren alle Beteiligten mit ihren Nerven völlig am Ende gewesen. Und als Saffrons Bruder Laertes zum Schluß noch eine abfällige Bemerkung über Pucks Beziehung zu ihr gemacht hatte, war es, bevor jemand einschreiten konnte, zu einem Duell gekommen. Jetzt hatte Puck einen Schmiß auf der Wange, wo Laertes' Klinge ihn gestreift hatte; Saffrons Bruder seinerseits würde noch eine Weile humpeln.

»Noch immer sauer auf mich?« fragte jetzt Puck. »Wegen der Sache mit Saffron?«

Zephyr nickte bedauernd. »Ich möcht's nicht sein, besonders nach... nach allem, was passiert ist, aber es ist nun mal so. Was du mir angetan hast, läßt sich nicht ungeschehen machen.«

Auch Puck nickte, noch immer ohne sie anzusehen. »Ich

kann's dir nicht verdenken. Aber warum bist du dann hier? Solltest du nicht diesem George-Heini nachsteigen oder sonstwas?«

»George geht mich nichts mehr an.« Jetzt war es an Zephyr, in die Ferne zu blicken. »Heut nacht ist er anderweitig beschäftigt.«

»Hat endlich ne Menschengeliebte gefunden, wie?«

»Vielleicht. Da ist... etwas Seltsames im Gange. Gesehen hab ich sie allerdings nicht.«

»Woher weißt du's dann?«

»Vom Wind. Der Wind flüstert schon die halbe Nacht die Neuigkeit.« Sie schniefte. »Auch mit dem Wind stimmt was nicht.«

Sie verstummte, und wieder drohte ein längeres Schweigen. Doch Zephyr vergaß nicht, weswegen sie gekommen war, und zwang sich weiterzureden.

»Ich hab mich vorhin mit Hobart unterhalten.«

»Ja? Worüber?«

»Dies und das. Er hat mir eine Geschichte erzählt... hat mir erzählt, was er und Oma Zee einmal taten, als sie den schlimmsten Krach ihres Lebens hatten. Und was sie taten, hat ihre Ehe gerettet.«

Puck nickte. »Erzähl.«

»Angenommen«, sagte Zephyr, »da gäb's zwei Kobolde. Nehmen wir weiter an, der eine von beiden, also sie, wäre über etwas, was der andere getan hat, unheimlich wütend, und gleichzeitig wäre *er* sehr deprimiert, durcheinander und vielleicht sogar selbst ein bißchen wütend. Wär kein besonders romantisches Paar, oder?«

»Nein. Nicht besonders.«

»Es könnte aber ein zweites Paar geben, fast haargenau wie das erste, wirklich identisch, nur, daß sie sich nicht kennen würden.«

Endlich sah er sie an. »Nicht kennen?«

»Fremde. Hätten sich noch nie gesehen. Und die Fremde könnte eines Nachts beschließen, einen Ausflug zu machen, sie könnte, sagen wir mal, in ihren Gleiter steigen und irgendwohin fliegen, wo es schön und einsam ist – wie unten am Fluß, in der Fall-Creek-Schlucht. Wenn jetzt der Fremde zufällig – aber wirklich *rein* zufällig – auch da hinkäme und die beiden sich über den Weg liefen... dann könnte es ja durchaus romantisch werden – glaubst du nicht? Ich meine, wenn sie sich nicht kennen würden, hätte sie überhaupt keinen Grund, sauer zu sein. Und wenn er deprimiert wäre, könnte sie ihn vielleicht etwas aufheitern. Sie könnten sich sogar ineinander verlieben.«

Puck mußte das erst mal verdauen.

»Das könnte funktionieren«, sagte er endlich.

»Ja, aber da ist noch etwas«, fügte Zephyr hinzu. »Diese zwei Fremden ... also, sie müßten es mit der Treue wirklich sehr genau nehmen. Nicht wie die zwei anderen. Wenn einer von beiden anfinge, den anderen zu betrügen, könnte das ganz schlimme Folgen haben.«

»Schlimme Folgen«, wiederholte Puck. »Schön. Aber ich glaub nicht, daß es diesbezüglich irgendwas zu befürchten gibt.«

»Natürlich nicht. Warum auch?«

»Gut.« Puck sah ihr endlich offen ins Gesicht. »Fall-Creek-Schlucht, sagtest du?«

Zephyr schüttelte den Kopf. »*Ich* hab gar nichts gesagt. Aber diese zwei Fremden ...«

»Richtig. Diese zwei Fremden ... sollten sich schleunigst auf den Weg machen.«

Einen Augenblick später trafen beide Vorbereitungen für den Start.

IV

»Also, Luther, was meinst du«, drängte Skippy. »Kommst du mit runter, Hündinnen aufreißen? Hä? Hä?«

»Starke Sache, Luther«, fügte Joshua hinzu. »Möcht's wirklich nicht verpassen.«

Luther hob sein linkes Hinterbein und kratzte sich am Ohr. »Ein andermal vielleicht«, sagte er. »Trotzdem danke für die Einladung.«

Sie standen zu sechst oben am Libe Slope – Luther, Joshua, Skippy, ein Mischling namens Ellison, ein Bullterrier namens Highpoint und ein schwarzer Puli – und blickten hinunter auf den West Campus. Der Puli war ein merkwürdiger Hund mit gedrehten Haarzotteln, die wie dunkle Schnüre aussahen. Sie nannten ihn Rover-der-Ätzer.

»Echt, Mann, ich mein, du solltest mitkomm', Luuthe'«, redete ihm Rover zu. »Lady Babylon is da untn am Waa'tn, Mann. Echt schaa'fe Schweste', die Lady.«

Lady Babylon war die Hündin mit den bei weitem häufigsten Hitzeperioden im Großraum Ithaca. Nachts schweifte sie in Gesellschaft einiger Schwestern aus demselben Wurf zwischen den Wohnheimen des West Campus umher. Gelegentlich war ihr vereinter Hitzeduft so stark, daß er die Kerls in einem Umkreis von anderthalb Kilometer anlockte; heute nacht wehte der Wind in die falsche Richtung, und so konnten die Hunde sie von da oben am Abhang nicht wittern, aber allein das Gerücht reichte aus, um Skippy nahezu um den Verstand zu bringen.

»Klingt schon verlockend...«, gab Luther zu.

»Eh, Mann, weiß'du, was 'Ove' wi'klich denkt, Luuthe'? Eh? Diese' Himmel, Mann, wo du so scha'f d'auf bis' – iich mein, vielleich' findes'du ihn, Mann. Gaanz untn. Lady Babylon, die zeigt di', was de' Himmel is, Mann.«

»*Den* Himmel meine ich nicht, Rover. Und außerdem würde ich mich hinterher kaum besser fühlen, so schnell wie es wieder vorbei wäre.«

»Wirklich?« fragte Highpoint. »Ich hab gehört, daß euresgleichen –«

Er verstummte abrupt, als sich Luther ihm zuwandte; seine Augen waren zu Schlitzen verengt. »*Meinesgleichen?* Was meinst du damit?«

»Gar nichts«, erwiderte der Bullterrier nervös. »Es ist bloß... ich...«

Luther sah sich hilfesuchend nach Joshua und Ellison um, aber sie hatten sich schon, vom zappeligen Skippy angeführt, an den Abstieg gemacht. Highpoint war im Begriff, ihnen zu folgen.

»Wart mal!« schrie Luther. »Wart mal! *Was hast du damit gemeint?*«

»Gar nichts! Überhaupt nichts!«

»Babylon ist keine Terrierdame, klar? Verstehst du? Wenn du sie schwängerst, wird sie lauter Mischlinge werfen! Kapiert? Du bist nicht besser als ich! Kapiert?«

»Ich hab nichts dergleichen gemeint!« protestierte Highpoint ein letztes Mal. Er verstummte und rannte Hals über Kopf den Abhang hinunter.

»Nein«, sagte Luther winselnd. »Nein, das ist doch nicht möglich...«

»Waas?« fragte Rover, der als einziger noch bei ihm geblieben war. »Waas is nich mööglich, Mann?«

»Das hier ist der Himmel«, beharrte Luther, vielleicht zum letztenmal. »Hier kann's keine Krätze-Gedanken geben. Das haben wir alles hinter uns gelassen, als wir Drakon entkamen. Also kann Highpoint nicht *das* gemeint haben... überhaupt nicht, ganz bestimmt nicht...«

Voll ohnmächtigen Zorns knurrte Luther aus tiefster Kehle und fing dann an, nach seinem eigenen Schwanz zu schnappen.

»Luuthe'! Luuthe', bleib cool, Mann, und hö' 'Ove' zu! Soll ich Blackjack holen, Mann? Ja?«

Luther riß sich zusammen und schaffte es, seine Wut zu unterdrücken. An ihre Stelle trat tiefe Enttäuschung.

»Blackjack ist beschäftigt«, sagte er. »Mit Zobel. Könntest du mich nicht einfach in Ruhe lassen, Rover? Geh runter und mach Lady Babylon deine Aufwartung, du und die anderen. Mir geht's gleich wieder besser.«

»Siche', Mann?«

»Ganz sicher. Jetzt geh schon.«

»Okay, alles kla', Luuthe'. Abe' 'Ove' kommt nach Babylon nochma' vo'bei un' kuckt, Mann. Mach's besse', Mann.«

»Werd's versuchen. Zieh schon ab.«

»Bong. Bis dann, Mann.«

Rover setzte sich in Bewegung und lief den Abhang hinunter. Luther wartete, bis er zwischen Lyon und McFaddin Hall verschwunden war, und stellte sich dann der entsetzlichen Erkenntnis, die sich ihm zuletzt nun doch aufdrängte.

Das haben wir alles hinter uns gelassen... zusammen mit Drakon.

Hatten sie wohl auch. Doch was, wenn das Böse, Raaq – gleichgültig, wie sehr Luther dies zu leugnen wünschte –, selbst hier, an diesem Ort, Macht besaß...?

Dieser Gedanke überstieg seine Kräfte. Er hob den Kopf und stimmte ein Geheul an: älteste Sitte seines Geschlechts, den Mond anzuheulen. Wenngleich es natürlich der Himmel war, den man dabei anheulte. Das war auch ganz vernünftig so; wo immer man gerade sein mochte, gab's im Himmel eine Menge Platz –

Platz genug für das lauteste, qualvollste Geheul. Und natürlich war es sehr, sehr wichtig, daß Wut und Schmerz Platz genug hatten, wenn man sie aus sich herausließ.

Andernfalls hätten sie auf einen zurückfallen und einen erstikken können.

V

An einem anderen Ort:

In einem der hohen Schlafzimmer im mittleren Turm der Risley Hall liebten sich Löwenherz und Myoko in höchster Vollendung. Fast alle Zimmer des Wohnheims waren Schauplatz vergleichbarer Bestrebungen. Man sollte informationshalber erwähnen, daß Risley ein Stahlbetonbau war: eine der ersten Konstruktionen dieser Art überhaupt und entsprechend massiv. Dennoch vibrierte das Gebäude in dieser Nacht von der Energie, die in seinen Mauern freigesetzt wurde. Diese kaum merkliche Schwingung übertrug sich auf Grillen und sonstiges Nachtgetier in der ganzen Umgebung und versetzte es in eine Raserei, die sich in einem ohrenbetäubenden Zirpen kundtat.

Es war eine Nacht für Premieren wie für Reprisen. Als der Fiebertraum in den frühen Morgenstunden schloß, gab Aphrodite Bettelstabs Drängen endlich nach, und die beiden vollzogen unter Aufbietung beträchtlicher gymnastischer Fähigkeiten die Liebe in den unteren Ästen eines Ahorns. Der Baum kam knapp mit dem Leben davon.

Blackjack und Zobel paarten sich in einem Knäuel von Klauen und Katzenhaar; Nattie Hollister von der Ithaca-Stadtpolizei schlief mit ihrem Mann und brach anschließend vor Erschöpfung zusammen; oben auf dem Hügel war die ganze Fraternity Row ein einziges Gebumse und Geschiebe. Überall das gleiche, überall anders, und es wurde wirklich spät, bis das letzte bißchen Energie verpufft war und eine Aura des Friedens sich sanft über die Stadt legte.

Doch selbst dann schlief nicht jeder.

George stand nackt am Fenster seines Schlafzimmers und spähte ins Dunkel, ohne sich um etwaige Passanten zu kümmern, die ihn von draußen hätten sehen können. Auf seinen Körper bildete er sich nicht allzuviel ein, und er wäre nie auf den Gedanken gekommen, daß ein Voyeur (oder eine Voyeuse) sich dafür hätte interessieren können. Mal ganz abgesehen davon, daß um diese Uhrzeit nur noch herzlich wenige Spanner auf Achse gewesen sein dürften; der Mond war schon fast untergegangen, bis zum Morgengrauen konnte nicht viel mehr als eine Stunde fehlen, und die meisten spannenswerten Aktivitäten hatten mittlerweile ohnehin aufgehört.

Das Haus war ein einziges Schlachtfeld. George und Kalliopes Liebesnacht – die, schriftlich festgehalten und veröffentlicht, die gesamte Leserschaft des ›Penthouse‹-Forums zu Begeisterungsstürmen hingerissen hätte – hatte nacheinander sämtliche Zimmer der Wohnung in Mitleidenschaft gezogen und eitel Chaos und Verwüstung hinterlassen. Möbel waren verschoben oder umgekippt; das zweisitzige Sofa im Wohnzimmer hatte alle viere von sich gestreckt und war wie ein verrecktes Kamel zusammengebrochen. Das Badezimmer stand unter Wasser, und die Dusche rauschte noch immer, was das Zeug hielt; draußen in der Diele hing ein Spinnennetz aus Klopapier von der Deckenlampe herab. In der Küche brummte der Kühlschrank mit offener Tür vor sich hin, seitdem verschiedene Nahrungsmittel entnommen und allerlei interessanten Verwendungszwecken zugeführt worden waren; ebenso standen alle Küchenschränke sperrangelweit offen, und die Flasche Weizenkeimöl war leer. So ziemlich das einzige unbehelligt gebliebene Inventarstück war Georges Schreibmaschine – ein unbeteiligter Zeuge im Auge des Sturms.

Wie lange? fragte sich George. Wie lange haben wir es gemacht?

Er konnte bestenfalls sagen, daß es sehr lange gedauert hatte – viel länger, als er es eigentlich (selbst bei eitelster Selbstüberschätzung) aus eigenem Vermögen hätte durchhalten können. Es war so, als habe ihm eine unbekannte Macht Beistand geleistet und ihm dadurch ermöglicht, mit Kalliope stundenlang, pausenlos weiterzumachen. Unersättlich, unerschöpflich. Er hatte in ihr geschwelgt, und sie in ihm.

Er sah sie an, wie sie ausgestreckt auf dem Bett lag. Sie schien endlich eingeschlafen zu sein. Und obwohl die Lust der Nacht vorbei war, fand er sie noch genauso schön wie im allerersten Augenblick.

Nein, nicht schön. Vollkommen.

Ja, vollkommen. Und gerade das machte ihm angst. Denn hatte nicht jeder Mensch irgendwo, in einem gar nicht so geheimen Winkel seines Kopfes, eine genaue Vorstellung davon, wie »sein Typ« aussehen sollte? Dieses Ideal wandelte sich natürlich mit der Zeit (vor seiner ersten Begegnung mit einer Grauen Vrouwe war für George das Nonplusultra weiblicher Schönheit eine blasse Rothaarige gewesen) und gab längst keinen so zuverlässigen Maßstab zur Beurteilung eines potentiellen Partners ab wie sein Charakter. Aber gab es auch nur einen Menschen, der sich im stillen nicht beides gewünscht hätte – einen einwandfreien Charakter *und* das vollkommene Aussehen?

Der Mond spendete jetzt kaum noch Licht, doch George konnte Kalliope deutlich sehen. Jede Linie, jede Einzelheit, vom Farbton ihrer Haut bis hin zur Form ihres Mundes, stimmte haargenau. Wer hatte seine Gedanken gelesen?

»Zerbrich dir darüber nicht den Kopf«, riet ihm Kalliope. Durch irgendein Simsalabim lag sie nicht mehr auf dem Bett und schlief, sondern stand hinter ihm und hatte die Arme um ihn geschlungen. »Genieß es einfach.«

George schüttelte den Kopf und stützte sich mit seinem ganzen Gewicht auf die Fensterbank. »Das ist alles nicht wirklich.«

»Was ist nicht wirklich? Ich?« Sie schmiegte sich fest an seinen Rücken. »Jetzt behaupte bloß noch, daß du das nicht spürst.«

Ohne darauf einzugehen, fragte er weiter: »Was ist der Preis?«

»Der Preis?«

»Ich glaube, du weißt, was ich meine.« Er sprach leise, wie man von einer lebenswichtigen Angelegenheit spricht, auf die man keinerlei Einfluß hat. »Du bist zu schön, um wahr zu sein. Wird die Unterhaltung, wenn wir uns wieder angezogen haben werden, genauso vollkommen sein?«

Sie küßte ihn auf den Nacken. »Dafür brauchen wir uns nicht anzuziehen.«

»Wir haben beide die gleichen Bücher gelesen, nicht? Und unser Geschmack ist in jeder Hinsicht identisch – oder so gut wie:

gerade so verschieden, daß wir etwas haben, worüber wir uns unterhalten können. Irgendwie weiß ich, daß es so ist. Ich weiß auch deinen Namen. Aber wann hast du ihn mir gesagt?«

Jetzt spürte er Kalliopes Atem sanft an seinem Ohr. Es fiel schwer, so weiterzureden.

»Sag mir, was der Preis ist!« beharrte George und klammerte sich mit einer solchen Kraft an die Fensterbank, daß seine Fingergelenke knirschten. »Du siehst vollkommen aus, du bist vollkommen, und du bist einfach so aus heiterem Himmel aufgetaucht. Wo bleibt der Haken? Kommt des Pudels Kern in sechs Monaten hereinspaziert und klagt meine Seele ein? Oder was?«

Kalliope lachte. »Du bist schon in mich verliebt, George«, sagte sie sanft und ohne die geringste Spur von Eitelkeit. »Wozu die Neugier? Selbst wenn es dein Leben kosten sollte, könntest du an deinen Gefühlen nichts ändern. Das stimmt doch, oder?«

»Ja«, flüsterte George.

»Und trotzdem willst du mehr wissen.«

»Wird es mein Leben kosten? Ist das der Preis?«

»Vielleicht«, sagte Kalliope ernst. »Oh, du wirst nicht meinetwegen sterben, auch wenn du es dir wahrscheinlich wünschen wirst. Wir werden uns eine Zeitlang lieben, und ich werde dich ein paar Dinge lehren und ein paar andere in Bewegung setzen. Wenn meine Aufgabe erledigt ist, dann gehe ich, ohne Vorwarnung, und dann wirst du dir den Tod wünschen, aber er wird nicht zulassen, daß du stirbst – dann noch nicht!«

»Er?«

»Du bist gefangen, George. Du bist in einer Geschichte gefangen, oder sagen wir: in einem Tagtraum. Ob er gut ausgehen oder als Horrortrip enden wird, hängt einzig und allein von dir ab.«

»Warte mal«, sagte George. »Warte mal: Den Teil versteh ich nicht.«

»Mach dich damit nicht verrückt«, sagte Kalliope und drehte ihn zu sich herum. »Es wird noch mehr als genug Zeit sein, um alles zu verstehen. Die Geschichte dauert noch sehr lange. In gewissem Sinne hat sie noch gar nicht richtig angefangen.«

»Was bist *du* dann?« fragte er. »Der Prolog?«

Kalliope lächelte. »Du bist nah dran, George«, sagte sie. »Sehr nah dran.«

Sie zog ihn ins Zimmer, und gemeinsam ließen sie die Sonne aufgehen.

Zwei Verbindungen

I

An einem strahlenden Morgen knapp zwei Wochen später verließ eine bohemische Abordnung, bestehend aus Löwenherz, Myoko und Z. Z. Top, die Risley Hall in diplomatischer Mission. Es war Sonntag, und die Mitglieder der Gesellschaft für Mediävale Körperverletzung tummelten sich in voller Rüstung auf dem Rasen vor Risley und prügelten mit Holzschwertern und Keulen aufeinander ein; als Löwenherz ins Freie trat, winkte er ihnen zu.

»Schöner Tag heute«, sagte er und entbot damit zugleich dem Himmel seinen Gruß.

»Ideal zum Sterben«, fügte der Top hinzu; keine fünf Meter von ihm entfernt erlag ein Schwertkämpfer gerade dem vereinten Angriff dreier Keulenschwinger. »Ich wette allerdings, daß Myoko ihnen allesamt den Arsch versohlen könnte.«

»Dank dir, mein Lieber«, erwiderte die Graue Herrscherin. Sie hängte sich bei Löwenherz ein, und sie marschierten los.

Das nächstgelegene griechische Verbindungshaus auf der Fraternity Row war natürlich Zeta Psi, direkt gegenüber auf der anderen Straßenseite. Den Rasen der Zetas zierte eine rostige Kanone aus der Zeit des Sezessionskrieges, ein Andenken an frühere Feindseligkeiten zwischen Zeta Psi und Risley. Als die Bohemier zwei Jahre zuvor der Rho Alpha Tau den ewigen Krieg erklärten, war allerdings ein inoffizieller Friedensvertrag zwischen Zeta und Risley ausgehandelt worden.

»Wo gehn wir heut überhaupt hin?« fragte der Top. »Hast du mit der Rattenschaft ein Hühnchen zu rupfen?«

»Mit denen gibt's immer ein Hühnchen zu rupfen«, sagte Löwenherz finster. »Heute haben wir aber was anderes vor. Da ist eine andere Verbindung, die uns als Ehrenmitglieder aufnehmen möchte.«

»Ehrenmitglieder? Verdammt, Lö, Bohemia kann doch nicht griechisch werden!«

»Das war zuerst auch meine Meinung. Aber diese Verbindung ist was Besonderes.«

»Was heißt hier besonderes? Griechisch bleibt griechisch.«

»Es ist die Tolkienia«, sagte Löwenherz.

Z. Z. Top starrte ihn entgeistert an. »Die wollen *uns* als Korpsbrüder?«

»Und Schwestern«, erwiderte Löwenherz und ergriff Myokos Hand. »Freitag abend hab ich unten im New Wave einen ihrer amtierenden Präsidenten kennengelernt – sie haben gleich drei davon. Einen Burschen namens Shen Han. Interessanter Typ; trank gerade einen Tequila Sunset.«

»Sunrise«, verbesserte ihn Myoko.

»Nein, Sunset. Brandy anstelle von Grenadine. Ziemlich abgefahren, fand ich. Hat mir gut gefallen.«

»Aber warum wollen die, daß wir uns mit ihnen zusammentun?« fragte der Top.

»Das eben werden wir herausfinden, Geschmacklosester. Dich hab ich hauptsächlich deswegen mitgenommen, weil ich mir vorstellen könnte, daß es dich irgendwie anmacht. Ist ›Der Herr der Ringe‹ noch immer dein Lieblingsbuch?«

»Hab's erst neulich zum zwölftenmal gelesen. Grad letzte Woche damit fertig geworden.«

»Na prima. Das müßte ja ganz lustig werden.«

Die Tolkienia – so benannt nach J. R. R. Tolkien, von dessen Phantasiewelt sie ihre Inspirationen bezog – war eine der berühmtesten und zugleich am wenigsten bekannten Verbindungen von Cornell. Das Tolkien-Haus lag weitab vom Schuß; Besucher wurden in der Regel nicht zugelassen. Wenn man den Bohemiern angeboten hatte, en bloc beizutreten, so mußte etwas Besonderes dahinterstecken; Löwenherz hatte die eine oder andere Vermutung, was dieses Etwas sein könnte, doch behielt er sie für sich.

Sie gingen bis ans Ende der Thurston Avenue, verließen dann Straße und Bürgersteig und schlugen einen Pfad ein, der auf ein dicht bewaldetes Grundstück führte. Sie hatten das Gefühl, als beträten sie eine andere Welt; die Bäume waren ungewöhnlich hoch und bildeten ein undurchdringliches Laubgewölbe, das den Himmel fast völlig verdeckte. Nicht umsonst galt die Tolkienia als die einzige elbische Griechenschaft.

Urplötzlich standen sie davor. Der Pfad führte etwa vierzig Meter tief in den Wald hinein und mündete dann völlig unvermittelt in eine Lichtung. Das Verbindungshaus tauchte vor ihnen auf wie eine gewaltige steinerne Festung aus einer anderen Zeit. Es war riesig, schien die Lichtung fast zu sprengen; hier und da reichte der Waldrand bis auf anderthalb Meter an die Mauern heran. An beiden Enden des rechteckigen Gebäudes erhob sich ein gedrungener Turm, dessen Name jeweils in einem Steinblock der Grundmauer eingemeißelt war: MINAS ANOR hieß der rechte, MINAS ITHIL der linke.

»Irrsinn«, flüsterte der Top, der es kaum fassen konnte.

»Aber irgendwie komisch«, meinte Myoko, etwas weniger überwältigt. »Es steht nicht ein einziger Wagen vor dem Haus. Ist das überhaupt erlaubt, eine Verbindung ohne Autos?«

Löwenherz lächelte. »Vielleicht haben sie einen Stall.«

Der Haupteingang war ein großes bogenförmiges Tor mit eisenbeschlagenen Eichenholzflügeln. Der Schlußstein trug die Inschrift: TOLKIEN-HAUS. GESCHENK EINER DAME. Und darunter stand zu lesen: *Pedo mellon a minno.*

Myoko wunderte sich wieder. »Beschenken reiche Frauen nicht gewöhnlich Student*innen*verbindungen?«

»Vielleicht hat sie gesponnen«, schlug Löwenherz vor. Er wandte sich an den Top. »Was soll das Pedo-mellon-Zeugs?«

»Es is Elbisch«, erklärte der Top. »Tolkien hat einen Haufen Phantasiesprachen erfunden. Er war so'n Dings, Philologe, und –«

Löwenherz hob eine Hand, um seinem Redefluß Einhalt zu gebieten. »Kannst du das übersetzen?«

»Klar. Es is so was wie 'n Kennwort: Sag ›Freund‹ und tritt ein.«

»Freund«, sagte Löwenherz und streckte die Hand nach einem der schweren eisernen Türklopfer aus. Noch bevor er ihn berührte, ging das Tor nach innen auf und gab den Blick auf einen halbdunklen, mit grauen Steinplatten ausgelegten Korridor frei. Drinnen war niemand zu sehen; das Tor hatte sich anscheinend selbsttätig geöffnet.

»Unsichtbarer Butler«, bemerkte Löwenherz. »Gefällt mir gut.«

Sie traten ein, und es überraschte niemanden besonders, als sich die Türen hinter ihnen von selbst wieder schlossen. Sie befanden sich nun in einem gewölbten Vorraum; auf einem Kleiderständer saß eine ausgestopfte Drossel und starrte sie spöttisch an.

Links davon war eine weitere Tür in die Wand eingelassen, und darüber prangte ein Schild mit der Aufschrift: EINGANGSHALLE UND MICHEL-DELVING-MATHOM-HAUS.

»Mathom-Haus?« fragte Löwenherz.

»Is ne Art Museum«, erklärte Z.Z. Top. »Von Hobbits unterhalten.«

»Hobbits?«

»Kleine Leute mit haarigen Füßen. Starke Esser und Raucher, aber sonst okay.«

Löwenherz nickte und streckte die Hand nach der Klinke aus, doch wieder öffnete sich die Tür, noch ehe er sie berührt hatte. Dahinter war ein gewaltiger Raum. Von innen dröhnte ihnen Shen Hans Stimme entgegen.

»Willkommen in Mittelerde«, sagte er.

II

Die Tolkienia hatte drei Präsidenten: Shen Han, Amos Noldorin und Lucius DeRond. Sie waren in schlichte Gewänder gekleidet und trugen als Symbol ihrer Würde einen Ring mit je einem Edelstein: Shen Han hatte einen Rubin, Noldorin einen weißen Opal und Lucius einen Saphir. Sie erwarteten ihre Gäste am westlichen Ende des Mathom-Hauses, das eigentlich eine ungeheure Halle mit tonnenförmigem Glasdach war. Das einfallende Sonnenlicht spiegelte sich in Dutzenden von Vitrinen, die verschiedene Gegenstände aus Tolkiens Werk enthielten. Alle Exponate waren sorgfältig mit Schildchen versehen, die über das betreffende Objekt und seine Geschichte Auskunft gaben – mit einer Ausnahme: auf einem Sockel genau im Mittelpunkt des Saales befand sich ein fugenloser Glaskasten, in dem eine breite, schimmernde Lanzenspitze lag. Diese Vitrine trug keinerlei Aufschrift.

»Danke, daß ihr gekommen seid«, begrüßte sie Shen Han, indem er ihnen, von den zwei anderen Präsidenten begleitet, gemessen entgegenschritt. Er reichte Löwenherz die Hand und machte die Anwesenden miteinander bekannt. »Ich hoffe, ihr werdet uns nicht eher verlassen, als bis es uns gelungen ist, euch als neue Brüder und Schwestern zu gewinnen.«

»Das müssen wir unbedingt gründlich ausdiskutieren«, erwiderte Löwenherz. Er sah sich bewundernd im Saal um. »Sehr eindrucksvoll.«

»Das ist noch gar nichts«, versicherte ihm Shen Han. »Es gibt noch ganz andere Dinge in diesem Haus, Dinge, die ihr kaum für möglich halten werdet. Später werden wir einen Bruder bitten, mit euch den Großen Rundgang zu machen.«

»Wer hat das alles gebaut?« fragte Myoko, während sie voller Staunen zum Gewölbe emporblickte, das ohne weiteres einer Fregatte als Glasrumpf hätte dienen können.

»Die Dame hat es erbaut«, antwortete Noldorin.

»Die Dame?«

»Das ist der einzige Name, unter dem wir sie kennen«, erklärte Shen Han. »Die Gründerin der Verbindung ist seit jeher anonym. Irgendwie paßt das; die Magie kann ohne Geheimnis nicht leben und wir in gewissem Sinne nicht ohne Magie. Das einzige, was man mit Sicherheit weiß, ist, daß sie Tolkiens Werk liebte, diese Universität schätzte ... und über die nötigen Geldmittel verfügte, um Träume Wirklichkeit werden zu lassen.«

»Wann wurde die Verbindung denn gegründet?« erkundigte sich der Top.

»Der Grundstein zu diesem Haus wurde 1936 gelegt«, antwortete Lucius. »Doch die Ausbauarbeiten zogen sich bis weit in die fünfziger Jahre hin.«

»Das ist nicht möglich«, erklärte der Top kategorisch.

»Ach?«

»Der ›Herr der Ringe‹ ist erst 1955 erschienen, und das war in England ... selbst ›Der kleine Hobbit‹ war erst Ende der dreißiger Jahre auf dem Markt. Wie konnte eure Dame ein Haus nach einer Vorlage bauen, die noch gar nicht existierte?«

Shen Han lächelte bloß. »Wie ich schon sagte: kein Geheimnis, keine Magie. Möchte jemand einen Drink?«

Sonnenlicht blitzte auf Silber, als Noldorin seine Ringhand hob. Irgendwo in der Nähe erklang ein unsichtbares Glockenspiel; unmittelbar darauf kam ein knolliges, knapp vier Fuß großes Männchen angetrippelt.

»Ori ist der Hausbutler«, stellte Shen Han den Kleinen vor. »Er wird eure Wünsche entgegennehmen.«

Ori verneigte sich tief vor den Bohemiern, und Myoko mußte ein Kichern unterdrücken. Das Bürschlein trug eine bunte, spitze Kappe und hatte einen gepflegten Vollbart von unglaublicher Länge.

»Ich werde einen Midori nehmen«, sagte Löwenherz zu ihm. »In einem Schnapsglas.«

»Für mich dasselbe«, sagte Myoko.

»Layman's Mountain Brew«, verlangte der Top, »mit einem Scheibchen Zitrone.«

»Wie ihr wünscht«, sagte Shen Han. »Für uns das übliche, Ori. Und servieren kannst du... nun, wo wollen wir unsere Gäste bewirten?«

»Im Wald«, schlug Noldorin vor.

»Im Wald«, wiederholte Lucius.

»Lothlórien«, erläuterte Shen Han, der Myokos fragenden Blick bemerkt hatte. »Bei Tolkien ist das ein großer Elbenwald.«

»Wo is er?« fragte Z. Z. Top. »Hinterm Haus?«

»O nein«, erwiderte Shen Han. »Das Haus ist zwar von ausgedehnten Waldungen umgeben – natürlich um den Eindruck größerer Abgeschiedenheit zu erwecken. Aber Lothlórien draußen zu haben, wäre unpraktisch; es könnte ja gerade regnen, wenn wir eine Party feiern wollen.«

»Du willst doch wohl nicht damit sagen, daß er *drinnen* ist?«

Wieder lächelte Shen Han. Während Ori davonrannte, um die Getränke zu holen, hob er eine ringgeschmückte Hand und deutete auf eine Tür.

»Da«, sagte er, »geht es zum Fahrstuhl.«

III

Löwenherz hatte im Lauf seines Lebens schon eine ganze Menge Fahrstühle mit jeder nur möglichen Inneneinrichtung gesehen, ein *steinerner* war ihm allerdings noch nie untergekommen. Das Innere der Kabine war mit spiegelblankem schwarzem Obsidian ausgekleidet, und die Tür war eine massive Steinplatte, die sich Gott weiß wie auf- und zuschob. Die Knöpfe für die verschiedenen Etagen waren durchscheinende, völlig echt aussehende Edelsteine. Insgesamt machte das Ganze einen entschieden unfahrstuhlmäßigen Eindruck, was, wie er fand, durchaus zu diesem Ort paßte.

Die steinerne Kiste trug sie abwärts, bis Löwenherz sicher war, daß sie sich tief unter der Erdoberfläche befanden. Wie hier in aller Welt ein Wald sein konnte... doch man würde ja sehen.

»Khazad-dûm – zweite Untergeschoßebene«, verkündete Shen Han, als der Fahrstuhl ohne jede Erschütterung zum Stehen kam und die schwere Steintür aufging. Er nahm eine Öllampe, die draußen griffbereit auf einem Ständer gewartet hatte, und zündete sie an; als sich die Fahrstuhltür hinter ihnen schloß, fanden sie sich auf einer kleinen Insel aus Licht wieder, die von undurchdringlicher Schwärze umgeben war. So weit das Auge reichte, dehnte sich glatter Steinfußboden nach allen Seiten aus: keinerlei Anzeichen von Wänden oder einer Decke. Selbst der Fahrstuhlschacht war nicht mehr als eine quadratische steinerne Säule, die hoch über ihnen im Dunkel verschwand.

»Damit hat die Wirklichkeit endgültig aufgehört«, erklärte der Top, dem seine Sinne den Eindruck eines unermeßlich weiten Raumes vorgaukelten. Ein gewöhnlicher Keller war das jedenfalls nicht.

Wieder bedachte ihn Shen Han mit einem Lächeln. »Das Ende der Wirklichkeit hat gerade erst begonnen. Hier entlang, bitte.«

»Woher weißt du, wo 's langgeht?« fragte Z. Z. Top, als er nur Finsternis vor sich sah. »Solltest du dir nicht was Helleres als die Funzel da besorgen? Wir haben keine Lust, uns zu verlaufen.«

»Wir kennen den Weg«, versicherte ihm Noldorin. »Mehr Licht, weniger Geheimnis.«

»Mmm. Ich verstehe... könnten wir mehr sehen, würde es die Illusion zerstören.«

»Oder euch in Angst und Schrecken versetzen«, meinte Lucius.

Er hatte noch nicht ausgeredet, als Löwenherz erschrocken nach Luft schnappte. Direkt vor ihren Füßen fiel der Boden plötzlich ab, und eine Schlucht schien sich aufzutun; lediglich eine schmale, steinerne Brücke ohne Geländer führte darüber.

»Nich drin«, protestierte der Top, der die Grenze seiner Glaubensbereitschaft erreicht hatte. So weit das Licht der Öllampe in die Tiefen des Abgrunds reichte, war kein Boden zu erkennen, doch er wußte, daß es unmöglich war: man konnte *unmöglich* da unten eine echte Schlucht gegraben haben. »Wie weit geht's da wirklich runter – zwei Meter?«

Seine Frage blieb unbeantwortet. »Paßt auf, daß ihr nicht hinunterfallt«, war alles, was Shen Han sagte, als er sie im Gänsemarsch über die Brücke führte. Einen winzigen Augenblick lang war Z. Z. Top versucht, es darauf ankommen zu lassen und über den Rand zu springen. Es konnte ja nicht wirklich gefährlich sein... doch dann hörte er unter sich ein Geräusch wie von heulenden Winden, und der Mut verließ ihn.

Die Brücke mündete in einen kurzen Gang, der an einer steinernen Tür endete; Shen Han stieß die zwei schweren Flügel mit Noldorins Hilfe auf. Die Bohemier überschritten die Schwelle und sahen, daß sie aus einem bewaldeten Hügel auf eine Lichtung getreten waren.

Es wehte ein leichter Wind, und hoch über ihren Köpfen wölbte sich ein besternter Nachthimmel.

IV

»Eine Kuppel«, sagte Löwenherz, der diese Illusion, so makellos sie in ihrer Wirklichkeitstreue auch war, sofort durchschaute. »Wie das Hayden-Planetarium, nur unterirdisch und größer.« Er wandte sich zu Shen Han. »Wie weit kann ich in dieser Richtung laufen, bevor der Himmel die Erde berührt?«

»Du könntest es ausprobieren«, erwiderte Shen Han. »Aber wozu? Das hier ist ein Paradies, wenn du es nur zuläßt. Wir haben die absolute Kontrolle über die klimatischen Verhältnisse: Wir können es kälter oder wärmer machen, mehr oder weniger Wind erzeugen, wir können Nebel brauen, eine Lightshow von Meteorschauern hervorzaubern – ja wir können es sogar regnen lassen, wenn uns mal der Sinn danach stehen sollte.«

»Könnt ihr einen Sonnenaufgang machen?«

»Sternenlicht ist friedlicher.«

»Wie wahr, wie wahr«, warf der Top ein. »Und ein Taghimmel würd nich halb so echt aussehn, nich? Wo sind denn die Projektoren versteckt?«

»Wollt ihr wirklich soviel Zeit mit nutzlosen Fragen vergeuden?«

Löwenherz legte eine Hand auf Z. Z. Tops Schulter. »Nein«,

antwortete er für beide. »Du hast recht, ein bißchen Geheimnis wird uns guttun.«

Shen Han nickte respektvoll und löschte gleichzeitig die Lampe. Hier kam man ohne Licht aus; trotz des nächtlichen Himmels war es in Lothlórien – dank unbekannter und am besten nicht weiter hinterfragter Lichtquellen – hell genug, um die nähere Umgebung deutlich erkennen zu können. Im Wald wuchsen echte Bäume, schöne Bäume mit blaßgrauer Rinde und goldenen Blüten zwischen dunklem Laub; wie sie in diesem seltsamen Zwielicht gedeihen konnten, war ein weiteres Geheimnis.

Die Bohemier wurden kurz herumgeführt. Wie Löwenherz vermutete, war die Kürze ihres Rundgangs wenigstens zum Teil auf die Tatsache zurückzuführen, daß dieses unterirdische Paradies – auch wenn Shen Han sich diesbezüglich auf keine Diskussion einlassen wollte – doch ziemlich begrenzt war; es bot genug Platz, um sich zu entspannen, längere Wanderungen waren jedoch nicht möglich. Die drei Präsidenten führten sie zu ihrer jeweiligen Lieblings-Sehenswürdigkeit: einem Brunnen aus Naturstein, dem ein winziges Bächlein entsprang; einem Riesenpilz, der eher zu Lewis Carroll als zu Tolkien gepaßt hätte; und zu einem magischen Kreis von hellfarbigen Steinen. Die ganze Zeit über lag etwas wie ein ununterbrochener Fast-Gesang in der Luft, als summte irgendwo im Hintergrund ein Chor von unsichtbaren Wesen ein Lied.

Schließlich gelangte die Gruppe auf eine von einer hohen Hecke umgebene Lichtung. Das Bächlein aus dem Felsenbrunnen durchfloß sie, und an seinem Ufer stand auf einem niedrigen Sockel ein wassergefülltes silbernes Becken. Sockel und Becken standen im Mittelpunkt der Lichtung und waren zweifellos als Hauptattraktion gedacht, doch etwas anderes stahl ihnen weitgehend die Schau: eine hohe Gestalt, die jenseits des Baches an der Hecke lehnte.

»Was zum Teufel is das?« platzte der Top heraus.

»Das«, erwiderte Shen Han, und es klang zur Abwechslung ein wenig verlegen, »ist die Gummimaid. Unser Maskottchen, gewissermaßen.«

»Das Ding kommt bei Tolkien vor?« fragte Myoko ungläubig.

»Nich ums Verrecken«, antwortete Z. Z. Top. »Es sei denn, er hat'n Pornoroman geschrieben, von dem keiner was weiß.«

Tatsächlich schien die Gummimaid geradewegs einem schweinischen Roman oder Film entsprungen zu sein und sah überhaupt nicht tolkienesk aus. Sie war eine große blasse Schaufensterpuppe mit dunklem Haar und einer furchterregenden Oberweite, bekleidet mit einer Domina-Korsage aus schwarzem Leder. Ihre Plastikarme waren nach vorne ausgestreckt, und die behandschuhten Hände hielten eine Schale, deren Inhalt die Bohemier von da, wo sie standen, nicht erkennen konnten.

»Wo habt ihr *die* aufgetrieben?« fragte der Top; er sprang über den Bach und näherte sich der Plastikpuppe. »Und vor allem: wozu? Das würd ich wirklich *zu* gern wissen... oder ist das auch wieder eins eurer Geheimnisse?«

»Kein Geheimnis«, antwortete Lucius. »Trotz unserer magischen Aura sind wir letzten Endes doch eine Studentenverbindung und fühlen uns bis zu einem gewissen Grad mit den anderen Bruderschaften solidarisch. Erinnert ihr euch an die Kontroverse, die es letztes Jahr mit einer Gruppe namens MUCK gab?«

»Menschen für die Unterminierung Cornellscher Korporationen«, sagte Myoko. »Ich erinnere mich.«

»Dann«, fuhr Lucius fort, »weißt du vielleicht auch noch, was der wichtigste Punkt auf dem Programm der MUCKer war. Sie vertraten die Ansicht, das Verbindungssystem würde mehr Unheil anrichten als Gutes bewirken. Einer der Hauptvorwürfe, die man den Burschenschaften machte, war, daß sie eine sexistische Gesinnung propagieren...«

»Was durchaus stimmt«, gab Löwenherz zu bedenken. »Aber das tut der Rest der Welt schließlich auch – mehr oder weniger. Niemand ist ohne Fehl.«

»Nicht mal die Bohemier«, meinte Myoko.

»Nich mal die Kennedys«, fügte der Top hinzu und rieb sich die Nase.

»Na, wie dem auch sei«, fuhr Lucius fort, »vielleicht könnt ihr verstehen, daß wir uns da ein bißchen ausgeschlossen fühlten. Sämtliche Verbindungen wurden unterschiedslos in Grund und Boden verdammt, aber im ganzen Tolkien-Haus hat unseres Wissens nie auch nur ein einziges nacktes Pin-up-girl an der Wand gehangen. Also haben wir uns, um das Gesicht zu wahren, dieses Sondermodell anfertigen lassen.«

»Sehr bohemisch von euch.«

»Aber nich sehr tolkienisch«, bemerkte Z. Z. Top und fischte dabei etwas aus der Schale der Gummimaid. Man hörte, wie er eine Verpackung aus Alufolie aufriß, und dann zog er einen feuchtbeschichteten Latexschlauch auseinander, der an einem Ende mit einem grinsenden Gesicht bedruckt war. »›Mr. Happy‹«, las der Top vor, »›der einz'ge Präser weit und breit, der ihr auch zeigt, wie er sich freut.‹ Tolkien hätte euch Burschen *gekreuzigt*!«

Shen Han zuckte mit den Schultern. »Früher oder später werden wir uns von ihr trennen. Einstweilen dient die Gummimaid allerdings als nicht zu verachtender Blickfang und liefert immer wieder Stoff zu interessanten Gesprächen.«

»Der ganze Ort hier ist ein einziger Blickfang«, sagte Löwenherz. »Und jetzt, wo wir Lothlórien gesehen haben, wie wär's wenn ihr uns sagen würdet, was ihr eigentlich von uns wollt?«

»Das haben wir euch doch schon gesagt«, erwiderte Shen Han eine Spur nervös. »Wir möchten euch als Mitglieder aufnehmen...«

»Wenn der Rest auch nur annähernd hält, was der Wald hier verspricht«, entgegnete Löwenherz, »dann kann ich beim besten Willen nicht glauben, daß ihr eine Gruppe wie die Bohemier unbesehen aufnehmen wollt. Nicht ohne irgendwelche Bedingungen jedenfalls.« Er breitete die Arme aus, als wollte er Erde, Bäume und projizierten Himmel umfangen. »Das hier ist einfach zu schön. Wenn ihr die falschen Leute reinlaßt, könnten sie es ruinieren. Was ist also der Haken an der Sache?«

Shen Han dachte einen Augenblick nach und wandte sich dann an Noldorin. »Zeig's ihm«, sagte er.

Noldorin nickte und bestieg den Sockel, auf dem das Silberbecken stand. Dann winkte er den bohemischen König zu sich. Als Löwenherz ins Wasser blickte, sah er, daß der Boden des Gefäßes dunkel war und die Sterne am Himmel widerspiegelte.

»Sieh genau hin«, sagte Noldorin. »Und paß auf, daß du das Wasser nicht berührst.«

Damit ließ er die ringgeschmückte Hand über dem Becken kreisen. Im Wasser verschwanden die Sterne, und an ihre Stelle traten verschiedene Ansichten von Ithaca und dem Campus. Wenngleich Löwenherz wußte, daß es sich auch dabei um irgendeinen technischen Trick handeln mußte, war er doch beeindruckt, denn anders als bei einer gewöhnlichen Diavorführung gingen die Bilder hier ohne Schnitt fließend ineinander über. Nach einiger Zeit erschien im Wasser Risley, und dieses Bild zerfloß dann zu einem wohlbekannten Gesicht. Löwenherz lachte schallend auf; denn es war Fujikos Gesicht, und er hatte plötzlich begriffen, was hinter dem Angebot der Tolkienia steckte.

»Wer von euch ist denn in sie verliebt?« fragte er. Er sah Noldorin an und entdeckte etwas in seinem Gesicht. »Du?«

Noldorin nickte. Sehr langsam. Er bemühte sich, nicht zu erröten, da sich dies für den Präsidenten einer Verbindung kaum geziemt hätte.

»Nu, sie ist ungebunden«, sagte Löwenherz. »Mehr als eine Begegnung zum ersten Kennenlernen kann ich dir allerdings nicht versprechen, und die kannst du auch umsonst haben, wenn du möchtest. Seid ihr sicher, daß ihr euch auf einen so ungünstigen Tauschhandel einlassen wollt?«

»Das sind wir«, erwiderte Noldorin. »Das ist uns die Sache wert.«

»Na gut«, sagte Löwenherz. »Dann sieht es also ganz so aus, als ob Bohemia griechisch h. c. würde – oder was immer ihr sonst seid.«

Noldorin strahlte von einem Ohr zum anderen und streckte Löwenherz die Hand hin. Gleichzeitig veränderte sich das Bild im Becken noch einmal; jetzt zeigte es eine Außenansicht des Tolkien-Hauses, frontal, aber aus einiger Höhe aufgenommen, so daß man weiter über die Baumkronen des umliegenden Waldes hinwegblikken und im Hintergrund gerade noch das Dach einer weiteren Verbindung ausmachen konnte. Man sah nicht viel, aber trotzdem erkannte Löwenherz dieses Dach und erstarrte. Seine gute Laune war von einem Moment zum anderen wie weggewischt.

»Was ist los?« fragte Noldorin besorgt.

Löwenherz sah ihm ernst ins Gesicht. »Ihr habt Nachbarn.«

»Was?«

»Wir haben zwei Nachbarn, deren Grundstück an das unsrige grenzt«, schaltete sich Shen Han ein. »Carl Sagan und die Rho Alpha Tau.«

»Soviel kann ich dir versichern«, sagte der Top. »*Carl* meint er nich.«

»Ihr macht euch Gedanken wegen unseres Verhältnisses zur

Rho Alpha Tau?« fragte Noldorin, an Löwenherz gewandt. »Ist es das?«

»Sagen wir mal so: Es würde mich interessieren, was ihr von ihnen haltet.«

Noldorin zuckte mit den Achseln. »Unser Haus und ihres könnten ruhig ein Stück weiter auseinanderliegen«, sagte er. »Und wenn sich die Erde auftäte und sie verschluckte, würde sich unsere Verzweiflung vermutlich in Grenzen halten.«

»Was genau willst du eigentlich von uns hören?« fragte Shen Han. »Der Ruf der Rattenschaft ist der Schandfleck des ganzen Systems. Niemand hat was für sie übrig.«

»Niemand... außer den Mädels der Tri-Pi«, verbesserte ihn Z.Z. Top. »Is das nich ne beschissene Schande?«

»Es ist tatsächlich eine Schande, aber wir teilen keineswegs die Begeisterung der Tri-Pi«, beharrte Noldorin. »Sollen wir einen Eid darauf leisten?«

Löwenherz starrte lange zu den Sternen empor. Schwieg.

»Manchmal bin ich etwas vorschnell«, sagte er schließlich. »Ich habe doch noch eine Frage, bevor wir den Handel abschließen können. Vielleicht werdet ihr sie als beleidigend empfinden, aber ich muß es einfach wissen... und wenn ihr mich anlügt, werde ich es merken.«

»Nur zu«, ermutigte ihn Noldorin mit einem Kopfnicken.

»Hat hier jemals eine Vergewaltigung stattgefunden?«

»Eine Vergewaltigung?« rief Shen Han aus.

»Ja, eine Vergewaltigung«, wiederholte Löwenherz. »Ihr wißt schon, diese komische Sache, die bisweilen auf Feten in Verbindungshäusern vorkommt. Eine Frau trinkt so viel, daß sie kaum noch weiß, wo's langgeht, und landet schließlich im Bett mit einem Korpsbruder, der ganz genau weiß, wo's langgeht. Vielleicht auch gleich mit einem ganzen Schock Brüder; vielleicht haben sie es sogar von vornherein darauf angelegt. Hab ich mich unmißverständlich ausgedrückt?«

»Wer immer sich bei uns etwas Ähnliches zuschulden kommen ließe«, sagte Noldorin, »würde auf Lebenszeit aus der Tolkienia ausgestoßen werden. Aber so was ist hier noch nie vorgekommen, und wir rechnen auch nicht damit, daß es je vorkommen wird. Unsere Brüder haben es noch nie nötig gehabt, ihre Partnerin betrunken zu machen.«

Während Noldorin sprach, musterte Löwenherz aufmerksam sein Gesicht und nickte schließlich befriedigt; er konnte keinerlei Anzeichen von Unehrlichkeit in seiner Miene entdecken.

»Sag mir eins«, fragte Lucius, der sich schon eine Weile nicht mehr am Gespräch beteiligt hatte, »ist einer deiner Gefolgsfrauen etwas passiert? Etwas, wobei die Rho Alpha Tau die Hand im Spiel hatte?«

»Ja«, sagte der bohemische König leise. »Einer sehr guten Freundin ist etwas passiert.«

Er sah zur Gummimaid hinüber und ließ sich die Sache noch einmal durch den Kopf gehen.

»Würdet ihr mir einen Gefallen tun?« fragte er die Präsidenten. »Könntet ihr das Ding da rausschmeißen, bevor wir unsere erste große gemeinsame Fete feiern? Das versaut die ganze Atmosphäre.«

»Dein Wunsch ist mir Befehl«, versprach Shen Han.

»Werdet ihr euch also mit uns zusammentun?« fragte Noldorin.

Löwenherz nickte. Nach einem Augenblick brachte er ein Lächeln zustande. »Na, wo ist denn euer Butler? Wir könnten es ja genausogut gleich hinter uns bringen und auf unsere gemeinsame Zukunft anstoßen.«

Als hätte er nur aufs Stichwort gewartet, erschien Zwerg Ori mit den Getränken: Midori für Löwenherz und Myoko, Bier mit Zitrone für Z. Z. Top und Tequila Sunsets für die drei Präsidenten. Die Gläser wurden weitergereicht, wortreiche und wohlgesetzte Trinksprüche an den Mann gebracht, und die Freundschaft zwischen den Bohemiern und den Tolkienianern nahm ihren Anfang. Dennoch hörte Löwenherz währenddessen keinen Augenblick auf, an seine Erzfeinde zu denken – an die Ratten der Rho Alpha Tau.

V

Trotz der verunglimpfenden Scherze, zu denen das Kürzel den zahlreichen Gegnern der Rho Alpha Tau von jeher Anlaß gegeben hatte, war der Name dieser Korporation nicht so gedankenlos gewählt, wie es auf den ersten Blick erscheinen mag. Man muß sich nur vergegenwärtigen, daß der griechische Großbuchstabe *Rho* wie ein lateinisches *P* geschrieben wird und die Abkürzung des Namens als PAT gelesen werden kann. Nach dieser Vorbemerkung wird es also niemanden weiter überraschen, daß einer der Gründer der Verbindung ein gewisser *Patrick* Baron war, ein nicht allzu bescheidener Angelsachse, dessen Vater es in der Kohlenindustrie zu einigem Wohlstand gebracht hatte. Der reiche und ultrakonservative Baron wurde der erste Präsident und setzte während seiner Amtszeit die Maßstäbe, die auf Jahrzehnte hinaus den Führungsstil in der Verbindung bestimmen sollten.

Die Rho Alpha Tau wurde in den letzten Tagen der McCarthy-Ära ins Leben gerufen; die Kommunistenhatz war bei den damaligen Korpsbrüdern eine beliebte Freizeitbeschäftigung. Doch erst in den sechziger Jahren, der Zeit der Bürgerrechtsbewegung, erschienen die ersten wirklich dunklen Flecke auf der weißen Weste der Rho Alpha Tau. Das Schimpfwort kam in der zweiten Hälfte des Jahrzehnts in Umlauf, nachdem mehrere Zwischenfälle und namentlich die infame Martin-Luther-King-Party die Verbindung mehr und mehr ins Gerede gebracht hatten. Besagte Party (eine äußerst exklusive Angelegenheit, zu der nur mündliche Einladungen ausgegeben wurden) fand wenige Tage nach Kings Ermordung statt. An die Gäste war die unverbindliche Empfehlung ergangen, Ketten, Radkappen und andere geeignete Requisiten zum Fest mitzubringen; den Höhepunkt des Abends bildete ein Kostümwettbewerb, bei dem Vizepräsident Ted Pulaski als Varieté-Neger mit blutbeflecktem Hemd erschien. Wie sich bald herausstellte, fand dies eine ganze Reihe Korpsbrüder doch zu geschmacklos; im Lauf der folgenden Woche legten sieben von ihnen ihre Mitgliedschaft nieder. Dennoch fand sich keiner der sieben bereit, als Zeuge gegen die Verbindung aufzutreten, und wenngleich die Sache mit der Party bald bekannt wurde, konnte nie etwas nachgewiesen werden.

Im Frühling des darauffolgenden Jahres machte Cornell bundesweit Schlagzeilen, als eine Gruppe militanter schwarzer Studenten anläßlich eines Eltern-Wochenendes die Willard Straight Hall besetzte. Die »Straight-Besetzung von '69« wurde bald Legende, wenngleich sie – wenigstens anfänglich – keinen ernsteren Zwischenfall darstellte als die zahlreichen vergleichbaren Aktionen dieses unruhigen Jahrzehnts.

Die Schwarzen zogen Samstag früh um halb sechs in die Straight ein und setzten die auswärtigen Besucher, die man für das Wochenende dort untergebracht hatte, vor die Tür. Die historische Wende trat um 9 Uhr 30 ein, als ein Kommando von fünfundzwanzig Rho-Alpha-Taulern unter der Führung des neuen PAT-Präsidenten Ted Pulaski durch ein Seitenfenster eindrang und versuchte, das Gebäude zurückzuerobern. Der Angriff scheiterte; Pulaski wurde aus demselben Fenster, durch das er eingestiegen war, wieder hinausgeworfen. Daraufhin verschärfte die Campus-Polizei zwar ihre Sicherheitsvorkehrungen um das Gebäude, doch es kamen bald Gerüchte auf, daß Mitglieder der Rho Alpha und anderer weißer Verbindungen einen zweiten – und diesmal bewaffneten – Überfall planten. Die Drohung wurde nie wahrgemacht, doch die Schwarzen, die sich jetzt (wenn sie es überhaupt je getan hatten) nicht mehr auf die Polizei verlassen wollten, schafften in dieser Nacht Gewehre in die Straight, um sich gegebenenfalls selbst zu verteidigen. Auch wenn der Konflikt schließlich ohne Blutvergießen beigelegt werden konnte, erregten die Schußwaffen doch landesweit die Aufmerksamkeit der Medien und führten dazu, daß die Geschichte zu einem lokalen Mythos wurde. Auch wenn viele nicht mehr genau wußten, was sich damals eigentlich zugetragen hatte, war »die Straight-Besetzung« noch Jahre danach ein stehender Begriff auf dem Campus; ebensowenig geriet die Rolle, welche die Rho Alpha Tau dabei gespielt hatte, je ganz in Vergessenheit.

Die Erinnerung daran war zumindest in den ersten Jahren nach der Besetzung noch höchst lebendig. Als im April 1970 das neu eröffnete Africana Center in Flammen aufging, witterten viele Schwarze sofort Brandstiftung, und einer ging mit seinem Verdacht noch einen Schritt weiter. Ein paar Wochen nach dem Ereignis schlich sich Ray Avriel Stanner (Abschlußklasse '72) in einer mondlosen Nacht, mit einer Leiter und einem Farbeimer bewaffnet, zum Rho-Alpha-Haus und versah das »P« über der Eingangstür still und leise mit einem zweiten Bein. Diese simple Tat sollte – wie seinerzeit der Überfall des Rho-Alpha-Kommandos auf die Straight Hall – den Gang der Geschichte verändern.

Stanner war noch nicht wieder unten, als ihn zwei Korpsbrüder entdeckten. Sie schlugen Alarm; Stanner ließ seinen Eimer fallen und machte sich, von einer wütenden Menge verfolgt, schleunigst aus dem Staub. Ein forscher junger Polizist namens Samuel Doubleday, der im richtigen Augenblick auf der Thurston Avenue auftauchte, rettete ihm das Leben. Doubleday, ein Weißer ohne höhere Schulbildung, war sich zwar nicht so recht klar, was er von Schwarzen halten sollte, eines wußte er allerdings genau: Er hatte es nicht gern, wenn jemand auf seiner Runde gelyncht wurde. Kein Freund von langen Reden, feuerte er so viele Schüsse in die Luft, wie sein Revolver hergab, und überzeugte die erzürnten Brüder davon, ihre Jagd aufzugeben. Stanner wurde später der Sachbeschädigung angeklagt, doch er schloß sein Studium mit Auszeichnung ab, und die Rho Alpha Tau hieß fortan »die Rattenschaft«. Der Spitzname geriet auch späterhin nicht in Vergessenheit, denn die Verbindung erwies sich stets als seiner würdig.

Und so geschah es, daß zwei Jahre vor dem Abschluß des Bündnisses zwischen Tolkienia und Bohemia eine ziemlich angetrunkene Graue Vrouwe namens Pearl mitten in der Nacht auf einer Rho-Alpha-Tau-Party landete. Sie merkte gar nicht, wohin es sie verschlagen hatte; in dieser Nacht war sie bereits in einem Dutzend verschiedener Verbindungshäuser gewesen, wo sie auf ebenso vielen verschiedenen Feten nach einem Sigma-Alpha-Epsilon-Mann namens Jim Richland Ausschau gehalten hatte. Statt dessen geriet sie an Jack Baron, Patrick Barons zweiten Sohn, der sie zur Hausbar führte, ihr mit geübtem Charme drei Spezialdrinks Marke Kamikaze einflößte und sie vollends betrunken machte. Als Pearl am anderen Morgen auf dem rückwärtigen Rasen der Rho Alphas mit einem lähmenden Kater wieder zu sich kam, wußte sie nicht mehr, welche oder wie viele Korpsbrüder in der Nacht bei ihr gewesen waren – doch die wenigen Erinnerungen, die sie noch hatte, waren mehr, als sie ertragen konnte.

Zwei Wochen später verließ Pearl Bohemia und eine Woche darauf die Universität; Jim Richland, der später den Namen Bettelstab annehmen sollte, machte sich auf die Suche nach Jack Baron und handelte sich ein blaues Auge ein; der Rat der Cornellschen Verbindungen versuchte Licht in die Ereignisse auf der Party zu bringen, konnte aber keine Zeugen auftreiben und mußte die Untersuchung einstellen; und Löwenherz, rasend vor Wut über die Hilflosigkeit der Kommission, schwor Jack Baron und der ganzen Rattenschaft ewige Rache.

Zwei Jahre lang hatte der bohemische König auf den Sturz der Verbindung hingearbeitet; dennoch erfolgte er schließlich gänzlich ohne sein Zutun. Am selben Tag, als er im Garten Lothlórien auf Shen Hans, Noldorins und Lucius' Gesundheit anstieß, begann der Untergang der Rho Alpha Tau. Die Weichen dazu stellte nicht Löwenherz, sondern Ragnarök, und ironischerweise geschah dies ausgerechnet auf der Treppe vor der Willard Straight Hall, kurz vor Mitternacht.

I

Der Abend senkte sich über diesen hügeligen Teil der Welt, doch *noch* höheren Orts, in Mr. Sunshines Bibliothek, blieb es so hell und samstagnachmittäglich wie stets. Die Brise duftete noch immer lieblich nach Lorbeer; das Blöken des Hornviehs und die fernen Klänge einer Lyra untermalten weiterhin das Geklapper der Schreibmaschinen.

Der Geschichtenerzähler hatte wieder einmal einen Affen von seinem Platz vertrieben und sich selbst an die Schreibmaschine für ›Fool on the Hill‹ gesetzt. Kalliope und George waren zusammen; sie hatte die Sache fest in der Hand. Jetzt war es an der Zeit, die Geschichte um eine zusätzliche Handlungsebene zu erweitern, eine andere Gestalt deutlicher herauszuarbeiten.

Mr. Sunshine tippte:

STELL RAGNARÖK GEGEN JACK BARON AUF.

Nachdem er das geschrieben hatte, hielt er kurz inne und fügte dann hinzu:

RAGNARÖKS PRÜFUNG IST NICHT GEORGES PRÜFUNG.

Er schüttelte sofort den Kopf ob dieser Redundanz. Selbstredend unterschieden sich ihre Prüfungen voneinander. Kein Grund, viele Worte zu machen – William Strunk, E. B. White und der chinesische Kaiser Shih Huang Ti waren diesbezüglich einer Meinung gewesen.

»Ich werde anscheinend alt«, sagte Mr. Sunshine zum Affen. Das Tier hatte darauf nichts zu erwidern.

Selbstredend unterschieden sich ihre Prüfungen; sie waren ja auch sehr unterschiedliche Charaktere. Doch ebenso wie jedes klassische Heldenepos einen Heiligen braucht, einen durch und durch reinen Kämpen und periodisch naiven romantischen Liebhaber, kommt es doch nicht ohne die andere, zwielichtigere Sorte Held aus: den Schwarzen Ritter.

II

Der EDV-Mann hieß Lenny Chiu und war einschließlich seiner schwarzen Schuhe knapp eins fünfzig groß. Er trug keinen Smoking – Jinsei hatte ihn zu einer weniger förmlichen und etwas bequemeren Kluft überredet –, doch sein Auftreten war königlich, wie das eines Prinzen auf dem Weg zum Hofball. Es war ihm nicht zu verdenken, daß er sich als etwas Besonderes fühlte, denn Jinsei hatte ihn aus einem Meer scheinbar geklonter Maschinenbaustudenten mit identischen stahlgeränderten Brillen, unauffälligen Hemden und programmierbaren Mehrfunktions-Taschenrechnern herausgefischt. Man konnte nicht behaupten, daß sie miteinander gingen; sie gingen nur miteinander aus. Doch wenn Jinsei auch nicht allzu viele Gedanken an eine eventuelle gemeinsame Zukunft verschwendete, Lenny tat es durchaus, und dies verlieh seinem Schritt einen zusätzlichen, optimistischen Schwung.

Jinsei (sie trug einen schlichten blütenweißen Overall, auf dem das Mondlicht schimmerte) hatte nichts anderes im Sinn, als sich zu amüsieren. Bereits ab der ersten Woche, als Ginny Porterhouse sie auf dem Campus herumgeführt und sie unter anderem mit Ragnarök und Prediger bekannt gemacht hatte, war sie in Arbeit schier versunken. Heute abend war ihre erste Gelegenheit, wirklich auszuspannen und sich ein paar schöne Stunden zu gönnen, und sie wollte sie nicht ungenutzt verstreichen lassen. Wie sie so Hand in Hand gingen und der Wind ihr das Haar zerstrubelte, fühlte auch sie sich etwas aus der Menge herausgehoben, hoheitsvoll – wenngleich »Prinzessin« nicht direkt der Titel war, den sie für sich ausgesucht hätte. Hofdame, vielleicht.

Der königliche Ball, den sie und Lenny mit ihrer Anwesenheit zu beehren gedachten, war der halbjährliche Tanzabend der Vereinigten Asiaten und Amerikaner in Cornell (VAAC), der um halb elf begonnen hatte und mittlerweile voll im Gang war. Der Gedächtnissaal der Willard Straight Hall dröhnte. Es spielten die Kung-fu Fighters – eine starke Gruppe, wenn auch nicht mit

Benny Profane zu vergleichen – vor einem begeisterten Publikum aus Chinesen, Japanern, Koreanern, Thailändern und Nahostlern in gebügelten Smokings und langen Baumwollkleidern. Natürlich waren auch die Bohemier mit den Grauen Vrouwen da und bemühten sich um einen möglichst glanzvollen Auftritt. Löwenherz und Myoko beherrschten gelassen die Tanzfläche; Z. Z. Top bewarf die Band mit Toast; Prediger erörterte mit einer taiwanesischen Austauschstudentin die Stellung der Frau in der Dritten Welt und im Bett; Woodstock ließ sich bis an die Kiemen vollaufen und machte sich allseits unbeliebt.

Jinsei und ihr Begleiter stiegen lachend die Treppe vor der Straight hinauf, und in diesem Augenblick flog oben die Eingangstür auf. Ein Scheibchen Musik quetschte sich durch die Öffnung und mit ihr ein Trio von Korpsbrüdern der Rho Alpha Tau: allen voran die Leitratte Jack Baron. An seiner Seite drängte sich Bill Chaney hinaus, der Schatzmeister der Verbindung, und direkt hinter ihm erschien Bobby Shelton, Angriffsspieler beim Big-Red-Footballteam, der gut und gern zweihundertdreißig Pfund auf die Waage brachte. Shelton war mit der Vertilgung eines Apfels befaßt, den er nach einem späten Abendessen aus der Oakenshields-Mensa herausgeschmuggelt hatte; und so sehr war der Footballspieler in seine bescheidene Atzung vertieft, daß er das asiatische Pärchen nur mit einem Blick streifte und nicht weiter beachtete.

Dann jedoch erregte Jinseis Lachen Bobbys Aufmerksamkeit, und fast reflexartig schleuderte er den Apfel – jetzt kaum mehr als ein Butzen – gekonnt aus dem Handgelenk durch die Luft. Das Geschoß traf Lenny Chiu mit beträchtlicher Wucht an der Schläfe und schlug ihm die Brille von der Nase.

Selbst da wäre ein ausgewachsener, ernsthafter Zwischenfall noch zu vermeiden gewesen, hätte sich Lenny für den vernünftigen und unbefriedigenden Weg entschieden, einfach weiterzugehen. Doch Jinseis Anwesenheit verbaute ihm diesen Ausweg, und abgesehen davon war Lenny Chiu weit mutiger, als man es von einem EDV-Freak normalerweise erwartet hätte. Er bückte sich und besiegelte sein Schicksal, indem er statt seiner Brille den Apfelbutzen aufhob und sich, von einem heiligen Zorn erfüllt, dem sein zierlicher Körper unmöglich gerecht werden konnte, gegen Shelton wandte.

»Entschuldige dich«, verlangte er. »Auf der Stelle.«

Bobby Shelton formulierte seine Antwort mit Bedacht.

»Leck mich am Arsch«, sprach er. Sowie den Zusatz: »Schlitzauge.«

Lenny hob den Arm und pfefferte den Butzen zurück. Sein Return war nicht so kräftig, aber genauso gezielt wie der Eröffnungswurf. Der Butzen sauste schnurgerade auf Sheltons Gesicht zu... dann schnellte die rechte Hand des Footballspielers hoch und schnappte ihn, keine fünf Zentimeter vor seiner Nase, im Flug auf. Paß abgefangen.

Und wieder hätte die Sache damit beendet sein können. Als Präsident der Verbindung besaß Jack Baron die unumschränkte Befehlsgewalt über seine Mannen; ein einziges Wort von ihm hätte genügt, um Shelton zurückzupfeifen. Später fragte er sich oft, was ihn davon abgehalten hatte – welcher vorübergehende Anfall geistiger Umnachtung ihn daran gehindert hatte, das Kommando auszusprechen, das Bobby Shelton mühelos wieder an die Leine gelegt hätte. Statt dessen sah er schweigend zu, wie der Footballspieler seine Faust um den Butzen ballte und ihn zu Mus zermalmte. Es war kaum noch Fruchtfleisch daran, aber sein Griff war so kräftig, daß Saft zwischen seinen Fingern hervorspritzte. Lenny Chiu sah das, und ihm sank der Mut.

Lächelnd warf Bobby Shelton einen kurzen Blick auf Jack und vergewisserte sich, daß er freie Hand hatte; der Präsident der Rho Alpha Tau tat nichts, um ihn aufzuhalten. Sheltons Aufmerksamkeit richtete sich wieder auf Lenny.

»Du bist erledigt«, sagte er.

III

»Sagtest du Pool?« brüllte Ragnarök gegen den Lärm an. Die Lead-Gitarristin der Kung-fu Fighters fräste sich gerade durch ein Solo, und der geringe Spielraum, den sie sonstigen Geräuschquellen übrigließ, wurde größtenteils von Z. Z. Top beansprucht, der mit einem Verantwortlichen darüber diskutierte, ob die Mitnahme seines Eselchens auf die Tanzfläche eine Gefährdung der Sicherheit darstelle oder nicht.

»Pool«, bestätigte Bettelstab, nachdem er sich um ein Knäuel von Grauen Vrouwen herumgeschlängelt hatte. Er hielt ein funkelndes Stück Metall empor. »Schlüssel zum Billardzimmer oben. Du siehst 'n bißchen gelangweilt aus. Ich glaub, ein, zwei Runden wären jetzt genau das Richtige.«

»Dollar pro Spiel?«

»Klingt fair.«

»Gebongt«, sagte Ragnarök.

Sie drängten sich zum Ausgang durch. Nach dem Getöse im Gedächtnissaal wirkte die Eingangshalle fast so still wie eine Kirche.

»Jetzt mal ehrlich«, sagte Bettelstab. »Wie kommt's, daß du bei solchen Lustbarkeiten nie tanzst?«

»Ich steh einfach nicht drauf«, erklärte der Schwarze Ritter. Sie bogen nach rechts ab und hatten schon fast die Treppe zum Billardzimmer erreicht, als Ragnarök plötzlich stehenblieb und die Ohren spitzte. Er schob sich die Sonnenbrille in die Stirn und starrte zur Eingangstür am anderen Ende der Halle.

»Was?« sagte Bettelstab.

IV

»Ich glaub, dem geht's nicht gut«, bemerkte Bill Chaney sarkastisch.

Lenny Chiu lag am Boden; zum dritten-, aber unglücklicherweise nicht letztenmal. Obwohl es ihm tatsächlich nicht gutging, sah er gar nicht mal so übel zugerichtet aus; Bobby Shelton hatte sorgfältig darauf geachtet, seine Schläge ausnahmslos unter der Kragen- und über der Gürtellinie zu plazieren, so daß Lennys einzige sichtbare Verletzung in einem Kratzer an seinem Handgelenk bestand, das er sich beim Fallen aufgeschürft hatte. Jinsei beugte sich über ihn, versuchte festzustellen, wie schlecht es ihm tatsächlich ging, und redete ihm gleichzeitig zu, doch endlich liegenzubleiben.

»Hör lieber auf sie«, riet ihm Shelton, als Lenny Jinseis Arm abschüttelte und sich mühsam anschickte, wieder aufzustehen. »Ihr Typen sollt doch so wahnsinnig intelligent sein. Treib's nicht zu weit, sonst werd ich noch richtig sauer.«

Lenny schaffte es, auf die Füße zu kommen, und stürzte sich, wild um sich hauend, auf den Footballspieler. Ein Schwinger durchbrach tatsächlich die Deckung und streifte den Rattenschaftler am Kopf, worauf dieser die Beherrschung verlor und dreimal hart zuschlug. Aus Mund und Nase blutend, klappte der EDV-Mann zusammen – diesmal endgültig.

Jetzt stürmte Jinsei ihrerseits vor und schrie etwas wie: »Aufhören! Aufhören, laß ihn in Ruhe, du –« Chaney fing sie lachend ab und hielt sie mühelos zurück, trotzdem gelang es ihr, sich nach Jack Baron umzudrehen und nochmals »Aufhören!« zu schreien. Endlich kam Jack wenigstens teilweise wieder zur Vernunft. Er erinnerte sich daran, wo sie waren, daß jederzeit ein oder mehrere Tänzer herauskommen konnten, um ein bißchen frische Luft zu schnappen, daß ein Reporter der ›Sun‹ die Sache spitzkriegen und sie (mit der tatkräftigen Unterstützung des Verbindungsrates) zu einem wahren Alptraum aufbauschen konnte. Die ganze Angelegenheit war ihm bereits in einer geradezu absurden Weise aus den Händen geglitten.

»Bobby«, sagte er. Doch Shelton war diesmal nicht in der Laune, augenblicklich zu kuschen.

»Der Hurensohn hat mich erwischt, Jack«, gab er zurück, während er sich die Schläfe rieb und versuchte, das Summen in seinem linken Ohr loszuwerden. Er stieß Lenny unsanft mit dem Fuß an. »Komm schon, du Arschloch. Steh wieder auf. Du schuldest mir noch eine Runde.«

»Bobby!« wiederholte Jack Baron ungeduldig. Und dann überstürzten sich die Ereignisse.

Auch Jacks zweiten Ordnungsruf mißachtend, bückte sich Shelton und packte Lenny am Kragen. Die Bewegung schien seinen Gesundheitszustand negativ zu beeinflussen: Das Summen in seinem Ohr wurde lauter, steigerte sich zu einem Donnern... und jetzt war er auch nicht mehr der einzige, der es hörte. Der Lärm ließ Jack Baron erstarren, ihm das Blut in den Adern gerinnen; Bill Chaney ließ Jinsei los und drehte sich nach der Geräuschquelle um. Das Mädchen ergriff die Gelegenheit, um Lenny erneut zu Hilfe zu eilen, und genau in diesem Augenblick krachte die Eingangstür der Straight auseinander und erbrach einen schwarzgewandeten Dämon auf einem Motorrad. Ragnarök fuhr Chaney über den Haufen, schoß dann über den Treppenabsatz hinaus und landete nach kurzem Flug wieder sicher auf beiden Rädern. Er riß die Maschine herum, bremste ab und brachte sie keine drei Meter vor den verschlossenen Türen des Campus-Supermarkts reifenquietschend zum Stehen.

Shelton richtete sich mit weit aufgerissenen Augen auf. Das Auftauchen dieses neuen Feindes hatte Lenny vollkommen aus seinem Bewußtsein verdrängt. Er taxierte Ragnarök, der schwächer entwickelte Teil seines Gehirns klickte ein paarmal vernehmlich und schloß alle Kontakte. Dann griff er an.

»Auf geht's!« brüllte er, galoppierte die Treppe hinunter und stürmte mit mehr Begeisterung, als er jemals auf dem Spielfeld an den Tag gelegt hatte, wie eine wildgewordene Ochsenherde voran. Mit einer einzigen Bewegung trat Ragnarök den Ständer hinunter und stellte den Motor ab. Vollkommen gelassen, saß er ab und nahm die schwarze Keule aus der Halterung. Sammelte sich. Dann war Bobby Shelton auch schon da: mit flammenden Augen und erhobenen Armen, um den erwarteten Abwärtshieb zu parieren.

»Ab geht's«, flüsterte Ragnarök. Er stieß von unten zu und rammte Shelton die Keule wie einen Sturmbock in den Unterleib. Die Bauchmuskeln des Footballspielers waren steinhart, aber einem Preßlufthammer hält selbst gewachsener Fels nicht stand; er klappte wie ein Taschenmesser zusammen mit einem Geräusch wie ein Luftballon, aus dem die Luft gelassen wird. Ragnarök machte einen Schritt nach vorn und setzte gleichzeitig zu einem weit ausholenden Keulenhieb in Bobbys rechte Kniekehle an. Einmal, zweimal schlug er zu, dann gab das Bein nach und Shelton stürzte mit der vollendeten Anmut eines zusammenbrechenden Gebirges zu Boden.

Jetzt kam Bill Chaney ins Spiel, ein bedeutend leichter zu handhabendes Objekt. Ragnarök blieb völlig reglos stehen und ließ ihn ungehindert zwei Schwinger landen, die allerdings keine erkennbare Wirkung zeitigten. Anschließend war der bohemische Verteidigungsminister an der Reihe; er bediente sich jetzt nicht einmal der Keule, sondern begnügte sich mit einem altmodischen rechten Aufwärtshaken. Chaney brach nicht wie ein einstürzender Berg zusammen; er kippte vielmehr um, wie eine Blechente auf einem Schießstand in Coney Island, einfach so, batsch, weg.

Jack Baron hatte sich nicht von der Stelle gerührt. Er war oben auf dem Treppenabsatz geblieben – wo auch Jinsei stand und Ragnarök vollkommen geschockt ansah – und zwang sich mit aller ihm zu Gebote stehenden Kraft, einen Anschein von Ruhe zu bewahren. Zwei lagen schon flach, und der Präsident der Rho Alpha Tau hatte nicht die Absicht, in ihrem Bunde der Dritte zu sein.

»Warum kommst du nicht rüber, Jack?« rief ihm Ragnarök mit kalter, fast lebloser Stimme zu. »Zeig mir, was du kannst.«

»Nein«, sagte Jack, wobei er sich ein Lächeln abrang. »Ich denk nicht dran. Du wärst ein bißchen zu sehr im Vorteil mit deiner Keule.«

Ragnarök zeigte auf Lenny, der sich blutüberströmt aufgesetzt hatte. »Und um wieviel Pfund war Shelton im Vorteil, Jack? Vierzig? Fünfzig?«

»Na ja, wie dem auch sei, wenn du vorhast, mich totzuknüppeln, bitte. *Ich* werde dir jedenfalls keinen Vorwand dazu liefern.«

Ragnarök kicherte leise. »Mann, du bist gut, Jack, wirklich gut. Mimst noch das Unschuldslamm, wenn dir die Blutwurst an den Fingern klebt. Vielleicht ist das auch der Grund, warum Löwenherz es nie geschafft hat, dir die Sache mit Pearl heimzuzahlen. Die brutale Tour liegt ihm nicht – selbst bei einem brutalen Dreckschwein wie dir. Aber mit mir hast du bisher noch nie so richtig was zu tun gehabt, oder?«

»Ich bin entzückt, endlich zu erfahren, was mir bislang entgangen ist.«

»Oh, du bist nicht entzückt«, sagte Ragnarök ruhig. »Du scheißt dir vor Angst in die Hose. Du mußt deine ganze Kraft aufbieten, um nicht zu schlottern. Und was dich am meisten irritiert, ist, daß du ums Verrecken nicht weißt, was in mir vorgeht.« Er rückte seine Sonnenbrille zurecht. »Die dunklen Gläser haben's dir angetan. Du fragst dich die ganze Zeit, was hinter den gottverdammten Scheißdingern vor sich geht, wie der verdammte Scheißkerl da überhaupt was sehen kann. Vor allen Dingen fragst du dich aber, wo genau ich in diesem Augenblick eigentlich hinschaue. Das macht dich völlig fertig.«

»Und du sagst, *ich* sei gut.«

»Du *bist* gut. Ich hab grad zwei deiner Korpsbrüder flachgelegt, ohne daß es mich ein müdes Arschrunzeln gekostet hätte, und du rechnest dir in deinem Köpfchen aus, daß ich mit dir wahrscheinlich genau dasselbe tun werde, aber trotzdem hast du es bis jetzt geschafft, nicht in Panik zu geraten.«

»So furchterregend bist du ja nun auch wieder nicht.«

Ragnarök wirbelte unvermittelt herum und trat zu. Chaney kippte mit einem Schrei um und hielt sich verzweifelt die Seite, wo der Motorradstiefel ihn getroffen hatte.

»Da ist vielleicht ne Rippe hin«, meinte Ragnarök nachdenklich. Er wandte sich wieder Jack zu. »Bist du sicher, daß du keine Angst hast?«

Der Präsident der Rho Alpha Tau gab keine Antwort, aber seine erzwungene Gelassenheit war sichtlich im Abnehmen begriffen. Nicht weit von ihm gab Jinsei ein seltsam kehliges Geräusch von sich.

»Du solltest Angst haben«, fuhr Ragnarök fort und begann jetzt, während er weitersprach, langsam auf ihn zuzugehen. »Mein Alter hat seine Seele dem Teufel verkauft, wußtest du das? Bestimmt nicht. Hat seine Seele verkauft und von meiner noch ein gutes Stück dazugelegt. Du solltest wirklich Angst haben, Jack, weil ich den Teufel kenne und *weil ich weiß, wo du wohnst.*«

Jacks Augen verengten sich. »Was meinst du damit?«

»Nachts wird's ganz schön dunkel da oben, auf der Fraternity Row«, antwortete Ragnarök. Er stand jetzt am Fuß der Treppe und lächelte wie ein Sargträger. »Klar, da gibt's Straßenlaternen und alles, aber Laternen haben diese saudumme Angewohnheit, kaputtzugehen. Auf einem unbeleuchteten Straßenabschnitt, in einer mondlosen Nacht, wäre ein Weißer in Schwarz so gut wie unsichtbar, wenn er den Kopf unten hält. Du würdest ihn überhaupt nicht kommen sehen. Aber vielleicht käme er ja gar nicht mal deinetwegen. Autos haben auch die Angewohnheit, kaputtzugehen, besonders diese Luxusschlitten, die Verbindungsbubis fahren. Peng, eines Abends will dein Porsche partout nicht anspringen, keinerlei Möglichkeit, deine Freundin abzuholen, also macht sie sich eben zu Fuß auf den Weg zum Verbindungshaus, und jetzt ist *sie* auf dieser dunklen Straße. Mutterseelenallein...«

Seine Stimme klang ruhig und sachlich, die Drohung absolut überzeugend. Jacks Selbstbeherrschung brach vollends auseinander.

»Halt's Maul!« fuhr er Ragnarök an. Er versuchte, seinen Worten durch echte Wut Nachdruck zu verleihen, aber das Entsetzen schnürte ihm die Kehle zu. »Hör auf mit dem Gerede! Wenn Alison jemals etwas zustoßen sollte...«

Ragnarök nickte verständnisvoll. »Das ist schon was anderes, nicht? Wenn es um jemand geht, den du kennst, der dir vielleicht sogar am Herzen liegt, und nicht bloß um ne besoffene Schnepfe bei nem Gruppenfick. Wenn's dir und den Deinigen an den Kragen geht, und nicht bloß einem x-beliebigen, den ein Schrank von einem Schläger zum Spaß auseinandernimmt. Wenn du machtlos bist.«

Er setzte einen Fuß auf die unterste Stufe, und Jack wich zurück, überzeugt, daß ihn Ragnarök jetzt zusammenknüppeln würde. Wenn nicht noch Schlimmeres.

»Bleib mir vom Hals! Komm nicht näher, hier sind Leute, es könnten jeden Augenblick welche rauskommen.«

»Es ist schon seit geraumer Zeit niemand rausgekommen«, bemerkte Ragnarök, während er die nächste Stufe nahm. »Wer weiß, vielleicht finden sie die Band wirklich gut. Oder vielleicht ist da auch jemand drin, der sie umleitet...«

»Und hier draußen?« konterte Jack und wich einen Schritt zurück. »Es ist noch nicht so spät, es kommen andauernd Leute vorbei...«

»Ich weiß. Siehst du sie?«

Jack blickte sich um, und da waren sie tatsächlich: vier bis fünf Neugierige, die beisammenstanden und sie aus sicherer Entfernung beobachteten.

»He!« schrie er, und es hörte sich fast wie ein Kreischen an. »He, steht nicht einfach so rum! Ruft die Polizei! Verfluchte Scheiße, ruft die Polizei!«

»Zwölf vollbesetzte Bullenwagen«, versicherte ihm Ragnarök, »könnten mich nicht davon abhalten, dir den Kiefer zu zertrümmern. Nur eine Frage der Schnelligkeit.«

Jinseis leise, aber eindringliche Stimme: »Nein. Nicht.«

Jack drehte sich nach der Schwingtür um, doch es war schon zu spät, um sich mit einem Kopfsprung in Sicherheit zu bringen. Ragnarök hatte ihm den Weg abgeschnitten und ihn gegen die Mauer gedrängt. Die Keule kam langsam höher, näher, das dikkere Ende berührte Jacks Adamsapfel, drückte immer fester. Nagelte ihn an die Wand.

»Die große Überraschung«, sagte Ragnarök, »ist, daß ich dir kein Härchen krümmen werde. Ich will nur deine Jacke.«

»Meine was?« Gequetscht; er hatte Probleme mit der Atmung.

»Ein Tausch. Stolz um Stolz. Deine Clubjacke gegen seine blauen Flecke.«

Wieder flehte Jinsei, jetzt ganz nah bei Ragnarök: »Lenny ist verletzt. Das nützt ihm auch nichts.«

Ragnarök ließ nicht locker. »Deine Jacke. Sofort.«

»In Ordnung!« kapitulierte Jack. »In Ordnung, schön, da hast du sie!« Und er strampelte sich ab, um den Rho-Alpha-Tau-Blazer auszuziehen. Ragnarök zog die Keule zurück, die ihn dabei behinderte.

»Gut«, sagte der Bohemier, als der Blazer schließlich vor seinen Füßen lag.

Nach erfolgter Schur gewann Jack Baron etwas von seiner Großmäuligkeit zurück. »Und? Willst du mich jetzt nicht zwingen, um Verzeihung zu bitten? Im Staub zu kriechen?«

»Lohnt die Mühe nicht. Aber sobald du wieder zu Hause bist und anfängst, dir in allen Einzelheiten auszumalen, wie du es mir heimzahlen wirst, ruf dir ins Gedächtnis zurück, wie du dich noch vor ein paar Minuten gefühlt hast. Das kannst du noch mal haben. Ein Grund findet sich immer.«

Ragnarök trat einen Schritt zurück, um Jack, der es plötzlich eilig hatte, durchzulassen, und streckte im letzten Augenblick ein Bein aus. Der Rattenhäuptling stolperte, stürzte und purzelte die Treppe hinunter, wobei er sich unterwegs einen Ärmel seines Seidenhemdes zerriß und den Ellbogen aufschlug.

»Du Bastard«, flüsterte er und rappelte sich wieder auf.

»Ganz recht«, erwiderte Ragnarök. »Jetzt sammel deine Leute ein und verpiß dich.«

Folgsam stemmte Jack Shelton wieder in die Senkrechte und half Chaney aufzustehen. Jetzt, da die Action vorbei war, verliefen sich die Zuschauer und gingen ihrer Wege, aber Ragnarök wandte kein Auge von den Rattenschaftlern – weder als Jinsei eine Hand auf seinen Arm legte, noch als Z. Z. Top endlich herauskam, um nachzusehen, was eigentlich los war. Der Verteidigungsminister, der Schwarze Ritter von Bohemia, hütete in seinem Herzen eine Flamme makellosen, reinsten Hasses auf das Trio, das den Rückzug antrat. Am allermeisten aber haßte er sich selbst.

Schlafreden

I

Aurora Borealis Smith lag in ihrem Hochsicherheits-Einzelzimmer in der Balch Hall (die als eines der letzten noch existierenden reinen Mädchenwohnheime den Spitznamen »das Kloster« trug) und träumte. Es war eine erfreuliche Vision, kein bißchen alptraumhaft; sie war eine Dryade im verwunschenen Wald aus Stephen Georges Buch. Sie tanzte unter Eichen und Ahornbäumen, flog auf unsichtbaren Schwingen höher als die höchsten Wipfel, sah die Sonne über einem langgestreckten Teich sinken, der eine gewisse Ähnlichkeit mit dem Beebe Lake hatte... und einen richtigen Bilderbuchritter in funkelnder Rüstung, der am anderen Ufer stand und einen Drachen in der Abendbrise steigen ließ.

»Warum gehst du nicht einfach rüber und stellst dich ihm vor?« flüsterte ihr Walter Smith zu, der im Traum eine Weide war. »Er macht doch einen ganz aufgeschlossenen Eindruck. Nicht so stur wie gewisse andere Leute.«

»Ach, Papa...« Aurora drehte sich im Schlaf um und stieß dabei, ohne es zu merken, gegen ihren Nachttisch. Ein geöffnetes Kuvert fiel zu Boden und mit ihm die gefaltete Karte, die sich darin befunden hatte. Die Karte schimmerte silbern und trug auf der Außenseite die Aufschrift:

Eine Einladung...

Die zwei Worte waren in einer merkwürdigen, schwungvoll fließenden Schrift geschrieben, ebenso die Fortsetzung auf der Innenseite:

Die Dame vom Tolkien-Haus
Lädt Dich zu
Einem Halloween-Gelage ein
Halloween-Nacht, zehn Uhr
Komm wie Du willst
Oder als Dein Lieblings-Elb

*****

Keine Antwort erforderlich;
Bring jemanden mit
Jedem Gast wird ein Zauber versprochen

Darunter war eine weiße Rose geprägt.

Aurora hatte früher am Abend Brian die Einladung gezeigt und mit ihm darüber diskutiert. Seine Reaktion war überwiegend negativ gewesen, und er hatte sie daran erinnert, daß die Cornellschen Christler mit ziemlicher Wahrscheinlichkeit einen eigenen Halloween-Abend planten.

»Außerdem habe ich ernste Zweifel, ob eine Verbindungsfete das richtige für uns wäre«, hatte Brian zu ihr gesagt.

»Wir haben viele Freunde, die Verbindungen angehören«, protestierte Aurora. »Und überhaupt soll die Tolkienia etwas Besonderes sein. Hast du noch nie davon gehört?«

»Ich glaub nicht. Aber ›Die *Dame* vom Tolkien-Haus‹? Bist du sicher, daß das nicht bloß ein Scherz ist? Es ist ja auch ein bißchen früh, um Halloween-Einladungen zu verschicken.«

»Ich glaube nicht, daß es ein Scherz ist«, sagte Aurora, während sie sich die Karte noch mal genau ansah. »Findest du nicht, daß sie viel zu hübsch und aufwendig für einen Jux ist?«

»Aber wer sollte die geschickt haben? Wir kennen doch überhaupt niemanden in der Tolkienia, oder?«

Und so war es fast eine halbe Stunde lang hin und her gegangen. Schließlich hatte Brian die Diskussion mit dem erneuten Hinweis abgebrochen, daß es bis Halloween noch ziemlich lang hin sei; sie würden noch genug Zeit haben, sich endgültig zu entscheiden. Nun wußte Aurora aus eigener Erfahrung, was es damit auf sich hatte: Bis es soweit war, würde Brian bereits anderweitige Pläne für sie beide gemacht haben. Diesmal aber (hatte sie sich fest vorgenommen) sollte es nach ihrem Willen gehen, gleichgültig, was er sagen würde.

Jedem Gast wird ein Zauber versprochen ...

In ihrem Traum ging jetzt die Sonne unter – verschwand hinter einem einsamen Hügel am Horizont. Der Ritter begann, den Drachen einzuholen.

»Ja, Frolleinchen«, äußerte Walter die Weide, »so'n Bursche

könnte durchaus was von Geben-und-Nehmen gehört haben. Wozu sich über Kleinigkeiten in die Haare kriegen?«

»Aber wer ist das?« fragte Aurora.

»Warum fragst du ihn nicht einfach? Vielleicht wartet er bloß darauf, daß jemand kommt und ihn fragt.«

»Ach, Papa...«, wiederholte Aurora. Aber noch während sie sprach, begann sie, höher und höher zu steigen, schwang sich auf eine Luftströmung und sauste über den Teich hinweg, um den Ritter einzuholen.

II

Hobart war allein im Glockenturm und trank. Er war zum Senkschacht hinuntergestiegen, in dem sich früher die Gewichte befunden und das Uhrwerk – ehe es an einen Elektromotor angeschlossen worden war – in Gang gehalten hatten. Jetzt saß er auf einem Sims, ließ die Beine über dem schwarzen Abgrund baumeln (ein Sicherungsseil sollte ihn davor bewahren, im Vollrausch abzustürzen) und nahm immer wieder einen tiefen Zug aus einem Fingerhut-Humpen. Der Trank war eine Spezialmischung aus Alkohol, Haschischöl und vielerlei Zauberkräutern; in reichlichen Mengen genossen, verursachte er Visionen – oftmals von verlorenen Freunden oder geliebten Wesen. Hobart hielt sich für zu alt, um regelmäßig solchen künstlichen Phantasien zu frönen, aber alle Jubeljahre einmal ließ er Alter Alter sein und gönnte sich das Vergnügen.

Schon bald, nachdem er den Humpen geleert hatte, sank ihm der Kopf auf die Brust. Sein Schnarchen übertönte das Geräusch des Fingerhutes, der seinen Händen entglitten war und zweimal an der Wand des Schachtes schrappte, ehe er weit unten klirrend aufschlug. Hobart schwebte voll freudiger Erwartung ins Reich der Träume hinüber: Er erwartete, seine Frau Zee wiederzusehen (sie war vor knapp fünf Jahren tödlich verunglückt) – oder vielleicht auch die durch die Macht des Zaubertranks auf Koboldgröße geschrumpfte Jenny McGraw.

Diesmal aber war, zumindest anfänglich, überhaupt nichts zu sehen – nur Finsternis und die körperlose Stimme seiner Enkelin Zephyr, die fragte: *Was ist so schlimm am Knochenacker? Was ist dort?*

Dann seine eigene Stimme, die antwortete: *Alpträume. Alte Alpträume.*

Dann das Geräusch von Regen, Donner, ein tobendes Gewitter, das ein kaum hörbares Gemurmel fast übertönte. Weitere Stimmen, diesmal aus einer fernen Vergangenheit.

Ratten! Ich sehe Ratten, da drüben hinter den Steinen!

Die Armbrüste nachladen! Mercutio, und ihr da, laßt die Kiste runter!

Hobart...! Hobart, Vorsicht, die Versiegelung ist gesprungen!

»Nein«, flüsterte Hobart. Jetzt nahm eine Landschaft langsam Gestalt an. Er stand auf dem Knochenacker, rücklings an einen Grabstein gelehnt. Es war dunkel, es regnete, aber trotzdem konnte er den zweiten Stein zu seiner Linken klar und deutlich erkennen: eine schlichte, weiße, quadratische Marmorplatte, auf der ein einziges Wort eingemeißelt war:

PANDORA

»Fürchte, ich hab schlechte Nachrichten für dich«, sagte eine längst verblichene, aber in Hobarts Gedächtnis noch höchst lebendige Gestalt aus seiner Jugend und trat aus dem Dunkel hervor. »Und eine Warnung.«

»Julius«, sagte Hobart, als er ihn wiedererkannte. Dann schüttelte er den Kopf. »Nein. Du kannst unmöglich hier sein, Julius.«

»Warum nicht?« fragte die Gestalt. »Bin ich vielleicht nicht tot? Seit mehr als einem Jahrhundert, länger sogar als diese Jenny McGraw. Es hätte dich doch nicht überrascht, *sie* zu sehen, oder?«

»Nicht hier«, beharrte Hobart. »Ich will mit dir nicht an diesem Ort reden.«

»An diesem Ort... Du möchtest den Knochenacker am liebsten vergessen, nicht wahr? Schön. Bloß, daß du's nicht kannst, noch nicht. Vielleicht nie.«

»Der Krieg ist vorbei, Julius. Seit langem schon. Hier gibt's nichts, was mich etwas anginge.«

»Mit mir ist es auch vorbei«, erwiderte Julius. »Seit langem schon. Aber ein bißchen Zaubertrank, und wumm!, bin ich wieder da, wenn auch nur in deinem Kopf. Zauberei kann eine Menge Dinge wiederbringen, Hobart. Insbesondere, wenn sie überhaupt nicht weg waren.«

Kopfschüttelnd: »Nein. Nein.«

»Wir haben ihn nicht getötet, Hobart.«

»*Nein*, Julius.«

»Wir haben ihn unter die Erde gebracht, du, ich und die anderen, aber wirklich getötet haben wir ihn nicht.«

»Die *Kiste*, Julius«, zischte Hobart. »Keine Luft. Keine Nahrung. Kein Wasser. Nach hundert Jahren –«

»Mehr als hundert Jahre, Hobart. Aber die Vergangenheit läßt sich nicht immer so leicht begraben. Er hatte noch ziemlich viel Kraft, als wir ihn in der Grube versenkten.« Julius grinste so, daß es Hobart eiskalt überlief. »Wer könnte das besser wissen als ich?«

»Er kann *unmöglich* noch am Leben sein. Ich weigere mich, das –«

»Und warum verbietest du dann deiner Enkelin, hierherzukommen, hm? Hast du Angst, eine böse Erinnerung könnte sie überfallen?«

»Es gibt hier Ratten...«

»Klar. Aber nicht sie sind es, vor denen du dich fürchtest, Hobart, und das weißt du auch ganz genau.«

Hobart öffnete den Mund, um zu protestieren, als der Boden unter seinen Füßen bebte und ein Donner ertönte, als habe irgend etwas von unten in die Erde eingeschlagen. Sein Herz flatterte, seine Hand griff nach dem Schwert. Er drehte sich um und sah, daß die quadratische Steinplatte nicht mehr ganz eben lag, das Erdreich darunter sich etwas emporgewölbt hatte.

»Er wird herauskommen«, fuhr Julius fort. »Jemand, der mehr Macht hat als du und ich, wird ihn *herauslassen und mit Vollmachten versehen*. Und er hat dich nicht vergessen, Hobart.«

»Ich bin alt!« protestierte der Kobold, ohne die Hand vom Schwert zu nehmen. »In meiner Jugend habe ich ihm gegenübergestanden! Ist das denn noch nicht genug? Warum zweimal in *einem* Leben?«

»Frag mich nicht«, entgegnete Julius. »Große Fragen sind nie meine Sache gewesen, und mit Sicherheit hat das Schicksal noch nie was auf meine Meinung gegeben. Schließlich hab *ich* ja nicht einmal die erste Runde überlebt.«

Gewissensbisse. »Julius. Bitte...«

»Nimm vor des Märzen Idus dich in acht, Hobart«, sagte Julius und wandte sich ab. »Und vor der Zeit davor. Diesmal wird sogar das Große Volk in Mitleidenschaft gezogen werden.«

Er verschwand, wurde von der Dunkelheit verschluckt.

»Warte! Julius, warte!«

Hobart rannte los, doch Julius war nicht einzuholen, und als der Kobold die Verfolgung schließlich aufgab und um sich blickte, hatte er sich nicht von der Stelle bewegt. Noch immer lag die weiße Marmorplatte links von ihm, jetzt noch schräger als zuvor. Sie kann jeden Moment umkippen, dachte Hobart, und eine mit einem Silberband umwundene Kiste wird aus dem Boden hervorschießen. Und dann wird sie aufgehen, die Büchse…

Es dauerte lange, bis die Vision verblaßte.

I

»Wie kann ich dir bloß danken?« fragte Jinsei später. Sie standen vor Low-Rise Nummer 8, dem Internationalen Wohnzentrum auf dem North Campus. Tief beschämt, hatte Lenny Chiu es abgelehnt, sich in der Gannett-Poliklinik verarzten zu lassen, und war schon hineingegangen, um sich das Blut vom Gesicht zu waschen.

»Du brauchst mir nicht zu danken«, sagte Ragnarök zu ihr. »Was ich heute getan habe, verdient keinen Dank.«

»Du hast Lenny davor bewahrt, noch schlimmere Prügel zu beziehen.«

»Indem ich zwei Typen windelweich geprügelt und einen dritten terrorisiert habe. Wirklich tolle Sache.«

»Aber sie hatten es wirklich verdient«, wandte Jinsei ein. »Sie –«

»Verdient hätten sie, verhaftet zu werden«, sagte Ragnarök. »Ich hab ihnen lediglich vorgeführt, was es heißt, jemand nach allen Regeln der Kunst zur Sau zu machen. Vielleicht ist das auch eine Art ausgleichende Gerechtigkeit, aber ich verrat dir eins: An Gerechtigkeit hab ich nicht gedacht, als ich Shelton flachgelegt habe. Ich hab gedacht, wie gut es sich anfühlt, dem Hurensohn die Magenwand einzudrücken.«

»Vielleicht«, schlug sie zaghaft vor, »ist es ja auch gar nicht so schlimm, sich darüber zu freuen, wenn man solchen Typen weh tut.«

»Wirklich? Wenn man von dem ›vielleicht‹ absieht, möchte ich wetten, daß es genau das ist, was Shelton zu *seiner* Heldentat sagen würde.«

Schweigen. Ragnarök nickte kurz und setzte den Fuß auf den Kickstarter.

Sie hielt ihn mit einer weiteren Frage auf. »Was hast du gemeint, als du sagtest, dein Vater habe seine Seele dem Teufel verkauft?«

Ragnarök starrte eine Zeitlang zu Boden. »Ich meine damit«,

erwiderte er, »daß ich kein Recht habe, mich für was Besseres als Jack Baron zu halten. Weißt du, was ein Bettlakenverkäufer aus Georgia ist?«

Jinsei schüttelte den Kopf.

»Ist auch nicht so wichtig«, sagte Ragnarök nach einer weiteren Pause. »Hör mal, soll ich dich nach Hause bringen?«

»Bin schon da«, antwortete sie und wies mit einer Kopfbewegung auf das Wohnheim.

»Dann solltest du jetzt besser reingehen. Dein Freund kann wahrscheinlich ein bißchen Gesellschaft brauchen.«

»Ich glaube, Lenny möchte jetzt allein sein. Er schämt sich wahrscheinlich sehr wegen dem, was passiert ist. Du weißt schon … daß jemand anders ihm –«

Ragnarök nickte. »Die Bullen wird er wohl nicht rufen, wie?«

»Ich weiß nicht.«

»Gut«, sagte Ragnarök. »Dann ist die Sache aber noch nicht ausgestanden. Morgen um diese Zeit wird das, was ich mit Jack und Shelton getan habe, keine Bedeutung mehr haben. Sie haben weit mehr Schiß davor, daß der Verbindungsrat sie auffliegen läßt, als vor mir.«

»Ich werd mit Lenny darüber reden«, versprach Jinsei.

»Tu das.«

Er trat die Maschine an. Jinsei berührte seinen Arm.

»Und wer heitert *dich* wieder auf?«

»Was?« Ragnarök sah sie an und merkte jetzt erst, daß sie weinte.

»Du sagst, Lenny könnte ein bißchen Gesellschaft brauchen«, sagte sie. »Aber erzähl mir nicht, daß du dich nach diesem Abend nicht elend fühlst.«

»Was mich krank macht, ist, daß es mir Spaß gemacht hat. Aber wenn du glaubst, daß es mich schockiert hätte zu sehen, wie die Ratten sich aufgeführt haben, dann irrst du dich. Himmel, bild dir doch nicht ein, du seist hier vor Reaktionären sicher, bloß weil die in Politik auch Marx anbieten.«

Jinsei gab keine Antwort. Sie senkte nur den Kopf und weinte heftiger. Ohne nachzudenken, streckte Ragnarök die Hand aus, um ihre Wange zu streicheln. Er merkte es rechtzeitig und hielt in seiner Bewegung inne, doch im selben Augenblick beugte sich Jinsei zu seiner großen Überraschung plötzlich vor. Er saß noch immer auf dem Motorrad, und so befand sich sein Kopf auf gleicher Höhe mit dem ihren.

»He –«, sagte Ragnarök, als sie sich an ihn lehnte. Jinsei zögerte nicht; ihre Lippen berührten die seinen, und nach einem Augenblick völliger Verwirrung erwiderte er ihren Kuß.

Sie umarmten sich beim Licht des Sichelmonds.

II

Er wollte sie nicht mit nach Hause nehmen.

Als sie sich schließlich voneinander lösten, bestand Ragnarök darauf, daß Jinsei, sosehr sie auch bei ihm bleiben wollte, ins Wohnheim ging. Er wußte, daß ihr sein Haus nicht gefallen würde – niemandem gefiel es –, und er wollte auch nicht mit ihr in die Risley Hall, wo er eventuell dem Top oder sonst einem Bohemier über seinen Zusammenstoß mit den Rho Alphas würde Rede und Antwort stehen müssen. Abgesehen davon war er heute nacht weder ihrer noch sonst jemandes Gesellschaft würdig. Erst später, als er begriff, daß er sich in Jinsei verliebt hatte, bereute Ragnarök, sie nicht mitgenommen zu haben.

Auf dem Heimweg brachte er das Motorrad auf hundertzwanzig und hielt die Geschwindigkeit. Zweimal verlor er um ein Haar die Kontrolle über die Maschine; einmal retteten ihn nur ein paar Zentimeter vor einem Frontalzusammenstoß mit einem Lieferwagen. Diese Beinahe-Unfälle betäubten ihn eher noch mehr, als daß sie ihn wachgerüttelt hätten, und er verlangsamte seine Fahrt erst wieder, als das Haus in Sicht kam.

Ragnarök wohnte in einer abbruchreifen Kate auf der University Avenue, direkt unterhalb des Knochenackers. Da er keinerlei finanzielle Unterstützung von wem auch immer erhielt, konnte er sich ein Zimmer in einem Wohnheim – oder jedenfalls in Risley – nicht leisten, und Mietwucherer Denman Halfast IV. hatte ihm ein wirklich selten günstiges Angebot gemacht. Dahinter steckte allerdings keine Menschenfreundlichkeit; Halfasts scheinbare Großzügigkeit rührte lediglich daher, daß seit fünf Jahren kein anderer Student das Objekt hatte mieten wollen (wozu der Umstand beigetragen haben mochte, daß es kein warmes Wasser gab, das Haus mangelhaft verkabelt und isoliert war und sich einer blühenden Kakerlakenpopulation erfreute). Zusätzlich zur niedrigen Miete hatte Ragnarök noch – und das war für ihn das Ausschlaggebende gewesen – Halfasts Erlaubnis ertrotzt, das Haus völlig nach eigenem Geschmack zu renovieren.

Und so war das Haus schwarz: Wände, Decken, Fußböden und die wenigen Möbel, die es enthielt (einschließlich einer uralten Kommode). Schwere, ebenholzfarbene Vorhänge, die er von der Heilsarmee in der Stadt geschnorrt hatte, sperrten jedes Sonnenlicht aus; die Lampen waren mit schwachen Birnen bestückt und zusätzlich abgedunkelt, so daß sie nur gelblich-braunes Licht spendeten. Insgesamt trugen diese Maßnahmen zur Erzeugung einer Atmosphäre bei, die Prediger »Frühe Amerikanische Nekro-Sachlichkeit« getauft hatte; aber – und das war wichtiger – sie schufen eine Umgebung, in der Ragnarök selbst das einzig Weiße war. Und da auch Bettlaken und Unterwäsche schwarz gefärbt waren, brauchte er nicht zu befürchten, eines Nachts in Gesellschaft eines Gespenstes in seinem Zimmer aufzuwachen.

Neben dem Haus stand ein kleiner Schuppen aus verrottenden, splittrigen braunen Brettern, und hier stellte Ragnarök, als er vom North Campus zurückkehrte, sein Motorrad unter. Er ließ das Vorhängeschloß an der Tür zuschnappen, warf, wie er es immer tat, einen Blick zum stillen Knochenacker hinauf und ging dann zum Hauseingang.

Das Türschloß funktionierte nicht mehr. Halfast hatte wiederholt versprochen, einen Handwerker vorbeizuschicken und es richten zu lassen, aber da Ragnarök ihn nicht drängte, ließ er sich Zeit damit. Die einzige Methode, ins Haus zu kommen, bestand gegenwärtig darin, mit Kraft und Ausdauer an der Klinke zu rütteln, bis das Schloß aufschnappte. Dies tat Ragnarök, dann trat er ins Haus und machte die Tür sofort wieder hinter sich zu. Er ließ alle Lichter aus und durchquerte das Wohnzimmer (das zugleich auch sein Schlaf- und Arbeitszimmer war) im Dunkeln, ohne irgendwo anzustoßen. Im Bad brauchte er nicht einmal die Deckenlampe einzuschalten, um sich kaltes Wasser ins Gesicht zu spritzen. Seitdem er den Spiegel über dem Waschbecken entfernt hatte, gab es außer den Kakerlaken ohnehin nichts zu sehen.

Nachdem er sich gewaschen hatte, ging er ins Wohn-Schlaf-Arbeitszimmer zurück und zog sich aus. Mit etwas Licht hätte man in diesem Augenblick zwei Narben auf Ragnaröks Körper erkennen können: eine lange, dünne, die sich quer über die Brust zog, und eine schlecht verheilte Kerbe an der linken Schulter. Er schlüpfte in das dunkle, knöchellange Hemd, in dem er schlief, legte sich in das knarrende Bett und zog eine Decke wie ein Stück sternlose Mitternacht bis zum Kinn hoch.

Die Leute werden denken, du bist ein Vampir, Rag, hatte Myoko zu ihm gesagt, als sie ihm ihren ersten und letzten Besuch abgestattet hatte. Fujiko hatte das Haus so gruselig gefunden, daß sie gleich draußen geblieben war. Es war Ragnarök gleichgültig, was die Leute über seine Wohnung oder ihn dachten, solange er seine Alpträume auf ein Mindestmaß beschränken konnte.

Heute nacht würden die Schreckensbilder allerdings nicht fernbleiben. Er schloß die Augen

und er ist wieder in Nordkarolina, ein kleiner Junge namens Charlie, Sohn eines Zimmermanns, der im Westen der Stadtgemeinde Griffin's Rest wohnt. Es ist sein Geburtstag, er ist sechs geworden und steht allein mitten im Wohnzimmer, während sein Vater den Eßtisch abräumt. Er hält ein letztes, noch unausgepacktes Geschenk in Händen, eine in braunem Papier eingewickelte lange schmale Schachtel. Er hält sie an sein Ohr und schüttelt sie, hört nur einen dumpfen Schlag und denkt im Traum: tote Schlangen, tote Schlangen.

Ein Lidschlag, und die Schachtel ist offen, Papier auf dem Boden verstreut, Charlie betrachtet sich aufmerksam in dem hohen Spiegel, der eine Ecke des Zimmers ziert. Das Kostüm, das letzte Geschenk, läßt ihn wie ein kleines Gespenst aussehen, ein Gespenst mit einer spitzen Haube und einem roten Kreis über dem Herzen, einem roten Kreis, der eine rote Flamme umschließt. Sein Vater Drew steht neben ihm: ein größeres Gespenst; Drew legt ihm eine Hand auf den Nacken, eine Traumhand aus Blei.

»Zeig das ja niemand, außer ich erlaub's dir ausdrücklich, Partner«, warnt ihn sein Vater.

»In Ordnung, Papa«, sagt er.

»Ich hab dich lieb, Charlie.«

»Ich dich auch, Papa«, sagt er

und rennt über die Schnellstraße, die in nördlicher Richtung aus der Stadt führt, rennt dem dunklen Jungen nach, der in diesem Augenblick mit einer Flanke hinter dem Friedhofszaun ver-

schwindet. Charlie ist jetzt älter; seine Freunde Scott Noble und James Earl begleiten ihn auf dieser Jagd. Zu dritt sind sie schnell, schneller als der Dunkle; als sie selbst den Friedhof betreten, liegen sie keine zwanzig Schritt zurück.

Charlie ist der schnellste von allen. Er hängt die anderen ab, springt über Gräber. Alle Grabsteine tragen den Namen seiner Mutter. Er rennt, Scott und James Earl rufen, er solle langsamer machen, wart doch, wart doch, aber er wittert die Beute und läßt sie hinter sich zurück. Jetzt sind nur noch zwei im Rennen.

Das Gelände wird abschüssig, unten ist ein Fluß. Der Dunkle platscht halb durch und stolpert dann über einen Stein. »Jetzt hab ich dich, Partner! Jetzt hab ich dich!« schreit Charlie triumphierend. Er springt ins Wasser, und der Dunkle steht wieder auf, steht auf und dreht sich um, und Charlie lehnt sich blitzschnell zurück, um dem Schwinger auszuweichen. Er lacht und sieht die Klinge, und der Triumph verwandelt sich in Entsetzen, als er begreift, daß es kein Fausthieb, sondern ein Schnitt ist. Feuer brennt sich in seine Brust ein

und er ist im Arbeitszimmer seines Vaters, schaut Drew Hyatt aus einem unmöglichen Blickwinkel an, Traum-Perspektive. Der Schreibtisch ist mit einem Gebirge von Büchern und Broschüren vollgestapelt; vor sich hin murmelnd, hätschelt Drew eine Flasche Gin mit der einen Hand und ein zerlesenes Traktat mit der anderen. DIE RAGNARÖK NAHT, *lautet die Überschrift,* ODER EIN VERGLEICH ZWISCHEN DER ALTNORDISCHEN APOKALYPSE UND DEM NIEDERGANG DER ARISCHEN RASSEN IM NORDAMERIKA DER NEUZEIT, VON DR. HIRAM VENABLE.

»Steht irgendwo hier«, sagt Drew. Er stellt die Flasche ab, macht sich mit einer Hand, die niemals aufhört zu zittern, eine Notiz. Der Stapel von Exzerpten ist fast so hoch wie der von Broschüren. Schlagartig verändert sich die Perspektive, und man kann lesen, was auf dem obersten Blatt steht – eine endlose Wiederholung des einen Satzes: »Ihre einzigen Tränen sind trockene Tränen.«

»Steht irgendwo hier«, wiederholt Drew

und jetzt ist es Nacht, wieder rennt Charlie über ein weites Feld, doch diesmal jagt er nicht einen dunklen Jungen, sondern ein Mädchen mit rotblonden Zöpfen. »Lisbeth«, ruft er, und sie lacht und rennt weiter, aber nicht so schnell, sie will sich von ihm einholen lassen. Er riecht den Tabak um sie herum, fühlt die Feuchtigkeit der Blätter, die seine Beine streifen. Man hat die Pflanzen abgespritzt. Nur für alle Fälle. Dem Feuer ist schließlich nicht zu trauen, man muß auch an möglichen Funkenflug denken.

»Lisbeth«, ruft er wieder, und als sie stehenbleibt und sich nach ihm umdreht, erkennt er am Rand seines Gesichtsfeldes auch das Kreuz, das hell auflodert. Die weißgewandeten Ghuls bilden einen Kreis darum. Unbestimmt flackernde Silhouetten.

»Hier bin ich, Charlie«, sagt Lisbeth lächelnd. Ihre Baumwollbluse ist oben aufgeknöpft, an ihrer Kehle funkelt ein Medaillon. Charlie streckt eine Hand nach ihr aus

und greift in Rasiermesserklingen, das Kreuz brennt noch immer am Horizont seines Bewußtseins, aber er ist jetzt wieder im Wohnzimmer, vor ihm der zerschmetterte Spiegel.

»Das war fällig, Partner.« Seines Vaters Stimme hinter ihm. »Du hast es darauf angelegt.«

Blut läuft ihm aus einem weiteren Schnitt ins Auge. Am schlimmsten aber ist die Schulter zugerichtet; eine zackige Scherbe hat ihm ein Loch in den Muskel gebohrt.

»Das war fällig«, wiederholt sein Vater. »Gordon-Small. Eine Niggerholzhandlung. Du machst mir Schande. Du machst mir Schande.«

Charlie hebt seine rechte Hand, zieht die Spiegelscherbe mit einem Ruck aus seiner Schulter. Der Schmerz ist unbeschreiblich; haarfeine Splitter bleiben brennend in der Wunde zurück. Charlie starrt auf die Scherbe in seiner Hand, ein winziger reflektierender Dolch. Er droht, an seiner Wut zu ersticken, dennoch spricht er die Worte: »Ich hab dich lieb, Papa. Ich hab dich immer liebgehabt.«

»Du machst mir Schande«, sagt Drew Hyatt.

Das brennende Kreuz.

Seines Vaters Blut, heiß auf seinen Fäusten.

Stephen George und der Drache

I

Knapp drei Tage später saß George an seiner Schreibmaschine. Er hatte eine Kurzgeschichte in der Mache, zu der ihn einer der Grabsteine inspiriert hatte, die ihm vor nunmehr fast zwei Monaten auf dem Knochenacker aufgefallen waren. Es war die Geschichte des Harold Lazarus, eines Klempners, der unbußfertig gestorben war. Zur Strafe für seine zahlreichen Sünden war er in einen Wasserspeier verwandelt und dazu verurteilt worden, alle undichten Rohre des tiefsten Höllengrundes zu flicken. Eine im wahrsten Sinne des Wortes endlose Arbeit, wenn man bedachte, daß die Hölle die Kloakenzentrale des Universums war. Lazarus' einziger Trost war die Abwesenheit seiner Gattin, der Nörgelzentrale des Universums. Indes nahte die Stunde ihres Todes, und Lazarus' verzweifelte Bemühungen, sie gen Himmel und Seligkeit zu scheuchen – er morste auf den undichten Rohren haarsträubend abschreckende Schilderungen der Höllenqualen, die sich immer weiter, bis auf die Erde und ins Lazarussche Klosett (sowie, unbeabsichtigterweise, in Trilliarden anderer Klosetts auf der ganzen Welt) fortpflanzten –, bildeten den Kern der Geschichte. Ihr Arbeitstitel hieß ›Die Brille des Heils‹; George schätzte, daß die ›Harvard Lampoon‹ – wenn schon sonst niemand – sie nehmen würde.

Kalliope hantierte in der Küche. Sie war zwar momentan nicht zu sehen, verursachte aber (so schien es wenigstens) eine ausreichende Geräuschkulisse, um ständig in den Randbezirken von Georges Gedanken gegenwärtig zu bleiben. Nicht, daß er je aufgehört hätte, an sie zu denken. Seit ihrer Erscheinung im Fiebertraum war jede Nacht der Liebe und jeder Tag dem Schreiben gewidmet gewesen – außer wenn er unterrichten mußte, was ihm jetzt eine lästige Pflicht war. Er erinnerte sich, einst befürchtet zu haben, erwiderte Liebe könnte das Ende seiner Kreativität bedeuten; Tatsache aber war, daß Kalliope ihn weit mehr inspirierte, als es die Einsamkeit je vermocht hatte. Wo sie herkam und aus welchem Grunde sie zu ihm gekommen war, blieb weiterhin ein Rätsel.

Sie hatte in der Küche das Radio an, und ein quäkender Sprecher – zweifellos ein Student vom Ithaca College, der ein Praktikum absolvierte – betete die wichtigsten Nachrichten des Tages herunter: Präsident Botha hatte wieder einmal klargestellt, daß die Vorherrschaft der weißen Minderheit in Südafrika niemals enden würde; Nancy Reagan hatte wieder einmal ein neues Porzellanservice für das Weiße Haus gekauft; und vom O'Hare-Flughafen meldeten Agenten der Bundesluftfahrtbehörde, sie könnten sich auch nicht erklären, woher die zweiköpfige Kuh stamme, die auf eine Rollbahn geschlendert war und sich einer zum Start beschleunigenden 747 in den Weg gestellt hatte.

George hatte gerade eine Seite beendet und ein neues Blatt eingespannt, als Kalliope in ihrem silberdurchwirkten Gewand und mit einem großen Paket in den Händen in der Küchentür erschien.

»Das ist heute mit der Post gekommen«, sagte sie und stellte das Paket auf den Couchtisch neben seine Schreibmaschine. »Und das.« Sie reichte ihm einen cremefarbenen Umschlag. George riß die Augen auf.

»Der Briefträger ist heute morgen doch noch gar nicht dagewesen«, wandte er ein, ohne allerdings eine Erklärung zu erwarten. Er bekam auch keine.

»Tja«, war alles, was Kalliope dazu zu sagen hatte. Sie lächelte achselzuckend, denn Briefträger oder nicht: Beide Sendungen waren ordnungsgemäß frankiert und trugen den Poststempel vom Vortag, und wenn dies der Logik widersprach, so war das nicht Kalliopes Problem. Und wie sie ihn anlächelte (keine Metapher wäre angemessen gewesen, um ihre Schönheit zu beschreiben), stellte George fest, daß es ihm eigentlich auch ziemlich egal war.

»Schön«, sagte er schließlich. Er öffnete zuerst den Umschlag und zog eine silbrigschimmernde Karte hervor – genauso eine, wie Aurora sie vor wenigen Tagen bekommen hatte.

Jedem Gast wird ein Zauber versprochen...

Wie Aurora fragte sich auch George, wer von der Tolkienia auf die Idee gekommen sein mochte, ihn zu einem Halloween-Fest einzuladen, denn er war während seines ganzen Aufenthalts in Cornell noch nie dort (oder in sonst einem Verbindungshaus) gewesen. Aber es gab noch ein paar andere Dinge an der Karte, die

George stutzig machten, Dinge, die Aurora nicht weiter aufgefallen waren, wie zum Beispiel die eingeprägte weiße Rose oder die allerersten Worte. *Die Dame vom Tolkien-Haus*, hieß es da. Anders als Brian beunruhigte George dabei weniger die Vorstellung, daß eine Frau Einladungen im Namen einer Studen*ten*verbindung verschickte, als vielmehr die Tatsache, daß ihn das Wort »Dame« aus unerklärlichen Gründen sofort an Kalliope denken ließ.

»Du...«, begann er verlegen, indem er zu ihr aufblickte.

»Ich?« fragte Kalliope. Sie hob eine Augenbraue und lächelte strahlender denn je, als habe sie ein besonders amüsantes Geheimnis.

»Nur ein blöder Einfall«, schickte George gleichsam als Warnung vorweg. Dann platzte er mit dem Rest heraus: »Kennst du... sonst noch jemand in Cornell? Ich meine damit... du bist doch vorher noch nie in Ithaca gewesen, oder?«

»Ich bin nur deinetwegen zum Hügel gekommen, George«, versicherte ihm Kalliope. Es dauerte eine Minute, bis er begriff, daß seine Frage damit noch keineswegs beantwortet war, doch inzwischen hatte sich die Dame wieder in die Küche zurückgezogen. Also richtete er seine Aufmerksamkeit auf das große, in braunes Papier eingeschlagene Paket. Von nebenan hörte er ein leises Scheppern und das Zischen des Gasherdes: Kalliope setzte Teewasser auf.

Er hatte eigentlich nicht erwartet, einen Absender auf dem Paket zu finden; als es aber doch einen gab, war er nicht weiter überrascht, festzustellen, daß alles verschmiert war und sich nur noch die Stadt – Chicago – entziffern ließ. Er schaute noch mal auf Datum und Uhrzeit des Poststempels und dachte, daß das Päckchen per Eilboten geschickt worden sein mußte – und zwar per *verdammt* eiligem Eilboten, wenn er es sogar noch vor dem Briefträger von Illinois bis nach New York geschafft hatte. Die Empfängerangabe warf nicht weniger Fragen auf: AN DEN SCHUTZHEILIGEN DER TAGTRÄUME, Ithaca, N. Y. 14850. Keine Straße und Hausnummer. Trotzdem hatte es bis zu ihm gefunden, und obwohl er sich damit eines zum Himmel stinkenden Eigenlobs schuldig machte, begriff George irgendwie schon, warum ihn ein Fan (wenn schon kein Kritiker) als »Schutzheiligen der Tagträume« titulieren konnte. Wie aber hatte es der noch-nicht-dagewesene Briefträger fertiggebracht, ihn als den Empfänger zu identifizieren?

»Was soll's«, murmelte George. Die Entwirrung dieser Widersinnigkeiten konnte problemlos auf einen späteren Zeitpunkt verschoben werden. Er zerriß das braune Packpapier, dann die zahlreichen Schichten Zeitung, die darunter zum Vorschein kamen. Schließlich entfernte er das letzte Blatt, warf es achtlos auf den Boden und hielt nun eine Schachtel aus dunklem Holz mit silbernem Verschluß und Silberscharnieren in der Hand. Auf dem Deckel war ein einziges Wort, in Elfenbein eingelegt, zu lesen:

PANDORA

»Schön«, sagte George. Ohne den Verschluß zu berühren, hielt er sich die Schachtel ans Ohr und rüttelte. Es war nichts zu hören. Der Inhalt füllte das Kistchen entweder ganz aus, oder aber er war gut gepolstert. Er las das Wort auf dem Deckel noch einmal.

Die Büchse der Pandora, dachte er. Sie kam ihm ein wenig klein vor, um alle Übel, die die Menschheit plagten, zu enthalten. Doch nein: Selbst wenn es das Original gewesen wäre (was er in Anbetracht der merkwürdigen Weise, auf die das Paket zu ihm gelangt war, keineswegs ausschließen wollte), so mußte es der Sage nach bereits geöffnet, mußten die Übel schon herausgelassen worden sein. Jetzt konnte sich also nur noch die Hoffnung darin befinden. Als der optimistische Mensch, der er von Natur aus (und seit Kalliope mit ihm zusammenlebte, erst recht geworden) war, glaubte George eigentlich nicht, für eine Büchse voll Hoffnung Verwendung zu haben. Vielleicht konnte er sie ja einem Bedürftigeren schenken, Ragnarök etwa, der gerade in letzter Zeit ziemlich niedergeschlagen gewirkt hatte.

Zwangsläufig an die weiße Marmorplatte auf dem Knochenacker erinnert – selbst die Buchstaben waren im gleichen Stil gehalten –, ließ George den Verschluß aufschnappen und hob den Deckel. Innen glänzte es metallisch.

Die kleine Figur in der Schachtel sah nicht direkt wie die Hoffnung aus, es sei denn, ein chronisch Depressiver hätte sie entworfen: eine Hoffnung mit mehrfach gewundenem Silberleib, Elfenbeinfängen, jadegeschuppten Schwingen und Bauch und mit

Augen, die aussahen, als wären es Saphire. Es fehlte nur noch die Stichflamme aus dem Maul.

Ein Drache. Jemand hatte ihm einen geflügelten Miniaturdrachen geschickt. Er nahm ihn aus der Schachtel, staunte über sein geringes Gewicht und legte ihn auf den Couchtisch. Das Ding war zweifellos einiges wert, doch weder diese Tatsache noch die offensichtliche Meisterschaft des Juweliers, der es hergestellt hatte, fielen George im ersten Augenblick auf. Bei all seiner Schönheit war der Drache ausgesprochen häßlich, ganz wie es sich für ein Ungeheuer gehört, und aus den dunkelblauen Augen strahlte eine unleugbare Infamie. Ja, wenn man seine bescheidenen Ausmaße in Rechnung stellte (knapp dreißig Zentimeter von der Schwanzspitze zur Schnauze), hätte er wirklich kaum bösartiger aussehen können.

Nachdem er geschlagene fünf Minuten lang erfolglos versucht hatte, den Drachen zum Weggucken zu bewegen, nahm George die Büchse der Pandora wieder in die Hand und sah nach, ob sie noch etwas enthielt: eine Zweit-Hoffnung vielleicht oder einen Zettel, aus dem wenigstens ein Hinweis auf Sinn und Zweck dieses Geschenks hervorging. Es war nichts da.

»Was zum Teufel ist das?« fragte George verwirrt und musterte erneut den Drachen. In diesem Augenblick kam Kalliope, eine Tasse samt Untertasse auf der flachen Hand balancierend, aus der Küche zurück.

»Tee«, verkündete die Dame.

»He«, sagte George, zu ihr aufblickend. »Schau mal, was ich gekriegt hab.«

»Ja, ich weiß«, sagte sie ruhig, als habe sie vorher selbst nachgesehen, was das Paket enthielt. Sie stellte die Teetasse vor ihn hin. »Hier, trink. Er ist nicht zu heiß.«

George sah kurz die Tasse an, dann wieder sie. »Wen kennen wir in Chicago?« fragte er, wobei er das zweite Pronomen im Satz bewußt überbetonte.

»Bürgermeister Daley?« schlug Kalliope vor. »Vielleicht hat ihm eins deiner Bücher gefallen, und er wollte dir eine Freude machen.«

»Ich glaube nicht, daß Bürgermeister Daley in letzter Zeit viel zum Lesen kommt«, meinte George, und Kalliope lachte und beugte sich über den Tisch, um ihm einen flüchtigen Kuß zu geben. Auch er lachte; was blieb ihm anderes übrig? Er konnte sie nicht zwingen, ihm eine offene und vernünftige Antwort zu geben, wenn ihr der Sinn nicht danach stand. Soviel wußte er inzwischen.

»Trink deinen Tee«, wiederholte Kalliope. George nahm die Tasse und nippte zaghaft. Sie hatte recht – er war nicht zu heiß.

»Die konnten gar nicht fliegen«, sagte er.

»Wer die?«

»Die Drachen. Absolute Fehlkonstruktion, aerodynamisch betrachtet. Hat mir mal ein Physikprof erzählt.«

»Auch Hummeln sind eine aerodynamische Fehlkonstruktion«, gab Kalliope zu bedenken. »Und außerdem heißt es in den Geschichten immer, daß Drachen fliegen können. Wem würdest du eher glauben?«

»Na ja…« Er streichelte die kleine Figur. »Ein Metalldrache könnt's jedenfalls nicht.«

»Vielleicht kommt's auch nur darauf an, mit welchem Wind er segelt.«

George nahm einen weiteren Schluck, fühlte sich mit einem Mal ganz leicht und luftig im Kopf und hatte bitteren Teegeschmack auf der Zunge.

»Kannst du zaubern?« fragte er sie dann.

Sie lächelte. »Zaubern? Wie kommst du darauf?«

»Das Ganze hier…« Er versuchte, Drache, Schachtel, Einladungskarte und »Schutzheiliger der Tagträume« mit einer einzigen Geste zusammenzufassen. »Das ist einfach zu verrückt, Kalliope.«

Sie strich ihm zärtlich über die Wange, und der Ausdruck auf ihrem Gesicht verriet echtes Mitleid. »Armer George«, sagte sie. »Du hast noch nicht die blasseste Ahnung, was das Wort *wirklich* bedeutet. Aber zaubern… zaubern kann ich nicht mehr als du.«

»Das ist keine Antwort.«

»Sie sagt alles«, beharrte Kalliope. Sie umfaßte seine Hand, führte die Tasse an seine Lippen und zwang ihn sanft, den restlichen Tee auszutrinken. Als die Tasse leer war, stellte er sie zurück auf die Untertasse und schob sie beiseite, während Kalliope seinen Blick auffing und festhielt. Er hatte wirklich das Gefühl des Gehaltenwerdens; sein Kopf war nicht mehr bloß etwas wirr, es schwindelte ihm, doch Kalliopes Augen nagelten ihn im Zentrum dieses Strudels fest.

»Erzähl mir eine Geschichte, Geschichtenerzähler«, sagte sie.

»Was denn für eine?«

»Wie du das erstemal den Wind gerufen hast. Als Junge.«

»Ich war mit meinem Onkel Erasmus unterwegs«, erinnerte sich George wie unter Hypnose. »Er hatte es geschafft, eine seiner Plastiken zu verkaufen – eine seiner richtigen Plastiken, nicht die Betontiere, von denen ich dir erzählt habe –, und wir wollten zur Feier des Tages Drachen steigen lassen. Riesige bunte kastenförmige Drachen, die mochte Erasmus am liebsten. Wir gingen zum Flushing Meadow Park hinaus, zur Stahlkugel von der Weltausstellung, bloß der Wind wollte nicht wehen. Wir haben Stunden gewartet, von kurz vor zwölf bis in den späten Nachmittag, und dabei über Gott und die Welt und noch einiges mehr geredet. Wir wollten nicht aufgeben und es ein andermal versuchen – es war fast eine Ehrensache.

Schließlich war die Sonne schon am Untergehen, noch immer rührte sich kein Lüftchen, und mein Onkel sagte: ›Okay, George, der Wind will offensichtlich nicht aus freien Stücken blasen, also werden wir uns eben überlegen müssen, wie wir ihm Dampf unterm Hintern machen können.‹ Ich fragte, wie wir das anstellen wollten, und er krempelte sich die Ärmel hoch, setzte sich hin und fing an nachzudenken.

Na ja, und wenn Erasmus sich auf ein Problem konzentriert, dann kommt er auf die bizarrsten Lösungen, die in der Regel auch funktionieren. Ein paar Minuten lang betrachtete er den Himmel, und dann sagte er: ›Du möchtest Schriftsteller werden, George, richtig?‹

›Mehr als alles andere auf der Welt‹, antwortete ich.

›Na gut‹, sagte er, ›dann stell dir doch mal vor, du sitzt an einer Geschichte über zwei Typen, die den ganzen Tag auf Wind gewartet haben. Wie würdest du sie enden lassen? Glaubst du, die beiden würden zu guter Letzt bekommen, was sie sich wünschen?‹

›Na sicher doch‹, sagte ich (es sollte noch ein paar Jahre dauern, bevor ich überhaupt *anfing*, mir vorzustellen, eine Geschichte könnte auch anders als vollkommen happy enden). ›Natürlich würden sie's bekommen.‹

›Einfach so.‹

›Na ja‹, sagte ich, ›wenn sich die Geschichte wirklich genau *darum* drehte…‹

›Ja?‹

›… Na ja, dann müßten die zwei vorher wahrscheinlich irgendwas tun.‹

›Was denn zum Beispiel?‹

›Och, ich weiß auch nicht… vielleicht einen indianischen Windtanz aufführen?‹«

Kalliope lächelte. »Einen indianischen Windtanz?«

»He, ich war zwölf, okay?« Er fuhr mit seiner Erzählung fort. »Und Erasmus sagt: ›Toll, das machen wir‹, als ob ich auch nur die geringste Vorstellung davon gehabt hätte, wie so ein Tanz aussieht.«

»Und was hast du dann gemacht?«

»Was konnte ich schon tun? Hab irgendwas improvisiert. War nicht viel – eigentlich hab ich mich nur auf der Stelle gedreht und dabei den Drachen mit der einen Hand hochgehalten und die Schnur mit der anderen.«

»Und was ist dann passiert?«

»Nichts.« Jetzt lächelte George. »Zuerst jedenfalls. Wir haben's versucht, und es kam immer noch kein Wind, also haben wir es noch mal versucht, und noch einmal, und da…«

»Und da?«

»… da war dann so ein Augenblick… des Übergangs, ein Augenblick der Macht – ich weiß nicht, vielleicht wurde mir auch nur schwindlig, aber es war auf einmal so, als sei das wirklich eine Geschichte, eine Geschichte und trotzdem wirklich, und man mußte sich für einen Schluß entscheiden, und es erschien richtig, daß sie damit enden sollte, daß der Wind kam.«

»Und er kam.« Eine Feststellung, keine Frage.

»Er kam«, bestätigte George. »Und seitdem… Ich weiß auch nicht, es ist wie –«

»Wie Schreiben ohne Papier«, schlug Kalliope vor.

»Ja«, sagte George. »Ja, genau so.«

»Meinst du«, fragte sie ihn jetzt, »daß es auch mit etwas anderem klappen würde? Nicht nur mit dem Wind?«

»Keine Ahnung. Ich hab's noch nie ausprobiert.« Er zuckte mit den Achseln. »Ich schätze, es hängt von den Umständen ab.«

»Na... und wenn es dabei um dein Leben ginge, George... was dann?«

Sie senkte für den Bruchteil eines Augenblicks bewußt die Lider, ließ ihn frei, und mit einem Mal nahm George wieder seine Umgebung wahr. Seine Benommenheit hatte einen Grad erreicht, bei dem die Farben und Formen der Dinge keine Festigkeit mehr besaßen. Der ursprünglich braune Bezug des Sofas schwankte nun zwischen Dunkelrot und einem fluoreszierenden Orange; die Umrisse des Tisches waren verschwommen, als sei jetzt ungewiß, wieviel Raum er einzunehmen gedachte. Und was das Sonnenlicht anging, das durch das Wohnzimmerfenster hereinströmte... Wahnsinn...

»Du hast mir etwas in den Tee getan«, begriff George, und schlagartig überfiel ihn eine panische Angst – wie ein Tiger, der sich die ganze Zeit durchs Unterholz an ihn herangeschlichen hatte. »Was hast du mir in den Tee getan, Kalliope?«

»Etwas, das dein Bewußtsein ein bißchen erweitert«, erklärte ihm Kalliope, die selbst unverändert, klar umrissen blieb. »Und das dir hilft, dich zu verteidigen.«

»Mich zu ver-... oh... he, *nein*!«

Mit einem Klicken von Klauen und Zähnen hatte der kleine Metalldrache begonnen, sich zu entrollen. Er streckte sich mehr und mehr, Flügel flatterten, Saphiraugen glommen von einem neu entfachten inneren Funken. George schauderte zurück.

»Was soll die Scheiße, Kalliope!« schrie er. »Was –«

»Ich habe dir in der ersten Nacht gesagt«, erwiderte sie gelassen, »daß ich dir ein paar Dinge beibringen würde. Betrachte dies als eine Unterrichtsstunde.«

»Vielen Dank, aber ich glaube, mir ist jetzt nicht nach Schule. Könntest du bitte –«

»Schreiben ohne Papier, George. Stell dir einfach vor, daß du ohne Papier schreibst, und dir wird nichts passieren. Hoffe ich wenigstens.«

Sie stand auf.

»Moment mal!« befahl George. »Du gehst nirgendwohin!«

»Ich bin schon weg«, sagte Kalliope. »Wir sehen uns nach dem Unterricht.« Ihre Gestalt verschwamm und löste sich auf; ihr Gewand fiel leer zu Boden.

George verschwendete keinen Augenblick damit, sich über den

Zaubertrick zu wundern, sondern fand sich sofort mit der Tatsache ab, daß er auf sich allein gestellt war. Er richtete seine ganze Aufmerksamkeit auf den Drachen, der jetzt in kräftigen Zügen Luft einsog und sich wie ein Ballon aufblähte.

»Gütiger Himmel«, rief George, als die Kreatur die Größe eines kleineren Hundes erreicht hatte und noch immer weiterwuchs. Der Drache hörte jetzt auf, nach Luft zu schnappen, und heftete mit einem Zischen die Augen auf ihn. Spannte die Muskeln an, schien sich zum Sprung zu sammeln. George vergeudete keine Zeit mit Gaffen. Ohne zu überlegen, schwang er beide Beine von unten gegen den Couchtisch und warf ihn um. Drache, Schreibmaschine und Büchse der Pandora flogen wie von einem Katapult abgeschossen in die Luft und landeten krachend neben dem Sofa auf dem Boden. Der Tisch selbst streckte die Beine nach oben und schrumpfte wie eine angestochene Gummimatratze in sich zusammen, wobei er drei verschiedene Schattierungen von Indigo durchlief und sich zuletzt vollends auflöste.

Eine Waffe. Er mußte eine Waffe finden, und zwar schnell. Während sich der Drache aus den Trümmern der Schreibmaschine freikämpfte und die schon getippten Seiten der ›Brille des Heils‹ wie riesige Falter unter der Zimmerdecke schwebten, warf George einen hastigen Blick durch das Zimmer. Er sah nichts, was als Knüppel oder Keule hätte dienen können, auch nichts Spitzes oder Scharfes. (Früher einmal hatte er zwar die Nachbildung einer Wikinger-Streitaxt an der Wand hängen gehabt, doch sie rostete schon seit langem auf irgendeinem Schrottplatz der Tompkins County still vor sich hin.) Georges verzweifelter Blick fiel auf Kalliopes Gewand, das auf dem Boden lag. Er erinnerte sich dunkel an ein altes Märchen, in dem ein Prinz ein Ungeheuer mit Hilfe des Gürtels einer holden Maid an die Leine legte, und bückte sich nach dem Häufchen Stoff.

Kaum hatte er das Gewand ergriffen, als sich der Drache auch schon auf ihn stürzte. George hielt das Kleidungsstück wie ein Torero die Capa und wedelte damit in der Hoffnung, das Untier abzulenken. Doch der Drache, von einem Flüstern silberner Schwingen getragen (er schien auf keinen besonderen Wind angewiesen zu sein), zögerte nicht: Er würdigte das Gewand keines einzigen Blicks und schoß geradewegs auf Georges Brust zu. Erst im letzten Moment wirbelte der Geschichtenerzähler das Kleid herum und hielt es vor sich wie einen Schild.

Elfenbeinerne Fänge und Krallen zerfetzten den Stoff ohne Mühe; zähnestarrend schoß die Schnauze des Drachens aus dem Loch hervor. Blitzschnell warf George den Oberkörper zurück, packte dabei gleichzeitig den breiten Saum mit beiden Händen und schlang ihn dem Ungeheuer wie eine Garrotte um den Hals. Erstaunlicherweise schien das zu funktionieren: Der Drache begann rückwärts zu flattern, den Kopf hin und her zu schleudern und dabei zu zischen und zu fauchen, als ginge ihm die Luft aus. Er schien sogar wieder ein Stückchen zu schrumpfen. Plötzlich übermütig, riß George fester an beiden Enden, wild entschlossen, seine Stoffschlinge noch enger zusammenzuziehen und das Vieh zu erdrosseln.

»Das war's! Jetzt hab ich dich, du –« Georges Siegesschrei verstummte abrupt, als der Drache ihm gleichzeitig eine Rauchfahne ins Gesicht spie und mit einem weit ausgeholten Tatzenhieb den Arm aufschlitzte. Gleichzeitig mit dem plötzlichen Schmerz spürte der Geschichtenerzähler, wie sich sein Griff lokkerte, und ehe das Gewand ihm vollends entglitt, benutzte er es als Schleuder und beförderte damit das Ungeheuer in eine Ecke des Zimmers. Dann taumelte er zurück. Seine Augen tränten reichlich, der Arm blutete aus drei tiefen Rißwunden.

Ein Flügelschwirren, und der Drache hatte sich aufgerappelt und ging wieder zum Angriff über. George zog sich schleunigst in die Küche zurück, wo polychrome Sonnenstrahlen (jede Farbe des Spektrums kam vor, nur nicht das normale vormittägliche Gelbweiß) durch das Fenster hereinströmten. Es wäre bestimmt sehr schön gewesen, einfach stehenzubleiben und das Schauspiel zu genießen; wenn er nur Zeit dazu gehabt hätte.

»Ach, fahr zur Hölle!« schrie George, kickte die Kühlschranktür auf und knallte sie dem Drachen, der in die Küche geschwirrt kam, vor die Nase. Dann setzte er seinen Rückzug fort, wobei er mit allerlei Gerätschaften, Gewürzgläsern, Orangensafttüten und was ihm sonst noch in die Hände fiel, um sich warf und damit nicht mehr erreichte, als seinen Verfolger immer nur für einen Augenblick aufzuhalten. Ein letztes Saftgeschoß, und George entwischte in die rückwärtige Diele. Da er ahnte, daß er es niemals bis zur Hintertür schaffen würde (und selbst wenn, hätte er nicht gewußt, wohin sich wenden), schlug er einen Haken ins Schlafzimmer und versuchte, die Tür hinter sich zu schließen. Der Drache war ihm auf den Fersen gefolgt und bekam eine Tatze und die Schnauze in den Spalt; die Tür zweimal rasch auf- und zugeknallt, und das Untier besann sich eines Besseren und zog sich zurück.

Hinter verschlossener und (was immer der billige Riegel auch taugen mochte) verriegelter Tür erwartete George das unvermeidliche Bersten und Splittern, wenn das Ungeheuer von draußen mit Krallen und Zähnen gegen das Holz angehen würde. Das Geräusch, das er statt dessen vernahm – das stetige Saugen, mit dem der Drache immer mehr Luft in sich hineinpumpte –, war allerdings noch beängstigender. Er blies sich wieder auf. George hatte plötzlich die Vision eines löwengroßen Drachen, der durch die Tür brach und ihn, ohne auf weiteren Widerstand zu stoßen, niederstreckte.

Schreiben ohne Papier. Stell dir vor, daß du ohne Papier schreibst.

»In Ordnung!« schrie George, plötzlich wutentbrannt. Er hämmerte selbst ein paarmal gegen die Tür, um sich Gehör zu verschaffen. »In Ordnung! Du möchtest spielen, möchtest ein echter, lebendiger Drache sein, schön! Ich werde der gottverdammte Weiße Ritter sein, und wir wollen doch mal sehen, wie dir das gefällt!«

Zu sich selbst sagte er: *Das ist eine Geschichte, ein Gedankenspiel: Alles ist möglich. Du schließt jetzt die Augen, drehst dich um und machst sie wieder auf. Dann liegt ein Schwert auf dem Bett.*

Er schloß die Augen. Er drehte sich um und machte sie wieder auf.

Das Bett atmete. Die nunmehr anthrazitgraue Tagesdecke hob und senkte sich in einem gleichmäßigen Rhythmus. Beide Kissen hatten sich platt gegen das Brett am Kopfende gedrückt, als grauste ihnen vor etwas; eine Waffe konnte er allerdings nicht entdekken.

»Verdammt!« sagte George. »Ich hab gesagt, ich will ein Schwert!«

Sein Kopf fühlte sich so leicht und leer wie eine Seifenblase an, trotzdem schaffte er es, sich zu konzentrieren, und wurde noch wütender, als das störrische Schwert weiterhin nicht erscheinen wollte. Dann kam ein besonderer Augenblick – ein Augenblick des Übergangs –, da alle Angst und jeder Gedanke an den Drachen schlagartig verschwanden und einen rasenden Haß zurückließen, einen Haß auf diese Geschichte, die sich weigerte, nach seinem Willen zu enden.

»Da auf dem Bett«, sagte George in einem Ton, der keinen Widerspruch mehr zuließ, »ist ein *Schwert.*«

Plötzlich drang ein Windschwall ins Zimmer. Mit einem leisen, prasselnden Geräusch platzte eine Naht in der Tagesdecke auf, und der Griff eines Schwertes (ein reichverzierter Griff mit einer weißen Rose und einem roten Kreuz auf dem Knauf) schob sich gewaltsam aus der Matratze. Als er etwa sechs Zoll aus dem Bett hervorstand, so daß bereits der Ansatz einer scharfen Klinge zu sehen war, hielt er in seiner Bewegung inne und wartete darauf, ergriffen und herausgezogen zu werden.

Der Drache hatte aufgehört, Luft in sich hineinzupumpen, und verhielt sich ruhig. George zögerte keinen Augenblick mehr. Mit weit muskulöseren Schenkeln als früher am Morgen sprang er aufs Bett. Starke Kriegerhände packten das Schwert und zogen es heraus. Die viereinhalb Fuß lange Klinge funkelte so vielfarbig wie das Sonnenlicht.

»In Ordnung«, rief George und stellte sich wie ein Schlagmann in Positur. »Du kannst jetzt reinkommen.«

Die Schlafzimmertür flog krachend aus den Angeln. Der überlöwensgroße Drache schoß herein und zog eine Rauchfahne hinter sich her wie eine Dampflok. Diesmal wich George nicht von der Stelle, als das Ungeheuer versuchte, ihn zu blenden, wankte nicht inmitten des Wirbelsturms, den die nunmehr riesigen Schwingen hervorriefen. Seine Furcht war verflogen, er hatte die Geschichte vollkommen im Griff, und nichts brauchte ihn zu beunruhigen, solange er es nicht wollte. Er wartete bloß – nicht zu lange – darauf, daß der Drache sich zum Angriff sammelte.

»Na komm«, flüsterte George, und der Drache stieß sich ab, das Maul weit aufgerissen, die Klauen ausgefahren und bereit, ihn zu zerfleischen. Und George wankte nicht, stand mit gezückter Waffe und wartete, wartete noch eine Sekunde.

Mit einem Triumphschrei stürzte sich der Drache auf ihn. Im selben Augenblick riß George das Schwert in einem tadellosen

Bogenschwung, der die Luft entzweischnitt, empor und schlug dem Untier den Kopf ab. Eine Explosion von Funken schien das Weltall zu erfüllen.

II

Er schreckte nicht aus dem Schlaf auf; es war ein friedliches Erwachen. Kalliope lag, die Augen geschlossen, die Lippen zu einem Lächeln geschürzt, in seine Arme gekuschelt und schnarchte leise. Vorsichtig, um sie nicht zu stören, befreite sich George von der süßen Last.

Wovon hatte er eben geträumt? Die Erinnerung war jetzt schon zum Verzweifeln undeutlich; aber ein künftiger Traum würde sie vielleicht wieder wachrufen. Es ging dabei irgendwie um eine Büchse ... und eine Verletzung. Er warf unbewußt einen Blick auf seinen Arm und bemerkte drei weiße Linien, die wie fast verheilte Kratzer aussahen.

Mit einem verwirrten Kopfschütteln stieg George in seine Hose und ging in die Küche, um das Frühstück vorzubereiten. Im Vorbeigehen sah er durch die offene Wohnzimmertür seine Schreibmaschine, die geduldig auf dem Couchtisch wartete. Ihm fiel wieder ein, daß er heute noch eine Kurzgeschichte fertigschreiben mußte, eine Geschichte über einen Klempner in der Hölle.

Er packte gerade Brot in den Toaster, als es an der Haustür klopfte. Das jagte ihm jetzt allerdings einen Schrecken ein; sein Arm zuckte und schickte eine Tüte Orangensaft ins Verderben.

In der Orangensaft-Pfütze stehend, schüttelte George erneut den Kopf und lächelte, weil es natürlich nicht den geringsten Grund zur Aufregung gab. Es war nur der Briefträger, der endlich gekommen war.

I

Die ersten Minister und Grauen Vrouwen trafen kurz nach 22 Uhr vor dem Tolkien-Haus ein. Froh, dem unfreundlichen Wetter, das Regen versprach, zu entkommen, übergaben die Bohemier ihre Reittiere den Bediensteten und eilten sofort hinein. Drinnen führte eine Kette von bunten Lichtern die Gäste durch die Mathom-Halle und weiter zum Fahrstuhl, denn natürlich fand die Party im unterirdischen Garten Lothlórien statt, wo der besternte Himmel heiter und wolkenlos blieb.

Um elf war die Lustbarkeit bereits in vollem Gang: Stimmung und Alkohol waren berauschend. Als George und Kalliope dann gegen halb zwölf eintrafen, hielt die Gesellschaft für einen Augenblick die Luft an. Ihre Kostüme waren von der Dame selbst entworfen worden: Er kam als Prinz Eisenherz, sie als Schöne Schäferin. Nicht wenige Bohemier und Tolkienianer zählten diese Nacht noch im Traum Schafe.

Mitternacht. Nach längeren freundlichen und weniger freundlichen Auseinandersetzungen mit Brian betrat Aurora Smith Schlag zwölf das Tolkien-Haus, und damit nahm das Fest erst seinen wirklichen Anfang.

II

»Ich sehe einfach nicht ein, was uns das bringen soll, auf eine Party zu gehen, wo ich keine Menschenseele kenne«, sagte Brian Garroway, während der mit Obsidian ausgekleidete Fahrstuhl die beiden in die unterirdischen Gewölbe beförderte.

Aurora rückte den Picknickkorb an ihrem Arm zurecht (sie ging als Rotkäppchen) und fragte: »Hast du nicht die Leute gesehen, die im Wald an uns vorbeigeritten sind? Das waren Bohemier.«

»Ich kenne keine Bohemier«, teilte Brian ihr mit. Möglicherweise war das Kostüm, das Aurora im letzten Augenblick für ihn zusammengestoppelt hatte, nicht ganz unschuldig an seiner gereizten Stimmung. Zwei blaue Gardinen waren zu einem Cape zusammengenäht worden, und eine Baguette stak in seinem Gürtel wie ein Kurzschwert. Ein mit einer Nadel an seinem Kragen befestigtes, hastig bekritzeltes Schildchen erläuterte: ICH BIN DER GRAF VON SANDWICH.

»Wenn du willst«, sagte Aurora, »mach ich dich mit einigen bekannt. Letztes Jahr hab ich in dieser Swift-Vorlesung ein paar von ihnen kennengelernt.«

»Swift. Das paßt ja.«

In der zweiten Untergeschoßebene warteten direkt vor dem Fahrstuhl zwei Zwerge, um sie in Empfang zu nehmen.

»Hallo, ihr beiden!« strahlte Aurora und ging auf sie zu. Brian blieb etwas zurück. »Sind wir hier rich-« Sie verstummte abrupt, als sie den weggetretenen Ausdruck in den Gesichtern der Zwerge bemerkte. Beide starrten blicklos in die Ferne, als litten sie an den Nachwirkungen einer Vision. Doch just als Aurora eine Hand vor ihren Augen hin und her bewegen wollte, öffneten sie den Mund und sprachen.

»Folge den Lichtern«, sagte der erste schwermütig.

»Vorsicht auf der Brücke«, fügte der zweite hinzu. Keiner von beiden sah sie an.

»M-hm«, sagte Brian, während er die Zwerge musterte. Er hatte nie Drogen angerührt und würde es auch niemals tun, aber einen zugedröhnten Kopf konnte er sehr wohl erkennen. »Na, ihr Burschen, was war's denn?«

Der erste Zwerg stieß einen verliebten Seufzer aus. »Die Dame...«, hauchte er und sagte kein weiteres Wort.

»Aurora«, sagte Brian und warf ihr einen scharfen Blick zu. »Ich bin wirklich nicht sicher, ob –«

Doch sie hatte es eilig, auf die Party zu kommen, und zog ihn ungeduldig am Arm. »Nun komm schon«, beharrte sie und ging los, immer den Laternen nach, die den Weg durch das ansonsten stockfinstere Kellergewölbe erhellten.

»Aurora!« Seine Stimme war streng, doch sie ging unbeirrt weiter und zwang ihn, ihr nachzulaufen; er holte sie tatsächlich erst ein, als sie die Brücke fast erreicht hatte.

»Aurora«, fragte er, als er endlich wieder an ihrer Seite war, »bist du wirklich sicher, daß wir auf eine Party gehen sollten, wo schon die Türsteher zu sind?«

Sie ging nicht darauf ein. »Was ist denn das?« rief sie aus, als sie die Schlucht erreichten. Auf der Brücke hatte man die Laternen gefährlich nah an den Abgrund gerückt, um soviel Platz wie möglich zu lassen.

»Aurora!« Als sie den Fuß auf die Brücke setzte, packte Brian sie am Arm. Sie drehte sich mit unerwarteter Heftigkeit nach ihm um und riß sich los, wobei sie aus Versehen eine Lampe über den Rand stieß. Sie fiel wirbelnd hinunter und verlosch fast sofort, doch nicht, ohne ihnen vorher einen Blick in erschreckende Tiefen gewährt zu haben. Falls die Laterne zuletzt irgendwo unten aufschlug, hörten sie es nicht.

»Jesus Christus«, sagte Brian (kein leichtfertiger Übertreter des zweiten Gebotes), als er in den Abgrund spähte. »Was zum Kuckuck ist das?«

Aurora nutzte die günstige Gelegenheit und setzte sich wieder in Bewegung. Brian folgte ihr – selbstredend mit der größten Vorsicht – und bekam sie erst wieder zu fassen, als sie die Brücke schon ein ganzes Stück hinter sich gelassen hatte. Und hier verschlug es sogar ihm vorübergehend die Sprache, als sich seinen geblendeten Augen der Zauberwald von Lothlórien, die Stätte des Gelages, offenbarte.

III

Auf einer Lichtung stand ein großer Pavillon, ein langes offenes Zelt aus laubgrüner Leinwand und grauen Eschenpfosten, und darin befand sich eine Bar, die durch ihre geschickt gestaltete Holzverkleidung den Eindruck erweckte, als sei sie soeben dem Erdboden entsprossen. Dadurch fügte sie sich, wiewohl mit allen Errungenschaften der modernen Technik – und den besten Getränkemarken – ausgestattet, fast vollkommen in die Atmosphäre des Waldes ein. Natürlich ließen sich gewisse Anachronismen nicht vermeiden: So saß Z. Z. Top in voller Gefechtsmontur vor einem angebrochenen Sechserpack Schlitz und ließ sich den edlen Gerstensaft gerade aus einer kräftig geschüttelten Dose in den Rachen rauschen.

Außerhalb des Zeltes mischten sich Bohemier mit Tolkienianern, die sich mit Grauen Vrouwen mischten, die sich mit allerlei anderen Gästen mischten. Manche tanzten zur Musik einer improvisierten Band, die ein Mittelding zwischen mittelalterlichen Spielmannsliedern und Jazz-Rock zum besten gab; andere standen nur herum, tranken und plauderten. In eine Senatorentoga gehüllt, unterhielt sich Fujiko angeregt mit Noldorin, jenem Präsidenten des Tolkien-Hauses, der im Austausch für die Gelegenheit, die Graue Vrouwe kennenzulernen, ganz Bohemia die Ehrenmitgliedschaft gewährt hatte. Sie schienen prima miteinander auszukommen, wie es denn im ganzen Garten kaum ein Paar gab, das nicht entweder glücklich ausgesehen hätte oder aber zu angetütert, um sich um Äußerlichkeiten zu kümmern.

Während Aurora die Gesichter musterte, wandte Brian den Blick gen Himmel. Wie Löwenherz vor ihm, durchschaute er sofort die Täuschung.

»Eine Kuppel«, sagte er nicht unbeeindruckt. »Eine unterirdische Kuppel.«

Ein anderer Präsident des Hauses, Shen Han, kam just in diesem Augenblick vorbei und hörte Brians Worte, ging indes – wie damals bei Löwenherz – nicht weiter darauf ein. Was hätte er auch sagen können? Natürlich waren die Sterne, die am Himmelsgewölbe über dem Garten funkelten, eine Projektion, und Shen Han kannte durchaus die verborgenen Regler, die sie heller oder matter leuchten ließen, wußte ebenso, wie sämtliche atmosphärischen Gegebenheiten in Lothlórien nach Wunsch beeinflußt werden konnten: der Wind, der Nebel, der sich jetzt den Gästen verführerisch um die Fesseln schmiegte, und die Temperatur. Wie das im einzelnen technisch bewerkstelligt wurde, wußte er allerdings nicht, da weder er noch sonst ein Mitglied der Tolkienia (trotz teilweise emsiger Suche) je auch nur eine einzige Maschine oder einen Projektor zu Gesicht bekommen hatte; wo immer sich die geheimnisvollen Apparate befinden mochten, sie mußten wahre Wunderwerke der Technik sein, da sie keinerlei Wartung oder Reparaturen zu erfordern schienen. Überhaupt hatte sich das ganze Haus seit seinem Bestehen weitgehend selbst instand gehalten – jedenfalls der Sage nach. Daß aber Außenstehende eine solche Sage goutiert oder gar ernst genommen hätten, war mehr als zweifelhaft.

»George!« rief Aurora, als sie im Gewühl eine vertraute Gestalt entdeckte. Brian kam wieder auf den Boden der Tatsachen zurück; Shen Han kreuzte seinen Weg.

»He, Sportsfreundin«, begrüßte George sie, indem er auf sie zuging. Sein Prinz-Eisenherz-Mantel bauschte sich hinter ihm; anders als Brians Cape erweckte er nicht im mindesten den Eindruck, als gehörte er an ein Fenster. »Was führt dich denn her?«

»Ich hab eine schriftliche Einladung bekommen«, erklärte sie. »Mit der Post. Von der Dame vom Tolkien-Haus.«

»Von der Dame?« Ein Ausdruck leichten Unbehagens huschte über sein Gesicht.

»Ja. Und natürlich konnten wir uns die Chance nicht entgehen lassen, dieses Haus mit eigenen Augen zu sehen.« Sie warf Brian einen Blick zu. »Nicht wahr?«

»Nein«, pflichtete er ihr bei. »Das konnten wir natürlich nicht. Wie geht's deiner neuen Freundin, George?«

Georges Miene drückte nun nicht mehr Unbehagen, sondern Verblüffung aus. »Woher weißt du, daß ich eine Freundin habe?«

»Letzten Dienstag war eine Notiz in der ›Sun‹. Etwas über eine geheimnisvolle Dame, die nicht ein einziger Fotoreporter auf die Platte bannen konnte.«

»Wirklich?« schaltete sich Aurora ein. »Können wir sie kennenlernen? Ist sie hier?«

»Sie ist hier«, sagte George, »allerdings ist sie momentan verschwunden.«

»Verschwunden?«

»Ist schon etwas merkwürdig, wenn man sie noch nicht länger kennt. Wir waren grad im Garten angekommen, als der Nebel für einen Augenblick richtig hoch aufgewirbelt ist, und dann war sie weg. Wie der Schatten. Früher oder später wird sie schon wieder auftauchen, aber einstweilen hat die Sache auch ihre Vorzüge. Kalliope hat immer eine komische Wirkung auf die Leute, wenn wir zusammen aus sind.«

»Die Zwerge am Fahrstuhl...«, sinnierte Brian. George nickte.

»Ja, die Zwerge. Genau das meine ich.«

»Na«, sagte Aurora, »die müssen wir wirklich kennenlernen, diese... Kalliope. Mach uns doch ausfindig, sobald sie wieder aufkreuzt. Wir werden noch ein ganzes Weilchen hier sein.«

»Vielleicht nicht ganz so lange«, fügte Brian hinzu, aber Aurora hatte sich schon verabschiedet und war weitergegangen, um sich etwas Interessantes, das sie zwischen den Bäumen erspäht hatte, aus der Nähe anzuschauen. Wieder einmal nahm Brian, der Verzweiflung nahe, die Verfolgung auf, doch kaum hatte er ein paar Schritte gemacht, als sich ihm ein Bein heimtückisch in den Weg streckte und ihn zu Fall brachte.

Als er sich hochstemmte, dröhnte ihm eine hemmungslos meckernde Lache in den Ohren. Wutentbrannt drehte er sich um und erblickte neben sich im Gras die bäuchlings liegende Gestalt des Bohemiers Woodstock, der einen Krug Ale in der einen und einen halb heruntergebrannten Joint in der anderen Hand hielt. Der Bohemier hatte beide Beine von sich gestreckt, den Kopf weit in den Nacken geworfen und lachte in einer Weise, die einen das Schlimmste für seine Gesundheit befürchten ließ.

»Sehr witzig«, sagte Brian, richtete sich weiter auf und klopfte hockend den Dreck von seiner Hose. Das Wort »Arschloch« lag ihm auf der Zunge, doch er ließ es nicht hinaus. »Du Blödmann«, schob er statt dessen nach.

»Hä?« Woodstock unterdrückte mühsam seine Heiterkeit und versuchte, seine Augen auf Brian scharfzustellen, als habe er ihn gerade erst bemerkt. »Blödmann?«

»Freut mich, daß du dich über meinen Sturz so amüsiert hast. Ich hätte mir – oder dir – das Genick brechen können.«

»Amüsiert?« wiederholte Woodstock. »Du?... Mich? Nein.« Kichernd streckte er einen Finger nach einem leeren Fleck Boden hinter Brian aus. »Kleiner Mann... nur so hoch.« Er hielt zur Veranschaulichung die Hände fünfzehn Zentimeter auseinander, wobei er den ganzen Inhalt des Kruges über sich verschüttete. »Nur so hoch, Ehrenwort.«

»Sicher doch«, sagte Brian. Dann röhrte er aus voller Lunge: »Aurora!«

Sie war nirgends zu sehen. Woodstock sich selbst und einem neuerlichen Lachkrampf überlassend, stand Brian auf und schlug aufs Geratewohl einen Pfad ein, der waldeinwärts führte. Nachdem er an zwei Tolkienianern und einem Trio eigens importierter Alpha-Phi-Mädels vorbeigekommen war, erreichte er die Lichtung, auf der sich der magische Kreis befand: ein weiter Ring hellfarbiger Steine, dem die Hausbewohner eine besondere schützende Kraft zuschrieben. Im Kreis lag eine von übermäßigem Weingenuß ihrer Sinne beraubte Frau. Eine sehr hübsche

Frau, wie Brian bemerkte, doch nicht seine; auch sonst war niemand zugegen – gleich in welchem Stadium der Ansprechbarkeit –, den er nach Aurora hätte fragen können. Fast mit seinem Latein am Ende, sah Brian aus den Augenwinkeln flüchtig etwas Rotes aufleuchten. Als er seinen Blick angestrengt auf eine Stelle am Waldrand richtete, wo sich die Bäume besonders dicht aneinanderzudrängen schienen, sah er es wieder und diesmal deutlicher: eine Gestalt in einem roten Kapuzenmantel, die sich waldeinwärts von ihm entfernte. Brian rief ihr nach, doch sie drehte sich nicht um.

Er wollte sie nicht wieder aus den Augen verlieren; hastig stapfte er durch einen dünnen Nebelteppich und brach dann durchs Geäst. Brian blieb nicht stehen, um sich zu orientieren oder sich auffällige Landschaftsmerkmale einzuprägen; die Vorstellung, sich in einem unterirdischen Wald zu verlaufen, war absolut lächerlich. Die Stämme standen aber zunehmend nah beieinander, und schon bald wurde das Laubdach so dicht, daß vom Himmel nichts mehr zu sehen war. Der Nebel stieg immer höher, wurde immer undurchdringlicher, und Brian konnte die rotgekleidete Gestalt jetzt kaum noch erkennen.

»Aurora!« schrie er. »Bleib stehen, Aurora! Wart auf mich!«

Sie blieb nicht stehen – sie lief weiter, in eine dichte Nebelbank hinein, die sie vollends verschluckte. Plötzlich ängstlich, hielt es Brian jetzt für ratsamer, umzukehren und zum Festzelt zurückzulaufen, wo er einen Tolkienianer zu finden hoffte, der ihn durch diesen unmöglichen Wald führen würde. Doch als er um sich blickte, sahen alle Richtungen gleich aus, überall zog sich der Nebel weiter zusammen, und er begriff, daß er die Orientierung verloren hatte.

IV

»Hör auf, ihn zu ärgern, Puck! Komm jetzt.«

»Nur'n Moment noch, Zeph…« Der Kobold schnitt Woodstock eine weitere Grimasse und sah ihm dann zu, wie er sich vor Lachen krümmte und mit der Faust auf den Boden schlug. Puck konnte sich nicht von ihm losreißen: Daß ein Angehöriger des Großen Volkes ihn wirklich sah, war bislang nur selten passiert, und eine derartige Reaktion war ihm überhaupt noch nie untergekommen.

»Das ist doch albern, Puck«, redete ihm Zephyr zu, die sich hinter einem Busch versteckt hielt. »Was ist, wenn er auf die Idee kommt, dich plattzutreten?«

»Es sollte mich wundern, wenn er überhaupt imstande wäre, aufzustehen«, entgegnete Puck. Doch er hatte langsam genug von diesem Spiel, und so empfahl er sich dem Bohemier mit einer abschließenden langen Nase und kehrte zu Zephyr zurück. »Wohin jetzt?« fragte er sie.

»Gehen wir rüber zum Kreis. Großvater soll heute Geschichten erzählen.« Puck nickte, und sie zogen los, wobei sie demselben Pfad folgten, den Brian Garroway vor nicht allzu langer Zeit so eilig beschritten hatte. Die zwei Kobolde hielten sich am äußersten Rand des Weges, um nicht von einem etwaigen anderen Waldläufer zertrampelt zu werden. Mit ihren kurzen Beinen kamen sie nicht so schnell vorwärts, doch nach angemessener Frist erreichten auch sie die Lichtung und den Ring aus magischen Steinen.

Aphrodite, die bohemische Liebesministerin, lag noch immer besinnungslos im Inneren des Kreises. Furchtlos drängte sich eine wimmelnde Menge von Kobolden um sie herum, und einzelne benutzten sie sogar als Riesensofa; eine Koboldin stand seelenruhig auf Aphrodites Nacken und schnitt ihr Haarsträhnen ab, die man später zu allerlei Geweben verarbeiten würde.

Puck und Zephyr mischten sich unters Volk. Anders als die Menschen pflegten sich die Kobolde an diesem Feiertag nicht zu kostümieren: Was hätte es für ein unsichtbares Zauberwesen auch für einen Sinn gehabt, sich als Gespenst oder Butzemann zu verkleiden? Puck entdeckte Hamlet unter den zahllosen Gesichtern; wie gewöhnlich in Eichenlaub gekleidet, das Nadelschwert an der Seite, plauderte er mit Jaquenetta, der Tierführerin, die in der Nacht von Spinnwebs und Saffrons Tod mit von der Partie gewesen war. Etwas weiter weg, fast am Rand des Kreises, waren Zephyrs Großvater Hobart und zwei weitere Kobolde gerade dabei, einen Geschichtenerzählersessel zusammenzubauen: eine Konstruktion aus Eis-am-Stiel-Stielen und Zungenspateln, die an den Hochsitz eines Bademeisters erinnerte.

»Hobart sieht ja ganz vergnügt aus«, bemerkte Puck, während

er aus der Ferne beobachtete, wie der alte Kobold den zwei jüngeren Anweisungen erteilte.

»Bei solchen Anlässen blüht er immer regelrecht auf«, sagte Zephyr. »Er ist schließlich der Älteste, und das gibt ihm die Gelegenheit, mit seinen Geschichtskenntnissen zu prunken.«

»Was für eine Geschichte wirst du dir wünschen?«

»Ich weiß noch nicht genau. Irgendwas mit Schmetterlingen vielleicht.«

Die letzte Latte des Stuhls wurde eingepaßt und Hobart auf den Sitz emporgehoben; Hände gingen Ruhe heischend in die Höhe. Die – zahlenmäßig inzwischen beträchtliche – Menge verstummte, und sämtliche Augen richteten sich auf den Geschichtenerzähler.

»Ä-hemm«, hub Hobart mit einem Räuspern an, und als er weitersprach, schwang in seinen Worten ein gewisser Stolz mit. »Ich brauche mich wohl nicht vorzustellen. Ihr alle wißt, wer ich bin, und ich selbst habe die meisten von euch schon bei der einen oder anderen Gelegenheit persönlich kennengelernt, wenn ich auch manche Namen vielleicht inzwischen durcheinanderbringen würde. Was die heutige Nacht angeht... ihr werdet mittlerweile schon bemerkt haben, daß es mit meinem Gedächtnis nicht gerade zum besten steht. Nichtsdestoweniger bin ich zuversichtlich, daß es mir gelingen wird, euch mit demjenigen Teil der Vergangenheit, der mir noch nicht entfallen ist, angenehm zu unterhalten. Ich bitte euch nur, von allzu persönlichen Fragen Abstand zu nehmen.« Sein Lächeln ging noch mehr in die Breite. »Außer natürlich, sie betreffen jemand anders als mich.«

Höfliches Gelächter. Hobart breitete die Hände aus und nickte zum Zeichen des Dankes. »Also dann...«, fuhr er fort. »Laßt uns jetzt anfangen. Was für eine Geschichte möchtet ihr hören?«

Schlagartig brach ein wirres Getöse aus; jeder der mehreren hundert Anwesenden verlangte lautstark nach etwas anderem. Hobart lauschte angestrengt, und es gelang ihm, hier und da tatsächlich, einzelne Wünsche aus dem allgemeinen Krach herauszuhören.

»Erzähl uns vom Glockenturm!«

»Wir wollen eine Mittsommernachts-Liebesgeschichte!«

»Schmetterlinge!« rief Zephyr. Hobart erkannte ihre Stimme unter allen anderen und nickte erneut.

»Genug!« sprach er; wieder verstummte die Menge. »Meine

Enkelin hat soeben den Wunsch geäußert, eine Schmetterlingsgeschichte zu hören. Das ist ein wahrhaft bemerkenswertes Zusammentreffen, da ich just im selben Augenblick an einen Kobold namens Falstaff dachte, der einst den Titel eines Käptn Raupenschlepper erlangte, indem er –«

»Hobart!« rief eine Stimme. Mehrere Köpfe drehten sich um: Einesolche Unterbrechung war entsetzlich ungehörig. So wunderte es Puck nicht, Saffrons ungebärdigen Bruder Laertes zu sehen, der, die Hand am Griff seines Schwertes, hoch oben auf Aphrodites Brustkorb stand.

»Ich will eine Todesgeschichte«, sagte Laertes, ohne die mißbilligenden Blicke und geflüsterten Kommentare aus der Menge zu beachten.

»Eine Todesgeschichte?« entgegnete Hobart, und beugte sich in seinem Sessel vor. »Und wie kommst du darauf, der Tod sei ein passenderes Thema als Schmetterlinge?«

»Schmetterlinge interessieren mich nicht. Ich habe diesen Herbst eine Angehörige verloren – und nicht nur ich. Jetzt naht der Winter, und ich wette, der Tod hat dann eine weit größere Macht als alles, was da fleucht. Sogar das Große Volk« – er zeigte auf Aphrodite – »scheint das zu ahnen. Nicht umsonst nennt man bei ihnen diesen Tag das Fest der Toten!«

»Ich bin mir nicht sicher, ob sie ihn tatsächlich so nennen«, sagte Hobart, »und wir tun das ganz gewiß nicht. Es gibt schlimmere Schrecken als kaltes Wetter, Laertes.«

»Das ist mir egal. Ich will eine Todesgeschichte.«

»Was du brauchst, ist jemand, der dir ein paar Anstandsregeln einbleut«, rief Puck aus der Menge. Laertes warf ihm einen finsteren Blick zu, und seine Hand krampfte sich fester um den Schwertgriff. Hobart sah, daß er jeden Augenblick vom Leder ziehen würde.

»Genug!« rief der alte Kobold streng, ehe Puck und Laertes aufeinander losgehen konnten; er hatte ihr Duell nach Saffrons Gedächtnisfeier noch gut in Erinnerung. »Ihr hört augenblicklich auf, oder es gibt überhaupt keine Geschichte!«

»Siehst du?« sagte Puck zu seinem Gegner. »Du verdirbst noch allen den Abend!«

Laertes sah zu Hobart hinüber: »Krieg ich nun meine Geschichte, ja oder nein?«

»Ja, ja, ist gut! Wenn du dich unbedingt wie ein verzogenes Kind aufführen willst, sollst du deinen Willen haben, damit du Ruhe gibst. Die Waffe weg, Puck!«

»Aber keine x-beliebige Todesgeschichte«, fügte Laertes hinzu, als Puck sein Schwert widerwillig in die Scheide zurücksteckte.

»Dir schwebt also eine ganz bestimmte vor?«

»Ja. Du sollst uns vom Krieg erzählen.«

Hobart erblaßte. »Vom Krieg...«

»Ja, warum nicht?« drängte Laertes. »Ist das nicht die schlimmste Todesgeschichte überhaupt? Genau, was ich jetzt brauche. Erzähl uns, erzähl uns vom Großen Krieg. Erzähl uns die Geschichte von Rasferret dem Engerling.«

V

Stephen George saß an der Bar im Pavillon und becherte mit Löwenherz und Shen Han.

»Tut mir leid, George«, sagte der bohemische König, der wie üblich seinen Midori aus einem Schnapsglas schlürfte, »ich weiß nicht, wovon du redest.«

»Ich ebensowenig«, sagte der tolkienianische Präsident.

Löwenherz leerte sein Glas und bestellte das nächste. »Versteh mich recht, wir hätten dich wirklich einladen sollen, und jetzt, wo du hier bist, kannst du natürlich auch bleiben, aber...«

»Aber ihr habt die Einladung nicht geschickt«, vollendete George den Satz für ihn.

»Wie, sagtest du, war der Wortlaut?« fragte Shen Han. »›Die Dame vom Tolkien-Haus‹? Unsere Einladungen erfolgen immer im Namen der Brüder vom Tolkien-Haus. Die Dame ist uns vollkommen unbekannt; das einzige, was wir über sie wissen, ist, daß sie das Haus gebaut hat.«

»Ich könnte mir vorstellen, daß ich was über sie weiß«, murmelte George.

Sie schwiegen verdutzt. Löwenherz kippte einen weiteren Midori und sah zu Shen Han hinüber, als ihm plötzlich etwas einfiel.

»Ach ja«, sagte er, »ich wollte dir noch danken. Ich war vor ein paar Minuten drüben beim Spiegel des Galadriel und hab gesehen, daß die Gummimaid weg ist. Ihr habt sie rausgeworfen, was?«

Shen Han blinzelte. »Ich wollt's tun... Tut mir leid, das muß mir entfallen sein. Das wird wohl einer der anderen besorgt haben. Noldorin vielleicht.«

»Egal«, sagte Löwenherz. »Hauptsache, sie ist weg.«

»Die Gummimaid?« fragte George. »Was ist denn die Gummimaid?«

»Ein dummer Scherz«, erklärte Löwenherz. »Spielt keine Rolle. Sag uns lieber, wann du diese Einladung bekommen hast.«

»Ich weiß nicht. Es ist komisch, aber ich kann mich gar nicht erinnern, sie tatsächlich erhalten zu haben. Ich weiß bloß, daß sie die letzten paar Wochen neben meiner Schreibmaschine gelegen hat. Ich kann nicht –«

Er verstummte. Hinter der Bar, draußen, halb hinter einem Baum an der Rückseite des Festzeltes versteckt, war ihm ein Hirtenstab aufgefallen. Er stand auf.

»George?«

»Ihr müßt mich kurz entschuldigen«, sagte er. »Ich hab mit jemandem ein paar Takte zu reden.«

Shen Han blickte sich um. »Mit wem denn?«

»Der Schönen Schäferin. Wir unterhalten uns nachher weiter, okay?«

George verabschiedete sich von den beiden mit einem Kopfnikken, drängte sich eilig um die Theke und ging auf den Baum zu. Er hatte ihn fast erreicht, als der Hirtenstab hinter dem Stamm verschwand, um Sekunden später knapp zehn Meter weiter hinter einem anderen Baum wiederaufzutauchen.

»Gut«, sagte George. »Auf ein neues.« Er ließ sich bereitwillig von der flüchtigen Hirtin zu einer fröhlichen Jagd verführen. Während Brian Garroway der Dame seines Herzens fast ununterbrochen nachgerufen hatte, sie möchte auf ihn warten, sparte sich George die Mühe; Kalliope wußte genau, was sie wollte, und er hatte nicht ein einziges Mal erlebt, daß sie eines ihrer Spiele vorzeitig abgebrochen hätte. Es hatte keinen Sinn, sich dem Gang der Ereignisse zu widersetzen.

Er tappte auf eine offene Lichtung, wo der dritte Präsident, Lucius DeRond, rittlings auf dem Riesenpilz saß und aus einer Wasserpfeife schmauchte. »Von dieser Seite des Pilzes wirst du größer«, intonierte Lucius, indem er Rauchkringel gen Himmel blies, »und von dieser Seite kleiner.« George fragte ihn, was die Mitte des Pilzes bewirke, wartete indes die Antwort nicht ab; der schlanke, rosenfarbene Hirtenstab lockte ihn weiter.

Jenseits der Lichtung wurden die Bäume allmählich dichter, der Nebel undurchdringlicher. Bald folgte er nicht mehr dem Schäferstab, sondern nur dem Geräusch leichter Schritte, die in stets gleichbleibender Entfernung, immer kurz vor ihm, aus dem Dunst zu vernehmen waren. Dann hörte er auch sie nicht mehr. In einer wabernden weißen Welt verloren – dennoch ohne Furcht –, ließ sich George von seinem Instinkt weiterleiten.

Die Bäume wichen auseinander, der Wald öffnete sich zu einer weiteren Lichtung. George spürte das eher, als daß er es sah; sehen konnte man mittlerweile nicht einmal mehr die Hand vor Augen. Er ging vorsichtig weiter, tastete nach etwaigen Hindernissen, und plötzlich war sie da. Seine Hand streifte etwas, was er für die Rückseite einer Schäferinnenhaube hielt; als sie sich umdrehte, breiteten sich seine Arme aus, um sie zu umfangen. Auch sie streckte ihm die Hände entgegen und ergriff den Saum seines Capes, als wollte sie sich vergewissern, daß er es wirklich war. Dann küßten sie sich schweigend, und als die Hände der Dame in einer hinreißend sinnverwirrenden Weise über seinen Rücken strichen, kam George nicht einmal auf den Gedanken, zu fragen, wo denn ihr Hirtenstab abgeblieben sei.

VI

»Rasferret der Engerling...«, begann Hobart mit ernster Miene. »Gleichfalls bekannt als Rasferret der Böse, Rasferret der Zerstörer. Ihr werdet herzlich wenig Namen finden, die so gefürchtet sind wie dieser. Rasferret ist unser kollektiver Alptraum, unser Stammesteufel, noch nach mehr als einem Jahrhundert fähig, blankes Entsetzen einzuflößen –, wenngleich die meisten derer, die ihm leibhaftig begegnet sind, nicht mehr von ihm berichten konnten. Schaut mich an, der ich in einem Alter, das früher nicht bemerkenswert genannt worden wäre, den Titel des Ältesten trage. Damals, als ich noch jung war und Julius Ältester... in jenen Tagen bedeutete alt noch wirklich alt. Der Krieg gegen Rasferret dezimierte uns und veränderte uns in mehr als einer Hinsicht.

Und was war er, dieser Teufel? Die einen sagen, er sei der Sproß eines der Unsrigen gewesen, der sich mit einer Rättin gepaart hatte – wenngleich ich persönlich mir eine solche Vereinigung nicht vorzustellen vermag; andere sagen, er sei ein echter Kobold gewesen, doch böse, und er habe nach langen Wanderungen, langen Jahren, die seinen Sünden gemäße Gestalt angenommen. Welcher Art seine Abstammung auch immer gewesen sein mag, seine Erscheinung kann unschwer aus einem seiner Beinamen erschlossen werden, ›der Engerling‹: eine kleine, widerliche, verwachsene Kreatur, deren Augen in einem gleißenden Blau glühten – der Farbe der Flamme, wo sie am heißesten ist. Einzig von Bosheit getrieben, kam er aus einer unbekannten, fernen Gegend, um uns zu bekriegen ... und, Laertes, er kam nicht zur kalten Winterszeit, sondern zu Beginn des Frühlings.

Wer zum erstenmal von ihr hört, mag sich fragen, was für eine Bedrohung eine solche Kreatur darstellen konnte, so klein und allein, wie sie war. Doch natürlich ist Rasferret nie allein gewesen; von Anfang an hatte er die Ratten als Verbündete. Und es waren keine gewöhnlichen Ratten. Rasferret verfügte über magische Kräfte, Kräfte, die er, wie ich glaube, gestohlen haben muß (denn daß er sie rechtens erworben hätte, kann ich mir nicht vorstellen), und mit ihrer Hilfe verwandelte er die Ratten, ließ sie auf zwei Beinen laufen und Schwerter, Keulen und Armbruste tragen. Mit einer Armee von vielleicht fünfhundert Tieren begann er seinen Ansturm auf den Hügel, und sein Ziel war unsere vollständige Vernichtung.

Die ersten Kampfhandlungen waren hinterhältige Überraschungsangriffe: Rasferrets Versuch, noch vor seiner Entdekkung soviel Schaden wie nur irgend möglich anzurichten. Immer wieder umzingelten die Ratten kleine Gruppen von Kobolden auf unübersichtlichem Gelände, überfielen die gänzlich Unvorbereiteten und ließen niemals Zeugen zurück. Mein eigener Bruder fiel bei einem solchen Überfall; noch lange Zeit danach wußten wir nicht, was ihm zugestoßen war.

Dann kam der Tag, als Rasferret sich stark genug fühlte, den offenen Kampf gegen uns zu wagen. Gegen Abend sollte eine

Hochzeit in einem Garten gefeiert werden – nicht in diesem natürlich, aber nicht weit von hier entfernt –, und mehr als zweihundert Kobolde waren geladen. Kaum hatte die Zeremonie begonnen – die letzten Gäste waren gerade eingetroffen –, als sich die gesamte Rattenarmee mit der untergehenden Sonne im Rükken auf die Versammelten stürzte. Rasferret selbst kämpfte nicht mit – feige, wie er war, hielt er sich stets jedem Gefecht fern –, nichtsdestoweniger gab er sich und seine Macht zu erkennen. Unter den Kobolden war ein Bursche namens Prüfstein, ein außergewöhnlich heller Kopf, Erfinder und Bastler von Beruf. Er entkam dem Gemetzel auf dem Rücken eines Grauhörnchens und ritt in gestrecktem Galopp zu dem großen hohlen Baumstumpf, in dem er seine neueste Schöpfung untergestellt hatte.« Hobarts Augen ruhten kurz auf Puck. »Es war ein Fahrzeug, ein Geländefahrzeug mit besonders breiten Rädern, und in diesem Augenblick höchster Not benutzte Prüfstein es als Streitwagen. Er kehrte damit so schnell wie möglich zum Garten zurück und pflügte durch die Reihen der Marodeure, tötete einige und schlug die anderen in die Flucht. Dann aber sandte Rasferret ein Stück seiner Seele in das Herz der Maschine, und plötzlich erwachte das Fahrzeug zum Leben, machte sich selbständig und überfuhr zahllose Kobolde, ehe es wie ein Rammbock gegen einen Baum raste und seinen Fahrer tötete. Und so erfuhren wir von Rasferrets furchtbarster Macht: der Macht der *Beseelung*…«

VII

Die Frau war nicht lebendig. Brian Garroway wußte es, noch ehe er sie berührte, denn die Gestalt, die ihm, das Gesicht zugekehrt, gegenüberstand (der Nebel hatte sich etwas gelichtet, und er konnte, wenn schon nicht ihre Züge, so doch ihre Umrisse erkennen), hielt sich viel zu starr und reglos, um aus Fleisch und Blut sein zu können. Brian streckte die Hand nach ihr aus, berührte sie an der Taille und fühlte zuerst die genarbte Elastizität von Leder, darunter dann eine Härte, die auf Kunststoff schließen ließ. Mit einem Mal war das Geheimnis gelüftet.

Er hob die Hand und strich der Schaufensterpuppe über die Wange, berührte ihr grobes Haar, indes er sich fragte, wie sie in diese entlegene Ecke des Waldes geraten sein mochte, die (wie Brian argwöhnte) wohl dazu diente, Initianden zu verwirren. Während er weiter herumrätselte, folgten seine Finger der Kurve einer nackten Schulter, glitten über den Arm hinab, erreichten schließlich die Vertiefung ihrer linken Handfläche.

»Du hast nicht zufällig meine Freundin gesehen?« fragte Brian die Gummimaid und hoffte, daß niemand hörte, wie er sich so albern aufführte. In diesem Augenblick schlossen sich die Finger der Puppe um seine Hand.

Er machte einen Satz zurück, riß sich los; die Gummimaid wankte, fiel aber nicht um. Brian drückte sich mit entsetzt aufgerissenen Augen platt gegen einen Baumstamm.

Fiel nicht, konnte nicht, *fiel nicht* –

»Aurora!« Er rief diesmal nicht, er kreischte. Brians Füße hatten soviel Verstand, die Flucht zu ergreifen, und er schoß davon und schrie mit sich überschlagender Stimme wieder und wieder: »Aurora! Jesus! Auroooora...!«

VIII

»Wie viele Schlachten insgesamt? Diese Frage läßt sich nicht beantworten. Drei Wochen währte der Krieg, und ich bezweifle, daß in dieser ganzen Zeit auch nur eine Minute verstrich, ohne daß irgendwo auf dem Hügel wenigstens ein Scharmützel stattgefunden hätte. Stündlich hatten wir weitere Verluste zu beklagen, während Rasferrets Armee sich ständig vergrößerte; denn es fehlte nie an Ratten, die rekrutiert werden konnten. Immer neue Truppen verließen in regelmäßigen Abständen den Knochenacker, wo Rasferret sein Hauptlager aufgeschlagen hatte.«

Zephyr nickte; sie erinnerte sich der Worte ihres Großvaters und begriff jetzt, warum er sie so oft vor diesem Ort gewarnt hatte – und auch an die Ratten erinnerte sie sich, die sie und Puck dort angegriffen hatten. Laertes, der sich im Lauf der Erzählung durch die Menge gearbeitet hatte und nun unmittelbar vor Hobarts Stuhl stand, fragte ungeduldig: »Aber das Große Volk? Die müssen doch irgendwas gemerkt haben, wo ein Konflikt von solchen Ausmaßen direkt vor ihrer Nase ausgetragen wurde.«

»Und wie kommst du darauf?« entgegnete Hobart. »Versteh

mich nicht falsch, Laertes, ich achte die Menschen und liebe sie von Herzen, aber nach dem, was ich so höre, scheinen sie gelegentlich nicht einmal ihre eigenen Kriege zu bemerken. Sicher, wenigstens zum Teil fielen ihnen die Zerstörungen schon auf – ihre Zeitungen berichteten täglich über neue Fälle von mutwilliger Sachbeschädigung –, aber ich bezweifle, daß ihr Verstand überhaupt bereit gewesen wäre zu akzeptieren, was da wirklich vor sich ging. Es konnte nicht sein; also haben sie es auch nicht gesehen.«

»Aber Rasferret hat sie doch bestimmt gesehen«, wandte Laertes ein. »Und mit einer Armee von Ratten und dieser Fähigkeit, Dinge zu beleben...«

»Nein«, sagte Hobart sichtlich beunruhigt. »Nein, er hat kein einziges Mal ein Mitglied des Großen Volkes direkt angegriffen. Ich habe mir natürlich auch Gedanken darüber gemacht, aber ich kann nicht behaupten, daß ich den Grund für diese Zurückhaltung wüßte. Vielleicht war seine Zauberkraft nicht stark genug, vielleicht war er sich ihrer nicht so sicher und wollte das Wagnis nicht eingehen... um dir darüber Gewißheit zu verschaffen, müßtest du schon Rasferret selbst fragen, und ich bin froh, dir versichern zu können, daß das unmöglich ist.«

Laertes nickte. »Sein Untergang... erzähl mir davon.«

»Wir hatten Glück«, erklärte Hobart. »Das ist die schlichte Wahrheit. Wir hatten selbstverständlich einen Plan, aber jeder Plan – mit Ausnahme vielleicht des allersichersten – verdankt sein Gelingen dem Glück. Unsere Strategie erwuchs aus der Verzweiflung; nach drei Wochen ununterbrochenen Kampfes hatte unsere Zahl so weit abgenommen, daß jeder weitere Verlust unser sicheres Ende bedeutet hätte. Hekate, die Urgroßmutter von Macduff hier« – Macduff nickte mit grimmigem Stolz – »führte den größeren zweier Trupps zum Angriff auf den Knochenacker. Ihre Aufgabe bestand darin, zu einem bestimmten Zeitpunkt einen geordneten Rückzug anzutreten, um so viele Ratten wie möglich von dort wegzuziehen. Dann sollte sich eine zweite, kleinere Gruppe unter Führung des Ältesten, Julius, anschleichen und versuchen, Rasferret zu töten. Wir hofften, die Ratten würden, ihres Anführers beraubt, wieder ihre ursprüngliche Gestalt annehmen und sich zerstreuen. Hekate machte ihre Sache gut; sie erreichte das gesteckte Ziel mit einem Mindestmaß an

Verlusten. Vom zweiten Trupp aber kam nur einer mit dem Leben davon. Ich.«

»Dann hast du ihn also getötet?«

Hobart zögerte einen winzigen Augenblick. »Natürlich haben wir ihn getötet. Du wärst nicht hier, Laertes, könntest dich jetzt nicht so unmöglich aufführen, wenn wir ihn nicht getötet hätten.«

»Aber wie? Wie fand Rasferret sein Ende?«

Ein zweites, kaum wahrnehmbares Zögern. »Julius tötete ihn. Durchbohrte ihn mit einem Zauberschwert.« Hobart berührte eine Stelle links unter seinem Brustbein. »Genau hier. Der Engerling zerfiel zu Staub und verwehte im Wind.«

Laertes' Augen wurden schmal. »Julius hat ihm den Todesstoß versetzt? Wie ist er dann aber umgekommen? Du hast doch gesagt, du seist der einzige Überlebende gewesen.«

»Die Ratten haben ihn getötet, wie du dir denken kannst. Glaub ja nicht, Rasferret hätte Hekate seine ganze Armee nachgeschickt! Es blieb noch mehr als genug für uns übrig.«

»Die Ratten haben sich also nicht, wie gehofft, zerstreut.«

»Doch, aber nicht sofort.«

Laertes schüttelte den Kopf. »Aber das mit dem Zauberschwert? Und dem Zu-Staub-Zerfallen? Diesen Teil der Geschichte höre ich heute zum erstenmal. Mein Großonkel Claudius hat mir erzählt –«

»Claudius?« platzte Hobart mit rotem Kopf heraus. »Claudius, mein lieber Junge, war damals noch jünger als ich, er hat in Hekates Truppe gekämpft, und ich kann mich im übrigen nicht erinnern, ihm jemals Einzelheiten über die Vorfälle auf dem Knochenacker mitgeteilt zu haben. Es ist also kein Wunder, wenn er falsch informiert ist.«

Macduff war vorgetreten und stand jetzt direkt neben Laertes. »Ja, min Sähn«, sagte er zu dem jungen Kobold, »un' da du dat nu all haarklein mitgekriggd hast, wie wär dat, wenn du di en büschen verdünnisieren würdst, dat wi ok wat lustigeres tau hören kriggen? Ik bün seker, Hobart hewwd schon langsam genug.«

»Nur noch eine letzte Frage«, beharrte Laertes, der es offensichtlich auf die Spitze treiben wollte. »Woher weißt du, daß das nicht eines Tages wieder passieren wird?«

»Ich nehme an«, sagte Hobart, »daß Rasferret, wenn er imstande gewesen wäre, sich wieder aus seinem Grab zu erheben, dies inzwischen getan hätte.«

»Aber es könnte doch ein anderer von seiner Sorte kommen«, gab Laertes zu bedenken. »Ein zweiter Engerling, der auf der Suche nach einem Krieg durch die Welt zieht.«

»Nein«, sagte Hobart bestimmt.

»Warum nicht?«

»Weil ich jetzt der Älteste bin und weil ich – wenn ich auch nicht halb so alt bin, wie Julius damals war – dir immerhin die Erfahrung von mehr als hundert Jahren voraushabe. Und die gibt mir das Recht, optimistisch zu sein.« Er gab Laertes durch ein Kopfnicken zu verstehen, daß er sich jetzt zurückziehen könne, und richtete dann seine Augen auf den Rest der Versammlung.

»So... wir hatten uns, glaube ich, gerade über Schmetterlinge unterhalten...«

IX

»Au-rooo-raaa...!«

Der schrille Schrei hallte über die Lichtung, wo der Mann und die Frau zusammen im Gras lagen. Wie ein Zauber, der plötzlich verfliegt, löste sich der Nebel schlagartig auf, und als die Frau den Kopf hob, sah sie zum erstenmal klar und deutlich, wen sie da in ihren Armen hielt.

»George!?«

»Aurora...? Was –«

»Ach du Schreck«, sagte sie und machte die Knöpfe ihrer Bluse wieder zu. »Ach du Schreck.« Sie sprang auf und verschwand zwischen den Bäumen, doch nicht ohne sich vorher ein-, zweimal kurz umgeblickt zu haben.

»Was?« wiederholte George und setzte sich auf. Er hörte, wie hinter ihm jemand lachte, und drehte sich um. Kalliope stand gegen einen Baum gelehnt und hielt ihren Hirtenstab locker in der Hand. Mit der anderen schlenkerte sie einen Picknickkorb.

»Das ist ihrer«, sagte sie, indem sie den Korb auf den Boden stellte. »Sie hatte ihn gerade im Nebel verloren, als ihr zwei aneinandergeraten seid.«

»Hast du uns denn gesehen?«

Kalliope nickte. »Sehr aufregend. Noch eine Minute, und du hättest sie aus ihrem Kostüm gehabt. Dann wär's interessant geworden …«

»Ich dachte, sie sei du«, sagte George. »Es ist mir wirklich unbegreiflich, wie ich das nicht …«

»Du hast doch Anglistik studiert, oder? Erinnerst du dich an Chaucers ›Erzählung des Verwalters‹?«

»Was?«

»Vergiß es.«

George stand langsam auf. »Bist du sauer?«

Ohne auf seine Frage einzugehen, streckte sie die Hand aus und strich ihm leicht über das Kinn. »Hat es dir gefallen, George?«

»Ich …«

»Die Wahrheit. Ich bin wirklich neugierig.«

»Ich dachte, sie sei du.«

»Das heißt?«

»Es war vollkommen. Ich meine … nicht, daß groß was passiert wäre.«

»Ach, George, es kommt, wie du weißt, nicht darauf an, was du tust, sondern was du dabei empfindest. Aber kennst du die ganze Wahrheit?«

»Nein. Die wäre?«

»Die ganze Wahrheit ist, daß jeder Mensch, den du lieben wirst, ganz genau wie ich sein wird – und nicht nur im Nebel. Verstehst du?«

»Nein.«

»Du wirst es schon noch verstehen …« Die Dame kam näher. »Sie ist wirklich ein feiner Kerl, dieses blonde Mädchen. Sie hat mehr drauf, als man auf den ersten Blick annehmen würde.«

»Sie ist in jemand anders verliebt«, sagte George. »Und ich ebenfalls.«

»Hmm … natürlich.«

»Du wirst mich bald verlassen, ja?«

»Bald«, bestätigte Kalliope. »Aber nicht heute und auch nicht morgen. Es gibt noch eine Menge zu tun.« Sie fing an, seine Finger einen nach dem anderen zu küssen, und stupste mit dem Fuß leicht gegen den Picknickkorb. »Wollen wir nicht mal nachsehen, was es zu essen gibt?«

I

Das Gelage begann sich eine knappe Stunde vor Morgengrauen aufzulösen. Die Kobolde krochen durch die geheimen Ausgänge hinaus, die sie vor Jahren, kurz nach Fertigstellung des Tolkien-Hauses, gegraben hatten. Die Bohemier wählten die konventionellere Route über die Khazad-dûm-Brücke, die man inzwischen mit Seilen gesichert hatte, damit niemand im Vollrausch in den Abgrund stürzte.

Draußen mobilisierte das Gewitter gerade seine letzten Reserven für einen glanzvollen Abschluß. Als Z. Z. Top ins Freie trat, flammte ein Blitz auf, der den Rasen in zuckendes Licht tauchte; lächelnd bot der Top das Gesicht dem Regen dar und prostete mit seinem letzten Schlitz dem Himmel zu.

»Sehr hübsch«, sagte er. »Ganz reizend.«

Andere folgten: Löwenherz, Myoko, Bettelstab, eine etwas gerupfte Aphrodite und andere mehr. Aurora Smith und Brian Garroway hatten sich schon vor Stunden verabschiedet; George und Kalliope kamen fast als letzte heraus. Ein Blitz erleuchtete das Gesicht der Dame für den Bruchteil eines Augenblicks, was drei Tolkienianer zu ebenso vielen Salzsäulen erstarren ließ. Sie mußten mit fremder Hilfe aus dem Regen entfernt werden.

Als allerletzte verließen Jinsei und Prediger das Haus, und sie nahmen Ragnarök, den sie von beiden Seiten stützten, mit sich hinaus in die Nässe. Prediger war als nicht ganz glaubwürdiger Pilgervater verkleidet, Jinsei als Katze; ihre winzigen Pappöhrchen welkten im Regen zusehends dahin.

Schlicht als er selbst kostümiert, hatte Ragnarök in dieser Nacht so tief ins Glas geschaut, daß er fast auf der anderen Seite wieder herausgekommen wäre, und auf dem Weg zum Ausgang hatte er sich auf seinem Trenchcoat übergeben. Anschließend hatten sie ihn in Predigers Langmantel gewickelt, und als Ragnarök beim Licht des nächsten Blitzes an sich hinuntersah und erkannte, daß er etwas Weißes trug, löste dieser Umstand einen kurzzeitigen Eklat aus.

»Scheiße! O Scheiße, verdammte Kacke was zum Teufel –«

Er schlug um sich. Jinsei steckte einen ordentlichen Ellbogenstoß gegen den Kopf ein und taumelte ein paar Schritte zur Seite. Nur noch einseitig gestützt, sackte Ragnarök halb in sich zusammen, aber Prediger fing ihn auf und hielt ihn von hinten umklammert, so daß er sich nicht umdrehen und zuschlagen konnte.

»Laß mich los!« grölte Ragnarök und wand sich dabei wie ein Fisch im Netz. »Ich bin nicht, *nicht* –«

»*Ich* bin's, Rag«, sagte Prediger leise, direkt in sein Ohr. Der Fisch unterbrach sein Gezappel.

»Hä? Wa... Prediger? Predi?«

»Es is nur mein Mantel, Rag. Alles klar, Mann? Nur mein Mantel.«

»W-wa... das is dein Mantel, Pre?«

Der Kampfgeist verließ ihn wie die Seele den Verblichenen. Er sackte jetzt vollends in sich zusammen, und Prediger hatte seine liebe Not, die leblose Last davor zu bewahren, der Länge nach in den Schlamm zu fallen. Glücklicherweise tauchte in diesem Augenblick Shen Han auf, gefolgt von zwei Bundesbrüdern.

»Wir kümmern uns um ihn«, bot Shen Han an. »Er kann sich in einem der leeren Zimmer ausschlafen.«

Mit einem Nicken überließ Prediger seinen Freund den Tolkienianern, die ihn an Armen und Beinen packten und ins Haus zurücktrugen. Dann richtete er seine Aufmerksamkeit auf Jinsei, die sich vorsichtig die Wange rieb.

»Weh getan?« fragte er.

»Nein«, erwiderte Jinsei, während sie Ragnaröks entschwindender Gestalt mitleidig nachsah. »Nicht so schlimm. Ist er immer so?«

»Ob er sich auf Feten immer betrinkt, meinst du?«

»Ob er immer Frauen auf Feten einlädt und sich dann betrinkt.«

Prediger schüttelte den Kopf. »Hab ihn so gut wie noch nie trinken sehen. Und was Frauen angeht, redet er zwar ziemlich häufig von ihnen, aber daß er eine einladen würde, passiert höchstens alle Jubeljahre einmal. Er muß dich mögen.«

»Er hat den ganzen Abend kaum ein Wort mit mir geredet.«

»Hm, na ja, das paßt irgendwie. Ragnarök hat'n echtes Problem, so ›zwei Seelen, ach‹, wenn du weißt, was ich meine, von denen die eine immer was will und die andere denkt, er sei dessen nicht würdig. Hat was mit seiner Herkunft zu tun.«

»Und wo kommt er her? Ich meine, ich weiß schon, irgendwo aus dem Süden, aber nicht aus welcher Stadt oder was seine Eltern sind und so weiter.«

»Hat er dir nichts davon erzählt, wie er aufgewachsen ist?«

»Nein. Nichts Genaues.«

»Dann weiß ich nicht, ob ich es tun sollte.« Er musterte sie im Halbdunkel zwischen den Blitzen und versuchte, sich darüber klarzuwerden, ob das, was er in ihrem Gesicht gesehen hatte, wirklich oder nur Einbildung gewesen war. »Hör mal, soll ich dich nach Hause bringen?«

Jinsei lächelte in Erinnerung an ein ähnliches Angebot. »Ich glaube, ich lauf lieber. Bei diesem Wetter auf einem Motorrad... Trotzdem danke.«

»Motorrad, pah!« sagte Prediger und deutete nach links, wo gerade ein Tolkienianer um die Ecke bog, der einen weißen Hengst am Zügel führte. »Das ist mein Beförderungsmittel. Heißt Calvin. Calvin Coolidge.«

»Bist du sicher, daß das bei dem Gewitter nicht riskant ist?«

»Es ist nicht riskanter als zu laufen, wenn wir ein bißchen aufpassen.« Wie zum Beweis seiner Behauptung, erhellte ein weiterer Blitz den ganzen Himmel; weder der Blitz noch der darauffolgende Donner schien den geringsten Eindruck auf Calvin zu machen. »Siehst du? Den bringt keine Bombe aus dem Gleichgewicht.«

Jinseis Lächeln wurde strahlender. »Vielleicht solltest du dir deinen Mantel wieder holen. Dein Pilgerkostüm sieht nicht übermäßig wasserdicht aus.«

»Mach dir keine Sorgen. Ich erkält mich nicht so leicht.«

Sie kniff die Augen ein wenig zusammen. »Und betrunken bist du auch nicht, oder?«

Der Bohemier schüttelte den Kopf. »Ich rühr keinen Alkohol an«, sagte er ernsthaft. »Ebensowenig Tabak oder Shit. Und das, holdes Fräulein, ist der Grund, weswegen sie mich Prediger nennen.«

Mit einem Augenzwinkern zauberte er das Lächeln auf Jinseis

Gesicht zurück; seine Hand streifte die ihre, und in dem Moment wußte er, daß er nicht phantasiert hatte.

»Na dann los«, sagte Jinsei, und Prediger brachte sie nach Hause.

II

Luther war in den vergangenen Wochen nicht müßig gewesen. Zuletzt gezwungen, sich einzugestehen, daß dieser Ort, den er und Blackjack gefunden hatten, doch nicht ganz der Himmel war, hatte er beschlossen, seinen Schmerz in akademischen Bestrebungen zu ertränken, und das Studium der Fünf Fragen Höchster Weisheit aufgenommen. Er wollte mit der Ersten anfangen – *Was ist die wahre Natur des Göttlichen?* – und hatte sich folglich erkundigt, wo der einschlägige Kynologe zu finden sei, der örtliche Gottesexperte.

Es gab ihrer zwei. Blackjack war mitgegangen, um sie kennenzulernen, hatte jedoch schnell die Geduld verloren und sich geweigert, weiter etwas mit dem ganzen Kram zu tun zu haben. Die Philosophen waren ein Cockerspaniel namens Wiedumir und ein Windhund namens Östrogen. Sie waren beide an einen toten Baum hinter dem Fuentes-Observatorium angekettet, am östlichen Rand des North Campus; es hieß, ein Knabe komme allabendlich, um sie zu füttern. Sie waren völlig irr.

»Wir warten auf einen Burschen mit Namen Dogot«, hatte Wiedumir anstelle einer Begrüßung gesagt. »Du hast ihn nicht zufällig gesehen?« Damit hatte für Luther eine der bizarrsten Unterhaltungen seines Lebens begonnen. Östrogen hatte darauf hingewiesen, nichts sei besser als die vollkommene Glückseligkeit; indes, hatte er hinzugefügt, müsse eingeräumt werden, daß selbst ein Trockenmilchknochen besser sei als gar nichts, insonderheit wenn man gerade nichts im Magen habe. Daraus folge aber durch transitive Relation, daß ein Trockenmilchknochen besser sei als die vollkommene Glückseligkeit, was wiederum den unumstößlichen Beweis für die Existenz Gottes liefere – denn wie könnte ein so merkwürdiger Sachverhalt aus bloßem Zufall erwachsen?

Es war also wirklich nicht weiter verwunderlich, daß sich

Blackjack keine Viertelstunde nach Unterrichtsbeginn angewidert davongemacht hatte.

Am Morgen des ersten November, des Allerheiligentags, dachte Luther, er müsse den Fragen vielleicht noch eine zweite Chance geben. Diesmal zog er allein los und klapperte eine Reihe von Örtlichkeiten ab, an denen, wie Rover-der-Ätzer ihm mitgeteilt hatte, der für den Sinn des Lebens zuständige Kynologe möglicherweise anzutreffen sei. Der Philosoph war ein Irischer Setter, ein schlaksiger, rothaariger Bursche namens Ruff. Als das Gewitter weitergezogen war und die Sonne über den Horizont blinzelte, nahm Luther Ruffs Witterung auf und verfolgte sie zurück, bis er den Hund schließlich auf dem Libe Slope entdeckte.

Ruff hockte auf halber Höhe des Abhangs in einer merkwürdigen Stellung: aufrecht auf den Hinterbeinen, die Vorderpfoten in der Luft, die Nase steil gen Himmel und Wolken gerichtet, die Schlappohren in der Brise flatternd, die von der Stadt heraufsäuselte, den Rücken den sanft wärmenden Strahlen der Morgensonne zugekehrt.

Die Augen des Setters waren geschlossen; er glich in seiner ganzen Haltung einem Betenden, und in der Tat erinnerte die Gedankenlitanei, die ihm, als Luther näher kam, durch den Kopf ging, stark an eine religiöse Hymne: »O Sonne o Himmel o Wolken o Wind o Gras o Bäume o Hügel o Trockenmilchknochen o läufige Hündin o *herrliches* Leben... O Sonne o Himmel o Wolken...«

Luther näherte sich ihm auf Zehenspitzen, um ihn nicht zu stören – und auch, weil er ein bißchen Angst vor ihm hatte. Wahre, leidenschaftliche Liebe, wie die Menschen sie kennen, kommt bei Hunden eher selten vor, doch hatte Luther gehört, dieser Ruff sei sogar bereits mehrmals verliebt gewesen. Namentlich eine Affäre mit einer Chow-Chow-Dame, die zu guter Letzt mit einem Mastiff durchgebrannt war, hatte traurige Berühmtheit erlangt: Es hieß, Ruff sei seitdem ein wenig verrückt... was für Luther die Frage aufwarf, ob es denn überhaupt normale Philosophen auf dem Hügel gab.

»... o Bäume o Hügel o Trockenmilchknochen o läufige Hündin o –«

Der Setter verstummte abrupt, als der Wind ihm Luthers Witterung zuführte. Er machte ein Auge halb auf und musterte den Mischling neugierig.

»Name?« fragte er kurz angebunden.

»Ich bin Luther«, sagte Luther. »Bist du –«

»Ruff!« Der Setter ließ sich, jetzt mit offenen Augen, auf alle viere zurückfallen und bellte ein herzliches Willkommen. »So, so. Lernt man dich also endlich mal kennen, Luther.«

»Endlich?« Luther legte den Kopf schief. »Hast du denn schon von mir gehört?«

Ein weiteres glückliches Bellen; wäre es ihm möglich gewesen, hätte Ruff jetzt gelacht.

»Von dir gehört? Von dir *gehört*? Zum Teufel... ich *erzähle* doch deine verdammte Geschichte seit anderthalb Monaten!«

III

»Ich krieg Wassermelone einfach nicht runter«, sagte Prediger und legte Holz nach. Draußen stieg bereits die Sonne über den Horizont, aber sie waren noch immer durchnäßt und fröstelten. »Dasselbe gilt für Brathähnchen. Setz mich auf eine einsame Insel mit einem Melonenbeet und einem Hühnerstall, und ich würde höchstwahrscheinlich verhungern.«

»Hast du solche Angst vor dem Klischee?« fragte Jinsei.

»Mein *Vater* hatte Angst vor dem Klischee. Ich – ich hab vor dem Angst, was mein Vater mir diesbezüglich eingeimpft hat.«

Cowcliffes, einer der drei Säle, die vom Hauptkorridor im ersten Stock des Risley-Wohnheims abgingen, war, von ihnen abgesehen, menschenleer. Sie lagen auf Sofapolstern vor einem offenen Kamin; Calvin Coolidge war an einem Heizkörper im Flur angebunden worden, wo er gegenwärtig die Aushänge am Schwarzen Brett frühstückte.

»Er ist ein reicher Mann, mein Vater«, fuhr Prediger fort. »Kein Vergleich mit Löwenherzens Leuten zwar, aber immerhin. Und für eine solche Situation gibt es praktisch keine verbindlichen Verhaltensnormen. Auch wenn das Geld schon seit mehreren Generationen in unserer Familie ist – es stammt von einer gewissen Madame C.J. Walker, die mit Haarpflegemitteln ein Vermögen machte –, kam er nie richtig damit klar, daß er gleichzeitig reich und schwarz ist. Literatur und Film strotzen schließlich nicht gerade von entsprechenden Vorbildern. Deswegen ist er schon immer irgendwie ein bißchen aus dem Takt gewesen, und ich hab eine ganze Menge von ihm mitbekommen.«

Jinsei fuhr mit einem Finger die Linien seiner Hand nach. »Wie hast du Ragnarök kennengelernt?«

»Das... das hängt mit einer dieser ›Ideen‹ meines Vaters zusammen. Als ich ungefähr zehn war, fingen wir an, Pensionsgäste aufzunehmen – Weiße größtenteils. Nicht, daß wir auf den Nebenverdienst angewiesen gewesen wären, ganz und gar nicht, aber mein Vater hielt es für einen tollen Einfall, die Nackten zu kleiden und die Hungrigen zu speisen und so. Ragnarök war der letzte. Er kam aus Nordkarolina und war dermaßen abgebrannt, daß er nicht mal das bißchen, was wir normalerweise verlangten, aufbringen konnte. Aber das war meinem Vater egal, war ihm eher noch lieb, er nahm Rag auf und adoptierte ihn praktisch. Hat ihm sogar geholfen, das Stipendium für Cornell zu kriegen, und wenn du wüßtest, was Rag für einen Horror vor Almosen hat, könntest du beurteilen, was mein Alter da geleistet hat.«

»Warum war er denn abgebrannt, als er von zu Hause kam?« hakte Jinsei nach. »Warum hat nicht *sein* Vater ihm das Studium – wenigstens teilweise – finanziert?«

Prediger gab keine Antwort, starrte ins Feuer. Sie nahm einen zweiten Anlauf: »Hast du gehört, was am Abend der VAAC-Fete vor der Straight passiert ist?«

»Nicht, daß ich wüßte.«

Sie erzählte es ihm. Prediger machte ein grimmiges Gesicht, schien aber nicht weiter überrascht zu sein. »Jack Baron... dieser Hurensohn wird noch mal ganz gewaltig auf die Fresse fallen. Fast ein Jammer, daß Ragnarök nicht gleich dafür gesorgt hat.«

»Ich möchte nicht indiskret sein«, fuhr Jinsei fort, »aber ich wüßte wirklich gern, was Ragnarök mit der Bemerkung meinte, sein Vater hätte seine Seele dem Teufel verkauft. Er wollte sich nicht weiter darüber auslassen, hat nur was von einem ›Bettlakenverkäufer aus Georgia‹ gesagt. Ich hab darüber nachgedacht, und es kommt mir fast so vor, als hätte er... na ja, als hätte er sagen wollen, daß sein Vater ein...«

»... Klanmann war«, vollendete Prediger, der in diesem Augenblick einen Entschluß gefaßt hatte, den Satz. »Ein Ghul, einer vom Fußvolk.« Er drückte ihre Hand. »Schon gut, über den Klan zu reden gehört nicht zu meinen Tabus. Wußtest du übrigens, daß ›Ku-Klux‹ vom griechischen Wort für ›Kreis‹ kommt?«

»Aber ich dachte, den Klan gäb's gar nicht mehr.«

»Teufel, und ob es ihn gibt, Lady! Die kommen vielleicht nicht mehr auf die gottverdammten fünf Millionen Mitglieder, die sie in den zwanziger Jahren hatten, aber es sollte mich schon tierisch wundern, wenn die jemals ganz verschwänden. Gehst unten aus dem Haus, ein kleiner Marsch von dreißig Kilometern, und du stehst vor einem aktiven Ortsverband.«

»Das ist ja... wirklich kaum zu glauben.«

»Viele Dinge sind kaum zu glauben, Lady...«

IV

»Hast du wirklich gedacht, du würdest hier den Himmel finden?« fragte Ruff, während er entlang des Hangs in südlicher Richtung trottete. Luther hielt mit ihm Schritt.

»Ich weiß, es klingt albern«, erwiderte der Mischling, »aber ich hoffte wirklich –«

»Es klingt ganz und gar nicht albern«, unterbrach ihn der Setter. »Nicht in meinen zotteligen Ohren. Ich finde das *fabelhaft*. Da ist alles dran, was zu einem richtigen Heldenepos gehört: Tapferkeit, Entschlossenheit, Edelmut, eine starke pathetische Komponente –«

»Heldenepos?«

»Hmm, tja... die Geschichte deiner Reisen, so wie sie gegenwärtig in Umlauf ist, hat zwar noch nicht direkt epische Dimensionen, aber mit der Zeit und ein paar weiteren Ausschmükkungen... Du wirst noch *staunen*, Luther! Ein Hund, der den Himmel aufspüren will! Du bist der Stoff, aus dem Legenden sind.«

»Legenden? Aber hör mal, ich hab doch nicht nach dem Himmel gesucht, um berühmt zu werden!«

»Spielt keine Rolle. Die meisten berühmten Hunde der Vergangenheit strebten auch nicht nach Anerkennung. Es war gerade ihre Sehnsucht, ihr glühendes Verlangen nach etwas *anderem*, das sie berühmt machte. Die tragische Liebe von Packan und Isolde, von Rufus und Julia; Fido, der die Beutelratten aus dem Tempel vertrieb; Dog Quixotes Kampf gegen die Feuermelder; der Knochenroman...«

»Ich kenne keine einzige von diesen Geschichten«, sagte Luther. »Was war das letzte noch mal?«

»Der Knochenroman«, wiederholte Ruff. »In Fachkreisen nicht umsonst als ›Roman Romanorum‹ bezeichnet: Er erzählt nämlich nicht nur eine eigenständige, schon für sich genommen sehr hörenswerte Geschichte, sondern ist zugleich auch eine Allegorie so ziemlich jeder anderen Geschichte auf Erden.«

»Kannst du ihn mir erzählen?«

»Jetzt nicht. Er ist sehr lang – man braucht drei volle Tage, um ihn von Anfang bis Ende vorzutragen, und deshalb wird der Vortrag auch stets von einem besonderen Ritual begleitet. Es ist wirklich ein großes Ereignis. Wer weiß, etwas später im Jahr vielleicht... aber heute kann ich dir immerhin ein bißchen darüber erzählen. Der Held der Geschichte heißt Jederhund, und er ist auf der Suche nach seiner verlorenen Liebe, dem Knochen – wart! Moment mal!«

Sie hatten das südliche Ende des Hangs erreicht und befanden sich nun unterhalb der Willard Straight Hall, nicht weit von der Laderampe der Oakenshields-Mensa entfernt. Ein großer Lieferwagen mit einem verchromten Hahn als Kühlerfigur stand mit dem Heck an der Rampe, und ein dicker Mann lud gerade einen Stapel blutbefleckter weißer Kartons ab. Selbst bei ungünstigem Wind wie jetzt war nicht schwer zu erraten, was sie enthielten.

»Zeit für Brunch«, kündigte Ruff an und leckte sich die Lefzen.

Luther musterte den dicken Mann. »Meinst du, er gibt uns Abfälle?«

Wieder hätte Ruff gelacht, wenn er gekonnt hätte. Statt dessen rannte er plötzlich auf die Rampe zu und überließ Luther der staunenden Betrachtung seiner Taten. Der Überraschungsangriff war ein voller Erfolg: Der Philosoph witschte dem LKW-Fahrer zwischen den Beinen durch und brachte ihn aus dem Gleichgewicht; dann stürzte er sich, während der Mann zu Boden ging, auf die gestapelten Pappschachteln. Die oberste wackelte, fiel herunter, öffnete sich beim Aufprall und verstreute rohe Hühnerhälften über die ganze Rampe.

»Jäss-ses!« rief der Dicke aus, der im ersten Augenblick gedacht hatte, ein tieffliegender Wirbelwind habe ihn umgefegt. Erst als Ruff mit einem Hühnchen im Maul den Rückzug über den Liegenden antrat und dabei mit feuchter Pfote eine kugelige Nase zerdrückte, begriff der Mann, was passiert war.

»O Nutzvogel«, sang der Setter, während er zu Luther zurückrannte und sich ein unablässiger Strom von Flüchen hinter ihm über die Rampe ergoß. »O furchtloser Hühnerdieb o klopfendes Herz o Wasser-im-Munde o Brunch o *herrliches* Leben ...«

V

Während draußen der Himmel heller wurde, erzählte Prediger Jinsei am Kamin, was er über Ragnaröks Kindheit wußte. Viel war es nicht; der Verteidigungsminister hatte noch nie viel von Herzensergüssen gehalten – nicht einmal vor engsten Freunden. Prediger erzählte ihr von Ragnaröks Vater, Drew Hyatt; davon, wie dessen Frau zwei Jahre nach der Geburt ihres Sohnes an Knochenkrebs gestorben war; wie er sich mehr und mehr abgekapselt und zuletzt, als sein Sohn schon fast herangewachsen war, ausschließlich für seine abscheulichen Ideen gelebt hatte. Am meisten erzählte er ihr aber vom Klan, einer Organisation, deren Gefährlichkeit nicht so sehr, wie Jinsei immer geglaubt hatte, darin lag, daß sie die Verkörperung eines unpersönlichen, fast mythischen Bösen gewesen wäre, sondern im Gegenteil, daß sie ein Übel verkörperte, das aufs engste mit der menschlichen Natur verquickt war.

»Und Ragnarök war anfangs selbst ein waschechter kleiner Klanmann. Kannst dir ja vorstellen – muß wie bei den Pfadfindern gewesen sein, aber mit ein paar Extras. Gegen ein brennendes Kreuz kommt ein läppisches Lagerfeuer doch niemals an, besonders bei einem Kind.«

»Wie ist er denn da rausgekommen?« fragte Jinsei. »Bei der Erziehung? Er hat sich ja geändert, ich weiß, daß er sich geändert hat, aber wie?«

»Kann ich dir auch nicht sagen.« Prediger zuckte mit den Schultern. »Vielleicht ist was passiert, ein einschneidendes Erlebnis, das ihn irgendwie aufgerüttelt hat, obwohl ... so wie ich ihn kenne, würde ich eher sagen, er ist ein weiterer Beweis dafür, daß man das Gute im Menschen nicht ewig unterdrücken kann. Früher oder später mußte er es einfach abschütteln, verstehst du… bevor es ihn umbrachte. Natürlich ist er immer noch einer der gewalttätigsten Menschen, die ich wahrscheinlich je zu Gesicht bekommen werde, aber ich bin schon mehr als einmal froh darüber gewesen, daß ich ihn bei einer Schlägerei auf meiner Seite hatte.«

»Nicht nur du.«

»Eben. Trotzdem ist das eine Sache, die er sich nie verziehen hat, und ich wette, den könntest du foltern, ehe er zugäbe, daß auch nur irgend etwas Gutes in ihm steckt. Tja, ist manchmal schon ein bißchen schwierig, so einen Typen als besten Freund zu haben.«

Jinsei schwieg.

»Woran denkst du?« fragte Prediger einen Augenblick später.

Statt zu antworten, fing sie wieder an, die Linien seiner Hand mit einem Finger nachzufahren.

»Es gibt da ein Problem«, sagte sie dann.

Nickend schloß Prediger seine Hand um die ihre. »Ein Problem«, pflichtete er ihr bei.

VI

Der Irische Setter machte sich über sein stiebitztes Hühnchen her. Luther sah neidisch zu, wurde indes nicht aufgefordert mitzuhalten; wenn er auch sonst ein guter Hund war, ließ Ruff nichts und niemanden zwischen sich und seine Mahlzeit treten.

»Der Knochenroman«, nahm er den Faden wieder auf, »ist die epische Schilderung von Jederhunds Suche nach seinem verlorenen Knochen. Es ist kein trockener Knochen, kein sonnengebleichter Knochen, sondern ein KNOCHEN« – er riß die Keule vom Hühnchenrumpf ab –, »fleischig und knusprig, marktriefend knackig, köstlich auf der Zunge.«

Eifrig bemüht, nicht zu geifern, fragte Luther: »Und das ist seine Liebe? Ein Knochen?«

»Na ja, er ist ein Sinnbild. Im Knochenroman ist alles symbolisch: Der Knochen ist nicht eigentlich die Geliebte, er *symbolisiert* die Liebe. Obwohl er, wenn du möchtest, natürlich auch so ziemlich alles andere symbolisieren könnte, was ein Hund so sehr begehrt, daß er sich auf die Suche danach machen würde. Er könnte für die Liebe stehen; er könnte für die Erkenntnis stehen; ja, er könnte sogar die himmlischen Freuden versinnbildlichen. Doch letztlich – neben und über allem anderen – symbolisiert der Knochen das Verlangen, das *Besessensein*.«

»Und findet ihn Jederhund am Ende?«

»Ganz zum Schluß, ja. Zuerst muß er natürlich allerlei Prüfungen bestehen; Dutzende von Feinden, die allesamt allegorisch sind, versuchen ihn von seinem Ziel abzuhalten. Er begegnet beispielsweise anderen Hunden, die Zweifel, Angst und Unentschlossenheit heißen, einem Hornissenschwarm namens Tollwut, einer Wildsau namens Staupe. Doch zu guter Letzt gelangt Jederhund zum Elfenbein-Fleischerladen, wo sein Knochen auf ihn wartet...«

»Und sie lebten glücklich bis ans Ende ihrer Tage?«

»Für eine Minute. Er findet den Knochen, hebt ihn auf, probiert ihn, und kaum hat er seine überirdische Süße gekostet, wacht er auf und muß erkennen, daß seine ganze Suche nur ein Traum war.«

»Was?!« rief Luther aus. »Aber das ist ja Betrug!«

»Ganz und gar nicht«, widersprach Ruff. »Es ist eine wunderschöne Geschichte.«

»Ich wette, Jederhund wäre da anderer Meinung. So viel durchzumachen, endlich den Knochen zu finden und dann aufwachen zu müssen! Das muß ja entsetzlich für ihn gewesen sein.«

»Das hängt ganz davon ab, wie er die Sache betrachtet hat. Wie steht's denn mit dir und deiner Suche nach dem Himmel? Findest du es entsetzlich, daß du ihn nicht gefunden hast?«

»Da fragst du noch?! Unsere endlose Wanderung, bei der wir auch noch fast von einer Meute von Reinrassigen – nichts für ungut – umgebracht worden wären, und jetzt stellt sich heraus, daß wir nicht einmal die Vorurteile hinter uns gelassen haben...«

»Du betrachtest die Sache also offensichtlich von der falschen Seite«, erklärte Ruff. »Als *ich* deine Geschichte zum erstenmal von Denmark hörte, hab ich zu mir gesagt: Wie schade! Aber auch: Wie wundervoll! Dann habe ich die Geschichte ein paar anderen Hunden nacherzählt, die zu mir gekommen waren, um etwas Unterhaltsames zu hören, und sie hat sie amüsiert oder verblüfft oder betrübt – doch genossen hat sie jeder von ihnen.«

»Aber was hat das damit zu tun, wie *ich* mich dabei fühle? Was kümmert's mich, ob es einem wildfremden Hund Freude bereitet, meine Geschichte zu hören?«

»Luther, Luther… Jederhunds Lehre… der Sinn des Lebens…«

»Ist was?«

»Zu unterhalten!« rief der Setter aus. »Die ganze Welt: o Sonne o Himmel o Wind o Bäume o Hunde und Katzen, ist eine einzige Geschichte, ein großes, unterhaltsames Schauspiel!«

»Unterhaltsam für wen?«

»Für Gott, du Dussel. Für Gott, für Seinen Zwinger, vielleicht auch für Raaq.«

Luther kniff die Augen zusammen. »Raaq findet an Qual und Tod Vergnügen…«

»Und glaubst du etwa, Gott nicht? Glaubst du, Er weiß das Tragische und Grauenvolle nicht zu schätzen? Das Leben mit all seinen Schmerzen und Freuden ist eine Geschichte – oder besser GESCHICHTE – mit Gott als Zuhörer und uns Sterblichen als Handlung. Leuchtet dir das nicht ein? Und erklärt es nicht, warum wir den Knochen nur für einen Augenblick behalten dürfen, warum der Traum enden muß, damit ein neuer beginnen kann? Wem würde schon eine Geschichte gefallen, in der jeder immer vollkommen glücklich ist?«

»Verrückt«, sagte Luther nach dieser Rede. »Ich hatte recht, ihr Philosophen seid allesamt verrückt. Du tust mir leid, wenn das wirklich deine Auffassung von Gott ist.«

Zum drittenmal hätte Ruff lachen mögen.

»*Ich* tu dir leid?« sagte er, während er behaglich einen Hühnerknochen zermampfte. »Nein, an mich brauchst du kein Mitleid zu verschwenden. Glaub's oder glaub's nicht, aber Jederhunds Lehre, das Wissen um den Sinn des Lebens… schenkt mir Kraft, erbaut mich. In den schlimmsten Augenblicken, wenn alles sich gegen mich wendet, erfüllt mich die Erkenntnis, daß mein Kampf Teil der Geschichte ist, mit staunendem Entzücken. Und ich leide dann zwar weiter, auch das gehört zur Geschichte, aber das Leid wird durch Verwunderung aufgewogen… und die Augenblicke des Glücks werden durch dieses Staunen noch beseligender.

Nein, bedaure mich nicht. Bedaure diejenigen, die den Knochenroman nicht begreifen können, die den Sinn des dauernden Auf und Ab ihres Lebens nicht zu erkennen vermögen... bedaure dich selbst, wenn du's nicht kannst, andere Hunde, wenn sie's nicht können, oder Katzen oder Sperlinge oder o die Tiere des Feldes oder selbst die Herren.

Ja... selbst die Herren.«

VII

»Wie schlimm ist es«, fragte Jinsei, »wenn ich mich zu dir hingezogen fühle?«

»Ungefähr genauso schlimm, wie wenn ich mich zu dir hingezogen fühle«, sagte Prediger. »Nicht so schlimm für uns. Aber für Rag...«

»Du glaubst also, das würde ihn sehr mitnehmen.«

»Verdammt, ich bin kein Psychologe, hab für diesen Freudquatsch nie was übrig gehabt, aber wundern tät's mich nicht. Rag labert manchmal wie ein Wasserfall über Frauen. Aber das einzig sichere Anzeichen dafür, daß er etwas *wirklich* will, ist, daß dann irgendein Teil von ihm die Oberleitung übernimmt und sich prompt einen abbricht, um sicherzustellen, daß er es *nicht* kriegt. Na, und bei dir: Erst fährt er dazwischen und klärt die Sache mit Jack Baron und seinen Mitratten, es sieht so aus, als ob du etwas mehr als nur ein bißchen dankbar wärst, dann lädt er dich heut – gestern – abend auf eine Fete ein und besäuft sich zum erstenmal seit einem Jahr, na, und tut überhaupt sein Bestes, um sich wie ein Arsch aufzuführen...«

»Aber ich will ja nichts von ihm«, sagte Jinsei. »Nichts, was über Freundschaft hinausginge. Vielleicht dachte ich damals, als das mit Jack war, ich wollte mehr... aber ich glaube, ich habe einfach nur einen Menschen gebraucht. An dem Abend war ich völlig fertig, nichts hatte mich bis dahin je so mitgenommen, und Ragnarök war eben da. Vorher aber, als ich euch beide gerade kennengelernt hatte, an dem Tag mit Ginny Porterhouse – also, hinterher hab ich an *dich* gedacht, nicht an Ragnarök.«

Prediger grinste. »A-*ha*...«

»Nicht«, bremste ihn Jinsei, weil es klang, als wollte er es ins

Lächerliche ziehen. »Bitte nicht. Ich weiß, daß er ein guter Freund ist, und ich möchte ihm genausowenig weh tun wie du. Wenn du also meinst, daß es eine schlechte Idee ist, dann gut. Aber tu es nicht so leichthin ab.«

»Schön.« Sein Grinsen war nicht mehr ganz so breit; Prediger schien über die Sache nachzudenken, aber seine Finger spielten mit ihrem Haar, zwirbelten Strähnen und glätteten sie wieder, lange, bevor er sprach. »Diskretion«, sagte er endlich. »Diskretion. Ich bin gar nicht schlecht, was das angeht. Wie steht's mit dir?«

Sie beugte sich vor und küßte ihn flüchtig, versuchsweise. Sie hatte sich einen Großteil der Schminke schon vor einiger Zeit aus dem Gesicht gewischt, doch der noch verbleibende Anflug von Katzenhaftigkeit lud – tja – nicht gerade zu weiteren vernünftigen Erörterungen ein. Jinsei zog sich ein wenig zurück, und sie veränderten ihre Haltung: Predigers Hand rutschte von ihrem Haar liebkosend auf ihren Rücken, eine Hand von ihr kam höher und berührte sein Gesicht.

Während des zweiten, längeren Kusses bemerkten sie plötzlich, daß sie nicht allein waren. Ein griechischer Tragödiendichter mit einem wahrhaft dämonischen Sinn für Timing hätte die Szene nicht besser arrangieren können: Jinseis plötzliches Erstarren, als sie Ragnarök in der großen, bogenförmigen Tür stehen sah; der angemessen schuldbewußte Ausdruck von Bestürzung auf Predigers Gesicht, als er sich umdrehte und ihn ebenfalls sah; Ragnaröks gewohnt undurchdringliche Miene unter der schwarzen Brille, die seine Augen verbarg. Der Schwarze Ritter hielt Predigers Langmantel in der Hand, hielt ihn etwas von sich gestreckt, als reichte er eine Opfergabe dar, und einzig diese Hand, die sich um den Stoff krampfte, verriet, was in ihm vorging.

Allein die Tatsache, daß er auf den Beinen war, statt im Tolkien-Haus seinen Rausch auszuschlafen und aller Voraussicht nach erst in mehreren Stunden völlig verkatert aufzuwachen, war erstaunlich genug; daß er hergekommen war und sie ausgerechnet in diesem Augenblick gefunden hatte, grenzte allerdings ans Mirakulöse. Jinsei und Prediger waren erstarrt, sprachlos, erdrückt vom allzu deutlichen Bewußtsein der eigenen Hände am Körper des jeweils anderen. Auch Ragnarök rührte sich nicht, schwankte allerdings leicht hin und her. Der Kampf, den sein

Organismus mit dem Alkohol ausfocht, war noch lange nicht ausgestanden. Er starrte sie an, und sie starrten zurück, und so verging mindestens eine volle Minute.

Dann knallte irgendwo eine Tür, und das lebende Bild war zerstört. Predigers Langmantel fiel zu Boden; Ragnaröks leere Faust öffnete und schloß sich zweimal. Dann entfernten sich seine Schritte im Korridor, und irgend etwas machte einen entsetzlichen Krach, als der bohemische Verteidigungsminister es, für die zwei Verliebten unsichtbar, umwarf. Der Knall, mit dem die Haustür unten – nicht ganz so fest, daß das Glas zerbrochen wäre – aufgestoßen wurde; das Quietschen, mit dem sie sich langsam wieder schloß. Das Aufheulen eines Motorrads, das sie irgendwie nicht hatten kommen hören.

Und dann war es still.

Eine lange Nacht

I

Der November, ein für jede Universität sehr arbeitsamer Monat, verging wie im Flug. Die Schilderung der Ereignisse, die sich zwischen Allerheiligen und Thanksgiving zutrugen, würde ganze Bände füllen, doch eine kurze Inhaltsangabe mag genügen: George-und-Kalliopes Liebesgeschichte setzte sich fort, während Prediger-und-Jinseis erst richtig begann; Hobart-dem-Kobold machten ständige Alpträume über den Knochenacker zu schaffen, während Luther-der-Mischling mit der Verzweiflung rang; Blackjack aß gut und war überhaupt einer der zufriedensten Einwohner von Ithaca.

Ragnarök entwickelte sich zum rarsten Bohemier auf dem Hügel. Im Anschluß an das lebende Bild im Cowcliffes sprach er wochenlang kein Wort mit einem anderen Minister oder einer Grauen Vrouwe; er wurde einige wenige Male gesichtet – kurze Erscheinungen einer schwarzgekleideten Gestalt, die rasch im Studentengewühl zwischen zwei Lehrveranstaltungen verschwand, doch Kontakte fanden nicht statt. Löwenherz postierte Wachen vor verschiedenen Hörsälen, in denen eigentlich mit Ragnaröks Auftauchen zu rechnen gewesen wäre, doch entweder kam er verkleidet, oder er schwänzte die Kurse. Predigers und Jinseis Bemühungen, ihn abzupassen, war auch kein Erfolg beschieden.

Der letzte Donnerstag des Monats nahte, und diejenigen Cornellianer, die es einrichten konnten, fuhren nach Hause, um ein paar Tage mit Familie und Freunden zu verbringen. Unter denen aber, die auf dem Hügel blieben, gab es zwei Menschen, die – auch wenn sie es nicht wußten – Dringendes miteinander vorhatten.

Mr. Sunshine griff an diesem Thanksgiving-Wochenende ziemlich oft in die Tasten.

II

»Aber wieso kann ich nicht mitkommen?« fragte George, während Kalliope ihren Matchsack packte.

»Ach, George... guck doch nicht so ängstlich. Das ist es nicht. Ich bin nur zwei Nächte fort, und *so* lange hältst du es garantiert ohne mich aus.«

»Ich hatte bloß gedacht, wir würden zusammen Thanksgiving feiern, das ist alles. Kartoffelbrei, kornische Kampfhühner...«

Sie lächelte. »Keinen Truthahn?«

»Ich hasse Truthahn, wie du weißt. Du weißt alles über mich, und in neun von zehn Fällen bist du auch gleicher Meinung. Schau, wie kann ich sicher sein... ich meine, du sagtest doch, es würde weh tun, wenn du mich zum Schluß verläßt, so sehr, daß ich sterben möchte, und wenn du dich jetzt doch absetzt, obwohl du gesagt hast, daß du wiederkommst, dann... ich...«

»Ich schwöre dir, daß ich diesmal zurückkomme.« Sie sah ihm ins Gesicht, nahm die Kette mit dem Silberpfeifchen ab und drückte sie ihm in die Hand. »Hier, trag das. Es bringt Glück, und du kannst sicher sein, daß ich nie ohne das Pfeifchen gehen würde, selbst wenn ich vorhätte, mich heimlich von dir wegzuschleichen.«

George verdaute die Information, steckte dann den Kopf durch das Kettchen und schloß die Hand fest um die Pfeife – eine Geste, die im Lauf der nächsten paar Wochen zwanghaft werden sollte. »Schön«, sagte er, »schön. Aber was soll ich morgen abend allein machen?«

»Och, ich bin sicher, du wirst was finden«, sagte Kalliope. Sie küßte ihn auf die Nasenspitze. »Oder etwas wird *dich* finden.«

Und so kam es, daß George anderntags allein in Egans Supermarkt einkaufen ging, wo ihm Aurora Smith über den Weg lief. Genaugenommen entdeckte sie ihn zuerst; seit Halloween hatten sie sich nicht mehr gesehen, und die Erinnerung an die Ereignisse jener Nacht war ihr so peinlich, daß sie sich beinah verdrückt hätte, ohne ihm hallo zu sagen. Aber George war an diesem Thanksgiving-Morgen in seltener Form: Mit zwei Gläsern Pickles, einer Fünflitertüte Milch, einer Scheibe Schafskäse (ein absoluter Impulskauf) und einem riesigen tiefgefrorenen Vogel beladen – er hatte nicht daran gedacht, sich einen Einkaufswagen zu nehmen –, gab er eine amüsante Figur ab; und als ein Glas Pickles herunterfiel und auf dem Fußboden zerschellte und George »Scheiße!« brüllte, mußte Aurora einfach lachen.

»Essigspritzer auf meinen neuen Turnschuhen«, sagte George zur Begrüßung, »und du schüttest dich aus vor Lachen. Herzlichen Dank auch.«

»Tut mir leid, George, aber du bist wirklich ein hoffnungsloser Fall!« Sie hielt sich die Seiten und versuchte krampfhaft, ihrer Heiterkeit Herr zu werden. »Warum nimmst du keinen Wagen für das ganze Zeug?«

»Zu praktisch. Wie läuft's, Lady?«

Als die nächste Welle von Gekicher abgeebbt war, sagte Aurora: »Ziemlich gut, wirklich. Das ist aber eine komische Pute, die du da hast.«

»Das ist eine Gans«, erläuterte George. »Die kornischen Kampfhühner waren restlos ausverkauft.«

»Freust du dich auf ein ruhiges Thanksgiving, allein mit deiner Freundin?«

»Ganz allein sogar. Kalliope ist für ein paar Tage weg. Hat wohl irgendwelche Privatangelegenheiten zu erledigen.«

»Das finde ich nicht richtig«, sagte Aurora. Sie verstummte, als dächte sie über etwas nach, und genau in diesem Augenblick begann George die Milchtüte aus den Händen zu gleiten. »Warte, ich trag das«, bot Aurora an und nahm sie ihm ab – mit dem Erfolg, daß auch das zweite Glas Pickles herunterfiel und in die Brüche ging.

Jetzt lachten beide. Ein sichtlich verstimmter Ladenjunge tauchte hinter einer Pyramide von Cola-Familienflaschen auf und bedachte sie mit dem bösen Blick; die zerbrochenen Picklesgläser schienen den Burschen so aus der Fassung zu bringen, daß George sich seiner erbarmte und ihm den Schafskäse anbot. »Eiweiß«, sagte der Geschichtenerzähler. »Damit du etwas Farbe im Gesicht kriegst.«

Nachher blieben Aurora und George, mit ihren nunmehr in rutschsicheren Papiertüten verstauten jeweiligen Einkäufen bepackt, kurz auf dem Parkplatz stehen und wechselten noch ein paar Worte.

»Wieso bist du eigentlich nicht schon längst zu Hause in Montana?« fragte George.

»Wisconsin«, verbesserte sie ihn. »Ich hätte gestern fliegen sollen, aber als Brian und ich am Flughafen ankamen, stellte sich raus, daß der Computer was durcheinandergebracht hat. Sie hatten nur einen Platz für uns reserviert, und sämtliche Flüge von jetzt bis Sonntag sind restlos ausgebucht. Ich hab Brian überredet, allein zu fliegen.«

»Wärst du gern nach Haus gefahren?«

»Na ja... bis Weihnachten ist es ja nicht mehr lang hin. Mein Vater klang allerdings ziemlich enttäuscht, als ich ihm am Telefon sagte, daß ich nicht komme. Er will schon seit August mit mir über irgend etwas reden, aber wir sind die ganze Zeit einfach nicht dazu gekommen... Hör mal, hättest du Lust, heute abend zur Balch rüberzukommen und mit mir zu essen? Ich könnte dich abholen, ich hab Brians Auto.«

»Kann ich meine Gans mitbringen?« fragte George. »Nichts gegen deinen Truthahn oder sonst was, aber mir ist nach was Fettem.«

»Ich mach dir einen Vorschlag: Du gibst mir die Gans, und ich schieb sie mit meiner Pute in die Röhre. Dann haben wir Reste für einen ganzen Monat.«

»Das ist ein Wort.«

»Abgemacht«, sagte sie. »Und jetzt? Kann ich dich zu Hause absetzen?«

»Wär Spitze.«

Sie ging voraus zu Brians Auto, das – auch wenn George die Marke nicht erkannte – ungemein praktisch aussah; es war braun und verbrauchte wahrscheinlich sehr wenig Sprit. Sie verstauten ihre Lebensmittel im Kofferraum, und Aurora war schon an der Fahrertür, als ihr plötzlich etwas einzufallen schien.

»Ach, übrigens...«, sagte sie zu ihm, »wir werden heute abend nicht allein sein. Meine Freundin Cathy Reinigen ist auch nicht nach Hause gefahren, wir sind also zu dritt.«

»Prima«, sagte George. Auroras Stimme hatte vollkommen unschuldig geklungen, doch aus irgendeinem Grund mußte er jetzt erstmals an ihre Intimitäten im Garten Lothlórien denken und an die Frage, die ihm Kalliope danach gestellt hatte: *Hat es dir gefallen?*

Plötzlich errötend, setzte er sich neben Aurora ins Auto, und sie fuhren los.

III

Wie sich herausstellte, war Catherine Reinigen eine echte Ätze hoch zwei, um einen bohemischen Terminus zu verwenden. Sie aßen in ihrem Zimmer, einem gewölbeartigen Doppelzimmer mit einem makellos sauberen weißen Teppichboden. Die Tür war von oben bis unten mit Flugblättern, Bibelstellen und religiösen Artefakten zugepflastert – George war ehrlich überrascht, nicht auch den Fingerknochen des heiligen Johannes neben der Pinnwand zu entdecken. Ebenso war jeder freie Zentimeter Wand über Catherines Bett mit Federzeichnungen bedeckt, die Christus in unterschiedlichster Aufmachung darstellten. Die Vielfalt war erstaunlich: Da war der traditionelle abendländische Jesus mit langen Haaren und Bart, Jesus als Schwarzer, Jesus in Anzug und Weste, der in der Wall Street Bibeln an Börsenmakler verteilte, ein Hippie-Jesus, der neben Jimi Hendrix Elektrogitarre spielte, Jesus auf dem Rücksitz eines Brooklyner Taxis, das von einem Fernsehbildschirm eingerahmte Gesicht Jesu, ein »American-Gothic«-Porträt von Jesus mit einer Hacke in der Hand und Maria Magdalena an seiner Seite vor dem Hintergrund eines Bauernhauses, sowie – diesen fand George am interessantesten – Jesus als Brummifahrer.

»Woher beziehst du eigentlich deine Inspirationen?« fragte ihn Cathy Reinigen irgendwann während des Essens. Das war keine untypische Frage für jemanden, der ihn das erstemal sah, und George beantwortete sie gleichfalls wie gewohnt: indem er etwas aus dem Stegreif erfand.

»Rosen«, sagte er. »Jeden Morgen lasse ich mir ein halbes Dutzend frisch geschnittene weiße Rosen ins Haus bringen. Früher konnte ich mir die natürlich nicht leisten, und da hatte ich statt dessen einen Blumenkasten mit Mohn vor dem Fenster. Inzwischen habe ich mich verbessert.«

»Rosen? Was machst du denn mit *Rosen*?«

»Daran riechen, natürlich. Die kortikale Riechsphäre – das Riechzentrum also – befindet sich direkt neben dem Dinsmore-Lappen der rechten Gehirnhemisphäre, in welcher bekanntlich alle kreative Geistestätigkeit stattfindet. Hast du das nicht in Bio gelernt? Jetzt ist es so, daß der gute alte Olfaktorius, wenn er stimuliert wird, den Dinsmore-Lappen wie ein Starthilfekabel in

Gang setzt, und prompt kommen die Einfälle nur so herausgesprudelt: schneller, als du überhaupt mitschreiben kannst. Ich weiß natürlich, wie seltsam das für dich klingen muß, aber es ist eine erwiesene Tatsache. Hemingway zog sich dreimal am Tag Usambaraveilchen rein, wenn er nicht gerade boxte.«

»Das ist wirklich erstaunlich.«

»Das ist Tatsache«, wiederholte George mit einem Pokerface. Er warf einen Seitenblick auf Aurora und erkannte an ihrer süffisanten Miene, daß sie ihm kein einziges Wort abnahm, doch seine Märchen schienen sie zu amüsieren, und das war genausogut.

»Aber sag mal«, fuhr Cathy fort. »Dein letzter Roman, ›Der Ritter der weißen Rosen‹... ist der Titel vielleicht eine Anspielung auf...«

George nickte. »Wirklich gut. Du hast mich durchschaut.«

»Na ja«, lächelte Cathy und kam sich sehr scharfsinnig vor. »Das zeigt vermutlich bloß, wie begrenzt die Möglichkeiten der literarischen Textanalyse in Wirklichkeit sind. In einem Englischseminar hätte ich das nie im Leben herausgefunden.«

»Das ist auch der Grund, weshalb ich keinem Anglistikprof traue«, verriet George. »Hast du das Buch gelesen?«

»Den *Ritter*? Ja, den schon. Es ist jammerschade, daß meine Zimmergenossin nicht da ist. Sie sollte eigentlich mit uns zusammen essen, aber dann ist sie eingeladen worden... Sie kennt alle deine Romane und ist absolut begeistert davon!«

»Und wie hat dir der eine gefallen?«

»Mir...? Ich... also, ich meine...« Sie druckste herum, als bemühte sie sich um eine höfliche Antwort.

»Sie fand ihn toll«, sprang Aurora für sie ein. »Hat sie mir selbst gesagt. Ihr Dummsmore-Lappen war ganz aus dem Häuschen.«

»Dinsmore«, verbesserte sie George.

»Nein, nein«, verbesserte Aurora ihn. »Dummsmore. Das ist der Lappen der linken Hemisphäre, der die Geschichte goutiert. Das mußt du doch in Bio gelernt haben: Liegt genau südlich vom visuellen Kortex. Wenn man ihn hinlänglich mit guter Literatur stimuliert, fängt einem die Nase an zu wachsen.«

»Ach ja«, sagte George. »Jetzt fällt's mir wieder ein.«

»Gefallen hat mir dein Roman schon«, warf Cathy ein, wobei sie die zwei verwirrt ansah. »Ich war bloß irgendwie... enttäuscht darüber, wie du mit einigen Gestalten verfahren bist.«

»Zum Beispiel?« fragte George ernsthaft.

»Na ja, Abt Rosewinkle etwa.«

»Der Abt war doch ein prima Kerl! Ich dachte eigentlich, das hätte ich echt clever eingefädelt, wie er den Ritter vor den Zöllnern rettet.«

»Da war aber diese Sache mit ihm und den Chorknaben, die...«

George zuckte mit den Achseln. »Viele Äbte hatten was mit Chorknaben. Selbst ein Fantasy-Roman muß ab und zu gewisse Anleihen bei der Wirklichkeit machen.«

Cathy Reinigen räusperte sich. »Es ist nicht, daß ich eine Verfechterin des moralistischen Konstruktivismus wäre«, sagte sie unter Verwendung eines Schlagworts aus einem lange zurückliegenden Erstsemesterseminar. »Und ich möchte ganz gewiß nicht deine Auffassung von Realismus in Frage stellen, indem ich etwa darauf beharrte, daß jede literarische Gestalt ihrer gerechten Strafe zugeführt werden soll; im wirklichen Leben kommen Verbrecher ja schließlich auch immer wieder ungeschoren davon. Es ist nur so, daß es für mein Empfinden zu einer wirklich guten Geschichte einfach dazugehört, daß der Autor – gleichgültig, was seinen Personen zu guter Letzt tatsächlich widerfährt – eine wirklich starke moralische Message rüberbringt. Verstehst du, was ich meine?«

George nickte. »Das große Problem mit einer solchen Message ist«, sagte er, »daß du sie noch so holzhammermäßig bringen kannst, unübersehbar, in dreimeterhohen Buchstaben, und sie trotzdem nicht jeder Leser mitkriegt. Shakespeare war ein bärenstarker Geschichtenerzähler, und jetzt schau dir mal an, was aus *Romeo und Julia* geworden ist. So ziemlich jeder vergißt, daß das Stück als Tragödie gedacht war. Nun heißt Tragödie zwar, daß das Schicksal was gegen dich hat, aber in neun von zehn Fällen bist du es dann selbst, der die Chose endgültig versägt. Heutzutage nennen wir einen liebeskranken Mann einen ›Romeo‹; man müßte aber schon hirnkrank sein, um wirklich Romeo sein zu wollen. Er war schlicht ein Kindskopf; er tötet zwei Menschen im Affekt und ist direkt verantwortlich für den Tod eines dritten. In der letzten Szene bringt er sich aus Verzweiflung über den Tod einer Frau um, die nicht mal tot ist, und dann wacht sie auf und folgt seinem Beispiel. Der Doppelselbstmord ist der unverzeihliche Teil des Stücks: Er ist nicht rührend, er ist schlicht blöd. Die zwei haben die Hoffnung aufgegeben, und das bedeutet, daß es nicht mal eine Liebesgeschichte ist, es ist eine Pubertätsgeschichte.«

»Auch Erwachsene können verzweifeln«, gab Aurora zu bedenken.

»Niemals hoffnungslos«, beharrte George. »Reife Menschen machen Fehler, sind gelegentlich am Boden zerstört, scheitern, aber sie hören nie auf, nach der schwachen Stelle in der Mauer des Schicksals zu suchen. Selbstmord begehen sie nur, um ein anderes Leben zu retten; andernfalls ist es nur ein Sichverdrücken. Eine kindische Flucht.«

»Aber Romeo und Julia liebten sich doch so innig –«, fing Cathy an.

»Wenn das stimmte«, sagte George, »dann wären sie beide lebend aus der Gruft herausgekommen. Selbst wenn Julia wirklich gestorben wäre, hätte Romeo nicht endgültig daran zerbrechen dürfen. Mann, glaubst du vielleicht, Abt Rosewinkle hätte aus Schmerz über den Tod eines Chorknaben den Löffel abgegeben, wo's doch so viele andere auf der Welt gibt?«

»Also bitte«, sagte Cathy Reinigen, die allmählich etwas verstimmt aussah, »das läßt sich ja doch wohl kaum miteinander vergleichen!«

»Na, und ob sich das vergleichen läßt«, beharrte George. »Das ist nämlich der andere Punkt, wo du völlig falsch liegst...«

Und so ging es noch ein paar Minuten hin und her, ohne daß dabei etwas herausgekommen wäre, bis Aurora schließlich das Gespräch taktvollerweise in andere Bahnen lenkte. War nicht weiter schlimm, das reichte auch schon; Mr. Sunshine mußte sie belauscht haben, denn was später am Abend geschah, sah stark nach höherer Fügung aus: Die niemals stillstehende Mauer des Schicksals schloß sich um George und Aurora, um sie wieder allein und unbeaufsichtigt zu lassen.

IV

Dichter Nebel – eine weitere Reminiszenz an Lothlórien, aber kalt und feucht, wie es sich für echten Novembernebel gehört – stieg kurz nach Einbruch der Dunkelheit den Hügel hinauf und hüllte ihn bald völlig ein. Kurze Zeit später traten drei Gestalten aus einer Tür ins Freie. Nach dem Dessert hatte Aurora zu Georges großer Überraschung vorgeschlagen, zusammen auf ein Bier in den Fiebertraum zu gehen. Zu seiner noch größeren Überraschung hatte Cathy Reinigen dem Plan begeistert zugestimmt und sogar angeboten, die Zeche zu zahlen.

Sie gingen über die Fall-Creek-Brücke und schlenderten über den Arts Quad, wo die Statuen von Ezra Cornell und Andrew White wie gewohnt Wache saßen und geduldig der Mitternacht und einer möglicherweise vorbeikommenden Jungfrau harrten, die ihnen die Gelegenheit geben würden, sich ein bißchen die Beine zu vertreten. Für George und die zwei Frauen war es ein paar Stunden zu früh, um die Probe aufs Exempel zu machen; dessenungeachtet winkte George Ezra einen Gruß zu.

Dann verließen sie den Quad zwischen der Uris- und der Olin-Bibliothek, die beide wegen der Feiertage nur schwach beleuchtet waren. Dort, im Schatten am Fuß des großen Glockenturms, standen zwei händchenhaltende Gestalten. Wie es das Schicksal so wollte, lichtete sich just in diesem Augenblick der Nebel ein wenig, und ein zufälliger Strahl Mondlicht enthüllte, daß es sich bei dem Pärchen um zwei Männer handelte.

»Das ist ja ekelhaft«, verkündete Cathy Reinigen, sobald sie außer Hörweite waren. Aurora mußte an den ersten und einzigen Besuch ihrer Mutter in Cornell denken; George, für gewöhnlich nicht eben diskussionsscheu, ließ den günstigen Augenblick verstreichen. Aber eigentlich doch nicht.

Als das Trio in die Nähe von Collegetown kam, begannen erstaunlich viele – größtenteils eifrig miteinander beschäftigte – gleichgeschlechtliche Paare aus dem Nebel aufzutauchen. Aurora nahm dies mit Interesse zur Kenntnis; George starrte sie unverhohlen an (er starrte immer alles unverhohlen an). Cathy Reinigen aber faßte dies als persönlichen Affront auf, als habe das Gesetz der Serie beschlossen, eigens um sie in Verlegenheit zu bringen, eine moralische Spießrutengasse für sie auf die Beine zu stellen. Womit sie gar nicht so unrecht hatte.

»Vielleicht war das doch keine so gute Idee«, sagte Cathy, als sie beim Fiebertraum ankamen und zwei Frauen erspähten, die auf dem Vordersitz eines dort parkenden Kleinbusses knutschten. Es war das sechste lesbische Pärchen, an dem sie in weniger als zehn Minuten vorbeigekommen waren. George bewunderte die beiden, weil sie so offensichtlich aneinander genug hatten, doch seine Kontemplation wurde jäh von einer verschwommenen Gestalt unterbrochen, die in diesem Augenblick aus der Kneipe stürzte. Es war die bohemische Liebesministerin Aphrodite, und sie hatte sich Bettelstab wie eine geraubte Braut über die Schulter geworfen.

»Abend, George, allerseits«, grüßte sie. »Nix wie rein, Leute, bis neun kostet jeder Drink nur fünfundsiebzig Cent.«

Dann machte sie auf dem Absatz kehrt und eilte mit dem Bewußtlosen auf der Schulter davon.

»Na, Gott sei's gedankt, es gibt auch noch normale Leute«, sagte Cathy, moralisch bestätigt. Noch immer auf mögliche Unanständigkeiten gefaßt, öffnete sie die Tür zum Fiebertraum und ging hinein.

Diskret einander zulächelnd, folgten ihr George und Aurora.

V

Auch wenn die Mitglieder der Schwulengemeinde von Ithaca den Grund dafür niemals erfuhren, zeigte der Finger des Schicksals in dieser Nacht auf sie. Die ortsansässigen Reaktionäre blieben zu Hause und mästeten sich mit Truthahn und Football. Innerhalb der Gemeinde wurden neue Beziehungen geknüpft; dem Schwachen wurde Ermutigung, dem Einsamen Gesellschaft und allen wurde ein wenig Glück zuteil.

Drüben auf dem East Hill gestand ein siebzehnjähriges Footballwunder seinen Eltern während des Abendessens, daß seine niemals in Erscheinung tretende feste Freundin in Wirklichkeit der Mittelstürmer seines Teams war, ein flinkfüßiger Lulatsch namens Jonathan. Nun war der Vater des Footballwunders zufällig ein fanatischer Anhänger Lyndon »Führer-befiehl-wir-folgen«

LaRouches, und sein erster Gedanke (eigentlich mehr ein Reflex) war, dem Sohn die Flausen aus dem Kopf zu prügeln. Doch just als er sich, die feiste Faust um einen Löffel geballt, von seinem Stuhl erhob, verlor er das Gleichgewicht und fiel mit dem Gesicht vornüber in eine Schüssel klumpigen Kartoffelbreis. Von unerklärlicher Blindheit geschlagen, wurde der delirierende Alte in einem Krankenwagen fortgeschafft und verbrachte drei finstere Tage in der Obhut des Tompkins-County-Hospitals. Bei Sonnenaufgang des vierten Tages erwachte er endlich aus tiefem Schlaf, und rief unter Tränen: »Von mir aus, von mir aus!« Und siehe, das Augenlicht ward ihm wiedergegeben. Er ging nach Hause, drückte den Sohn an sein Herz und tat fortan gute Werke.

Am Ufer des Cayuga Lakes ergingen sich drei Männer, die vom AIDS-Virus infiziert waren, im Stewart Park, als sie eine unsichtbare Lyra vernahmen, die eine entschieden griechische Variation einer kalvinistischen Hymne spielte. Bei diesen Klängen floh die Krankheit aus ihren Leibern und fuhr in eine Herde Eichhörnchen, die sich daselbst aufgehalten hatte, und die Herde wurde wahnsinnig und stürzte sich in die Wasser des Cayuga. Ebenso fanden für vier Schläger, die eine einsame Lesbierin verfolgt hatten, die goldenen Tage des Schwulenklopfens ein frühes Ende, als eine Faulschlammgasexplosion das Dach eines (glücklicherweise menschenleeren) Kentucky-Fried-Chicken Restaurants in die Luft sprengte und Feuer, Schwefel und extraknusprige Hühnchenflügel herabregnen ließ auf die Gottlosen.

So ging das die ganze Nacht weiter, und der einzige wirkliche Dämpfer kam in Form eines geheimnisvollen, auf nur einen Häuserblock begrenzten Stromausfalls, der Jenny's New Wave, die Schwulenbar im Zentrum von Ithaca, zwang, ihre Tore vorzeitig zu schließen. Das Problem fand indes eine einfache Lösung; ohne sich die Laune verderben zu lassen, zogen die Gäste in den Fiebertraum um. Mit dem Ergebnis, daß Cathy Reinigen ziemlich viel Zeit hinter Schloß und Riegel auf der Damentoilette verbrachte, während George und Aurora, nicht im mindesten tangiert, das Sonderangebot ausnutzten und sich stillvergnügt vollaufen ließen.

»Jetzt erzähl mir doch mal«, sagte Aurora bei ihrem dritten Tequila Sunset (sie hatte einen auf der Halloween-Party probiert und schwärmte seitdem dafür), »warum du Christen nicht magst.«

»Was bringt dich auf die Idee, daß ich sie nicht mag?«

»Kleinigkeiten. Wie du die Zeichnungen an Cathys Wand angesehen hast.«

»Die Zeichnungen fand ich toll«, sagte George wahrheitsgemäß. »Ich wollte, ich hätte einen Bildband davon.«

»Wie du dich manchmal Brian gegenüber verhältst.«

»Das beruht ja wohl auf Gegenseitigkeit. Brian verhält sich mir gegenüber auch nicht ganz astrein.«

»Ich weiß.«

»Ich bin«, fügte George hinzu, »schlicht gesagt ein Vertreter der Eisdielen-Theorie des Christentums.«

»Der was?«

Ein tiefes Glucksen ließ sich wie Donnergrollen vom Nachbartisch vernehmen, an dem ein Berg von einem Mann vor fünf wie Zinnsoldaten vor ihm aufgereihten Krügen Bier saß.

»Die Eisdielen-Theorie«, sprach der Berg mit einem volltönenden Baß. »Einunddreißig Geschmacksrichtungen. Daß du Zitrone nicht magst, bedeutet nicht, daß du den ganzen Laden boykottierst.«

»Exakt«, sagte George.

»Blödsinn«, erwiderte der Berg. »Du bist ein Geschichtenerzähler, George, und alle Geschichtenerzähler sind Lügner und voreingenommen. In deinem Fall besteht zufällig eine Voreingenommenheit zugunsten aller Arten von Ausgestoßenen, was dich zu einem natürlichen Gegner jeder organisierten Religion macht. Außerdem leidest du an einem ausgeprägten Göttlichkeitswahn und kannst es nicht ausstehen, wenn jemand sich über deine Theorien lustig macht, die übrigens größtenteils romantischer Schrott sind.«

»Das«, erklärte George Aurora, »ist Rasputin.«

»Die Herzdame«, fügte Rasputin mit einem Nicken hinzu. »Sag mal, hat er dir schon die Theorie über Romeo und Julia aufgetischt?«

Wie die meisten Leute, die Rasputin zum erstenmal erlebten, war Aurora von seiner unbekümmerten Grobheit bezaubert und lächelte. »Ja«, sagte sie, »von denen war auch die Rede.«

»Ihr habt zweifellos gerade über Homosexualität diskutiert. Das ist eine seiner berufsbedingten fixen Ideen. Siehst du die zwei Lesben da drüben, George?« Er deutete mit dem Daumen auf zwei Frauen in gewürfelten Flanellhemden, die an der Bar saßen und sich mit Marley Rostfrei herumstritten.

»Ich sehe sie.«

»Was meinst du … kämen *die* lebendig aus deiner Shakespearegruft raus?«

»Klar. Warum nicht?«

»Siehst du?« Rasputin warf Aurora einen triumphierenden Blick zu. »Er kennt die fraglichen Ladys nicht mal, und schon spricht er ihnen Seelengröße und Charakterstärke zu. Was würdest du sagen, George, wenn ich dir erzählen würde, daß sie die zwei größten Neurotikerinnen im Staat New York sind und beim allerersten Anzeichen einer Krise das Handtuch werfen würden?«

»Scheiß drauf«, sagte George. »Ich mag, wie sie sich anlächeln.«

»Aber sicher. Sei ehrlich – du hast in der Pubertät Gedankenspielchen mit Lesbierinnen getrieben. Mehr steckt nicht dahinter.«

»Du hast es erfaßt, Raspi.«

»Hrrmpf … Lügner.«

»Auch Christen können Ausgestoßene sein«, warf Aurora ein.

Rasputin spitzte ein Ohr. »Pardon, meine Liebe?«

»Ich hab gesagt, auch Christen können Ausgestoßene sein, wie viele andere auch.« Sie griff in den Halsausschnitt ihrer Bluse und zog ein winziges Goldkreuz an einem Kettchen hervor. »Hast du eine Ahnung, wie manche Leute darauf reagieren. Wenn man es nicht offensichtlich nur als Schmuck trägt, werden sie nervös, sobald sie es sehen. Spricht man von Gott in einer Weise, die nicht nach hundert Prozent reiner Theorie klingt, endet das Gespräch so prompt, als habe jemand den Stecker rausgezogen.«

Ein weiteres Baßglucksen. »So ist's recht! Gut gesprochen – hör auf Rasputin, meine Liebe, red du nur weiter so, und er frißt dir in Nullkommanix aus der Hand.«

Mit einem abschließenden Kopfnicken entließ Rasputin die beiden und stieg ebenso unvermittelt aus der Unterhaltung aus, wie er sich in sie eingemischt hatte. Er richtete die Aufmerksamkeit auf den Rest des Raumes und hob eine fleischige Hand in die Höhe, woraufhin fünf geschmeidige Chorknaben in Seidenhemden aus verschiedenen Ecken der Bar auftauchten und seine Bierkrüge durch überschwappend volle Sektgläser ersetzten. Es war merkwürdig.

»Da ist was dran, weißt du«, sagte George zu Aurora, wobei er das kleine Kreuz ansah. »Aber ich versprech dir, daß ich den Stekker nicht rausziehen werde, auch wenn du anfängst, die graue Theorie zu verlassen. Es ist nur... es fällt mir schwer zu glauben, daß Gott nur ein einziges Buch geschrieben haben soll. Verdammt, ich hab's schon jetzt auf drei Romane gebracht, und ich bin nicht mal ne *besonders* heiße Nummer.«

»Och, ich würde sagen, du bist zumindest ne ziemlich warme Nummer«, sagte Aurora ernsthaft (und ohne jeden Nebengedanken, egal, wie es klang). »Was Gott angeht, erhebe ich nicht den Anspruch zu wissen, ob die Bibel alles ist, was Sie geschrieben hat. Es gibt überhaupt ne Menge Sachen, die ich mir nicht einbilde zu wissen.«

»Dann bist du keine Zitrone«, verkündete George mit Bestimmtheit, »und wir kommen ins Geschäft.« Er hob sein Glas, trank ihr zu, stutzte dann. »Sagtest du eben ›Sie‹?«

Aurora zog die Nase spitzbübisch kraus und nahm ein Schlückchen von ihrem Tequila Sunset. »Kann schon sein«, sagte sie. »Baust du mich in eine deiner Geschichten ein?«

»In was für eine?«

»So Fantasy, wie ›Der Ritter‹. Weißt du noch, die Frau im verwunschenen Wald?«

»Die, die sich in einen Grislybären verwandelt, als der Mond aufgeht?«

»Ja«, sagte Aurora, »aber die Bärenpassage kannst du ruhig vergessen. *Die* Figur würde mir gefallen, weil sie irgendwie aus dem Rahmen fällt.«

»Weil sie irgendwie ausgestoßen ist?«

»Vielleicht.« Sie fummelte an ihrem Kreuz herum.

»Das solltest du weitertragen«, sagte George zu ihr. Seiner eigenen Hand gestattete er, sich zu Kalliopes Pfeifchen zu verirren.

»Wer weiß?« entgegnete Aurora. »Vielleicht krieg ich ja auch mal ein größeres.«

»Gut. Kann ich dich was Persönliches fragen?«

Sie zog wieder die Nase kraus. »Wenn du versprichst, mich in eine Geschichte einzubauen.«

»Abgemacht.«

»Okay, schieß los.«

»Wie hast du dich in Brian Garroway verliebt?« fragte George. »Er ist Zitrone bis ins Mark oder macht jedenfalls den Eindruck. Worin liegt sein Reiz?«

Zuerst lachte Aurora, dann schwieg sie, schien nach Worten zu suchen. Es versprach, eine lange und schwierige Erklärung zu werden, doch Rasputin enthob sie der Notwendigkeit, sich zu rechtfertigen, indem er exakt diesen Augenblick erkor, um eine beachtliche Windbö streichen zu lassen. Nun pflegen große Männer grundsätzlich große Fürze zu lassen, aber könnte man Flatulenzen sehen, wäre *er* buchstäblich von einer Dunstwolke umgeben gewesen. Verlegen versuchte er, seinen Fauxpas nach bestem Vermögen zu vertuschen.

»Hrrmmpf!« grunzte er, als sei das eben nur ein besonders lautes Räuspern gewesen. »Hrrmmpf!«

Grinsend und sich die Nase zuhaltend, streifte Aurora Rasputin mit einem Blick, der dann hinter ihm an einem weiteren lesbischen Pärchen an der Theke hängenblieb. Sie schnappte nach Luft, und zwar nicht wegen Rasputins Odeur.

»Mein Gott«, flüsterte sie.

»Mein Gott was?«

»Da drüben.« George blickte sich um und erkannte Bijou, eine Gitarristin, die früher bei Benny Profane gespielt hatte; die dunkelhaarige Frau neben ihr kannte er nicht.

»Das ist Bijou«, sagte er. »Rockmusikerin. Wenn du willst, kann ich euch bekannt machen.«

»Nein, nein, nicht die. Das andere Mädchen.«

»Bijous Flamme, vermutlich. Was ist mit ihr?«

»Das ist Cathys Zimmergenossin.«

»Cathy *Reinigens* Zimmergenossin?«

Aurora nickte. Und dann erstrahlte aus heiterem Himmel ein Lächeln auf ihrem Gesicht, das immer mehr in die Breite ging, ohne indes direkt in Gelächter umzuschlagen.

»Was?« fragte George.

»Meine Güte... mir ist grad klargeworden...«

»Was ist dir klargeworden?«

»Wie sie heißt«, sagte Aurora. Sie schien Schwierigkeiten mit der Artikulation zu haben, als ob sie tatsächlich lachte.

»Ich weiß nicht, wie sie heißt«, sagte George.

»Ich aber!«

»Du weißt es?«

»Ja.«

»Na gut, und wie?«

Das Lächeln hatte jetzt eine Ausdehnung erreicht, bei der George befürchtete, es könnte jeden Moment schnapp machen und ihm ins Auge fliegen. Auf Auroras Wangen hatten sich Grübchen gebildet.

»Julia«, brachte sie schließlich heraus. »Sie heißt Julia.«

»Hrrmmpf!« grunzte Rasputin.

VI

Cathy Reinigen kam nicht mehr von der Toilette zurück. Irgendwann hatte sie sich schlicht und einfach in Luft aufgelöst; und es mag komisch klingen, aber Aurora und George verspürten keinerlei Drang, sie zu suchen. Statt dessen tanzten sie, als Bijou und ein paar andere Unbeschäftigte sich gegen zehn zu einer Rock-Jam-Session zusammentaten, tranken anschließend noch ein Weilchen weiter und verließen die Bar erst kurz vor Zapfenstreich.

Draußen hatte sich der Nebel wie ein Korsett zusammengezogen, und als sie zum Campus zurückschlenderten, waren sie vollkommen von der Außenwelt abgeschlossen. Es überraschte sie auch nicht besonders, als auf einmal ein Pferd vor der Straight angetrabt kam: Inzwischen hatten sie den Punkt erreicht, von dem an nichts mehr seltsam erscheint. Das Pferd kam schnurstracks auf George zu und schnoberte an seinem Hals, als wären sie alte Bekannte.

»Es ist bildschön«, sagte Aurora entzückt. »Kennst du es?«

»Nein, ich glaube, man hat uns noch nicht vorgestellt.« Georges erster Gedanke war, daß die Stute einem Bohemier gehören mußte, doch sie war ungesattelt, und ihre Farbe – olivgrau mit mitternachtsschwarzer Mähne – kam ihm völlig unbekannt vor.

»Wir sollten einen Spazierritt machen«, schlug Aurora vor.

»Hm?« Der Geschichtenerzähler war momentan geistesabwesend; er hatte das Tier am Kopf gestreichelt und dabei entdeckt, daß sich die Mähne verwirrend vertraut anfühlte.

»Wir sollten einen Spazierritt machen«, wiederholte Aurora. Sie kam näher und tätschelte das Pferd. »Das ist dir doch recht, Mädchen, oder?«

Die Stute wieherte, wie Aurora fand, bejahend; George kam nicht ganz mit.

»Sagtest du reiten?« fragte er.

»Klar doch.« Aurora trat einen Schritt zurück und schwang sich dann mühelos auf den blanken Pferderücken.

»Aber das Pferd hat ja gar keinen Sattel«, protestierte George.

»Ist schon okay – ich zeig dir, wie du's machen mußt.«

»Du zeigst mir... willst du damit sagen, daß du das Tier da fahren kannst?«

»Ach, komm schon, George«, sagte Aurora. »Ich komm schließlich aus Wisconsin.«

Damit schien die Sache geklärt. Sie streckte ihm die Hand hin, und er griff danach. Ein paar schwarze Mähnenhaare hatten sich zwischen seinen Fingern verfangen. Als sich ihre Hände berührten, versetzte es George einen Schlag, und wie durch Zauberei saß er auch schon hinter ihr auf dem Pferd und hatte die Arme um ihre Taille geschlungen.

Der Ritt schien zugleich eine Ewigkeit und keine Sekunde zu dauern. Sie ritten weit, fast bis zu den östlichen Ausläufern des Cornell-Naturparks und wieder zurück, und George entdeckte durch den Rhythmus des Tieres und der Frau, daß Reiten ohne Sattel keine so furchtbar schwierige Angelegenheit war. Sie schienen schwerelos durch die Nacht zu treiben, eingefangen in einem Zauber, der sie auf Elfenbeinhufen dahintrug... es war ein langer, erfreulicher Ausflug. Um so verwunderlicher, daß weder George noch Aurora sich hinterher erinnern konnten, wann und wo ihr Ritt endete und sie das Pferd wieder laufen ließen.

Noch wußten sie später – und das war nun wirklich mysteriös –, wie sie oben in den Glockenturm geraten sein konnten. Als die Meisterin des Glockenspiels sie am anderen Morgen um Viertel vor sieben wachrüttelte, konnten sie sich überhaupt nicht entsinnen, die lange Treppe hochgestiegen zu sein (und wie waren sie überhaupt unten durch die abgeschlossene Tür gekommen?). Daß sie sich in der offenen Glockenstube aufgehalten hatten, auf einem Gipfel, der über eine weißverhüllte Welt ragte – daran konnten sie sich schon erinnern. Ebenso daran, unendlich lange geredet zu haben – über Liebe und Träume, über Christentum und Abt Rosewinkle und über ein Dutzend anderer Themen. Ja, sie erinnerten sich sogar an Dinge, die eigentlich gar nicht möglich waren, zum Beispiel an einen kleinen alten Mann (aber wirklich klein, bestimmt nicht größer als fünfzehn Zentimeter!), der sie lange beobachtet zu haben schien und erst, als Aurora ihn schließlich angesprochen hatte, erschrocken verschwunden war.

Und was geschah noch?

Küßten sie sich? Vielleicht. Vielleicht stieg der Nebel in tiefster Nacht empor, erklomm die Mauern des Turmes und drehte die Zeiger der Uhr auf die letzte Stunde im Oktober zurück. Vielleicht küßten sie sich wirklich, spielten die Szene im Garten Lothlórien nach, wobei beide wußten (und nicht wußten), daß ihre Arme den falschen (und richtigen) Partner umfingen.

Liebten sie? Nein, wahrscheinlich nicht... noch nicht. Georges Herz gehörte noch immer Kalliope, und Auroras (so unpassend diese Verbindung auch war) Brian Garroway. Aber selbst da, wo noch keine wirkliche Liebe ist, kann doch die Möglichkeit der Liebe bestehen, und diese Möglichkeit, das Wissen darum, wirkt lange nach.

Wie lange dauerte ihre Umarmung? Wer könnte das sagen? Die Zeit hat wenig Bedeutung im Nebel und noch weniger in der Verzauberung. Sicher ist nur, daß sie eine Zeitlang sprachen, sich eine Zeitlang in den Armen hielten und dann, von einer Frau mit Musikerhänden wachgerüttelt, auf einmal unbehaglich ins Morgenlicht blinzelten.

Der Tag nach Thanksgiving hatte klar und kalt begonnen; der Herbst neigte sich rasch dem Ende zu.

Kalliope kam wie versprochen zurück, und für eine kurze Weile ging Georges Leben wieder seinen normalen Gang – was das auch immer heißen mochte. Insgeheim aber wußte er, daß seine Zeit mit ihr auslief, und deswegen liebte er sie um so heftiger; er wußte weder Tag noch Stunde, da sie ihm entrissen würde, noch (und das war das Schlimmste), was danach sein würde. Jeden Morgen weckte ihn ein kalter Wind, der von Westen her über den Hügel fegte, an Fensterläden zerrte und die Ankunft von etwas Unangenehmem anzukündigen schien.

Es war William F. Buckley, das konservative Sprachrohr der Nation, den dieser Wind eines grauverhangenen Tages heranwehte. Mit einer Erkältung im Kopf und einem erklecklichen Honorar in der Tasche betrat er das Podium in der Bailey Hall, um vor einem dichtgedrängten Publikum einen zweistündigen Vortrag zu halten. Natürlich konnten gewisse Elemente diese Gelegenheit, gegen das Recht auf freie Meinungsäußerung zu verstoßen, nicht ungenutzt verstreichen lassen; die ersten Reihen waren vollgepackt mit Cornellschen Marxisten, und als Buckley auf die Bühne trat, begannen sie, lauthals und in nicht weniger als sieben verschiedenen Sprachen des Ostblocks »Faschistensau! Grunz, grunz! Grunz, grunz!« zu skandieren. Den bohemischen König Löwenherz erfüllte dies mit heiligem Zorn. Er hatte sich schließlich mit gutem kapitalistischem Geld das Privileg erkauft, Buckley bis zum Ende anzuhören und *anschließend* seine Ansichten abzulehnen. Er hob trotzig eine Faust, und prompt stimmten Bohemier, Graue Vrouwen und Blaue Zebras einen Gegenchor an: »Bill! Bill! Bill! Bill!« Die Jungen Republikaner und die Reporter der rechtsgerichteten Cornellschen *Review* fielen – möglicherweise ohne sich in ihrer Empörung klarzuwerden, mit wem sie da eigentlich gemeinsame Sache machten – in das Protestgeschrei ein. Eine mitreißend donnernde Darbietung von »God bless America« brachte die Kommunisten dann endlich zum Schweigen. Sichtlich benommen, aber keineswegs unglücklich, begann Buckley seine lange Rede, in deren Verlauf er sich über das Ende des Liberalismus, den Aufstieg der neuen Rechten und die Tätowierung von AIDS-Kranken ausließ.

Als er nach dem Vortrag über den Parkplatz der Bailey Hall schlenderte, sah Löwenherz zufällig Ragnarök auf seinem Motorrad davonfahren. Der König von Bohemia rannte zu seinem Roß und nahm die Verfolgung auf, wobei er Buckley, der umringt von Bewunderern Autogramme verteilte, beinahe über den Haufen geritten hätte. Anfangs merkte Ragnarök nicht, daß er verfolgt wurde, und fuhr langsam. Als er aber dann rechts in die Tower Road einbog und sich dabei halb umdrehte, sah er ein purpurmähniges Pferd rasch näher kommen und gab Vollgas. Einen Augenblick später zwang ihn der Verkehr, die Fahrt wieder zu verlangsamen, doch gelang ihm die Flucht dank einer halsbrecherischen Fahrt die lange Treppe hinunter, die hinter und zwischen der Uris und der Ives Hall verläuft. Löwenherz versuchte, sein Pferd dazu zu bringen, im gestreckten Galopp hinterherzujagen, erreichte damit aber lediglich, daß er abgeworfen wurde.

William Buckley war nicht alles, was der Wind an politischen Ereignissen brachte. Angefeuert von neuen schlechten Nachrichten aus Pretoria, intensivierten die Blauen Zebras ihre Proteste gegen die Aktienbeteiligung der Universität an Firmen, die mit Südafrika Geschäfte machten. Am letzten Vorlesungstag des Semesters trommelten sie so viele Gleichgesinnte wie möglich vor der Straight zusammen, um dort ein symbolisches Kartenhaus zu errichten. Sie wollten mit ihrer Aktion ein möglichst großes Publikum anlocken, doch mit zwei bestimmten Personen, die sich schließlich einfanden, hatten sie wirklich nicht gerechnet.

Der eine war ein Blitzableiterverkäufer mit einem Magister in Physik.

Der andere war Stephen Titus George, Geschichtenerzähler, Drachensteigenlasser, Schutzheiliger der Tagträume, Freund des Windes und Kandidat der Kunst, ohne Papier zu schreiben.

Der Narr, der Wind und der Blitzableiterverkäufer

I

Natürlich muß es eine gewisse Anzahl Wissenschaftler geben, die verrückt werden, damit die Tradition am Leben bleibt.

Er arbeitete an seiner Promotion und hatte ein Zimmer für sich allein – was für einen Mann äußerst wichtig ist. Das mehrere Stockwerke unter der Clark Hall gelegene Zimmer war klein und ungefähr würfelförmig. Die Tür war mit drei Schlössern versehen. Einst hatte er im TLOR gewohnt, dem Trainingslager für Offiziere der Reserve, aber obwohl er inzwischen ausgeschieden war, hatte ihn die Army nicht aus ihrem Herzen verbannt. Die Army hat seit jeher eine Schwäche für Physikstudenten: Sie bauen Sachen.

Und er hatte in der Tat was gebaut. Er saß an diesem späten Vormittag auf einem Drehstuhl, drehte sich langsam um die eigene Achse und sah sich die Dinge in seinem Zimmer an. Vornehmlich *das* Ding. Neben der Tür hing eine gelbe Regenjacke an einer schlichten hölzernen Garderobe. Dann kam sein Schreibtisch und darauf eine Vielzahl interessanter Gegenstände: ein Computer, der ihm beim Zählen half; ein Wurf Stofftiere; seine Blitzableiter aus purem, schwarzem, hartem Eisen; ein Lederranzen, um sie zu transportieren, und in einem Plastikfläschchen, in dem sich einst Aspirin befunden haben mochte, seine Flappenstopfer.

Wie die Flappenstopfer zu ihm gefunden hatten, wußte er nicht mehr – *diese* Information war irgendwie falsch abgespeichert worden –, doch er vermutete, daß eine Frau, eine Dame, sie ihm geschenkt hatte. Er wußte immerhin, daß sie ganz wundervoll waren. Die Flappenstopfer schenkten ihm Träume, wunderschöne Träume, und Einfälle; und sie brachten ihn zum Lachen. Manchmal lachte er sehr lange. So unersetzlich dieser Schatz auch war, machte er sich doch keine Sorgen, daß er einmal versiegen könnte, denn der Flascheninhalt schien niemals abzunehmen. Er schluckte und lachte und hatte keine Angst.

Jetzt schluckte er einen. Ein Lächeln breitete sich auf seinen

Lippen aus, und er beugte sich vor, um eines der Tiere zu streicheln.

»Tigger«, sagte er und nahm das mit Lumpen ausgestopfte Spielzeug von seinem Platz zwischen Pu und Ferkel. »Tigger, Tigger, Tigger.«

Er streichelte das Stofftier, drehte sich auf seinem Stuhl weiter herum und faßte nun das rote Wägelchen ins Auge, das in einer kahlen Ecke des Zimmers stand. An seinem hinteren Ende hing, mit einer Niete befestigt, ein rudimentärer Schwanz aus gedrehtem Hanf; seitlich stand in weißen Lettern das Wort I-aah geschrieben. Im Wagenkasten befand sich das Ding, das er gebaut hatte.

Um was es sich dabei eigentlich handelte, war schwer zu sagen, da es vollständig mit gelb-schwarzen Aufklebern mit der Aufschrift ACHTUNG – RADIOAKTIV und dem entsprechenden Gefahrensymbol darunter zugepappt war. Es war plump, ein Mittelding zwischen einem Zylinder und einer Kugel und gedrungen wie ein Frosch. Ziemlich weit oben ragte aus dem Meer von Strahlungsstickers eine digitale Schaltuhr heraus.

»Tigger«, sagte der Doktorand (der sich nicht nur eine Physiker-, sondern auch eine Blitzableiterverkäuferkarriere erträumte) und setzte Tigger in den Wagen. Daneben setzte er dann Ferkel; nur Pu blieb einsam und verlassen an seinem Platz auf dem Schreibtisch zurück. Der Doktorand beugte sich über die Schaltuhr; fummelte daran herum.

Andy Warhol hat einmal gesagt, es würde der Tag kommen, da jeder Mensch in Amerika eine Viertelstunde lang berühmt sein würde. Einem Doktoranden allerdings steht gewiß mehr zu als einem normalen Sterblichen, also gab er sich eine volle Stunde; er drückte auf einen Knopf und setzte den Countdown in Gang.

Er zog seine Regenjacke an und gelbe Gummistiefel, die er aus einer Schublade herausholte, überflog noch einmal ein Flugblatt (KUNDGEBUNG VOR DER STRAIGHT – 11.30 UHR) und tätschelte Pu zum Abschied den Kopf.

»Ich lass es regnen, Winnie«, sagte er. Dann hängte er sich seinen Ranzen voll Blitzableiter über die Schulter und verließ, das rote Wägelchen hinter sich herziehend, das Zimmer, um den ihm zustehenden Teil an Ruhm zu ernten, wobei er darauf verzichtete, hinter sich abzuschließen.

II

Draußen war es kalt; Schnee war versprochen, aber noch nicht eingetroffen. Kein Lüftchen regte sich und es war eigentlich kein schlechter Tag für eine Kundgebung im Freien, aber nur ein Narr wäre auf die Idee gekommen, an einem solchen Morgen Drachen steigen zu lassen.

Die Blauen Zebras hatten den Haupteingang der Straight abgesperrt und auf der Treppe ein kleines Podium mit Mikrophon aufgebaut. Sie hatten ein eindrucksvolles Sortiment an Rednern zusammengestellt und hofften, trotz der nahenden Abschlußklausuren (das politische Bewußtsein auf dem Campus pflegte gegen Ende des Semesters stets beträchtlich nachzulassen) eine ansehnliche Zuhörerschaft anzulocken. Die meisten halbinteressierten Umstehenden wurden allerdings weniger durch die Rednerliste oder die höchst informativen Flugblätter, die vor Beginn der Kundgebung verteilt worden waren, angezogen, sondern durch das Kartenhaus.

Die Karten waren überformatige, fast einen Meter hohe, aus starkem Karton zurechtgeschnittene Spielkarten, und zwar (wegen ihres angestrebten düsteren Symbolgehalts) durchweg schwarze Achten und Asse: das sogenannte »Totenblatt«. Nach Entwürfen eines Zebras konstruiert, das ein paar Architekturseminare besucht hatte, sah das in Wirklichkeit recht stabile Haus so aus, als ob es jeden Augenblick zusammenkrachen würde. Es war rund zweieinhalb Meter hoch und wurde, von einem extragroßen Pik-As gestützt, durch einen Miniatur-Konferenztisch gekrönt, an dem mehrere Puppen saßen: Cornells Vorstand, über Aktienkäufe abstimmend. Bis zum Hals hatten die Puppen menschliche Gestalt, ihre Köpfe aber waren durch Obst und Gemüse ersetzt worden. Ein Kohlkopf saß der Versammlung vor.

»Cornells Investitionspolitik« stand auf einem Pappschild, das am Kartenhaus lehnte. Weiter oben verkündete ein zwischen zwei Achten aufgehängtes Spruchband: »Schluss damit!« Manche nickten oder schüttelten den Kopf und gingen weiter, aber die meisten Passanten fanden die Konstruktion doch so interessant, daß sie stehenblieben und neugierig der Dinge harrten, die da kommen würden. Als es schließlich halb zwölf war und Fantasy Rastamop ans Mikrophon trat, hatte sich eine in zwei Parteien gespaltene Menge von fast hundert Menschen angesammelt. Vom buntgemischten Angebot angetan, ließ die Anführerin der Zebras ihre Augen prüfend über die Versammlung wandern.

Sie hatte gerade den Mund geöffnet, als der Doktorand samt Wagen rumpelnd in Sicht kam: einen Blitzableiter in der Hand und den Schrei auf den Lippen, er würde es jetzt regnen lassen.

III

Um zehn vor zwölf hockte George wieder einmal zwischen den zwei Standbildern auf dem Arts Quad und baute einen Drachen zusammen, denselben Drachen, den er letzten August vor den Augen eines Bernhardiners zum erstenmal hatte steigen lassen. Der Hund war an diesem Morgen nirgends zu sehen; da aber jetzt Kalliope George über die Schulter blickte, hätte er ihn wohl ohnehin nicht bemerkt.

Sie waren zeitig aufgestanden, und Kalliope hatte beim Frühstück angekündigt, sie wolle heute sehen, wie George den Wind rief. Und so waren sie nach einem langen Spaziergang durch die Stadt (ein seltenes Ereignis für das in der Regel sehr häusliche Paar) auf den Hügel gestiegen. Kalliopes silberdurchwirktem Umhang war irgendwie eine Kapuze gewachsen, die ihr Gesicht teilweise verhüllte. Unterwegs hatte ein vorbeifahrender Radler allerdings zufällig einen flüchtigen Blick darunter geworfen; der Bursche hatte einen keuchenden Wehlaut ausgestoßen und war in einem scheppernden Gewirbel von Armen, Beinen und Speichen zu Boden gegangen.

»Wie gesagt«, erklärte ihr George und fügte die Stäbe kreuzweise aneinander. »Die Drachen, die Onkel Erasmus und ich damals hatten, waren nicht rautenförmig, sondern Kastendrachen, riesige rechtwinklige Gestelle, mit gebatiktem Stoff bespannt. Erasmus mochte die am liebsten, weil sie so aussahen, als könnten sie eigentlich überhaupt nicht fliegen ...«

Und er bastelte und redete weiter, so sehr in die Schilderung jenes fernen Tages vertieft, daß er den Drachen zusammengebaut hatte, bevor er merkte, daß Kalliope nicht mehr an seiner Seite war. Erschrocken sah er sich um und rief nach ihr, bis sein Blick unwillkürlich an der südwestlichen Ecke des Quads hängenblieb, wo sich ein Auflauf gebildet hatte. Obwohl um diese Uhrzeit die Vorlesungen noch in vollem Gang waren, trieben sich erstaunlich viele, verängstigt aussehende Leute da draußen herum; sie tauchten auf dem asphaltierten Weg zwischen der Olin- und der Uris-Bibliothek auf, strömten auf den Quad und überquerten ihn, als wollten sie sich vor irgend etwas in Sicherheit bringen. Eine nicht minder beträchtliche – allerdings weniger ängstliche als neugierige – Gruppe bewegte sich in die entgegengesetzte Richtung, um festzustellen, was eigentlich los sei. Am Engpaß, wo die zwei Menschenmassen aufeinanderstießen, verschmolzen sie zu einem einzigen dichten Gedränge.

Kalliope stand am Rand des Staus. Sie wartete, bis George sie ausgemacht hatte, lächelte ihm zu, winkte und tauchte dann in der Masse unter.

»Hallo«, sagte George. »Hallo.«

Er ließ den Drachen fallen und rannte ihr nach, wobei er trotz aller Hast noch einzelne Worte und Gesprächsfetzen von den vorbeiströmenden Flüchtlingen aufschnappte. Wiederholt hörte er für Bruchteile von Sekunden, wie ein Mann in Zeta-Psi-Blazer einem Bundesbruder versicherte: »... is doch gar nicht drin, völlig unmöglich, keine Angst... gar nicht drin...«

Und er stürzte sich ins Gedränge, rief nach ihr, während andere um ihn herum schrien, sie wollten wissen, was da los sei, jemand habe eine *was* vor der Straight? Der Geschichtenerzähler wurde hin und her geschoben, verlor die Richtung, die Übersicht, bis plötzlich zweierlei geschah.

Erstens war er wider Erwarten durch den Engpaß durch, befand sich unvermittelt am oberen Ende der abschüssigen Straße und blickte hinunter auf die Straight – oder, genauer gesagt, auf den Doktoranden, der ganz allein mit seinem Wägelchen inmitten eines Polizeikordons stand, während außerhalb der Absperrung eine bunte Menge von Cornellianern sich offensichtlich nicht entscheiden konnte, ob sie besser ihr Heil in der Flucht suchen oder aber bleiben und zugucken sollte.

Zweitens legte ihm Kalliope die Hände von hinten auf die Schultern und jagte ihm damit einen gehörigen Schrecken ein.

»Himmelherrgott«, sagte George. »Tu das bloß nie wieder.«

»Entspann dich, George.« Sie berührte seinen Nacken auf eine

Weise, die er sehr mochte, und er entspannte sich, rücklings gegen sie gelehnt, während er mit einer Hand das Pfeifchen an seinem Hals umklammerte. An seinem Ohr spürte er ihren Atem.

»Verdammt noch mal, Kalliope!« Er betrachtete die Szene vor der Straight, wobei ein Teil seines Bewußtseins versuchte, sie zu begreifen. »Verdammt noch mal, hattest du nicht gesagt, du wolltest sehen, wie ich den Wind rufe!«

»Will ich auch«, versicherte sie. Sie drückte ihm von hinten etwas in die Hand. Den Drachen. »Will ich auch, aber hier gibt's im Augenblick was Interessanteres zu sehen.«

Die Leute drängten sich weiterhin in beiden Richtungen, aber jetzt rempelte sie niemand mehr an. Es verstellte ihnen auch niemand die Sicht. George blickte immer noch die abschüssige Straße hinunter.

»Was ist denn da los?« fragte er.

Statt zu antworten, zauberte sie einen weiteren Gegenstand hervor, den sie ihm auf den Kopf setzte. Einen Cowboyhut.

»Sieht nach Ärger in Dodge City aus«, sagte Kalliope. »Die Stadt braucht einen Retter.«

»Was...«

»Schreiben ohne Papier«, flüsterte sie und küßte ihn zweimal. Der erste Kuß traf ihn leicht und elektrisierend seitlich am Hals. Für den zweiten drehte er sich um und erwischte ihn voll auf den Mund, und danach wäre er vom Glockenturm gesprungen, wenn sie es von ihm verlangt hätte.

Würde es klappen...

Ich hab's noch nie probiert. Es käme auf die Umstände an.

»Schreiben ohne Papier«, flüsterte sie noch mal und ließ ihn los. »Es könnte um das Leben ziemlich vieler Menschen gehen, George.« Sie zeigte hinunter auf die Straight, hinunter auf den Doktoranden. »Da gibt's Ärger«, sagte sie. »Bring die Sache in Ordnung.«

»Klar.« Eine plötzliche Befürchtung ließ ihn nach dem Pfeifchen greifen. »Du wartest hier, ja? Ich meine...«

»Ich werde dir zusehen«, versprach Kalliope wahrheitsgemäß. »Jetzt geh.«

Ein dritter Kuß setzte ihn in Gang. Und es kam ihm überhaupt nicht absurd oder ungewöhnlich vor – nicht nach seinem monatelangen Zusammenleben mit dieser allerseltsamsten und allerschönsten Dame –, wiegenden Schritts auf einen Gegner zuzugehen, von dem er nichts wußte, und sich dabei zu fühlen und auszusehen wie Wild Bill Hickok höchstpersönlich mit einem Drachen in der Hand. Den Drachen hielt er vor sich wie einen Schild, während Kalliopes letzter Kuß noch auf seinen Lippen prickelte, und die Leute machten ihm den Weg frei, ihr Geschmack war noch auf seiner Zunge, und die Zeiger der Turmuhr bewegten sich millimeterweise auf zwölf Uhr mittags zu.

Schreiben ohne Papier, dachte George. *Klar. Simpel.*

Ein paar Steinchen knirschten unter den Sohlen seiner Turnschuhe; das Geräusch erinnerte ihn an das Klirren von Sporen.

IV

Der Polizeikordon ließ dem Doktoranden und seinem roten Wägelchen ringsum fünfzehn Meter Luft, damit er nicht die Nerven verlor. Am Rand dieses Kreises stand ein Sortiment von Campus- und Stadtpolizisten, dreizehn an der Zahl. Auch ein Polizeipsychologe war anwesend – den der Doktorand trotzig keines Blickes würdigte –, doch von den angeforderten Bomben- und Spezialwaffenexperten war bislang nichts zu sehen.

Trotz der Tatsache, daß die Schaltuhr den Stand des Countdowns klar und deutlich anzeigte – 00:20:22 –, und trotz der unschwer zu erschließenden Bedeutung der Aufkleber, mit denen der Doktorand seine Erfindung beklebt hatte, schien eine erstaunlich große Anzahl von Menschen beschlossen zu haben, dazubleiben und die weitere Entwicklung abzuwarten. Die Bohemier hatten sogar in aller Eile ein Apocalypse-Now-Picknick auf dem grasigen Hügelchen über dem Campus-Supermarkt improvisiert. Löwenherz verfolgte die Ereignisse durch einen Operngucker, schlürfte Midori aus einem Schnapsglas und organisierte eine Kettenwette: Jeder Bohemier wettete mit je zwei anderen, mit einem, *daß* sie, und mit dem anderen, daß sie *nicht* in die Luft fliegen würden, wobei die Einzelwetten zusammengenommen eine Kette ergaben. Waren sie in einundzwanzig Minuten noch am Leben, würden sie einen Fünfdollarschein im Kreis herumgehen lassen.

»Ich lass es regnen!« kreischte der Doktorand und hielt drohend einen Blitzableiter in die Luft. »*Feuer* regnen, ihr werdet's sehen!«

Seit einer halben Stunde wiederholte er – mit geringfügigen Variationen – denselben Spruch. Er stolzierte herum und entfernte sich dabei mitunter ein ganzes Stück von seinem Wagen und seinem Digitalspielzeug, aber in der nicht-blitzableiter-schwingenden Hand hielt er etwas, das mit dem traditionell panikroten Knopf verdächtig nach einer Fernsteuerung aussah. Das war natürlich bloß geraten, da er es nicht für nötig befunden hatte, etwelche Erklärungen zu seinem Gerät oder dessen Verwendungszweck abzugeben, doch es schien nicht unwahrscheinlich, daß ein Druck auf den Knopf die Schaltuhr auf Null stellen und den Countdown vorzeitig beenden würde.

»Wir können ihn nicht einfach abschießen«, sagte Doubleday mit hörbarem Bedauern.

»Wir können ihm die Sache aber auch nicht ausreden«, schniefte der Polizeipsychologe. »Nicht, solange er mir nicht einmal zuhört.«

»Mein Gott, mein Gott...« Nattie Hollister war auch da. Der Polizeichef und ein Angehöriger der Universitätsverwaltung vervollständigten das Quintett. »Wie stehen die Chancen«, fragte der Chef, »daß es wirklich eine A-Bombe ist?«

»Also bitte«, ließ sich der Verwaltungsmensch verächtlich vernehmen, »Cornell ist eine Eliteuniversität. Wir stellen hier doch keine Nuklearwaffen her!«

»Wär wohl schwierig, an das Plutonium ranzukommen«, dachte Nattie Hollister laut. »Es sei denn, die hätten welches in den Labors da oben. Aber selbst, wenn nicht – eine Bombe hat immerhin einen hochexplosiven Zünder, und verdammt, ich bin sicher, in den Chemielabors haben sie die Zutaten für –«

»Aber er ist Physiker, kein Chemiker, stimmt's?« sagte der Chef. Er warf einen Blick auf den Verwaltungsmenschen. »Das haben *Sie* zumindest behauptet.«

»Trotzdem...«, sagte Hollister.

»... könnte das, wenn schon keine Kernexplosion«, sprach Doubleday für sie zu Ende, »doch immer noch eine *ganz schön starke* Explosion geben. Was gar nicht gut wäre.«

»Neunzehn Minuten.« Der Polizeichef rieb die Handflächen leicht aneinander. »Wir müssen was unternehmen.«

»Der Kordon is nich weit genug«, bemerkte Hollister. »Wenn's überhaupt Sprengstoff ist...«

»Wo is denn das verdammte Bombenräumkommando?« wollte Doubleday wissen.

»'tschuldigung.«

»Hä?«

Sie drehten sich alle um; ein sechster hatte sich zu ihnen gesellt. Er trug die Uniform des Cornellschen TLORS und ein Flaumbärtchen am Kinn.

»Ich kann diesen Knaben da für euch wegputzen«, bot er an.

Der Polizeichef kniff die Augen zu Schlitzen zusammen.

»*Wie* war das?«

Der Reserveoffizier tippte auf eine Anstecknadel an seiner Uniform. »Scharfschützenteam. Besorgen Sie mir ein Gewehr, und ich niete den Knaben um. Schon mal Robert DeNiro in ›Die durch die Hölle gehen‹ gesehen?«

»Geh nach Haus, Bettnässer«, fertigte ihn der Chef ab. Dann wandte er sich zu den anderen: »Jetzt will ich... he! He da, Moment mal!«

Jemand hatte die Absperrung durchbrochen. Nein, nicht durchbrochen – George war einfach durch*gegangen*, als die zwei Polizisten, die ihm am nächsten standen, zufällig in die falsche Richtung geguckt hatten. Als sie ihn bemerkten, befand er sich bereits ein ganzes Stück im Inneren des Kreises; er steuerte direkt auf den Doktoranden zu.

»Ich schnapp ihn mir«, sagte Doubleday und streichelte seinen Gummiknüppel.

»Nein«, befahl der Chef wie unter einem plötzlichen Zwang. »Nein, warten Sie...«

George ging, merkwürdig selbstsicher, weiter. Kalliopes Kuß wirkte noch immer nach. Den Drachen hielt er jetzt nicht mehr vor sich; er hing an seiner Seite wie ein Colt. Als er den Geschichtenerzähler auf sich zukommen sah, unterbrach der Doktorand abrupt sein Geschrei und baute sich mit stählernem Blick vor ihm auf.

»Tag«, sagte George, ohne sich im mindesten albern vorzukommen, als er seinen Cowboyhut zurechtrückte. »Wo kommst du her, Fremder? Von Haus aus, meine ich.«

Schwungvoll blähte der Doktorand seine Regenjacke und

fuchtelte mit der Spitze des Blitzableiters drohend vor Georges Gesicht herum... doch er gab immerhin eine Antwort.

»Chicago«, sagte er. Ferkel und Tigger guckten vom Wagen aus zu. »Illinois.«

Die Digitaluhr schaltete von 00:18:32 auf 00:18:31. Und die Turmuhr begann zu läuten.

Zwölf Uhr mittags.

V

Löwenherz stellte sein Opernglas schärfer; er verfolgte das Schauspiel mit großem Interesse. »Was zum Teufel hast du vor, George?«

»Zehn Eier, daß es spannend wird«, bot der Top an.

»Wie heißt du?« fragte George den Doktoranden. Der blähte erneut seine Regenjacke.

»Christoph Robin«, sagte er.

George nickte und deutete auf die Stofftiere. »Wo ist Pu?«

»Pu ist zu Hause im Bett«, antwortete Christoph Robin, der allmählich etwas ungeduldig klang. »Er hat einen Kavaliersschnupfen.«

»Klar doch. Und was ist das für ein Ding, das du da hast?«

Jetzt klang er schon etwas weniger unwirsch: »Das ist ein Blitzableiter.« Er rüttelte am Ranzen. »Ich verkaufe Blitzableiter.«

»O *Jee*-sus«, schrie der Polizeipsychologe. »Er hat Bradbury gelesen! Ich *hasse* es, wenn sie Bradbury gelesen haben!« Der Polizeichef warf ihm einen kurzen Blick zu.

»Und wie heißt du?« fragte Christoph Robin George und stach mit dem Blitzableiter nach ihm. »Hä?«

George lächelte, von einer plötzlichen Eingebung beflügelt. »Was, wenn ich dir sagen würde, daß ich A. A. Milne bin? Da du Christoph Robin bist, müßtest du alles tun, was ich sage. Ich hätte dich ja dann geschrieben.«

»Nein, du hast mich nicht geschrieben.« Die Vorstellung schien ihn zu beunruhigen.

»Bist du dir da sicher? Würdest du alles dafür verwetten, was du besitzt... Christoph?«

»Ich mag dich nicht«, warnte ihn Christoph Robin. »Und du bist auch kein Cowboy.«

»Völlig richtig. Vielleicht bist du aber auch nicht Christoph Robin.«

»He, sieh dich vor!« Es klang wütend, aber auch ängstlich. Diesmal war es die Fernsteuerung, mit der er drohend herumfuchtelte. »Keine Spielchen, Kumpel, ich bin atomar!«

»Klar«, sagte George. »Und du läßt es regnen, okay.«

Im stillen dachte er: Ich mach Konversation, ich mach tatsächlich mit einem möglicherweise gemeingefährlichen Menschen Konversation. Und es macht mir auch noch Spaß. Vielleicht bin ich genauso verrückt wie er.

Aber er hatte nicht das Gefühl, verrückt zu sein, hatte auch keine Angst; das einzige, was er fühlte, war nach wie vor Kalliopes Kuß, eine merkwürdige Leichtigkeit im Kopf und ein starkes Bewußtsein von Macht. Wie damals als Junge, am Tag der Kastendrachen; nicht ganz so stark wie die Macht, die er über eine geschriebene Geschichte besaß, aber nicht weit davon entfernt – und von Sekunde zu Sekunde näher dran.

Kalliope, die ihn küßte.

Die Schaltuhr, die tickte: 00:15:09.

Da gibt's Ärger. Bring die Sache in Ordnung.

»Ich werd dir sagen, was ich bin«, fuhr George fort. Er hatte aus den Augenwinkeln das Kartenhaus erspäht und ließ sich jetzt die vielfältigen Möglichkeiten, die es bot, durch den Kopf gehen. »Ich, Christoph, bin ein professioneller Drachensteigenlasser. Ja, so ist es. Und wenn du dich nicht abregst und augenblicklich brav bist, dann – na ja, dann werd ich eben meinen Drachen hier steigen lassen müssen.«

»Nein.« Eine Spur echter Angst.

»Doch.«

»Kannst du nicht.«

»Kann ich doch.«

»Es ist überhaupt kein Wind.« Und fuchtelte, fuchtelte mit dem Blitzableiter. »Du kannst keinen Drachen ohne Wind steigen lassen, das ist ein Gesetz!«

George blinzelte schräg nach oben. Den Drachen in der einen und die Rolle Garn in der anderen Hand, drehte er sich auf der Stelle. Einmal.

»Der Drachen wird fliegen«, versprach er. »Wenn du es regnen lassen kannst, kann ich es winden lassen. Das ist nur recht und billig.« Er drehte sich ein weiteres Mal um sich selbst.

»Ich hoffe nur, jemand nimmt das Ganze auf Video auf«, sagte Löwenherz.

»Laß das sein!« Christoph Robins Daumen schwebte wie ein Geier über dem roten Knopf der Fernbedienung. »Wag es ja nicht, den Drachen steigen zu lassen!«

»Und? Was wäre dann?« Doubleday schüttelte den Kopf. »Könnten wir vielleicht bitte etwas unternehmen, Chef?«

Und George drehte sich zum drittenmal auf der Stelle. »Leg das Ding hin«, sagte er.

»Uuuuuuuh, ich lass es regnen, regnen, *regnen* –«

»O Scheiße!« sagte Doubleday.

»Na komm«, sagte George, und der Wind kam. Er fing als bloßer Hauch an, nahm aber sofort an Stärke zu. Eine Sekunde, und die Brise trieb dem Doktoranden den Atem in den Hals zurück, ließ ihn in plötzlicher Angst erstarren, zwei Sekunden, Stapel unverteilter Zebra-Flugblätter flatterten durch die Gegend, drei, das Kartenhaus erbebte, vier, Georges Cowboyhut stellte sich auf und erwog die Möglichkeit, davonzufliegen, fünf, er tat's, sechs, der Drachen zerrte an der Schnur, sieben, der Wind hatte halbe Orkanstärke erreicht.

»Zauberei!« brüllte Z.Z. Top lachend. »Gottverdammte Zauberei, George!«

»REGEN!« schrie Christoph Robin. Sein Daumen senkte sich auf den Knopf; George warf dem Kartenhaus einen aufmunternden Blick zu.

Eine der obersten Karten bog sich unter der Kraft des Windes und ließ den nachgemachten Cornellschen Vorstand koppheister schießen. Der Kohlkopf löste sich von seinem Rumpf, fiel und landete einen guten Meter tiefer auf dem SCHLUSS-DAMIT!-Spruchband, das prompt wie eine Steinschleuder nach vorne schnellte.

Der Kohlkopf flog wirbelnd auf Kollisionskurs.

Er traf den Doktoranden am Handgelenk.

Die Fernsteuerung flog ihm aus der Hand und zerschellte am Boden.

Die Schaltuhr zählte weiter, 00:13:59, 00:13:58.

»Nein nein nein!« schrie Christoph Robin beim Anblick seines ruinierten Geräts. Er spürte einen Ruck an der anderen Hand: George hatte die Schnur des Drachens dreimal um den Blitzableiter gewickelt und sie wieder losgelassen. Der Drachen riß die Eisenstange mit sich fort, trug sie höher und höher und über den Campus-Supermarkt, wo sie schließlich, ohne Schaden anzurichten, zwischen den Bohemiern landete.

»Verdammt!« sagte Christoph Robin. »Du verdirbst alles! Verdirbst mir meine Stunde Berühmtheit!« Er zog einen anderen Blitzableiter aus dem Ranzen, einen spitzen diesmal, der eine unangenehme Ähnlichkeit mit einem Kebabspieß aufwies. »Verdirbst alles!«

»He«, sagte George, und ein riesiges Pik-As knallte dem Doktoranden an den Kopf. Nachdem er sein Gleichgewicht wiedergefunden hatte, ging er, die nackte Mordlust im Auge, auf George los. Jetzt traf ihn jedoch das Spruchband, wickelte sich ihm um den Kopf, und er torkelte blind herum. Er schrie ein allerletztes »Verdirbst alles!«, dann stieß er mit dem Blitzableiter zu und spießte nicht George, sondern das Ding im Wägelchen auf.

»O Scheiße!« konnte Doubleday, vom Wind übertönt, gerade noch einmal sagen; doch die Explosion blieb aus, man vernahm nur das Geräusch durchstochener Strahlungsstickers und zerbröselnden Pappmachés. Der Blitzableiter ging butterweich hinein, und als die Spitze auf der anderen Seite wieder herauskam, lockerte sich die Schaltuhr aus ihrer Verankerung. Nur noch an sich selbst befestigt, plumpste der Timer auf die Erde und begann, vom Aufprall verblödet, unablässig OH:PU:OH zu blinken.

Der Wind ließ nach, sobald Christoph Robin plärrend zu Boden ging. »Alles hin«, schluchzte er. »Alles hin.« Aus den Löchern in seiner Erfindung sprudelten bernsteinfarbene Tropfen; Ferkel und Tigger versanken darin.

Gummibonbons, dachte George, während sich drei Sicherheitsbeamte auf Christoph Robin warfen. Also doch keine Gefahr, nur Gummibonbons. Er probierte eins. Hohnich.

Alle Bohemier waren aufgesprungen und jubelten; Z. Z. Top und Woodstock prügelten sich um den Blitzableiter. Die Polizisten, insbesondere der Chef, starrten George an, als ob sie ihn verhaften oder sich zumindest mit ihm unterhalten wollten, sich aber nicht trauten. Irgendwo in der Nähe bellte ein schwarzweißer Mischling in heller Verzückung. Alle anderen, von den Blauen Zebras bis hin zum Polizeipsychologen, sahen aus, als habe ihnen jemand eine Planke vor den Kopf gedonnert. Brotlaibe und Fische hätten sie auch nicht mehr verblüffen können.

»Also dann«, sagte George ziemlich erschöpft. Er rettete Ferkel aus den Gummibonbons, zog anschließend Tigger hervor; niemand hinderte ihn daran. Er nickte Christoph Robin zum Abschied zu, drehte sich um und richtete den Blick auf die Stelle am oberen Ende der Steigung, wo er Kalliope zurückgelassen hatte. Er konnte sie unter all den Menschen nicht ausmachen.

»Kein Problem.« Ein kleines Angstkribbeln, weiter nichts. Er hatte schließlich immer noch ihr Pfand.

Du kannst sicher sein, daß ich ohne das Pfeifchen niemals gehen würde, selbst wenn ich vorhätte, mich heimlich von dir wegzuschleichen ...

Noch immer in der Menschenmenge nach ihr Ausschau haltend, griff er nach dem Silberpfeifchen, das sie ihm gegeben hatte.

Es war nicht mehr da.

Sie ging nicht einmal mehr nach Haus, um ihre Sachen zu holen. Ihr Matchsack lag schon gepackt und reisefertig am Sockel von Cornells Standbild. Der Wind heulte, als sie sich die Tasche umhängte, krümmte ihr aber kein einziges Haar.

»Armer George«, flüsterte sie, während sie den Quad überquerte. »Armer George.«

Mittlerweile hatte er ihr Verschwinden bemerkt; nun würde der Schmerz einsetzen. Der Gedanke daran erfüllte sie wie immer mit einem gewissen Bedauern, aber schließlich war das Verursachen des Schmerzes ein wesentlicher Teil ihrer Aufgabe. Hinter ihr lag eine lange (aber nicht unendliche) Reihe gebrochener Herzen, eine ähnliche (wahrscheinlich ebensowenig unendliche) Reihe erwartete sie: Das war der Weg, auf dem sie schritt, und ihr Name war Dame Kalliope.

Eine letzte Sache war noch zu erledigen, ehe auch diese Stadt zur bloßen Erinnerung wurde. Unter einem sich verfinsternden Himmel ging sie rasch auf der Fraternity Row über den North Campus und erreichte im Nu das festungsartige Tolkien-Haus. Sie wünschte nicht, gesehen zu werden, und wurde es auch nicht; kein einziger Verbindungsbruder befand sich in der Nähe des Haupteingangs, als die Torflügel aufschwangen und die Dame hineinrauschte.

Sie betrat das Michel-Delving-Mathom-Haus, den großen Saal, in dem die Verbindungsschätze aufbewahrt wurden. Säuberliche Reihen von Schaukästen, die jeweils eine Waffe oder einen anderen Gegenstand aus Tolkiens Trilogie der ›Ringe‹ enthielten. Mit einer Ausnahme. Der Fremdkörper lag exakt im Mittelpunkt des Saales; sein Schaukasten war aus einem Guß und trug keinerlei Beschriftung. Es war eine Lanzenspitze, knapp fünfundzwanzig Zentimeter lang und fünfzehn breit, mit einer quadratischen Tülle für den Schaft. Sie hatte eine lange und phantastische Geschichte, die indes weder von Tolkien noch sonst einem Geschichtenerzähler je festgehalten worden war; sie lag bereits seit einem halben Jahrhundert hier, umgeben von einem Haus, das selbst einem mythischen Traumreich entstammte.

Auf der breiten Klinge war ein rotes Kreuz eingeätzt, und darunter die Worte:

FRACTOR DRACONIS.

Eine bloße Berührung genügte, und der Glaskasten sprang auf. Sie ergriff die Lanzenspitze, ohne sich besonders vorzusehen; die Schneide war rasiermesserscharf, doch wenn Kalliope nicht wollte, konnte sie der Stahl nicht verletzen. Sie ließ die Spitze zwischen die Falten ihres Umhangs gleiten und verließ die Halle.

Sie folgte einem Gang, betrat den Obsidianfahrstuhl und fuhr in die Kellergewölbe hinab. Ohne eine Lampe anzuzünden, hielt sie zielsicher auf Lothlórien zu. Als sie den Abgrund erreichte, leistete sie sich eine Frivolität: Sie blies in ihr Pfeifchen, ließ die steinerne Brücke links liegen und wandelte durch die Luft.

Auf der anderen Seite angelangt, durchschritt sie das Steintor und betrat den verlassenen Garten. Über ihr funkelte ein juwelenbesetzter Nachthimmel, doch sie begab sich in den Teil des Waldes, in dem die Bäume besonders dicht standen und der Himmel nicht mehr zu sehen war. Hier blieb sie kurz stehen, um die Gummimaid zu betrachten, die unter den Ästen einer dunklen Eiche darauf wartete, daß ihre Zeit kam.

»Bald«, sagte Kalliope zur Puppe. »Bald.«

Und sie ging weiter, dichter und dichter standen die Bäume, bis sich plötzlich die Wirklichkeit krümmte. Der Wald lichtete sich wieder, löste sich nahezu auf, und sie war mit einem Mal nicht mehr in Lothlórien, sondern draußen, auf halber Höhe des Hügels, auf dem Knochenacker. Nur ein paar Meter weiter lag flach auf der Erde eine schlichte, weiße, quadratische Marmorplatte, auf der ein einziges Wort eingemeißelt war:

PANDORA

Als sie eine andere, passende Eiche gefunden hatte, holte sie FRACTOR DRACONIS hervor und schleuderte ihn aus dem Handgelenk in den Baum. Seine Klinge bohrte sich bis auf wenige Zentimeter vollständig in das Holz. Da würde er bleiben, bis zu seiner Befreiung am Vorabend der Iden des März.

Der Wind hatte sich fast gelegt. Jetzt fielen Schneeflocken aus einem bleigrauen Himmel herab, doch Kalliope achtete nicht darauf. Sie zögerte einen Augenblick, schaute zum Gipfel des Hügels hinauf, dachte ein letztesmal an den Narren, dessen Prüfung noch nicht einmal begonnen hatte.

»Viel Glück, George«, sagte sie und verließ die Stadt.

George in der Hölle

I

»Nein, nein, *nein*!«

George bahnte sich einen Weg durch die Menschenmenge, und der Wind ließ nach, ließ nach. Luther kam bellend angerannt und sprang an seinen Beinen hoch; zuerst beachtete ihn George nicht.

Wie hatte sie ihm das Pfeifchen bloß wieder abnehmen können? Doch nein, das war selbst für einen Narren eine idiotische Frage. Die eigentliche Frage war: Konnte er sie noch einholen? Nicht, daß er geglaubt hätte, sie zum Bleiben überreden zu können, da sie nun einmal beschlossen hatte, es sei jetzt Zeit zu gehen; aber wenn er es geschafft hätte, sie einzuholen, wer weiß, dann hätte er vielleicht noch irgendwie einen anständigen Abschied hingekriegt.

Also richtete George zuletzt seine Aufmerksamkeit doch auf den Hund und versuchte, ihn zur Mithilfe zu gewinnen. »Ich muß unbedingt jemanden aufspüren«, erklärte er ihm. »Eine Frau. Eine schöne Frau. Noch vor ein paar Augenblicken war sie da oben beim Turm. Verstehst du?«

Um der Wahrheit die Ehre zu geben, verstand Luther ganz und gar nicht, er begriff allerdings gefühlsmäßig, daß George etwas von ihm wollte und daß er sich nach diesem Etwas schier verzehrte. Vom Windwunder buchstäblich überwältigt, hätte sich Luther nur allzugern nützlich gemacht, war sich indes nicht sicher, was genau von ihm erwartet wurde. Er sah, mit welch verzweifeltem Nachdruck George in Richtung Glockenturm gestikulierte, und schloß daraus, der Mann wünsche, daß er da langgehe.

»Braver Hund!« rief George, als der Mischling davonschoß, und heftete sich an seine Fersen. Er konnte nicht wissen, daß der Versuch, Kalliope aufzuspüren, von vornherein zum Scheitern verurteilt war; denn ob die Dame eine Witterung aussandte oder nicht, hing – wie die meisten anderen Dinge auch – allein von ihrer Entscheidung ab. Tatsächlich wurden genau in diesem Augenblick die letzten Spuren ihrer Anwesenheit getilgt: Zu Hause vergaß das Bett gerade die zusätzliche Belastung der letzten paar Monate und gewann einen Teil seiner Elastizität wieder; der Badezimmerspiegel verlor jegliche Erinnerung an das vollendete Abbild der Dame; Wände und Zimmerdecken wußten nichts mehr vom Widerhall ihres Lachens, Fußböden und Teppiche nichts mehr von der Berührung ihrer zarten Füße. Ihr Aufenthalt war, mit einem Wort, ausgelöscht.

Ohne etwas davon zu ahnen, hetzte George den Hund bis zur Stelle, wo Kalliope zuletzt gestanden hatte (wobei er immer wieder mit Beifall und ehrfürchtigen Blicken bedacht wurde), und Luther, der gelegentlich hinter sich blickte und die hoffnungsvolle Entschlossenheit auf dem Gesicht des Mannes sah, lief, mehr oder weniger ziellos, weiter. So rannten sie fast eine halbe Stunde lang (der Schneefall setzte nach ungefähr fünfzehn Minuten ein), bis Luther irgendwo in der Nähe des Instituts für Veterinärmedizin ausgerechnet über einen verlassenen Suppenknochen stolperte. Liebevoll bot er George seinen Fund an.

»WAS?!« schrie der Geschichtenerzähler, dem plötzlich seine Narrheit aufging. »Du hast mich zu einem Knochen geführt? Glaubst du denn, ich habe Hunger?«

Die Gehässigkeit dieser Reaktion schmerzte Luther sehr, doch sein Kummer war in keiner Weise dem Schmerz vergleichbar, der nun in George aufwallte. Die Ungeheuerlichkeit seines Verlustes traf ihn wie ein Hammerschlag: Er fiel erst auf die Knie, dann auf die kalte Erde. Luther verstand zwar immer noch nichts, wollte aber helfen, und so näherte er sich George und leckte ihn am Ohr. Was indes nicht im geringsten dazu beitrug, das Hämmern in des Geschichtenerzählers Schläfen zu lindern.

Wenn meine Aufgabe erledigt ist, dann gehe ich, ohne Vorwarnung, und dann wirst du dir den Tod wünschen…

Und so war es auch; genau so war es. In diesem Augenblick größter Schwäche übertrat George sein eigenes Gesetz und verzweifelte – wenn ihm auch (wie Kalliope gleichfalls vorhergesagt hatte) nicht gestattet werden würde, sich vollkommen aufzugeben.

Er ging nach Hause zurück (den Hund, der ihm folgen wollte, mußte er wiederholt anschnauzen) und zerschlug einen Großteil der Einrichtung. Es war kein Akt blinder Zerstörungswut: George konnte Kalliopes Abwesenheit förmlich spüren, und er bestrafte Stühle, Tische und andere Möbelstücke für ihre Komplizenschaft. Die Zertrümmerung des Badezimmerspiegels kostete er genüßlich aus, doch das Bett rührte er nicht an, da er mit einigem Recht vermutete, daß er die folgende Nacht auch ohne aufgeschlitzte Matratze genug Schwierigkeiten mit dem Einschlafen haben würde.

Als ihm die Menge der Trümmer zuviel wurde, ging er wieder hinaus. Er zog keinen Mantel an, obwohl der Schnee bereits zwei Zentimeter hoch lag und es ununterbrochen weiterschneite. Bis über beide Ohren in Selbstmitleid versunken, felsenfest davon überzeugt, daß er diesen Schicksalsschlag niemals verwinden würde, stieg er den Hügel hinab, hinunter zum Ithaca Commons.

Indes blieb Georges Verzweiflung nicht allzulange ungetrübt. Selbst in der Hölle kommen gesunder Menschenverstand und Optimismus bisweilen zu Wort. Als er den Commons betrat, sah er, daß das Außenthermometer auf vier Grad minus stand, und prompt schaltete sich ein kleines noch funktionsfähiges Segment seines benebelten Gehirns ein. Nicht sehr gescheit, bei diesem Wetter in Hemdsärmeln rumzulaufen, gab es zu bedenken. Selbstkasteiung in Ehren, aber wirklich sterben möchtest du doch nicht, oder? Der Rest seines Gehirns ignorierte die Frage zwar, aber er war keine zehn Meter weitergegangen, als ihn ein Anfall von Schüttelfrost – aha: doch noch nicht ganz über körperliche Beschwerden erhaben! – fast zu Boden geworfen hätte.

Ein Armer, der gerade mit wehmütigem Blick in ein Schaufenster gestarrt hatte, bemerkte Georges Not und eilte ihm zu Hilfe. Er trug drei Mäntel übereinander (alle nur bessere Lumpen), und den äußersten davon bot er George an. Des Geschichtenerzählers erster Impuls war wegzulaufen (dieser Akt von Mildtätigkeit verletzte sein Gefühl völliger Verlassenheit), aber er zitterte so heftig, daß er sich kaum auf den Beinen halten, geschweige denn laufen konnte. Ehe er überhaupt wußte, wie ihm geschah, hatte der Arme ihm den Mantel um die Schultern geworfen. »So«, sagte er, »das hätten wir. Frohe Weihnachten im voraus, okay?«

Der Mantel stank, aber er wärmte, und als George diese Wärme spürte, machten sich seine Hände selbständig. Er griff in die Hosentasche, holte alles raus, was er an Geld dabeihatte – es waren mehr als dreihundert Dollar –, und gab es dem Armen.

Auch seine Lippen fielen ihm in den Rücken. »Frohe Weihnachten im voraus«, sagten sie.

Zu Georges großem Verdruß erhellte sich das Gesicht des Armen, als sei die Sonne durch die Wolken gebrochen.

»Jesus Maria«, sagte er und zählte die Banknoten. »Jesus Maria, bist du sicher?«

»Ganz sicher«, murmelte George. Da er merkte, daß er wieder gehen konnte, setzte er sich in Bewegung.

»He!« rief ihm der Arme nach. »He, kann ich dir wenigstens ein Bier ausgeben oder sonstwas?«

»Nein danke!« rief George gehetzt zurück und beeilte sich fortzukommen.

»Na dann, mach's gut. Weiß wirklich nicht, wie ich dir danken kann... Nochmals frohe Weihnachten!«

Das letzte, was George noch von ihm hörte, war: »Heilige Kacke, Oral Roberts hatte wirklich recht!« Dann bog er um die Ecke und war erlöst. Doch die Großzügigkeit des Armen hatte ihre schädliche Wirkung bereits getan: Sosehr er sich auch bemühte, George schaffte es einfach nicht, sich noch einmal in den vormaligen Zustand nackter Verzweiflung zu versetzen. Statt dessen blieb er vor einem Schaufenster stehen und ließ sich von seinem Spiegelbild ausschelten.

»Du Esel«, sagte das Bild. »Kommst du dir eigentlich toll vor oder was, hier im Schnee? Geh nach Haus und mach dir einen Tee. Schlag noch ein bißchen mehr kaputt, wenn du unbedingt mußt. Aber hör auf mit der Scheiße; tiefgefroren würdest du eine noch lächerlichere Figur abgeben als Romeo selig.«

Jetzt, da sein Selbsterhaltungstrieb wieder funktionierte, konnte George nicht umhin, diesem Ratschlag Gehör zu schenken. Er war zwar weiterhin so niedergeschlagen wie noch nie zuvor in seinem Leben, aber er begann in einem widerwilligen Aufwallen von Optimismus bereits zu ahnen, daß er, na ja, vielleicht *doch* darüber wegkommen würde.

Fest in den schäbigen, stinkigen Mantel eingemummelt, machte er sich auf den Heimweg. Den Hügel wieder hinauf.

Über den Knochenacker.

II

Er wählte diesen Weg, um sich noch einmal den Stein anzusehen, den von Hand behauenen Stein zum Andenken an ein Kind, das an ein und demselben Tag auf die Welt gekommen war und sie wieder verlassen hatte.

HIER RUHT ALMA RENAT JESSOP
GEBOREN AM 23. APRIL 1887
GESTORBEN AM 23. APRIL 1887
IHR VATER HAT SIE GELIEBT

Was in ihn gefahren war, sich im knöcheltiefen Schnee hinzustellen und diesen Felsbrocken anzustarren, wußte er selbst nicht; anfangs jedenfalls. Alma Jessops Vater mußte gelitten haben, doch sein Schmerz war nicht eigentlich mit Georges Seelenqualen vergleichbar: Um ein totes Kind und um eine verlorene Liebe trauert man nicht auf dieselbe Weise. Wenngleich einen beides zur Verzweiflung treiben kann...

Im April war sie gestorben. Der April konnte in Ithaca ein sehr kalter Monat sein, doch zum Erfrieren gab es bestimmt bessere. Für einen Depressiven war es da schon zweckmäßiger, am Rand einer Schlucht spazierenzugehen und »aus Versehen« hinunterzufallen. Natürlich hatte Jessop nichts dergleichen getan: Er war vermutlich viel zu sehr mit der Anfertigung des Grabsteins für seine Tochter beschäftigt gewesen, um auch nur an Selbstmord zu *denken*.

Genau! Das war's; das war die Lösung. Dem Verlust einen schöpferischen Akt entgegensetzen. George war kein Steinmetz, doch er konnte den Schmerz in eine Geschichte kanalisieren. Ja, wie simpel: eine Geschichte über die vollkommene Frau... und den Narren, der sich in sie verliebte. Er konnte sofort damit anfangen, sobald er nach Hause kam; die Schreibmaschine hatte er bei seiner Möbelzertrümmerungsorgie ebenso verschont wie das Bett. Jetzt fürchtete er sich auch nicht mehr vor möglicher Schlaflosigkeit: Er würde schreiben, die ganze Nacht durchschreiben und irgendwann aus reiner Erschöpfung zusammenbrechen.

Noch immer wehen Herzens, aber auch freudig erregt, kehrte er Alma Renat Jessop mit frisch gewonnener Entschlossenheit den Rücken. Ein Buch, ein neues Buch, das war es: um den Schmerz zu lindern.

Er wollte jetzt eigentlich schnurstracks nach Hause gehen, doch seine Füße führten ihn aus reiner Gewohnheit an den äußersten Nordrand des Knochenackers. Und so eifrig dachte er über seinen Kalliope-Roman nach, daß er seinen Irrtum erst bemerkte, als er bereits an der Stelle angelangt war, wo sich alle Grabsteine wie die Blütenblätter einer grauen Blume kreisförmig von einem Mittelpunkt fort nach außen neigten.

»Ah, Pandora!« rief er nach einem Augenblick der Verwirrung aus. Er schalt sich einen Dummkopf und Schlimmeres, konnte aber der Versuchung nicht widerstehen, wenn er schon hier war, einen Blick auf den Stein zu werfen. Er bückte sich und fegte da, wo sich seiner Meinung nach die Platte befinden mußte, den Schnee beiseite, brachte jedoch nur nackte Erde zum Vorschein. Er richtete sich wieder auf, trat einen Schritt zurück, und sein Fuß fand, wonach er gesucht hatte: George rutschte auf der schlüpfrigen Oberfläche der Marmorplatte aus, verlor das Gleichgewicht und fiel nach einigen halbherzigen Ruderbewegungen rücklings in den Schnee.

Typisch, dachte er auf dem Weg nach unten. Dann knallte er mit dem Kopf gegen die Kante eines der umstehenden Grabsteine und verlor das Bewußtsein. Sein Mantel hatte sich vorne geöffnet; unablässig fiel der Schnee wie Asche auf die liegende Gestalt.

Vom Schnee befreit, blitzte das Wort auf dem weißen Marmorquadrat gen Himmel:

PANDORA

Tief unter der gefrorenen Erde kicherte etwas.

Deus ex Machina

I

Wieder einmal saß Mr. Sunshine an einer Schreibmaschine. In Chicago herrschte noch immer das Chaos, doch langsam wurde es ein bißchen langweilig; es war vielleicht Zeit, das Manuskript den Affen zu übergeben und dafür den ›Fool on the Hill‹ auf seinen Schreibtisch zu legen. Er mußte sich schleunigst etwas einfallen lassen, wenn er wollte, daß die Geschichte des Narren überhaupt noch weiterging.

»George, George, George...«, Mr. Sunshine schüttelte den Kopf. »Was ist bloß mit dir los? Ich gebe dir eine Extraportion Optimismus, um sicherzugehen, daß du nicht auf Selbstmordgedanken kommst, und da rutschst du aus. Willst du unbedingt meine Geschichte ruinieren?«

Ein plötzlicher Gedanke... Mr. Sunshine warf einen argwöhnischen Blick auf den Affen, der neben ihm stand. Das Tier zeigte keinerlei Reaktion.

»Dich knöpf ich mir später vor«, versprach Mr. Sunshine. »Jetzt aber... brauchen wir hier eine schnelle Rettung. Hades, Hades, Hades, was mach ich bloß?«

Er tat das, was in solchen Fällen erfahrungsgemäß das Beste war: Er überflog noch einmal die anderen Handlungsstränge, stellte fest, wo sich im Augenblick die verschiedenen Personen befanden. Und lächelte.

»Natürlich«, sagte er. »Natürlich. Der beste Freund des Menschen – und des Narren. Ganz einfach. Das gefällt mir.«

Er fing an zu tippen:

LUTHER...

II

»So glaub's mir doch, Blackjack, er hat den Wind gerufen, und man könnte wohl sagen, daß auch der Sturm sein Werk war.«

»Luther, ich ertrinke gerade in einem Schneehaufen. Hör auf, Blödsinn zu reden, und hilf mir hier raus.«

»Das ist kein Blödsinn, Blackjack. Es ist wirklich passiert. Oh, ich wünschte, du wärst dabeigewesen und hättest mir sagen können, was er von mir wollte, als alles vorbei war. Er schien sehr enttäuscht von mir zu sein.«

»Das ist mir egal, Luther«, sagte der Manxkater und versuchte vergeblich, aus der Verwehung herauszukrabbeln. »Hilf mir.«

»Klar, Blackjack, ich helf dir schon. Ich möchte nur –«

Ein plötzlicher Windstoß.

»Luther?«

»Oh, nein!« rief der Mischling. »Nein, das darf nicht sein!«

»Was darf nicht sein?«

»Er steckt in Schwierigkeiten, Blackjack. Ich muß ihm helfen, ehe es zu spät ist.«

»Wem helfen? Ich steck auch in Schwierigkeiten, Luther, wenn ich dich daran erinnern dürfte!«

»Du kommst da schon selbst raus, Blackjack. Und wenn nicht, komm ich zurück und helf dir. Aber ich muß weg, er erfriert!«

»Luther! *Luther!*«

III

George wußte, daß er tot sein oder zumindest im Sterben liegen mußte, denn er trieb durch formlose Leere, und vor ihm erschien das Bild der Frau, die er liebte, der Frau, die er für immer verloren zu haben glaubte. Wenn der Tod die Wiedervereinigung mit ihr bedeutete, dann, so entschied er, wollte er sich seiner Umarmung bereitwillig hingeben.

»Nein«, sagte Kalliope, als sie, wie sie es schon immer getan hatte, seine Gedanken las. »Du darfst nicht aufgeben, George. Nicht indem du stirbst, bekommst du das, was du willst – oder zu wollen glaubst.«

»Ich will dich«, sagte George mit Lippen aus Eis. »Ich will mit dir zusammensein.«

»Aber ich bin nicht wirklich. Ich bin nur ein Traum, den du geträumt hast.«

»Du *bist* wirklich. Ich hab dich mit meinen eigenen Händen berührt. Ich habe dich geliebt.«

»Du hast einen Traum geliebt. Habe ich dich jemals angelogen, George? Dann erinnere dich daran, was ich dir gesagt habe: *Jeder Mensch, den du lieben wirst, wird sein wie ich.* Mit den Augen der Liebe gesehen, ist jede Frau so vollkommen, wie ich deiner Meinung nach war.«

»Nein«, sagte George. »Keine ist so wie du.«

»Sie sind alle wie ich, George, wenn du sie mit dem Herzen siehst. Aber einige von ihnen bleiben.«

»Warum... warum verläßt du mich?«

»Ich habe es dir gesagt: Ich bin ein Traum. Jeder Traum muß einmal enden.«

»Warum bist du dann überhaupt gekommen?«

»Aus weit mehr Gründen, als du dir vorstellen kannst. Letzten Endes dient das alles der Geschichte. *Darum* solltest du dir Gedanken machen. Nicht um mich, nicht um die Liebe. Die Liebe ist nur ein Teil der Handlung.«

Er wollte ihr noch viele Fragen stellen und ihr Lebewohl sagen, aber nun begann sie, mit ausgebreiteten Armen auf ihn zuzuschweben.

Ein letzter Kuß, dachte er selig, doch es wurde ein herber Kuß, fremdartig, schlabberig; die Leere überschlug sich zweimal und setzte ihn auf einem kalten Friedhof ab, wo ein Hund ihm das Gesicht ableckte.

»Ww-« Er versuchte, sich aufzurichten, Schnee glitt von seinem Mantel, und ein Schmerz durchbohrte ihn. Vielleicht kein schlechtes Zeichen, denn Schmerz bedeutet, daß Fleisch und Knochen noch am Ball, am Kämpfen sind. Seine Füße spürte er allerdings nicht mehr und ebensowenig seine Finger; immerhin gelang es ihm irgendwie, sie zu bewegen, was ein leichtes Stechen in den Gelenken verursachte.

»Wärme«, nuschelte George, dessen Zunge nicht mehr mitmachen wollte. »Bitte Wärme.« Und tatsächlich verstand ihn Luther – vielleicht war es auch nur ein glücklicher Zufall – und stellte ihm seine eigene Körperwärme zur Verfügung, indem er ihm auf die Brust sprang. Warm war der Hund, aber selbst sein geringes

Gewicht reichte aus, um den Geschichtenerzähler wieder hinunterzudrücken, und beinahe wäre er noch mal mit dem Kopf gegen den Grabstein geknallt.

Mein Kopf... sein Schädel dröhnte; er tastete sich den Hinterkopf mit dem Handballen ab und spürte eine krustige Masse, die geronnenes oder gefrorenes Blut sein mußte. Nicht gut. Ob er eine Gehirnerschütterung hatte? Der bloße Gedanke an diese Möglichkeit machte ihn gefährlich schlapp und müde, und er begriff, daß er diesen Ort schleunigst verlassen mußte – oder aber bis zum nächsten Frühjahr da liegenbleiben würde. Er schob den Hund so sanft wie möglich von sich und schaffte es irgendwie, auf die Beine zu kommen (seine Wadenmuskeln stießen einen erfreulichen Protestschrei aus).

Der Aufstieg vom Knochenacker war eine der anstrengendsten Aufgaben, die George je zu bewältigen hatte. Er schien mit jedem Schritt zu stolpern, und die Grabsteine stellten sich selbsttätig zu einer Hindernisstrecke auf, legten es mit aller Kraft darauf an, ihn zu Fall zu bringen. Dafür hatte es aufgehört zu schneien, und der Wind wehte ihm vom Tal her hilfreich in den Rücken. Auch Luther half ihm; zweimal rutschte George aus und stürzte, und zweimal zwickte, stupste und bellte ihn der Hund an, bis er sich aufgerappelt und wieder in Bewegung gesetzt hatte.

Nach einer kleinen Ewigkeit stand er mit schwirrendem Kopf auf dem Gehsteig der Stewart Avenue. Er hörte eine Stimme, die ihn von der anderen Straßenseite her beim Namen rief, und blickte auf in Erwartung einer weiteren Vision von Kalliope. Statt dessen sah er eine blonde, christliche Prinzessin, die sich (ein winziges Kreuz am Hals) für einen Augenblick mit der rechten Hand auf die Kofferraumhaube eines schneebedeckten Käfers stützte. Besorgnis furchte ihre Stirn, und sie war sehr schön.

»Borealis«, begrüßte sie George, dem ihr einfacherer erster Vorname im Augenblick unaussprechlich vorkam.

»George, ist alles in Ordnung?« fragte sie. Er sah aus wie der leibhaftige Tod. Als ihr auffiel, daß er wie ein betrunkener Fahnenmast schwankte, verließ sie den Parkstreifen und begann die Straße zu überqueren, um ihm zu Hilfe zu eilen; aufgeregt kläffend, rannte ihr Luther von der anderen Seite entgegen.

Der silberfarbene Rolls kam von links auf sie zugerauscht. Der Mann am Lenkrad (ein Burschen-, doch kein Rattenschaftler) war mehr als leicht betütert, fuhr mit spiegelblank abgefahrenen Reifen und entbehrte völlig des selbst unter günstigeren Bedingungen zu einer Notbremsung erforderlichen fahrerischen Könnens. Es hätte eigentlich auf einen Unfall mit Todesfolge hinauslaufen müssen, doch George sah aus den Augenwinkeln den Wagen kommen. In diesem Moment spürte er eine gewaltige Empörung in sich aufwallen – und das gleiche Gefühl von Macht, das er vor der Straight verspürt hatte.

»Hm-hm«, sagte George, und eine Windhose schoß aus dem Nichts um die Frau und den Hund empor und hüllte sie und den verkehrssündigen Rolls in einen Trichter aus Eis und Schnee. Als sich das Gestöber wieder legte, standen Aurora und Luther, völlig unversehrt, immer noch an derselben Stelle, der Rolls aber lag knapp zehn Meter entfernt auf dem Dach, und der Fahrer blickte mit dem Kopf nach unten mehr als nur etwas verwundert drein.

Ein hübsches Kunststück, welches George allerdings seiner letzten Kräfte beraubte. Mit einem Lächeln brach er erneut zusammen, spürte noch, wie weiche Hände seinen Hinterkopf betasteten, und schlief dann in tiefer Dunkelheit, bis ihn die Ärzte der Gannett-Poliklinik wieder auftauten.

IV

»Gut«, sagte Mr. Sunshine und entspannte sich ein wenig. »Besser, jedenfalls. Wenn er mit sich selbst ebensogut klarkommt wie mit der Luft um sich herum, kommt es vielleicht doch noch zu einem anständigen Höhepunkt.«

Er stand auf und überließ die Geschichte für ein Weilchen sich selbst. Mr. Sunshine hatte sich entschieden: Dieses Manuskript würde jetzt anstelle des *Absoluten Chaos* auf seinem Schreibtisch bleiben. Doch zuerst mußte er etwas holen.

I

Das nächstbeste verfügbare Fahrzeug, ein Streifenwagen, brachte George zur Gannett hinauf. Obwohl er als bewußtloses menschliches Eis-am-Stiel eingeliefert wurde, stellten sie ihn im Handumdrehen soweit wieder her, daß er sich mit seinem behandelnden Arzt herumstreiten konnte. In New York City, wo George aufgewachsen war, wird ein Patient, sobald er wieder laufen kann, aus dem Krankenhaus entlassen – oft schon ein, zwei Stunden nach seiner Einlieferung; hier dagegen wollten sie ihn – trotz negativen Röntgenbefunds – zwecks weiterer Beobachtung über Nacht dabehalten. Das war freundlich, gewissenhaft und vermutlich auch das einzig Richtige seitens der Ärzte, doch so wie George aufgelegt war, kam es ihm schlicht idiotisch vor.

»Sie finden es also idiotisch, ja?« Der Arzt hielt den zerlumpten Mantel hoch, den George von dem Armen bekommen hatte. »Ist das alles, was Sie bei vier Grad unter Null getragen haben?«

Bei Neonlicht betrachtet sah der Mantel erbärmlich dünn aus, und George begriff den tieferen Sinn dieser Frage: Er war gegenwärtig absolut nicht in der Lage, über anderer Leute Idiotie zu urteilen. Unglücklicherweise war er aber auch nicht in der Stimmung, eine Nacht in der Klinik zu verbringen. Sein Zimmergenosse war ein älterer Student mit Lungenentzündung, der nichts tat als kataleptisch auf die neueste Ausgabe des ›Soldier of Fortune‹ zu starren, was George entschieden nervös machte und in ihm die Frage aufkeimen ließ, ob es nicht das Gescheiteste gewesen wäre, einfach aus dem Fenster zu steigen und sich zu verdrükken.

Etwa eine Stunde nach Einbruch der Dunkelheit heiterte sich jedoch seine Laune schlagartig auf. Aurora Smith war ins Zimmer getreten, und ihr Anblick ließ George, auch wenn er sich dessen nicht bewußt wurde, für eine geschlagene halbe Sekunde Kalliope vergessen. Oh, es steckte noch einiges mehr dahinter als nur ihr Aussehen: Sie war im Streifenwagen mit hochgefahren, hatte seinen verletzten Kopf auf ihren Schoß gebettet, und wenn *er* sich auch nicht daran erinnern konnte, ein Teil von ihm wußte es noch; und dieses Wissen um ihre freundliche Sanftheit trug dazu bei, daß er sie anlächelte.

»Hallo«, grüßte er und richtete sich im Bett auf. Er bemühte sich, seinen Kopf zu schonen, wenngleich er keine Schmerzen mehr hatte; und auch seine angefrorenen Gelenke fühlten sich an wie neu.

»Hallo«, erwiderte sie; sie blieb einen Moment unschlüssig stehen und sah sich nach einer Sitzgelegenheit um. George zeigte auf das Fußende des Bettes, und Aurora ließ sich darauf nieder. »Ich habe eine ganze Weile warten müssen«, sagte sie zu ihm. »Sie wollten mich zuerst gar nicht zu dir lassen.«

»Hmm«, nickte George. »Ich glaub, die wissen, daß ich Geld habe. Wenn ich jetzt aufgrund unvorhergesehener Komplikationen sterben würde, könnte ich in reiferen Jahren unmöglich der Universität was stiften.«

»Ach, George.«

»Sag mal, du hast nicht zufällig eine Metallsäge dabei? Oder ein Fluchtauto hinterm Haus?«

Aurora lächelte und schüttelte den Kopf. »Weder noch. Tut mir leid. Aber bist du sicher, daß du okay bist? Also, aussehen tust du –«

»Toll.« Er musterte sie. »Du siehst so aus, als hättest du was auf dem Herzen.«

»Habe ich auch«, gestand sie mit ernster Miene. »Ich hab bloß Angst, daß du mich vielleicht auslachst, wenn ich's dir sage... oder es nicht tust. Wobei ich nicht genau weiß, was von beidem schlimmer wär.«

»Probieren wir's doch einfach aus. Nur zu, ich höre.«

Aurora brachte die Worte nur mühsam heraus: »Ich glaube... ich glaube, wir sind irgendwie... verplant, George.«

»Verplant? Wozu verplant?« Trotz seiner erstaunlich guten körperlichen Verfassung fühlte er sich seelisch völlig ausgelaugt und hätte nicht geglaubt, daß ihn nach den Ereignissen dieses Tages noch irgend etwas würde erschüttern können. Aber er täuschte sich. Was Aurora nach kurzem Zögern sagte, warf ihn endgültig aus dem Gleis.

»Ich bin in dich verliebt«, sagte sie zu ihm. »Und ich glaube, daß das sehr bald auf Gegenseitigkeit beruhen wird.«

II

Mr. Sunshine ging durch einen langen, höhlenartigen Korridor. Er mochte diesen Teil der Bibliothek nicht; hier waren die Anderen – uralte, an den fensterlosen Wänden aufgereiht sitzende Gestalten, die durchaus aus Stein hätten sein können, es jedoch nicht waren. Ein muskulöser Schmied, zu dessen Füßen Donnerkeile rosteten; ein Ziegenmensch mit zwei Hörnern auf dem Kopf und einem dritten in der Hand; ein bartloser Patriarch und seine Frau; acht jüngere Frauen mit einem neunten, leeren Stuhl in ihrer Mitte und viele andere mehr. Sie waren weder tot noch lebendig, und Mr. Sunshine wäre lieber Zeuge einer Sonnenfinsternis geworden, als auch nur einen Augenblick länger als absolut notwendig in ihrer Gesellschaft zu verbringen.

Unglücklicherweise befand sich hier auch der Kühlschrank, und Mr. Sunshine hatte sich noch nicht dazu aufraffen können, ihn an eine ansprechendere Stelle zu schaffen. Der Kühlschrank stand am hinteren Ende des langgestreckten Korridors, und als Mr. Sunshine schließlich dort ankam und ihn öffnete, fragte er sich wie immer, ob das Lämpchen innen in seiner Abwesenheit wohl weiterbrannte oder von selbst verlosch, sobald die Tür zuging. Auf die Lebensmittel im Kühlbereich – Milch, Ambrosia, den urzeitlichen Schafskäse – warf er kaum einen Blick, sondern öffnete gleich das Eisfach. Hier fand er, was er benötigte: ein Spielzeug, das er schon seit langem tiefgefroren aufbewahrte.

Es war ein Vogel, ein grimmiger weißer Vogel aus Eis und Schnee. Kaltes Kristall säumte seine Schwingen, gebogene Eiszapfen waren seine Fänge; Mr. Sunshine holte ihn heraus und hauchte ihm Leben ein.

»Hallo, du«, begrüßte er das Tier, als es sich auf seine Faust setzte und ihn mit ausdruckslosen Augen musterte. »Jetzt hör mir genau zu, ich werde dich zu meinem Boten machen...«

Mr. Sunshine schloß den Kühlschrank und trug den Boten in einen anderen Teil der Bibliothek, wo es ein Fenster gab, das auf die Welt ging. Auf dem Weg dorthin brachte er ihm bei, was er zu sagen hatte; er vertraute ihm eine Botschaft an und eine Aufgabe.

»Brian Garroway hat mich gestern abend gefragt, ob ich ihn heiraten will«, erklärte Aurora. Sie war näher gerückt; der Student verharrte weiterhin in seinem kataleptischen Zustand. »Ich hab schon immer gewußt, daß er mir früher oder später die Frage stellen würde. Ich war mir nie sicher, was ich ihm darauf antworten würde.«

»Du hast nein gesagt«, tippte George.

»Ich hatte vor, nein zu sagen. Und das werde ich auch tun. Gestern abend habe ich gekniffen. Ich habe gesagt, ich bräuchte Zeit, müßte darüber nachdenken. Das hat allerdings gar nichts genützt: Er hat es schon als Beleidigung aufgefaßt, daß ich nicht sofort ja gesagt habe.«

»Er hatte ein bedingungsloses Ja erwartet.«

»Hat er schon immer«, bestätigte Aurora. »Und ich kann auch nicht behaupten, daß ich ihm je Anlaß gegeben hätte, etwas anderes zu erwarten. Ich fürchte, es wird ihm das Herz brechen, wenn ich ihn jetzt abweise.«

»Ein bißchen viel gebrochene Herzen in letzter Zeit«, sagte George. »Erst heute war meins dran, und beinah hätte ich mir als Draufgabe auch noch den Kopf eingeschlagen.«

»Ich weiß.«

»Du weißt? Woher?«

Aurora biß sich auf die Lippe. »Kalliope hat's mir gesagt.«

Er schnappte wie ein Fangeisen zu, packte ihren Arm. »Du hast sie gesehen?«

»Im Traum!« protestierte sie. »Nur im Traum!«

»Im Traum?«

»Ich hatte zwei Träume«, erklärte ihm Aurora. »Einen letzte Nacht und einen heute nachmittag – obwohl ich glaube, daß der zweite eher eine Vision war. Ich kann mich überhaupt nicht erinnern, mich schlafen gelegt zu haben.

Im Traum von letzter Nacht ging's nur um dich. Dich und mich. Ich träumte von der Halloweenparty, von der Nacht nach Thanksgiving, von anderen Gelegenheiten, als wir zusammen gewesen sind. Und auch von Gelegenheiten, als wir in Wirklichkeit nicht zusammen waren. Ich hab immer wieder gesehen, wie wir bei mir zu Hause in Wisconsin zusammen frühstücken. Mein Vater war auch dabei und lachte.«

»Aber was war mit Kalliope?« hakte George ungeduldig nach.

»Die Vision... Ich weiß nicht recht, wie ich das beschreiben soll. Ich habe mich mit ihr unterhalten. Sie hat mir verschiedenes gesagt.«

»NEIN!« Er explodierte nahezu.

»George, ich schwöre dir –«

»Ich meine damit, ich weigere mich, das Ganze noch einmal durchzumachen! Kalliope hat mich an den Rand des Wahnsinns getrieben mit ihren Geheimnissen, den ganzen Dingen, die sie wußte und die ich nicht begreifen konnte. Und wenn sie das jetzt alles an dich weitergegeben hat...«

»Nein, George, so ist es nicht. Das meiste von dem, was sie mir gesagt hat, verstehe ich ebensowenig, diesen ganzen Kram über Geschichten und Handlungen und was weiß ich nicht alles... Nur eins hab ich begriffen. Du hast das, was ich will und was Brian mir niemals geben kann.«

»Und das wäre?«

»Magie. Ich habe erfahren, was heute vor der Straight passiert ist. Und vorhin, auf der Straße... das Magische an dir, George, deine Tagträume. Ich will daran teilhaben. Und Liebe.«

»Aber so läuft's nicht«, protestierte George. »Ich fühle mich geschmeichelt, aber ich kann doch nicht einfach beschließen, mich deswegen auch in dich zu verlieben! Wie soll denn das gehen?«

»Kalliope hat mich auf diesen Einwand vorbereitet. Aber vielleicht ist es ja auch gar keine Frage des Sichentschließens. Sag mal ehrlich, was empfindest du für mich?«

»Na ja, ich –« So schwierig hatte die Frage gar nicht geklungen, doch als George sein Herz einer ernsthaften Prüfung unterzog, erlebte er eine weitere Überraschung.

»Siehst du?« sagte Aurora, als seine Augen zunehmend größer wurden. »Man hat was mit uns gemacht. Sie hat das gemacht, hat uns irgendwie ineinander verheddert, ohne uns zu fragen, ohne daß wir etwas davon mitgekriegt hätten.«

»Dann muß man sich erst recht dagegen wehren. Hast du überhaupt eine Vorstellung davon, was sie mir schon angetan hat? Ich wäre heute beinah gestorben. Ich hatte mich schon völlig aufgegeben.«

»Ich will dich nicht zur Liebe zwingen, George«, sagte Aurora in flehentlichem Ton. »Sie... sie hat zu mir gesagt...«

»Na los, sag's nur.«

»Sie meinte, ich sollte dich fragen, ob du dich überhaupt daran erinnern kannst, wie sie aussah.«

»Wie sie aussah? Mach dich nicht lächerlich, natürlich kann –«

Er erlebte einen weiteren Schock, den dritten und letzten. Vier Monate. Nahezu ununterbrochen war Kalliopes Gesicht nur zentimeterweit von seinem entfernt gewesen, über ihm, unter ihm, ständig in seiner Nähe, bis es sich unauslöschlich in sein Gedächtnis eingeprägt zu haben schien. Jetzt aber... als er jetzt versuchte, es sich zu vergegenwärtigen, verschwamm die Erinnerung wie zerfließende Wasserfarben. Natürlich hatte er noch einen allgemeinen Eindruck von ihr, hätte sie bestimmt mühelos beschreiben können; doch sich ein deutliches, scharfes Bild von ihr ins Bewußtsein zu rufen, das war ihm unmöglich, und diese Erkenntnis erschütterte ihn.

»Das Foto!« rief er plötzlich. »Ich habe ein Foto von ihr in meiner Brieftasche. Da drüben!« Er deutete auf den Wandschrank, in dem seine Sachen verstaut worden waren, als man ihn in ein weißes Krankenhausnachthemd gesteckt hatte. »Schnell, schau in der Hosentasche nach, vorne links!«

Aurora tat wie verlangt, zog die Brieftasche heraus und reichte sie ihm. Er durchsuchte sie in fliegender Hast und fand das Foto... von einem Baum im Sonnenschein.

»Nein!« Es war schon fast ein Schrei; der Student tauchte kurzzeitig aus seiner Starrsucht auf, um einen Blick über den rasenden Irren gleiten zu lassen. »Nein, nein, das ist nicht fair, ganz und gar nicht fair! Sie stand genau da, direkt vor dem... ach Scheiße!« Er zerriß das Foto und warf die Stücke angewidert auf den Boden. »Toll! Wirklich toll! Zuerst verliere ich sie, dann geht mein Gedächtnis flöten. Was kommt als nächstes?«

»Komm mit mir nach Haus«, schlug Aurora leise vor.

»Zur Balch?«

»Nach Wisconsin.«

»Wisconsin?«

»Eigentlich sollte Brian mich heimfahren«, erklärte sie, »aber ich glaube nicht, daß er das jetzt noch will. Ich weiß, daß du kein Auto hast, aber du könntest doch ohne weiteres eins mieten. Komm mit mir nach Hause. Wir werden zusammen frühstücken, genau wie in meinem Traum.«

»Das ist völlig verrückt.«

Aurora nickte. »Und beängstigend dazu. Besonders, weil ich nicht weiß, was danach passieren wird. Aber sie hat gesagt, das wäre das Beste, und... ich weiß nicht warum, aber ich vertraue ihr... auch wenn sie nur ein Traum ist.«

George schüttelte den Kopf und stöhnte. »O Mann, o Mann, seit wann lebe ich in einer meiner eigenen Geschichten? Wahnsinn, Wahnsinn, Wahnsinn...«

»Es ist Wahnsinn, George. Aber wirst du es tun?«

Seine Antwort ließ lange auf sich warten, doch dann überraschte sie keinen von beiden.

»Ich komme mit. Habe ich eine andere Wahl?«

IV

Die Wolken hatten sich verzogen, und der Wind war wieder einmal abgeflaut. Der Bote landete hart, aber nicht ohne Anmut auf dem Knochenacker. Er hatte in einer schrecklich kurzen Zeit einen schrecklich langen Weg zurückgelegt, doch er war nicht müde; zu ermüden war ihm schlechterdings unmöglich.

Er setzte im Mittelpunkt des Kreises aus sich neigenden Grabsteinen auf; und kaum daß er stand, senkte er den Kopf und klopfte mit seinem eisigen Schnabel einmal, zweimal auf den Boden.

Die Erschütterung pflanzte sich etwa anderthalb Kilometer über die Grenzen des Knochenackers hinaus kreisförmig fort, ließ dabei Gebäude erbeben, versetzte Tiere in Angst und Schrecken und flößte kleinen Gegenständen scheinbares Leben ein. George und Aurora, die sich klammheimlich aus einem Seiteneingang der Poliklinik geschlichen hatten, klammerten sich ängstlich, als seien sie persönlich bedroht, aneinander; und sie litten keineswegs an Verfolgungswahn.

Es hielt nicht lange an. Ja, das Erdbeben hörte fast ebenso schnell wieder auf, wie es angefangen hatte. Sie faßten sich wieder; Mann und Frau traten Arm in Arm ins Freie, und erfüllt von einer neuen Vorahnung, wandelten sie zusammen unter den Sternen.

Vor dem Sturm

I

Am 21. Dezember, dem ersten echten Winter-(und dem letzten Prüfungs-)tag, schneite Ragnarök in Risley herein. Im Lauf der letzten Woche hatte sich der Campus fast völlig geleert, und da er unangemeldet kam, rechnete der bohemische Verteidigungsminister damit, im Wohnheim niemanden vorzufinden. Nun traf es sich aber, daß die Königin der Grauen Vrouwen eine späte Abschlußklausur in Neurobio hatte schreiben müssen, und so standen sie und Löwenherz auf dem Rasen vor dem Gebäude und sattelten jetzt erst ihre Pferde zum Aufbruch.

»Ragnarök!« rief Myoko erfreut aus, als dieser auf seiner Maschine in Sicht kam.

In Erinnerung an einen gewissen Treppensturz schlug Löwenherz einen etwas zurückhaltenderen Ton an: »Aha, wieder da?«

»Ich mußte mir über ein paar Dinge klarwerden«, sagte Ragnarök, stellte den Motor ab und saß ab.

»Du mußtest dir wegen ein paar Dingen leid tun, meinst du wohl«, erwiderte Löwenherz. »Und das fast zwei Monate lang, wenn meine Rechnung stimmt. Hättest ja wenigstens ab und an ein Lebenszeichen von dir geben können.«

Ragnarök tat die Spitze mit einem Achselzucken ab. »Hätt ich, hab ich aber nicht. Ist außer euch noch jemand da?«

»Hm, wen könntest du wohl meinen?« sinnierte der bohemische König. »Der Top ist bereits vor Tagen abgereist. Bettelstab, Aphrodite und Woodstock sind auch weg; ich glaub, sie wollten sich Atlantic City ansehen. Und Fujiko bleibt bis Semesterbeginn im Tolkien-Haus. War's das, was du wissen wolltest?«

»Hör auf«, warnte ihn Myoko. Zu Ragnarök sagte sie: »Prediger ist schon vor fast einer Woche in die Stadt gezogen. Er wird fast die ganzen Ferien über für einen Prof Haussitter spielen.«

»Wohnt Jinsei auch da?«

»Ich weiß nicht. Vielleicht.«

Ragnarök nickte. »Hast du eine Adresse oder Telefonnummer?«

»Nein«, sagte Myoko. »Tut mir wirklich leid. Wenn du nur ein paar Tage früher gekommen wärst...«

»Schon gut.« Er wandte sich wieder seiner Maschine zu. »Dann werd ich halt ein bißchen suchen müssen.«

Die Graue Königin hielt ihn am Arm fest. »Wart mal«, sagte sie. »Warum kommst du nicht statt dessen mit uns? Löwenherz und ich haben ein Chalet gemietet, ein Stück weiter den See hinauf, und wir fänden es toll, wenn du Weihnachten mit uns zusammen feiern würdest. Nicht wahr, Lö?«

»Das wär ätzend hoch zwei«, sagte Löwenherz. »Verdammt, Rag, sie hat wahrscheinlich völlig recht. Selbst wenn du Prediger ausfindig machst, dürfte es wenigstens für ne Weile noch ein bißchen steif zwischen euch beiden zugehen. Zum Chalet sind's nur fünfzehn Kilometer; du kommst mit und hast ein friedliches Fest, und Prediger hat ein friedliches Fest, und wenn du's wirklich nicht länger aushältst, fährst du eben nach Neujahr wieder runter und suchst ihn dann.«

»Ich weiß nicht, ob ich noch so lange warten kann«, sagte Ragnarök ernsthaft. »Ich hab die ganze Zeit Alpträume gehabt...«

»Überrascht mich nicht«, sagte Myoko und strich ihm mütterlich übers Haar. »Was dir fehlt, ist ein ordentliches Glas von Löwenherzens Spezial-Eierlikör. Wirst sehen, wie du danach schläfst.«

»Nein. Nein, ich –«

»Schau, Rag«, unterbrach ihn Löwenherz. »Ich weiß nicht, ob du den letzten Wetterbericht gehört hast, aber der King Kong der Schneestürme ist in diesem Augenblick bereits im Anmarsch, von Maine her. New Hampshire und Vermont versinken im Schnee, und Tompkins County ist laut Vorhersage in spätestens zwölf Stunden dran. Wir müssen uns wirklich ranhalten, denn wenn's erst richtig klotzt, sind die Straßen im Handumdrehen zu. Alles klar? Schon heute abend macht's nicht den geringsten Unterschied mehr aus, ob du in Ithaca bist oder nicht, denn wenn Prediger auch nur nen Funken Verstand hat, wird er die nächsten paar Tage keinen Fuß vor die Tür setzen.«

»Dann hab ich immerhin noch zwölf Stunden Zeit...«

»Sei doch nicht blöd!« rief Myoko aus. »Und wenn du ihn nicht findest, was dann? Du hast doch noch nicht mal Warmwasser, da, wo du wohnst, oder? Glaubst du denn, *ich* kann ein frohes Fest verbringen, wenn ich weiß, daß ein Freund von mir erfriert?«

Nach und nach machten sie ihn mürbe (Myokos Argumente waren die überzeugenderen, da sie nicht aufhörte, ihm dabei übers Haar zu streichen), und schließlich gab er nach. Wider besseres Wissen: Die bösen Träume der letzten Wochen hatten bei Ragnarök schlimme Vorahnungen hinterlassen.

»Nun mach dich doch nicht verrückt«, schimpfte Myoko mit ihm. »Ich versprech dir, du wirst Prediger noch früh genug wiedersehen.«

Womit sie strenggenommen natürlich vollkommen recht hatte.

II

George mietete für die Reise einen strahlend weißen Eldorado, und Aurora setzte sich ans Steuer, da der Geschichtenerzähler bislang nie die Notwendigkeit eingesehen hatte, den Führerschein zu machen. Sie fuhren nicht sofort los; als sie ihre Sachen im Kofferraum verstaut hatten, drehten sie erstmal eine Runde über den Hügel. Sie kurvten vom einen zum anderen Ende des Campus, bestaunten Neues wie Altvertrautes und genossen jeden Augenblick ihres Beisammenseins. Als sie schließlich am Rand des Cornell-Naturparks entlangfuhren, schaltete Aurora das Radio ein, und so hörten sie zufällig die Wettervorhersage.

»Hoppla«, sagte Aurora. »Wir werden uns ranhalten müssen, wenn wir da nicht reingeraten wollen.«

»Keine Eile«, beruhigte sie George. »Der Schneesturm wird uns schon keinen Ärger machen.«

Sie sah ihn an, und er lächelte. »Ganz bestimmt?« fragte sie.

»So sicher, wie es sicher ist, daß Drachen fliegen können«, versprach er.

Um auf Nummer Sicher zu gehen, wandten sie sich gleich nach Westen und fuhren ein letztes Mal über den Central Campus. Als sie auf die East Avenue einbogen, legte George Aurora eine Hand auf die Schulter.

»Halt mal an«, sagte er.

Sie bremste und brachte den Eldorado direkt vor der Day Hall zum Stehen. »Was gibt's?«

»Möcht nur mal eben einem Freund frohe Weihnachten wünschen. Da drüben.« Er streckte einen Finger aus. »Das ist der Hund, der mich aus dem Knochenacker rausgeholt hat.«

Beim Geräusch der aufgehenden Autotür drehte sich Luther um und erkannte den Geruch des Geschichtenerzählers, noch bevor er sein Gesicht sah. George hatte sich lediglich kurz bedanken wollen, doch vom Standpunkt des Hundes aus gesehen, war dies ein äußerst denkwürdiger Augenblick: Ihm schien der Eldorado nichts Geringeres zu sein als ein himmlischer Wagen aus weißem Feuer, dem der paradiesische Duft von Hügeln und Regen entströmte.

»He du, ich freu mich auch, dich zu sehen!« sagte George, als der Hund bellend auf ihn zugerannt kam. Er stieg aus dem Auto und riß Luther schwungvoll hoch, woraufhin der Mischling ihn beinah zu Tode schlabberte und schleckte.

»Du hast recht«, bemerkte Aurora. »Er ist wirklich dein Freund.«

George hatte eine Idee. »He«, fragte er, »meinst du, deine Eltern hätten was dagegen, wenn wir noch einen Gast anbrächten?«

»Wenn sie gegen dich nichts haben, haben sie auch nichts gegen ihn. Aber wie steht's mit seinem Herrchen?«

»Ich glaub nicht, daß er eins hat«, sagte George. »Er trägt kein Halsband, und außerdem benimmt er sich nicht so, als gehörte er jemand. Verstehst du, was ich meine?«

»Nein.« Aurora lächelte. »Aber ich bin schließlich auch keine Geschichtenerzählerin, also verlass ich mich ganz auf dein Urteil. Nur zu, nimm ihn mit, wenn er mitwill.«

George tippte Luther mit einem Finger auf die Nase. »Na, Typ, wie ist es?« fragte er. »Hast du Lust, mit nach Wisconsin zu kommen? Ist ne lange Fahrt, aber wenn du erst mal da bist, kriegst du so an die sechs Milliarden Kühe zu sehen.«

Und wieder mußte sich der sprachunkundige Luther auf seine Intuition verlassen, doch diesmal war die Botschaft nicht schwer zu erraten: Der Heilige, in dessen Armen er ruhte, bot ihm an, ihn mit seinem weißen Wagen in den Himmel zu fahren. Vielleicht würde es diesmal sogar der echte Himmel sein. Zwar war sich Luther durchaus der Möglichkeit bewußt, daß ihn eine weitere Enttäuschung erwartete – aber er erinnerte sich auch an den

Windzauber: Wenn ihn überhaupt jemand in den Himmel bringen konnte, dann dieser Mann.

Aber er durfte Blackjack nicht vergessen. Der Manxkater war ohnehin schon stinksauer gewesen, daß Luther ihn in dieser Schneewehe hatte sitzenlassen, und dessen nachträgliche Erklärung hatte er ihm auch nicht abgenommen. Sich jetzt einfach so abzusetzen, ohne wenigstens auf Wiedersehen zu sagen, wäre wirklich gemein gewesen, aber Luther wußte, daß er keine Zeit zu verlieren hatte. Feurige Wagen pflegen nicht zu warten: Entweder du fährst mit, oder du läßt es.

»Na, Bursche, was sagst du dazu?« fragte George und setzte Luther wieder ab. »Meine Lady und ich müssen los.«

Mit einem raschen Entschluß, den er später bereuen sollte (doch welche schwere Entscheidung bereut man nachträglich nicht wenigstens ein bißchen?), sprang Luther in den Wagen, wo ihn sofort der Duft des Himmels umfing. George stieg gleichfalls ein, schlug die Tür zu, und los ging's.

Oh, Blackjack, Blackjack, ich hoffe, du kannst mir verzeihen...

Aber warte mal, da war was: Als der Eldorado seine Fahrt verlangsamte, um wieder um eine Ecke zu biegen, erspähte Luther durch das Heckfenster einen ihm bekannten Beagle.

»Skippy!« rief Luther im Geiste aus. »Skippy, schau hier rüber!«

»Hallo, Luther!« rief Skippy zurück, der sich umgesehen hatte und jetzt neben dem Auto herlief. »He, was machst du denn da in dem Ding? Hä? Hä?«

»Hör mir zu!« sagte der Mischling eilig. »Du mußt Blackjack was von mir ausrichten.«

»Warum kannst du's ihm nicht selber ausrichten? Gehst du weg, Luther? Hä? Hä? Wo gehst du denn hin? Hä? H-«

Skippy, der in gestrecktem Galopp dahinraste, um mit dem fahrenden Auto Schritt zu halten, prallte voll gegen einen Briefkasten. Ein volltönendes *Boinnng!* markierte die vorübergehende Dämpfung seines Wissensdurstes.

»Hör mir zu!« rief Luther dem benommenen, in der Ferne entschwindenden Beagle nach. »Bitte, versuch mich zu hören! Sag Blackjack, daß ich eine Einladung in den Himmel gekriegt habe. Sag ihm, daß ich zurückkomme. Sag ihm, ich verspreche, daß ich wiederkomme. Hast du verstanden?«

Doch Skippy war schon zu weit weg und zu benebelt, um zu antworten – wenn er's denn verstanden haben sollte. Luther ließ sich wieder auf den Rücksitz fallen und begann sich zu fragen, ob seine Entscheidung richtig gewesen war.

Ich komm zurück, Blackjack. Ich versprech's dir.

III

Doch bekanntlich ist es mit den Wiedersehen immer so eine Sache. Es sieht oft so aus, als wären die wahrscheinlichsten Begegnungen die unerwünschtesten; der nicht willkommene Gast kommt grundsätzlich noch mal auf einen kurzen Sprung vorbei.

Der Sturm erreichte Ithaca diese Nacht um Viertel nach zehn und brachte außer Eis und Schnee auch Unheil mit sich. Der Bote ließ sich auf einem der oberen Äste einer dunklen Eiche nieder, derselben Eiche, in deren Stamm eine holde Damenhand eine uralte Lanzenspitze geschleudert hatte.

Von der Kälte gestärkt, wachte der Bote unermüdlich über einer Öffnung, die das jüngst erfolgte Erbeben der Erde in den Boden gerissen hatte. Die weiße Marmorplatte, die seit mehr als einem Jahrhundert an derselben Stelle gelegen hatte, war in die Erdspalte gefallen und lag nun – neben einem weiteren seit langer Zeit ungestört gebliebenen Gegenstand – zerbrochen auf ihrem Grund.

Der Gegenstand war eine kleine Kiste, ein schwarzer, eiserner Würfel von knapp fünfzehn Zentimeter Kantenlänge. Einst mochte das Kistchen zur Verwahrung von Schmuck, Münzen oder anderen harmlosen Dingen gedient haben, doch jemand hatte es fest verschlossen, hatte alle Ritzen und Fugen auf das sorgfältigste versiegelt und das Ganze mit einem besonderen Silberband umwickelt, das auch nach den vielen Jahrzehnten im feuchten Erdreich noch blank war.

Der harte Boden hatte das ihm anvertraute Geheimnis lange Jahre zuverlässig gehütet. Jetzt hatte sich die Erde aufgetan, und die Büchse der Pandora war nunmehr den Blicken jedes Neugierigen preisgegeben, der zufällig vorbeikommen mochte. Zwar wurde sie vom wirbelnden Schnee wieder für kurze Zeit bedeckt, doch was eigentlich nur noch zu geschehen brauchte, war, daß ein Unglückseliger die Versiegelung erbrach, den Deckel aufklappte und den wirklichen Sturm entfesselte.

Und es dauerte nicht lange, bis genau das geschah.

Drittes Buch
Die Büchse der Pandora

1866
Auf der Knochenpflanzung

Am nördlichen Ende der Knochenpflanzung beginnt die Handlung für Mr. Sunshine Gestalt anzunehmen. Er geht in die Hocke und beugt sich über die Stätte von Ithacas einzigem Lebendbegräbnis, eine Stelle, die durch einen Kreis aus sieben runden weißen Steinen markiert ist. Er spürt, daß es ein magischer Steinkreis ist. Die anderen, konventionelleren Grabsteine, die die Stätte umgeben, neigen sich wie die Blütenblätter einer knospenden grauen Blume kreisförmig von diesem Zentrum nach außen, doch ihre Neigung ist noch nicht so ausgeprägt, wie sie es ein Jahrhundert später sein wird.

Mr. Sunshine legt eine Hand flach auf die feuchte Erde und begreift sofort, was darunter liegt. Daß es sich hier befindet, beruht ausschließlich auf Zufall, hat nichts mit irgendeiner seiner früheren Einmischungen auf Erden zu tun, doch – wie alle Geschichtenerzähler ebenso opportunistisch wie schöpferisch veranlagt – erkennt Mr. Sunshine im selben Moment, welche Möglichkeiten sich für die Handlung, an der er bastelt, daraus ergeben.

»Beseelung«, sagt er. »Beseelung, das ist wunderbar, da können sich ein paar ganz amüsante Dinge draus entwickeln. Und wenn ...«

Er verstummt, setzt sein Selbstgespräch im Geiste fort: Stephen Titus George. St. George. Und Beseelung. Hmmm ...

Ezra Cornell, der hinter ihm steht wie ein ungeduldiger Kammerdiener, räuspert sich wiederholt.

»Wird langsam ziemlich spät«, deutet Cornell zaghaft an, während er sich fragt, was er eigentlich hier verloren hat. »Und ziemlich kühl dazu.«

»Halten Sie mal«, sagt Mr. Sunshine und reicht ihm die Laterne. Cornell nimmt sie gehorsam entgegen und wartet, während sich das griechische Original tief über die Grabstätte beugt und mitmischlerisch hantiert.

»Schon besser«, sagt Mr. Sunshine einen Augenblick später, steht auf und nimmt seinem Begleiter die Laterne wieder ab. »Passender, eigentlich.«

»Ä-hämm«, räuspert sich Cornell erneut. »Ich glaube wirklich ...«

»Voran und hinan«, unterbricht ihn Mr. Sunshine. Er klopft Ezra kumpelhaft auf die Schulter. »Ich weiß, wie gern Sie auf dem Hügel herumklettern. Gut für den Kreislauf, gut für die Lunge. Ich wette, Sie heißen mit zweitem Namen Sisyphus, so gern, wie Sie auf Berge steigen.«

»Ja«, pflichtet ihm Cornell bei. Seine Augen werden vorübergehend glasig. »Ja, das tue ich wirklich gern.«

»Gut.« Mr. Sunshine nickt. »Dann Geschwindschritt.«

»Geschwindschritt. Ja ...«

Sie entfernen sich, und jetzt hat sich die Szene verändert. Das Zentrum der aufbrechenden grauen Knospe ist nicht mehr ein Ring aus Steinen, sondern eine einzelne, gleichfalls verzauberte Tafel. Eine weiße quadratische Marmorplatte, auf der ein einziges angemessenes Wort steht:

PANDORA

Hobart besucht den Knochenacker

I

Durch ein System von Rollen und Gegengewichten in Bewegung gesetzt, das weit filigraner war als jedes nur denkbare Gebilde von Menschenhand, glitten die Torflügel auseinander. Schnee peitschte in den Hangar, als suchte er nach Opfern, doch Hobart verharrte reglos, der Kälte preisgegeben, auf der Schwelle und blickte von der höchsten Spitze des Turms hinunter. Draußen herrschte das absolute Chaos: Seit Sonnenuntergang war die Sichtweite praktisch gleich Null, und jetzt stachelten sich die Luftströmungen gegenseitig zu immer ausgelasseneren Kunststücken auf. Nur ein Narr hätte das Schicksal herausgefordert und sich in einer solchen Nacht hinausgewagt, doch Hobart hatte keine andere Wahl. Seine Alpträume waren in letzter Zeit schlimmer geworden, und er konnte das Gefühl nicht mehr loswerden, daß auf dem Knochenacker etwas Furchtbares passiert sein mußte.

Er ging zum hinteren Ende des Hangars, wo der Gleiter aus Marienseide auf ihn wartete, und kletterte in die Tragegurte. Das Nadelschwert stak in seinem Gürtel, doch verzichtete er darauf, auch eine Armbrust mitzunehmen, da er bezweifelte, daß sie ihm, sollte er in ernsthafte Schwierigkeiten geraten, von großem Nutzen sein würde. Aber er war zuvor in einen tieferen Teil des Turms gestiegen und hatte aus einem Versteck einen winzigen Sack eines ganz besonderen Pulvers geholt. Es war ein silberfarbener Staub, eine besondere Legierung, die – wie die Mechanik des Hangartors – die Möglichkeiten menschlicher Technik überstieg; die seltene und kostbare Substanz konnte sich in einem echten Notfall als seine einzige Rettung erweisen.

Auf Hobarts Befehl hin hob der Gleiter ab und stürzte sich hinaus in den Sturm. Sobald er das Tor passiert hatte, verlor sein Flug jede Ähnlichkeit mit Zephyrs nun schon einige Monate zurückliegender Jagd nach George: Weit davon entfernt, sanft dahinzugleiten, wäre der Vogel schon in der ersten Turbulenz beinahe entzweigerissen worden, und einmal schien er, statt sich vorwärtszubewegen, nur wild auf der Stelle zu hüpfen. Hobart bat den Wind, sich weniger wild zu gebärden, woraufhin er tatsächlich etwas nachließ; ein Mensch hätte seinen Gleitflug den Libe Slope hinab allerdings immer noch am ehesten mit einer Achterbahnfahrt verglichen, bei der jedoch die beruhigende Gewißheit fehlte, daß das Auf und Ab demnächst ein glückliches Ende nehmen würde.

Die Gewalt des Sturms erfüllte Hobart mit Furcht, dennoch hegte er die Hoffnung, in Kürze noch weit größere Ängste ausstehen zu dürfen. Er würde den Knochenacker gefährlich tief überfliegen, um feststellen zu können, ob ein ganz bestimmter Ring aus sieben weißen Steinen noch intakt war – ein eigens zu dem Zweck angelegter magischer Ring, allzu neugierige Tiere und Kobolde davon abzuhalten, das, was unter ihm lag, zu stören. Sehen würde er die Steine bei all dem Schnee natürlich nicht, doch wenn sie noch da waren, würde er es fühlen – würde er das Entsetzen und den heftigen Wunsch zu fliehen verspüren, die sie in ihm hervorrufen würden. Und wenn Hobart beim Überfliegen der alten Begräbnisstätte keine andere Angst empfinden sollte als die, die er mitbrachte... nun, in dem Fall wäre es mit bloßer Angst ohnehin nicht mehr getan.

II

Der Gleiter ging fast widerwillig mit der Nase runter, nachdem er den Maschendrahtzaun, der den oberen Teil des Ackers umschloß, überflogen hatte. Während bis dahin vereinzelte Straßenlaternen wie kleine Sterne die Route des Kobolds mit schwächlichem Leuchten markiert hatten, verschwor sich nun die Dunkelheit mit dem Schneetreiben, um selbst auffälligste Landschaftsmerkmale unsichtbar zu machen. Hobart war während des Fluges gezwungen, sich von seinem Instinkt leiten zu lassen – einem Instinkt, der allerdings von seinem Gedächtnis unterstützt wurde.

Das Gedächtnis erwies sich als ein äußerst zuverlässiger, aber auch unerbittlicher Verbündeter. Obgleich Frost und Finsternis alles bedeckten, schien die verborgene Erde zu ihm emporzuschreien und von einer anderen schrecklichen Nacht zu erzählen, da der Regen in einer wahren Sintflut niedergegangen war und den Vormarsch einer Armee von Kobolden, die sich nicht durch die Luft, sondern zu Fuß vorwärtsbewegten, behindert hatte. *Hier sind Rosencrantz und drei andere in einen Schlammbach gerutscht und ertrunken,* wisperte das Gedächtnis, das der heulende Wind nicht zu übertönen vermochte. *Die große unsichtbare Form vor dir ist der Baum, hinter dem die Truppen von Rasferret dem Engerling lauerten. Direkt an seinem Fuß liegt der Grabstein, neben dem Miranda und Ariel Rücken an Rücken gegen einen unbarmherzigen Feind fochten und niedergemetzelt wurde.*

Er dachte an die Geschichte, die er auf der Halloweenparty erzählt hatte, die Todesgeschichte, die Laertes unbedingt hatte hören wollen: *Hekate führte den größeren zweier Trupps zum Angriff auf den Knochenacker. Eine zweite, kleinere Gruppe unter Führung des Ältesten, Julius, sollte sich anschleichen und versuchen, Rasferret zu töten... von diesem zweiten Trupp aber kam nur einer mit dem Leben davon. Ich...*

Es gab auch noch eine andere Geschichte, ein uraltes Volksmärchen der Kobolde, das von einem gewissen Robin Goodfellow (auch Droll genannt) handelte, einem Schlawiner und Schürzenjäger, der glatt das Alter ego von Zephyrs ungetreuem Liebhaber hätte sein können. Robin Goodfellow kam eigentlich in mehreren Märchen vor, doch das mit Abstand beliebteste handelte von seinem Kampf mit dem großen Wildebeest von Rangoon. Das Wildebeest, ein stets ausgehungertes Ungeheuer mit schrecklich scharfen Zähnen, wurde durch einen machtvollen Zauber geschützt, der es unverwundbar machte. Trotzdem gelang es Robin, das Untier zu besiegen, indem er es durch eine List dazu brachte, den Kopf in einen stabilen irdenen Krug zu stekken, aus dem es sich nicht mehr befreien konnte; nunmehr unfähig zu beißen, stellte es zwar keine Bedrohung mehr dar, doch starb es auch nicht. Keine Geschichte trug Hobart so oft vor wie die von Robin Goodfellow und dem Wildebeest. Sie schien es ihm wirklich angetan zu haben.

Dann hast du ihn also getötet?

Natürlich haben wir ihn getötet, Laertes.

Erneut wisperte die Erinnerung, als er sich der Begräbnisstätte näherte, wisperte vom Tod eines teuren Freundes durch eine

Waffe, die auf einmal in seinen Händen lebendig geworden war: *Hobart, deine Armbrust!*

War es eine Träne oder bloß eine Schneeflocke, die da brannte? Er wischte sich mit dem Handrücken über die Augen und ließ dabei eines der Steuerungsseile los. Der Wind gestattete dem Gleiter ein zweitesmal, die Nase unerwartet nach unten zu stekken, und dieser Umstand rettete Hobart das Leben.

Durch Hobarts Eindringen in den Knochenacker aufgescheucht, schoß der frostgefiederte Bote, die scharfen Fänge mordlustig gespreizt, wie eine fliegende Sense vorüber... doch mit diesem Ausweichmanöver in allerletzter Sekunde hatte er nicht gerechnet. Lediglich die Spitze einer einzelnen Kralle schlitzte die Marienseidenbespannung der Tragfläche auf, was keine unmittelbar verheerenden Folgen hatte; größeren Schaden richtete allerdings ein eisiger Flügelschlag an, der den Rahmen verbog und den Gleiter trudelnd in die Tiefe jagte.

Als er kreiselnd abstürzte, wußte Hobart nicht, was ihn getroffen hatte, er wußte nur, daß er in Schwierigkeiten steckte. Der Wind half ihm, den Gleiter im letzten Augenblick vor dem Aufprall auf eine Schneewehe (in die er sich metertief gebohrt hätte) abzufangen, doch hatte das Glück garantiert auch seine Hand im Spiel. Andernfalls wäre Hobart, wie er so haarscharf über den Boden durch die Finsternis dahinschoß, mit Sicherheit als nächstes gegen ein Hindernis geprallt.

Angestrengt auf verräterische Geräusche horchend, brachte Hobart den Gleiter mit gutem Zureden allmählich auf sicherere Flughöhe zurück. Eine minimale Veränderung im Heulen des Windes warnte ihn gerade noch rechtzeitig vor dem zweiten Angriff des Boten, der von hinten auf ihn niederstieß. Ohne sich einen Augenblick zu besinnen, jagte Hobart seinen Flieger steil empor und auf den knarrenden Wirrwarr zu, von dem er wußte, daß es die obersten Zweige eines toten Ahorns waren. Er flog geradewegs darauf zu und riß im letzten Moment die Nase des Gleiters noch höher, so daß sie senkrecht zum Scheitel des Himmels wies. Wieder verfehlte der Bote, der mit mehr Schwung, als für ihn gut war, angerauscht kam, sein Ziel, schoß unter ihm hinweg und stanzte sich eine splitternde, krachende Bahn durch die Baumkrone.

»Ich verschwinde«, kündigte Hobart an, als wollte er damit

seinen Feind besänftigen, doch der Bote machte in der kalten Dunkelheit schon zu einem dritten Anflug kehrt. Hoch über den Bäumen drehte der Kobold ab und steuerte die fernen Lichter von West Campus und Libe Slope an. Er nahm beide Fäden der Steuerung in eine Hand und griff mit der anderen nach dem Beutel an seinem Gürtel.

Der Bote, der mit seinen magischen Augen sah, was für die meisten Wesen unsichtbar gewesen wäre, setzte zielstrebig dem Gleiter nach und bereitete sich auf den entscheidenden Schlag vor. Während er mehr und mehr aufholte, machte er sich auf jedes mögliche weitere Ausweichmanöver gefaßt: Tauchte Hobart weg, würde auch er wegtauchen, stieg er, würde auch er steigen, ja wenn nötig ihn sogar im Kreis verfolgen. Seine Beute würde ihm nicht entkommen.

Hobart zog am Beutel. Gegen ein gewöhnliches Raubtier – etwa eine winterlich ausgehungerte Eule – hätte sein Inhalt nichts ausgerichtet, doch der Kobold hatte bereits erraten, daß sein Verfolger alles andere als gewöhnlich war. Hobart hatte in den wenigen Augenblicken eine ganze Menge erraten, und er hatte diesen unerfreulichen Erkenntnissen nur eines entgegenzusetzen.

Der Beutel löste sich nicht von seinem Gürtel. Er blieb stur an seinem Lederriemen hängen, der in der Eile und dem Sturm einfach nicht nachgeben wollte. Verzweifelt steckte Hobart einen Finger in die Öffnung und zwängte die Verschnürung auseinander. Direkt hinter ihm, zum Todesstoß bereit, kreischte der Bote gellend auf; Hobart fuhr erschrocken herum, und der Beutel löste sich von seinem Gürtel und fiel ihm aus der Hand. Der Wind erfaßte ihn, blähte ihn auf, stülpte ihn um, und Silberstaub wirbelte heraus und verteilte sich wie Samen aus dem Flugzeug eines Regenmachers.

Es war magischer Staub, und für den Boten war er wie eine undurchdringliche Mauer oder ein unsichtbarer Fausthieb aus dem Nichts. Schlagartig verharrte der Vogel mitten in der Luft, flatterte wild mit den Flügeln und spreizte krampfhaft die Fänge. Dann stürzte er, gelähmt, wie ein Stein vom Himmel; fiel zu Boden und stand diese Nacht nicht mehr auf. Doch er starb auch nicht, denn das Böse läßt sich nur schwer töten.

Um Haaresbreite dem Tod entronnen, trat Hobart fast kopflos vor Entsetzen den Rückzug zum Hügel an, und die Winde, mit denen er segelte, waren kaum sanfter als diejenigen, die ihn zuvor hinuntergetragen hatten. Der Riß in der Marienseide wurde allmählich breiter, der Rahmen des Gleiters bog sich in beängstigender Weise, und nur eine weitere günstige Laune des Schicksals ermöglichte es ihm, den rettenden Hangar in der Turmspitze unversehrt zu erreichen.

Er stieg aus dem beschädigten Gleiter, schloß das Tor und hastete dann die verborgene Treppe hinunter, durch die offene, windgepeitschte Glockenstube und in die Geborgenheit des Schachts, wo der Trank auf ihn wartete. Wenig später fand sich Hobart, vom Rausch überwältigt, wieder dem verblichenen Julius gegenüber.

»Warum nur?« fragte er die Erscheinung. »Warum zweimal in einem einzigen Leben? Womit haben wir das bloß verdient?«

»Die Gerechtigkeit ist eine komische Sache, mein Freund«, entgegnete Julius. »Es geht nicht immer darum, was du verdienst, als vielmehr darum, was die da oben beschließen, dir zu geben.«

»Ich habe Angst.«

Julius hob eine Augenbraue.

»Zu Recht«, sagte er. »Zu Recht.«

Nordlicht

I

Zwei Tage brauchten sie bis nach Wisconsin, zwei Tage – eine lange und zugleich kurze Zeit. Ein ausgestreckter Arm des »King Kongs der Schneestürme« (die Meteorologen hatten sich einer etwas weniger farbigen Formulierung bedient) hielt sie etwas auf; allerdings flaute der Blizzard auf Georges höfliche Bitte hin rasch wieder ab und blieb alsbald hinter ihnen zurück.

Sie übernachteten beide Male in Motels, lagen nebeneinander in einem Doppelbett, während Luther sich zufrieden am Fußende zusammenrollte. In diesen zwei Nächten schliefen sie nicht miteinander; trotz ihrer früheren Intimitäten im Garten Lothlórien und trotz allem, was zu Thanksgiving passiert oder nicht passiert sein mochte, kamen sie kaum auf die Idee, sich auch nur zu berühren. Statt dessen redeten und redeten sie; in einem Roman würde es heißen: »Sie schütteten sich gegenseitig ihr Herz aus«, wenngleich die Worte, die sie sprachen, keineswegs hervorsprudelten oder sich sturzbachartig ergossen, sondern sanft dahinflossen. Ruhig und ernst geleitete George Aurora durch die ungeheure Bibliothek, die er in seinem Geist aufgebaut hatte, endlose Regale voll ungeschriebener Wälzer, Heerscharen von Geschichten, deren jede darauf wartete, endlich erzählt zu werden. Seine größte Angst war, daß er einst vielleicht einige seiner besten Ideen mit in den Tod nehmen müßte, bloß weil ihm die Zeit gefehlt haben würde, sie zu Papier zu bringen; gleichzeitig war dies aber auch seine größte Freude, da er wußte, daß sein Werk, und sollte er auch älter als Methusalem werden, nie vollendet sein, die Quelle niemals versiegen würde. Und Aurora – sie hatte zwar keine Bibliothek vorzuführen, aber ihre Träume hätten, wie kunstvoll gearbeitete Antiquitäten, mehr als ein großes Herrenhaus vom Erdgeschoß bis zum Speicher angefüllt. Lange nach Mitternacht erzählte sie ihm flüsternd (wie sie noch nie mit einem Menschen geflüstert hatte) von Rittern und Hexenmeistern, von ungestümen, doch listenreichen Drachen, von Obsidianstraßen wie gefrorene schwarze Flüsse. Langsam begriff

George, wonach sie sich sehnte: Sie wollte von diesen Dingen nicht bloß träumen oder lesen – sie hatte den ehrlichen Wunsch, ein Märchen zu *erleben*.

Ihr Ehrgeiz zeugte von größerem Mut und war zugleich schwieriger zu verwirklichen als der, Geschichten zu *erzählen*: doch, wie George ahnte, nicht *so* schwierig, wie er vor noch gar nicht langer Zeit geglaubt hätte.

Als sie die Grenze nach Wisconsin erreichten, hatte George Auroras Prophezeiung bereits erfüllt und sich so sehr in sie verliebt wie sie sich in ihn. Irgendwie schienen zwei Tage eine viel zu kurze Zeitspanne gewesen zu sein, um ein so umwälzendes Ereignis zu ermöglichen, und nachträglich glaubte George, darin einen Einblick in die wahre Natur des Magischen gewonnen zu haben: Denn magisch sind solche Veränderungen, die eigentlich Ewigkeiten in Anspruch nehmen müßten, Veränderungen, die eigentlich überhaupt nicht stattfinden dürften und die sich trotzdem mit verblüffender Plötzlichkeit einstellen. In Ithaca hatte er zwar erkannt, welche Gelegenheit sich ihm mit Aurora bot, doch sich weiterhin nach Kalliope verzehrt; jetzt schien der Schmerz irgendwie unterwegs auf der Strecke geblieben zu sein, und Aurora hatte seine Erinnerung an Kalliope fast völlig verdunkelt. Denn (gleichfalls wie prophezeit) je mehr George Aurora liebte, desto vollkommener wurde sie in seinen Augen, und versuchte er, sich jene andere vollkommene Frau zu vergegenwärtigen, sah er nur helles Haar und blasse Haut. Von der dunkeläugigen Asiatin war lediglich eine Runzel im Gedächtnis seines Herzens zurückgeblieben, die eines Tages vielleicht zu einer Geschichte werden würde... das heißt, falls er die Zeit dazu fand.

Vorläufig war er vollauf damit beschäftigt, diese neue vollkommene Frau, die im Auto neben ihm saß, im Bett neben ihm lag, kennenzulernen. Und ihre Eltern, insbesondere ihren Vater. Wie sich herausstellte, konnte Walter Smith George auf Anhieb gut leiden, und warum auch nicht? Schließlich war George die Antwort auf ein inbrünstiges Gebet.

II

Sie kamen am Spätnachmittag des 23. an. Walter wartete schon draußen auf der Veranda. Er strahlte wie ein Honigkuchenpferd, und das kam nicht nur von dem, was er geraucht hatte.

»Hallo, Papa«, rief Aurora und winkte, als sie in die Auffahrt einbog. Walter Smith winkte zurück, wobei er nicht im mindesten den Eindruck machte, als überraschte es ihn, den Mietwagen oder George zu sehen. Ja, als sie ausstiegen, schien er sich tatsächlich noch am ehesten über den Hund zu wundern.

»Hallo du«, sagte Walter, als Luther bellend auf ihn zurannte.

»Das ist George, Papa«, stellte Aurora ihn etwas nervös vor. Sie war sich nicht sicher, wie ihr Vater darauf reagieren würde, daß sie einen wildfremden Menschen mit nach Hause brachte... wenngleich er ja gar nicht so wildfremd war.

»Stephen Titus George«, sagte Walter mit einem Kopfnicken. »Ich hab gerade deine Bücher ausgelesen. Wirklich gut.«

»Ich liebe Ihre Tochter«, platzte George heraus.

Walter nickte noch mal. »Wirklich gut«, wiederholte er. »Da haben wir nach dem Abendessen Gesprächsstoff genug.« Er wandte sich Aurora zu. »Deine Mutter wird nicht vor morgen zurück sein. Sie mußte schnell rüber nach Madison. Dein Onkel Bryce hat seinen Chevy gegen eine Kiefer gesetzt. Hat erst das Auto zu Klump gefahren und sich dann ein Bein gebrochen, als er versuchte, aus dem Fenster zu klettern, weil die Tür klemmte.«

»Das ist ja schrecklich.«

Walter zuckte mit den Schultern. »Wenigstens wird er seiner Frau nicht auf den Geist gehen, solange er im Streckverband liegt. Könnte sogar ein frohes Weihnachtsfest für sie werden.«

»Papa!«

»Na, ist doch wahr. Er hat ihr immer nur Ärger gemacht. Ach, übrigens, Brian Garroway war vor ein paar Tagen hier.«

»Wirklich?« Auroras Stimme klang plötzlich besorgt. »Was wollte er denn?«

»Mich dumm und dämlich quasseln. Hat mir erzählt, du hättest den Verstand verloren und seist von Teufelsanbetern verschleppt worden, all so'n Zeug halt. Ich hab ihn ein bißchen labern lassen, daß wir dich unbedingt retten müßten und was weiß ich nicht alles, und dann hab ich ihn nach Hause geschickt.«

»Ach du Schreck...«

»Er kommt schon drüber weg«, fügte Walter schnell hinzu und bemühte sich, nicht zu grinsen. »Glaub's mir. Was hieltet ihr zwei Hübschen jetzt davon, noch vor dem Ausladen zu essen?«

Genau das taten sie.

Das Abendessen war ein hinreißend schlecht zusammengestelltes Menü von Roastbeef, Gurkensandwiches und warmem Weißwein. Der Braten war noch blutig und faszinierte Luther so sehr, daß er prompt auf den Eßtisch sprang. Statt ihn runterzuscheuchen, stellte Walter Smith noch einen Extrateller für ihn hin. »Erzähl bloß deiner Mutter nichts davon«, warnte er Aurora.

Während des Essens plauderten sie angeregt, und das Gespräch förderte unter anderem zutage, daß Brian Garroway es irgendwie geschafft hatte, George als die Ursache für das plötzliche Abhandenkommen seiner Freundin zu identifizieren. (Aurora hatte ihm nichts gesagt; als sie das entscheidende Schlußwort gesprochen hatte, war Brian in einen so selbstgerechten Zorn verfallen, daß sie jede Lust verloren hatte, ihm den Grund ihrer Entscheidung mitzuteilen.)

»Er sagte, es sei vorerst nur ein Verdacht«, referierte Walter, »doch, wie er meinte, ein sehr starker, und es wäre absolut entsetzlich, wenn er sich als begründet erweisen sollte. Nach seiner Schilderung bist du ein durch und durch verkommenes Subjekt, George, ein nichtsnutziger Schundproduzent und nur darauf aus, das amerikanische Leserpublikum moralisch zu verderben. Genau wie dieser James Joyce. Natürlich konnte ich es nach einer solchen Einführung kaum erwarten, deine Romane zu lesen. Die Stadtbücherei hatte sie nicht, unser Tante-Emma-Laden auch nicht, also bin ich nach Milwaukee runtergefahren.«

»Milwaukee?« wunderte sich George. »Aber das sind ja bestimmt achtzig Kilometer von hier.«

»Fünfundachtzig«, korrigierte ihn Walter. »Und jede Minute Fahrt hat sich gelohnt. Phantastische Sachen... für mich die größte Entdeckung seit Bel Kaufman, und das war 1975.«

George war zutiefst geschmeichelt, auch wenn er nicht die leiseste Ahnung hatte, wer diese Bel Kaufman war oder was sie geschrieben hatte. Aurora fragte sich, was in ihren Vater gefahren sein mochte, schwieg verwundert und stopfte eine erkleckliche

Anzahl Gurkensandwiches in sich hinein, was während des Nachtischs eine laute und nicht zu unterdrückende Sequenz von Rülpsern zur Folge hatte. Sie entschuldigte sich und verschwand im Bad.

Kaum hatte Aurora das Zimmer verlassen, stand auch Walter auf.

»Komm«, sagte er und winkte George zu.

»Bitte?«

»Hol deinen Mantel«, sagte Walter. »Wir gehen ein bißchen an die Luft. Da sind noch ein paar Sachen, die ich mit dir bereden möchte.«

»Ist gut.« George ließ seinen Nachtisch stehen und folgte Walter hinaus. Nunmehr unbeaufsichtigt, machte sich Luther unverzüglich daran, alles auf dem Tisch noch verbliebene Eßbare methodisch zu vertilgen.

Die zwei Männer liefen parallel zur untergehenden Sonne und erreichten schließlich die Viehweide, die an Walters Besitz grenzte. Die Schneedecke war alles andere als geschlossen, aber sie reichte, um ein angenehmes Knirschen unter den Füßen zu erzeugen, was der Unterhaltung einen zusätzlichen Rhythmus verlieh.

»Ich werde jetzt einen altmodischen Ausdruck verwenden«, schickte Walter warnend voraus und tat dann wie versprochen: »Betrachtest du dich als Anwärter auf die Hand meiner Tochter?«

»Ob ich vorhabe, sie zu heiraten, meinen Sie?« fragte George. Er dachte einen Augenblick darüber nach und lachte. »Jetzt schon vom Heiraten reden, Mann o Mann... ach verdammt, was weiß ich, ich glaub, das ist durchaus möglich.«

»Laß mal Glaube und Möglichkeit aus dem Spiel, mein Sohn. Du hast doch einen eigenen Willen, oder? Willst du sie heiraten oder nicht heiraten oder irgendeine dritte Möglichkeit?«

»Ich liebe Ihre Tochter«, sagte George ernsthaft, »und obwohl's so Knall auf Fall gegangen ist, hab ich doch das Gefühl, daß ich sie auch weiterhin lieben werde, was für meine Begriffe damit gleichbedeutend ist, daß wir früher oder später heiraten werden, sofern sich ihre Gefühle für mich nicht in der Zwischenzeit ändern. Aber... Sie sollten mir bitte glauben, daß ich mich durchaus für einen willensstarken Menschen halte, Mr. Smith...

aber das Schicksal fragt nicht immer nach dem Willen, und neuerdings habe ich aus allerlei Gründen einen ziemlichen Heidenrespekt vor dem Schicksal. Selbst wenn ich jetzt den felsenfesten Entschluß fassen würde, Ihre Tochter zu heiraten, wer weiß, schon morgen könnte eine Sturmflut dahergefegt kommen und sie irgendwohin spülen, wo ich sie nicht mehr finde, oder ein Erdbeben...«

»Wir werden dich also als Freier ohne Gewähr vormerken«, beschloß Walter. »Und als besorgter potentieller Schwiegervater muß ich dir jetzt natürlich ein paar persönliche Fragen stellen, um auch sicher zu sein, daß du der Richtige bist. Ich erwarte von dir absolute Ehrlichkeit – ich habe scharfe Augen, und ich werde sofort merken, wenn du mich anlügst.« Und damit begann er eine lange Liste von Fragen herunterzurasseln, die George nach bestem Vermögen beantwortete. »Bist du in irgendeiner Hinsicht nicht ganz normal?«

»Ja, Sir, ich glaube schon.«

»Gelobt sei Jesus Christus. Schon mal eines schweren Verbrechens für schuldig befunden worden?«

»Nein, Sir.«

»Schon mal ein schweres Verbrechen begangen, ohne erwischt zu werden?«

»Nicht, daß ich wüßte.«

»Pläne, irgendwann ein schweres Verbrechen zu begehen?«

»Schwebt Ihnen da etwas Bestimmtes vor, Mr. Smith?«

»Och, ich weiß nicht... etwas Interessantes wie einen Eisenbahnüberfall oder die Schändung einer nationalen Gedenkstätte.«

»Ich könnte es in Erwägung ziehen, wenn Sie möchten.«

»Gut – ich werde dich beim Wort nehmen. Jemals Mitglied einer subversiven Organisation gewesen?«

»Vom Amerikanischen Schriftstellerverband.«

»Reicht nicht.«

»Ich war mal auf einem Unitarier-Picknick.«

»Du bist mein Mann. Irgendwelche homosexuellen Neigungen?«

»Höchstens lesbische.«

»Pech. Trinkst du, George?«

»Gelegentlich. Seit meiner Studentenzeit hab ich's etwas gedrosselt.«

»Um so besser für deine Leber. Nimmst du irgendwelche Drogen?«

»Na ja... es ist ja mehr oder weniger Tradition, auf dem College herumzuexperimentieren, und in Cornell –«

»Rauchst du Pot?«

George nickte zögernd. »Schon, ja. Aber nicht oft – ich krieg nix Gescheites zu Papier mit vollgedröhntem Kopf.«

»Du schreibst jeden Tag, nicht?«

»Müßt ich. Klappt nicht immer so.«

»Ich weiß, wie das ist. Hast du vor, heute abend noch was zu schreiben?«

»Heute abend? Nein, jetzt bin ich in Urlaub.«

»Also gut.« Ganz unvermittelt und mit einer Flinkheit, die sein Alter Lügen strafte, drehte sich Walter Smith um und flankte aus derselben Bewegung über den Zaun. Drüben gelandet, wirbelte er noch ein paarmal wie ein Kreisel herum und lachte dabei wie ein Schulbub.

»Mr. Smith?« erkundigte sich George besorgt. Vielleicht ein Gehirntumor?

»George«, erwiderte Walter und stellte sein Gekreisel ein. »George, du wirst mit Freuden vernehmen, daß ich soeben beschlossen habe, dir und Aurora meinen vorbehaltlosen Segen zu erteilen. Macht miteinander, was ihr wollt. Und was hältst du davon, wenn wir jetzt auf die Förmlichkeiten pfeifen und uns beim Baumstumpf da drüben einen andröhnen?«

Es gibt Angebote, die ein kluger Mann nicht einmal im Traum ablehnen würde. Der Anblick dieses älteren Mitbürgers, der einen Joint aus seiner Brusttasche hervorzog – und dazu keinen gewöhnlichen Joint, sondern ein echtes sechszölliges Bob-Marley-Memorial –, verblüffte George derart, daß er nicht anders konnte als einwilligen. Er nickte, schwang sich gleichfalls über den Zaun und folgte Walter zum alten Baumstumpf, wo sie ihre jeweiligen Anomalien austauschten, bis jede weitere Unterhaltung unmöglich wurde.

Sie blieben lange dort draußen und rauchten; die Sonne schloß ihren Untergang ab, die Sterne gingen nacheinander an, und eine kalte Brise kam auf, was sie nicht weiter störte. Sie machten sich erst wieder auf den Heimweg, als Aurora kam und sie holte – und die Augen aufriß beim Anblick der zwei Männer, die wie verrückte Priester unter dem Mond herumtollten; lange vor ihr tauchte allerdings die Ur-Aurora-Borealis auf, das schimmernde Nordlicht. Von diesem überirdischen Glühen, einem höheren Orts eigens in Auftrag gegebenen Schauspiel überwältigt, fand Walter Smith endlich Frieden: Jetzt wußte er, daß das Leben seiner Tochter vielleicht nicht unbedingt glücklich, aber bestimmt nicht alltäglich werden würde. George kannte zwar keinen Frieden – Geschichtenerzählern und Heiligen ist dieser Luxus auf Erden nicht vergönnt –, genoß aber dennoch das Polarlicht ebensosehr wie Walter, weil er in diesem Leuchten das Wesen der Schöpfung erahnte, und die Schöpfung verfehlte es nie, ihn zu erfreuen.

Überraschungspakete

I

Das Frühstück am anderen Morgen war fast genauso wie in Auroras Träumen. Es gab eigens für den Anlaß gekaufte frische Eier, Speck, Toast, Butter, Milch und Orangensaft. Sehr traditionell, aber auch wieder nicht, da Luther abermals auf dem Tisch saß und mit ihnen speiste. Der Hund war das einzige, wovon sie nicht im voraus geträumt hatte, alles übrige stimmte: sie und George, die sich über den Teller mit gebratenem Schinkenspeck hinweg anlächelten, ihr Vater, der aus seiner Ecke über irgendwas lachte. Beide Männer hatten noch von der Raucherei der letzten Nacht knallrote Augen, aber Aurora ließ taktvollerweise kein Wort darüber fallen.

Als sie ihr Rührei bis zum letzten Krümel vertilgt hatten, stand Aurora auf und nahm George wie Walter am Abend zuvor mit hinaus. George fragte nicht einmal, wohin sie gingen, da er letzte Nacht zu dem Schluß gelangt war, daß alles, was diese Familie nach dem Essen tat, zwangsläufig erfreulich war. Während sich Walter um den Abwasch kümmerte, führte Aurora George auf einen langen Spaziergang durch das umliegende Land; sie blieb immer wieder kurz stehen, um ihm die Stätten ihrer Kindheit zu zeigen. Als sie irgendwann bei einem teilweise zugefrorenen Bach knieten und eisiges Wasser aus der hohlen Hand tranken, fragte Aurora, ob das nicht ein guter Ort für die schicksalshafte Vereinigung zweier Liebenden wäre. George sagte, er glaube schon, und Aurora nahm ihn bei der Hand, zog ihn hoch und rannte mit ihm stromaufwärts bis zu einem offenen Feld, das einst zu einer Farm gehört hatte. Das Feld war jetzt weitgehend mit Gestrüpp überwuchert, und das einzige noch stehende Wirtschaftsgebäude war eine dunkle, verwitterte Scheune. Sie wirkte nicht übermäßig einladend – sah eigentlich exakt wie eine Spukscheune aus, in der vielleicht die Geister längst verstorbener Milchkühe umgingen –, doch genau darauf zeigte Aurora.

»Da rein«, sagte sie.

»Was ist dort drin?«

Sie lächelte und küßte ihn auf den Mund. »Eine Überraschung.«

II

Viele Kilometer weiter östlich, auf dem Ithaca Commons, war eine Schneeballschlacht im Gang. Den Anfang hatten zwei Halbwüchsige gemacht, doch bald waren auch ihre Freunde und schließlich eine Gruppe von kleineren Kindern, von der Volksschule gerade in die Ferien entlassen, in die Auseinandersetzung einbezogen worden. Prediger und Jinsei hatten das sonnige Wetter für einen vorweihnachtlichen Spaziergang ausnutzen wollen und waren unversehens mitten in das Schlachtgetümmel geraten; lachend fingen sie an, sich gegenseitig Schnee armvollweise an den Kopf zu werfen.

Etwa zur gleichen Zeit geriet ein besonders saftiger Schneematschball außer Kontrolle und schlug einem fleischigen Polizisten, der just McDonald's verlassen hatte, die Mütze vom Kopf. Der Bulle grunzte und heftete einen unheilverkündenden Blick auf den achtjährigen Knirps, der für den Schuß verantwortlich zeichnete.

»He, *Bulle!*« piepste der Knirps, der in der Nacht zuvor klammheimlich in das elterliche Schlafzimmer geschlichen war, um sich im Fernsehen ›Saat der Gewalt‹ mit anzuschauen. »Wie heißte, Bulle?«

»Doubleday«, brüllte der Bulle. »Sam Doubleday.«

»O-*hooooo!*« brüllte der Winzling zurück. »O-hoooo, *Double*day!« Und pfefferte einen zweiten Matschball, der den Bullen mitten auf die Brust traf.

Mit mörderischem Blick löste Doubleday seinen Gummiknüppel vom Gürtel und galoppierte wie eine mittlere Büffelherde auf den Knirps los. Minderjährig, aber nicht auf den Kopf gefallen, machte sich dieser augenblicklich aus dem Staub. Was nun folgte, war ein ungleiches Rennen, da sich Doubleday mit seinen beachtlichen Körpermassen auf den Wegen halten mußte, die ein Schneepflug auf dem Commons freigeräumt hatte, während sein kleiner Peiniger mit Leichtigkeit über die höchsten Schneehaufen krabbelte.

In eben einen solchen Schneehaufen hatten sich Prediger und

Jinsei, eng umschlungen, fallen lassen. Wenn's nach ihnen gegangen wäre, hätten sie es hier mit Vergnügen bis zum nächsten Frühling ausgehalten, doch der vorüberflitzende Winzling (dem der wutschnaubende Doubleday erstaunlich nah auf dem Fuße folgte) störte ihre Zweisamkeit. Prediger hob den Kopf, um die Ursache des Spektakels zu erfahren, und erlitt durch etwas, was sich gleich darauf als optische Täuschung entpuppte, einen schweren Schock. Aus seiner Froschperspektive sah er flüchtig ein Paar schwarze Stiefel, schwarze Hosenbeine, den Saum eines schwarzen Trenchcoats...

»Rag!« rief er, bevor er erkannte, daß der Kopf, der aus dem oberen Ende des Trenchcoats herausschaute, einer gelbsüchtigen Frau mit Kokslöffelohrgehängen gehörte. Die Frau machte nicht den geringsten Versuch, sich angesprochen zu fühlen, sondern setzte ihre Suche nach Lederaccessoires fort, ohne sich weiter um das Pärchen im Schnee zu kümmern. Jinsei hob die Hand, versuchte, Predigers Gesicht zu berühren, doch er zuckte zurück; seine Stimmung war im Eimer.

Er hatte es natürlich schon seit längerem aufgegeben, sich schuldig zu fühlen; Schuldgefühle sind ein schwieriges Unterfangen, wenn man weiß, daß man sich nichts hat zuschulden kommen lassen. Aber am Verlust seines besten Freundes kann man ein Leben lang leiden – und mag man auch noch so sehr von der eigenen Unschuld überzeugt sein. Ragnarök hatte sich die vergangenen zwei Monate in wahrhaft heroischer Vermeidung geübt, aber auch ohne ihm leibhaftig zu begegnen, wurde Prediger andauernd an ihn erinnert, und das genügte, um ihn aus dem seelischen Gleichgewicht zu bringen.

»Laufen wir ein bißchen rum«, sagte Jinsei und zwang ihn aufzustehen. Am anderen Ende des Commons hatte Doubleday den Knirps endlich auf den Mast einer Ampel gejagt und brüllte ihm die wüstesten Drohungen hinauf; sie wandten sich in die entgegengesetzte Richtung. Jinsei sprach leise auf Prediger ein, doch ihre Bemühungen, ihn wieder auf angenehmere Gedanken zu bringen, wurden durch das abermalige Auftauchen einer schwarzgekleideten Gestalt zunichte gemacht. Dieser Bursche, ein Pantomime, trug zwar eine unförmige Robe und keinen Trenchcoat, aber sein Gesicht war obszön bleichweiß geschminkt, und er hatte Ragnaröks Größe.

Der Pantomime verteilte Flugblätter; Jinsei und Prediger versuchten, ihm auszuweichen, aber er machte im selben Moment gleichfalls einen Ausfallschritt, drückte Prediger einen Zettel in die Hand und wirbelte auch schon wieder mit einem Augenzwinkern davon.

»Was steht drauf?« fragte Jinsei. Prediger zuckte mit den Schultern und gab ihr das Flugblatt, auf dem stand:

Die neu gegründete bardische Truppe von Ithaca
gibt sich schon jetzt die Ehre,
dem geneigten Publiko ein wunderbares
Shakespearesches Ereignis anzuzeigen
Ab März wird gegeben
Romeo und Julia
»... vom Unstern verfolgtes Liebespaar«
sowie
Julius Cäsar
Achten Sie auf weitere Informationen
in den kommenden Wochen

Jinsei sah Prediger an und lächelte.

»›Vom Unstern verfolgtes Liebespaar‹«, sagte sie und drückte seine Hand. »Das klingt schön, findest du nicht?«

III

Der Heuboden war hoch oben unter dem Scheunendach, und die Leiter, die zu ihm hinaufführte, so altersschwach, daß man schon froh war, wenn man mit heilen Knochen oben ankam, auch wenn es dann herzlich wenig zu sehen gab. Die letzten Heuballen waren vor langer Zeit weggeholt worden, und alles, was sich jetzt noch auf der hölzernen Bühne befand, waren ein paar rostige landwirtschaftliche Werkzeuge, hier und da ein bißchen Spreu sowie zwei karierte Steppdecken, die zwar ein wenig schimmelig rochen, aber gute Sitzpolster abgaben. Es war überraschend warm auf dem Heuboden; ein Luftzug pfiff in den Sparren, doch er störte sie nicht weiter.

»Und was jetzt?« fragte George, als sie es sich gemütlich gemacht hatten. »Sollen wir die Aussicht bewundern?«

»Die Aussicht ist atemberaubend«, sagte Aurora ernsthaft, wobei sie auf den fernen Scheunenboden hinunterblickte, »aber ich hatte eigentlich an etwas anderes gedacht.«

Sie hob eine lose Planke im Boden an und zauberte zu Georges Verwunderung aus dem Hohlraum darunter eine Flasche Rotwein und zwei Kristallkelche hervor.

»Wie kommt denn *das* hier rauf?« fragte George verblüfft. »Hast du dich mitten in der Nacht hierhergeschlichen, oder was?«

»Nein, du Dummerchen«, lachte Aurora und wischte die Kelchgläser am Ärmel sauber. »Die Sachen liegen hier seit meinem zwölften Lebensjahr.«

»Seit deinem zwölften Lebensjahr?«

»M-hm. Das war mein Versteck, als ich klein war. Die anderen Kinder machten einen großen Bogen um die Scheune, weil da angeblich Ungeheuer drin waren, aber ich hab unheimlich gern hier gespielt. Der Heuboden ist eine prima Empore für eine Prinzessin, die zu ihren treuen Untertanen sprechen will.«

George nickte lächelnd. »Aber was ist mit dem Wein und den Gläsern? Wo hast du die überhaupt her?«

»Ein Mann hat sie mir gegeben.«

»Was für ein Mann?«

Aurora zuckte mit den Achseln. »Ich weiß auch nicht. Ein Fremder, der eines Tages draußen auf dem Feld stand. Sah irgendwie südländisch aus, spanisch oder vielleicht auch griechisch. Freundliche Augen. Vielleicht hätte ich mich vor ihm fürchten sollen, aber ich tat's nicht. Er sagte, er hätte ein Geschenk für mich, etwas, das ich aufbewahren sollte, bis der richtige Zeitpunkt gekommen wäre.« Sie reichte George den Wein und einen silbernen Korkenzieher. »Hier, spiel du den Gastgeber.«

George betrachtete die Flasche.

»Interessantes Etikett«, sagte er. »›Leidenschaft des Heiligen‹...«

»›Dr. Faustus' Weingut‹«, sprach Aurora für ihn zu Ende. »›Jahrgang 1749‹.«

»Klingt wie ein Witz«, entschied George. »Und er kann unmöglich so alt sein. Ich wette, das ist bloß Traubensaft mit einem Schuß Kodein drin. Der Fremde war vermutlich ein Pusher, der dich süchtig machen wollte.«

»Ich hab schon mal Kodein genommen«, sagte sie. »Als ich Mittelohrentzündung hatte. So schlimm ist das auch wieder nicht.«

»Könnte aber genausogut vergiftet sein.«

Sie schüttelte den Kopf. »Er ist nicht vergiftet.«

»Wie kannst du das wissen?«

»Genauso, wie ich weiß, daß jetzt der richtige Zeitpunkt gekommen ist, ihn aufzumachen. Ich weiß es halt.«

Mit einem Kopfnicken hörte George auf, Einwände zu machen, erbrach das Siegel und drehte den Korkenzieher hinein. Der Korken kam erfreulich leicht heraus; der Wein gluckerte freundlich, als er ihn einschenkte.

»Erzähl mir von den Ungeheuern«, sagte George, nachdem sie angestoßen hatten.

»Hm?«

»Die Ungeheuer, die es angeblich in der Scheune gab, als du klein warst.«

»Ach, die.« Achselzucken. »Hundsgewöhnliche Geister, nehm ich an... keine Ahnung, wer sie zu Lebzeiten waren. Ich hab's vermutlich einfach nicht geschafft, mich vor etwas zu fürchten, das tot und begraben war. Außerdem war es wirklich toll, einen Ort für mich allein zu haben, wo niemand mich störte.«

»Toll«, pflichtete George ihr bei, und seine Zunge war bereits schwer, obwohl er sein Glas noch nicht einmal zur Hälfte ausgetrunken hatte. Starkes Tröpfchen.

»Ich bin nämlich noch Jungfrau«, sagte Aurora als nächstes, und der Wein mußte ihm etwas zu Kopf gestiegen sein, denn der plötzliche Themenwechsel hatte (anders, als es normalerweise der Fall gewesen wäre) nicht zur Folge, daß er sich verschluckte, das Glas fallen ließ oder sonstwie die Kontrolle über seine Körperfunktionen verlor.

»Schon mal Fariña gelesen?«

»Fariña?«

»Richard Fariña. War Ende der fünfziger Jahre in Cornell und hat mit einem Typ von der ›Sun‹, Kirkpatrick Sale, echt 'n paar tolle Shows abgezogen. Die beiden hätten erstklassige Bohemier abgegeben. Nach seinem Abschluß hat er die Schwester von Joan Baez geheiratet und einen irren Roman über das Collegeleben und Shows-abziehen-im-allgemeinen geschrieben. Zwei Tage nach Erscheinen des Buches ist er bei einem Motorradunfall ums Leben gekommen.«

»Perfektes Timing.«

»Aber wirklich. Müßte mir mal passieren. Na, wie dem auch sei, der Held des Romans ist ein ziemlich fariñamäßiger Typ namens Gnossos Popoudopolos, und Gnossos vertrat die These, daß Jungfräulichkeit eine geistige Angelegenheit sei…«

»Ist das so was wie deine Theorie vom Seelenadel des Schwulen?«

»He Mann, Fariña wußte, wovon er sprach! Die Idee ist nämlich die, daß du dich durch die gesamte männliche und weibliche Bevölkerung der Vereinigten Staaten von Amerika durchvögeln und trotzdem Jungfrau bleiben kannst. Das Häutchen reißt erst, wenn du es aus Liebe machst.«

»Aber du hast es doch aus Liebe gemacht, oder?« fragte Aurora. »Mit Kalliope?«

»Das stimmt.«

»Und ich hab überhaupt noch nie mit jemand gevögelt.«

»Das stimmt.«

»Was, bitte, hat also Fariñas Theorie mit unserem besonderen Fall zu tun?«

»Nichts«, sagte George und nahm einen tiefen Schluck »Leidenschaft des Heiligen«. »Aber es bringt Unglück, wenn man die Gelegenheit, mit seinen literarischen Kenntnissen zu prunken, ungenutzt verstreichen läßt. Außerdem ist es ein verdammt gutes Buch.«

»Sicher doch«, sagte Aurora. »Jetzt trink aus und bring mir bei, wie ich dich verführen kann.«

IV

»Ich weiß nicht, ob's eine so gute Idee ist, durch den Knochenacker zu gehen.« Es war Jinseis Einfall gewesen, sich demonstrativ nicht um den Schnee zu scheren und den kürzesten Weg zum Gipfel des Hügels zu nehmen, aber jetzt, am unteren Eingang zum Knochenacker, wollte sie kneifen. »Schau, hier ist noch nicht geräumt«, gab sie zu bedenken. »Und ich wette, man sackt ganz schön tief ein.«

»Wenigstens brauchen wir nicht ständig den Autos auszuweichen«, entgegnete Prediger. Sie hatten auf der Fahrbahn gehen müssen, weil der Schneepflug, der über die University Avenue gefahren war, den einzigen Bürgersteig versehentlich in eine unbegehbare Alpenlandschaft verwandelt hatte.

»Wir werden nasse Füße kriegen«, gab Jinsei zurück.

»Egal. Schau doch, Jin, der Schnee ist absolut unberührt. Hast du keine Lust, der erste Mensch zu sein, der ihn betritt?«

»Ich weiß nicht...«

»Fürchtest du dich vor dem, was darunter liegt?«

Sie zuckte mit den Achseln. »Vielleicht ein bißchen. Du nicht?«

»Wüßt nicht, warum. Eine Leiche ist wie ne Wachsfigur, Lady. Da könnt man genausogut vor ner Vogelscheuche Angst haben oder ner Schaufensterpuppe.«

Das schien sie nicht allzusehr zu beruhigen; mit einem liebevollen Lächeln nahm Prediger sie bei der Hand und ging einen Schritt auf das Friedhofstor zu.

»Na, komm schon, Jin«, sagte er. »Ich verrat dir noch ein Geheimnis: Solang du auf eigenen Beinen reinläufst, hast du nichts zu befürchten. Wenn die sechs Typen anheuern, um dich reinzutragen, dann kannst du anfangen, dir Sorgen zu machen.«

Er zog sie sanft am Arm, und sie gab schließlich nach und folgte ihm über die Schwelle. Direkt hinter dem Tor ragten mehrere schneebedeckte Mausoleen aus der Flanke des Hügels – eine Wohnsiedlung für die Toten. Bei diesem Anblick nahmen Jinseis Ängste noch beträchtlich zu – obwohl es nicht die Toten waren, vor denen sie sich hätte fürchten sollen. Im Gegenteil.

Kleine Wolken von Pulverschnee aufwirbelnd, bogen sie bei der ersten Gelegenheit links ein und steuerten ahnungslos auf das Nordende des Ackers zu.

V

George öffnete den letzten Knopf von Auroras Bluse und streifte sie ihr über die warmen, bleichen Schultern zurück. Der Gedanke ging ihm durch den Kopf, daß das eigentlich ein merkwürdiges Wort war, *bleich*: Es konnte je nach Zusammenhang sowohl einen negativen wie einen positiven Klang haben, konnte vom Tod bis zur Stirn einer mittelalterlichen Prinzessin die verschiedensten Dinge beschreiben.

Ach ja, Literat bis zuletzt. Er beugte den Kopf und begann, ihre Brüste zu küssen. Die Zeit entfernte sich für ein Weilchen, wie eine taktvolle Ausblendung in einem züchtigen Liebesroman; als sie wiederkehrte, waren sie beide nackt und lagen eng aneinandergeschmiegt auf den Steppdecken. Sie hatten sich geküßt und berührt und erkundet, und nun war der große Augenblick da.

»Jetzt könnte es ein bißchen weh tun«, bereitete George sie vor. »Weil du's noch nie gemacht hast.«

Unter ihm lächelte Aurora. »Hast du das auch in einem Buch gelesen?«

»In vielen Büchern. Hab mir den Schmerz auch von ein paar Freundinnen beschreiben lassen. In allen Einzelheiten.«

»Dito.« Ihre Lippen öffneten sich und küßten seine Schulter. »Aber jetzt«, sagte sie, »in diesem Augenblick, bin ich sehr... entspannt. Ich kann mir nicht vorstellen, daß mir jetzt etwas weh tun könnte, so wie ich mich fühle. Vielleicht war das auch der Zweck des Weins.«

»Vielleicht«, pflichtete George ihr bei. Mehr gab es nicht zu sagen; liebevoll, träumerisch sanft drang er in sie ein. Es tat nicht weh.

VI

»Jesses!«

Prediger hatte einen Schritt nach vorn gemacht und war plötzlich hüfttief im Schnee versunken. Jinsei packte seinen Arm sofort mit beiden Händen und machte sich auf einen Kampf gefaßt, denn es sah fast so aus, als habe irgend etwas Prediger von unten gepackt und wollte ihn hinabzerren.

»Alles in Ordnung«, beruhigte Prediger sie. »Ich bin bloß in ein Loch getreten. Nichts weiter passiert.«

»Können wir hier bitte endlich weg?« flehte Jinsei, ohne seinen Arm loszulassen.

»Klar, sofort...« Prediger wollte gerade heraussteigen, als sein Fuß an etwas hängenblieb. »Moment mal. Wart noch'n Augenblick.«

Er befreite seinen Arm, drehte sich um und stieg ganz in das Loch hinein. Trat den Schnee beiseite, um etwas mehr Platz zu haben, bückte sich und fing an zu graben.

»Prediger, was –«

»Da ist was drin...« Mit einem Ruck zerrte er etwas aus der Erde. Hielt es triumphierend in die Höhe.

Jinsei erbleichte, da sie im ersten Moment glaubte, Prediger habe ein Stück von einer Leiche zutage gefördert, doch bei näherer Betrachtung sah sie, daß es sich bloß um eine Kiste handelte – ein schwarzes, würfelförmiges Eisenkistchen von knapp fünfzehn Zentimeter Kantenlänge und mit einem Silberband umwickelt.

VII

Als sie sich dem Gipfel näherten, rollten die zwei Liebenden von der Steppdecke herunter und kamen, bei der Berührung mit den harten, rauhen Planken wohlig aufstöhnend, dem Rand des Heubodens gefährlich nah. Wieder einmal geriet George in einen Zustand ehrfürchtigen Staunens, denn im Gegensatz zum geschmeidigen, schier reibungslos vollkommenen Liebesspiel mit Kalliope war die jetzige Vereinigung herrlich dilettantisch, stümperhaft – und dadurch um so schöner. Er schwelgte in der Wirklichkeit dieser Empfindung.

Dem Höhepunkt nahe, stieß jemandes Arm oder Bein an die Flasche »Leidenschaft des Heiligen« und warf sie hinunter. Einen Schweif von Rotwein hinter sich herziehend, flog sie hinab und zerschellte am Boden. Die zwei Liebenden bekamen nichts davon mit.

VIII

»Prediger, es wär mir wirklich lieber, wir würden woanders hingehen, um das Ding aufzumachen...«

»Wart doch mal«, erwiderte Prediger.

Das papierdünne Silberband ließ sich mühelos zerreißen. Er wickelte es von der Kiste ab und bot es Jinsei an. Sie wollte es nicht anfassen; mit einem Achselzucken legte Prediger es zusammen und steckte es in die Tasche seines Langmantels.

»Prediger, ich meine...«

Doch er hörte sie nicht einmal, so sehr faszinierte ihn die rätselhafte Kiste. Alle Fugen waren sorgfältig mit einer Art Lötzinn versiegelt worden, das allerdings mit der Zeit so spröde geworden war, daß es sich ohne jede Schwierigkeit abkratzen ließ. Prediger entfernte das meiste davon mit dem Daumennagel und begann den Deckel langsam zu heben.

Er hatte die Kiste noch nicht geöffnet, als ihn etwas mit Schwingen und Fängen aus Eis seitlich am Kopf traf und zu Boden warf.

IX

George und Aurora stießen gleichzeitig einen Schrei aus, und mit ihnen der Wind, Georges treuer Verbündeter. Heulend packte er die Scheune und schüttelte sie wie ein Puppenhaus.

»Noch mal«, hauchte Aurora, als die Erde wieder stillstand.

X

»Was ist *das* denn?«

Prediger stützte sich mit einer Hand ab und griff sich mit der anderen an die blutverschmierte Stirn. Die Kiste war beim Zusammenstoß fortgewirbelt worden und lag nun, auf die Seite gekippt und einen Spaltbreit offen, ein paar Meter von ihnen entfernt im Schnee. Doch nicht auf die Kiste starrten er und Jinsei jetzt, sondern auf den absonderlichen, knochenbleichen Vogel, der sich darauf niedergelassen hatte.

»Himmelherrgott«, sagte Prediger, als Jinsei sich neben ihn hinkniete und ein Taschentuch auf seine Wunde drückte. Der Vogel war das widernatürlichst aussehende Geschöpf, das ihm je untergekommen war: er sah aus wie eine auf unerklärliche Weise zum Leben erweckte Kristallplastik.

Der Bote wippte ein wenig, bis er auf der schrägen Oberfläche der Kiste sein Gleichgewicht gefunden hatte. Argwöhnisch musterte er Mann und Frau; er beobachtete sie seit dem Augenblick, da sie den Knochenacker betreten hatten. Er hatte Prediger gestattet, die Kiste aus dem Grab zu holen und die Versiegelung aufzubrechen, doch jetzt, da dies getan war, würde der Bote ihn – oder auch sie beide – gegebenenfalls töten, um den Inhalt der Kiste zu schützen.

»Verschwinden wir!« zischte Jinsei. Prediger nickte, nahm sie bei der Hand, und zusammen entfernten sie sich: erst rückwärts, dann, sobald ihnen der Vorsprung groß genug erschien, mit einer plötzlichen Kehrtwendung, Hals über Kopf. Der Bote machte keinerlei Anstalten, ihnen zu folgen, ließ sie aber auch nicht aus den Augen; er beobachtete ihren Rückzug mit der größten Aufmerksamkeit.

In der Büchse der Pandora verborgen, beobachtete sie auch eine andere Kreatur.

Botschaften und ein Parlament des Gezüchts

I

»Schön«, sagte Mr. Sunshine, über seinen Schreibtisch gebeugt. »Schön. George hat seine Prinzessin, die Prinzessin hat ihren George, und die Büchse ist auf. Was kommt als nächstes...« Er blätterte seine Notizen durch. »Der Hund! Genau, der Hund!«

Er wühlte in der Schreibtischschublade nach einem Blatt Briefpapier (kein gewöhnliches Briefpapier natürlich!) und kritzelte rasch eine Botschaft hin. Dann faltete er den Zettel zweimal und begab sich an den Affen vorbei in eine dämmerige Ecke, wo ein Rohrpostrohr offenmäulig wartete. Das Rohr trug das Symbol ☿ und die Aufschrift: AUSSCHLIESSLICH FÜR BRIEFVERKEHR MIT DER UNTERWELT.

»Nicht mehr ganz so wie früher«, seufzte Mr. Sunshine schwermütig, als seine Botschaft ihren ungewissen Abstieg durch das dunkle Rohr antrat. »Aber nun – es erfüllt seinen Zweck. So, und jetzt...«

II

Am Abend dieses 24. Dezember rief Mrs. Smith aus Madison an, um mitzuteilen, daß sie, so schrecklich leid es ihr auch tue, Weihnachten nicht im Schoß der Familie feiern zu können, mindestens noch einen Tag dableiben müsse, und bestellte herzliche Grüße an Aurora. Eine einmalige Gelegenheit witternd, zündeten Walter und George ein gemütliches Feuer im Kamin an und verabredeten, Aurora in »die zweifelhafte Kunst, sich anzuknallen« (Löwenherzens Terminus), einzuführen; nach anfänglichem kurzem Zögern entpuppte sie sich als mustergültiger Lehrling. Bald waren die drei soweit, daß sie unausgesetzt wie fröhliche Idioten kicherten, sich gegenseitig umarmten und am laufenden Band die größten Absurditäten vom Stapel ließen. Sogar Luther schaffte es, an der allgemeinen Heiterkeit teilzuhaben. Selbst am Joint ziehen konnte er natürlich nicht, doch er wich nicht von Walters

Seite (er hielt ihn inzwischen für einen Erzengel und hing daher sehr an ihm), der den Rauch zuvorkommenderweise immer in seine Richtung blies.

Luther hatte zu guter Letzt doch ein stilles Glück gefunden: mehr Futter, als er je auf einem Haufen gesehen hatte, Wärme, eine trockene Unterkunft und liebevolle Herren. Das mußte nun wirklich endlich der Himmel sein. Zwar hatte er keine anderen Hunde hier angetroffen, und auch während der Fahrt im feurigen Wagen hatte er keine gesehen; so stark aber war das Gefühl der Erleichterung, daß er, zumindest einstweilen, keine Fragen stellte. Er hatte sogar aufgehört, sich wegen Blackjack Sorgen zu machen, wenngleich er wußte, daß er bald eine Möglichkeit finden mußte, ihm eine Botschaft zukommen zu lassen.

Jetzt, da sein zottiger Kopf vom Rauch so merkwürdig kribbelte, spürte Luther, wie sich die göttliche Macht des Himmels mehr und mehr um ihn verdichtete. Das ganze Zimmer wurde strahlend hell; Luthers Augen richteten sich wie magisch angezogen auf den Platz direkt vor dem Kamin, wo sich völlig beiläufig ein alternder Mischling aus dem Nichts materialisierte. Es war ein Hund, den er sehr gut kannte, ein Hund, der ihn als Welpen beschützt und mit Liebe umgeben hatte. Ein Hund, um dessentwillen er sich auf die Suche nach dem Himmel gemacht hatte.

»Moses!« schrie Luther, der seine innigsten Hoffnungen erfüllt sah. »Moses, ich habe dich gefunden!«

Moses sprach kein Wort, sondern wandte sich fast augenblicklich ab und ging gemessenen Schritts aus dem Zimmer. Luther überließ die Menschen ihren Lachsalven und folgte ihm hinaus.

»Moses, Moses, wo warst du nur? Du hast mir so schrecklich gefehlt! Ich –«

Moses führte ihn durch einen kurzen Flur in die Küche, wo eine Windbö die Hintertür aufschlug. Ohne sich um die Kälte zu kümmern, marschierte der ältere Hund geradewegs ins Freie. Luther blieb seinem Erzeuger dicht auf den Fersen. Lange Zeit gingen sie so weiter, tief in die Nacht hinein, bis das Haus der Smiths schließlich nur noch ein bloßer Funke ferner Wärme und Helligkeit geworden war. Erst dann blieb Moses stehen und wandte sich ihm wieder zu.

»Oh, Moses!« sagte Luther, der die ganze Zeit über glücklich dahergeplappert hatte. »Moses, es ist so schön, hier mit dir zu sein.«

Der alte Mischling sah ihn mit dem Ausdruck tiefsten Bedauerns an.

»Du mußt hier weg, Luther«, sagte er.

III

Die Kreatur kroch kurz nach Einbruch der Dunkelheit aus der eisernen Kiste. Klein, verwachsen, absolut widerlich anzusehen, wie sie war, war es kein Wunder, daß ihre Feinde sie den Engerling getauft hatten. Endlich erlöst, war sein erster Gedanke, seinen Haß am Gefängnis auszulassen, das ihn so lange eingesperrt gehalten hatte. Wutschäumend mußte er indes erkennen, daß er außerstande war, der Kiste etwas anzutun; das Kunststück, über ein Jahrhundert ohne Luft und Nahrung auszukommen, hatte seine ganze Zauberkraft aufgezehrt, und jetzt war er machtlos.

Verflucht, verflucht, verflucht! Wie konnte er jetzt ohne Magie Rache üben? Frei und dennoch hilflos zu sein, war eine noch größere Folter als Einzelhaft...

Rasferret.

Der Bote wartete mit angelegten Schwingen geduldig hinter ihm im Schnee.

Rasferret, ein Geschäft für dich.

Der Engerling erbebte beim Anblick des Eis-Vogels, denn er war durch und durch feige, und ohne Zauberkraft konnte er sich ebensowenig verteidigen wie angreifen. Nur die Aussicht auf ein Geschäft hielt ihn davon ab, Hals über Kopf zu fliehen – so nutzlos das auch gewesen wäre.

Und so gab der Bote an dieser kalten Wohnstatt der Toten in wortloser Sprache die Nachricht weiter, die Mr. Sunshine ihm anvertraut hatte. Rasferret lauschte, und als er die Bedingungen des vorgeschlagenen Geschäfts hörte, schmolz seine Angst mehr und mehr dahin. Dürstete es ihn nach Rache? Er sollte sie haben. Brauchte er frische Zauberkraft, um diese Rache zu vollziehen? Auch die sollte er haben, und in größerem Umfang als jemals zuvor – die Macht, nach Herzenslust zu morden und zu wüten. Die Sache hatte einen einzigen Haken: Er würde es mit einem eigens für ihn ausgesuchten Gegner zu tun haben – keinem Kobold, sondern einem Angehörigen des Großen Volkes, einem Mann von großer Macht und starkem Willen. Der Engerling würde magische Kräfte empfangen, um ihn zu bekämpfen, doch behalten würde er sie nur im Falle seines Sieges. Unterlag er, würde er fortan vollkommen machtlos sein.

Der Bote hatte noch nicht ausgeredet, als die Kraft der Magie schon in Rasferrets Körper einzufließen begann, und kaum hatte der Engerling sie gekostet, war er nicht mehr fähig, das Angebot auszuschlagen, gleichgültig, was für Folgen ihm möglicherweise daraus erwachsen würden. Er erprobte seine neu gefundene Kraft an seinem Kisten-Verlies, verbog es zu einem unkenntlichen Metalltrümmerhaufen, wobei die Scharniere wie brechende Knochen barsten.

Schön, schön. Im Handumdrehen war seine Hilflosigkeit wie weggeblasen. Doch seine Macht war noch nicht vollkommen – die Zauberkraft würde, wie der Bote sagte, kontinuierlich zunehmen, um nach knapp zweieinhalb Monaten, an den Iden des März, dem Tag der Entscheidungsschlacht, ihren Höhepunkt zu erreichen. Bis dahin gab es viel zu tun. Er hatte noch nie einen Menschen getötet; er würde üben müssen.

IV

»Weg?« begehrte Luther auf. »Aber ich bin doch grad erst angekommen!«

»Guck mich nicht so an, Luther. Ich kann nichts dafür. Du hast eine Rolle zu spielen, da auf dem Hügel, wo du hergekommen bist. Keine große Rolle, aber eine notwendige.«

Luther sah sich nach dem fernen Haus um. »Aber *sie* haben mich hergebracht. Allein schaffe ich die Reise niemals.«

»Warum nicht? Das erstemal hat's doch auch geklappt. Der einzige Unterschied ist, daß du diesmal den Kater nicht dabeihast, aber du wirst auch allein zurechtkommen. Bitte, ich sag nicht, daß es ein Spaziergang für dich werden wird – der Weg ist länger, und du kannst sicher sein, daß Raaq dir noch nicht verziehen hat, daß du ihm entwischt bist. Aber wie gesagt, du wirst es schaffen.«

»Aber muß ich denn jetzt sofort weg?«

»Was hab ich dir immer gesagt? Hat es je einem Hund was eingebracht, eine schwere Aufgabe vor sich herzuschieben?«

»Nein«, erwiderte Luther bedrückt. »Aber –«

»Das war schon ein Aber zuviel, Luther. Jetzt –«

»Laß mich ausreden!« rief Luther mit einer für ihn völlig untypischen Heftigkeit. »Das Ganze – der Grund, weswegen ich überhaupt von zu Hause weg bin, war, dich wiederzufinden. Und jetzt, nachdem ich das alles durchgemacht habe, erscheinst du, bloß um mir zu sagen, daß ich den Ort verlassen soll, wo ich zum erstenmal in meinem Leben glücklich war.«

»Schneidig«, bemerkte Moses, der erstmals seit seinem plötzlichen Erscheinen gewisse Anzeichen von guter Laune zeigte. »Du hast dich verändert, Luther. Du bist nicht mehr das unschuldige Hundchen, das ich zurückgelassen hab. Ich wette, das war die Straße, die dich verändert hat – und wer weiß, vielleicht verändert sie dich sogar noch mehr, bevor alles vorbei ist. Aber so oder so, du brauchst mich nicht mehr.«

»Ich *will* mit dir zusammensein. Wirst du mit mir gehen?«

»Ich werde dir zeigen, wo du die Witterung aufnehmen kannst. Ansonsten... nun ja, Luther, ich bin ein Geist. Wozu willst du denn noch Zeit mit mir vergeuden?«

»Ich hab dir doch gesagt...«

»Das ist rührend«, sagte Moses, »daß du mich so vermißt. Aber das ändert überhaupt nichts, weil du ganz einfach auf dem Holzweg warst. Du kannst nicht zu Fuß in den Himmel, Luther. Eines Tages kommt er vielleicht zu *dir*, aber –«

»Willst du damit sagen, daß das hier also auch nicht der Himmel ist?«

»Einen Rest Unschuld hast du dir also doch noch bewahrt. *Natürlich* ist das nicht der Himmel. Der Himmel ist völlig anders als alles, was du dir jemals vorstellen kannst, Luther. Genauso übrigens der Tod. Und was ein vernünftiger Hund ist, verplempert seine Zeit nicht damit, nach einem von beiden zu suchen.«

»Einer der Philosophen, die ich kennengelernt habe, hat mir mal gesagt, es sei gut, mit so etwas seine Zeit zu verplempern... so, fixen Ideen nachzulaufen. Besonders, wenn man sonst nichts mit sich anzufangen weiß.«

»Na gut... wenn du sonst nichts mit dir anzufangen weißt. Aber ich hab dir doch grade gesagt, was du tun mußt, oder?«

»Schon«, gab Luther zu.

»Na also. Komm jetzt, ich zeig dir, wo's losgeht.«

V

Zur selben Zeit, da Luther ein so merkwürdiges Wiedersehen mit seinem Erzeuger erlebte, war, viele hundert Kilometer weiter östlich, Rasferret der Engerling damit beschäftigt, eine eigene kleine Wiedersehensfeier zu veranstalten. Wiedersehen ist natürlich nicht ganz das richtige Wort; Wiederschöpfung wäre treffender.

Auf dem Boten reitend, zog der Engerling in einen anderen Teil des Knochenackers um, fernab von der Stätte seiner langen Gefangenschaft. Als der Mond in einem kalten Bogen über den Horizont stieg, setzte er seine magischen Kräfte für eine Einberufung ein. Einige Stunden später, gegen Mitternacht (mittlerweile hatte sich Luther nach einem wehmütigen Abschied von Moses erneut auf die Reise gemacht), saß Rasferret auf einer hoch aufragenden rechteckigen Steinplatte mit der Aufschrift:

Im Gedenken
an meinen innig geliebten Mann
Harold Lazarus
1912–1957
von seiner liebenden Frau
der Herr schenke Ihm Frieden

Wie schon erwähnt, krönte diesen Grabstein ein kleiner Wasserspeier. Auf dessen Schultern hatte es sich Rasferret bequem gemacht, und es wäre schwer gewesen zu sagen, wer von beiden den abscheulicheren Anblick bot: das kleine Steinmonstrum oder der Engerling. Der Bote hockte sich auf einen niedrigeren Stein in der Nähe. Als alles bereit war, brachte Rasferret sein Parlament mit einem stummen Befehl zum Schweigen.

Mehr als fünfzig Ratten hatten sich im Schnee um den Grabstein versammelt, wie dunkle Spuren eines Untiers anzusehen. Sie waren Rasferrets Aufruf gefolgt, und alle brachten, teils aus tiefen unterirdischen Gängen, teils aus Kellern und feuchten Abwasserrohren hervorkriechend, ein bißchen Abfall als Tribut mit: glänzende Metallteilchen, Drahtstückchen, Glasperlen, Knöchelchen. Nachdem sie ihren Platz eingenommen hatten, warteten sie nun darauf, umgestaltet zu werden, und die winzigen weißen Wölkchen ihres Atems flossen zu einem künstlichen Bodennebel zusammen.

Rasferret sprach kein Wort; statt dessen hob er, die grellblau glühenden Augen (die Farbe der Flamme, wo sie am heißesten ist) weit aufgerissen, die mißgestalteten Arme empor wie ein Priester, der seine Gemeinde zum Aufstehen auffordert. Und sie standen auf oder versuchten es zumindest. Während Rückgrate in der gewaltsamen Metamorphose knirschten, rang jede einzelne Ratte darum, sich aufrecht auf die Hinterfüße zu stellen. Manchen gelang es; andere hatten weniger Glück und kamen halb hoch, bloß um irreparabel verkrüppelt zusammenzubrechen. Die meisten von ihnen starben bald darauf.

Die Verwandlung war vollendet. Von den rund fünfzig Ratten, die zusammengekommen waren, überlebten vielleicht zwanzig die Metamorphose und wurden RATTEN, zweifüßige Krieger in Rasferrets neuer Armee. Sie waren schon bewaffnet, denn die Gegenstände, die sie mitgebracht hatten, waren ebenfalls umgewandelt worden: Metallstückchen waren zu rudimentären Schwertern geworden, Draht und Knochen hatten sich zu Armbrusten zusammengefügt.

Der Engerling inspizierte seine Soldaten. Zwanzig waren nicht eben viel, doch mehr würden kommen, je mehr seine Macht zunahm. Selbst die Zauberkraft, die er bereits jetzt besaß, hätte für beträchtlich mehr Verwandlungen ausgereicht, doch er hielt mit seiner Energie haus, sparte sie für ein besonderes Projekt auf, das einige Nächte später über die Bühne gehen sollte. Die Vorfreude auf seine erste Mordtat nach über hundert Jahren zauberte ein obszönes Grinsen auf Rasferrets Antlitz.

Wie er so grinste, trat einer seiner Soldaten aus dem Glied vor. Es war eine sehr große Ratte, die größte der zwanzig Überlebenden, und sie trug eine Armbrust und eine lange Klinge. Sie hinkte, doch Rasferret erkannte, daß dies von einer früheren Verletzung herrührte und nicht von einer unvollkommenen Metamorphose. Neugierig blickte Rasferret der Ratte in die Augen und sah die Wut und Zerstörungslust, die in ihnen glühten. Es folgte eine kurze Zwiesprache zwischen den beiden, bei der wieder kein einziges Wort fiel.

Endlich nickte der Engerling zustimmend, wofür sich die Ratte mit einer unbeholfenen Verbeugung bedankte. Und so kam es, daß Zer die Ratte, Spinnwebs Mörder, General in der Armee des Gezüchts wurde, ihr oberster Befehlshaber und einzig Rasferret unterstellt.

Die Stunde des Tötens

I

Ziehen wir also die Uhr auf für eine Stunde des Tötens. Lassen wir sie unmittelbar vor dem Jahreswechsel beginnen, um 23 Uhr 15, am 31. Dezember, mit dem Knacken eines Zweiges. Lassen wir sie 58 Minuten später enden, um 0 Uhr 13, mit einem Geräusch wie von Fingernägeln, die an einem Sargdeckel kratzen. Und bereiten wir sie folgendermaßen vor:

Am Morgen nach Weihnachten sah Prediger in den Badezimmerspiegel und stellte fest, daß seine Kopfverletzung fast verheilt war. Um die Mittagszeit desselben Tages erhielt Jinsei einen Anruf von ihrer Chefin in der Uris-Bibliothek, wo sie seit Oktober arbeitete. Die Bibliothek reorganisierte über die Winterferien ihr Leihscheinablagesystem, und die wenigen studentischen Hilfskräfte, die in Ithaca blieben, wurden dringend benötigt. Die Straßen waren mittlerweile so weit geräumt worden, daß die Fahrt auf den Hügel keine größere Odyssee mehr darstellte, und nach einem kurzen Gespräch erklärte sich Jinsei bereit, noch am Nachmittag zu kommen. Tatsächlich arbeitete sie diese Woche bis zum (und einschließlich des) 31. fast jeden Nachmittag in der Bibliothek, oft bis spät in die Nacht.

In der Nacht auf den 27. verlegte Rasferret sein Hauptquartier vom Knochenacker auf den Gipfel des Hügels. Auf dem Rücken des Boten flog er unbemerkt empor zur Glockenstube der McGraw Hall, des mittleren von den drei grauen Kästen, die die ersten Gebäude auf dem Campus gewesen waren. Vor einem Jahrhundert hatte der Turm Jenny McGraws berühmtes Glockenspiel beherbergt, doch nun gab es hier nichts als Staub – Staub und Rasferret den Engerling. Seine Ratten folgten ihm zu Fuß durch den Schnee, und gemeinsam richteten sie in Sichtweite des Glockenturms, wo Hobart von Alpträumen geplagt wurde, eine Operationsbasis ein.

Der 28. und der 29., zwei so gut wie ereignislose Tage, vergingen mit Beobachten und Warten, aber am 30. passierten gleich mehrere wichtige Dinge. Prediger setzte sich mit Fujiko in Verbindung, die im Tolkien-Haus herrlich fleischliche Ferien verbrachte, und einigte sich mit ihr darauf, daß er anderntags, sobald Jinsei mit ihrer Arbeit fertig wäre, mit ihr auf einen kleinen Silvesterumtrunk vorbeikommen würde. Auch die Kobolde bereiteten sich auf eine Silvesterfeier vor. Es sollte ein Miniaturgalaabend mit Schlittschuhlaufen auf dem gefrorenen Beebe Lake stattfinden. Einer von Rasferrets Ratten gelang es, heimlich eine Gruppe von Kobolden zu belauschen, die sich über Silvester unterhielten, und auch wenn die Kreatur nicht allzuviel vom Gespräch verstand, begriff sie doch das Wesentliche: daß die Mehrheit des Kleinen Volkes weit weg vom Zentrum des Campus sein und mit Sicherheit nichts von etwaigen Vorkommnissen bemerken würde. Endlich hatte Rasferret ein festes Datum für den Beginn seiner Aktionen; er verbrachte den Großteil dieser Nacht damit, letzte Pläne zu schmieden. Knapp fünfunddreißig Kilometer weiter, in einem Chalet am Ufer des kalten Cayuga, gab Ragnarök prophetische Worte von sich. Einen einzigen Satz, aus tiefem Schlaf heraus gesprochen: »Mein Gott, ihre Augen glühen.« Myoko und Löwenherz, die eng umschlungen in ihrem Zimmer lagen, hörten es nicht, und *hätten* sie es gehört, so hätten sie nichts damit anfangen können.

Der 31. Dezember dämmerte trostlos und kalt herauf; wieder lag Schnee in der Luft. Jinsei und Prediger schliefen noch ein letztesmal miteinander, bevor sie sich auf den Weg zur Arbeit machte. Nach der Liebe waren sie beide glücklich und arglos.

Die Nacht brach allzufrüh herein.

II

Kurz nach elf in der Neujahrsnacht stieg Prediger mit schweren Schritten die Treppe zur Uris-Bibliothek hinauf; er hatte ein Geschenk für seine Dame dabei. Es schneite leicht, gerade genug, um den Boden wie mit Puderzucker zu bestäuben und die beleuchteten Zifferblätter der Turmuhr hinter einem flimmernden Dunstschleier verschwimmen zu lassen. Er trat an die abgeschlossene Glastür und klopfte energisch mit einer weißbehandschuhten Faust. Nach einem Augenblick erschien Jinsei, die eine in Papier eingewickelte langstielige Rose in der Armbeuge trug.

Sie hantierte mit einem ungeheuren Schlüsselbund und schaffte es schließlich, die Tür zu öffnen.

»Na«, sagte Prediger und steckte seinen Kopf in die Wärme des Eingangs, um sie zu küssen. »Wo ist dein Mantel?«

»Tja...«, entgegnete Jinsei und erwiderte seinen Kuß. »Mrs. Woolf möchte, daß ich noch eine Stunde hierbleibe.«

»Wirklich?« sagte er, nicht weiter beeindruckt. »Heute ist Silvester, Jin. Fujiko, ihr Macker und Mitternacht warten mit vereinten Kräften auf uns. Kannst du nicht ein andermal eine Stunde extra arbeiten?«

»Klar könnte ich, aber... na ja...« Sie hob eine Hand, Daumen und Zeigefinger einen knappen Zentimeter auseinander. »Es fehlt nur noch *so* ein bißchen, und wir sind mit dem Buchstaben R durch.«

»Oh«, sagte Prediger, und sie fingen beide an zu lachen. Er deutete auf die eingepackte Blume. »Was ist das?«

Sie gab sie ihm mit einem Achselzucken. »Hab ich auf dem Weg hierher für dich mitgenommen. Ist mittlerweile wohl welk.«

»Hmm.« Er beugte sich vor und küßte sie wieder. Diesmal ließ er sie nicht so rasch wieder los. »Ich hab dir auch was mitgebracht.«

»Ja?« Sie fuhr mit einem Finger über sein Kinn. »Was denn?«

Er zog sich grinsend zurück. Der Wind wehte in den offenen Türspalt und durch ihr dunkles Haar.

»Weißt du was?« sagte Prediger. »Ich geb's dir, sobald wir im Tolkien-Haus sind.«

»Das ist gemein.« Jinsei versuchte vergeblich, einen Flunsch zu ziehen. »Deine Blume hab ich dir doch auch gegeben, oder? Aber im Ernst, Prediger, es liegt Mrs. Woolf wirklich viel daran, daß ich noch ein Stündchen bleibe. Ich glaub, erst wenn wir fertig würden, wäre es für sie ein richtiges Neujahrsfest.«

»Wenn ihr mit dem Buchstaben R fertig werdet?«

»Wenn wir mit dem Buchstaben R fertig werden.«

»Das würde sie glücklich machen?«

»Alte Bibliothekarinnen sind leicht zufriedenzustellen.«

»Hmm.« Er küßte sie ein drittesmal und konnte sich kaum wieder von ihr trennen. »Und junge Bibliothekarinnen?«

»Och, die kommen zu guter Letzt auch zu Potte«, sagte sie. »Warum gehst du nicht schon mal vor und sagst Fujiko und Noldorin, daß ich mich ein bißchen verspäte? Mitternacht verpass ich wahrscheinlich, aber ich mach, so schnell ich kann.«

Prediger öffnete den Mund, um noch etwas zu sagen, doch sie kam ihm mit einem weiteren Kuß zuvor. Ende der Diskussion. Als sie eine Verschnaufpause einlegten, nickte er, und ein Lächeln schien sich unauslöschlich in sein Gesicht eingeprägt zu haben.

»Na gut«, gab er nach. »Gegen solche Argumente kann ich einfach nicht an. Aber sei vorsichtig, wenn du nachkommst, hörst du?«

»Versprochen«, sagte sie.

»Schön. Und hier.« Während er die Rose liebevoll mit einer Hand festhielt, kramte er mit der anderen in der Manteltasche und förderte eine kleine weiße Schachtel zutage.

»Was ist das?«

»Hab ich vergessen«, meinte Prediger achselzuckend. »Mußt schon aufmachen und nachgucken.«

Sie tat's. Der Armreif in der Schachtel war aus dunkelgebeiztem Holz und mit einem glänzenden Silberband eingefaßt, das im Licht der Lampe über der Tür schimmerte.

»Wunderschön!« sagte Jinsei entzückt, und sofort fiel ihr ein knochenbleicher Vogel und eine versiegelte Eisenkiste ein. »O nein! Das ist doch nicht –«

Prediger nickte. »Ich hatte es in der Tasche, als wir weggelaufen sind. Da kam mir gestern der Einfall, bei einem Freund in der Buffalo Street vorbeizugehen, der Schmuck macht. Nur nichts verkommen lassen.« Das war nicht die ganze Wahrheit. Es steckte mehr als bloße Sparsamkeit hinter diesem merkwürdigen Drang, etwas mit dem Silberband anzufangen – doch was, hätte er beim besten Willen nicht sagen können.

»Ach, Prediger«, sagte Jinsei zögernd. »Er ist wunderschön, Prediger, aber ... ich will diesen Friedhof nie wieder betreten, und ich weiß wirklich nicht, ob ich etwas tragen möchte, das mich an das erinnert, was dort passiert ist.«

»Na, was ist denn schon groß passiert, Jin? Ein kleiner Schreck, ein kleiner Kratzer. Mein Kopf ist soweit wieder in Ordnung.« Er sah ihr in die Augen, und etwas in diesem Blick zog sie in seinen Bann. »Es ist ein hübsches Ding«, sagte er. »Und ich weiß nicht, vielleicht wird es dir einmal Glück bringen. Das sagt man ja von Silber.«

Jetzt war sie es, die nicht mehr widersprechen konnte. Ein seltsames Gefühl schien die Luft um sie herum aufzuladen, ein Gefühl von... na ja, von Bedeutsamkeit. Als stehe ihnen etwas Großes, etwas Ernstes bevor. Jinsei nahm den silbergefaßten Armreif und streifte ihn über ihr Handgelenk; noch nie war die Liebe, die sie für Prediger empfand, stärker gewesen als in diesem Augenblick, und niemals würde sie stärker sein.

»Sei du auch vorsichtig«, sagte sie und ergriff seine Hände. »Unterwegs.«

Prediger grinste. »Bin ich immer, Lady.«

Sie näherten sich einander zu einem letzten Kuß, bevor er ging, doch wurde daraus eine lange Folge von Küssen; und so standen sie ein ganzes Weilchen schmusend in der Tür, während drinnen die Karteikarten und Rhetta Woolf auf Jinsei und draußen der Schnee und die Dunkelheit auf Prediger warteten.

III

Rasferret der Engerling war allein in seinem Versteck. Seine Ratten hatte er auf vielfältige dunkle Missionen ausgesandt, und den Boten hatte er beauftragt, über dem Arts Quad zu kreisen und dafür zu sorgen, daß keine unvorhergesehenen Zwischenfälle die Jagd störten. Nicht, daß Rasferret in der Glockenstube vollkommen blind gewesen wäre. Er hatte einen sechsten Sinn, ein magisches Gefühl für das umliegende Gelände; er wußte, wo sich seine Soldaten befanden und wo seine Opfer.

Er kauerte in einem niedrigen, durch eine hölzerne Zwischendecke gebildeten Raum inmitten von achtlos verstreuten Speiseresten und konzentrierte sich auf seinen ersten Beseelungsakt seit über hundert Jahren. Das war eine lange Zeit, doch er fühlte sich voll frischer Kraft, und er hatte nicht vergessen, wie es funktionierte. Es war eine Kontraktion des Geistes, ein Scharfstellen des Bewußtseins, ein gewaltiger Willensakt. Ein Teil von Rasferrets Wesen – seine Seele, sein Geist, sein *ka*, wie immer man es nennen mag – riß sich von ihm los und verdichtete sich vor seinen Augen zu einem funkelnden Schimmern in der Luft, zu einem hauchdünnen silbrigen Gespinst. Er konzentrierte sich noch mehr, erstaunt darüber, wie leicht es ihm trotz fehlender Übung gelang, und schickte die Wesenheit hinaus in die Nacht, auf die Suche nach einem möglichen Wirtskörper, den sie beleben könnte. Er wußte nicht, daß Mr. Sunshine schon einen für ihn ausgesucht und vorbereitet hatte.

Wie magnetisch angezogen, schoß Rasferrets *ka* mit rasender Geschwindigkeit und Entschlossenheit in nördlicher Richtung, zur Fraternity Row, zum Tolkien-Haus, wo eine bleiche Plastikpuppe wie eine erwartungsvolle Braut seiner harrte. In diesem verborgenen Teil von Lothlórien, wo die Bäume am dichtesten standen, fuhr Rasferrets Geist in die Gummimaid und flößte ihren Gliedmaßen Leben ein, ließ Glasaugen mit blauem Feuer auflodern. Aus diesen Augen blickend, probierte Rasferret seinen neuen Körper aus, öffnete und schloß die Hände, bewegte die Arme, zertrat einen trockenen Zweig, als er seinen ersten Schritt tat.

Es war 23 Uhr 15. Die Stunde des Tötens hatte begonnen.

IV

Amos Noldorin, Kopräsident der Tolkienia, und seine Dame Fujiko lagen nackt wie Adam und Lilith im Garten Eden beieinander auf einem weißen Seidenlaken inmitten der Lichtung am Eingang von Lothlórien. Direkt über ihnen, in der Flanke des Hügels, öffnete sich die Tür, die zu den unterirdischen Gewölben von Khazad-dûm und weiter zum Fahrstuhl führte.

Die Sterne blinkten hübsch am Himmelsgewölbe, und das gelegentliche Aufleuchten eines Meteors sorgte für Abwechslung. Die Luft im Garten war angenehm warm, nicht zu feucht, und ein kaum wahrnehmbarer Wind fächelte ihnen den Duft exotischer Blumen zu: Usambaraveilchen vielleicht oder *Mallorn*-Blüten. Von diesem gebändigten Paradies umgeben, stritten die zwei Verliebten scherzhaft darüber, was in der nächsten knappen Viertelstunde zu tun sei. Noldorin beharrte darauf, daß sie sich anziehen und nach oben gehen sollten, um Prediger und Jinsei, die jeden Augenblick ankommen mußten, in Empfang zu nehmen. Fujiko, deren bohemische Libido gegenwärtig die Oberhand hatte, bekundete ihre Wünsche, indem sie ihre Zunge hinter seinem linken Ohr spielen ließ.

»Jetzt wart doch«, protestierte Noldorin – nicht allzu heftig –, als sie ihn erneut auf das Laken hinunterdrückte und versuchte, ihn zu besteigen. »Warte doch! Sie sind bestimmt gleich da.«

»Ist die Eingangstür abgeschlossen?« fragte Fujiko, und beugte sich vor, um seine Brust zu küssen.

»Das nicht«, gab Noldorin zu. Seine Widerstandskraft erlahmte mehr und mehr.

»Wo liegt dann das Problem?«

»Ich werd dir sagen, wo das Problem … ich … schau doch, he, was ist, wenn sie reinkommen und uns so sehen?«

»Dann sollen sie sich ein eigenes Laken holen«, meinte Fujiko und machte sich eifrig an ihm zu schaffen. »Oder sich ins Gras legen.«

»Findest du nicht …« Noldorin hielt kurz inne, um nach Luft zu schnappen, »… findest du nicht, daß das ein bißchen zu sehr gegen die Anstandsregeln verstoßen würde?«

»Sprich einer Risleyanerin niemals von Benimm«, entgegnete Fujiko, und in diesem Augenblick drehte jemand am Schalter und verwandelte den lustvollen Tagtraum in einen eiskalten Nachtmahr. Ihre Hände auf Noldorins Körper erstarrten. Seine vielversprechende Halberektion welkte dahin wie eine abgeschnittene Blume, und beide fröstelten.

»O Gott!« rief Fujiko angsterfüllt aus, und der noch auf dem Rücken liegende Noldorin brauchte nicht erst groß zu fragen, was los sei.

Das Himmelsgewölbe war schwarz geworden. Pechschwarz. Doch das war noch nicht das Schlimmste. Die Brise hatte schlagartig aufgehört, und alle Wärme schien irgendwie aus der Luft verschwunden zu sein. Die Leiber der zwei Verliebten dampften, so plötzlich, so abrupt war der Temperatursturz gewesen. Aber auch das war noch nicht das Schlimmste, ebensowenig der Nebel, der um sie herum aufzusteigen begann und drohte, auch noch das schwache Licht der verborgenen Bodenbeleuchtung zu verschlucken. Das Schlimmste war das Geräusch: das Geräusch eines nicht allzu verstohlen sich nähernden Etwas, das ihnen aus einer nicht weit entfernten Baumgruppe entgegendrang.

»Gott, o Gott, wir sind nicht allein!« schrie die zitternde Fujiko. An einem anderen Ort, zu einer anderen – unendlich fernen – Zeit hatte sie einer wütenden Rockergang ohne jede Angst die Stirn geboten, doch jetzt packte sie ein übernatürliches Entsetzen, und Bilder aus schrecklichen Märchen gingen ihr durch den Kopf: der nach Rotkäppchens Blut dürstende böse Wolf, die Hexe, die nach Hänsels Rippchen schmachtet.

Noldorin richtete sich zur Hocke auf und schlug das Laken eng um sich und Fujiko, um ihre Blöße zu bedecken und gegen die Kälte. Auch er verspürte dieses Entsetzen, doch nicht nur das. Er fühlte sich merkwürdig benommen: benommen vom plötzlichen Temperaturwechsel, vom Liegen, vom Wein, den er getrunken hatte. Mit schwindligem Kopf betrachtete er den Ring an seiner rechten Hand, einen Silberreif mit einem weißen Opal. Er war eine Nachbildung eines von Tolkiens drei Großen Elbischen Ringen. Magie. Merkwürdig oder nicht, die Vorstellung des Magischen erschien Noldorin in diesem Augenblick, da ihm schwindelte und das Grauen ihm unter die Haut kroch, faszinierender denn je. Geradezu lebenswichtig.

»Zum Fahrstuhl«, sagte Fujiko und zerrte an ihm. »Komm, wir müssen schleunigst zum Fahrstuhl, wir müssen hoch –«

»Nein«, sagte Noldorin mit plötzlicher Gewißheit. »So schaffen wir es nicht. Nicht zum Fahrstuhl – zum Kreis.«

»Was?«

»Zum verzauberten Kreis.« Er stand auf, zog sie mit sich hoch. »Schnell, das könnte unsere einzige Chance sein!«

Zu entsetzt für Widerworte, folgte sie ihm, flog auf nackten Füßen über den Pfad, der zum magischen Steinring führte, dem Ring, in dem Hobart der Koboldälteste beim Halloween-Gelage seinem Kleinen Volk die Geschichte von Rasferret dem Engerling erzählt hatte.

Noldorin aber ging es nicht um Geschichten; er suchte Zuflucht. Er zog Fujiko mit sich fort, so schnell er nur konnte; das Ding zwischen den Bäumen kam näher, verfolgte sie. Schon fast am Ziel, verloren sie das weiße Seidenlaken. Es blieb an einem Ast hängen, und um keine Zeit zu verlieren, ließen sie es zurück und sprinteten die letzten zehn Meter nackt, hechteten in den Kreis und schlangen die Arme beschützend umeinander.

Geräusche. Der Wolf, die Hexe, was immer es war, stapfte unbeirrt weiter. War jetzt schon ganz nah.

»Alles in Ordnung«, sagte Noldorin und drückte Fujiko fest an sich. »Es ist alles in Ordnung.« Während seine Gedanken weiterrasten, hob er die Hand mit dem Ring empor und rief mit soviel Entschiedenheit, wie er aufbringen konnte: »Hör mir zu! Wir sind im Kreis! Hörst du? Wir sind im Kreis, und du kannst nicht herein!«

Fujiko schnappte nach Luft. »Sieh doch!« stieß sie hervor. Die Steine, die den magischen Kreis bildeten, hatten angefangen zu leuchten: ein starkes Hexenlicht, das mühelos den immer dichter werdenden Nebel durchdrang. Auch Noldorins Ring leuchtete; mit einem Mal war die Luft nicht mehr annähernd so kalt.

Das Geräusch nahender Schritte war verstummt.

»So ist's recht!« rief Noldorin mit festerer Stimme. »Du kriegst uns nicht! Im Kreis sind wir sicher, und du kommst nicht rein! Du hast hier nichts verloren!«

Er wartete, und Fujiko mit ihm, gespannt, ob das Ding jetzt, da ihm seine Beute entkommen war, weggehen würde. Für eine kleine Ewigkeit war es still. Dann hörten sie ganz in ihrer Nähe ein lautes Rascheln und Knistern. Das weiße Laken wurde aus dem Gesträuch gezerrt, in dem es hängengeblieben war. Obwohl beide sich die größte Mühe gaben, etwas zu erkennen, sah nur Fujiko, und auch sie nur flüchtig, für den Bruchteil eines Augenblicks die Kreatur: eine dunkle Gestalt mit zwei blauen Funken in Höhe der Augen.

Und wieder das Geräusch von Schritten; doch nun entfernte sich das Ding von ihnen, brach so zielstrebig durchs krachende Geäst, als habe es sich plötzlich an eine dringende Verabredung erinnert. Noldorin entspannte sich und lehnte sich, von Erleichterung schier überwältigt, schlaff gegen Fujiko.

»Was... was war das?« stammelte er. Am ganzen Leib zitternd, lehnte er den Kopf an Fujikos Schulter. Die Steine, die sie umgaben, begannen sich wieder zu verdunkeln. Ihre Zauberkraft wurde jetzt nicht mehr benötigt.

»Ich weiß es nicht«, antwortete Fujiko, der eine Träne über die Wange lief. »Ich weiß es nicht, aber Prediger und Jinsei werden ihm genau in die Arme laufen.«

V

Das weiße Laken war durch bloße Berührung beseelt worden, und jetzt, während der mit Obsidian ausgekleidete Fahrstuhl rasch zum Erdgeschoß hinaufglitt, schlang es sich wie ein lebendiges Leichentuch um die Gummimaid. Das mit dem Laken war ein plötzlicher Einfall gewesen, eine zufällige Beigabe; bei der Suche nach einer Waffe ging die Gummimaid mit mehr Bedacht vor.

Als sie im Erdgeschoß nach einem Ausgang suchte, entdeckte sie das Michel-Delving-Mathom-Haus. Die Gummimaid sah sich die darin aufbewahrten Reliquien an, die alle mit einem Schildchen versehen waren: DIES IST DAS HORN DES BOROMIR; HIER IST ANDURIL, DAS SCHWERT, DAS ZERBROCHEN WURDE. Eine Vitrine erregte besonders ihre Aufmerksamkeit; sie enthielt eine lange, schwarze, eisenbeschlagene Keule. Auf dem dazugehörigen Schildchen stand: DIESE WAFFE FÜHRTE DER HERRSCHER DER NAZGÛL, DER HEXENMEISTER-KÖNIG VON ANGMAR.

Glas zerschellte, als die Gummimaid wie ein Wiesel, das eine Eierschale durchbeißt, ihre Plastikhände in die Vitrine stieß und nach dem darin befindlichen Schatz tastete. Die Keule war massiv, lag angenehm schwer in der Hand. Die Gummimaid schwang sie einmal probeweise, beförderte einen weiteren Schaukasten klirrend zu Boden und eilte dann auf der Suche nach Beute hinaus in die Nacht.

VI

Prediger verbrachte in der Tat reichlich Zeit mit Knutschen am Eingang der Bibliothek, ehe er sich endgültig von Jinsei löste. Die mahnende Stimme der Chefbibliothekarin holte die beiden auf die Erde zurück, und nach einem letzten Küßchen wandte sich Prediger ab und betrat den Arts Quad. Es war 11 Uhr 22.

Er hätte auch den Libe Slope hinuntergehen, die Fall-Creek-Schlucht auf der Stewart Avenue überqueren und von dieser Seite zum Tolkien-Haus gelangen können; er wählte indes den Weg über die Hängebrücke. Letzten Endes war es gleichgültig. Von dem Augenblick an, da er die Bibliothek verließ, blieb keiner von

Predigers Schritten unbeobachtet, wurde jedem Richtungswechsel Rechnung getragen.

Ohne zu ahnen, in welcher Gefahr er schwebte, passierte er die McGraw Hall wie auf Wolken und pfiff dabei, während um ihn herum der Schnee munter auf die Erde rieselte, irgendein Liebeslied, das er an dem Morgen im Radio gehört hatte. Er verließ den Quad bei der White Hall und bog hinter der Tjaden Hall links ab; als er auf einer vereisten Pfütze ausrutschte und beinahe hingefallen wäre, lachte er laut auf. Vor dem Johnson Art Museum blieb er kurz stehen, um den freischwebenden Glöckchen zu lauschen, die vom Wind bewegt wurden. In der kalten Winterluft gaben sie matte, gespenstische Töne von sich, doch Prediger fand, daß es fröhlich klang. Heute nacht stimmte ihn so ziemlich alles fröhlich.

Das trübe – aber fröhliche, ach so fröhliche – blaue Licht einer Notrufsäule markierte die Stelle, wo der Abstieg zur Hängebrücke begann. Die Rufsäulen waren vor einigen Jahren nach einer Serie von bewaffneten Vergewaltigungen überall auf dem Campus installiert worden. Stressige Zeit damals; der Sittlichkeitsverbrecher war ein Schwarzer gewesen, und Prediger, der nachts häufig unterwegs war, hatte es sich viermal gefallen lassen müssen, von der Campuspolizei angehalten zu werden. Letztlich hatten die Bemühungen der Sicherheitskräfte keinen anderen Erfolg gezeitigt, als den Kriminellen in andere Jagdgründe zu vertreiben; doch wie sich zeigte, reichte das völlig aus. Gegen Ende von Predigers erstem Jahr an der Uni überfiel der Vergewaltiger eine gewisse Donna Winchell aus Cayuga Heights. Frau Winchell war allerdings wie ihr Angreifer bewaffnet, und als es zum Showdown kam, erwies sie sich als der weitaus schnellere und bessere Schütze.

Nichts davon ging Prediger durch den Kopf, als er über die Treppe in die Schlucht hinunterstieg. Am unteren Absatz angelangt, warf er einen gleichgültigen Blick auf die zweite Notrufsäule, an der ein Aufkleber erklärte: LEITUNG IST NICHT TOT. ANTWORT KOMMT MIT VERZÖGERUNG. BITTE WARTEN.

Mehr als dreißig Meter über dem Fluß spannte sich die schlanke Hängebrücke mit schlichter Eleganz über den Abgrund. Die zwei tragenden Trossen waren vereist und strebten in die Ferne wie gefrorene Lichtstrahlen. Auf der Brücke selbst lag eine makellos weiße, noch völlig unberührte Schicht Neuschnee, und die vereinzelten dunklen Flecken, die der Wind freigelegt hatte, funkelten von winzigen, haftenden Kristallen. Prediger betrat die jungfräuliche Schneedecke und erinnerte sich daran, was der Anfängerbetreuer ihm in seiner ersten Woche auf der Uni erzählt hatte: Du bist kein echter Cornellianer, solange du nicht auf der Hängebrücke geküßt hast und geküßt worden bist. Das konnte Prediger noch nicht von sich behaupten; er mußte irgendwann einmal mit Jinsei hier herunterkommen, morgen vielleicht, auf dem Rückweg vom Tolkien-Haus.

Er machte einen zweiten Schritt, spürte, wie die Brücke unter seinem Gewicht vibrierte... und dann eine andere, viel schwächere Schwingung als Antwort. Wenn er diese Nacht überhaupt eine winzige Spur von Furcht empfand, so in diesem Augenblick, als er durch die herabfallenden Schneeflocken spähte und ganz hinten, am anderen Ende der Brücke, die weißverhüllte Gestalt auf sich zukommen sah. Doch die Gestalt war nicht minder verführerisch als beunruhigend. Der weiße Umhang vollführte hypnotische Bewegungen, als bauschte er sich nicht dank der Launen des Windes, sondern aus eigenem, freien Willen. Prediger konnte nicht umhin, sich zu fragen, was für ein Mensch sich wohl unter diesem merkwürdigen Gewand verbergen mochte.

»Guten Abend«, grüßte Prediger, als sie sich ungefähr in der Mitte der Brücke trafen. »Ein frohes neues Jahr.«

Die Gestalt blieb stehen und wandte sich ihm zu, als wolle sie ihn ansprechen. Das Tuch flog knallend auseinander, die in schwarzes Leder gekleidete Gummimaid wurde sichtbar, und Predigers letzter zusammenhängender Gedanke war: *Mein Gott, ihre Augen glühen.* Dann sauste die Nazgûl-Keule mit tödlicher Gewalt empor, traf ihn seitlich am Kopf und zerschmetterte ihm Verstand und Gleichgewichtssinn. Prediger stürzte wie ein gefällter Baum zu Boden, und die Blume, die ihm Jinsei geschenkt hatte, entglitt seiner Hand. Die Gummimaid stellte sich über seinen bäuchlings liegenden Körper und holte zu einem zweiten Keulenhieb aus; doch er war nicht mehr nötig.

Der Schlag hatte Prediger um hundertachtzig Grad herumgeschleudert. Flach im Schnee ausgestreckt, sah er aus einem verschleierten Auge den fernen blauen Schimmer der Rufsäule. Er begriff nicht mehr, wozu sie gut war, versuchte aber dennoch, auf sie zuzukriechen. Er kam einen knappen Meter weit; dann beugte sich die Gummimaid zu ihm hinunter, packte ihn an Kragen und Gürtel, hob ihn hoch und stemmte ihn über das Geländer.

»Hnhnhn«, nuschelte Prediger mit gebrochenem Kiefer, als er die Tiefe dunkel unter sich spürte. Eine ziellos herumfuchtelnde Hand fand und packte eine Strähne vom langen, seidigen Haar der Gummimaid. *Jinsei*, dachte er liebevoll.

Jinsei, wiederholte sein Herz, und die Gummimaid schleuderte ihn ins Leere, *Jinsei*, er fiel, überschlug sich, meinte zu fliegen, der Wind rauschte an ihm vorbei, *Jinsei ich lieb* – und ein letzter Schock, als er in das eisige Wasser des Fall Creek schlug, spitze Felsen unter dem Wasser, und unter den Felsen Finsternis und langer Schlaf.

Die Gummimaid wartete nicht einmal, bis Prediger unten ankam. Die Keule in der Faust, machte sie sich auf den Weg zur Uris-Bibliothek, auf die Suche nach Jinsei, Rasferrets zweitem Übungsopfer. Es war 11 Uhr 35.

VII

Kleine Lichterketten erhellten die gefrorene Oberfläche des Beebe Lakes, wo die gesamte Koboldbevölkerung des Hügels Schlittschuh lief, tanzte und herumtollte und lachend das neue Jahr erwartete. Nur einer blieb den Lustbarkeiten fern: Hobart, der seit Halloween erschreckend gealtert wirkte. Warm in Pelze eingepackt, hielt er sich am Rand des beleuchteten Areals und murmelte vor sich hin. Trotz häufiger Bitten wollte er heute keine Geschichten erzählen, wenngleich es eine gab, die er unbedingt loswerden mußte.

Als Zephyr Puck fand, trug er gerade ein Rätselduell mit Hamlet aus. »Was gibt's?« fragte Puck, der ihren besorgten Blick sah. Wortlos zeigte sie auf Hobart, der leicht fröstelnd für sich allein stand. Selbst aus dieser Entfernung sah sein Gesicht erschreckend blaß aus. »Ist er krank?« fragte Puck.

»Ich weiß nicht«, antwortete Zephyr. »Er schläft in letzter Zeit schlecht, glaube ich.« Sie nahm seine Hand. »Er sagt, er will mit dir reden. Allein.«

Ohne jeden vernünftigen Grund spürte Puck ein Kribbeln am unteren Ende der Wirbelsäule, erstes Anzeichen einer wachsenden Unruhe. »Er will mit mir allein reden? Worüber denn?«

»Er hat's mir nicht gesagt. Er meinte, du sollst ihm einen Gefallen tun.«

»Einen Gefallen ...«, Puck fuhr sich mit der Zunge nervös über die Lippen. Er konnte selbstverständlich nicht nein sagen. Schließlich war Hobart nicht nur Zephyrs Großvater, sondern auch Ältester, und dem Ältesten schlägt man keine Bitte ab.

»In Ordnung«, sagte er nach langem Zögern. Er entschuldigte sich bei Hamlet, drückte Zephyrs Hand und ging entschlossen auf die fröstelnde Gestalt zu.

»Du hast mich rufen lassen, Hobart?« grüßte ihn Puck. Anfangs schien der alte Kobold seine Gegenwart gar nicht zu bemerken und starrte unverwandt in eine der Laternen. Erst als Puck ihn leicht an der Schulter berührte, sah er auf.

»Gut«, sagte Hobart zu ihm, und es war kaum mehr als ein Flüstern. »Gut.«

»Zephyr ...«, fing Puck an, während seine Unruhe wuchs, »Zephyr sagte, du möchtest, daß ich dir einen Gefallen tue.«

»Einen Gefallen.« Hobart nickte. »Ich brauche ein Ohr.«

»Wie bitte?«

»Ein Ohr, das mir zuhört. Ich habe etwas, was ich unbedingt weitergeben muß – an ein Ohr, dem ich vertrauen kann. An jemanden, der mir hilft, zu entscheiden, was getan werden muß.« Er holte tief Luft und ein Rasseln drang aus seiner Brust.

»Ist alles in Ordnung, Hobart?«

»Absolut nicht. Ich schlafe zu wenig in der letzten Zeit. Alpträume ... du glaubst, schlimmer können sie jetzt nicht mehr werden, und dann werden sie's doch. Dein Flugzeug ist doch ein Zweisitzer, oder?«

»Mein Doppeldecker? Das weißt du doch. Ich hab Zephyr damit hergebracht.«

»Gut. Gut.« Hobart richtete sich auf; schien ein wenig von seiner einstigen Kraft zurückzugewinnen. »Ich möchte, daß du mich zum Turm zurückfliegst. Wir werden was trinken und ein langes Gespräch führen. Und dann werden wir ja sehen, ob einer von uns beiden noch schlafen kann.«

VIII

In der Uris-Bibliothek war der Buchstabe R nun endlich fertig und abgehakt. Rhetta Woolf war ins Magazin gegangen, um in allerletzter Minute noch etwas zu erledigen, und hatte es Jinsei überlassen, in der Ausleihe aufzuräumen. Das Mädchen arbeitete flink und gutgelaunt, pfiff vor sich hin und freute sich darauf, bald wieder bei Prediger zu sein.

Laute Geräusche sind in einer Bibliothek (für gewöhnlich eine Stätte des Flüsterns) immer ein wenig erschreckend, und als es jetzt krachte, blieb Jinsei für einen Augenblick das Herz stehen. Das Krachen verebbte in einem lauten Scherbenklirren, das Bilder titanischer Gewalttätigkeit wachrief: Superman, der vom dritten Stock eine Telefonzelle aus dem Fenster wirft, ein wütendes Rhinozeros, das Meinungsverschiedenheiten mit einem Kronleuchter austrägt. Die folgende Stille war nicht mehr ganz so still wie zuvor.

»Mrs. Woolf?« rief Jinsei, die bei dem Lärm zusammengefahren war und einen Stoß Leihscheine fallen gelassen hatte. Ihre Hand streckte sich automatisch nach einem griffbereit liegenden Telefon aus; die Nummer der Campuspolizei war deutlich sichtbar außen am Hörer angebracht. Dann aber gewann ihre Neugier die Oberhand, und sie schlich vorsichtig in die Eingangshalle hinaus, um nachzusehen, was passiert war.

Auf den ersten Blick gar nichts. Die Halle war in mehrere Ebenen unterteilt; von da, wo sich Jinsei befand, führte eine breite Treppe hinunter zu den Schaltern; die große Eingangstür rechts davon war geschlossen und unbeschädigt. Zu Jinseis Linker führte eine schmalere Treppe nach oben, wo von einem der Absätze die Andrew-D.-White-Präsenzbibliothek abzweigte.

Die Tür zur White-Bibliothek klapperte im Schloß, als ob ein Witzbold von innen an der Klinke rüttelte.

»Wer ist da?« rief Jinsei und kam sich ziemlich albern vor. Wie die Eingangstür unten war auch die Tür zur White-Bibliothek verglast, und sie konnte von ihrem Standort aus sehr wohl sehen, daß sich niemand von innen daran zu schaffen machte. Und trotzdem...

Magisch angezogen stieg sie die Treppe hinauf. Die Tür klapperte weiter; sie blieb davor stehen und spähte angestrengt hinein; die Beleuchtung war ausgeschaltet, und man konnte nicht viel erkennen. Immerhin drang so viel Licht aus der Eingangshalle und durch die Fenster in den Raum, daß Jinsei eine verblüffende Entdeckung machen konnte: Es schneite da drin, da drin fiel richtiger Schnee! Und natürlich hätte ihr spätestens in diesem Moment völlig klar sein müssen, was geschehen war, aber sie stand ganz unter dem Bann dieser Täuschung. Es sah wirklich so aus, als ob es im Zimmer schneite, und dann begann die Turmuhr Mitternacht zu schlagen.

»Zauberei«, flüsterte Jinsei, fast ohne zu merken, daß sie das gesagt hatte. In dem Augenblick, da das neue Jahr Gegenwart wurde, legte sie die Hand auf die Klinke und drückte die Tür auf. Als sie eintrat, empfing sie ein Schwall kalter Luft.

IX

Als die Uhr den zwölften Glockenschlag erklingen ließ, brachte Puck den Doppeldecker zum Landeanflug in die Schräglage und bereitete sich darauf vor, mit Hilfe eines einzelnen, an einer Tragfläche angebrachten Scheinwerfers den Hangar anzusteuern. »Das Tor hast du doch offengelassen, oder?« fragte er, doch Hobart gab keine Antwort; er hatte den ganzen Flug über geschwiegen.

Als sie die Turmspitze anflogen und das Scheinwerferlicht auf das offene Hangartor fiel, sagte Hobart zwar: »Hier stimmt was nicht.« Doch es war nur ein leises Gemurmel, und Puck hörte es nicht.

Dann waren sie mit einem einzigen Aufprall gelandet, und Puck bremste ab. Das Scheinwerferlicht bohrte sich in die Dunkelheit und beleuchtete Hobarts demolierten Gleiter, der hinten im Hangar stand.

»Jesus, Troilus und Cressida«, murmelte Puck. »Was hast du denn damit angestellt, Hobart?«

Und wieder gab Hobart keine Antwort. Der Älteste war anderweitig beschäftigt. Er zog prüfend Luft durch die Nase ein. Im Hangar herrschte klirrende Kälte, und es roch hauptsächlich nach frischgefallenem Schnee, doch darunter machte sich ein anderer, weit unangenehmerer Geruch bemerkbar.

»Hobart?« fragte Puck, der den unterschwelligen Gestank auch bemerkt hatte. »Was ist –«

»Heilige Parzen!« fluchte Hobart und war plötzlich hellwach. »Hol uns hier raus! Hol uns sofort hier raus!«

»Was –«, setzte Puck zu einer weiteren Frage an, als die erste Ratte mit gezücktem Schwert auf die linke Tragfläche des Doppeldeckers sprang. Puck ließ sich vom absurden Anblick eines Nagers, der auf zwei Beinen lief und ein Schwert führte, nicht irremachen: Er riß seine eigene Klinge hoch, die, bereits aus der Scheide gezogen, am Boden des Cockpits gelegen hatte, und stieß sie dem Angreifer mitten durchs Brustbein. Das Halbtier fiel quiekend und zuckend in die Finsternis zurück und riß dabei Puck das Schwert aus der Hand.

Jetzt erklang von überallher aus den dunklen Schatten des Hangars das Geräusch von Klingen, die aus der Scheide fuhren, von Armbrusten, die gespannt wurden. Seit über einer Stunde hatte Rasferrets Rattentruppe vollzählig hier oben auf der Lauer gelegen und gehofft, der Herr des Turmes würde allein oder mit so wenigen Begleitern zurückkommen, daß es keine Schwierigkeiten bereiten würde, ihn zu überwältigen. Das Schicksal hatte es gut mit ihnen gemeint: Die Gelegenheit war einmalig.

»Dreh uns herum!« brüllte Hobart, mit gezücktem Schwert und verteidigungsbereit. Der entwaffnete Puck war schon von sich aus dabei, das Flugzeug zu wenden, und betete im stillen darum, daß die Kreaturen nicht auf den Einfall kämen, das Hangartor zu schließen. Solange es offenstand, hatten sie, wie sehr ihnen die Feinde auch zahlenmäßig überlegen sein mochten, eine reelle Chance; der Doppeldecker barg noch ein paar hübsche Überraschungen.

Während des Wendemanövers schlugen Armbrustbolzen in Tragflächen und Rumpf des Flugzeugs ein. Ein Glückstreffer zertrümmerte den Scheinwerfer; jetzt wurde der Hangar nur noch vom spärlichen Licht erhellt, das durch das Tor hereinfiel. Ermutigt drängten die Ratten nach vorn. Einige kamen bis an die Seiten des Doppeldeckers heran, und Hobart setzte sich mit der Kraft der Verzweiflung gegen sie zur Wehr. Andere rannten vor, um den Ausgang zu blockieren; als das Flugzeug die Wendung vollendete, konnte Puck ihre schwarzen Silhouetten vor dem Nachthimmel ausmachen.

Indes Hobart hinter ihm focht und einen Schrei ausstieß, als er verwundet wurde, griff der jüngere Kobold unter das Armaturenbrett nach einem fast vergessenen Schalter: dem Schalter, der die Zündung der Minikanonen auslöste. Du wirst dir damit wahrscheinlich die Flügel wegpusten, hatte Zephyr einmal gesagt. Vielleicht tu ich das wirklich, dachte er jetzt.

»Prost Neujahr, ihr Scheißkerle.« Er legte den Schalter um, und der Doppeldecker machte einen Satz. Feuer züngelte unter den unteren Tragflächen hervor, die Explosion dröhnte wie ein gewaltiger Beckenschlag. Elf Ratten waren auf der Stelle tot, von fliegendem Schrot zerfetzt; eine zwölfte wurde glatt aus dem Hangar geblasen.

Puck erkannte seine Chance. Mit einem besorgten Blick auf die linke untere Tragfläche, auf der sich ein übles Spinnennetz von Rissen ausbreitete, gab er Gas. Zumindest eine Ratte verfügte allerdings doch über eine gewisse Intelligenz: Von verborgenen Gegengewichten gezogen, glitten die Flügel des Hangartors rasch aufeinander zu. Die verbleibende Öffnung erschien jetzt schon zu eng. Aber Puck hatte nicht vor, untätig zuzusehen, wie die Falle zuschnappte: Er gab volle Leistung und versuchte sein Glück.

Auf beiden Seiten wurden die Tragflächen sauber abrasiert.

X

Die Tür fiel hinter ihr ins Schloß. Jinsei stand auf dem grünen Teppichboden der White-Bibliothek und starrte auf die Überreste des nördlichen Erkerfensters. Das war die Ursache des Krachs gewesen: Irgend etwas hatte ein mannshohes Loch in das Glas gestanzt. Schnee wirbelte mit dem Wind durch die Öffnung herein und bestäubte Möbel und Fußboden. Also doch keine Zauberei. Und dennoch: Es lag hier Magie in der Luft, Magie von der dunkleren Sorte.

Tapp, tapp, tapp.

An den Wänden der Bibliothek standen über drei Etagen gußeiserne Bücherregale. Das Geräusch kam von der obersten, im Dunkeln liegenden Ebene.

Tapp, tapp, tapp.

Jetzt wäre es für Jinsei an der Zeit gewesen, sich zu fürchten. Sie hätte sich fragen müssen, was ein so großes Loch in das Nordfenster hatte schlagen können, hätte kehrtmachen und weglaufen müssen. Statt dessen verflog ihre frühere Angst, und sie begab sich, vorsichtig den Glasscherben ausweichend, zur nordöstlichen Ecke des Saales, wo eine Wendeltreppe zu den oberen Etagen führte.

Tapp ...

Einen Fuß auf der ersten Stufe, das Gesicht wie in Trance. Ein verborgener Teil ihres Wesens versuchte, sie zu warnen, sie zur Flucht zu bewegen, doch ihr Körper reagierte nicht.

... tapp ...

An der mittleren Ebene vorbei, auf halber Höhe; sie stieg schneller und schneller.

... tapp.

Und jetzt war sie oben angelangt, hatte die oberste Regalebene betreten. Noch ein paar schnelle Schritte, und sie hatte den Steg erreicht, der sich von der West- zur Ostwand quer durch den Raum spannte. Hier hielt sie inne. Am anderen Ende des Steges – nicht weit von ihr entfernt, denn die White-Bibliothek ist lang, aber schmal – hing ein im Dunkeln gespenstisch leuchtendes weißes Laken wie ein Duschvorhang zwischen zwei Bücherregalen. Das Laken schwankte vor und zurück, schien ihr zuzuwinken, sie zu rufen. Dahinter verbarg sich die Quelle des Geräusches: ein Klopfen von Metall auf Metall.

Tapp, tapp, tapp.

Drei lange Schritte, und Jinsei stand direkt vor dem Vorhang. Wieder hielt sie inne, während ihre innere Stimme schrie, kreischte. Ohne sie zu beachten, hob sich ihre linke Hand, um das Laken zur Seite zu ziehen. Ihre Finger berührten den Stoff, der nahezu lebendig wirkte.

Von irgendwo weiter oben erklang ein anderes Geräusch, wie ein gedämpfter Schuß. Jinseis Hand erstarrte.

Das Tuch flog trotzdem zur Seite. Die Gummimaid fuhr aus ihrer kauernden Stellung auf und schwang die Keule in einem diagonalen Bogen empor. Hätte Jinsei auch nur im mindesten gezögert – sich auch nur die Zeit zu schreien genommen –, dann hätte die Polizei ihren Körper vermutlich unter dem zerbrochenen Fenster aufgefunden, mit Pulverschnee glasiert und mit eingeschlagenem Kopf.

Doch sie zögerte nicht; sie warf sich (gelobt seien die Reflexe) sofort zurück. Dennoch hätte sie der erste Hieb erledigt, wenn ihre Füße sich nicht just diesen Augenblick ausgesucht hätten, um übereinander zu stolpern. Sie fiel nach hinten, und während sie stürzte, sauste die Keule an ihr vorbei, und lediglich die Spitze der Waffe streifte wie ein liebkosender Finger die Spitze ihrer Nase.

Unbeirrt machte die Gummimaid einen Schritt nach vorn und holte zu einem zweiten Schlag aus. Als die Waffe den Scheitel ihrer Bogenbahn erreichte, blickte Jinsei direkt in die blau glühenden Augen der Puppe. Im selben Moment wußte sie, was auf der Hängebrücke geschehen war; wußte sie, daß Prediger tot war, und warum.

Vielleicht wird es dir einmal Glück bringen.

Die Wut gab ihr Kraft. In dem Augenblick, als die Keule losschnellte, sprang Jinsei auf und ging selbst zum Angriff über. Sie holte mit dem rechten Arm aus, führte den Schlag mit dem Handgelenk, an dem der in Silber gefaßte Armreif jetzt wie grünes Feuer loderte. Er traf die Gummimaid voll auf die Wange.

Der Armreif zersprang mit einem Knall wie ein Gewehrschuß in Stücke. Der Hieb der Puppe ging daneben: Die Keule traf das Geländer des Stegs, glitt ihr aus der Hand und wirbelte ins Dunkel. Die Gummimaid selbst flog, wie von einer Trosse nach hinten gerissen, zurück und knallte gegen das Regal, das mit einem Wolkenbruch von Büchern zusammenkrachte. Doch das Feuer in ihren Augen erlosch nicht.

»O Gott«, krächzte Jinsei. Die Wut verließ sie ebenso rasch, wie sie sie gepackt hatte, und an ihre Stelle trat das unerträgliche Bewußtsein ihres Verlustes. Sie taumelte gegen das Geländer, versuchte blinzelnd die Tränen zurückzuhalten, während sich das weiße Laken verführerisch wispernd an den Regalen rieb. »O Gott, Pre –«

Die Gummimaid reckte den Arm; setzte sich auf. Mehr Bücher regneten herab.

Und wieder reagierte Jinsei reflexartig. Jetzt mit nackten Handgelenken, ergriff sie das Geländer und schwang sich darüber. Die Gummimaid machte einen Satz nach vorn, um sie zu packen, schaffte es aber nicht ganz: Plastikfinger bekamen einen

Hosenaufschlag halb zu fassen und ließen ihn wieder entschlüpfen.

Bis zum Fußboden war es ein tiefer Sprung.

XI

Von der Turmspitze bis zum Dach der Bibliothek war es ein tiefer Sprung. Jetzt kaum mehr als ein flügelloses Rohr mit Propellerantrieb, hing der vormalige Doppeldecker in einem atemberaubend steilen Winkel über dem Abgrund. Die Flügel des Hangartors hatten sich wie eine Zange um den Schwanz des Flugzeugs geschlossen und waren im Augenblick alles, was es vor einem verhängnisvollen Sturz bewahrte.

Puck hatte einen Arm durch einen Schultergurt seines Rettungsfallschirms gesteckt und versuchte verzweifelt, sich bei Hobart Gehör zu verschaffen.

»Der Wind, Hobart!« schrie er, während Schneeflocken in sein Gesicht peitschten. »Du mußt mit dem Wind reden, daß er uns hilft! Ich weiß nicht, ob mein Fallschirm uns beide trägt!«

Hobart war in seinem Sitz nach vorn gesackt. Er blutete aus einem langen Kratzer am Kopf und einer weit ernsteren Stichwunde an der Schulter. Er schien in einem Schockzustand zu sein und nichts von seiner Umgebung oder seiner gefährlichen Lage zu bemerken.

»Hobart, bitte!« schrie Puck. »Hör doch! Du mußt! Hob-«

Eine andere Stimme, nur im Geist zu hören: *Ho-bart.*

Jetzt rührte sich Hobart, hob schwerfällig den Kopf. »Wind...«, flüsterte er mit trockenen Lippen.

Der Rattengeneral stand vorn am Hangartor und starrte über den langen Flugzeugrumpf hinweg zu ihnen hinunter. Vergilbte Zähne bleckten sich in einer Grimasse, die ein Grinsen darstellen konnte.

Ho-bart, dachte der Rattengeneral zu ihnen. *Zer killt dich, Ho-bart.*

In den Tiefen des Hangars betätigte eine andere Ratte einen Hebel. Die Flügel des Tors begannen sich wieder auseinanderzuschieben; die Nase des Doppeldeckers sackte weg wie ein losgelassenes Pendel. »Der Wind!« schrie Puck, während er versuchte,

Hobart zu packen und sich gleichzeitig den Fallschirm richtig umzuhängen. »Der Wind!«

Zer killt dich.

Der Doppeldecker stürzte ab, überschlug sich mehrmals und zerschellte unten auf dem Dach der Bibliothek. Und seine Insassen? Eine plötzliche Sturmbö vertrieb Zer vom Hangartor, so daß ihr weiteres Schicksal seinen Augen verborgen blieb. Ähnlich erging es dem Boten, der hoch oben seine Kreise gezogen hatte und jetzt so durcheinandergerüttelt wurde, daß er sich ganz auf seine Flugmanöver konzentrieren mußte.

Und was den Engerling anbelangt, so wurde seine Aufmerksamkeit momentan anderweitig beansprucht.

XII

Jinsei hatte Glück im Unglück: Direkt unter dem Steg stand ein langer Arbeitstisch, und sie hätte ohne weiteres halb darauf und halb daneben fallen und sich das Rückgrat brechen können. Stattdessen landete sie mit beiden Füßen auf einem Läufer von höchstens einem Meter Breite. Ihr linkes Bein fing den größten Teil des Stoßes ab; sie spürte, wie ihr Knöchel förmlich aufschrie, und stürzte der Länge nach zu Boden.

Am liebsten wäre sie einfach liegengeblieben und hätte vor Schmerz losgeheult, aber sie wußte, daß sie keine Zeit zu verlieren hatte. Oben auf dem Steg waren Bewegungen zu hören, und das Ding, was immer es sein mochte, würde ihr jeden Augenblick hinterherspringen. Es bestand kaum Hoffnung, daß es sich auch den Knöchel verknackste.

Was war es? Sie hatte keine Zeit, sich diese Frage zu stellen, keine Zeit, sich zu sagen, daß dies alles unmöglich war, daß es einfach nicht wahr sein konnte. All ihre Kräfte, all ihre Willensregungen richteten sich auf ein einziges Ziel: Flucht. Sie stand auf, wobei sie, so gut es ging, die Proteste ihres Knöchels ignorierte, und humpelte zur Tür.

Geflatter hinter ihr, als sie die Hand auf die Klinke legte. Jinsei sah sich nicht um; hätte sie es getan, hätte sie die Gummimaid sehen können, wie sie in Zeitlupe herabschwebte, während sich das weiße Laken wie der Mantel eines untoten Zorro über ihr bauschte. Jinsei riß die Tür auf und stolperte hinaus. Der Wind, der durch das Fenster hereinrauschte, warf sie donnernd hinter ihr ins Schloß.

Jinsei rannte, so schnell ihr verletzter Knöchel es zuließ, die Treppe hinunter, wäre zweimal beinahe gestürzt. Mrs. Woolf fiel ihr kurz ein; sie wußte, daß die Bibliothekarin auf sich gestellt war, daß es keine Möglichkeit gab, sie zu warnen. Als sie die letzten Stufen zur Eingangstür hinuntertaumelte, versuchte sie sich daran zu erinnern, wo die nächste Notrufsäule stand. Und sie fragte sich, wo sie sich verstecken konnte.

Mit einem noch lauteren Krach, als das zu Bruch gegangene Fenster verursacht hatte, pflügte sich die Gummimaid durch die Tür der White-Bibliothek, die in einem Schwall von Holztrümmern und Glasscherben zerbarst. Als sie draußen war, rannte sie allerdings nicht los, vollführte auch keine weiteren Zeitlupensprünge, um Jinsei einzuholen; sie stieg vielmehr in aller Ruhe die Treppe hinunter, so, als hege sie keinerlei Zweifel daran, daß ihr Opfer ihr nicht entkommen könne.

Das einzige, was für Jinsei außer Zweifel stand, war ihre Sterblichkeit. Mit langen Schritten humpelte sie an den Schaltern vorbei. Sie hatte Glück; als Prediger gegangen war, hatte sie vergessen, die Eingangstür wieder abzuschließen.

Prediger, o Prediger, ich –

Sie verscheuchte diesen Gedanken, drückte die Tür gewaltsam auf und stolperte hinaus. In ihrem Knöchel pochte es. Draußen schien der Wind vor Wut zu rasen, zerrte an ihren Kleidern, ließ ihr Haar in alle Richtungen flattern. Sie verschwendete keine Zeit damit, die Tür hinter sich abzuschließen, da sie wußte, daß dies ihren Verfolger nicht aufhalten würde.

Auf Anhieb war kein blaues Notruflicht zu sehen. Jinsei verlor auf den Stufen vor der Bibliothek das Gleichgewicht, fand es wieder und floh humpelnd in Richtung Arts Quad. Zu ihrer Rechten erhob sich eine Plastik, »Der Gesang der Vokale«. Erinnerungsblitz: Eine Novembernacht, kalt, aber nicht so kalt wie diese und ohne Schnee, sie und Prediger sitzen eng umschlungen auf dem Sockel dieser Plastik, wärmen sich gegenseitig. Sie waren gerade aus dem Kino gekommen…

Hör auf damit!

Da: auf der anderen Seite des Quads, zwischen der Goldwin-

Smith und der Lincoln Hall, so fern, fast unerreichbar fern, das Schimmern eines blauen Lichts. So schnell sie nur konnte, hastete Jinsei, diesen kalten Funken Hoffnung im Auge, diagonal über den großen Platz und zwang sich, nicht daran zu denken, wie ihre Chancen stehen mochten. Eine überschneite Eispfütze riß ihr, kaum daß sie drei Meter weit gekommen war, den Boden unter den Füßen weg.

Der Wind war so weit abgeflaut, daß sie das Knirschen von Lederstiefeln im Schnee hören konnte, das Flattern des weißen Lakens… sie rappelte sich wieder auf und schrie jetzt, schrie, obwohl sie wußte, daß niemand sie hören würde: »HILFE! HÖRT MICH DENN NIEMAND? HILFE!«

Ihre Stimme hallte gedämpft und leblos von den Gebäuden am Quad wider. Die Statuen von Ezra und Andrew schwiegen reglos. Von dort kam keine Hilfe.

Jinsei stolperte noch ein paar Schritte weiter, ehe sie wieder hinfiel. Ein neuer Schmerz durchbohrte ihren Knöchel; sie hatte Angst, ihn sich diesmal gebrochen zu haben, und versuchte, sich trotzdem hochzustemmen. Plastikhände strichen sanft über ihre Schulterblätter.

Jinsei schrie mit aller Kraft. Sie schrie, als die Hände sich wie stählerne Zangen um ihre Oberarme schlossen, schrie, als sie sie herumdrehten, schrie, als sie der Gummimaid ins Gesicht blickte: blauer Tod die Augen, die Lippen zu einem Grinsen verzerrt.

Der Schrei verstummte abrupt, als die Hände der Puppe sich um ihren Hals legten.

XIII

Der Streifenwagen roch nach Erbrochenem. Beide Fenster waren trotz der Kälte heruntergekurbelt, aber das reichte Sam Doubleday noch nicht; er hatte sich eine Zigarre angesteckt, El Topo oder etwas ähnlich Stinkiges, um den Geruch zu übertönen. Nattie Hollister fand zwar, daß der Rauch die Sache nur noch schlimmer machte, doch sie schwieg und trug es mit Fassung, während sie den Wagen über die Thurston Avenue steuerte. Sie passierten Risley zu ihrer Rechten und folgten dann der Straße weiter nach Süden.

Sie kamen von einer Party, draußen auf der Triphammer Road, wo ein betrunkener Zeitgenosse es sich in den Kopf gesetzt hatte, auf einen Baum im Vorgarten zu klettern. Nach fünfzehnminütigen Verhandlungen war es ihnen gelungen, ihn wieder herunterzulocken, woraufhin er eine volle Magenladung Schnaps und halbverdaute Hamburger mit Fritten auf Doubledays Hose gekotzt hatte. Doubleday hatte den Betrunkenen verhaften wollen. Verdammt, er hätte ihn am liebsten besinnungslos geknüppelt, wenn es am Zustand des Straffälligen auch kaum etwas geändert hätte. Zuletzt hatte sich Hollisters kühlerer Kopf durchgesetzt; sie hatten dafür gesorgt, daß der Bursche ins Bett kam, und waren eilig abgezogen. Jetzt war eine weitere Meldung eingegangen: eine häusliche Auseinandersetzung auf der State Street, unten in Collegetown. Wetten, daß die uns um den Hals fallen werden, dachte Hollister, als der Streifenwagen über die East-Avenue-Brücke fuhr.

»Ich kapier einfach nich«, beschwerte sich Doubleday, »warum zum Teufel sich nich jemand anders um solchen Kram kümmern kann!«

»Viel los heut nacht«, erinnerte ihn Hollister. Rechts zog die Rand Hall an ihnen vorbei. »Die halbe Stadt ist besoffen.«

»Ach, scheiß drauf«, entgegnete Doubleday. »Ich will mir jetzt einfach diese verdammte –«

(»... Hilfe...«)

»– Hose ausziehen.«

»Hast du das gehört?« fragte Hollister, plötzlich hellwach.

Der zweite Schrei kam einen Herzschlag später. Hollister bremste, riß den Wagen scharf rechts herum und fuhr auf den Gehweg zwischen Goldwin-Smith und Lincoln Hall; Doubleday legte die Hand auf den Griff seines Gummiknüppels.

»Augen auf«, sagte Hollister, als sie die Notrufsäule passierten und auf den Quad fuhren. Die Scheinwerfer trieben einen breiten Keil über den Schnee. Der Schrei wiederholte sich nicht, und sie konnten nicht feststellen, von wo er gekommen war.

»Dort!« schrie Doubleday und deutete mit dem Finger. »Nach links rüber!«

In der südwestlichen Ecke des Quads lagen, halb unter einem weißen Laken verborgen, zwei Gestalten aufeinander. Sie hätten fast ein Liebespaar sein können, aber Doubleday sah die Sache anders. Jetzt einem Vergewaltiger die Scheiße aus dem Leib zu prügeln, dachte er, als sie auf die beiden zufuhren, könnte den ganzen Ärger der Nacht wettmachen.

Das Nahen des Streifenwagens schien den Vergewaltiger nicht im mindesten zu tangieren. Ohne sich um die Sirene zu kümmern, beugte sich die obere Gestalt tiefer hinunter und krümmte dabei Arme, die widernatürlich bleich aussahen.

»Mein Gott, ist das eine Frau?« rief Hollister aus.

»Unmöglich«, gab Doubleday zurück. Er war als erster draußen, stürmte mit erhobenem Knüppel vor und brüllte: »He! He, du Hurensohn!«

Die Gummimaid sah auf und ließ Doubleday zum Eiszapfen erstarren.

Heiliger Herrgott, diese Augen –

Doubleday ließ seinen Gummiknüppel in den Schnee fallen und zog seinen Dienstrevolver. Grinsend ließ die Gummimaid Jinsei los – die krächzend, qualvoll nach Atem rang – und stand auf.

»Rühr dich nich vom Fleck!« befahl Doubleday mit zittriger Stimme und zielte. »Wag's ja nich!«

Die Gummimaid tat einen Schritt nach vorn; Doubleday schoß die Trommel leer. Die Kugeln stanzten sechs säuberliche Löcher in die Lederkorsage der Puppe und traten hinten wieder aus. Unbeeindruckt ging die Maid weiter, packte Doubleday an Hosenbund und Kragen und stemmte ihn wie einen Heuballen in die Luft.

»Gottverdammte Scheiße!« schrie Doubleday von oben herab. Die Gummimaid warf ihn spielerisch zum Streifenwagen zurück. Er landete hart auf der Motorhaube, wobei sein rechter Arm und die Windschutzscheibe miteinander in Berührung kamen und beide zu Bruch gingen. Er rollte ab, plumpste auf die Erde und blieb liegen.

Nattie Hollister war indes nicht untätig gewesen. Sie stand am Heck des Autos und versuchte fieberhaft, den Kofferraum aufzukriegen. Der Schlüssel saß fest, wollte sich partout nicht umdrehen lassen. Weiterhin grinsend näherte sich die Gummimaid, wie um sich behilflich zu machen, öffnete und schloß dabei ihre Fäuste.

»Mistding!« schimpfte Hollister. Derart gemaßregelt, fügte

sich der Schlüssel und drehte sich um; die Kofferraumhaube klappte auf. Hollister griff blindlings hinein und entsicherte die Schrotflinte, noch während sie sie herausholte. Kein Grund zur Sorge, dachte sie. Wenn das Baby hier nicht geladen ist, kommt die Stadt für dein Begräbnis auf.

Sie brachte die Flinte in Anschlag. Zielte. Drückte ab. Sie war leer.

Die Gummimaid nahm ihr die Waffe mit spitzen Fingern ab und warf sie weg. Hollister versuchte wegzutauchen, aber die Puppe erwischte sie am Genick. Sie tanzten, vom weißen Laken umflattert.

Dann ein erschütternder Rums, und Hollister fand sich an die Seite des Streifenwagens genagelt, von einer einzigen Hand an der Kehle festgehalten. Die Polizistin knuffte und boxte ihren Angreifer, doch sie hätte ebensogut auf eine Mauer einschlagen können. Die Gummimaid zog den freien Arm zurück, und zwei gespreizte Finger machten ihre Intentionen nur allzu deutlich.

Hollister, die einmal das Pech gehabt hatte, einen Mann zu sehen, der mit dem gesplitterten Hals einer Bierflasche geblendet worden war, riß zuerst die Augen entsetzt auf und kniff sie dann fest zu. Sie rammte der Schaufensterpuppe beide Fäuste in die Magengrube, womit sie kein anderes Ergebnis erzielte, als sich die Knöchel böse aufzuschürfen. Die Gummimaid legte sie sich für den Fingerstoß zurecht; Hollister kämpfte bis zuletzt und fragte sich, was das wohl für ein Gefühl sein würde.

Und Mr. Sunshine, der die letzten siebenundfünfzig Minuten reglos an seinem Schreibtisch gesessen und bloß zugesehen hatte, schüttelte jetzt den Kopf und sagte: »Nein, der fette Bulle vielleicht, aber nicht diese hier, die ist einfach zu gut, die kann man nicht schon jetzt verlieren.« Und er schrieb:

> UND RASFERRET DER ENGERLING ERSCHAUDERTE,
> ALS IHN EINE GROSSE MÜDIGKEIT ÜBERFIEL,
> DA SEINE VORLÄUFIGE GRENZE ERREICHT,
> SEINE ZAUBERKRAFT DURCH DIE UNTERNEHMUNGEN
> DIESER NACHT ERSCHÖPFT WAR.

Die Augen der Gummimaid erloschen, ihre stählerne Kraft schwand dahin.

»Gah!« keuchte Hollister und riß mit einer letzten Anstrengung den Kopf zur Seite. Der Arm der Gummimaid schoß vor und stanzte, nur Zentimeter von der Schläfe der Polizistin entfernt, ein Loch in das Seitenfenster des Streifenwagens. Und dann erstarrte die Puppe, alles Leben verließ sie; ihre Augen waren wieder schlichtes trübes Glas. Das weiße Laken bauschte sich im Wind und flog über den Quad davon.

Halb besinnungslos befreite sich Hollister vollends von der jetzt steifen Umarmung der Gummimaid, indem sie ihr einen ordentlichen Tritt verpaßte. Die Maid kippte anstandslos um, und ihre gespreizten Finger schrappten über die Autotür mit einem Geräusch wie von Nägeln, die an einem Sargdeckel kratzten und darum bettelten, noch einmal herausgelassen zu werden.

Die nun folgende Stille unterbrachen nur das Heulen des Windes und Hollisters zähneklappernde Versuche, mit dem Schock fertig zu werden. Das neue Jahr war dreizehn Minuten alt; die Stunde des Tötens war vorüber.

Der nächste Tag

I

Die Polizei von Ithaca verlebte einen ganz schön deprimierenden Neujahrstag. Was nämlich, wenn man von der Verhütung von Straftaten absieht, ist der Witz polizeilicher Tätigkeit, wenn nicht die Festnahme und Überführung von Straftätern? Und wie soll ein normal denkender Bulle damit klarkommen, daß ihm alles Erforderliche gleichsam auf dem Tablett serviert wird – Augenzeugen, reichhaltiges Beweismaterial, ein bereits in Gewahrsam befindlicher »Täter« – und es doch zu keiner Überführung kommen, der Fall nicht abgeschlossen werden kann, weil die Fakten sich zu einem unmöglichen Sachverhalt addieren?

Beweisstück Nummer 1 war die Gummimaid selbst, von der eine vorläufige Laboruntersuchung ergeben hatte, daß es sich bei ihr schlicht und einfach um eine lebensgroße Plastikpuppe handelte: keine gewöhnliche Schaufensterpuppe zwar, sondern eine Spezialanfertigung, aber ohne jeden inneren oder äußeren Mechanismus, der es ihr ermöglicht hätte, sich aus eigener Kraft zu bewegen. Ihre Augen, in das Plastikgesicht eingelassene Glaskugeln, konnten wohl Licht reflektieren, aber mit Sicherheit nicht von selbst leuchten. Ihre Arme und Beine hingen zwar mittels Kugelgelenken am Rumpf, wodurch es möglich war, sie in unterschiedliche Stellungen zu bringen, doch, wie gesagt, selbsttätig bewegen konnten sie sich nicht; abgesehen davon waren die Plastikfinger starr und ohne Gelenke, konnten also keine Gegenstände ergreifen und festhalten. Mit größter Sicherheit war die Gummimaid außerstande, eine Waffe zu führen – und erst recht, einen Mord zu begehen.

Andere Beweise – und es gab eine Menge davon – redeten eine ganz andere Sprache. Das fing damit an, daß nicht weniger als fünf Zeugen (darunter zwei Polizeibeamte) die Gummimaid in Aktion erlebt hatten, gesehen oder gehört hatten, wie sie sich bewegte, eine Keule schwang – kurz, all die Dinge tat, die sie eigentlich gar nicht tun konnte, die für sie schlechterdings unmöglich waren.

Dann gab es eine Fülle indirekter Beweise, eine lange Spur der Verwüstung, die mit den zerschmetterten Schaukästen in der Mathom-Halle des Tolkien-Hauses begann und mit dem zerbeulten Streifenwagen und Doubledays gebrochenem Arm endete. Dazwischen lagen eine erkleckliche Anzahl identifizierbarer Stiefelabdrücke in Schnee und Erde sowie die umfangreichen Schäden in der White-Bibliothek. Das nördliche Erkerfenster war nach innen eingedrückt worden, was – da es zumindest für den gewöhnlichen menschlichen Sachbeschädiger nur schwer erreichbar war – zwangsläufig die Frage aufwarf, wie es dem Täter gelungen sein konnte, von außen hinaufzukommen. Auch die – offenbar mit einem einzigen Schlag erfolgte – Zerstörung der Tür der White-Bibliothek schien übermenschliche Kräfte erfordert zu haben. Und obwohl überall Glasscherben herumlagen, konnte nicht ein einziger Blutstropfen, kein noch so kleines Gewebeteilchen gefunden werden, dafür aber ein paar Plastikspäne und Fetzen weißer Seide.

Die Würgemale an Jinsei Chungs Hals wiesen exakt die richtige Form und Größe auf, um von den Händen der Puppe stammen zu können – wenn eine Puppe imstande gewesen wäre (was sie natürlich nicht war), einen solchen Mordversuch zu begehen. Und als die Polizei auf die letzten Worte hin, die das Mädchen stammelte, bevor es unter Beruhigungsmittel gesetzt wurde, die Fall-Creek-Schlucht absuchte und den Körper eines gewissen Miles Elijah Walker alias Prediger aus dem Eis befreite, entdeckte sie in der steifgefrorenen Faust der Leiche mehrere schwarze Haarsträhnen. Kein menschliches Haar. Synthetisches. Als Todesursache wurden, was weiter keinen überraschte, durch den Sturz von der Hängebrücke zugezogene Verletzungen festgestellt; doch bevor er hinunterfiel, hatte ihn jemand noch ordentlich bearbeitet. Aus dem Bericht des Untersuchungsbeamten ging hervor, daß der Gegenstand, mit dem diese ersten Verletzungen beigebracht worden waren, ohne weiteres mit der eisenbeschlagenen Keule identisch sein konnte, die man auf dem Fußboden der White-Bibliothek gefunden hatte. Art und Schwere der Frakturen deuteten außerdem darauf hin, daß die Schläge mit beträchtlicher Kraft ausgeführt worden sein mußten.

Ach ja, das war schon ein Alptraum von einem Tag. Hollister und Doubleday – letzterer mit einem frisch geschienten Arm in der Schlinge – schrieben ihren Bericht über den Vorfall, erledigten noch ein paar andere damit zusammenhängende Angelegenheiten und verdrückten sich dann still und heimlich in eine Bar, um dort herauszufinden, wieviel Scotch sie in sich hineinschütten konnten, bevor sie die Besinnung verloren. Wie sich zeigte, war es eine ganze Menge.

Die Story, die in den Zeitungen erschien, war eine Mischung aus Dichtung und Wahrheit: Ein unbekannter Täter von beträchtlicher Körperkraft (die polizeiliche Pressemitteilung hatte keine Angaben zu seinem Geschlecht gemacht, doch die meisten Zeitungen gingen davon aus, daß es sich dabei um einen Mann gehandelt haben mußte) war auf dem fast völlig verlassenen Cornell-Campus Amok gelaufen und hatte dabei einen Menschen ermordet und einen anderen schwer verletzt; die Namen der Opfer waren noch nicht zur Veröffentlichung freigegeben worden. (*Ein* Name machte allerdings Schlagzeilen: Rhetta Woolf. Die Chefbibliothekarin hatte sich zur fraglichen Zeit glücklicherweise im Magazin befunden und war dadurch von dem Eindringling nicht bemerkt worden; wie sie Reportern mitteilte, hatte die Sache sie ziemlich erschüttert.) Zwei Beamte der Stadtpolizei waren zufällig Zeugen des zweiten Überfalls geworden. Beim Versuch, den Verbrecher zu stellen, war einer der Polizisten verwundet worden; der Täter hatte entkommen können. Ende der Geschichte. Kein Wort über die Gummimaid, die, säuberlich in einen Plastiksack verpackt, zusammen mit anderem Beweismaterial im Keller der Polizeiwache lagerte – Material, das jeder Logik zum Trotz hieb- und stichfest bewies, daß man nichts weiter tun konnte. Jedenfalls nicht, solange nicht eine entsprechende Gesetzesänderung es ermöglichte, eine Plastikpuppe unter Anklage zu stellen.

Es hatte allerdings auch Vorteile, daß die Bürger der Stadt glaubten, der Mörder sei noch immer auf freiem Fuß. Zweifellos würde die Öffentlichkeit lautstark auf eine baldige Aufklärung des Falles drängen, doch konnte die Nachricht auch bewirken, daß die Menschen vorsichtiger wurden. Was ein durchaus positiver Nebeneffekt gewesen wäre, denn wenn die Logik und der gesunde Menschenverstand *einmal* außer Kraft gesetzt werden konnten, gab es keinen Grund, weshalb dies nicht ein zweites Mal – und schon in allernächster Zukunft – geschehen sollte.

II

Hobart lebte.

Zwei Kobolde, die auf Eichhörnchen vom Fest auf dem Beebe Lake nach Hause ritten, hatten ihn zufällig entdeckt: halb in einem Schneehaufen vergraben und dem Erfrierungstod so nah, wie man überhaupt nur sein kann, ohne tatsächlich zu sterben. Weder Magie noch Medizin hatten ihn wiederbeleben können; nun lag er in einem warmen Krankenbau in den Mauern der Straight im Koma.

Die Trümmer von Pucks Doppeldecker wurden im ersten Tageslicht entdeckt. Auf Rasferrets Befehl hin hatten die überlebenden Ratten die Körper ihrer gefallenen Kameraden beiseite geschafft, und so blieb den Kobolden nichts anderes übrig, als den Absturz für einen normalen Unfall zu halten. Eine sorgfältigere Untersuchung des Hangars, des Flugzeugwracks oder der Wunde an Hobarts Schulter hätte zwar auch eine andere Vermutung nahelegen können, doch das Kleine Volk verfügte über keine sehr ausgeprägte detektivische Ader.

Hobarts Rettung wurde als Wunder gewertet. Für Puck rechnete man sich nur äußerst geringe Überlebenschancen aus, und wenn er sich aufgelöst hatte, würde man natürlich nie etwas von ihm finden. Der Tradition gemäß würde man in diesem Fall eine siebentägige Suche durchführen und ihn dann, sollte er bis zum Ablauf dieser Frist nicht aufgefunden werden, offiziell für tot erklären. Inoffiziell, im Herzen seiner Freunde, konnte er indes bedeutend länger weiterleben; in manchen Fällen hatten die Angehörigen des Verstorbenen noch jahre-, ja jahrzehntelang die Hoffnung nicht aufgegeben. Dies war das Los eines Geschlechtes, bei dem der Verschiedene keine sterblichen Überreste zurückließ.

An diesem Tag teilte Zephyr ihre Zeit gerecht zwischen Suchdienst und Wachen an Hobarts Krankenlager auf. Den ganzen Vormittag über und bis zum frühen Abend zeigte sie eine erstaunliche Selbstbeherrschung, doch kurz nach Sonnenuntergang brach sie zusammen und ließ, plötzlich laut aufschluchzend, den Kopf auf die Brust ihres Großvaters sinken. Die Intensität ihrer Gefühle schien zu ihm zu dringen; er bewegte sich kaum merklich und flüsterte ein einziges Wort, ehe er wieder in seinem komatösen Schlaf versank.

»Was, Hobart?« flehte Zephyr ihn an. »Was hast du gesagt?«

Sie glaubte, von seinen Lippen das Wort *Ritus* abgelesen zu haben – was immer er damit gemeint haben mochte –, doch sie irrte sich. Hobart oder die prophetische Stimme, die aus ihm sprach, hatte ein Datum genannt.

Idus, hatte er gesagt. *Idus*.

Die drei Architekten, sämtlich Cornellianer im Urlaub, trafen sich am 6. Januar in einem Café in Greenwich Village zu einer konspirativen Zusammenkunft. Das Lokal hieß Fishers Zornige Schlange, was ausgezeichnet paßte, da der Gegenstand der architektonischen Verschwörung die diesjährige Parade des Grünen Drachen war, oder genauer gesagt, die Hauptattraktion der Parade, der Drache selbst. Verna von Grautsch, der führende Kopf, hielt die Augustausgabe der ›Sun‹ in der Hand, in deren Leitartikel der – keine drei Meter nach dem Start so schmählich zusammengebrochene – letztjährige Drache mit Hohn übergossen wurde. Verna blickte ihre Kameraden mit feierlicher Miene an.

»Heuer«, erklärte sie, »diesen März, werden wir es diesen plebejischen Schreiberseelen zeigen. Unser Jahrgang wird den besten, aufregendsten, meistbesprochenen Drachen in der Geschichte dieses Festes auf die Beine stellen.«

»Geschichte?« wiederholte Tchikovsky, der Plebejer unter ihnen. »Wer schert sich schon um die Geschichte?«

»Denk doch mal darüber nach«, bat ihn Verna inständig. »Der größte Erfolg direkt nach dem größten Reinfall. Rehabilitation für das College, Unsterblichkeit für uns. Wir werden wie Götter sein. Denk doch nur mal darüber nach.«

Tchikovsky dachte darüber nach; es beeindruckte ihn trotzdem nicht. Damit war zu rechnen gewesen, denn Tchikovskys pragmatischer Verstand hatte viel von einer Reißzwecke: Er war scharf, aber ohne Tiefgang. Göttlichkeit, Unsterblichkeit und sonstige Abstraktionen dieser Größenordnung sprengten sein Fassungsvermögen; wenn es aber darum ging, die Belastung tragender Elemente zu berechnen, war er unschlagbar.

Harp, der dritte Architekt, dachte da schon in anderen Kategorien. Genaugenommen in einer einzigen: Sex. Unter dem Tisch hatte er eine Hand auf Vernas Oberschenkel gelegt und streichelte eifrig. Sie ließ ihn gewähren, knallte ihm allerdings, wann immer sich die Hand in die Nähe einer erogenen Zone verirrte, eine stählerne Reißschiene über die Finger. Das machte nichts; Harp hatte absolut unverwüstliche Fingergelenke.

»Also...«, sagte Harp nach einer besonders harten Züchtigung. »Wie soll dieser Überdrache denn nun aussehen, Knautschibaby?«

»Nenn mich noch einmal so, und du bist ein toter Mann«, antwortete Verna von Grautsch. »Also zuerst einmal könnte ich mir vorstellen, daß wir einen großen Drachen wollen, einen riesigen, ungeheuren, sonneverfinsternd gewaltigen...«

»Bloß nicht«, unterbrach sie Tchikovsky. »Die Größe war eine der Hauptursachen für das Fiasko vom letzten Jahr. Sie hatten das Vieh zu groß gebaut, und da lag der Schwerpunkt einfach zu hoch.«

»Was genau der Grund ist, warum unserer noch größer werden muß«, erklärte sie ihm. »Deine Aufgabe wird sein, dafür zu sorgen, daß – bei größtmöglichem Volumen – Aufhängung und Gleichgewicht stimmen. Man beeindruckt die Leute, Tchikovsky, indem man die Grenze, an der andere elend scheiterten, überschreitet *und* dabei obsiegt.«

»Okay, ich versteh, was du meinst. An was hattest du sonst noch gedacht?«

»Flügel«, sagte Verna und breitete die Arme aus. »Gewaltige grüne Schwingen, die nicht bloß so rumhängen, sondern sich wirklich bewegen.«

»Nein, Flügel sind keine gute Idee. In Flügeln fängt sich der Wind, der bringt die ganze Konstruktion ins Wanken, und schon hast du ein zusätzliches Gleichgewichtsproblem.«

»Du wirst damit fertig werden, Tchikovsky.«

»Ich werde damit fertig werden. Klar.«

»Noch eins, das Wichtigste überhaupt: Unser Drache wird Feuer spucken.«

Tchikovsky ließ seine Brille fallen: »Feuer?«

»Feuer?« wiederholte Harp und zog tatsächlich seine Hand weg. »Moment mal, sollte die Sache mit dem Feuer nicht erst ganz zum Schluß kommen, wenn das Vieh angesteckt wird?«

»Das wird absolut irre«, sagte Verna. »Der Drache rollt über die East Avenue auf den Engineering Quad zu, Ingenieure säumen die Straße, um ihn mit Schnee- und Matschbällen zu beschmeißen, und plötzlich: *Fummm!*«

»Ich glaube, *Fummm!* verstößt gegen die Campusordnung«, gab Harp zu bedenken.

»Nicht zu vergessen die Gesetze der Machbarkeit«, fügte Tchikovsky hinzu. »Du sprichst von einer Konstruktion aus Holz, Leinwand und Pappmaché. Wie soll die Feuer spucken, ohne sich selbst in Brand zu stecken?«

Verna von Grautsch zuckte mit den Achseln. »Meine Herren«, sagte sie, »ich habe nicht die leiseste Ahnung. Aber wir haben bis Mitte März Zeit, um das Problem zu lösen... richtig?«

Harp nickte, offenbar ein wenig nervös. Nach kurzem Zögern tat Tchikovsky es ihm nach.

Zu guter Letzt lösten sie das Problem wahrhaft meisterlich.

Bohemisches Requiem

I

Predigers Leichnam wurde zur Beisetzung nach Brooklyn geflogen. Von den Bohemiern wohnten nur Löwenherz, Myoko und Ragnarök der Beerdigung bei. Man hatte sie im Chalet am See angerufen, und sie waren (die zwei Männer steif und unglücklich in ihren Anzügen vom Kostümverleih) zusammen herübergekommen. Nach der Zeremonie sprach Ragnarök Predigers Eltern, die ihm nach seinem Exodus aus dem Süden ein neues Zuhause gegeben hatten, sein Beileid aus. Aber es gab wenig, was er sagen konnte, und die ganze Zeit über verfolgte ihn die undeutliche Erinnerung an einen Traum: blaue Funken, die vor einem schwarzen Hintergrund glühten.

Der Grabstein war auf eine gespenstische Weise passend, auch wenn niemand unter den Anwesenden es wissen konnte. Anstatt einen riesigen, extravaganten Monolithen zu kaufen, hatte sich Predigers Vater in diesem einen Fall für Schlichtheit, fast Bescheidenheit entschieden. Der Stein lag flach auf der Erde und trug nur Namen, Geburtsdatum, Todesdatum und eine kurze Grabinschrift (»Hier bette ich mich zur ewigen Ruhe«). Die Tafel war viereckig, ohne jede Verzierung und aus weißem Marmor.

Ragnarök, der zusah, wie die Leute vom Bestattungsinstitut die Steinplatte zum Grab trugen, schenkte der Farbe nicht allzuviel Beachtung.

II

George und Aurora bekamen die Nachricht fünf Tage vor ihrer geplanten Abfahrt aus Wisconsin; Löwenherz hatte nach einigem Herumfragen die Telefonnummer der Smiths herausgefunden und rief aus SoHo an. Er erzählte ihnen alles, was er von den Ereignissen der Silvesternacht wußte (was nicht viel war), und richtete dann im Namen der Bohemia eine formelle Bitte an George: Er hoffte, der Geschichtenerzähler würde zu Predigers Totenwache kommen, die am 22. gehalten werden sollte, und etwas vorlesen.

Nun setzt eine Totenwache normalerweise die Anwesenheit des Leichnams voraus, und sie findet vor, nicht nach dem Begräbnis statt; doch daß die Bohemier, besonders, da es sich um einen Freund handelte, gegen die Tradition verstoßen würden, stellte keine besondere Überraschung dar. George sagte seine Teilnahme zu und versprach, er würde sich so bald wie möglich daran machen, eine Geschichte für den Anlaß zu schreiben.

Damit fand eine Zeit, die für Aurora und George als die schönsten Weihnachtsferien ihres Lebens begonnen hatte, ein jähes Ende. Schon mit Luthers Verschwinden war die Wende eingetreten. Sie hatten tagelang gesucht, aber – mochte er nun irgendwo an einer einsamen Stelle überfahren worden oder einfach weggelaufen sein – keinerlei Spur von ihm gefunden. Besonders George machte sich Vorwürfe, da es ja seine Idee gewesen war, den Hund mitzunehmen; er konnte nur hoffen, daß das Tier, wo immer es auch war, gut zurechtkommen würde.

Zwischen Luthers Abgang und Löwenherzens Anruf hatte auch Brian Garroway sein Scherflein dazu beigetragen, die Ferienstimmung zu verderben. Zweimal hatte er lange Briefe für Aurora abgegeben, und dreimal war er persönlich vorbeigekommen, um sie anzuschreien; Walter Smith hatte es insgeheim sehr genossen, sich bei diesen Gelegenheiten als Rausschmeißer betätigen zu können. Schließlich war Aurora zu Brian gegangen und hatte es nach einer mehrstündigen, mehr oder minder sachlichen Diskussion geschafft, einen wenn auch nicht sehr stabilen Frieden herzustellen. Die Verhandlungen hatten sie angestrengt; George sah ihr die Erschöpfung an, als sie endlich zurückkehrte.

In der letzten halben Urlaubswoche teilte George seine Zeit gleichmäßig zwischen Aurora und der Erzählung für Predigers Totenwache auf, die er schließlich »Die Überfahrt« betitelte. Die Geschichte ging ihm leicht von der Hand; wenn es etwas gibt, das noch mehr inspiriert als unerwiderte Liebe, so ist es der Tod.

III

Die Totenwache wurde im Speisesaal der Risley Hall gehalten, der von allen Räumlichkeiten, die der Hügel zu bieten hatte, in Grundriß und Ausstattung einem mittelalterlichen Festsaal am nächsten kam. Sternenlicht und ein strahlender Mond schienen durch die Fenster hoch oben an den Wänden herein; draußen war der Himmel klar, die Luft klirrend kalt. Drinnen sorgten ein offener Kamin und eine profane Fußbodenheizung für Wärme. Zwei Reihen rechteckiger Tische zogen sich durch die ganze Länge des Saales. Die Reihen wurden an ihrem Kopfende rechtwinklig durch eine Herrschertafel abgeschlossen, und daran saßen Löwenherz, Myoko, Jinsei und Ragnarök. Ein fünfter, leerer Stuhl war symbolisch für Prediger aufgestellt worden. Die übrigen Bohemier und Grauen Vrouwen nahmen an den langen Tischen Platz, und mit ihnen ausgewählte Tolkienianer und Blaue Zebras. George erhielt einen Ehrenplatz nahe der Herrschertafel, und Aurora saß neben ihm; an diesem Abend sah sie wirklich von Kopf bis Fuß wie eine Prinzessin aus.

Löwenherz klatschte in die Hände, und die Totenwache begann. Die Speisen wurden hereingetragen (Bettelstab und Aphrodite hatten die Risleyküche requiriert): eine Hekatombe von Brathähnchen, frischgebackenes Brot, Birnen, Äpfel, verschiedene Käsesorten und ein heißes, gewürztes Getränk, das hauptsächlich aus Ingwerbranntwein bestand. Sie schlemmten und zechten wie verzweifelt, und der Punsch verschwand so schnell, wie er zubereitet wurde. Einige der Versammelten kämpften gegen Tränen an, andere betranken sich mit einer wütenden Entschlossenheit, wieder andere leerten ihre Teller und begannen wie Besessene zu tanzen, als hinge ihr Leben davon ab.

Ragnarök saß beklommen schweigend neben Jinsei. Seit seiner Rückkehr nach Ithaca hatten sie zwar Worte gewechselt, aber nicht eigentlich miteinander geredet; dafür schien es eines Katalysators zu bedürfen, der bislang noch nicht aufgetaucht war. Er aß nur wenig, trank dafür um so mehr, und mittendrin stand er auf und ging zum Kamin. Dort blieb er lange stehen und stocherte mit einem Schürhaken, der eigentlich gar keiner war, sondern Christoph Robins vom Drachen entführter Blitzableiter, im Feuer herum.

Die Speisen hielten gut zwei Stunden vor, trotz des überraschend grimmigen Appetits der meisten Beteiligten. Als die Gier nachzulassen begann, klatschte Löwenherz erneut in die Hände. Die Musik verstummte; die Tänzer und alle, die sonst aufgestanden und im Raum umhergegangen waren, kehrten an ihre Plätze zurück; Ragnarök hielt weiterhin am Kamin Wache. Löwenherz nickte George zu, und dieser schritt mit seinem Manuskript in der Hand in die Mitte des Saales. Stille senkte sich über die Trauergemeinde; Ragnarök stocherte in der Glut; George räusperte sich.

»Es war einmal ein Fischer«, fing er zaghaft an, »der Haus und Familie verließ, um eine lange Reise übers Meer anzutreten. Er ging nicht aus freien Stücken; nicht er hatte den Entschluß gefällt, sondern ein anderer...«

IV

Ein großer weißer Vogel aus Eis durchschnitt im Flug die Luft über dem Hügel. Rasferret der Engerling, dessen Zauberkraft und Rattenheer in den drei Wochen seit Neujahr ihre ursprüngliche Stärke bereits mehr als wiedergewonnen hatten, saß in seinem sicheren Versteck, mit starrem Antlitz und halb in Trance; er sah durch die Augen des Boten, der gerade die Fall-Creek-Schlucht überflog und sich Risley näherte.

Es war eine schicksalshafte Nacht. Heute nacht würde Rasferret endlich seinen Gegner sehen, den Menschen, den er besiegen mußte, wenn er seine wiedergewonnene Macht behalten wollte. Der Bote wußte, wohin er sich zu begeben und wann genau er dort anzukommen hatte; indem er selbst sah, würde er Rasferret zeigen, was dieser sehen wollte. Jetzt wuchs das große Ziegelgebäude, das einem Schloß ähnelte, mehr und mehr in des Boten Augen, und eine plötzliche Furcht bemächtigte sich Rasferrets, denn in seinem Herzen war er nach wie vor ein Feigling. Wie mochte sein Feind aussehen? Ob er ein Riese war, sogar nach den Maßstäben des ohnehin gigantischen Großen Volkes? Oder etwas in subtilerer Weise Furchterregendes? In der kurzen Zeit, die ihr verblieb, tobte sich die Phantasie des Engerlings gehörig aus.

Dann landete der Bote auf dem Sims eines der hohen Fenster des Speisesaals. Er ließ seinen Blick über den Raum gleiten, und Rasferrets Angst verdreifachte sich, als er die Bohemier gewahrte, von denen einige ohne weiteres hätten Hexenmeister sein können. Doch als der Vogel seine Augen schließlich auf George heftete, schwand alle Furcht.

Der Engerling war nicht eben beeindruckt. Verglichen mit einigen anderen im Saal, wirkte dieser Mensch ausgesprochen harmlos. Er schien jedenfalls nicht über magische Kräfte zu verfügen. Und auch rein körperlich sah George keineswegs imponierend aus; ein Riese war er gewiß nicht.

Er ist schwach, sagte der Engerling zu sich selbst. Ja, schwach.

Gleichzeitig mit dieser Erkenntnis kam ihm eine Idee – ein Gedanke, der sowohl der günstigen Gelegenheit als auch seiner unverminderten Feigheit entsprang. Wie er allein in der Mitte des Saales stand, sah George – vor allem vom erhöhten Standpunkt des Boten aus betrachtet – durch und durch verwundbar aus; und so kam Rasferret der Einfall, er könnte sich eine Menge Arbeit (und vielleicht auch Risiken für seine persönliche Sicherheit) ersparen, wenn er die Sache gleich jetzt zu Ende brachte.

Aus der Geborgenheit und Sicherheit seines fernen Verstecks sandte der Engerling einen telepathischen Befehl aus: *Töte ihn.*

»Was?!« rief Mr. Sunshine an seinem Schreibtisch, und der Bote hielt zaudernd inne. »Was soll das heißen? Nicht vor den Iden des März, so war es abgemacht, vor den Iden rührst du ihn nicht an!«

Und der Bote versuchte, Rasferret zu warnen: *Noch nicht, noch nicht.*

Töte ihn, wiederholte der Engerling, bereits von seiner Vorstellung besessen, wie die Tat auszuführen sei. Der Bote zögerte noch immer, und Mr. Sunshine hätte Rasferrets Entschluß genauso leicht ändern können, wie ein sterblicher Schriftsteller einen Satz umschreibt, doch dieser Fall von Meuterei trieb ihn zur Weißglut.

»Du anmaßender kleiner Mistkerl!« sagte er. »Ich buddel dich aus, schenke dir magische Kräfte, lass dir völlig freie Hand außer in dieser einen Sache... Ich sollte dir einen Satz Eselsohren verpassen, aber das würde wahrscheinlich nur auf eine Verschönerung hinauslaufen. Aber gut, schön, jetzt weiß ich, was ich tue...«

TÖTE IHN, beharrte der Engerling ungeduldig, allzu ungeduldig. Und plötzlich zauderte der Bote nicht mehr, richtete sich auf und stürzte sich in einem Geklirr von zersplitterndem Glas durch das Fenster.

V

George hatte sie in seinen Bann geschlagen.

Mochte der Geschichtenerzähler von draußen absolut unmagisch wirken, auf seine Zuhörer im Saal machte er einen ganz anderen Eindruck. Ob von Natur aus oder unterstützt durch seine gegenwärtige Gemütslage war schwer zu sagen, sein Vortrag und sein Tonfall waren jedenfalls vollkommen, absolut mitreißend. Doch das wirklich Fesselnde war die Erzählung selbst: Inhaltlich genau auf den Anlaß zugeschnitten, gekonnt ausgearbeitet, ließ sie wie jede gute Geschichte die Anwesenden vergessen, daß sie überhaupt einer Geschichte zuhörten. Statt dessen hörten sie das Rauschen von Wind und Wasser und das Knallen von Segeln, die George ihnen beschrieb.

»Spreche ich von schwellenden Wogen«, deklamierte der Geschichtenerzähler, »so könnt ihr mich eigentlich nicht verstehen, denn wir, die wir unser Leben auf dem Festland verbringen, denken nur an das Ende der Wellen, ein Zerschellen von weißer Gischt an der Küste oder am Bug eines großen Schiffes. Doch für den Fischer, der sich so weit hinausgewagt hatte, daß die Küste nur noch ein längst vergessener Traum war, dessen kleiner Nachen nicht einmal die Haut des Meeres zu ritzen vermochte, glichen diese Wogen glatten Hügeln, die sich über dunklem Glas hoben und senkten, und wenn sich manche von ihnen zuspitzten und schäumten, so taten sie es aus freien Stücken; kein Kiel verletzte sie. Und die Tiefen des Wassers waren schwarz.

In der völligen Einsamkeit dieser niemals stillstehenden Meereslandschaft erinnerte sich der Fischer an die Menschen, die er verlassen hatte, und er fragte sich, ob sie zuweilen noch an ihn dachten. Im Halbschlaf meinte er, seine Freunde und Lieben zu sehen, wie sie durch die Wellen auf ihn zukamen, doch hob er den Kopf, verflüchtigten sich ihre Gestalten; es waren nur Möwen, die über dem Wasser kreisten und laute, fast menschlich anmutende Schreie ausstießen. Dann waren auch sie fort, zwischen den Hügeln des Meeres verschwunden, und wieder war er allein...«

Die Bohemier und ihre Gäste saßen mucksmäuschenstill; selbst Ragnarök hatte aufgehört, im Feuer herumzustochern; er hatte den Blitzableiter beiseite gestellt und hörte aufmerksam zu. Die Parabel tat ihre Wirkung; statt bei ihrem Verlust zu verweilen, dachten die Trauernden – und selbst diejenigen unter ihnen, die nicht an ein Leben nach dem Tod glaubten – nun an Predigers Reise ins Jenseits. Und das war die wirkliche Zauberei: Manche von ihnen vergaßen, wenn auch nur für kurze Zeit, ihren Kummer.

Selbst als der Bote in einem klirrenden Schwall von Scherben und Winterluft in den Saal hereinbrach, schreckten sie nicht sofort aus ihren Träumereien auf. Sie blickten empor und sahen den weißen Vogel, der einer der Möwen des Fischers glich. Für einen Augenblick schien es, als wollte der Eindringling einfach durch den langen Saal segeln und einen Herzschlag später wieder in die kalte Nacht hinausfliegen – und in diesem Fall hätte Georges Geschichte ohne Unterbrechung weitergehen können. Doch er tat es nicht. Der Bote legte sich in die Kurve und schoß mit angewinkelten Flügeln, den kristallscharfen Schnabel wie eine Speerspitze ausgestreckt, im Sturzflug auf George hinunter; er wollte ihn glatt durchstoßen, und um ein Haar wäre es ihm auch gelungen.

Der Vogel war schnell, doch die Liebe war schneller. Plötzlich stand Aurora neben George, der noch ganz in seine Geschichte versunken war, und warf ihn zu Boden. Sie hatte instinktiv reagiert – und im allerletzten Augenblick; der Bote verfehlte die beiden nur um wenige Zentimeter. Sein Schwung trug ihn bis zur Herrschertafel, wo er eine Bruchlandung auf Löwenherzens Teller machte und den bohemischen König mit Brotrinden und Hühnerknochen übersäte. Jinsei erkannte ihn als den Vogel vom Knochenacker wieder und fing an zu kreischen, doch unter dem Schock wallte in ihr eine rasende Wut auf. Sie ergriff einen Humpen voll Ingwerbranntweinpunsch und schleuderte ihn auf das Untier.

Das Getränk war brühheiß; als der Bote flatternd zurückwich, dampften ihm Schwingen und Brust. Sein Schrei war wie ein Sturmwind, der durch einen Spalt pfeift; er fiel hintenüber vom

Tisch und verspritzte geschmolzene Stückchen seiner selbst über den ganzen Fußboden.

George versuchte, wieder auf die Füße zu kommen. Der Bote nahm ihn ins Visier und ging erneut zum Angriff über, doch sein Flug war diesmal längst nicht mehr so sicher wie zuvor. George hielt noch die losen Blätter seines Manuskripts in der Hand und schleuderte sie dem heranrauschenden Vogel entgegen. Die Blätter verteilten sich zu einem vollendeten, sichtverwirrenden Muster; wieder verfehlte der Bote knapp sein Ziel und schlitterte diesmal über die Fläche eines Längstisches hinweg.

»Gib her!« schrie Aurora Ragnarök zu. Der Schwarze Ritter brauchte nicht erst zu fragen, was sie meinte; er bückte sich nach dem Blitzableiter und warf ihn ihr mit einem Aufwärtsschwung zu. Aurora reckte sich in die Höhe und fing ihn, als der Bote bereits wieder auf George zuflog. Sie drehte sich um und stieß zu, glühte dem Eisgeschöpf ein brutzelndes Loch durch die Kehle, spießte ihn auf, und statt Blut sprudelte Wasser aus der Wunde.

Die Flügel des Boten peitschten wie besessen die Luft, aber es gelang ihm nicht, sich loszureißen; und jetzt klammerten sich auch Georges Hände an den Blitzableiter. Gemeinsam fingen sie an, sich auf der Stelle zu drehen, und schwangen dabei die Eisenstange wie in einem seltsamen höfischen Tanz. Dreimal drehten sie sich, dann schnellten Auroras, schnellten Georges Arme vor und schleuderten (»Aus dem Weg, aus dem Weg!«) den Vogel mitsamt der Eisenstange in den lodernden Kamin. Für den Bruchteil einer Sekunde schien der davonsausende Vogel sie aus zwei Augenpaaren, das eine in dem anderen, anzustarren; dann stürzte er in die Flammen, und eine Dampfwolke schlug über ihm zusammen. Das Feuer flackerte, verlosch; Rauhreif legte sich auf die verkohlten Scheite. Der Vogel war verschwunden.

»Das hast du nun davon«, sagte Mr. Sunshine. »Jetzt sieh zu, wie du ohne ihn klarkommst.«

Erneut senkte sich Schweigen über den Speisesaal, und jetzt ähnelte es dem Schweigen auf dem Arts Quad, direkt nachdem, vor knapp drei Wochen, die Gummimaid zu Boden gefallen war. Der Vergleich bot sich durchaus an; nicht wenige Bohemier sahen jetzt selbst wie Schaufensterpuppen aus, wie sie so in den geschwärzten Kamin starrten. Aus dem Fenster, das der Bote zertrümmert hatte, zog es eisig herein.

Ragnarök löste sich als erster aus dieser Erstarrung. Mit vorsichtigen Bewegungen, wie in Trance, sammelte er die Seiten von Georges Manuskript vom Boden auf und brachte sie wieder in die richtige Reihenfolge.

»Lies zu Ende«, sagte er und gab dem Erzähler seine Geschichte zurück.

Blackjacks Wehklage

Die Bohemier waren nicht die einzigen auf dem Hügel, die einen Verlust zu beklagen hatten, doch sie trugen ihn fraglos mit mehr Fassung als gewisse andere Leute. Als der Tag nach Predigers Totenwache anbrach, kauerte Blackjack im Schneematsch zu Füßen von Ezra Cornells Statue und zerfloß vor Selbstmitleid. Vor ihm rannte und tollte ein gutes halbes Dutzend schamlos gutgelaunter Hunde im Schnee auf dem Arts Quad herum; wenn der Himmel jetzt der ganzen Bagage auf den Kopf gefallen wäre, hätte Blackjack applaudiert.

Dämliche Köter, brummte er vor sich hin. Sein Zorn richtete sich insbesondere auf Skippy, diese lächerliche, hyperaktive Karikatur eines Beagles, dem er die Nachricht zu verdanken hatte, daß er nunmehr allein sei.

»Er war in so nem großen Auto drin, wo vorne zwei Herren saßen, und er läßt dir ausrichten, daß er zurückkommt.«

»Zurück? Was soll das heißen, zurück? Wo wollte er denn überhaupt hin?«

»Na ja, so genau weiß ich das auch nicht – grad in dem Augenblick ist mir nämlich ein bißchen schwindlig geworden. Ich glaube, er hat gesagt, er sei auf dem Weg in den Himmel, aber das ist natürlich Blödsinn: Solang man am Leben ist, kann man da ja gar nicht hin! Es ist komisch, wie man alles falsch kapiert, wenn man ein bißchen schwindlig ist, nicht, Blackjack? Hä? Hä? Ist das nicht komisch?«

»Verrat ist das«, sagte Blackjack mit ausgefahrenen Krallen. Ah, jetzt eine Schnauze zum Zerfetzen haben, eine, die es verdiente... Und dennoch brachte er es nicht über sich, den abtrünnigen Luther zu hassen. Das Problem war, daß dieser Bastard und Hundesohn ihm fehlte, und das machte ihn noch wütender, ließ ihn noch mehr wünschen, irgend jemand, Hund oder Katze, würde Streit mit ihm anfangen. Aber es war ja leider kaum zu hoffen, daß eines dieser verdammten Universitätstiere die Traute dazu haben würde.

Seit Luthers Verschwinden war sein Seelenleben in beschämender Weise außer Kontrolle geraten. Da ihm die Möglichkeit, sich durch Aggression abzureagieren, versagt war, hatte er sich ein anderes Ventil gesucht: Momentan gab es auf dem Hügel nicht weniger als fünf trächtige Miezen, die ihren Zustand Blackjack verdankten. Zobel, von ihm im letzten August begattet, hatte bereits ein halbes Dutzend Junge geworfen; jetzt drohte dem Manxkater eine wahre Schwemme von Nachkommen. Das Ironische daran war, daß Blackjack nicht das geringste für Kätzchen übrig hatte, und er dankte dem Schicksal dafür, daß er sich nicht um ihre Erziehung zu kümmern brauchte.

Luther, wo bist du? Wie weit bist du diesmal gekommen? Ein paarmal hatte er mit dem Gedanken gespielt, sich auf die Suche nach seinem verlorenen Freund zu machen. Aber wenn Luther in einem Auto gesessen hatte, konnte er inzwischen sonstwo sein, und es war nicht einmal gesagt, daß er überhaupt an ein und demselben Ort bleiben würde; und von allen praktischen Erwägungen einmal abgesehen, hatte Blackjack keine Lust, eine zweite Bekanntschaft mit der Landstraße zu machen. Das eine Mal hatte ihm gereicht.

Tut mir leid, Luther. Du bist weggegangen, ohne mir etwas zu sagen; diesmal bist du auf dich selbst gestellt. Es sei denn, Blackjack hielt die Einsamkeit irgendwann nicht mehr aus. Doch bis dahin würde er auf dem kalten, windigen, verschneiten Hügel bleiben, in dessen Himmelsduft, den Luther so geliebt hatte, sich inzwischen ein anderer Geruch mischte, wie von Ratten, aber längst nicht so lecker. Für einen Herrenlosen war Ithaca im Winter wahrlich kein Paradies, aber die Bronx war genauso kalt gewesen und das Futter noch spärlicher. Ja, besser als die Landstraße war das hier allemal.

»Hö' zu, Kaate'«, hatte Rover-der-Ätzer gestern zu ihm gesagt. »'Ove' hat so ne Voo'ahnung, was dein'n Luuthe' angeht, Mann.«

»Vorahnung?« hatte Blackjack skeptisch gefragt. Von übersinnlichen Wahrnehmungen hielt er noch weniger als von Kätzchen.

»Genau, eh. Mach du di' man keine Soo'gen um ihn; diese' Hund, eh, de' kommt mit Lady F'ühling wiede'.« Nach kurzem Zögern hatte er hinzugefügt: »Falls de' F'ühling kommt.«

»Falls?« Zum ersten Mal seit Wochen mußte der Kater grinsen. »Willst du damit sagen, daß hier auf dieser himmlischen Uni sogar die Jahreszeiten fakultativ sind?«

»Kein Jux, Mann, eh. 'Ove' will damit nu' saagen, daß du dich besse' wenige' um Luuthe' un' meh' um dich selbs' soo'gen tätest. 'iechst du's nich? 'aaq – 'aaq is in de' Luft, Mann. Schlechte Zeiten im Anmaa'sch.«

»Schlechte Zeiten? Na, hää'zlichen Dank auch, Mann, aber ich denk nicht daran, vor dem bißchen Gestank den Schwanz einzuziehen ... und was deinen Teufel angeht, so wär's mir nur recht, wenn er mich fände; ich bin genau in der 'ichtigen Stimmung für ne Keile'ei.«

Kurz darauf war der Puli verärgert weitergegangen, und Blackjack hatte sich noch lange über dieses Gespräch amüsiert – zumindest, solange er wach blieb. Aber Katzen können sich an ihre Träume nicht erinnern, und in der dunklen Welt des Alptraums sind Vorahnungen durchaus möglich. In dieser Nacht floh der Kater vor einem scharfzähnigen Ungeheuer, das ihn unerbittlich verfolgte: einem Untier, das er sehr gut kannte und längst hinter sich gelassen zu haben glaubte, das aber mit derselben unaufhaltsamen Entschlossenheit, die Luther ostwärts nach Ithaca zog, immer näher und näher kam. Und als Blackjack aufwachte, wartete auch er auf die schlimme Botschaft, die die Iden des März bringen würden, wenngleich es ihm nicht bewußt war.

Inzwischen beschloß Rasferret, sich einen Spaß zu gönnen und bei der jungen Asiatin, die ihm in der Neujahrsnacht durch die Lappen gegangen war, einen neuen Versuch zu starten. Die Uhr zog sich zu einer zweiten Stunde des Tötens auf.

Rasferret und der Schwarze Ritter

I

Carl Sagans Haus thronte am Rand der Schlucht und lud wie immer zu Spekulationen ein, wie es wohl innen aussehen mochte. Von außen wirkte es schlicht wie ein Betonklotz, ein hundertprozentig meteoriten- und gammastrahlensicherer Bunker. Gerüchten zufolge barg es jedoch in seinem Inneren solche Wunderwerke wie einen laserbeleuchteten Whirlpool, eine vollautomatisierte Hausbar mit Roboter-Butler und ein maßgefertigtes Holographiezimmer, in dem man sitzen und die Bewegungen von Milliarden und aber Milliarden computersimulierter Sterne beobachten konnte.

»Also was hat Prediger dir erzählt?« fragte der Schwarze Ritter. »Über mich?«

»Was er halt wußte. Nicht viel. Ich wollte dein... deine Einstellung verstehen.«

Nach einem Abend des Abwartens und Aufschiebens, in dessen Verlauf sie nicht ein einziges ernsthaftes Wort miteinander gewechselt hatten, waren Ragnarök und Jinsei in die Winternacht hinausgefahren; zahlreiche Glatteisstellen hatten die Straße in eine Slalomstrecke verwandelt und Rag eine vorsichtige Fahrweise abverlangt. Jetzt parkten sie an der Nordseite der Cayuga-Heights-Brücke, hoch über dem Fall Creek (stromabwärts von der Hängebrücke), und es schien, als ob das Schweigen endlich ein Ende finden würde. Die Lichter der Stadt, die sich nach Westen hin ausdehnte, spiegelten sich in Ragnaröks Brille, als er über den Rand der Schlucht spähte. Tief unter ihnen bildete das Flüßchen einen Wasserfall, der laut in der Finsternis raunte.

»Meine Einstellung.« Ragnarök lachte. »Du meinst doch mein *emotionales Problem*, oder?«

»Nenn's, wie du willst«, sagte Jinsei. »Jedenfalls macht's mir angst. Höllische Angst. Es tut mir nur leid, wenn du der Meinung bist, Prediger hätte mir nichts sagen dürfen.«

»Dürfen? Nein, das ist es nicht. Ich habe ihn diesbezüglich nie zur Geheimhaltung verpflichtet. Es ist bloß... ich bin mir nicht sicher, ob du das überhaupt verstehen kannst. Gewalt. Das ist meine erste Reaktion, wenn ich wütend oder durcheinander bin oder Angst habe, nackte Gewalt, und ich bin *gut* darin, Jinsei, nur habe ich keine Kontrolle darüber. Die einzige andere Reaktion, die ich kenne, ist wegzulaufen, und das tu ich nicht oft genug, und wenn, dann grundsätzlich im falschen Moment.«

»Ich weiß nicht«, sagte Jinsei. »Vielleicht hast du deswegen Schuldgefühle, aber ich bin immer noch froh darüber, daß damals, in dieser Nacht vor der Straight, jemand noch Gewalttätigeres als diese Korpsbrüder da war und daß er auf meiner Seite stand. Und dann am Morgen in der Risley, nach der Halloweenparty: Ganz gleich, was da in dir vorging – wenn's dir unmöglich war, zu bleiben und mit uns darüber zu reden, so war es ganz bestimmt besser, wegzulaufen, als Prediger k. o. zu schlagen. Ich finde, du hast in beiden Fällen dein Bestes getan.«

»Aber aus den falschen Motiven!« beharrte Ragnarök. »Als ich in dieser Nacht Jack Baron das Fürchten gelehrt habe, war ich nicht der edle Ritter, der dem bedrängten Fräulein zu Hilfe eilt. Das war schlichte Klankunst, angewandter Terrorismus. Fehlte nur noch die Kapuze. Du weißt, wer mein Lehrmeister in dieser Kunst war, mein Vater, und du kannst Gift darauf nehmen, daß er nicht gerade das Wohl der Asiatisch-Amerikanischen Gemeinde im Sinn hatte, als er mich drillte.«

»Vergiß doch, was *er* im Sinn hatte, Rag, es geht hier um *dich*! Du warst ein kleiner Junge, du hingst an deinem Vater: Da mußtest du doch einfach an das glauben, was er dir beibrachte – wenigstens anfangs. Ich finde es immer noch erstaunlich, daß du es überhaupt geschafft hast, davon wegzukommen, von all dem –«

»Ich bin aber nicht weit genug davon weggekommen! Nicht weit genug und nicht früh genug. Du hast recht, ich hing an meinem Vater, ich war weiß Gott Drew Hyatts Sohn. Ich haßte die Dunklen, wie er es mir beigebracht hatte – so sollte ich sie nämlich nennen, Dunkle, niemals Nigger –, und als mir klar wurde, daß nicht sie meine Feinde waren, blieb immer noch eine schöne Menge Haß in mir übrig. Das ist mein Erbteil, Gewalttätigkeit und Haß, und ich werde es niemals loswerden. Begreifst du das nicht?«

»Aber …«, warf Jinsei ein.

»Aber was?«

»Nur eine Frage.«

»Was?«

»Hast du ihn umgebracht?« fragte Jinsei. »Prediger wußte, daß ihr, du und dein Vater, am Ende einen ganz schlimmen Streit hattet, direkt bevor du nach Norden gegangen bist, so schlimm, daß Prediger es vorzog, nichts Näheres darüber zu wissen. Hast du ihn umgebracht, Ragnarök? War es das?«

Er sah sie an, als fragte er sich, wo sie die Frechheit oder den Mut hernahm, ihm eine derartige Frage zu stellen... und lachte dann beinahe wieder.

»Ihn *umgebracht*? Hm. Nein. Nein, ich habe ihn nicht umgebracht.« Der Bohemier wandte sich ab, starrte wieder auf die fernen Lichter der Stadt. »Der Hurensohn. Aber ich hätte es gern getan. Es gab nichts, was ich lieber getan hätte als das.«

II

Die LKW-Fahrerin hieß Galatea Handel, und ihr Sattelzug war – wenngleich nicht für Viehtransporte eingerichtet – mit einer Herde Schweine beladen, die eigentlich schon vor knapp zehn Stunden eine Verabredung mit einem Schlachter in Cortland County hätte wahrnehmen sollen. Probleme mit dem Motor und der Straßenkarte hatten die ungebührliche Verspätung verursacht, und um diese Uhrzeit würde vermutlich niemand mehr da sein, um die Ware in Empfang zu nehmen, aber Galatea wollte verdammt sein, wenn sie die Tiere auch nur einen Augenblick länger als unbedingt nötig in ihrer Obhut behielt. Der Sattelzug stank mittlerweile zum Himmel, und der Chor von Schweinestimmen wurde von Kilometer zu Kilometer unerträglicher.

Sie erreichte Ithaca von Süden her, über die Route 13, bog irrtümlich in die Seneca Street ein, und die folgende Viertelstunde ziellosen Herumfahrens durch die Innenstadt trug zu keiner entscheidenden Besserung ihrer Laune bei. Einige Wendemanöver und falsche Richtungswechsel später fand sie sich am Fuß des Hügels wieder, und da sie meinte, höher sei besser, begann sie, die University Avenue hinaufzufahren.

Der Knochenacker war gerade rechts am Hang über ihr aufgetaucht, als der Motor seinen Geist aufgab. Anders als ein paar

Stunden zuvor, ging es diesmal still und leise vonstatten, ohne Lärm und Rauch: er blieb einfach plötzlich stehen. Der Laster rollte kurz aus, und Galatea kurbelte die Handbremse fest, bevor es ihm in den Sinn kam, den Rückzug anzutreten.

Die Schweine, die es anscheinend nicht erwarten konnten, sich abschlachten zu lassen, stimmten prompt ein Protestgeschrei ob der erneuten Verzögerung an. Galatea beachtete sie nicht weiter und kletterte, mit einer Taschenlampe bewaffnet, aus der Fahrerkabine. In der eisigen Luft fröstelnd, versuchte sie, die Kabine umzuklappen, um einen Blick auf den Motor zu werfen; sie rührte sich nicht.

»Was zum Teufel...«

Mittlerweile stinksauer, unternahm sie einen weiteren Versuch, doch der Hebemechanismus verweigerte die Zusammenarbeit.

»Ich sollte dich da oben verscharren«, schimpfte sie mit dem Laster; die Nähe des Friedhofs flößte ihr ein gewisses Unbehagen ein. »Dich und die verdammten Schweine gleich mit.«

Doch statt einen Spaten zu zücken, überquerte sie die Straße und begab sich zum nächstgelegenen Haus (eigentlich war es mehr eine Kate). Es brannte kein Licht, aber das war völlig in Ordnung: Wenn Galatea schon eine Scheißnacht verbringen mußte, dann sah sie keinen Grund, nicht auch andere daran teilhaben zu lassen.

»Hallo, da drinnen!« rief sie und hämmerte dabei an die Tür. »He, aufwach-«

Ihr mannhaftes Anklopfen ließ die Tür erbeben. Das Schloß klapperte, klickte, und die Tür ging nach innen auf. Im Haus war alles schwarz. Sehr schwarz.

»Was'n gruseliges Mistloch«, bemerkte Galatea. Sie stieß die Tür vollends auf und trat über die Schwelle. »Hallo, ist da wer? Ich –«

Da das Haus nun offiziell als gruselig eingestuft worden war, wäre Galatea nicht allzu überrascht gewesen, wenn sie plötzlich etwas aus der Dunkelheit angesprungen hätte. Das leise Rumpeln und Poltern ihres Lasters, der ohne sie wegfuhr – das war allerdings ein Schock.

»He!« brüllte sie und wirbelte herum. »He, welches verfluchte A-«

Doch da war keins, soweit man sehen konnte. Im Dunkeln sah

die Kabine leer aus, obwohl das natürlich unmöglich war. Noch merkwürdiger war freilich, daß es der unsichtbare Fahrer irgendwie fertiggebracht hatte, den Laster bergauf in Bewegung zu setzen, ohne den Motor wieder anzulassen. Denn daß der Motor schwieg, war offenkundig, obwohl die Schweine einen unglaublichen Radau veranstalteten und nicht mehr nur quiekten, sondern regelrecht schrien, als wären sie im Schlachthof angelangt und würden, an den Füßen aufgehängt endlich erkennen, welches Schicksal ihnen bevorstand.

Der Sattelzug beschleunigte schneller, als es selbst mit laufendem Motor möglich gewesen wäre, trotzdem rannte ihm Galatea nach und erreichte die Fahrerkabine, bevor er sich endgültig absetzen konnte. Sie sprang hoch, klammerte sich am Griff der Fahrertür fest und suchte mit den Füßen verzweifelt nach Halt. Für einen kurzen Augenblick fuhr sie außen am Lastwagen mit, gerade lang genug, um einen Blick hineinzuwerfen und sich zu vergewissern, daß wirklich niemand am Lenkrad saß. Dann ruckte die Kabine und warf sie ab; ihr rechter Fuß rutschte unter den Anhänger und wurde von sechs der achtzehn Räder zermalmt.

Unbeirrt setzte der Sattelzug seine Fahrt den Hügel hinauf fort und ließ sie liegen – und in ihrem Schmerz konnte sich Galatea nicht gebührend über den glücklichen Umstand freuen, daß das Ungetüm nicht stehenblieb und wieder zurücksetzte, um ihr den Rest zu geben. So, wie sie am Boden lag, konnte sie direkt unter dem davonfahrenden Anhänger durchschauen, unter der Kabine durch, bis dahin, wo das Licht der Scheinwerfer auf die vereiste Fahrbahn traf.

Blau, dachte Galatea und fing an zu schreien. *Verdammte Scheiße, sie leuchten blau ...*

III

»Es ging um eine Lieferung Schindeln, damit kam es zum endgültigen Krach«, erklärte ihr Ragnarök. »Prediger hat dir doch erzählt, daß mein Vater Zimmermann war, oder? Seit meinem fünfzehnten Lebensjahr war ich eine Art Juniorpartner, hab nach der Schule immer im Betrieb mitgeholfen. Als ich neunzehn war, beschloß Lisbeth Folkers' Vater, sein Dach neu decken zu lassen. Es war meine Aufgabe, das Material zu besorgen. Ich kaufte die Schindeln bei Gordon-Small, in der Nähe von Durham.«

»Die Holzhandlung gehörte einem Schwarzen?« fragte Jinsei.

»Gordon war schwarz. Small war Jude.« Er lächelte. »Es war höchste Zeit, allerhöchste Zeit, daß ich etwas in der Art tat. Als Papa das herausbekam, schäumte er natürlich vor Wut, aber es war zu spät, um die Schindeln zurückzuschicken – sie waren schon drangenagelt. Wer weiß, wenn der alte Folkers davon Wind bekommen hätte, wäre er vielleicht imstande gewesen, sie alle runterzureißen und durch arische zu ersetzen, aber mein Vater hielt es nicht für nötig, ihm das auf die Nase zu binden. So gerieten wir uns in die Haare. Fing zuerst mit viel Geschrei an, aber ich sagte die falschen Dinge, und da ist er ausgerastet, hat mich rumgeschubst... wir hatten einen Spiegel, einen holzgerahmten Spiegel, der, solange ich denken konnte, in unserem Wohnzimmer gestanden hatte, und da stieß er mich direkt rein. Ich hab mich an x verschiedenen Stellen geschnitten. Danach blieb's nicht mehr beim Schreien.«

Ragnarök schluckte. »Ich hatte ein Stück Glas in der Hand, eine Scherbe vom Spiegel, geformt wie ein Messer. Ich dachte, ich würd ihm damit die Kehle durchschneiden. Beinah. Beinah...«

»Aber du hast es nicht getan«, sagte Jinsei.

»Ich hab's fallen lassen. Als ich auf ihn losging, war es einfach nicht mehr in meiner Hand, und ich habe ihn statt dessen geschlagen. Ein paarmal mehr als nötig. Dann ist er hingefallen und hat angefangen zu weinen. Weißt du, das einzige, was noch schlimmer ist, als deinen Vater weinen zu hören, ist, ihn weinen zu hören und zu wissen, daß du ihn dazu gebracht hast...« Er verstummte. Zuckte mit den Schultern. »Wie dem auch sei. Das war's dann. Ich verließ das Haus und lief einfach immer weiter. Hungerte unterwegs, jedenfalls bis ich Predigers Familie kennenlernte. Nach Hause bin ich nie wieder zurückgekehrt. Das war unmöglich; unser nächster Streit wäre ein ganzes Stück schlimmer ausgegangen.«

»Na schön«, sagte Jinsei. »Aber warum gibst du dir dann nicht endlich eine Chance und läßt die Sache auf sich beruhen?«

»Wie meinst du das?«

»Du machst mir angst«, sagte sie. »Furchtbare Angst. Und dir selbst machst du, glaub ich, sogar noch mehr angst. Du hast dieses Bild von dir als ... ich weiß auch nicht was, als SA-Mann vielleicht, der drauf wartet, daß es mit ihm durchgeht. Und vielleicht bist du wirklich gewalttätiger, als es für dich gut ist, aber von diesem Mangel an Selbstbeherrschung, der dir solche Sorgen bereitet, kann ich beim besten Willen nichts feststellen. Du hast Bobby Shelton zusammengeschlagen, Jack Baron hättest du vermutlich am liebsten das Genick gebrochen, aber du hast es nicht getan. Gott weiß, was dein erster Impuls war, als du mich und Prediger zusammen gesehen hast, aber du hast dich beherrscht. Und dein Vater ... ich weiß nicht, was dazu gehört, sich gegen neunzehn Jahre solcher – solcher Erziehung aufzulehnen, aber es überrascht mich nicht, daß du dazu wütend sein mußt, sehr wütend. So wütend, daß du ihn hättest umbringen können. Aber du hast es *nicht* getan, Ragnarök.«

»Du warst nicht dabei. Du hast nicht gesehen –«

»Brauch ich auch nicht. Wenn du dich bemühst, etwas weniger gewalttätig zu sein – in Ordnung. Ich werde dann ruhiger schlafen. Aber genauso in Ordnung ist es, wenn du dir selbst verzeihst.«

»Nein. Nein, das ist es nicht, du verstehst einfach nicht! In mir steckt zuviel vom Klan ... wenn ich die Zügel locker lasse, mich nur einmal entspanne, dann lauf ich Gefahr, mir das nächstemal, wenn ich einem Typen wie Jack die Fresse poliere, anschließend auf die Schulter zu klopfen, gut gemacht, Rag. Und dann ... siehst du nicht, was dann passieren würde? Ich werde *nie* jemandes Ritter in schimmernder Rüstung sein. Ich bin wie *sie*; ich hab einfach nicht das Zeug dazu. Ich hab zuviel von meinem Vater mitbekommen.«

Jinsei sah ihn wenig überzeugt an und tippte mit einem Finger an den linken Bügel seiner Sonnenbrille. »Könntest du bitte das Ding da abnehmen?« fragte sie und tat es dann selbst, bevor er antworten konnte. »Schon besser. Du hast schöne Augen; du solltest sie nicht verstecken. Hör zu, Rag, niemand verlangt von dir, daß du ein Ritter oder Heiliger bist. Das kannst du ruhig anderen überlassen. Wozu ich dich brauche, ist ... na ja, ich hätte dich gern als Freund. Ich brauche einen, besonders jetzt, wo Prediger tot ist. Ich brauche jemand, mit dem ich über alles reden kann, was in der Neujahrsnacht passiert ist. Aber mit einem Jemand, der sich andauernd selbst zerfleischt, ist mir nicht gedient.«

»Ich bin kein so guter Mensch«, beharrte Rangarök, »wie du zu glauben scheinst.«

Da lachte sie los und verblüffte ihn total, als sie ihm scherzhaft gegen die Schulter boxte. »Du dämlicher Laberkopf«, sagte sie. »Du mußt aus Südkarolina kommen; von einem Nordstaatler hab ich noch nie einen solchen Scheiß gehört.«

»Äh«, war alles, was er darauf zu erwidern wußte. »Äh.«

»Hör mal, mir wird langsam kalt, was hältst du davon, wenn wir wieder auf deine Maschine steigen würden und...«

»Jinsei?«

»Oh, mein Gott«, sagte sie und sah ihn jetzt nicht mehr an, blickte an ihm vorbei, auf die Straße jenseits der Schlucht. Er drehte sich um und sah an der zweiten Kurve, dort, wo die Straße hinter dem Hügel verschwand, ein diffuses Leuchten, das durch die Bäume drang – wie von nahenden Scheinwerfern, aber blau, es leuchtete blau. Wie die Farbe der Flamme, wo sie am heißesten ist.

»Merkwürdig«, fand Ragnarök. Er wollte etwas hinzufügen, als der Lastwagen, blaue Scheinwerfer und überhaupt, hinter der Kurve auftauchte, und plötzlich war es Jinsei, die das Reden besorgte.

»Steig aufs Motorrad«, sagte sie zu ihm. »Mach die Maschine an, los, los, *weg hier!*«

»Was ist denn los? W-«

»Komm schon!« Ehe er sich's versah, war Ragnarök bereits in Bewegung; Jinsei verblüffte ihn abermals, indem sie ihn packte und zum Motorrad halb schob und halb schleifte. Von ihrer Eile angesteckt, schwang er ein Bein über die Maschine, fühlte, wie sie hinter ihm aufsaß. Er trat auf den Kickstarter und erntete bloß ein schwächliches Stottern.

Der Laster bog um die letzte Kurve und war auf der Brücke. Ragnarök sah in die nahenden Scheinwerfer, nur noch knapp zehn Meter von ihnen entfernt, und erstarrte wie hypnotisiert. »Augen«, sagte er. »Die sehen wie Augen aus...«

»Es hat Prediger umgebracht!« schrie ihm Jinsei ins Ohr. *»Fahr los!«*

Sie hob eine Hand und kniff ihn fest in den Nacken. Er kam wieder zu sich, begriff mit einem Mal, in welcher Gefahr sie schwebten, und trat, während der Laster zum Todesstoß heranrauschte, nochmals auf den Starter. Wieder nur ein Stottern. Wutentbrannt rief Ragnarök die Maschine zur Ordnung und kickte ein drittes und letztes Mal. Diesmal sprang sie donnernd an. Er drehte den Gasgriff auf, und sie schossen los, gerieten auf einer Glatteisfläche ins Schleudern, entgingen mit knapper Not einem Sturz und nahmen schlingernd den Fall Creek Drive in Angriff.

»Alles in Ordnung«, sagte Ragnarök, sobald die Maschine sich wieder gefangen hatte. »Alles in Ordnung.« Die Straße war glatt und nur darauf aus, sie umzuwerfen, aber selbst bei einer vorsichtigen Fahrweise waren sie jetzt aus dem Gröbsten heraus. Der Drive fing mit einer ziemlichen Steigung an, und der Sattelzug, der hier mit einem Motorrad hätte mithalten können, mußte erst noch gebaut werden.

»Schneller!« befahl Jinsei. Ragnarök warf einen Blick in den Rückspiegel und sah, daß der Laster, allen Erwartungen zum Trotz, noch nicht zurückgefallen war. Er nahm die Steigung ohne zu murren – genaugenommen ohne jedes Motorengeräusch – und gewann sogar noch weiter an Boden.

»Jesses. Jesses, das ist kein Laster, das ist ein Lachs!« Er sagte dem Glatteis, es möge sich einsargen lassen, und drehte wieder voll auf. Die Maschine flog nur so dahin; der Laster hielt Schritt, holte weiter auf, lag jetzt nur noch knapp fünf Meter zurück.

Mit der Schlucht an der einen und einer Häuserzeile an der anderen Seite war der Drive ganz schön eng. Er war gerade breit genug für *ein* Fahrzeug, und es schoß Ragnarök durch den Kopf, daß der Sattelzug, wenn ihnen ein Auto entgegenkäme, gezwungen sein würde, anzuhalten... oder es plattzuwalzen.

»Er holt immer noch auf!«

»Das kann nicht sein!« sagte Ragnarök, obwohl es doch so war. Das Motorrad fuhr jetzt fast hundert, die Hängebrücke schoß rechter Hand vorbei und verschwand wie eine böse Erinnerung. Vor ihnen tauchte eine Kurve auf, und der Bohemier sandte ein Stoßgebet gen Himmel, daß sie nicht zu rutschig sein möge.

Beinah... das Motorrad fing an zu schlittern, Ragnarök drehte noch weiter auf und ließ nicht wenig von der Sohle seines linken Stiefels auf dem Asphalt zurück. Die Maschine blieb auf der Straße, aber jetzt raste ihnen eine Kreuzung entgegen. Er konnte nur ein bißchen Gas wegnehmen und hoffen, daß eine scharfe Rechtskurve den Verfolger abschütteln würde.

Der Laster hatte sie jetzt fast eingeholt. Er schaffte die Kurve, praktisch ohne zu rutschen, klebte ungeachtet der Fliehkraft fest an der Fahrbahn. Der Anhänger hätte mit dem Heck ausbrechen, hätte seitlich in den Zaun der Tennisplätze knallen müssen, die jetzt die rechte Straßenseite säumten, doch er blieb brav hinter dem Schlepper. Die Reifen kämpften gegen Eis und Asphalt an, während der Motor gespenstisch stumm blieb; den größten Lärm machten die Schweine, die schreienden Schweine.

Die Kreuzung: Ragnarök ging auf sechzig runter, und abermals hätte es um Haaresbreite die Maschine unter ihnen weggerissen. Er nahm die Kurve eng, und kaum waren sie herum, beschleunigte er wieder. Der Sattelzug kam mit unverminderter Geschwindigkeit an und rauschte in einem weiten Bogen um die Ecke. Diesmal schwenkte der Anhänger unkontrolliert aus, quetschte ein parkendes Auto seitlich zusammen und schlug ein Parkverbotsschild aus seiner Verankerung, das anschließend klirrend durch ein Fenster flog.

Jetzt waren sie auf der Thurston Avenue, North Campus, die Straße breit und frei, Risley Hall, East-Avenue-Brücke und Central Campus direkt vor ihnen. Ragnarök setzte alles auf eine Karte und holte das Letzte aus seiner Maschine heraus, hundertzehn, hundertzwanzig, hundertdreißig... Risley flog vorbei, ehe er auch nur daran denken konnte abzubiegen.

»Immer noch hinter uns!« rief Jinsei. Es waren keine anderen Fahrzeuge auf der Straße, nicht ein einziges, trotz der relativ frühen Stunde. Viel zu günstig... es war eine schnurgerade Rennbahn, mit einigen wenigen Nachtschwärmern, die staunend das unglaubliche Schauspiel verfolgten, wie ein jettschwarzes Motorrad allmählich von einem Lastwagen mit abgestelltem Motor eingeholt wurde. Das Geschrei der Schweine hatte sich inzwischen zu einem Dämonenchor ausgewachsen, und der Name dieses Lasters ist Legion...

»Noch hast du uns nicht, Partner!« schrie Ragnarök. Schon verschwand die East-Avenue-Brücke hinter ihnen, und der Laster lag jetzt nur noch drei Meter zurück, zwei Meter... »Festhalten, Jin!«

Er schwenkte rechts ab, donnerte den Fußweg zwischen Rand und Lincoln Hall hinunter, war sicher, daß sie jeden Augenblick tödlich stürzen würden, hielt trotz dieser Gewißheit die Maschine weiterhin aufrecht. Der Laster folgte ihnen auf einem unmöglichen Zickzackkurs, schrappte an Hausecken, knallte aber nirgendwo an und behielt den Anhänger hinter sich. Auch Ragnarök vollbrachte das Unmögliche und fuhr einfach immer weiter geradeaus.

Runter zum Arts Quad, er hatte jetzt Schnee unter den Reifen, bläulichen Schnee, von allzu nahen Scheinwerfern blau getönt. Der Sattelzug drängte näher und näher heran, aber Ragnarök würde nicht zulassen, daß er sie einholte, und rang dem Motorrad, obwohl der Gasgriff schon bis zum Anschlag aufgedreht war, durch reine Willenskraft noch ein letztes bißchen Beschleunigung ab. Mit seiner Weisheit am Ende, hielt er geradewegs auf die Lücke zwischen White und McGraw Hall zu, während ein Trio von Collegestudenten vor der wilden Jagd auseinanderstob.

»Der Slope«, flüsterte Ragnarök, unhörbar inmitten des Schweinegeschreis. »Woll'n doch mal sehen, wie dir der Hang schmeckt, Partner.«

Er kam näher, immer näher, zwei Meter, ein Meter. Der Kühlergrill des Lasters troff von schmelzendem Schnee, den das Hinterrad des Motorrads aufwirbelte, als sie zwischen den zwei Gebäuden hindurchschossen und mit einem Mal die Kante des Libe Slope vor sich hatten. Im allerletzten Augenblick ließ Ragnarök den Gasgriff los und riß den Lenker herum. Die Maschine verweigerte den Gehorsam; Jinsei schrie laut auf, als sie beide abgeworfen wurden, der Boden jäh wegsackte, Wind und Himmel an ihnen vorübersausten.

Der Laster machte nicht einmal den Versuch, sich zu retten. Er stürzte sich selbstmörderisch über den Rand des Abhangs und stieß das fahrerlose Motorrad aus dem Weg, bevor er vollends die Kontrolle über sich verlor. Endlich stellte sich der Anhänger quer, und der ganze Zug krachte in einem gewaltigen Gestöber von Schnee und Grassoden um, rutschte, von lautem Hupen begleitet, den Abhang hinunter bis auf die West Avenue, wo er schrottreif neben der Baker Hall liegenblieb. Überall im Wohnheim wurden Fenster aufgerissen; und als die erschrockenen Bewohner auf das Wrack hinuntersahen, war das Gequieke der Schweine noch immer deutlich zu hören.

Als Jinsei wieder zu sich kam, spürte sie die tröstliche Kälte einer Schneewehe unter ihrem Körper. Ihre Hände fuhren automatisch an ihre Kehle, doch nein, das war eine andere Nacht gewesen. Sie öffnete vorsichtig die Augen, versuchte sich aufzusetzen, schaffte es... alle Knochen anscheinend heil.

Ragnarök war bereits aufgestanden. Torkelte hinkend über den Abhang auf die verbogenen Überreste seines Motorrads zu. Doch nicht um die Maschine ging es ihm, sondern um die schwarze Keule, die noch in ihrem Köcher steckte. Er zerrte sie heraus und wandte sich zu dem toten Laster.

»Nein...«, versuchte Jinsei ihn zu warnen. Ihre Stimme versagte, alle Kraft hatte sie verlassen. Von seiner alten Wut erfüllt, die ihm Kraft gab, stolperte und rutschte Ragnarök zur West Avenue hinunter. Als er sich dem Laster näherte, begann das Blau im Licht der Scheinwerfer zu verblassen – ging in ein normaleres Gelbweiß über und verlosch schließlich ganz.

»Ich weiß nicht, wer du bist, Partner«, schrie der Bohemier, und wog die Keule in den Händen, »aber ich hoffe für dich, daß du schon tot bist, sonst...«

Sein Knie knickte ein, aber er weigerte sich, der Schwäche nachzugeben, und schleppte sich auf seinem gesunden Bein weiter. Er erreichte die umgestürzte Fahrerkabine und ging um den Kühlergrill herum, fest entschlossen, etwaige Reste der Windschutzscheibe wegzuschlagen und sich den Fahrer, oder was von ihm noch übrig sein mochte, vorzunehmen. Als er schließlich in die Kabine hineinsah, hätte er fast seine Waffe fallen lassen.

Es war niemand drin.

Keine Menschenseele.

Ein plötzlicher Schauder packte ihn, und da ließ ihn sein Bein doch im Stich, und er kippte um. Der Boden war kalt und hart und weitaus wirklicher als das, was er vor sich sah.

Die Hecktür des Anhängers fiel krachend herunter. Eine Flut von Schweinen purzelte in den Schnee. Jetzt klang es so, als ob sie lachten.

Hamlet sieht einen Geist

I

Die Kobolde des Hügels hatten mittlerweile angefangen zu begreifen, daß irgend etwas nicht stimmte. Seit Januar verschwanden immer mehr von ihren Leuten. Begonnen hatte es damit, daß zwei Angehörige des Kleinen Volkes von ihrer Suche nach Puck nicht zurückgekehrt waren. Der Winter hatte sie anscheinend verschlungen; eine zweite Suchaktion hatte keinerlei Ergebnisse bezüglich ihres Schicksals gezeitigt, dafür aber vier weitere Vermißtenmeldungen eingebracht. Bis Anfang Februar waren nicht weniger als fünfunddreißig Kobolde verschwunden, seit Neujahr also durchschnittlich einer pro Tag. Hobart, der einzige, der über ihren Verbleib hätte Auskunft geben können, war noch immer nicht aus seinem fiebrigen Schlaf in den Mauern der Straight erwacht.

Daß seine inzwischen auf ein Vielfaches der ursprünglich zwanzig Ratten angewachsene Armee noch ein Geheimnis war, erfreute Rasferret über die Maßen. Wenn sich das Große Volk auch als unerwartet findig erwies, waren zumindest seine Erbfeinde noch so blind und arglos wie ein Jahrhundert zuvor. Gewiß, sie spürten dunkel die Gefahr, in der sie schwebten, daran bestand kein Zweifel; doch bis sie erkannt haben würden, aus welcher Richtung sie kam, würde es zu spät sein. Bis zum Tag dieser letzten, endgültigen Konfrontation würde der Tod sie weiterhin heimlich verfolgen, jedesmal einen oder zwei von ihnen zur Strecke bringen und nie eine Spur hinterlassen.

Bei Hamlet kam der Tod am sechsten Februar vorbei, kurz nach Einbruch der Dunkelheit. Er traf ihn zu Hause an.

II

Es schneite wieder, und die Flocken legten einen Schleier über die gefrorene Oberfläche des Beebe Lake und über das Dach der winzigen Hütte an der Spitze von Hamlets Insel. Das Häuschen stand allein, weitab von jeder anderen Koboldbehausung. Nicht wenige besorgte Freunde – darunter auch Zephyr – hatten gemeint, daß es vielleicht unklug sei, sich weiterhin so zu isolieren, da Tag für Tag Kobolde verschwanden. Hamlet hatte nur gelächelt; er liebte die Einsamkeit, und sollte irgendein Buhmann mit scharfen Zähnen versuchen, ihm Ärger zu machen, würde er es mit einer geladenen Armbrust und einem ausgezeichneten Schützen zu tun bekommen.

Doch als Hamlet diesen Abend aus seiner Hütte hinaustrat, trug er keine Armbrust; er hatte sie zusammen mit seinem Schwert im Haus gelassen. Eine Feenlaterne in jeder Hand, trotzte er der Kälte und lief das kurze Stück zum Ufer, wo der Rumpf der »Prospero«, seines Modellschlachtschiffs, wuchtig aus dem Eis ragte. Puck hatte ihn einst gefragt, was er im Winter mit seinem Schiff anstellen würde, und Hamlet hatte ihm darauf geantwortet, daß er vielleicht Kufen daran montieren und es in eine Eisjacht verwandeln würde. Das hatte er auch getan; doch er war vom letzten Frost überrascht worden, und die Kufen saßen jetzt unter der Eisdecke fest und würden auch bis zur nächsten Schmelze dort bleiben. Außerstande, das Schiff zu befreien, sah Hamlet oft nach den Maschinen (aus Teilen zusammengesetzt, die er unter großen Schwierigkeiten aus den physikalischen Labors von Cornell geklaut hatte) und achtete darauf, daß weder Feuchtigkeit noch Frost irgendwelche Schäden anrichteten.

Eine Schnurleiter hing mittschiffs über die Bordwand. Hamlet hob erst die eine Laterne auf und befestigte sie an einem Tau auf halbem Weg zum Bug. Die Lampe warf einen grünen Schimmer über das vereiste Deck, das schlüpfrig war und etwas Schlagseite nach Steuerbord hatte; Hamlet mußte aufpassen, daß er nicht ausrutschte.

Er nahm die zweite Laterne und begab sich unter Deck. Der Rumpf des Schlachtschiffs war hohl, ein einziger, nicht unterteilter Stauraum, in dem sich sowohl die Motoren als auch das versenkbare Katapult befanden. Er hängte die Laterne an einen Haken nahe dem Heck und sah sich dann die Turbinen an. Gut geölt und mit kleinen Stückchen Isolierband umwickelt, waren sie eigentlich mehr als ausreichend gegen die Unbilden der Witterung geschützt. Aber hier... jemand hatte sich seit seinem letzten Kontrollgang an der Isolierung zu schaffen gemacht, hatte sie aufgerissen und die darunterliegenden, eingefetteten Maschinenteile freigelegt. Er beugte sich weiter vor, konnte indes keinen unmittelbaren Schaden an den Turbinen feststellen; der Vandale, vermutlich ein Tier, mußte rechtzeitig verscheucht worden sein.

Eine Ratte löste sich aus der Dunkelheit des vorderen Laderaums, während Hamlet noch mit den Motoren beschäftigt war, und schlich lautlos auf ihn zu. Sie hatte das Schwert gezückt, war bereit, es ihm in den Rücken zu stoßen. Wäre sie allein gewesen, hätte sie damit durchaus Erfolg haben können. Doch schon krabbelten zahllose weitere Ratten, die Hamlets Haus leer vorgefunden hatten, an den Bordwänden hoch und auf dem Deck herum. Hamlet hörte das Tappen knotiger Füße, hörte den Aufprall, als eine von ihnen ausrutschte und hinfiel, und warf einen Blick nach oben. Aus den Augenwinkeln sah er das Funkeln nahenden Stahls.

Die Ratte stach zu, doch er war schon zur Seite gesprungen und hatte nach der Laterne an der Wand gegriffen. Als die Ratte an ihm vorbeistolperte, schwang Hamlet das Feenlicht herum und zertrümmerte es an der Schnauze des Halbtiers. Grünes Hexenfeuer ergoß sich über dessen Augen und entzündete das Fell auf dem Kopf zu einer lodernden grünen Mähne. Blind und von Schmerzen gepeinigt, taumelte die Ratte im Kreis herum, und Hamlet spießte sie blitzschnell mit ihrem eigenen Schwert auf.

Die Ratte fiel tot neben den Turbinen hin, aber ihre Genossen hatten die Deckluke erreicht und begannen, in den Laderaum hinunterzuklettern. Während sich das Feenfeuer aus der zerbrochenen Laterne ausbreitete und schon an Maschinenöl und Isolierband leckte, riß Hamlet an der Schnur, die den Anlasser betätigte. Selbst die volle Antriebskraft der Turbinen hätte die »Prospero« nicht aus dem Eis heben können – noch hätte ihm dies, auch wenn es möglich gewesen wäre, etwas genützt –, doch er hatte nicht vor, das ganze Schiff zu bewegen, sondern nur einen Teil davon.

Beim zweiten Versuch sprangen die Maschinen an. Das Isolierband hatte Feuer gefangen und brannte munter vor sich hin; im Wettlauf mit Flammen und Feinden rannte Hamlet durch den rauchgefüllten Laderaum nach vorn und warf dabei die erste Ratte um, die von der Leiter gestiegen war. Dann sprang er auf die Plattform, auf der das Katapult stand, und drückte auf einen

Schalter; ein Teil des Vorderdecks klappte über ihm auf (wodurch ein nichts Böses ahnendes Trio von Ratten links und rechts über die Reling flog), und die Plattform begann sich zu heben.

Vom Rauch verwirrt, stauten sich die Ratten im Schiffsrumpf. Einige bewegten sich langsam, vorsichtig auf das Feuer zu, andere blieben zögernd am Fuß der Leiter stehen, wieder andere drängten auf der Suche nach Hamlet zum Bug. Sie kamen zu spät; die Plattform hatte ihn schon aus ihrer Reichweite gehoben. Dann schmorte ein Kabel durch, und die Maschinen starben stotternd ab. Die Plattform blieb auf drei Viertel der Höhe zum offenen Deck stehen. Hamlet kletterte auf den Arm des Katapults und sah sich in der Falle: Die Luke war von einer wimmelnden Menge von Ratten umringt. Eine legte mit der Armbrust auf ihn an.

Das Feuer erreichte den Treibstofftank der »Prospero«. Die Explosion war eher bescheiden, aber sie reichte aus, um ein Loch in das Heck zu reißen und mehrere Ratten zu rösten. Außerdem löste sie den Abschußmechanismus des Katapults aus. Hamlet wurde abrupt emporgeschleudert. Wie er so auf einer äußerst unkonventionellen Flugbahn durch die Luft wirbelte, gab er ein ziemlich schlechtes Geschoß ab.

All das geschah so plötzlich und in so rascher Folge, daß Hamlet, als er unversehrt auf einem Polster von abgestorbenem Schilf am anderen Ende seiner Insel landete, fast überzeugt war, geschlafwandelt zu haben. Die Rauchschwaden, die der Wind vor sich hertrieb, und ein flackernder Schein aus der Richtung der »Prospero« widersprachen allerdings dieser Hypothese, und er stand vorsichtig auf aus Angst, seine Knochen könnten ihren Irrtum bemerken und nachträglich brechen. Wenn er auf dem Eis gelandet wäre…

Mit wackligen Beinen sprang er geduckt auf die Oberfläche des Sees hinunter und hielt geradewegs auf das Nordufer zu; der Schneefall würde ihn hoffentlich vor den Augen der Feinde verbergen. Wenn die Ratten nicht daran gedacht hatten, Kundschafter zurückzulassen, konnte er es vielleicht doch noch schaffen und sich von einem vorbeikommenden Eichhörnchen den Abhang hinauf zur Helen Newman Hall mitnehmen lassen, wo Verwandte von ihm wohnten.

Die Ratten *hatten* Späher zurückgelassen. Zwei davon lagen

tot am Rand der Böschung, von hinten erstochen. Ein Geist stand bei ihnen und reinigte gerade sein Schwert.

»'n Abend, Hamlet«, begrüßte ihn der Geist. »Freut mich zu sehen, daß du noch intakt bist.«

Zum zweitenmal in kurzer Zeit fragte sich Hamlet, ob er nicht vielleicht träumte. »Du bist tot«, klärte er den Geist auf. »Oder solltest es wenigstens sein.«

»Du doch wohl auch, oder?« Der Geist gab der einen Rattenleiche einen Stups. »Ich hab sie eine ganze Weile im Auge behalten, aber bis ich mir ausrechnen konnte, was sie im Schilde führten, war es zu spät, um dich zu warnen. Nur gut, daß das Glück dich nicht völlig im Stich gelassen hat.«

Geräusche drangen an ihr Ohr, Schritte auf dem Eis. Die überlebenden Ratten hatten die »Prospero« verlassen und sich wieder auf die Suche nach Hamlet begeben.

»Komm, mein Freund«, sagte der Geist und steckte das Schwert wieder in die Scheide. »Höchste Zeit, daß wir uns einen etwas sichereren Aufenthaltsort suchen. Nimm die Beine in die Hand!«

So verwirrt, daß er an seinem Verstand zweifelte, gab Hamlet alles Denken auf, zuckte mit den Schultern und folgte dem Geist in die Nacht. Hinter ihnen wirbelte der Schnee, brannte die »Prospero«, tobten die Ratten. Sie schäumten vor Wut über den Verlust ihrer Beute und zitterten vor der Strafe, die sie für ihren Mißerfolg zu gewärtigen hatten. Zer war kein nachsichtiger General.

III

Zwanzig Minuten später lagen Hamlet und der Geist in der relativen Sicherheit eines Backenhörnchenbaus, warm eingequetscht zwischen den schlafenden Hausbesitzern. Der Bau war dunkel und ziemlich stickig, doch allemal der ungeschützten Eisfläche des Sees vorzuziehen.

»Jammerschade um die ›Prospero‹«, klagte Hamlet. »Was hat mich der verdammte Kahn nicht an Arbeit gekostet!«

»Kahn?« schnaubte der Geist verächtlich. »Und was ist mit meinem Doppeldecker?«

»Ich hatte dir doch schon immer gesagt, daß du ihn früher oder später zu Bruch fliegen würdest.«

»Und ich hatte *dir* immer gesagt, daß mein Fallschirm mich aus jeder gefährlichen Situation herausholen würde. Ein Glück, daß ich recht hatte – ich war selbst überrascht, wie schnell ich ihn mir umschnallen konnte, als es darauf ankam. Aber Hobart –«

»Hobart lebt«, sagte Hamlet. In der Dunkelheit konnte er erkennen, wie sehr diese Nachricht den Geist verblüffte. »Niemand weiß genau, was ihn gerettet hat.«

»Hat er erzählt, was uns passiert ist?«

»Seit er aufgefunden wurde, hat er nicht *ein* vernünftiges Wort gesprochen. Gehirnentzündung.«

»Und Zephyr? Ist mit ihr alles in Ordnung?«

»Abgesehen davon, daß sie um einen gewissen untoten Freund von mir trauert und sich große Sorgen um Hobarts Gesundheit macht... Es geht ihr soweit ganz gut. Und wenn sie dich sieht, wird's ihr noch besser gehen. Ich würd sagen, wenn wir morgen versuchen, den See in aller Frühe zu überqueren –«

»Nein«, unterbrach ihn der Geist.

»Nein?«

»Glaubst du denn, ich hätte aus reinem Jux den letzten Monat toter Mann gespielt? Ich hab die ganze Zeit versucht herauszukriegen, was eigentlich los ist. Jemand bringt Kobolde um, und es sieht ganz danach aus, als ob dieser Jemand sich auf einen großen Krieg vorbereitet, aber wer das ist, oder warum er das tut, ist mir noch nicht klar. Wenn du und ich jetzt Alarm schlagen, könnte sich der Feind gezwungen sehen, vorzeitig anzugreifen, bevor wir wissen, mit wem oder was wir es hier zu tun haben. Es ist sicherer, noch ein Weilchen länger tot zu bleiben und die Augen offenzuhalten.«

»Wenn wir zu lange warten...«

»Wir werden versuchen, den richtigen Zeitpunkt abzupassen.«

Schweigen.

»Also, Puck«, fuhr Hamlet fort. »Was waren das nun für Kreaturen, vorhin auf dem Schiff? Das ist das erstemal, daß ich eine Ratte gesehen habe, die fechten konnte.«

»Mmm«, stimmte Puck ihm bei. »Klingt direkt wie aus einer von Hobarts Geschichten, nicht wahr? Vom Großen Krieg.«

Hamlet schüttelte den Kopf. »Unmöglich. Rasferret ist tot, das weißt du doch.«

»Hm. Aber das sind wir ja schließlich auch. Komisch, bis vor kurzem war mir nicht klar, wieviel eine Leiche eigentlich ausrichten kann.«

Unterwegs

I

Fernab, westlich von Ithaca, in der unerforschten Einöde des ländlichen Ohio, unterhielt sich Luther mit dem Teufel.

Eine vollständige Chronik seiner Odyssee würde ein eigenes Buch füllen. Begnügen wir uns damit, festzustellen, daß Witterung, Entfernung und Mangel an Gesellschaft diese Reise zu einer weit härteren Prüfung für Luther machten, als es sein und Blackjacks früherer Marsch in den Himmel gewesen war. Ein größeres Hindernis auf Luthers Weg war der Michigansee gewesen, der ihn über eine Woche lang aufgehalten hatte. Eines Nachts hatte ihn schließlich eine schöne Frau mit einer Stimme wie Musik und einem Silberpfeifchen um den Hals auf ein Schiff im Hafen von Milwaukee geführt; er hatte sich für die Dauer der Überfahrt in einem mit unzähligen Kisten von Meisterbräu vollgestapelten Laderaum versteckt, die Z. Z. Top, wäre er an seiner Stelle gewesen, in schieres Entzücken versetzt hätten. Er ernährte sich von kärglichen Abfällen, wanderte durch Michigan in den Roßkastanienstaat, wo erst an diesem Morgen ein flinker Milchviehhalter wortreich versucht hatte, ihn als Haushund zu gewinnen. Der Bursche hatte es tatsächlich fertiggebracht, ihm einen Strick um den Hals zu legen. Luther riß sich los und floh vor den beunruhigten Augen eines schattenhaften Waldmurmeltiers eilends über rauhreifbedecktes Weideland. Eine Viertelmeile weiter war Luther, der noch immer die Leine hinter sich herschleifte, mit einem Satz durch eine Gruppe von Büschen gesprungen und hatte direkt dahinter – oha! – eine niedrige, aber steile Uferböschung samt dazugehörigem, träge fließendem Fluß entdeckt. Er wollte auf das Wasser zuspringen, wurde jedoch im letzten Augenblick von der provisorischen Leine, die sich im Gebüsch verfangen hatte, zurückgerissen.

Luther hatte zwar keine Ahnung, wie er sich als Schwimmer gemacht hätte, doch momentan stellte die Leine eine größere Gefahr als das Wasser dar. Das Flußufer entpuppte sich als bröckelig und unerklimmbar; gleichermaßen außerstande, hinauf- wie hinunterzusteigen, stand Luther auf einem kleinen Absatz, direkt über dem Wasser, und bemühte sich verzweifelt, das Gleichgewicht nicht zu verlieren. Wind kam auf und beschwatzte den Busch, seine Zweige zu heben, wodurch sich die Schlinge um Luthers Hals immer enger zusammenzog.

Luther rang nach Atem und blickte in die Tiefen des Flusses, als erwarte er von ihm, daß er sich aus seinem Bett erheben und ihn losbinden würde. Des Flusses einzige Reaktion bestand indes darin, ihm das Bild eines dummen kleinen Hundes mit einem Strick um den Hals vor Augen zu führen. Luther wandte sich ab und versuchte, die Böschung hinaufzuklettern. Die Erde gab nach, verschüttete ihn halb und riß ihn wieder mit sich hinunter; jetzt stand er Nase an Nase mit dem anderen Hund, und die Leine saß so stramm, daß keiner von beiden atmen konnte.

Und wie er so schaute, kräuselte sich das Bild im Wasser und begann sich zu verändern. Es wuchs; jetzt war es nicht mehr ein zerzauster Mischling, sondern ein Reinrassiger: groß, weiß und mit scharfem Gebiß. Luther versuchte zurückzuweichen, aber es gelang ihm nicht. Sein alter Feind sprach ihn mit dreister Wut an, unverschämt und triumphierend.

Krätze! rief er.

»Drakon...« Der Boden unter Luthers Beinen schien nachzugeben. »Nein.«

Dachtest du, ich hätte dich vergessen, Krätze? Nein. Du bist mein einziger Gedanke. Ich werde kommen, dich zu holen.

»Das kannst du nicht. Die Fänger haben dich mitgenommen...«

Das haben sie, pflichtete Drakon ihm bei. *Sie haben mich gefangen und in einen Käfig gesteckt, und da war eine Krätze wie du, und was glaubst du, was ich mit ihr gemacht habe? Jetzt bin ich in einem anderen Käfig, aber ich werde herauskommen. Ich bin schon fast draußen.*

»Nein. Du wirst mich niemals finden, selbst wenn du wirklich herauskommen solltest.«

Selbstverständlich werde ich dich finden. Wir haben beide dasselbe Ziel, aber ich bin schon näher dran. Ich werde zuerst den Kater töten, und wenn du den Hügel erreichst, werde ich dich neben seiner Leiche erwarten...

Ein plötzlicher Windstoß zog das Seil so stramm, daß Luther

die Überzeugung gewann, sein Kopf habe sich vom Rest seines Körpers getrennt. Seine Augen füllten sich mit Tränen, und während es dunkler und dunkler um ihn wurde, fand er sich Auge in Auge mit einer anderen, unendlich großen Erscheinung, einem Wilden Hund, ganz aus Licht und Schatten gebildet. Seine Augen hatten die Farbe der Sterblichkeit.

Du weißt doch, wer ich bin, Hundekind? dachte der Wilde Hund in ihn hinein. Luther war hin und her gerissen zwischen Entsetzen und Verwunderung.

»Raaq«, antwortete er. »Du bist Raaq, du bist der Verführer, du bist der Teufel.«

Ich bin Raaq, bestätigte der Wilde Hund. *Der Beender des Lebens. Wann soll ich dein Leben beenden, Hundekind? Heute? Jetzt?*

»Nein«, flehte Luther. »Ich muß zurück – in den Himmel.«

Der Wilde Hund machte ein Geräusch wie menschliches Gelächter. *In den Himmel. Und was wirst du dort tun, wenn dein Feind kommt? Wirst du kämpfen, um dein Leben zu retten? Töten, wenn nötig?*

»Ich werde nie einen anderen Hund töten. Koste es, was es wolle. Ich werde dich nie in mein Herz lassen.«

Auf dein Herz bin ich gar nicht aus... wie wenig du mich doch verstehst. Aber was diesen Ort angeht, den du für den Himmel hältst: Wie kommst du überhaupt darauf, daß du es verdienst, dorthin zurückzukehren? Man hat dir Fragen gestellt, wenn ich nicht irre...

»Fragen?«

Du hast sie bestimmt nicht vergessen. Fünf Fragen hat man dir gestellt. Wie viele Antworten hast du gefunden, Hundekind? Kennst du die wahre Natur des Göttlichen? Den Sinn des Lebens und der Liebe?

Luther hatte keine Antworten. Sein Verstand, sein ganzes Ich schrumpfte zu einem Punkt zusammen – eine Kerzenflamme, die bald erlöschen mußte.

Wie steht es mit der Vierten Frage, Hundekind?

»Die Vierte...«

Die Vierte Frage. Antworte mir, Hundekind: Welche ist die edelste Hunderasse?

»Edelste Rasse?« Alter Zorn flammte auf und erfüllte Luther

noch einmal mit Kraft. Er antwortete schnell und empört: »Die edelste Hunderasse ist diejenige, welche zugibt, daß sie die Vierte Frage nicht beantworten kann, weil es gar keine Antwort darauf gibt und weil es überhaupt eine schlechte Frage ist. Womit klar sein dürfte, daß ich zur edelsten Rasse gehöre.«

Und zu welcher Rasse gehörst du, Hundekind?

Ermattend: »Zu gar keiner Rasse.«

Wieder dieses Geräusch wie menschliches Gelächter.

Dann magst du noch ein Weilchen länger leben.

Höheren Orts löste sich ein Seil von einem Zweig; Luther plumpste kopfüber in den Fluß. Einen Augenblick lang kämpfte er atemlos gegen das Wasser, dann lag er auch schon am anderen Ufer, und die Leine war von seinem Hals verschwunden.

Der Mischling kam langsam wieder zu sich. Als es soweit war, galt sein erster Gedanke nicht dem Teufel, sondern dem Reinrassigen.

Ich werde zuerst den Kater töten.

»Blackjack.«

Kaum daß er laufen konnte, war Luther wieder unterwegs.

II

Tyson Riddle, Untertierpfleger an der Adams-Forschungsanstalt, hatte irgendwann einmal ein zweiwöchiges Verhältnis mit einer Vegetarierin gehabt. Eigentlich tendierte er dazu, die ganze Angelegenheit rückblickend als schlichte Fickbeziehung einzustufen, denn der Teufel sollte ihn holen, wenn er der Frau je auch nur ein Fünkchen Achtung entgegengebracht hatte. Ziemlich viel Holz vor der Hütte, das ja, aber viel zu kultiviert für Riddles Geschmack, und als sie gesagt hatte, sie nehme kein Fleisch in den Mund, hatte sie das im weitesten Sinn des Wortes gemeint. Ihre Affäre hatte mit einer Schlägerei um die Mittagszeit geendet. Er hatte sich gerade ein Muschelgericht in die Pfanne gehauen, sie eine Gurke in Scheibchen geschnitten, als Riddle streitlustig gemeint hatte, der typische Fleischlieferant könne sich wenigstens symbolisch zur Wehr setzen und schreien oder sonst was in der Art tun, wenn man daran ging, ihn umzubringen, während dem Grünzeug diese Möglichkeit in der Regel versagt bleibe. Von ihrem gehirnamputierten Bettgenossen an die Grenze ihrer Langmut getrieben, hatte die Vegetarierin ihre pazifistischen Ideale vorübergehend über Bord geworfen und war gewalttätig geworden. Nach einem kurzen Austausch von Küchenutensilien und anderen nicht-niet-und-nagelfesten Gegenständen hatten sich die zwei Liebenden mit je einer Abschiedsohrfeige für immer voneinander getrennt.

Wie er nun im Empfangsbüro der Forschungsanstalt einen Kaffee trank und sich bei der Betrachtung der »lesbischen« Bildsequenz der neuesten ›Penthouse‹-Ausgabe die Lippen leckte, fühlte sich Tyson Riddle beim Anblick eines Muttermals an die längst verlorene Dame Fleischlos erinnert; und ihm wurde warm zumute, als er sich vergegenwärtigte, daß in ebendieser Anstalt Tiere Tag für Tag im Namen der Wissenschaft zu Tode gefoltert wurden, viele von ihnen ohne jede Notwendigkeit.

Er lehnte sich zurück und legte die Füße auf den Schreibtisch, wobei er achtlos gegen einen Stapel zerfledderter Taschenbücher trat. Zuoberst lag eine von gründlicher Lektüre zeugende Comic-Version von ›Mumu‹; darunter, und einschlägiger, ein Exemplar der nützlichen, von der American Medical Association herausgegebenen Broschüre ›Den Kopf retten: Über den richtigen Umgang mit tollwütigen Tieren‹. Riddle war für die Hundeabteilung der Anstalt zuständig. Er haßte Hunde.

Ein Lastwagen hatte draußen vor dem Empfangsbüro geparkt, und eine Lieferantin namens Abby Rasmussen lud gerade eine Sendung chirurgischer Instrumente aus. Riddle legte die Lesbierinnen für einen Augenblick beiseite und sah ihr durchs Fenster zu. Rasmussen erinnerte ihn überhaupt nicht an die Vegetarierin – sie hatte beispielsweise langes blondes Haar, während Fleischlos pechschwarz gewesen war –, und trotz ihrer eher durchschnittlichen Oberweite fand Riddle sie verdammt sexy. Als sie hereinkam, um sich die Lieferung quittieren zu lassen, teilte er ihr sein Urteil mit.

»Also wie ist es, Rasmussen?« fragte er. »Fühlst du dich nie einsam, den ganzen Tag auf der Straße?«

Rasmussen, die einmal einen Sommer lang Mitglieder für die CIA angeworben hatte und Riddle in etwa so attraktiv fand wie einen anal fixierten Sandinisten, lutschte nachdenklich ein Bonbon.

»Ich werd dir was sagen«, erwiderte sie. »So wie ich die Sache sehe, gibt es drei Zustände: einsam, verzweifelt und das Stadium, in dem man sich genausogut seine Selbstachtung bewahren und ins Kloster gehen kann. Kannst du mir folgen, Tyson?«

Nachdem sie weggefahren war, machte es sich Riddle wieder bequem und holte aus der untersten Schublade des Schreibtisches sein Stilett hervor. Die Waffe bestach durch eine Zwanzigzentimeterklinge und war als Bausatz von einem Versandhaus aus dem Süden gekommen. Riddle ließ das Messer aufschnappen und kritzelte mit der Spitze auf den Penthousebildern herum. Nach fünf Minuten ließ er wieder davon ab; er war nur ein halbherziger Frauenhasser.

Er brühte sich gerade eine frische Tasse Kaffee auf und überlegte derweil, ob er jemanden vom Eingang der Lieferung benachrichtigen oder gar selbst wieder an die Arbeit gehen sollte, als das Telefon klingelte.

»Hallo. Was wollen Sie?«

Die Stimme am anderen Ende der Leitung klang irgendwie leicht fremdländisch.

»Im Schuppen läuft ein Hund frei herum«, sagte sie.

»Hä? Wer spricht da?«

»Sie haben während der Arbeit geschlafen, Mr. Riddle. Einer der Hundekäfige steht sperrangelweit offen. Ich sehe es mit eigenen Augen. Ganz schön großer Hund im übrigen...«

»Sie können es unmöglich sehen«, entgegnete Riddle, der wenig Sinn für dumme Streiche hatte. »Da drin ist überhaupt kein Telefon. Welches verdammte Arschloch spricht denn da?«

»Ah, diese gepflegte Ausdrucksweise. Einen wunderschönen Tag noch, Mr. Riddle.«

Der Anrufer legte auf. Riddle knallte den Hörer auf die Gabel, ging ans Fenster und sah hinaus. Der Schuppen, der die Hundekäfige beherbergte, lag am anderen Ende des Gebäudekomplexes. Es war ein relativ kleiner Schuppen; den weitaus größten Posten in der Anstalt machten Kaninchen und kleinere Nagetiere aus.

»Scheiße...« Na ja, er mußte sowieso rüber und ein paar Käfige säubern. Also verzichtete er auf seine zweite Tasse Kaffee, schnappte sich seine Jacke, schob das Stilett gedankenlos in die Gesäßtasche und brach auf zum Hundeschuppen. Er schleppte eine private Gewitterwolke übler Laune mit sich und fand es weder schade noch weiter bemerkenswert, daß er unterwegs nicht einem einzigen Kollegen begegnete. An einem anderen Tag wäre ihm vielleicht aufgefallen, daß die Anstalt so ausgestorben wirkte wie eine Geisterstadt.

Die Hundekäfige waren allerdings nicht ausgestorben, soviel war sicher. Als Riddle den Schuppen betrat, wurde er von Gebell und Gekläff und dem einschmeichelnden Geruch von Hundescheiße willkommen geheißen. Er knipste das Licht an und brüllte seinen Pflegebefohlenen zu, sie möchten ihre verdammte Schnauze halten, was indes nur wenig fruchtete.

Der Schuppen war lang und schmal und in zwei Gänge unterteilt, die jeweils an beiden Seiten von Käfigen gesäumt wurden. Als er in den ersten Gang hineinspähte, bemerkte Riddle nichts Außergewöhnliches und auch keinen frei herumstreunenden Hund. Der nicht abgeschlossene Käfig befand sich im zweiten Gang, hinten links. Die Tür stand tatsächlich sperrangelweit offen und vom Insassen war nichts zu sehen.

»Schön, schön«, brummte Riddle. »Bin dir anscheinend was schuldig, wer immer du auch sein magst.«

Er war sowieso schon schlechter Laune gewesen; aber von allen Käfigen, die hätten offenstehen können, hätte ihn keiner so sehr verstimmt wie ausgerechnet dieser. Wenn sein Gedächtnis ihn nicht trog – und in diesem speziellen Fall tat es das gewiß nicht –, so beherbergte dieser Käfig einen ausgewachsenen männlichen Irischen Wolfshund, der erst kürzlich von einem Tierheim im Osten des Staates New York übernommen und noch keinem bestimmten Forschungsprojekt zugeteilt worden war. Was bedeutete, daß er bislang von allen Spritzen oder sonstigen Maßnahmen verschont geblieben war, die ihn, wenn er beschlossen hätte, Riddle anzufallen, ein wenig gebremst hätten. Und der Wolfshund war ein gottverdammt gemeingefährliches Vieh – das wußte Riddle, der ihn zweimal am Tag füttern mußte, nur zu gut.

Er ging in den Putzraum und schraubte den Stiel von einem Mop ab. Die Stange wie einen Speer haltend, pirschte er sich dann an den Käfig des Wolfshundes heran. Er hatte die halbe Strecke zurückgelegt, als das Licht erlosch.

Kein Flackern und Flimmern, kein Aufblitzen einer durchbrennenden Glühbirne; das Licht war einfach plötzlich weg. Die einzige noch verbleibende Lichtquelle war ein Fenster hoch oben, nahe dem Dachfirst, durch das ein paar schwächliche Sonnenstrahlen in den Raum fielen. Riddle erstarrte und blieb eine gute halbe Minute still stehen; dann setzte er unter Mißachtung der grundlegenden Verhaltensregel, die jeder Horrorfilm zu lehren versucht, seinen Weg fort.

Darüber, daß sich der Wolfshund noch in seinem Käfig befand, konnte kein Zweifel bestehen – der Schuppen war abgeschlossen gewesen, und Hunde sind nicht eben für ihre Geschicklichkeit berühmt, Türknäufe umzudrehen; Riddle hätte die offene Tür also einfach mit Hilfe des Mopstiels zudrücken können. Da aber aus dem Käfig des Wolfshundes kein Laut drang und da die übrigen Hunde nicht daran dachten, ihren Radau einzustellen, beschlichen Riddle *doch* gewisse Zweifel. Vor dem Käfig angelangt, ging er, den Stock abwehrbereit vorgestreckt, halb in die Hocke. Soweit er erkennen konnte, rührte sich nichts im dunklen Käfig. Er legte den Mopstiel hin und beugte sich noch tiefer hinunter, um besser sehen zu können. Irgendwo in der Nähe schüttelte der Schatten von Alfred Hitchcock verzweifelt den Kopf.

Riddle war auf allen vieren und hatte den Kopf in den Käfig gesteckt, als das Knurren begann. Die Augen des Tierpflegers beschlossen endlich, sich auf die Dunkelheit einzustellen, und wie durch Zauberei materialisierte sich direkt vor ihm eine riesige weiße Gestalt. Der Wolfshund setzte zum Sprung an.

»Oh, Fotze«, sagte Riddle. Er entsann sich des Messers in seiner Gesäßtasche und griff danach.

Schaffte es nicht.

»Sehr hübsch«, sagte Mr. Sunshine. »Sehr *plastisch*.«

Letzte Vorbereitungen: Es wird März

I

Der Februar ging in den März über, und für den Hügel begann eine Zeit des Wartens.

Rasferret dem Engerling machte der Verlust des Boten nicht wenig zu schaffen. Nicht nur waren ihm dadurch seine fliegenden Augen abhanden gekommen; darüber hinaus stellten seine gelegentlichen Abstecher zum Knochenacker, die er unternahm, um weitere Truppen auszuheben, ohne die praktischen Flügel jetzt eine ungleich schwierigere und gefährlichere Aktion dar. Um den Engerling noch entschiedener in seine Schranken zu weisen, hatte Mr. Sunshine außerdem seiner magischen Wahrnehmung einen blinden Fleck verpaßt, der garantierte, daß er sich nicht eher auf die Suche nach George begeben würde, als er sollte. Den Rest besorgte Rasferrets Feigheit: Außerstande festzustellen, wo sich sein menschlicher Gegenspieler gerade befand, wagte der Engerling nicht, weitere Aktionen gegen die Kobolde zu riskieren – auch dann nicht, als seine Rattenarmee eine Stärke erreichte, die sogar einen offenen Angriff gestattet hätte.

Hamlet und Puck, die gleichfalls für einen vorzeitigen Ausbruch des Krieges hätten sorgen können, fanden ständig neue Gründe, sich totzustellen. Jedesmal, wenn sie sich wieder einmal entschließen wollten, aus der Versenkung aufzutauchen und ihr Volk zu warnen, brachte sie Mr. Sunshine dazu, es sich anders zu überlegen. Hobart lag nach wie vor im Koma und gab keine weiteren Prophezeiungen von sich.

In der letzten Woche vor den Iden konzentrierte Mr. Sunshine seine Aufmerksamkeit ganz auf George, Aurora, Ragnarök und die Mitglieder der Rho Alpha Tau.

II

Am Montag, dem 11. März, wachte Aurora durch das Geräusch von platzendem Glas auf. Sie rannte in Georges Küche und fand den Geschichtenerzähler dabei, wie er die Überreste eines McDonald's-Glases zusammenkehrte; überall lagen Splitter und Scherben von Ronald McDonald herum, und frischgebrühter Kaffee bildete eine Pfütze auf dem Linoleum.

»Mein Onkel Erasmus hat immer gesagt, ich soll heiße Flüssigkeiten grundsätzlich nur in Keramikbehälter gießen«, bemerkte George, als sie hereinkam. »Jetzt weiß ich auch wieder, warum.«

Zwei Teller mit Pfannkuchen und prallen Würstchen standen unauffällig auf dem Herd. Aurora hob eine Augenbraue.

»George«, ermahnte sie ihn. »Du sollst doch kein Frühstück machen.«

»Ach nein? In welchem Jahrhundert bist denn *du* aufgewachsen?«

»Im zwanzigsten – in dem man sich abwechselt. Du hast gestern Frühstück gemacht und vorgestern...«

»Ich bin eben egoistisch.« Er kippte die Glasscherben in den Mülleimer und wischte den Kaffee mit einem Lappen auf. »Ich seh dir gern zu, wie du schläfst. Du bist eine schöne Schläferin, wußtest du das? Ich hab dir heut früh eine halbe Stunde zugeschaut, und wenn du nicht vom Pfannkuchengeruch aufgewacht wärst, hätt ich gleich noch mal geguckt.«

George sah auf. Sie war ganz rot geworden und hielt sich den Frotteebademantel mit einer schlanken Hand am Hals zusammen. Selbst nach mehr als zwei Monaten waren sie füreinander so neu, daß Aurora gelegentlich noch verlegen wurde, und ihre Schüchternheit verfehlte es nie, ihn zu rühren.

»Du gibst mir ein Gefühl von Sicherheit«, sagte er zu ihr, stand auf und warf den Wischlappen in die Spüle. »Es ist, wie einen langen Roman zu schreiben. Die meisten Leute glauben, die wirklich befriedigende Sache sei, den Roman abzuschließen, ein ordentliches Stück Arbeit zu Ende zu bringen, aber der Anfang kann genauso schön sein, vielleicht sogar noch schöner. Wenn du anfängst, hast du ein Bild davon, wie deine Zukunft sein wird, womit du dich in der nächsten Zeit beschäftigen wirst. Und du weißt, es ist das, wofür du bestimmt bist...«

Sie wurde noch ein bißchen röter, und er berührte ihre Wange, und sie berührte seine, und sie öffnete den Mund, zweifellos um etwas gleichermaßen Romantisches zu sagen, und was herauskam, war: »Aber Hotdogs zum Frühstück? Hast du vor zu kotzen?«

»Warum kotzen? Hotdogs sind Gott.«

»Zum Frühstück?«

»Warum nicht zum Frühstück?«

»Normalerweise ißt man Pfannkuchen und Speck. Oder Eier. Oder beides.«

»Na, und was ist Speck anderes als Fleisch? Würstchen sind auch Fleisch, also haben wir es im wesentlichen mit ein und demselben Begriff zu tun. Und wenn du's genau nehmen willst, gibt's jetzt auch Hühnchenwürstchen, die natürlich absolut widerlich sind, aber wenn wir statt de gustibus de conceptibus disputieren – was ist ein Hühnchen anderes als ein Ei, das man lange genug in Ruhe gelassen hat? Und voilà, wieder ein und derselbe Begriff.«

»George, du bist abartig.«

»Selbstredend bin ich abartig. Was glaubst du wohl, warum dein Vater uns seinen Segen gegeben hat?«

Der Obstkorb wartete auf dem Küchentisch, geduldig wie eine Schlange. Aurora bemerkte ihn erst, nachdem George sie geküßt und den Spüllappen wieder zur Hand genommen hatte; seitlich am Herd waren ein paar Kaffeespritzer, die noch beseitigt werden mußten.

»Und was ist das?« fragte Aurora und sah sich den Korb näher an. Weidengeflecht, mit einem Band und einem Kärtchen am Griff.

»Hab ich heute früh vor der Tür gefunden. Du kennst nicht zufällig jemanden, der auf einem Passagierdampfer arbeitet?«

»›Bon voyage‹« las sie auf der Karte. »›Vom Fährmann.‹ Soll das ein Witz sein?«

»Frag mich was Leichteres, Lady. Ich hab's mehr oder weniger aufgegeben, mysteriösen Sendungen und ihrer Herkunft auf den Grund gehen zu wollen. Lohnt die Mühe nicht. Wie wär's mit einem Apfel?«

Dem Apfel, hätte er ruhig sagen können; es gab nur einen. Wie er so blank poliert, makellos und rot inmitten fleckiger Bananen und sauer aussehender Trauben lag, war er zweifellos die appetitlichste Frucht im Korb. Aurora nahm ihn, spürte seine Kälte in ihrer Hand, und ein Dutzend Märchen fielen ihr wieder ein. Sie lächelte.

»Wahrscheinlich ist er vergiftet«, warnte George sie.

»Wie der Wein in der Scheune?«

»Genau.«

»Hmmm... ich glaube, ich hätte nichts gegen eine zweite Vergiftung von der Art.«

»Na, dann beiß rein«, riet George. Er legte den Lappen weg und wandte sich wieder den Pfannkuchen und Würstchen zu. Was dann geschah, wirkte nicht ganz so dramatisch, wie es vielleicht im Sinne des Erfinders gewesen war.

George hörte das saftige Knirschen, als Aurora in den Apfel biß; einen Augenblick später einen dumpfen Aufprall, als die Frucht zu Boden fiel.

»Ach du Schreck«, sagte sie.

»Aurora?« George drehte sich um und sah, daß sie taumelte.

»Ach du Schreck«, wiederholte sie. Denn natürlich war es ein vergifteter Apfel. Zugleich war es aber auch ein Apfel der Erkenntnis, und kurz bevor sie zusammenbrach, waren Auroras Augen von diesem Wissen erfüllt. »Schneewittchen. Er ist verrückt nach Grimms Märchen.«

George fing sie mitten im Fall ab.

III

Zwei Tage später, am 13., ließen Ragnarök und Jinsei ihre Morgenveranstaltungen sausen und gingen nach Collegetown auf ein Eis im Cravings Ice Cream Shoppe. Seit ihrem Rennen mit dem Lastwagen hatten sie mehr Zeit gemeinsam als allein verbracht. Ragnarök war noch nie zuvor mit einer Frau richtig befreundet gewesen, und er hätte es früher vielleicht nicht für möglich gehalten; dennoch lagen hier alle Symptome einer engen Freundschaft vor, während sich seine Verliebtheit – wie ein echter Südstaatengentleman – höflich zu verabschieden schien. Es wäre falsch gewesen zu behaupten, daß Jinsei ihm Prediger ersetzt hatte – niemand, ob Mann oder Frau, hätte das jemals geschafft –, doch zweifellos nahm sie in seinem Herzen mittlerweile einen recht ähnlichen Platz ein. Viele Nächte hindurch hatten sie miteinander gesprochen und, wie es sich für gute Freunde gehört, einander geholfen, mit alten und neueren Tragödien fertig zu werden. Sie hatten mit Sicherheit genügend Gesprächsstoff.

An diesem Montagmorgen trug Jinsei dazu bei, eine weitere Tragödie zu verhindern, indem sie einen Kampf beendete, noch ehe er richtig ausbrechen konnte.

»Na, wen haben wir denn da!« Jack Baron, noch immer regierender Präsident der allseits beliebten Rho Alpha Tau, lief um seinen Porsche herum und stellte sich Ragnarök und Jinsei in den Weg, die gerade aus der Eisdiele kamen. Er war nicht allein: Bobby Shelton und Bill Chaney quetschten sich aus der Beifahrertür heraus. »Wie läuft's denn so in Bohemia?« fragte Jack heiter. »Und im Orient?«

»Nicht«, sagte Jinsei und umklammerte automatisch Ragnaröks Arm. Zwei parkende Autos weiter lehnte Samuel Doubleday seine nicht unbeträchtliche Leibesfülle an seinen Straßenkreuzer; Nattie Hollister war eben über die Straße gerannt, um Kaffee und Krapfen zu holen. Wenn Jinsei glaubte, Jack Baron hätte den Polizisten nicht bemerkt, so irrte sie sich. Und wenn sie glaubte, die Anwesenheit des Polizisten würde eine hemmende Wirkung auf die Rattenbrüder ausüben, so irrte sie sich abermals.

»Im Ernst.« Als Ragnarök nicht antwortete, sondern nur finster dreinschaute, fuhr Jack Baron fort. »Im Ernst, wie ist es dir denn so ergangen?« Seine Lippen kräuselten sich zu einem Lächeln: »Wie geht's dem guten alten Prediger?«

»Oh, Jack!« Bobby Sheltons Miene parodierte Bestürzung. »Danach hättest du nicht fragen dürfen, Jack. Hast du denn das Neueste noch nicht gehört?«

»Aber nein, Bobby.« Jack sah angemessen verblüfft aus. »Was denn?«

»Über unseren alten Freund Prediger«, warf Bill Chaney ein. »Der Mann weilt nicht mehr unter uns.«

»Was hat ihn uns entrissen? Der akademische Leistungsdruck?«

»Die Schwerkraft«, antwortete Chaney, und jetzt mußte sich Jinsei mit ihrem ganzen Körper dazwischenwerfen, um Ragnarök zurückzuhalten. »NEIN!« schrie sie, wie man einen scharfen Hund anschreien würde, als er die Fäuste ballte und versuchte zuzuschlagen.

»So ist's recht«, stachelte Baron ihn weiter auf, ohne selbst irgendwelche Anstalten zu machen, sich zu verteidigen. »So ist's recht, knall mir doch eine vor den Augen dieses Polizisten da, und ich schwör dir, ich schleife dich wegen tätlichen Angriffs vor den Kadi. Na, komm schon!«

Er hätte es fast getan; nur Jinsei hielt ihn, mehr durch Willenskraft als durch physische Stärke, davon ab. Schließlich beruhigte sich Ragnarök soweit, daß sie ihn nicht mehr festzuhalten brauchte.

»So ist's recht«, wiederholte Baron und stichelte weiter. »Immer mit der Ruhe, Bohemier. Immer –«

Jinsei fuhr wie eine Schlange herum.

»Leck mich am Arsch«, sagte sie. Eine uralte und viel zu oft ausgesprochene Aufforderung, die sich indes aus ihrem Mund wie neu ausnahm. Jack Baron verschlug es die Sprache. Shelton, der Footballspieler, schritt ein, um die Situation zu retten.

»Paß auf, was du sagst!« drohte er. An Körpergröße und Gewicht war er ihr hoffnungslos überlegen, aber Jinsei ließ sich nicht einschüchtern. Einmal hatte Shelton ihr Angst eingejagt, aber das war vor der Gummimaid gewesen.

»Nein«, gab sie zurück. »Paß *du* auf. Noch eine Beleidigung, noch ein Wort, und ich geh selbst auf dich los. Und wenn du versuchst, mich wegen tätlichen Angriffs verhaften zu lassen, sage ich der Polizei, daß du mich vergewaltigen wolltest.«

»Dich vergewaltigen? Nun mach mal nen Punkt! Wer soll dir denn abnehmen, daß wir am hellichten Tag versucht haben, dich zu ver-«

»Nur zu, laß es auf einen Versuch ankommen, wenn du willst«, schnitt Jinsei ihm das Wort ab. »Ich weiß über deine Verbindung Bescheid; wir werden ja sehen, wer was zum Thema Vergewaltigung glaubt. Aber eins steht fest: Auch der beste Anwalt, den du für dein Geld kriegen kannst, wird dir die Narben in deinem Gesicht nicht wegmachen können.«

Sie krümmte die Finger wie Krallen; ihre Nägel waren lang – lang genug jedenfalls. Shelton arbeitete schon an einer schlagfertigen Erwiderung, aber dann sah er etwas Unerwartetes, Gefährliches in ihrem Ausdruck, und alle Beredsamkeit verließ ihn. Er trat einen Schritt zurück.

»Wagt es nie wieder, uns zu belästigen«, warnte Jinsei die drei. Als es so aussah, als würde selbst Jack Baron sie ernst nehmen, streckte sie die Hand hinter sich nach Ragnarök aus. So hart sie eben noch den Rattenschaftlern gegenüber gewesen war, so sanft schlossen sich ihre Finger jetzt um seine Hand. »Gehen wir, Charlie.«

Nicht weniger erstaunt als die Rho Alphas, ließ sich Ragnarök von ihr wegführen. Die Burschenschaftler machten ihnen Platz, aber Bill Chaney war etwas langsam; Jinsei rempelte ihn so heftig an, als sie sich an ihm vorbeidrängte, daß er das Gleichgewicht verlor und ärschlings in den Rinnstein fiel.

»He!« brüllte Shelton in Doubledays Richtung. »He, haben Sie das gesehen?«

Der Polizist, der dringend ein Taschentuch benötigt hätte, zog eilig den Finger aus der Nase und sah sich peinlich berührt um. »Hä?« stammelte er.

»Schon gut«, sagte Jack Baron. Er sah der Grauen Vrouwe und dem Bohemier nach, die sich Hand in Hand auf dem Bürgersteig entfernten. »Das letzte Wort ist noch nicht gesprochen.«

IV

Der letzte mechanische Test vor dem Zusammenbau des Grünen Drachen fand in dieser Nacht statt, zu später Stunde und unter größter Geheimhaltung. Aus dem Hauptarbeitsraum der Gießerei (einem schuppenähnlichen Gebäude am Rand der Fall-Creek-Schlucht, gegenüber der Risley Hall) waren alle brennbaren Gegenstände entfernt worden. Draußen, entlang der Straße, hatte man für den Fall, daß Ordnungskräfte vorbeikommen und beschließen sollten, hier werde gegen Gesetze verstoßen, Posten aufgestellt; drinnen stand ein Kader von sechs Architekten mit gezückten Feuerlöschern bereit. Zwei von diesen sechs waren Harp und Tchikovsky, die Konstrukteure des Tiers.

Verna von Grautsch, der Kopf des Unternehmens, kauerte neben dem körperlosen Kopf des Drachen (der Rest lag in Form noch zusammenzusetzender, vorgefertigter Bauelemente in der

Sibley Hall, auf der anderen Straßenseite). Der Kopf war einen knappen Meter hoch und maß von der Nasenspitze bis zum Nacken gute anderthalb Meter. Der Unterkiefer hing an Gelenken, die Zähne waren spitz und furchteinflößend; im Rachen verborgen befand sich ein angemessen diabolisches System von Tanks, Schläuchen und Düsen, an dem Verna gerade letzte Korrekturen vornahm. Der ganze Kopf war feuerfest; hofften sie zumindest.

»Alles klar«, sagte Verna zu den anderen, wobei sie sich die Handflächen abwischte. »Geht alle an eure Positionen und paßt auf, daß ihr nicht zu nah an die Feuerlinie kommt.« Sie hakte ein nicht-direkt-diabolisch-aber-doch-ominös-aussehendes Gerät von ihrem Gürtel los; einst war es ein Walkie-talkie gewesen, doch man hatte gewisse Veränderungen daran vorgenommen und es – mit Ausnahme eines einzelnen (natürlich!) roten Knopfes – grün angestrichen. »Dies ist ein historischer Augenblick, meine Herren. Hat jemand ein gutes Zitat auf Lager?«

»Krakatoa oder das Grab«, schlug Tchikovsky vor.

»Sydney oder Burramurra!« schrie Harp.

Mit einer Grimasse drückte von Grautsch auf den Knopf.

Der Unterkiefer des Drachen klappte herunter.

Feuer schoß in einem Zweieinhalbmeterstrahl aus dem Maul hervor, ließ die gegenüberliegende Wand Blasen schlagen und Harp, der sich trotz der Warnung natürlich den falschen Standort ausgesucht hatte, beinahe in Flammen aufgehen. Er revanchierte sich mit seinem Feuerlöscher und sprühte panisch CO_2 durch die Gegend. Verna ließ den Knopf los, der Feuerstrahl brach abrupt ab, und die Drachenschnauze schnappte wieder zu.

»Meine Herren«, verkündete sie, während Harps Feuerlöscher unbeirrt weiterspuckte, »ich schätze, wir sind startbereit.«

Der Dunkle Regen

I

Der 14. März, der Vorabend der Iden, das Ende der Geschichte ist zum Greifen nah. Mr. Sunshine saß auf der Bank seines Fensters in die Welt, schlürfte Retsina und sah zu, wie sich eine weitere Schwadron Regenwolken über Ithaca zusammenzog, dieweil der Abend nahte. So ein deprimierendes Wetter… aber wenn Mr. Sunshine absolut gegen Niederschläge gewesen wäre, hätte er sich gar nicht erst mit dem Hügel eingelassen.

Die goldene Lyra, auf der er so lange nicht mehr gespielt hatte, lag auf seinen Knien; neben ihm stand ein fest verschlossener Topf. Vor dem morgigen großen Finale mußte er eine letzte Einmischung erledigen. Zuerst zerstreute er sich allerdings noch ein Weilchen mit der Lyra, der er, seiner Gewohnheit gemäß, abwechselnd freie Improvisationen und getreue Wiedergaben alter Themen entlockte. Die ganze Zeit über behielt er Ithaca im Auge und lachte über die verzweifelten Tollheiten von Stephen George – dem armen George, dessen apfelvergiftete Prinzessin im Kreiskrankenhaus von Tompkins County im Zauberschlaf lag.

»Wir werden unsere Angelegenheit schon früh genug unter Dach und Fach bringen, George, keine Sorge«, sagte Mr. Sunshine, nachdem er die Lyra beiseite gelegt hatte. »Da sind nur noch ein paar Dinge zu erledigen. Denk einfach daran, daß Geduld als eine Tugend gilt.«

Er trank noch einen Schluck Retsina und aß einen Bissen Schafskäse. Was er jetzt vorhatte, war in gewissem Sinn extremes Overkill, Einsatz schwerer Artillerie, wo ein paar Sätze aus seiner Schreibmaschine gereicht hätten. Doch im Lauf seiner jahrhundertelangen Tätigkeit als Geschichtenerzähler hatte Mr. Sunshine das Chaos noch mehr ins Herz geschlossen als Grimms Märchen, und wenn zufällig ein paar unschuldige Spatzen am Rand der eigentlichen Handlung tot vom Dach fielen – nun, so wurde der Spaß dadurch nur größer, oder?

Sorgfältig darauf bedacht, nichts vom entweichenden Dampf einzuatmen, hob er den Deckel des Topfes hoch, in dem ein giftiges Gulasch sichtbar wurde: eine Suppe aus überschüssigen Alpträumen, gebraut aus dunklen Pfeilspitzen, die Mr. Sunshine dem Köcher eines der Anderen entnommen und mit noch widerlicheren, in verschiedenen Ecken der Bibliothek zusammengeklaubten Dingen gewürzt hatte. Als sie mit der Luft in Berührung kam, begann die Mixtur heftig zu brodeln, und Mr. Sunshine wedelte die dadurch entstehende Wolke, einen zornigen schwarzen Kumulus, in die Stratosphäre hinaus, wo sie sich einen Platz inmitten der Regenmacher suchte.

Die Welt darunter drehte sich wie eine freischwebende Kugel und ging allmählich in Position.

II

Es gibt viele Arten von Regen: kalte Frühlingsregen, warme Sommerregen, Regen, die Überschwemmungen verursachen, goldene Regen, die sich in Götter verwandeln, Regen von Fröschen und anderen merkwürdigen Objekten, die die Wissenschaftler vor unlösbare Rätsel stellen. Der Regen aber, den Mr. Sunshine ausgesucht hatte, um seine Geschichte voranzutreiben, war keiner von diesen; es war ein Dunkler Regen, die Sorte Regen, die wie die Strahlen des Vollmonds wahnsinnig macht.

Er fiel über eine große Fläche, die ganz Ithaca und ein großes Stück des umliegenden Verwaltungsbezirks einschloß. Im großen und ganzen bestand er aus normalem Wasser, doch hier und da fiel auch ein Tropfen, der etwas mehr war. Diese besonderen Tropfen landeten auf Stromleitungen und verursachten Überlastungen und Brände; benetzten ungeschützte Maschinen, die daraufhin – und oft mit verheerenden Begleiterscheinungen – den Betrieb einstellten; platschten in die offenen Augen und auf die Zungen von Menschen, die anschließend nur noch eines winzigen Anstoßes bedurften, um gewalttätig zu werden.

Nattie Hollister und Sam Doubleday fuhren gemächlich die Tioga Street entlang, während das Funkgerät einen nicht abreißenden Strom von Notrufen und Einsatzbefehlen von sich gab. Alle Verrückten von Tompkins County schienen sich diesen Tag ausgesucht zu haben, um richtig auszurasten. Hollister und Doubleday hielten Ausschau nach einem roten Ford-Kleinlaster, der in der Innenstadt Briefkästen umgepflügt hatte. »Wir können nicht mit Bestimmtheit sagen, ob da auch jemand drin sitzt«, hatte die Stimme aus der Zentrale gewitzelt; Doubleday, der den ganzen Januar mit einem Arm in der Schlinge verbracht hatte, fand die Bemerkung überhaupt nicht komisch. Er hatte den offiziellen Bericht über das »Hügelgipfel-Verfolgungsrennen«, wie ein gewisser Dexter vom ›Journal‹ das Ereignis getauft hatte, gelesen, und ein paar Details waren ihm auf eine beunruhigende Weise vertraut vorgekommen.

»Und heute«, sagte er jetzt, während der Sprecher weiterplapperte, »heute wird's ein so absolutes Irrenhaus werden wie –«

Seine Rede wurde von einer kurzen Explosion aus der Richtung des Commons unterbrochen.

»– wie zu Neujahr«, schloß er.

III

Als Ragnarök nach einem frühen Abendessen mit Jinsei in der Dämmerung nach Hause kam, hatte es sich bereits eingeregnet. Er war zu Fuß unterwegs, da sein Motorrad noch eine gute Woche nicht einsatzfähig sein würde. Durch Geldmangel gezwungen, die nötigen Reparaturen selbst durchzuführen, hatte er sich Zeit gelassen und genoß derweil diese geruhsamere Art der Fortbewegung und die Möglichkeit, über Trampelpfade und durch Gäßchen zu laufen, die so eng waren, daß kein Fahrzeug ihm dort hinein hätte folgen können.

Durchnäßt, aber keineswegs unglücklich darüber, erreichte er schließlich sein Haus und rüttelte die Tür auf. Der erste Hinweis darauf, daß etwas nicht stimmte, war der Geruch, dem allerdings Indizien sichtbarer Natur auf dem Fuße folgten. Schon nach einem Schritt über die Schwelle konnte Ragnarök, auch ohne das Licht einzuschalten, deutlich erkennen, daß sich jemand in seiner Abwesenheit mittels einer Ramme innenarchitektonisch betätigt hatte. Dieser Jemand hatte Löcher in die Wände geschlagen; weißer Verputzstaub schlierte über den schwarzen Anstrich. Seine paar Möbelstücke waren zertrümmert, und es war nicht schwer zu erraten, woher der Geruch stammte.

Das Klo. Der Hurensohn muß die Rohre demoliert haben.

Er ging nicht ins Badezimmer, um nachzusehen, weil ihm plötzlich ein anderer Gedanke durch den Kopf schoß – *der Schuppen* –, und er trat wieder ins Freie. Er blieb merkwürdig gelassen, wenigstens für die nächsten paar Sekunden.

Er ging zum Schuppen, in dem sein rekonvaleszentes Motorrad stand. Das Vorhängeschloß lag aufgebrochen und verbogen auf der Erde; die Tür war nur angelehnt. Ragnarök streckte eine Hand aus, um sie zu öffnen, und da geschah es, daß der Regentropfen den Weg hinter seine Sonnenbrille fand und ihm beißend, brennend ins Auge lief. Die Welt verschwand vorübergehend, und als sie zurückkehrte, stand er im Schuppen, ballte die Fäuste und starrte auf den Haufen Schrott, der einst seine Maschine gewesen war. Jemand hatte sie mit einem Vorschlaghammer in ihre Bestandteile zerlegt und anschließend so lange weiter darauf eingedroschen, bis man nur noch mit viel Phantasie erkennen konnte, was das einmal gewesen war.

Ragnarök zitterte vor ohnmächtiger Wut, wie damals vor dem unbemannten Lastwagen. Er hätte am liebsten mit seinen Fäusten auf die Wände des Schuppens eingeschlagen, aber sein Blick blieb an der einzigen Sache hängen, die der Vandale übersehen hatte: seine Keule, die dunkel und unversehrt neben den Scherben des Scheinwerfers lag.

Es war seine eigene Waffe, kein Werkzeug oder sonst ein versehentlich zurückgelassenes Beweisstück, doch der Anblick war wie eine Offenbarung. Schlagartig wußte Ragnarök, er *wußte*, wer dagewesen war.

»Natürlich«, sagte er, bückte sich, und eine behandschuhte Faust schloß sich um die Keule. »Natürlich. Jack, Partner, Jack Baron, ich hatte dich gewarnt, mir nicht wieder in die Quere zu kommen.«

Er drehte sich mit ausgestrecktem Arm auf der Stelle, einmal, zweimal, dreimal, und schwang die Keule herum. Mit einem lauten Knall schlug sie gegen eine Wand des Schuppens und ließ außen ein zerbrochenes Stück Verkleidung wirbelnd zu Boden fallen. Der Regen plätscherte darauf und durchnäßte es.

»Ich komme, Jack«, sagte Ragnarök.

IV

»Das schon«, pflichtete Mr. Sunshine ihm bei und lehnte sich bequem zurück, um das Schauspiel zu verfolgen. »Aber nicht so schnell, wie du denkst.« Er nahm ein Schlückchen Retsina. »Geduld, Jungs... Geduld.«

Die quälende Tugend der Geduld

I

Es wäre falsch zu behaupten, daß Auroras apfelbedingter Abstieg ins Koma George gebrochen hätte; sein Fast-Erfrierungstod nach Kalliopes Abgang war ihm eine Lehre gewesen, und er würde nie wieder in die Falle der Verzweiflung tappen. Aber es wäre ebenso falsch zu behaupten, daß Auroras Verlust ihm keine Höllenqualen bereitet hätte.

Die Ärzte im Kreiskrankenhaus konnten keine organischen Schäden, keine physischen Ursachen für ihren Tiefschlaf feststellen; Laboruntersuchungen hatten ergeben, daß es sich bei dem fraglichen Apfel um eine ganz gewöhnliche, vollkommen ungiftige Frucht handelte. Trotz alledem schlief die Prinzessin weiter, und aus dem Montag wurde Dienstag wurde Mittwoch wurde der Vortag der Iden des März, und wenn die Ärzte keine Ursache finden konnten, so tappten sie bezüglich einer möglichen Kur erst recht im dunkeln.

George dachte sich seinen Teil. Er mochte sich zwar gelegentlich wie ein Narr aufführen, aber dumm war er nicht, und es hätte nicht gerade für seine Fähigkeiten als Geschichtenerzähler gesprochen, wenn er nicht imstande gewesen wäre, ein Märchen zu erkennen, wenn er eines sah. Doch selbst wenn er sich entschlossen hätte, das zu glauben, was der nackte Wahnsinn des vergangenen Jahres nahelegte – daß jemand Mächtiges ein Grimmsches Märchen neu inszenierte –, was hätte er schon daran ändern können?

Am Dienstag und Mittwoch hatte er den ganzen Tag in den Magazinen der Uris- und der Olin-Bibliothek verbracht und nach einer Antwort auf diese Frage gesucht. Die Olin war eine der größten Bibliotheken des Landes, doch nicht einmal der Selbsthilfefimmel der achtziger Jahre hatte auch nur eine einzige kleine Broschüre zum Thema »Wie steige ich aus dem Tagtraum eines anderen aus?« hervorgebracht. George vergrub sich in Malorys, Chaucers, ja sogar (gnade ihm Gott!) Edmund Spensers Werken. Aus einer alten Ausgabe der ›Catholic Encyclopedia‹ erfuhr er, St. Georg sei dreimal hingerichtet worden und ebensooft wieder auferstanden, und er habe, als man ihn schließlich köpfte, statt Blut Milch vergossen. Nichts von alledem war im entferntesten inspirierend oder auch nur aufheiternd, und als George am Mittwoch abend an Auroras Krankenlager zurückkehrte, war es eher Instinkt als durch Lektüre gewonnene Erkenntnis, was ihn dazu brachte, die klassische Kur bei Zauberschlaf zu versuchen: den Kuß.

Sie schlug nicht an. Die Kritiker mochten ihn einen Heiligen nennen, doch niemand hatte bislang von George behauptet, er sei ein Prinz, und Aurora schlief weiter. Er hatte das Gefühl, sie in einer ganz wesentlichen Hinsicht im Stich gelassen zu haben. Rasend vor Wut über sich selbst, ging er nach Hause, verschlang eine abscheuliche Menge Pizza-zum-Mitnehmen und quälte sich durch sechs Stunden unruhigen Halbschlafs.

Es war unfair; es war genauso, wie wenn man mitten im Schreiben plötzlich blockiert wird und absolut nicht mehr weiß, wie die Geschichte weitergehen soll, und die bloße Bewegung des Sekundenzeigers ausreicht, um einem jeden Gedanken aus dem Kopf zu wischen und jeden Versuch, sich zu konzentrieren, zum Scheitern zu verurteilen. Und was das Schlimmste war: Diese Geschichte entstammte nicht einmal seiner eigenen Feder.

Am Donnerstag stand George noch vor Tagesanbruch auf. Fest entschlossen, *irgend* etwas zu tun, schoß er mit einem wild-hoffnungsvollen Ausdruck im Gesicht, der einem vorbeitrottenden Jogger einen Heidenschrecken einjagte, aus dem Haus. Der recht skizzenhafte Plan, den er sich zurechtgelegt hatte, lief darauf hinaus, daß er sich wie ein echter fahrender Ritter durch heldenhafte oder mildtätige Werke bewähren müsse. *Dann* würde sein Kuß die Macht haben, die ihm jetzt noch fehlte.

Das einzig Dumme war, daß Tapferkeit und tätige Nächstenliebe heute anscheinend nicht gefragt waren. Als er am Rand der Cascadilla-Schlucht dahinschlenderte, drangen Laute zu ihm empor, die wie verzweifelte Hilfeschreie klangen; doch nachdem er sich beim Abstieg zum Grund der Schlucht beinahe das Genick gebrochen hätte, fand er ein rundum zufriedenes, wenn auch etwas verfrorenes Pärchen, dem – außer vielleicht ein wärmerer Schlafsack – nichts fehlte. Peinlich berührt, schlug George einen Pfad ein, der in die Stadt führte; dort angekommen, versuchte er, sich als ritterlicher Schülerlotse zu betätigen; und hatte damit keinen anderen Erfolg, als die Kinder durch seinen furchterregenden Gesichtsausdruck in die Flucht zu schlagen. Eine schlampige alte Matrone, der er über eine stark befahrene Straße hatte helfen wollen, verpaßte ihm eine ordentliche Dosis aus ihrer chemischen Keule.

So ging es ununterbrochen weiter bis zum Nachmittag. George hatte mittlerweile einen weiten Bogen geschlagen und befand sich inzwischen nördlich des Hügels, jenseits von Cayuga Heights. Der Regen überraschte ihn auf offenem Gelände, weit und breit war kein Unterstand zu sehen, und während er Ithaca im Chaos versinken ließ, zeitigte er bei George keine andere Wirkung, als ihn völlig zu durchnässen. Er war erschöpft, und sein verzweifelter Wunsch, Aurora wiederzubeleben, verwandelte sich allmählich in Wut auf den noch immer unsichtbaren Urheber seines Elends; er schlurfte auf Nebenstraßen weiter, schleuderte den Wolken wüste Drohungen entgegen und bildete sich ein, daß sie ihm mit einem kaum hörbaren Lachen antworteten.

»Worauf wartest du noch?« brüllte er. »Ich werde mit allem fertig, was du zu bieten hast! Bringen wir's endlich hinter uns!«

Ein neues Geräusch: eine Sirene, die von hinten herankam. George drehte sich erwartungsvoll um, zutiefst erleichtert, daß nun endlich der Augenblick gekommen war, zum Ruhm seiner Prinzessin eine große Tat zu vollbringen. Aber er irrte sich; der rote Kleinlaster, der, dicht gefolgt von einem Polizeiauto, die Straße entlanggebraust kam, war nicht die Prüfung, nach der er sich sehnte. Er konnte nichts anderes tun, als aus dem Weg springen und blind im Schlammnebel herumtappen, den die zwei vorbeidonnernden Fahrzeuge verspritzten. Sie waren so schnell wieder weg, wie sie aufgetaucht waren, und hinterließen als akustische Spur ihrer Durchfahrt lediglich Sam Doubledays Schrei: »Rechts ran, du Arschloch!« Danach war kein anderes Geräusch zu hören als das Plätschern des Regens, Georges zornige Atemzüge und das leise himmlische Gelächter.

»Na schön«, sagte George, vor Wut schäumend. »Na schön, ganz wie du willst.«

Mit neuer Entschlossenheit nahm er seinen Marsch wieder auf; in die Richtung, in der Lastwagen und Polizeiauto entschwunden waren. Doch es wurde Abend, ehe er endlich jemanden fand, der seiner Hilfe bedurfte, und als es soweit war, hätte er es beinahe nicht bemerkt.

II

Wenn George vom Wahnsinn, der über Ithaca herabregnete, fast völlig verschont blieb, so schwamm Ragnarök praktisch darin, als er, begierig, Jack Baron das gleiche anzutun, was Jack seiner Maschine angetan hatte, auf der University Avenue in Richtung Fraternity Row rannte. Das Chaos schien sich auf seine Route konzentriert zu haben, wie ein zum Leben erwecktes und um den Hügel geschlungenes Dali-Bild. In einem Haus, an dem er vorbeikam, war jemand dabei, mit einem irren Gekicher Modelleisenbahnen durch die zahlreichen Scheiben eines Wohnzimmerfensters zu schleudern; zwanzig Meter weiter hatte jemand anders beschlossen, seine Möbel auf die Straße zu werfen: eine verzogene Kommode, ein durchnäßtes Sofa, einen zerschlagenen Standspiegel.

Nicht weit davon entfernt stieß Ragnarök (der die Langsamkeit seiner Beine verfluchte) auf eine weitere dalieske Erscheinung: ein Pferd mit purpurroter Mähne, das von einem haarigen Mann in Lederkluft und mit einem am Gürtel festgeschnallten Sechserpack geführt wurde. Z. Z. Top war auf dem West Campus vom Dunklen Regen überrascht worden, und von da an hatten die Dinge eine entschieden merkwürdige Wendung genommen. Eine höfliche Diskussion zwischen zwei vorbeischlendernden Cornellianern war unversehens in eine knochenknirschende Keilerei umgeschlagen, deren Beendigung die Bemühungen von sechs Umstehenden erfordert hatte.

»Hab mich schleunigst vom Schauplatz verpißt«, hätte Z. Z. Top erklärt, wenn Ragnarök ihm Zeit dazu gelassen hätte, »und da hab ich Löwenherzens Gaul gesehen, wie er ohne Reiter die Straße langdüste. Hat mich ne halbe Ewigkeit gekostet, bis ich ihn eingeholt und beruhigt hatte.«

Aber Ragnarök ließ sich auf keinen Schwatz ein. Genaugenommen hatte der Top ihn kaum erkannt, als Ragnarök ihm auch schon die Zügel des Hengstes aus der Hand riß und ihn unsanft wegschubste.

»He!« brüllte der Top, während Ragnarök einen Fuß in den Steigbügel steckte und ungeschickt versuchte, sich in den Sattel zu stemmen. »Rag, was soll das wer-«

»Hab's eilig«, bellte ihn Ragnarök an und schaffte es, sich mit einem entschlossenen Satz aufs Pferd zu befördern. Noch immer die Keule in der einen Hand, riß er brutal am Zügel, um das Pferd zu wenden, das protestierend aufwieherte.

»Ragnarök«, fing der Top wieder an. »Ragnarök, wart, du kannst doch –«

Zu spät. Ein energischer Tritt in die Flanken, ein anfeuernder Schrei, und Roß und Reiter schossen in einem halsbrecherischen Galopp von dannen.

»... gar nich reiten«, vollendete der Top. Und sah ihnen nach, wie sie im Regen verschwanden.

III

Der Regen trommelte gegen die Mauern der Rho Alpha Tau, aber die Rattenschaftler schenkten ihm oder dem Chaos auf den Straßen nur wenig Beachtung. Fünf von ihnen – Bill Chaney, Bobby Shelton und drei andere – hatten sich im Spielzimmer auf ein paar Runden Spezial-Stud-Poker (bei dem Akt-Spielkarten verwendet wurden) zusammengesetzt. Im selben Augenblick, da Ragnarök dem Top das Pferd abnahm, schnappte Chaney Shelton einen Fünfundzwanzigdollartopf vor der Nase weg.

»Zwei Pärchen, Linda Lovelace oben«, verkündete er, worauf Norris Mailer, einer der Bundesbrüder, sich die Bemerkung nicht verkneifen konnte: »Für mich sieht das eher nach *vier* Pärchen aus, Bill.«

Bobby warf ihm einen bösen Blick zu. »Kennst du eigentlich auch Witze, die nicht ganz so alt wie Martha Washingtons Unterwäsche sind, Norris?«

Chaney strich den Topf ein; etwas gedämpft, sammelte Mailer die Karten ein und teilte nun seinerseits aus. Sie waren mitten in der nächsten Runde, als Jack Baron hereinkam. Sein Schritt war fast lautlos, und anfangs bemerkte ihn nur Bobby Shelton, doch bald drehten sich alle nach ihm um. Norris Mailer glotzte unverhohlen.

Der Präsident war noch feucht von seinem Aufenthalt im Regen. Das Haar lag ihm angeklatscht am Kopf, und seine Augen waren weit aufgerissen, er verschoß forschende Blicke. Eine Faust ballte sich krampfhaft um den Stiel des Vorschlaghammers, mit dem er Ragnaröks Haus und Motorrad demoliert hatte; jetzt sah er aus, als könnte er es nicht erwarten, noch ein, zwei Schädel einzuschlagen. Der Schein trog nicht.

»Unter die Steineklopfer gegangen, Jack?« fragte Shelton, der auf den schweren Hammer starrte. »Oder baust du vielleicht grad'n Zirkuszelt auf?«

»Wo ist er?« Jack musterte jeden einzelnen von ihnen mit allen Anzeichen äußersten Argwohns. »Er müßte inzwischen schon hier sein. Wer hat ihn gesehen?«

»Wen gesehen?« fragte Bill Chaney. Er musterte die Tür und fragte sich, wie schnell er sie im Notfall erreichen konnte.

»Ragnarök natürlich! Der Hurensohn müßte schon längst hier sein!«

»Was hat der denn hier verloren, Jack?« fragte Shelton. Jack gab darauf keine Antwort, sondern richtete seine Aufmerksamkeit auf die Standuhr, die eine Schmalseite des Zimmers beherrschte. Sie tickte langsam und nicht besonders laut, aber in den Ohren des Rho-Alpha-Präsidenten, der sie drei Zimmer weiter gehört hatte, klang es so, als wollte sie ihn verspotten. Als sie plötzlich anfing, die volle Stunde zu schlagen, ging er auf sie zu und knallte ihr den Vorschlaghammer ins Gesicht.

»He!« schrie Norris Mailer und lieferte einen überzeugenden Beweis seiner Dummheit, indem er aufsprang, um dazwischenzufahren. »He, he, mein Alter hat diese Uhr be-«

Jack wirbelte herum und fällte ihn mit einem einzigen Hammerschlag. Nicht minder flink schoß Bill Chaney aus dem Zimmer.

»Wo ist er?« schrie Jack die drei verbliebenen Pokerspieler an. *»Ich will ihn jetzt hier haben!* ICH WILL IHN JETZT HIER HABEN!«

Unten, am Boden, hielt sich Mailer, was von seiner Nase übriggeblieben war, und schrie durch eingeschlagene Zähne.

Ragnarök wäre Jack mit Freuden zu Diensten gewesen, doch seiner berittenen Attacke auf die Rho Alpha Tau war ein vorzeitiges Ende beschieden. Er kam bis zur Cayuga-Heights-Brücke, bevor ihn das Glück verließ und der Hengst die Geduld verlor. Er hatte das Pferd behandelt, als säße er auf seiner Maschine und hätte vor, einen neuen Geschwindigkeitsrekord aufzustellen, und trotz seiner mangelnden Reiterfahrung hatte er bis zuletzt geglaubt, alles unter Kontrolle zu haben. Sie waren schon halb über die Brücke, der Fluß donnerte von unten herauf, als der Hengst plötzlich auszurutschen schien. Seine Schultern sackten vorn weg; die Kruppe schnellte empor und katapultierte Ragnarök in die Luft.

Vollkommen gelassen sah er zu, wie sich die Welt auf den Kopf stellte. Er rechnete fest damit, über die Brüstung zu fliegen, und irgendwie spielte es keine Rolle, daß dieser Umstand ihn daran gehindert hätte, Jack in die Finger zu kriegen. Sein letzter Gedanke, bevor er auf das Geländer krachte, war, daß der Regen nachzulassen schien.

Sein Kopf dröhnte beim Aufprall wie eine Glocke; seine Sonnenbrille brach entzwei und fiel in die Schlucht, während er selbst auf das kalte Metall der Brücke knallte. Blut rann ihm aus einer Platzwunde über der Braue, die spärlicher werdenden Regentropfen benetzten seine weit geöffneten Pupillen. Der Hengst blickte ihn einen Augenblick lang nachdenklich an, dann schnaubte er und begab sich zum jenseitigen Ende der Brücke, wo er gemächlich anfing, das gelbe Gras vor Carl Sagans Haustür abzurupfen.

Es verging eine halbe Stunde, während der Ragnarök ohnmächtig auf der Brücke lag. Unterdessen hörte der Regen ganz auf, und Stephen George fand endlich, naß, verdreckt und erschöpft, zum Hügel zurück. Nach einem kurzen und ergebnislosen Marsch auf der Fraternity Row (auch da wollte sich kein Fräulein in Bedrängnis noch sonst eine potentielle gute Tat einfinden), beschloß der Geschichtenerzähler, nach Hause zu gehen und seine Strategie zu überdenken. Auf den gestürzten Bohemier stieß er etwa zwei Minuten, nachdem er diesen Entschluß gefaßt hatte… und er wäre um ein Haar an ihm vorbeigegangen, ohne ihn zu bemerken.

Diesmal verspürte George keinen Triumph, kein Gefühl von Befreiung. Er vergewisserte sich lediglich, daß Ragnarök noch atmete, und rannte dann davon, um einen Krankenwagen zu rufen.
Natürlich wurde ihm überhaupt nicht bewußt, daß es genau das war, wonach er den ganzen Nachmittag über gesucht hatte.

Im Krankenhaus

I

Als Ragnarök wieder zu sich kam, lag er in einem Einzelzimmer im Tompkins-County-Kreiskrankenhaus. Er trug einen Verband um die Stirn, und man hatte ihm eine Rippe zusammengepflastert, aber ansonsten war er, wenn man von seinem aschfahlen und eingefallenen Gesicht absah, in einer bemerkenswert guten Verfassung.

»Du siehst wie Tofu aus«, sagte Myoko liebevoll, als er die Augen aufschlug.

»Wenn du das nächstemal mein Pferd stiehlst«, fügte Löwenherz hinzu, »solltest du vorher ein paar Reitstunden nehmen.«

Ragnarök hob unter Schmerzen den Kopf ein paar Zentimeter und sah sich neugierig um. »Hab ich ihn umgebracht?« fragte er mit schwacher Stimme.

»Karl dem Großen geht's gut«, sagte Löwenherz in der Annahme, er habe den Hengst gemeint. »Glücklicherweise und deinen Bemühungen zum Trotz. Was zum Teufel hattest du eigentlich vor?«

»Das ist doch jetzt egal«, unterbrach ihn Myoko. »Wie fühlst du dich, Ragnarök?«

Der Kopf des Schwarzen Ritters fiel wieder auf das Kissen zurück. Er schien die letzten Fragen gar nicht gehört zu haben. Abwesend flüsterte er zu sich selbst: »Nein, hab ich nicht. Noch nicht.«

Myoko und Löwenherz tauschten Blicke aus. Dann sagte sie etwas zögernd: »Ragnarök? Die Besuchszeit ist fast um, aber Jinsei müßte in einer Viertelstunde hier sein. Möchtest du sie dann sehen?«

»Noch nicht«, wiederholte Ragnarök, und plötzlich saß er aufrecht und versuchte, aus dem Bett zu steigen.

»Moment mal, Rag«, sagte Löwenherz erschrocken. »Der Arzt meint, du brauchst Ruhe. Es ist noch nicht raus, ob du eine Gehirnerschütterung hast oder nicht.«

»Ich muß mit Stephen George reden«, beharrte der Schwarze Ritter.

»Du kannst dich morgen bei ihm bedanken, Rag. Du kannst ihn anrufen, ja?«

»Nicht nötig.« Seine Füße überprüften die Festigkeit des Bodens; er versuchte aufzustehen, es gelang ihm. »Brauch kein Telefon, er ist hier im Krankenhaus.«

»Nein, George ist schon vor einer Weile nach Hause. Er hat gesagt, er hofft, daß du bald –«

»Er ist *hier*. Besucht Aurora.«

»Aurora?« wiederholte Myoko.

»Woher weißt du das?« fragte Löwenherz. »Woher weißt du das, Rag?«

Ragnarök stutzte, von der Frage überrascht. »Woher...? Ich *weiß* es einfach. Irgend jemand« – er warf Myoko einen kurzen Blick zu – »irgend jemand muß mir das ins Ohr geflüstert haben, während ich weg war. Im Traum vielleicht. Ich muß George eine Botschaft überbringen.«

»Morgen, Rag. Du kannst das morgen tun, okay?«

»Morgen ist es zu spät«, sagte Ragnarök. Er kämpfte sich aus dem dünnen blauen Krankenhausnachthemd, das ihm jemand angezogen hatte, und sah sich nach seinen eigenen Sachen um. »Um morgen geht es ja gerade...«

II

In Auroras Zimmer standen noch zwei weitere Betten, doch sie waren beide leer. Das Licht war ausgeschaltet, und so konnte der Mond – die Wolken hatten sich inzwischen verzogen – hereinscheinen und die schlafende Prinzessin anstrahlen. Der Geschichtenerzähler saß in der dunklen Hälfte des Zimmers und betrachtete sie; sie war, wie er gesagt hatte, in der Tat eine schöne Schläferin. Hinreißend schön war sie jetzt anzusehen, trotz ihres bereits dreitägigen Krankenhausaufenthalts. Und es war gerade diese Schönheit, die ihn mehr als alles andere hoffen ließ.

Tatsache war, daß er sich noch immer wie in einem Märchen vorkam. Sicher, bei seiner Suche nach einer ritterlichen Tat war er zum Narren gehalten worden (die Auffindung von Ragnarök zählte in seinen Augen kaum als Heldentat), aber das änderte grundsätzlich nichts an der Situation. Der vergiftete Apfel, die schlafende Prinzessin, die Mutprobe, die er noch zu bestehen hatte. Vom Regen durchnäßt und von den Wolken ausgelacht zu werden hatte George weder dazu gebracht, an seinem Verstand zu zweifeln, noch hatte es seinen Optimismus nachhaltig gedämpft. Man hatte ihm Hindernisse in den Weg gestellt, und er war wütend; aber aufgeben wollte er nicht.

In seiner hohlen rechten Hand lagen vier Kerne des Apfels; ab und an schüttelte er sie wie Würfel und horchte auf das Geräusch, das sie machten. Sie klapperten gerade wie ein aufgezogenes künstliches Gebiß, als er plötzlich die Anwesenheit eines Dritten im Zimmer spürte, einer Gestalt, die unmittelbar hinter ihm stand.

Im ersten Moment dachte George, es müsse Kalliope sein. Als er sich umdrehte, war er jedoch nicht weiter überrascht, Ragnarök zu erblicken.

»Auf dem Knochenacker«, sagte Ragnarök. Der Bohemier sprach mit der Stimme eines Geistes, der ein paar Zeilen aus dem falschen Theaterstück rezitiert.

»Wie war das?« Georges Faust schloß sich und brachte die Kerne zum Schweigen.

»Es ist auf dem Knochenacker«, sagte Ragnarök zu ihm. »Das, wonach du gesucht hast. Kalliope hat ein Geschenk für dich zurückgelassen.«

Jetzt, da er sich seines Auftrags entledigt hatte, sackte Ragnarök in sich zusammen. Eine Hand stahl sich nach oben, berührte den Verband über dem Auge. »Müde«, sagte er mit einer Stimme, die schon mehr nach ihm klang. »Kopfweh.«

»Warte mal«, sagte George, als der Bohemier sich zum Gehen wandte, und Ragnarök wartete... aber es schien nicht allzuviel Sinn zu haben, ihn auszufragen. Statt dessen nahm der Geschichtenerzähler etwas vom Nachttisch neben Auroras Bett und bot es ihm an, eine Gegengabe. »Ich glaube, das gehört dir. Es lag neben dir auf der Brücke.«

Ragnarök zuckte beim Anblick seiner Keule zurück. Anfangs schien er unwillig, Besitzansprüche darauf zu erheben, doch dann rief ihm ein plötzliches Brennen im Auge Jack Baron ins Gedächtnis zurück, und seine Hand schloß sich um den schwarzen Griff der Waffe. »Alles klar«, sagte er und nahm sie. Und dann: »Wir sehen uns morgen, George. Tu du, was du heute nacht zu tun hast, und morgen sehen wir uns wieder.«

Er drehte sich um und schlurfte aus dem Zimmer. Wieder allein mit der Prinzessin, fragte sich George, ob das Ganze nicht vielleicht eine Halluzination gewesen sei. Aber nicht lange.

Er bestellte ein Taxi, und eine Viertelstunde später war er abermals auf dem Weg zum Hügel. Zum Knochenacker.

Fractor Draconis

I

Der Knochenacker war groß, doch es war für ihn nicht schwer zu erraten, wohin er sich wenden mußte. Er betrat den Friedhof von der Talseite her, kletterte zwischen hoch aufragenden Mausoleen einen Abhang hinauf. Sein Ziel war das Nordende des Ackers.

Der Wind wehte ihm in den Rücken, während er unter den Bäumen entlanglief, ein kalter, unfreundlicher Wind. George schritt so rasch wie möglich aus und erreichte bald das Gebiet, wo sich das Hauptkontingent von Rasferrets Armee auf einen Marsch auf den Hügel vorbereitete, der noch vor dem Morgengrauen beginnen sollte. George passierte Harold Lazarus' dämonenverzierten Grabstein, ohne ihn zu bemerken. Der Wasserspeier sah ihn vorbeigehen – und ebenso die Kompanie von Ratten, die sich am Fuß des Steins zusammendrängte. Während der Geschichtenerzähler eine weitere Steigung erklomm, begann sich ein Kordon hinter ihm zu schließen.

Er stand auf dem Gipfel eines Grabhügels, über den Knochen von Ithacas Kriegstoten. Der Mond umgab ihn mit einem Lichtkreis und den Hügel mit Schatten. Aus diesem Schatten kam das erste Geräusch, ein Rascheln von welkem Laub, als näherten sich kleine Tiere. Das zweite Geräusch, ein leises Schwirren, war schwerer zu identifizieren.

Er stieg gerade auf der anderen Seite des Grabhügels wieder hinunter, als ihn der erste winzige Armbrustbolzen traf. George spürte einen Stich am Fußknöchel, bückte sich und zog einen scharfen Knochensplitter aus dem Hosenaufschlag. Weitere Geschosse kamen angeflogen, manche aus Knochen, manche aus Metall. Ein plötzlicher Schmerz in den Waden ließ ihn herumfahren; er stolperte über seine eigenen Füße, fiel und landete in einem seichten Graben.

Ein Gewimmel von kleinen dunklen Gestalten ergoß sich über die Flanke des Grabhügels, direkt auf ihn zu. Das einzige, woran der Geschichtenerzähler denken konnte, war Gulliver bei den Liliputanern. Hastig krabbelte er rückwärts die Böschung hinauf und tastete nach einer Waffe. Eine Hand bekam einen Stein zu fassen, er schleuderte ihn und streckte zwei Angreifer nieder.

Die Ratten griffen erneut an. Georges Brust verwandelte sich in ein Nadelkissen; nur das Glück bewahrte ihn vor einem tieferen Stich oder dem Verlust eines Auges. Er zog sich weiter zurück und riß sich die Miniaturbolzen, die wieder auf ihn einhagelten, aus Körper und Kleidung.

Mit einem Mal spürte er etwas Kaltes und Hartes unter sich. Er packte es mit beiden Händen: eine Eisenstange mit einem kurzen Querstück an einem Ende, die jemand im Gras hatte liegenlassen. Er schwang sie wie einen langstieligen Hammer und fegte damit so durch die Reihen der anrückenden Feinde (er konnte noch immer nicht klar erkennen, um was es sich dabei eigentlich handelte), daß sie wie Krocketkugeln links und rechts durch die Gegend sausten.

Jetzt flogen keine Armbrustbolzen mehr; jetzt hagelte es Ratten. Plötzlich im Hintertreffen, gerieten sie in Panik und stoben nach allen Seiten auseinander, und George ließ sie mit einem letzten Hammerstreich ziehen. »Schickt nächstesmal jemand Größeres!« rief er ihnen hinterher, und erst im nachhinein kam ihm zu Bewußtsein, daß er das vielleicht besser nicht gesagt hätte.

Aus einem Dutzend nadelstichgroßer Wunden blutend, stand der Geschichtenerzähler auf und setzte sich wieder in Marsch. Als er den Nordrand des Ackers erreicht hatte, bereitete es ihm keinerlei Schwierigkeiten, Kalliopes Geschenk zu finden: Der Mond führte ihn geradewegs darauf zu. Die Steinplatte der PANDORA war zwar verschwunden, doch die Lanzenspitze, die Kalliope auf ihrem Weg aus der Stadt in den Stamm einer Eiche gerammt hatte, war noch an ihrem Platz. Der Teil der Spitze, der frei aus der Borke ragte, schimmerte wie ein Leuchtfeuer.

George griff danach und versuchte, sie herauszuziehen, mit dem Erfolg, daß er sich seinen Finger aufschlitzte. Die Klinge *wollte* etwas schneiden, aber die Eiche ließ nicht locker. George hatte eine andere Idee. Er hob die Eisenstange und steckte sie in die quadratische Tülle der Lanzenspitze.

Sie paßte wie angegossen.

»Okay«, sagte George. »Okay, ich glaube, ich verstehe.«

»Du verstehst?« sagte eine kichernde Stimme hinter ihm. »Du sagst es so, daß man meinen könnte, du wüßtest wirklich Bescheid. Aber andererseits habe ich dich ja auch nicht wegen deiner Bescheidenheit ausgesucht; das ist keine typische Geschichtenerzählertugend.«

George drehte sich um, riß dabei unwillkürlich an der Eisenstange, die jetzt eine Lanze geworden war, und zog die Spitze mühelos aus dem Eichenstamm. Die Inschrift wurde sichtbar: FRACTOR DRACONIS.

»Wer sind Sie?«

Mr. Sunshine lächelte. Er saß auf einem plumpen Grabstein; seine Füße steckten in Sandalen und waren übereinandergeschlagen, auf seinem Kopf raschelte ein Lorbeerkranz im Wind.

»Jemand sehr Altes bin ich«, sagte Mr. Sunshine. »Und ein Geschichtenerzähler. Das hattest du ja schon ganz richtig erraten.«

»Sie haben mich in ein Märchen gesteckt«, erwiderte George. »Darauf läuft's doch letzten Endes hinaus, oder? Ein Märchen, das Wirklichkeit wird?«

»Ziemlich nah dran. Allerdings bedurfte es nicht allzu vieler Einmischungen, um dich in die Geschichte einzupassen. Du bist für mich ein wahrhaft glücklicher Zufall, George – hätte ich früher schon mal über Ithaca geschrieben, müßte ich mich fragen, ob nicht die Affen bei dir ihre Hand im Spiel hatten. Deine ersten zwei Initialen sind fast zu schön, um wahr zu sein.«

»St. George«, sagte der Geschichtenerzähler und nickte. Ein weiteres Teil des Puzzles fügte sich ein. »Und morgen findet die Drachenparade statt.«

»Da habe ich zugegebenermaßen ein bißchen mehr mitgemischt«, räumte der Geschichtenerzähler ein.

»Die Prinzessin ist also eingeschlafen«, fuhr George fort, »als nächstes erwacht morgen der Drache zum Leben, und ich töte ihn, um sie und die Stadt zu retten, und –« Er hielt inne, denn Mr. Sunshine hatte plötzlich angefangen zu lachen; ein Gelächter, das ihm irgendwie bekannt vorkam.

»Ich töte ihn«, wiederholte der Geschichtenerzähler amüsiert. »Ich! Ich! Wir schreiben hier nicht ›Romeo und Julia‹ neu, George. Das ist *meine* Geschichte, und es steht nirgendwo geschrieben, daß du unbedingt überleben mußt oder daß dir ein langes und glückliches Leben mit dieser Frau beschieden ist. Ich habe eine Schwäche für Tragödien, schließlich bin ich Grieche.«

»Aber Ihr Märchen handelt von einem Heiligen, und dann ist

da noch eine gute Portion Grimm drin, was ist also daran griechisch?«

»Meine Geschichte«, beharrte der Geschichtenerzähler, »handelt von einem Narren auf einem Hügel, einem Narren, der den Wind in seine Gewalt gebracht hat, einem Narren, der seinem Onkel widerspruchslos abgenommen hat, Künstler seien – Götter ausgenommen – die einzigen Wesen, die imstande sind, Unsterblichkeit zu verleihen. Was eine ziemlich gefährliche Einstellung ist, gleichgültig, ob du nun griechischer Heide, Christ oder Jude bist.«

»Aber wenn Sie ein geschichtenerzählender Heide sind«, konterte George, »dann ist das doch die einzig mögliche Einstellung.«

Mehr Gelächter. »Jammerschade, daß du nicht *wirklich* unsterblich bist, George – ich habe das Gefühl, daß wir gute Freunde geworden wären. Der gleiche Stolz, der gleiche unerschütterliche Wille, bis zum Ende durchzuhalten, niemals eine Niederlage einzugestehen. Wer weiß, vielleicht kann der Narr, der sich Hals über Kopf in die Sache stürzt, wirklich die Situation retten«, er hob eine Augenbraue, »oder zumindest eines wirklich interessanten, erzählenswerten Todes sterben.«

»Versprechen Sie mir«, bedrängte ihn George, »versprechen Sie mir, daß Aurora überlebt, wenn ich siege.«

»Dir etwas versprechen? Also bitte, ich –«

»Das ist ein guter Schluß, verdammt! Sparen Sie sich Ihre verdammten Tragödien für einen Masochisten auf, der auf so was abfährt, aber lassen Sie mich aus dem Spiel!«

»Geduld, George. Der Schluß ist bis jetzt noch gar nicht geschrieben. Aber an deiner Stelle würde ich mir den Kopf eher wegen des Drachen als wegen der Dame zerbrechen.«

»Ich werde siegen«, beharrte George. »Ich werde siegen, ob's Ihnen nun paßt oder nicht. Aber wenn ich siege, kommt Aurora durch, okay? Abgemacht?«

»Geh nach Haus und schlaf ein bißchen«, sagte das griechische Original. »Morgen werde ich dich rufen, wenn es Zeit ist, und dann werden wir das letzte Kapitel gemeinsam schreiben.«

»*Warten Sie* –«, George streckte die Hand aus, um ihn zurückzuhalten oder ihn mit der Lanze zu durchbohren – aber es spielte keine Rolle, denn mit einem Mal flackerte Mr. Sunshine wie ein projiziertes Bild, verblaßte und war weg.

»Nein, nein, nein!« George schwang die Klinge kreuz und quer durch die Luft, als versuchte er, sie zu verletzen. »Kommen Sie zurück! Kommen Sie zurück!«

Narr oder Heiliger, er bekam keine Antwort, nicht einmal ein spöttisches Gelächter, und nichts rührte sich mehr auf dem Knochenacker – nichts außer einer leichten Brise, die nach Hügeln, Regen und Lorbeer duftete.

Viertes Buch
Die Iden des März

1866
Auf dem Gipfel des Hügels

Und so erreichen sie schließlich den Gipfel, die grähendurchfurchte Weide, die sich über den Rücken des Hügels hinzieht. Noch gibt es hier keine Universitätsgebäude, keine Studenten, doch Mr. Sunshine kann sie als Geister spüren, die künftigen Daseins harren. Was er nicht entdecken kann, wie angestrengt er auch in die Zukunft blinzeln mag, ist die eine Sache, die seine Geschichte erst vervollständigen würde.

»Kein Drache«, seufzt er. »Nicht mal einer aus Stein. In Oxford vielleicht...«

»Ä-hämm«, sagt Ezra Cornell. Seine Stiefel sind schlammverkrustet, und die lange Kletterpartie hat ihn entkräftet.

»Na, Hades auch!« fährt Mr. Sunshine fort, ohne ihm Beachtung zu schenken. »Hades, soviel habe ich zusammen, da werde ich wohl noch einen Drachen zurechtmischen können! Sagten Sie nicht –«, mit einem Mal ist Cornell wieder vorhanden, »– daß Sie jede Disziplin anzubieten gedenken?«

»Langfristig, ja«, bestätigt Cornell. »Doch wie Sie sehen, gibt es einstweilen noch nicht allzuviel zu sehen, deshalb wäre ich Ihnen wirklich zu Dank verpflichtet, wenn wir jetzt –«

»Maschinenbau?« bohrt Mr. Sunshine nach. »Architektur und Design?«

»Natürlich Maschinenbau und Architektur. Was –«

»Dann hätten wir's.« Das griechische Original zieht sich in seine eigenen Gedanken zurück. »Ein angehender Architekt oder Ingenieur, ein Bursche von der Sorte, die gern bastelt. Ich könnte ihm zur Inspiration Kalliope vorbeischicken. Und es könnte ein regelmäßig wiederkehrendes Ereignis sein, der alljährliche Schneedrache vielleicht...«

»Mein lieber Herr«, versucht es Cornell noch einmal, »mir ist kalt. Ich würde jetzt gern nach Hause gehen.«

»Gewiß«, erwidert Mr. Sunshine zu seiner großen Überraschung. »Gewiß, Sie müssen jetzt wieder zu Kräften kommen. Ein großes Werk erwartet Sie hier – und mich eine ziemlich gute Geschichte.« Er reicht Ezra die Laterne. »Geben Sie sich Mühe

beim Bau Ihrer Universität, Mr. Cornell. Ich habe damit interessante Dinge vor.«

»Wirklich?« Cornell klingt nicht direkt begeistert; in Gedanken ist er bereits beim langen Marsch zurück in die Stadt. Er ist nicht wenig überrascht, als Mr. Sunshine sich einen Augenblick später in Nichts auflöst; aber noch bevor das geschieht, verblüffen ihn dessen letzte Worte.

»Natürlich wird es hier Frauen geben müssen«, sagt das griechische Original zum Abschied. »Das mit der Koedukation ist eine sehr gute Idee. Wenn Denman Halfast Ihnen noch irgendwelche Schwierigkeiten machen sollte, dann sagen Sie ihm, daß er besser anfängt, auf die Stimme der Vernunft zu hören, wenn er nicht riskieren will, eines Morgens mit Eselsohren aufzuwachen.«

Lächelnd beginnt er zu verblassen.

»Das habe ich nämlich noch nicht verlernt ...«

Immer blasser.

Weg.

Und dann ist Cornell allein, und nichts rührt sich mehr auf dem Gipfel des Hügels – nichts außer einer leichten Brise, die nach Hügeln, Regen und Lorbeer duftet.

Morgengrauen der Iden: Der Todesfall

I

Fünf Uhr früh, Vor-Morgengrauen der Iden des März.

Blackjack erwachte aus einem Alptraum. Er war zum Schlafen in eine dunkle, windgeschützte Ecke gekrochen, und im ersten Moment fand er sich nicht zurecht. Ein Hund kauerte dicht neben ihm, und sein Geruch mischte sich und verschmolz mit dem Geruch eines anderen Hundes aus seinem Traum.

»Luther?« fragte er verwirrt.

»'Ove' is es. 'Ove'-de'-Ätze'.« Der Puli war eine tiefschwarze Silhouette vor dem schwarzen Samt des nächtlichen Himmels. Der Mond war vor einer Stunde untergegangen.

»Was willst du?« fragte Blackjack unwirsch, aber insgeheim froh, geweckt worden zu sein. Er hatte zwar nicht die geringste Erinnerung an das, was er im Schlaf erlebt hatte, doch es war nichts Angenehmes gewesen. Im Traum war Blut geflossen, und zu einem guten Teil war es sein eigenes gewesen...

»Ich soll di' aus'ichten, eh, daß de' Oobe'hund bei Sonnenaufgang eine ›Not-Vollve'sammlung‹ abhalten wi'd, Mann. Sagt, alle sollen kommen, eh: Hund, Katze, un' übe'haupt.«

»Vollversammlung? Wozu das, zum Teufel? Für die Abschlußfeier ist es noch zu früh, und da kriegen mich sowieso keine zehn Pferde hin. Ich schlaf lieber weiter, danke schön. Oder, hmmm –« Er schnüffelte; in der Luft lag ein überraschend starker Rattenduft. »Hmm, vielleicht wäre ein vorgezogenes Frühstück auch keine schlechte Idee.«

»Blackjack«, sagte Rover, »wa'um 'edes' du so'n Scheiß dahe', Mann? Meins' du, es mach 'Ove' *Spaaß*, dich zu nee'ven? Hö' zu, Mann: Die Ve'sammlung hat de' Oobe'hund einbe'ufen. De' Dekaan. Da muß' du hin.«

»Ich muß überhaupt nichts«, sagte Blackjack warnend.

»Es hat 'n Todesfall gegeben, Blackjack. Ein'n Moo'd. Ve'stehs' du jetzt?«

»Einen Mord? Mensch oder Tier?«

»Bulldogge. 'ne Bulldogge is' ze'fleischt woo'den.«

»Von wem zerfleischt?«

»Deswegen 'uft de' Oobe'hund ja ge'ade zu' Vollve'sammlung, Mann. Einige glauben, es wa' 'n Hund mit Tollwut, eh, vielleich' soga' 'n Wolf, abe' ande'e... seh' üble Sache, Blackjack. Weiß' doch, Bucklette, Mann, diese Collie-Lady mit langen Zähn'n? Die läuft schon die halbe Nacht 'um, eh, und e'zählt jedem, de' es hö'en will, daß Mischlinge das getan ha'm, ›'asselose Agitato'en‹, sagt sie.«

Mit einem Mal begriff Blackjack die Notwendigkeit einer Vollversammlung. Es war schon schlimm genug, ein gemeingefährliches Raubtier frei auf dem Hügel herumlaufen zu haben, aber wenn die Reinrassigen jetzt auch noch anfingen, die Mischlinge zu verdächtigen... »... dann ist der Ärger perfekt«, dachte er laut zu Ende.

»Also wie is' es, Blackjack? Komms' du?« fragte ihn Rover. »'Ove' muß noch ande'e ausfindig machen, Mann.«

»Klar komme ich«, versicherte der Kater. »Aber was meinst du, was es war, Rover? Könnte es hier wirklich einen Wolf geben?«

»'Ove' weiß nix von Wolf, Mann«, erwiderte der Puli, »abe' Wolf ode' nich Wolf, das muß schon ein 'iesiges Mistvieh sein. Ich hab den Kadaave' gesehen – Mann, eh, *Fetzen* von Bulldogge.«

II

»Ruhe!« bellte Excalibur III., Schäferhund sowie Dekan und Direktor des Instituts für kynologische Studien, Ezra Cornells Standbild wütend an. »Haltet doch endlich die Schnauze!«

Die Sonne kroch gerade über den Horizont, und rein äußerlich unterschied sich die Szene auf dem Arts Quad kaum von der nunmehr sieben Monate zurückliegenden Eröffnungsversammlung; die Stimmung war allerdings etwa zwanzigmal so angespannt wie damals. Wieder einmal drängten sich die Mischlinge schutzsuchend zu einem Knäuel zusammen, um den die Campuskatzen – auf ausdrückliches Ersuchen des Dekans hin – widerwillig einen Ring gezogen hatten, um eine Pufferzone zu bilden. Viele Reinrassige machten aus ihrer Feindseligkeit keinen Hehl, und die Collie-Hündin Bucklette stachelte sie immer weiter auf.

»Verdammt noch mal!« Excalibur war am Kochen. »Ruhe, habe ich gesagt!«

Nicht ohne Mühe schafften es seine Dobermann-Assistenten, ihn mit dem Gesicht zur Menge herumzudrehen, woraufhin seine Ordnungsrufe prompt eine größere Wirkung zeitigten. Nach und nach beruhigten sich die versammelten Hunde, doch das Schweigen, das sich endlich einstellte, war ein äußerst beklommenes.

»Schon besser!« sagte der Dekan und schielte zwischen den Zotteln hindurch, die seine Augen bedeckten. »Was zum Donnerlittchen ist hier eigentlich los? Wie? Haben wir vielleicht die Tollwut unter uns? Schaum vor dem Maul? Raserei? So sprecht!«

»Es ist die Anarchie!« sprach Bucklette vernehmlich.

»Anarchie?« In Excaliburs Strenge schwang jetzt auch ein wenig Furcht mit. »Was höre ich da?«

»Es ist kein Geheimnis!« fuhr die Colliedame fort. »Wir alle wissen, daß sie uns das eingebrockt haben.«

»Wer *sie*?« rief Denmark aus der Gruppe der Mischlinge dazwischen. »Wen meinst du damit?«

»Genaau, Schweste'«, fügte Rover-der-Ätzer hinzu, der einzige Reinrassige, der sich offen über den Fraktionszwang hinwegsetzte. »'Ove' wü'de das auch ge'ne wissen.«

»Hört mir zu!« appellierte Bucklette an die ihr am nächsten Stehenden. »Hört zu, es ist allgemein bekannt, daß gewisse Hunde eine ausgesprochen negative Haltung gegenüber der Vierten Frage einnehmen. Es sollte uns daher nicht weiter überraschen, wenn sie – ohne Sinn für die und Achtung vor der Freiheit der Wissenschaft – sich nun auch der organisierten Gewalt verschrieben hätten.«

»Was soll der ganze Schrott von ›wir‹ und ›sie‹?« wollte Denmark wissen. »Du –«

»Beleidige meine Intelligenz nicht!« schnauzte Bucklette. (»Welche Intelligenz?« murmelte eine Mieze rechter Hand von Blackjack.) »Ihr Mischlinge seid nichts weiter als eine Bande sich absondernder Snobs, die in der Vergangenheit leben und versuchen, den Reinrassigen die Schuld an ihrem Verfolgungswahn in die Schuhe zu schieben. Wir diskriminieren euch nicht, ihr diskriminiert euch selbst, und was mich betrifft, so habe ich es satt, jedesmal Ängste ausstehen zu müssen, wenn ich in ein Rudel von euresgleichen gerate. Ich will nicht, daß man mich für eingebildete Vorurteile büßen läßt, mit denen ich nie etwas zu tun gehabt habe.«

»Eingebildete Vorurteile?« schrie ein anderer Mischling, dem ein halbes Ohr fehlte.

»Wenn wir unter Verfolgungswahn leiden«, meinte Denmark, »wie kommt es dann, daß du diejenige bist, die andauernd Angst hat?«

»Ich habe dich gebeten, meine Intelligenz nicht zu beleidigen!«

»Ich bin untröstlich, aber meine Mutter hat Welpen und keine Wundertäter aufgezogen.«

»Du unverschämter –«

»Ruhe!« Dekan Excalibur entzog ihnen wieder das Wort. »Ruhe, Ruhe, Ruhe, das geht mir alles zu schnell, und ich verliere die Übersicht! Jetzt will ich keine Wortklaubereien mehr hören, ich will nackte Tatsachen. *Langsame* Tatsachen.«

»Bitte um Verzeihung, Sir«, warf einer der Dobermänner ein, »ein sachverständiger Zeuge steht bereit, wenn Sie gestatten. Old Surenose?«

Ein sehr alter und baufälliger Bluthund löste sich aus der Menge von Reinrassigen und schlurfte – langsam, aber nicht ohne Würde – nach vorn. Excalibur schielte zu ihm hin.

»Zu Ihren Diensten, Sir«, sagte der Bluthund respektvoll.

»Hä? Wer ist dieser Bursche?«

»Sein Name ist Old Surenose«, erläuterte ein Dobermann.

»Er hat die Tollwut, sagst du?«

»Nein, Sir, durchaus nicht. Er ist ein *Zeuge*, Sir.«

»Also *aussehen* tut er wirklich nicht, als ob er die Tollwut hätte. Ich sehe keinen Schaum, keine –«

»Bitte um Verzeihung, Sir. Old Surenose *hat* keine Tollwut. Er ist derjenige, der den Leichnam aufgefunden hat, und er hat für uns ein wenig herumgeschnüffelt.«

»Den Leichnam? Welchen Leichnam?« Dann, nach einer Pause, in deren Verlauf man förmlich hören konnte, wie die versprengten Gedanken Excaliburs über das Schlachtfeld seines Geistes wieder aufeinander zukrochen: »OH! Oh, *dieser* Leichnam natürlich! Die Bulldogge, meinst du. Famos! Und sag mir, wissen wir, wer diese Bulldogge war?«

Surenose antwortete: »Jawohl, Sir, Sergeant Blutbad hat das Opfer bereits als einen seiner Leute identifiziert.« Blutbad, der im Kreis seiner Boxer saß, bestätigte dies.

Der Mischling Denmark wandte sich zu einem seiner Genossen. »Echt der Gipfel, was?« kommentierte er halblaut. »Rassiopfer, Rassizeugen, eine Rassihündin, die nach Blut schreit, und ein halbseniler Rassi, der Regie führt. Meint ihr, die lassen uns überhaupt noch mitspielen?«

»Halbsenil? Das wüßt ich aber«, meinte einer. »Sag ruhig drei Viertel.«

»Ach, Denmark«, sagte ein anderer, »die Rolle des Angeklagten ist überaus wichtig, wußtest du das nicht? Und die des Märtyrers nicht minder.«

»Wo und wann hast du die Leiche gefunden, Schurwoll?« fragte indes Excalibur. »Fang mit dem Anfang an, ende mit dem Ende, geh nicht zu schnell vor und überhaupt...«

»Surenose, Sir«, verbesserte ihn der Bluthund geduldig. »Nun, ich war ein ganzes Weilchen vor Sonnenaufgang losgezogen, um mich nach einem Imbiß umzutun – der Mond stand noch hoch am Himmel, Sir –, und meine Wanderung führte mich hinunter zum West Campus. Ich roch Blut, Sir, und im ersten Moment dachte ich, ein gütiger Herr hätte ein paar Steaks hinausgeworfen, doch ich entdeckte bald, daß ich mich getäuscht hatte. Sie war in Stücke gerissen worden, die Bulldogge, erst halbiert und dann noch einmal, und teilweise angefressen, fürchte ich.« Der Bluthund hatte in einem ruhigen, fast nüchternen Ton gesprochen, doch nicht wenige seiner Zuhörer waren entsetzt. Bucklette konnte kaum noch an sich halten.

»Das ist ja barbarisch!« kläffte sie und knurrte die Mischlinge anklagend an. »Aber nicht eigentlich verwunderlich!«

Man knurrte zurück; zwischen den Fronten eingezwängt, wurden die Katzen nervös und bereiteten sich darauf vor, im Fall eines Krawalls das Weite zu suchen.

»Sir?« sagte Old Surenose, selbst ein wenig angespannt.

»Ja, bitte um Verzeihung«, erwiderte Excalibur. »Ruhe!« heischte er. »Bitte fortzufahren, Schutzlos.«

»Jawohl. Wie Sie sich vielleicht vorstellen können, Sir, bin ich bergauf nicht der Schnellste, und ich wußte, Sie würden die Nachricht so schnell wie möglich erhalten wollen. Glücklicherweise gelang es mir, dort in der Nähe Rover ausfindig zu machen.«

»'Ove' waa' die Lady Baabylon am Besuchen«, steuerte der Puli bei. »Sie lebe hoch.«

Old Surenose fuhr fort: »Ich habe Rover direkt mit der Nachricht auf den Hügel geschickt. Ich selbst habe mich noch eine Weile gründlich umgeschnüffelt, um vielleicht herauszufinden, wo der Mörder hingegangen war. Natürlich mußte ich besonders vorsichtig sein – es handelte sich ja ohne Zweifel um ein sehr großes Tier.«

»Wie steht's mit einem Rudel?« fragte Bucklette ungeduldig. »Es könnte doch auch ein Rudel gewesen sein, oder?«

»Ein Rudel?« echote der Bluthund. »O nein, nein, es war ein einzelnes Tier, da bin ich völlig sicher. Ich habe nur eines gerochen.«

Ein anderer Reinrassiger meldete sich zu Wort. Es war Skippy, der Beagle, der zur Abwechslung einmal zu verängstigt war, um herumzuhüpfen. »War es... war es wirklich ein Wolf?«

»Hä? Nein, nein, nein, ich denke doch ein Hund. Wie sollte ein Wolf da hinkommen?«

Wieder Bucklette: »Was für ein Hund?«

»Ein großer Hund, wie ich schon sagte.«

»Ja, wie du schon sagtest, aber was für ein großer Hund?«

»Es tut mir leid, ich verstehe die Frage nicht. Ein vierbeiniger; was für welche gibt es denn sonst noch?«

»Reinrassig oder Mischling, du Idiot!«

Old Surenose starrte sie an. »Kannst *du* den Unterschied riechen?«

»Na ja«, meinte die Colliedame kleinlaut, »das nicht. Aber bist du nicht ein sachverständiger Zeuge?«

Surenose warf einen diskreten Blick in Richtung der Mischlinge. »Wie war das noch?« sagte er. »›Meine Mutter hat Welpen und keine Wundertäter aufgezogen.‹ Ich werde wissen, was es ist, wenn wir es aufgespürt haben. Nicht eher.«

»Hrmmpf«, rief Denmark aus. »Ein ehrlicher Hund. Wie findet ihr das?«

»Vielleicht bist du einfach zu alt«, schlug Bucklette vor. »Vielleicht ist auf deine Nase kein Verlaß mehr. Ich meine immer noch, daß es rasselose Agitatoren waren. Das weiß doch jeder, daß denen nicht zu trauen ist!«

»Das reicht.« Edel, der Bernhardiner, stand finster blickend hinter ihr. »Du hast deine Meinung gesagt. Warum hältst du jetzt nicht für ein Weilchen die Schnauze?«

»Warum sollte ich?«

»Weil ich es sage, weil ich genug von deinem Mist habe, und weil ich auch ein großer Hund bin und dich genausogut vierteilen kann wie ein Wolf.«

»Aha! Dann hast *du* ja vielleicht die Bulldogge getötet!«

»Hä?« warf Surenose ein. »O nein, hab ich das nicht gesagt? Ich bin ziemlich sicher, daß ich den fraglichen Hund noch nie zuvor gerochen habe. Und ich bin schon eine ganze Weile hier. Natürlich, wenn der Herr Dekan es wünscht, kann ich jeden einzelnen überprüfen.« Er schnüffelte hörbar. »He da, wer hat Ratten gegessen und einen Furz gelassen?«

»Fürwahr, fürwahr«, sagte Dekan Excalibur unvermittelt, wieder einmal verwirrt und krampfhaft bemüht, der Unterhaltung, wenn auch mit gebührendem Abstand, zu folgen. »Sagte eben jemand was von Suchaktion starten?«

Das Spinnennetz

I

Strahlend ging die Sonne auf und erklomm einen wolkenlosen Himmel, der indes danach roch, als würde sich ein weiterer Sturm zusammenbrauen. Überall auf dem North und West Campus, in den Studentenwohnungen von Collegetown und bis hinunter zum Fuß des Hügels fing das allwöchentliche Ritual an – das Mitsichringen, ob man oder ob man nicht die Uni sausen und das Wochenende früh beginnen lassen sollte.

Wenigstens die Architekten hatten keine Last damit. Ihre Veranstaltungen fielen anläßlich des Drachenfestes aus, wodurch ihnen bis zum Beginn der Parade um zwölf noch ausreichend Zeit für die letzten Vorbereitungen blieb. Gegen halb elf hatten sich bereits viele von ihnen auf dem Arts Quad versammelt; die meisten waren kostümiert, viele tranken und steuerten zielstrebig die kritische Masse an. Die Verkleidungen rangierten von schlicht grüngeschminkten Händen und Gesichtern bis hin zu kunstvollen Pappgehäusen in Gestalt berühmter Bauwerke. Ein besonders langer Student kam als Turm von Babel; er mischte sich sturzbetrunken unters Volk, bedachte die Frauen mit sexistischen Äußerungen und zieh die Männer mannigfaltiger sodomitischer Verfehlungen. Da er Esperanto sprach und das Lächeln nicht von seinem Gesicht wich, fühlten sich fast alle von seinem Geschwätz geschmeichelt und machten ihm ihrerseits die herzlichsten Komplimente.

Nach dem Chaos vom Tag zuvor noch ziemlich nervös, war die Campuspolizei zeitig zur Stelle und hielt, während mehr und mehr Menschen auf den Platz strömten, Ausschau nach etwaigen Unruhestiftern. Um Viertel nach elf stand eine repräsentative Auswahl von GeiWi-, Agri-, SozÖk- und Hotelfachstudenten erwartungsvoll herum, und mit ihnen Delinquentenfächler, Bohemier, Blaue Zebras und eine Handvoll eifriger Ingenieure, die sich als Aufklärer betätigten. Traditionsgemäß würde sich der Drache auf dem Parkplatz der Sibley Hall in Bewegung setzen, am Gebäude vorbei über den Quad ziehen, bei der Lincoln Hall auf die East Avenue einbiegen und weiter zum Engineering Quad rollen. Dort würden ihn die Ingenieure angreifen und mit Schlamm, Tomaten, vergammelten Kohlköpfen – windkanalgetesteten vergammelten Kohlköpfen – und, sollte im Lauf der nächsten halben Stunde eine grundlegende Wetteränderung eintreten, mit Schneebällen bewerfen. Überstand der Drache die Attacke – und der einzige, der jemals umgefallen war (der letztjährige nämlich), hatte dies ohne jede Unterstützung seitens der Ingenieure geschafft –, würde er den Rundgang fortsetzen, rechts auf die Campus Road, wieder rechts auf die Central Avenue einbiegen und schließlich zwecks Einäscherung zum Arts Quad zurückkehren.

»Ideales Wetter«, bemerkte Tchikovsky, der den Anschluß des Drachenschwanzes an den bereits zusammengebauten Rest beaufsichtigte. Während dieses Kopplungsmanövers liefen eine schwanzlose Katze und zwei Hunde vorbei; Harp bückte sich, um sie zu streicheln, doch sie wichen ihm geschickt aus und setzten ihren Weg fort.

Verna von Grautsch, der führende Kopf, drängelte sich durch die Zuschauer, die den Parkplatz füllten. »Alles in Ordnung?« fragte sie.

»Könnt gar nicht besser laufen«, meinte Tchikovsky. »Das Wetter ist ideal: kein Hauch seit heute früh, keine Wolken und kein Frost wie im letzten Jahr.«

»Es gibt noch ein Gewitter«, entgegnete Verna, nicht so erfreut wie er. »Riechst du's nicht?«

»Schätze, ich hab keine Nase für Gewitter. Es sieht nicht danach aus, und im Radio haben sie gesagt –«

»Kannste vergessen. Wie hält sich der Drache?«

Der Körper des Ungeheuers reckte sich fast fünfzehn Meter senkrecht in die Höhe; das innere Holzgerüst war auf Räder montiert wie ein Belagerungsturm. Die Haut war aus schwerer Leinwand und mit dunkelgrünen Schuppen aus Pappe bedeckt. Oben auf dem Rumpf saß die Spezialkonstruktion des Kopfes mit dem eingebauten Flammenwerfer; unter der Kinnlade ragten zwei klauenbewehrte Arme lang und bedrohlich aus dem Brustkorb heraus. Die Flügel des Drachen waren ebenfalls aus Leinwand, doch aus einem dünneren Gewebe und so aufgehängt, daß sie, sollte der Wind doch zu stark wehen, an den Körper angelegt werden konnten. Auf dem Boden erstreckte sich der – inzwischen angekoppelte – Schwanz an die zehn Meter weit nach hinten. Er hatte keine Räder, sondern sollte von einer ausgewählten Gruppe von in ihm verborgenen Architekten hochgehoben und getragen werden, während eine zweite Gruppe den Körper an Seilen hinter sich herzog.

»Er hält sich ausgezeichnet«, sagte Tchikovsky mit verzeihlichem Stolz. »Sogar noch besser als erwartet. Ich dachte, der Kopf könnte Probleme aufwerfen, aber der zusätzliche Tank für das Feuer scheint das Gleichgewicht nicht zu stören.«

»Wir können also um zwölf los?«

»Wenn nichts Unvorhergesehenes dazwischenkommt. Aber hör mal.« Er senkte die Stimme. »Der Flammenwerfer macht mir immer noch ein bißchen Sorge.«

»Warum? Die letzten technischen Fehler sind vorgestern abend behoben worden. Es dürfte eigentlich keinerlei Probleme mehr geben.«

»Ich spreche nicht von der Technik.« Tchikovsky senkte seine Stimme zu einem Flüstern. »Es ist nämlich ein Feuerwehrhauptmann da. Wegen der Einäscherung zum Schluß.«

»Und?«

»Ach, komm schon, Verna. Die Feuerspuckerei ist nicht offiziell genehmigt. Wenn ein Feuerwehrmann zuschaut und das Ding auf einmal anfängt, die Menge anzublasen...«

»Der Winkel ist so gewählt, daß das Feuer weit über Kopfhöhe abgeht. Das weißt du auch, du hast schließlich an dem Ding mitgebaut. Wenn nicht Mary Poppins mit ihrem Regenschirm vorbeisegelt, besteht keinerlei Gefahr, daß –«

»Ich weiß, daß es ungefährlich ist«, unterbrach sie Tchikovsky, »und du weißt, daß es ungefährlich ist, aber was wird der Feuerwehrhauptmann sagen?«

Der führende Kopf ließ sich das durch den Kopf gehen; es war eine beunruhigende Vorstellung, daß der Mann ihnen mitten während des Umzugs den Laden dichtmachen könnte.

»Nein«, entschied sie. »Nein, die Parade würde er nicht abblasen, aber er könnte uns anhalten und zwingen, die Benzintanks rauszunehmen. Wir werden die Sache eben so lange geheimhalten müssen, bis wir den Engineering Quad erreichen. Ein hübscher Feuerstoß, daß die sich vor Schreck in die Hose machen, und ich pfeif darauf, was hinterher passiert.«

»In Ordnung«, pflichtete Tchikovsky bei. »Wenn alle Stricke reißen, können wir ja immer noch jemand raufschicken, der die Tanks holt.«

»Genau.« Verna hatte das Problem bereits abgehakt. Sie sah auf die Uhr. »Noch dreiunddreißig Minuten bis zum Start. Wie lang wird die Parade schätzungsweise dauern?«

»Eine Stunde, vielleicht auch anderthalb, bis wir ganz rum sind. Warum?«

»Meine Nase. Ich mach mir Sorgen wegen des Gewitters...«

II

Das Gewitter umzingelte Ithaca von allen Seiten wie ein Spinnennetz, das sich zur Mitte hin immer enger zusammenzieht. Kaum hatte Tchikovsky eine Bemerkung über die absolut reglose Luft fallenlassen, als Wind aufkam und entschlußlos bald hierhin, bald dorthin wehte und von allen Richtungen Wolken heranführte. Mr. Sunshine, der seinen persönlichen Wettergeschmack zugunsten stilistischer Erwägungen hintangestellt hatte, wies ihnen den Weg, knüpfte das Netz.

Natürlich ist es durchaus nicht einfach, sich vorzustellen, wie eine Stadt von der Größe Ithacas jeden Kontakt zur Außenwelt verliert. Daß ein kleiner Ort, ein Nest in der hintersten Ecke von Iowa etwa, von der Erdoberfläche verschwinden könnte, ohne daß – wenigstens eine Zeitlang – jemand etwas bemerkte, liegt eher im Bereich des Denkbaren. Aber eine Stadt von dreißigtausend Seelen mit einer bedeutenden Universität und einem kleinen College auf einander gegenüberliegenden Hügeln ist etwas anderes. Tag für Tag, Stunde um Stunde werden Ferngespräche geführt, Waren angeliefert, pendeln Pendler. Ithaca könnte – darin wären sich die meisten einig – unmöglich von der Außenwelt abgeschnitten werden, ohne daß man es sofort bemerkte.

Und doch geschah genau das. Als die Iden vorrückten, das Gewitter herankam, das Netz sich zusammenzog, begann sich Ithaca mehr und mehr von seinem Umland zu lösen. Es verwandelte sich in eine verzauberte, eine verwunschene Märchenstadt; immer weniger Nachrichten erreichten oder verließen sie, und

Reisende wählten eine andere Route, um an andere Orte zu gelangen.

Eines der letzten Lebewesen, die die Stadt betraten, ehe sich das Netz vollends zusammenzog, kam auf vier Beinen.

III

Auf dem Schild stand ITHACA – 2 MEILEN, und obwohl Luther es nicht lesen konnte, wußte er doch, daß seine Reise kurz vor ihrem Ende stand. Nach den vielen langen Wochen auf der Straße struppig und abgemagert, trottete er auf einem verlassenen Streckenabschnitt der Route 79, derselben Straße, über die er und Blackjack seinerzeit in den Himmel einmarschiert waren.

Jetzt lag er direkt vor ihm, der Himmel, fett und nach Regen duftend; die Hölle folgte ihm auf dem Fuße. Von hier oben aus konnte man beobachten, wie die Wolken rasch aufeinander zustrebten: dick und grau und zum Horizont hin immer dunkler, fast schwarz. Blitze zuckten, und ein kalter Nebel legte sich über die Erde und verschluckte nach und nach alles. Die Angst vor dem Gewitter ließ Luther mit unverminderter Geschwindigkeit weiterlaufen, trotzdem wußte er, daß es ihn lange, bevor er den Hügel erreicht haben würde, eingeholt hätte.

»Oh, Blackjack, bitte, sei am Leben, wenn ich dort ankomme«, flehte Luther und beschleunigte seine Schritte noch mehr. Erinnerungen an Träume verfolgten ihn, Träume, in denen er auf den zerfleischten Leichnam seines alten Freundes stieß, über dem ein anderes, größeres Tier kauerte: manchmal der aus Licht und Schatten gebildete Dämon Raaq, manchmal der Reinrassige Drakon. *Ich habe auf dich gewartet, Krätze …*

Plötzlich änderte der Wind entschlossen seine Richtung. Für einen Augenblick wehte er direkt vom Hügel her, und Luther nahm kurz eine Witterung auf, eine wohlbekannte Witterung, die er zweifellos hatte wahrnehmen *sollen*.

»Er wartet tatsächlich«, winselte Luther. »Er wartet auf mich, er ist vor mir dort angekommen, genau wie in den Träumen …«

War es eine Prüfung, eine letzte Mutprobe, die Gott oder Raaq ihm zugedacht hatte? *Ich werde niemals einen Hund töten, selbst meinen Feind nicht.* Aber wenn der Wolfshund auf ihn wartete und ihn fand, woran kein Zweifel bestehen konnte…

»Es ist hoffnungslos«, sagte er sich. »Ich bin tot. Ich bin ein toter Hund.«

Dennoch verlangsamte er seine Schritte nicht, blieb nicht stehen, ließ nicht zu, daß die Gewißheit seines nahenden Todes ihn übermannte. Während seiner Wanderung hatte er über viele Dinge nachgedacht, unter anderem auch über Ruffs Lebensphilosophie. Vielleicht war wirklich alles nur eine Geschichte, ein unterhaltsames Schauspiel für Gott und seine Engel. Zumindest glaubte Luther, daß dem Ganzen ein Plan zugrunde liegen mußte, ein Plan, den er nicht verstand, gegen den er sich jedoch nicht auflehnen würde.

»Aber ich habe Angst. Ich habe solche Angst, Blackjack, bitte, *bitte* sei noch am Leben.«

Die ersten Wolken waren jetzt direkt über ihm, und Ausläufer der Nebelfront waberten eisig zwischen seinen Beinen… wie der Pesthauch eines Ungeheuers. Er lief weiter.

Hobart erzählt eine letzte Geschichte

I

Der Koboldälteste Hobart stöhnte leise auf.

»Julius ... ?«

Zephyr saß auf dem Rand seines Bettes – eine gepolsterte Streichholzschachtel mit vier geköpften Streichhölzern als Pfosten – und wischte ihm die Stirn mit einem kalten Schwamm. Hobart zuckte unter seinen Decken; soviel hatte er sich in den letzten Monaten zusammen nicht bewegt, aber seine Augen blieben glasig, blicklos.

»Das Fieber scheint nachzulassen«, bemerkte Butts, der Arzt. »Das läßt hoffen.«

Zephyr zuckte unverbindlich mit den Schultern. Ihr Gesicht war verhärmt und von Müdigkeit gezeichnet, und sie sah aus wie jemand, der alles einschließlich der Hoffnung verloren hat – oder zumindest kurz davor steht.

»Er spricht im Schlaf, seitdem er hergebracht worden ist«, sagte sie. Ihre Stimme war kalt, wie längst erloschene Glut. »Das hat nichts zu besagen.«

»Gewiß, aber die Symptome ... nun ja, das geübte Auge glaubt zu erkennen, daß er demnächst aufwachen –«

»Ich hab genug von geübten Augen«, unterbrach ihn Zephyr. »Die meisten davon scheinen mir noch mehr Übung zu benötigen. Vor zwei Monaten hast du mir fast wortwörtlich das gleiche gesagt: daß er entweder bald aufwachen oder sterben wird und daß es so oder so bald ausgestanden ist. Vor zwei Monaten hat mir Hamlet versichert, daß es eine Frage von Tagen sei, bis er Puck finden würde, und dann wäre auch *das* ausgestanden. Und jetzt ... kann mir dein geübtes Auge sagen, wann sie Hamlet finden werden?«

Trotz dieser Worte schwang kaum Zorn in ihrer Stimme mit; Zephyr hatte keine Energie mehr, um richtig wütend zu werden. Nichtsdestoweniger wich Butts nervös zurück und schwieg.

»Ich werde jetzt zum Turm fliegen«, sagte Zephyr und ließ den Schwamm in einen Fingerhut voll Wasser fallen. »Ich muß nach dem Glockenspiel sehen. Hab du ein Auge auf ihn, bis ich zurück bin.«

»Sehr wohl, Fräulein«, erwiderte Butts, nicht gerade unglücklich, sie gehen zu sehen. Ihre Laune war in letzter Zeit zunehmend schlechter geworden.

Zephyr verließ die Krankenstation und folgte einem Gang, der über der Zwischendecke der Haupteingangshalle der Straight verlief. Obwohl sie an vielen Bekannten vorbeikam, blieb sie kein einziges Mal stehen, um ein paar Worte zu wechseln; den wenigen Kobolden, die von sich aus zu grüßen versuchten, schenkte sie keinerlei Beachtung. Wäre Puck jetzt hier gewesen, hätte er ihre Laune wiedererkannt – es war die gleiche wie damals an dem Tag, als er sie durch die Lüfte bis zum Knochenacker verfolgt hatte. Tief in ihrem Herzen fühlte sich Zephyr betrogen, so wie sie sich durch Pucks Seitensprung mit Saffron Dey betrogen gefühlt hatte. Das Schicksal hatte sie ohne ein Wort der Erklärung ihres Geliebten und eines guten Freundes beraubt und ihren Großvater ins Koma fallen lassen; doch anders als bei einem ungetreuen Liebhaber konnte sie das Schicksal nicht einfach aus ihrem Bett werfen oder jeden Verkehr mit ihm einstellen. Das war das Schlimmste: kein greifbares Wesen zu haben, das sie für ihre Sorgen hätte verantwortlich machen können.

Eine verborgene Treppe führte sie hinauf, in die höchsten Ebenen des Gebäudes. Es gab hier keinen Hangar, aber eine Dachluke ging auf einen der Firste, und dort lag der inzwischen reparierte Marienseidengleiter vertäut und bockte im auffrischenden Wind, als könnte er es nicht erwarten loszufliegen.

Das Wetter überraschte sie; noch vor wenigen Stunden war der Himmel strahlend blau gewesen, und jetzt drängten sich Wolken aus allen Richtungen bedrohlich heran und ließen nur einen kleinen blauen Fleck frei, genau über der Kuppe des Hügels. Blitze zuckten in der Ferne; es schien ein richtig übles Gewitter werden zu wollen.

Zephyr kletterte in die Gurte und löste die Taue. Augenblicklich packte der Wind den Gleiter und riß ihn steil empor. Als Zephyr in Richtung Turm abdrehte – die Uhr zeigte auf zehn vor zwölf –, kehrten ihre Gedanken zu Puck zurück, und dann, zum erstenmal seit langer Zeit, zu George. Auch er gehörte zu denen, die das Schicksal ihr in gewissem Sinne geraubt hatte. Oh, sie begriff inzwischen nur zu gut, daß Mensch und Kobold nie ein Paar werden konnten, doch es wäre schön gewesen, wohltuend, mit ihm über all ihre anderen Verluste reden zu können. Er hätte ihr bestimmt Verständnis entgegengebracht, auch wenn sie sich kaum vorstellen konnte, daß er jetzt, da er verliebt war, selbst irgendwelche ernsthaften Probleme hatte.

Während sie sich noch fragte, wo George in diesem Moment sein mochte, und dabei die nahende Wolkenbank im Auge behielt, flog sie zum Turm hinauf, ohne die Völkerscharen zu beachten, die unten auf dem Arts Quad wimmelten, noch die zwei winzigen Gestalten zu bemerken, die mit höchster Geschwindigkeit auf das Gebäude zueilten, das sie gerade verlassen hatte.

II

»Los!«

Ein Erstsemester mit umgehängtem Rucksack hatte sich vor der Straight hingekniet, um sich einen Schuh zuzubinden, und Puck und Hamlet ergriffen jeder ein herabbaumelndes Ende eines Schulterriemens. Der Schuhzubinder stand wieder auf, ohne zu ahnen, daß er jetzt auch zwei unsichtbare Huckepackreiter trug. Mit Schritten, die ihm nicht einmal der Koboldmeister im Weitsprung hätte nachmachen können, stieg er die Treppe vor der Straight hinauf, schob sich durch die Pendeltür und hielt auf die Oakenshields-Mensa zu.

»Jesus, Troilus und Cressida!« rief Puck aus, als der Student sich seitwärts an einer dicken Frau vorbeiquetschte und ihn beinahe an der Wand abgestreift hätte. »Kannst du nicht ordentlich laufen?«

»Beruhige dich und mach dich zum Absprung bereit«, riet Hamlet, als sie durch eine zweite Tür in die Eingangshalle gelangten. Trotz der unmittelbar bevorstehenden Drachenparade war die Straight brechend voll mit Studenten, die entweder hier zu Mittag essen wollten oder hofften, am Bankschalter noch etwas abheben zu können, um an diesem Wochenende einen draufzumachen. Der Fußboden der Halle war eine sich ständig bewegende Masse schwerer Füße, trotzdem sprangen die beiden Kobolde hinunter, wobei sie sich an den Hosenbeinen des Erstsemesters festhielten, um ihren Fall abzubremsen. Der Cornellianer spürte den leichten Ruck und zog sich die Jeans hoch, dann rannten Puck und Hamlet auch schon los und schlängelten sich im Zickzack durch einen Urwald von Füßen. Zweimal wäre Hamlet beinahe zertrampelt worden; ein Mädchen in Angorapullover und Cowboystiefeln hätte Puck fast erledigt, aber ihr Freund näherte sich ihr von hinten und riß sie mit einer schwungvollen Umarmung im letzten Moment in die Höhe.

Unter einer Bank war ein geheimes Türchen in die Wand eingelassen, durch das man in einen der Gänge der Kobolde gelangte. Endlich in Sicherheit, verschnauften sie sich nur einen Augenblick, um dann sofort weiter zur Krankenstation zu eilen. Auch sie ignorierten, wie Zephyr vor ihnen, die Kobolde, an denen sie vorbeikamen, erregten jedoch ihrerseits beträchtlich mehr Aufmerksamkeit (ein bei Geistern häufig zu beobachtender Sachverhalt). Macduff, der Anführer der verhängnisvollen Versuchstierbefreiungsaktion, sah Puck und Hamlet vorbeilaufen und heftete sich verblüfft an ihre Fersen. Ebenso sein Bruder Lennox.

Und so geschah es, daß die vier Kobolde alle gleichzeitig Fragen heraussprudelten und alle gleichzeitig in die Krankenstation platzten. Im Besitz der lautesten Stimme, gelang es Puck, den erstaunten Ärzten und Pflegern die Auskunft zu entlocken, wo der Älteste einquartiert sei. Als sie schließlich das Krankenzimmer betraten, verstummte das Geplapper schlagartig.

Hobart saß aufrecht im Bett.

III

»Nichts«, bemerkte Rover-der-Ätzer mit der Nase am Boden. »Kein kleinstes bißchen Spu' davon. Wenn ih' 'Ove' f'agt, is' e' längst auf und davon, unse' Wolf.«

»Bedauerlich«, sagte Blackjack ohne eine Spur von Bedauern. »Nach Ratten riecht es immerhin noch. Hat jemand Lust auf Mittagessen?«

Die drei – Blackjack, Rover und der Mischling Denmark – befanden sich auf einem Pfad an der Südseite der Fall-Creek-Schlucht; die Hängebrücke lag linker Hand vor ihnen. Sie durchkämmten die Gegend seit Stunden, und die Tatsache, daß nur

Rover die Witterung kannte, die sie aufzuspüren versuchten, erschwerte ihre Suche beträchtlich. Die meisten Hunde, die an der Versammlung teilgenommen hatten, waren zuallererst zum West Campus getrottet, um am Tatort ein wenig herumzuschnüffeln. Denmark hatte es jedoch vorgezogen, sich so schnell wie möglich von den Reinrassigen zu trennen, und Blackjack hatte keine Lust gehabt, sich anschließend den Abhang wieder hinaufbemühen zu müssen.

»Ich wollte wirklich, wir könnten eine Essenspause einlegen«, sagte jetzt Denmark. »Aber wenn dieser ›Wolf‹ nicht bald gefunden wird...«

»Du machst dir Sorgen wegen Bucklette, nicht?« fragte Blackjack.

»Alle Rassis machen mir Sorgen.« Er sah zum Puli hinüber. »Die meisten Rassis, meine ich. Dieser Bernhardiner hat mich heute früh allerdings wirklich überrascht mit dem, was er sagte.«

»Genau, Mann«, sagte der Puli. »Vielleicht gibt's ja doch noch Hoffnung fü' uns alle, eh.«

»Glaubst du?« erwiderte der Mischling. »Ein, zwei Hunde, die öffentlich Stellung beziehen, ist nicht gerade überwältigend. Manchmal frage ich mich, ob das Leben nicht eine einzige abgekartete Sache ist. Dinge wie die Vierte Frage, die Borniertheit mancher Hunde – es wirkt fast so, als hätten sie einen tieferen Sinn, als gäbe es sie, um die alte Fehde in Gang zu halten. Vielleicht *soll* sie ja überhaupt nicht enden.«

»Mann, eh, Denma'k, glaubs' du denn wi'klich, die Welt könnt so einge'ichtet sein? 'Ove' glaubt nich da-«

»›Tieferen Sinn‹?« unterbrach ihn Blackjack. »›Soll‹? Verschont mich bitte damit. Die tierische Natur reicht völlig aus, um diesen ganzen Rassi-und-Mischling-Quatsch zu erklären. Da braucht ihr nicht noch so abergläubische Hypothesen zu bemühen. Das ist genau die Mentalität, die den ganzen Schlamassel überhaupt erst in Gang gebracht hat. Warum versucht ihr nicht mal, die ganze Sache ein bißchen katzenmäßiger zu betrachten? Das könnte euch das Leben beträchtlich erleichtern.«

»Sprich nie mit einer Katze über Gott«, sagte Denmark in Anlehnung an ein altes Sprichwort.

»Wenn es einen Gott gibt«, gab Blackjack zurück, »und wenn er wirklich am Ruder ist, dann muß er logischerweise gewollt haben, daß ich nicht an ihn glaube. Woraus folgen würde, daß ich der einzige von uns dreien bin, der vollauf damit zufrieden ist, die ihm zugedachte Rolle zu spielen, ohne ihn ständig mit dämlichen Fragen zu nerven. Habe ich recht?«

Denmark schwieg, nachdenklich oder eingeschnappt. Sie gingen ein Stückchen weiter auf die Brücke zu. Von jenseits der Schlucht zogen die Wolken heran; sie hörten gedämpften Donner.

»Das Gewitter sieht übel aus«, sagte Blackjack.

»Der ganze Ort hier ist übel«, sagte Denmark. Das waren seine letzten Worte. Der Wind wechselte urplötzlich die Richtung und führte eine neue Witterung heran, die Rover zusammenfahren ließ. Blackjack sträubte sich das Fell – er hatte den Geruch wiedererkannt. Nur Denmark spürte die drohende Gefahr nicht sofort.

Ein Haufen verrottenden Laubs auf dem Hang zu ihrer Rechten explodierte, und der Tod stürzte sich zähnefletschend auf sie: weißes Fell und Gebiß.

IV

»Ich habe viel geträumt«, sagte Hobart. Er saß auf dem Rand des Bettes und bewegte seine wundgelegenen Muskeln. »Geträumt und geträumt. Und begriffen. Ja, ich verstehe jetzt viel mehr als vorher. Oder glaube es jedenfalls.«

Sein und Pucks Blick kreuzten sich, und der jüngere Kobold fand, daß Hobart seltsam erfrischt aussah, trotz seines langen Schlafs stärker und lebendiger wirkte als damals in der Neujahrsnacht, als sie zum Turm geflogen und in den Hinterhalt geraten waren.

»Rasferret der Engerling ist natürlich am Leben«, sagte Hobart. »Wir haben ihn am Ende des Großen Krieges nicht getötet – dieser Teil der Geschichte war erlogen.«

Bestürzung zeichnete sich auf Macduffs und Lennox' Gesicht ab. Butts, der Arzt, schnappte hörbar nach Luft, obwohl er ein einfacher Bursche ohne viel Sinn für Geschichten war und von ihnen allen noch am wenigsten über den Krieg wußte. Die Reaktionen der anderen anwesenden Kobolde – und es hatten sich sehr viele ins Zimmer gedrängt, um den wunderbarerweise geheilten Ältesten zu sehen: Ärzte, Pfleger und Patienten aus anderen Krankenzimmern – reichten von sprachloser Verblüffung bis hin zu kaum beherrschtem Entsetzen. Nur Puck und Hamlet wirkten gelassen, von der Eröffnung nicht überrascht. Vielleicht hatten sie selbst ein bißchen geträumt. Warum sonst wären sie heute früh beide mit der plötzlichen Gewißheit aufgewacht, daß es an der Zeit war, aus der Versenkung wiederaufzutauchen und hierherzukommen?

»Erinnert ihr euch an die Geschichte, die ich euch zu Halloween erzählte, die Todesgeschichte, die Laertes unbedingt hören wollte?« Hobart sprach direkt Puck und Hamlet an, aber auch viele andere nickten. »Die meisten Details stimmten: Den entscheidenden Angriff auf den Knochenacker führten zwei Einheiten durch, eine größere, die die Aufgabe hatte, Rasferrets Hauptmacht zu binden und wegzulocken, und ein kleinerer Trupp unter der Führung des Ältesten Julius, der das eigentliche Vorhaben durchführen sollte. Aber wir zogen nicht mit der Absicht los, den Engerling zu töten – wir hatten Angst, es zu versuchen, waren nicht einmal sicher, daß es möglich sei.

Nein, wir überlisteten ihn statt dessen, versuchten etwas so Unerwartetes, daß es vielleicht gerade aufgrund der Unerwartetheit gelang. Wir nahmen ihn gefangen. Wir brachten ihn zur Strecke, lockten ihn mit Hilfe seines eigenen, übersteigerten Selbstvertrauens aus der Reserve, indem wir vorgaben, sofort vor seiner Zauberkraft und seiner Leibwache die Flucht zu ergreifen. Ein paar von unseren eigenen Zaubertricks vollendeten die Kriegslist – Rasferret ging in die Falle und wurde in eine Kiste gesperrt: eine magische Kiste, eigens dafür konstruiert, ihn gefangenzuhalten, lebendig, aber machtlos.

Wir steckten ihn in die Kiste und brachten ihn unter die Erde. Das war weit schwieriger, als ihr euch auch nur im entferntesten vorstellen könnt. Die Ratten hörten keinen Augenblick auf, uns zu bedrängen, und ein Gewitter tobte ringsum, und… und Rasferret selbst. Er ließ sich nicht so leicht abservieren. Jede Ritze und Nahtstelle der Kiste war so versiegelt worden, daß seine Magie nicht nach außen entweichen konnte, aber da war ein Loch in der Versiegelung, und durch dieses Loch vollführte er einen letzten Beseelungsakt. Es geschah just, als wir eine ausreichend tiefe

Grube für die Kiste ausgehoben hatten, gerade, als wir ihn hinunterließen. Meine eigene Armbrust – ich weiß nicht, warum es ausgerechnet meine sein mußte – drehte sich in meiner Hand und ging von selbst los.« Hobart berührte mit ernster Miene eine Stelle links unter seinem Brustbein. »Julius wurde genau hier getroffen, durch den Rücken und vorn wieder raus. Er löste sich fast augenblicklich auf.

Darüber hinaus gibt es nicht mehr viel zu erzählen. Der Riß in der Versiegelung wurde mit fliegender Hast verlötet; die Kiste fuhr in die Grube. Wir schütteten das Loch wieder zu, und dann versuchten die wenigen Überlebenden zu fliehen, denn die Ratten gaben noch immer nicht auf. Und nur ich – damals ein sehr junger Kobold – kam schließlich aus dem Knochenacker heraus. Nur ich kannte das Geheimnis, wußte, was wirklich geschehen war. Binnen kurzem verliefen sich dann die Ratten und starben oder nahmen wieder ihre ursprüngliche Gestalt an. Aber der Knochenacker blieb ein unheimlicher Ort, und sobald es mir möglich war, sorgte ich dafür, daß ein Kreis von magischen Steinen um die Grabstätte gelegt wurde: Steine, die verzaubert worden waren, um Tiere und Kobolde abzuschrecken. Ich glaubte nicht, daß das Große Volk seinen eigenen Friedhof entweihen würde, und machte mir keine Sorgen darum, daß einer von ihnen die Kiste ausgraben könnte. Vielleicht *hätte* ich mir Sorgen machen müssen; aber vielleicht war es auch so bestimmt, daß ich es nicht tat. Jedenfalls wurde Rasferret der Engerling niemals getötet, wenngleich ich gehofft hatte, daß er nach einem Jahrhundert einfach in seiner Kiste gestorben sei. Ja, ich hatte inständig darauf gehofft.«

»Mit Verlaub, Sir«, meldete sich der Arzt Butts nach einer langen Pause zu Wort. »Aber was genau bedeutet das für uns?«

»Daß Rasferret herausgekommen ist, natürlich«, sagte Puck.

»Und er hat genügend Ratten um sich geschart«, fügte Hamlet hinzu, »um uns alle zu vernichten.«

»Gütiger Gott!« explodierte Macduff. »Wi sin nich up'n Krieg vorbereitet. Wenn –«

»Wir sind nur Nebensache«, sagte Hobart, und alle Aufmerksamkeit richtete sich wieder auf ihn. »Das ist auch etwas, was ich begriffen habe«, fuhr er fort. »Wir haben Rasferret den Engerling damals nicht getötet, und wir werden ihn auch diesmal nicht töten. Er ist anderweitig verplant, für jemand anders bestimmt – ich weiß nur nicht für wen.«

»Wat salln wi dann dauhn?« meldete sich Lennox.

»Uns vorbereiten und uns verteidigen, so gut wir können«, sagte Hobart. »Bis Rasferret wirklich tot oder seine Macht gebrochen ist – falls sie jemals gebrochen wird –, schweben wir alle in höchster Gefahr.« Er stand unsicher auf und schnallte sich das Schwert um, das die letzten zwei Monate unter seinem Bett gelegen hatte. »So oder so wird es, ehe der Tag zur Neige geht, ein großes Blutvergießen geben.«

V

»Du bist erledigt, Kater«, sagte Drakon durch blutbefleckte Zähne. »Völlig erledigt.«

Denmark war tot, Rover-der-Ätzer so gut wie. Der Wolfshund hatte unglaublich schnell zugeschlagen – mehr wie eine Schlange als ein Vierbeiner –, und Puli wie Mischling waren, noch ehe sie die Chance gehabt hatten, zu reagieren, außer Gefecht gesetzt worden. Nur Blackjack, dem die Erinnerung an die Höllenstadt, wo er und Luther fast von einem Rudel von Reinrassigen in Stücke gerissen worden wären, einen besonderen Antrieb gab, war dem ersten Angriff ausgewichen. Mit nicht minder schlangenflinken Bewegungen hatte er Drakon die Flanke aufgerissen und war davongeflitzt... und in eine tödliche Falle getappt. Dummerweise war er auf die Hängebrücke gerannt, die zur Flucht einlud, aber sich als eine Falle herausstellte, da sie flach und eng war und keinerlei Deckung bot. Schon nach wenigen Sprüngen hatte er seinen Irrtum erkannt, kehrtgemacht und festgestellt, daß der Rückweg bereits versperrt war.

»Nur zu«, forderte ihn Drakon heraus. »Lauf, Kater. Lauf auf die andere Seite. Du wirst es nicht schaffen – ich bin schnell, schneller als du, und ich werde dir auf halbem Weg das Rückgrat brechen. Aber nur zu, versuch's.«

»Du siehst ziemlich dünn aus, Drakon«, sagte Blackjack, halbtot vor Angst, aber fest entschlossen, es nicht zu zeigen *(Raus, raus, wie komm ich hier bloß raus?)*. »Vielleicht bist du gar nicht mehr so schnell, wie du denkst.«

»Oh, ich bin schnell.« Und obwohl der Wolfshund von der Landstraße gezeichnet war, konnte Blackjack sehr wohl sehen, daß er die Wahrheit sagte. Drakon mochte abgemagert, sein einst makellos weißes Fell schmutzig und verfilzt sein, aber er sah noch immer aus wie eine perfekte Tötungsmaschine, auf das absolut Wesentliche reduziert. »Ich bin schnell wie der Tod, Kater. Wo ist die Krätze?«

Blackjack war auf diese Frage nicht gefaßt gewesen, und er konnte fast körperlich spüren, wie sich Drakon mit dieser unheimlichen Fähigkeit zum Gedankenlesen, die einige wenige Tiere besaßen, in sein Bewußtsein bohrte. Obwohl er keine Antwort auf die Frage des Wolfshundes hatte, beschloß er trotzdem, ihm auszuweichen.

»Warum hast du die Bulldogge getötet?« fragte er zurück.

»Ich hatte Hunger«, sagte Drakon. »Wo ist die Krätze, Kater? Weggegangen? Noch nicht wieder zurück? *Ja*, das ist es... die Träume waren also wahr.«

Mit aufgerissenem und triefendem Rachen begann der Wolfshund auf ihn zuzugehen. Blackjack setzte zurück und sah zu, daß der Abstand zwischen ihnen gleichblieb.

»Träume, Drakon? Was für Träume?«

»Träume, in denen ich dich töte. Euch beide töte. Und rat mal, wer zuerst stirbt, Kater?« Er sammelte sich zum Sprung, und gerade in diesem Augenblick versuchte – hinter ihm, am Rande der Schlucht – Rover-der-Ätzer mühsam aufzustehen. Ein Bein des Pulis war gebrochen und ein anderes fast abgerissen, aber er schaffte es immerhin, sich halb aufzurichten, ehe er wieder zusammenbrach.

»Mann eh«, sagte er zusammenhanglos. »Blackjack, ich glaub, eh –«

Für den Bruchteil einer Sekunde war Drakon von seiner Beute abgelenkt. Blackjack schoß wie ein Pfeil davon und raste auf das andere Ende der Brücke zu. Aber der Wolfshund setzte ihm fast augenblicklich nach, und der Reinrassige hatte nicht gelogen: Er war schnell, schnell wie der Tod, schneller als der Kater. Auf halber Strecke hatte er ihn eingeholt und legte den Kopf quer, um ihm das Rückgrat zu zerbeißen. Blackjack aber ließ sich seitlich abrollen und verlor nur ein Stück Fleisch und Fell an der Flanke – was schlimm genug war –, während er seinerseits Drakon mit sämtlichen Krallen übers Gesicht fuhr. Mit zerfetzter Schnauze wich der Wolfshund kurz zurück, dann stieß sein Kopf zu einem zweiten Biß wieder hinab. Der Manxkater ließ ihm nicht die Zeit zuzuschnappen: Er schoß zwischen Drakons Beinen hindurch in Richtung Hinterhand, dahin, wo sich die verwundbarste Stelle jedes männlichen Tieres befindet. Doch was er dort vorfand – beziehungsweise nicht vorfand –, ließ ihn plötzlich stutzen.

Kastriert! dachte er fassungslos. *Jemand hat ihn kastriert. Die Fänger müssen ihn –*

»Erledigt, Kater!« Drakon erwischte ihn an einem Hinterbein und warf ihn auf den Rücken. Schmerz, Blut, aber kein Knacken brechender Knochen, noch nicht. Blackjack reagierte mit der Heftigkeit einer Furie, kratzte und spuckte wie nie zuvor. Blutüberströmt, aber noch immer bei weitem der Stärkere, ließ ihn der Wolfshund los, und sie standen sich Nase an Nase gegenüber, lauernd, bereit für eine letzte Runde.

»Du kannst nicht gewinnen«, sagte Drakon triumphierend zu ihm. Blackjack, der sich die ganze Zeit fragte, wie diese mörderische Erscheinung ihn eigentlich hatte ausfindig machen können, wußte, daß er recht hatte. Der Reinrassige war einfach zu stark und zu sehr mit Haß erfüllt – er war ihm hoffnungslos unterlegen.

»Aber du wirst in Blut zahlen, Rassi«, sagte der Kater fauchend. »Ich werde dir ein paar Narben als bleibendes Andenken hinterlassen.«

»Und ich werde deinen Kadaver im Maul tragen, um ihn der Krätze zu zeigen, wenn sie kommt. Was glaubst du, was sie sagen wird, Kater? Wenn sie dich tot sieht?«

»Vielleicht«, sagte Blackjack, einer plötzlichen Eingebung folgend, »vielleicht wirst du auf meinen Kadaver verzichten müssen.«

»Was?« Drakons Augen verengten sich, und Blackjack sprang – nicht auf den Wolfshund zu, nicht auf der Brücke vor oder zurück, sondern zur Seite. Die Stangen des Geländers standen zu eng beieinander, um sich dazwischen durchquetschen zu können, aber der Kater machte sich platt und schlüpfte unter ihnen durch.

»NEIN!« brüllte Drakon und stürzte sich vor, um ihn aufzuhalten. Hätte Blackjack einen Schwanz besessen, wäre er daran gepackt und zurückgezogen worden; doch er hatte nicht und wurde nicht. Er kam auf der anderen Seite wieder heraus und stürzte von der Hängebrücke, fiel ebenso, wie Prediger gefallen war, und fast an genau der gleichen Stelle. Doch der Fluß unter ihm war nicht der gleiche wie in der Neujahrsnacht. Damals war er gefroren, wind- und schneegepeitscht gewesen; jetzt war er eisfrei und donnerte mit der Gewalt dahin, die ihm der Regen vom Tag zuvor verliehen hatte.

Blackjacks letzter Gedanke, bevor er unten aufschlug, war: *Herrgott, ich hasse Wass-*

Die Schlacht um die Willard Straight Hall

I

Die Parade begann zwei Minuten zu früh. Der Grüne Drache war abfahrbereit; die Architekten wurden wegen des Wetters zunehmend nervös. Die Wolken hatten die Reihen über dem Hügel geschlossen und das letzte Stückchen blauen Himmel ausgesperrt, und der Wind tanzte wie ein Derwisch.

»Was meinst du, gibt's Regen?« fragte Harp, als Dutzende von Studenten den Rücken krümmten, um den Drachen in Bewegung zu setzen.

»Nein«, sagte Verna zu ihm. »Fühlt sich wie ein elektrisches Gewitter an. Feuerwerk.« Zur Mannschaft: »AUF geht's, Leute!«

Die Zuschauer auf dem Arts Quad – der Platz quoll inzwischen fast über – jubelten anerkennend, als der Drache um die Ecke der Sibley Hall erschien. Doch der besorgniserregend finstere und immer finsterer werdende Himmel dämpfte die festliche Stimmung: Mehrere knallgrüne Drachen, die man beim ersten Aufkommen des Windes versuchsweise hatte steigen lassen, wurden jetzt eilends eingeholt.

»Los, los!« brüllte Verna den Drachenschiebern und -schleppern zu. »Geschwindschritt, schlagen wir dieses verdammte Gewitter!«

Eine Minute vor zwölf. Der Drache ließ Sibley und Tjaden Hall links und rechts hinter sich zurück und zog auf dem Quad ein. Seine Schöpfer hätten sich nicht so zu beeilen brauchen – das Untier war dazu bestimmt, bis dahin und nicht weiter zu kommen.

Bis zum Ende der Geschichte.

II

»Hat jemand Zephyr gesehen?« fragte Puck, als sie sich zum Aufbruch sammelten.

»Oh, sie ist zum Turm, Sir«, sagte Butts zu ihm. »Sie ist erst vor kurzem hinaufgeflogen.«

Puck und Hobart tauschten Blicke. Sie mußten an die Neujahrsnacht denken.

»Aber wir haben keine Zeit«, sagte Hobart bestimmt. »Wenn die Ratten da wieder eingedrungen sind, ist sie auf sich gestellt, und wir können ihr nicht helfen.«

»Wenn hier noch irgendwo ein anderer Gleiter wäre«, sagte Puck, »oder ein Flugzeug –«

»Nein, Puck –«

»Oder ich könnte zu Fuß hin. Es wird vielleicht lange dauern, aber –«

»Nein«, beharrte Hobart. »Mittlerweile dürfte es auf dem Hügel vor Ratten wimmeln, die sich auf den Angriff vorbereiten. Da bin ich mir ziemlich sicher. Es sollte mich wundern, wenn sie nicht auch schon in dieses Gebäude eingedrungen sind. Wir müssen jetzt selbst so schnell wie möglich eine Streitmacht aufstellen.«

»Ja, un du wirst bannig viele Streiter unten finden«, rief Macduff. »In de Oakenshields-Käk, bi de Grote Volk. Hüt abend sall en grotes Fest-Eten sin, un bi all de Käkerei... na, dor fallen etliche Leckerbissen ab. Dor kannst du dine Streitmacht suchen, Hobart.«

»Gut«, sagte Hobart. »Da werden wir zuerst hingehen. Lennox, ich will, daß so schnell wie möglich Boten in alle Ecken des Campus ausgesandt werden, um den Rest unserer Leute zu warnen.«

»Ich könnte ja den Gang zum Glockenturm übernehmen«, bot Puck an.

»Nein, Puck«, entgegnete Hobart in einem Ton, der keinen Widerspruch duldete. »Meine Enkelin ist eine gute Fechterin... entweder sie kann sich allein gegen etwaige Angreifer behaupten, oder ein zusätzliches Schwert würde ihr auch nicht viel nützen.«

Puck war anderer Meinung – seine Miene zeigte dies deutlich –, aber Hobart hielt seinen Blick noch einen Moment fest und zwang ihn zu gehorchen. Dann sagte der Älteste, an alle gerichtet: »Gut dann, die Schwerter bereit! Wir gehen!«

Sie zogen geschlossen los und sammelten unterwegs weitere Kämpfer ein. Lennox schlug bald eine andere Richtung ein, um Boten zu suchen, aber der Rest marschierte weiter abwärts, zur tieferen Etage der Straight, wo sich die Speiseräume und Küchen der Menschen befanden. Der Küchenkomplex, der zur Oakenshields-Mensa gehörte, war riesig, ausufernd, und die Kobolde hatten dort viele geheime Ein- und Ausgänge für sich angelegt. Als die Krieger sich ihrem Ziel näherten, begannen sie sich aufzuteilen und bogen grüppchenweise in die abzweigenden Gänge ein, die zur Mensa führten. An einer solchen Gabelung trennte sich Puck von Hamlet und Hobart. Hobart ließ ihn ziehen; als Ältester erwartete er, daß man seinen Befehlen gehorchte, doch als Großvater hatte er insgeheim gehofft, Puck würde kehrtmachen und entgegen seiner Order zum Turm laufen.

Viel Glück und Gott behüte dich, dachte der Großvater, als Puck hinter einer Ecke verschwand. *Ich hoffe, du kannst ihr noch helfen.*

Es war das letztemal, daß Hobart ihn sah.

III

In der Küche ging es hoch her. Zusätzlich zur Zubereitung und Ausgabe des Mittagessens waren auch die Vorbereitungen für den heutigen Pan-US-Gourmet-Abend schon in vollem Gang. Der Gastküchenchef war ein strammer blonder Nordländer, den man aus einem Restaurant an der Küste Maines importiert hatte. Sein Name war allgemein unbekannt – die regulären Oakenshields-Köche nannten ihn einfach »den Schweden« –, doch er sah wie ein wahnsinniger Wikinger aus und hätte ohne weiteres Grettir und Beowulf zu seinen Vorfahren zählen können. Wie er so herumhantierte und dabei unentwegt ein unsinniges Liedchen (»Daa-hiin, daa-hjan, daa-hiin!«) vor sich hinsummte, machte er alle in der Küche ausgesprochen nervös, und die Aufseherin der studentischen Hilfskräfte, von junonischer und gleichfalls etwas nordischer Erscheinung, ging ihm möglichst aus dem Weg. Doch wahnsinnig oder nicht, der Schwede kannte sein Metier und die Vorbereitungen für das Diner liefen wie am Schnürchen.

»Ah, aber Kleine Volk gleichfalls müssen ihr Brot verdienen – daa-hiin!« bellte der Schwede einen mit Pasteten beladenen Tisch an. Die anderen Köche konnten niemanden sehen, den er hätte ansprechen können, zuckten mit den Schultern und taten so, als hätten sie nichts gehört, aber die dreizehn Kobolde, die kreuz und quer auf dem Tisch herumwuselten – sie hatten gerade die letzten Vorkehrungen getroffen, um die Füllung einer Pastete abzusaugen –, waren gebührend beeindruckt. Der Schwede war offensichtlich kerngesund und schien auch nicht betrunken zu sein; wenn er sie also sehen konnte, folgte daraus, daß er wirklich verrückt sein mußte. Das Kleine Volk hörte aufmerksam zu, als er ihnen Anweisungen zubellte. Kurz darauf begannen die menschlichen Küchenangestellten zu merken, daß – kaum, daß sie sich umdrehten – kleine Arbeiten sich wie durch Zauberei von selbst erledigten.

Unablässig sein »Daa-hjan! Daa-hiin!« summend, wanderte der Schwede von einem Ende der Küche zum anderen, beeindruckte jeden neu ankommenden Kobold, der sich daraufhin prompt in die Reihen der Werktätigen eingliederte, und spornte Großes wie Kleines Volk freundlich an. Jetzt lief alles noch besser, auch wenn die Menschen um nichts in der Welt hätten sagen können, woher zusätzliche Leistung und Effizienz kamen. Der Schwede begnügte sich damit, glücklich zu gackern. »Bei Loki!« rief er aus. »Kleine Volk müßten öfter sein!«

An diesem Tag befanden sich weit über hundert um Töpfe, Pfannen und Menschen herumwieselnde Kobolde in der Mensaküche; jeder von ihnen trug ein Schwert, und manche hatten zusätzlich noch eine Armbrust über den Rücken gehängt. Bei so vielen Augen hätten die Rattenangriffstruppen – selbst ohne vorherige Warnung – eigentlich relativ schnell ausgemacht und in ein Gefecht verwickelt werden müssen. Die Kobolde waren indes zu eifrig mit den ihnen aufgetragenen Arbeiten beschäftigt und bemerkten daher nicht, wie Rasferrets Halbtiere jetzt aus Abflußrohren und Löchern, die bislang nur Kakerlaken bevölkert hatten, hervorzukriechen begannen. Diese Vorhut hatte besondere Aufgaben zu erledigen: blitzschnelle Sabotageakte.

Ein Kobold allerdings sah die Ratten, doch er sagte nichts: Es war Laertes, Saffron Deys zorniger Bruder. Er war gestern im Regen herumgelaufen, als ihm etwas Brennendes ins Auge getropft war; und heute fühlte sich sein Kopf so merkwürdig... klar an. Er sah zwei Ratten unter der großen Geschirrspülmaschine hervorkrabbeln; sie trugen gemeinsam etwas, das wie ein Kracher aussah. Er hob eine Augenbraue und ging wieder an die Arbeit.

Bis die Explosionen einsetzten.

IV

Exakt um zwölf Uhr mittags schlug der Blitz in den Glockenturm ein. Der krachende blaue Strahl berührte nur die Spitze des Turms, aber für einen Augenblick schien sich das ganze Gebäude elektrisch aufzuladen; die Uhr blieb stehen, die Zeiger erstarrten auf der Zwölf. Ein erschrockenes Murmeln ging unten durch die Menge.

»Jesses, Verna –«, fing Tchikovsky an.

»Halt's Maul!« Der führende Kopf rang verzweifelt die Hände. Die Wolken brodelten finster am Himmel über ihnen, und der Nebel kroch unaufhaltsam die Hänge des Hügels hinauf; vom oberen Rand des Libe Slope aus betrachtet, schien die Welt direkt unterhalb des West Campus aufzuhören. »Verdammt!« stellte Verna das Wetter zur Rede. »Konntest du dir keinen anderen Tag dafür aussuchen? Wir waren hier dabei, Geschichte zu machen!«

Tchikovsky schrie inzwischen den Architekten zu, die um den Drachen herumstanden: »Klappt die Flügel zusammen! Holt sie runter! Oh, Sch-«

Eine Windbö; ein weiteres, lauteres Murmeln aus der Menge. Verna drehte sich um, und was sie sah, brach ihr das Herz.

Der Drache wankte.

Einen Augenblick später fiel er um.

V

Die Friteusen am Südende der Küche waren das erste, was hochging; wer sich in der Nähe befand, hörte einen dumpfen Knall, gefolgt von einem *Fauch!*, und das Öl stand in Flammen. Einen halben Atemzug später erschütterte eine Serie von Explosionen – sie zu zählen, war völlig unmöglich – den ganzen Raum, beschädigte Maschinen, zerschmetterte Rohre und entfachte weitere Brände. Überall in der Straight ließ sich die Alarmsirene vernehmen, während die Brandschutztüren automatisch zuschlugen. Die Menschen, die sich gegenwärtig im Gebäude aufhielten, ergriffen augenblicklich die Flucht, allen voran das Küchenpersonal. Panik bemächtigte sich der Köche, der Kaltmamsells, der studentischen Hilfskräfte, und allesamt nahmen sie die Beine in die Hand. Jemand schlug im Vorbeilaufen einen Feuermelder ein und aktivierte die über den Friteusen montierten Löschgeräte, doch darüber hinaus wurde keinerlei Versuch unternommen, das Feuer unter Kontrolle zu bekommen: Das Große Volk wollte einfach nur raus.

Wodurch sich das Kleine Volk plötzlich allein auf einem Schlachtfeld voller Rauch, Dampf und Heerscharen von Feinden wiederfand. »An die Waffen!« erhob sich der Ruf, als die Ratten, jetzt in voller Gefechtsstärke, mit blankgezogenen Schwertern und gespannten Armbrusten aus allen Ecken ausschwärmten. Nicht auf den Überfall gefaßt und vom Schock gelähmt, reagierten die Kobolde anfangs nur langsam und wären beinahe überrannt worden. Doch noch während die ersten Zweikämpfe entbrannten, kam an der Südseite Macduff mit einer der Gruppen von oben an (Puck war schon nicht mehr dabei). So gering ihre Zahl auch war, so wertvoll war das Gefühl von Kampfbereitschaft, das sie mitbrachten.

»Ja, ji Schietkerls!« schrie Macduff, indem er ungerührt in den Rauch trat und eine Ratte mit seinem Schwert aufspießte. *»Jawoll!«*

Das Gemetzel ging richtig los.

VI

Gebannt verfolgte die Menge das Schauspiel des umkippenden Grünen Drachen. Viele waren auch beim Sturz des letztjährigen zugegen gewesen, hatten ihn am Boden aufschlagen und unter seinem eigenen Gewicht auseinanderbrechen sehen.

Merkwürdig, daß es diesmal nicht genauso ablief. Die holzgeschnitzten Klauen berührten den Boden und spreizten sich auseinander, anstatt zu zerbrechen; die kurzen Arme bogen sich und dämpften den Aufprall. *Die haben wir doch gar nicht flexibel konstruiert*, dachte Tchikovsky, und sein Herz klopfte ein bißchen schneller. Die Schnauze des Untiers berührte die Erde, doch anstatt wie eine Ziehharmonika in sich zusammenzufallen, bog sich der Hals – der von der Konstruktion her ebensowenig flexibel hätte sein dürfen – anstandslos nach vorne, so daß der Drache seine Kinnlade bequem ins Gras schmiegen konnte. Die Flügel hörten auf, im Wind zu flattern, und legten sich ordentlich gefaltet an den Körper. Und der Schwanz... der Schwanz des Drachen, der ursprünglich in einem Winkel von neunzig Grad starr am Rumpf befestigt gewesen war, setzte jetzt die Rückenlinie gleichmäßig ohne einen Knick fort. Die Architekten, die unter ihm gelaufen waren, stoben hervor, und als sich der letzte von ihnen entfernt hatte, konnte niemand mehr sagen, wo die Nahtstelle gewesen oder was aus den unter den Rumpf montierten Rädern geworden war.

Das Ding wirkte nicht mehr wie ein Gebilde von Menschenhand. Im trüber werdenden Licht begann es mehr und mehr wie etwas Lebendiges oder fast Lebendiges auszusehen.

Verna hielt den Atem an. Ebenso Tchikovsky. Und Harp. Und die anderen Architekten. Und die Campuspolizei. Und die Menge. Sie alle warteten darauf, daß etwas passierte; denn daß etwas passieren würde, war allen irgendwie klar. Doch niemand sah die Gestalt, die (Sandalen an den Füßen) hoch oben auf dem Dach der Goldwin-Smith Hall saß, eine Gestalt, die ihren Schreibtisch verlassen hatte und in die Welt herabgestiegen war, um sich diese Geschichte aus der Nähe anzusehen.

»Heda«, rief Mr. Sunshine den Wolken zu. »Wie wär's, wollen wir das Spielfeld räumen?«

Der Wind heulte; wieder flammte ein Blitz auf und erleuchtete die Kuppel der Sibley Hall. Ein zweiter Wetterstrahl schlug in einen alten Baum auf dem Quad ein, ließ Geäst durch die Gegend fliegen und die Menge aus ihrer Lähmung erwachen. Eine wilde Flucht setzte ein, nicht anders als die Stampede in der Straight; und als der Donner wie ein Brecher über ihren Köpfen krachte, vergaßen sogar die Sicherheitskräfte ihre Pflicht und suchten dem Gedränge zu entkommen.

»So ist's recht«, sagte Mr. Sunshine. »Lauft nach Haus, versteckt euch. Und schlaft.«

Überall flogen an den Gebäuden um den Quad die Türen auf; weitere Flüchtlinge strömten ins Freie. Eine Gruppe von Bohemiern unter der Führung von Löwenherz hakte die Arme ineinander und kämpfte gegen die wogende und drängende Menge an. Trotz dieser Vorsichtsmaßnahme gelang es dem ordentlich mit billigem Bier abgefüllten Z.Z. Top, seine Gefährten zu verlieren. Während die zunehmende allgemeine Panik die anderen zwang, ihn zurückzulassen und zu versuchen, sich zur Risley durchzuschlagen, stolperte er in die Büsche vor der Westfront der Lincoln Hall, kroch unter das Laubdach, preßte das Gesicht in die Erde und verlor in Erwartung des Weltuntergangs die Besinnung.

Der Nebel erreichte den Gipfel des Hügels und kroch über den Quad; das Spinnennetz war nahezu lückenlos.

VII

Hobarts Gruppe kam in der GSZ heraus, der Geschirrspülschaltzentrale, ein langer rechteckiger Bereich nahe dem nördlichen Ende des Küchenkomplexes. An einer Wand stand der Geschirrspüler selbst. Direkt gegenüber befand sich das Förderband, das Tabletts und Geschirr aus den zwei Speisesälen hereinschaffte. Parallel zu den letzten fünf Metern Band verlief eine lange Rinne, in die ununterbrochen Wasser aus einer Düse spritzte. Essensreste, Papierservietten und andere Abfälle wurden in die Rinne geworfen, bevor das Geschirr zur Spülmaschine gelangte. Wasser beförderte den Müll über die Rinne in eine gemeingefährlich aussehende Vorrichtung mit dem treffenden Namen »Der Zerkleinerer«, worin er auf Nimmerwiedersehen verschwand.

Geschirrspüler wie Förderband hatten sich nach den Explosionen sofort abgeschaltet; jetzt zischte Dampf aus dem Bauch der Maschine. Das Wasser schoß allerdings weiterhin in die Rinne, und der Zerkleinerer stampfte unbeirrt mit vollem Tempo vor sich hin, was das stehende Förderband zu einer ausgesprochen gefährlichen Fechtbahn machte.

»Zu Hilfe, hierher!« rief Hamlet, als ein Kobold sich neben ihm in Luft auflöste und ihn allein mit zwei Ratten zurückließ. *Puck, wo bist du, wenn ich dich brauche?* Er suchte hinter einem schmutzigen Glas Deckung und parierte verzweifelt. Die Ratten setzten ihm hart zu, ließen ihn nicht aus der Defensive, und Hamlet merkte, daß er immer weiter an den Rand der Rinne gedrängt wurde. »Verdammt! *Hierher!*«

Doch die Kobolde, die sich in Hörweite befanden, hatten selbst genug Probleme; Hamlet war nicht der einzige, der sich gleich mehrerer Feinde auf einmal erwehren mußte. Er krümmte sich, um einem plötzlichen Schwertstoß auszuweichen, und fühlte Leere unter seinen Fersen; hörte das Wasser rauschen.

Etwas krachte von hinten gegen die Ratten, und eine fiel an Hamlet vorbei in die Rinne, wo sie fortgespült wurde. Die andere versuchte sich nach diesem neuen Angreifer umzudrehen, war aber tot, bevor sie die Bewegung vollenden konnte.

»Jesus, Troilus und Cressida«, sagte Hamlet, »das war –«

Er stockte, als er das Gesicht seines Retters sah. Und seine Miene.

»Du bist also noch am Leben«, begrüßte ihn Laertes, die Faust fest um den Schwertgriff geschlossen. Dann fuhr er beiläufig fort: »Und wo ist der Kobold, der meine Schwester ermordet hat? Ist er auch hier?«

»Deine Schwester ermordet?«

»Puck!« Die Spitze von Laertes' Nadelschwert zitterte. »Wo ist Puck?«

»Wovon redest du eigentlich, Laertes?« fragte Hamlet vorsichtig. »Puck hat Saffron nicht getötet. Die Ratten in –«

»Die Ratten sind überall«, sagte Laertes, und Hamlet erkannte den Wahnsinn in seinen Augen.

»Du bist verrückt geworden«, flüsterte er verwundert. »Du hast den Verstand verloren.«

»O nein«, kam die Antwort. »Nein. Mein Verstand ist klar. *Sehr* klar. Vielleicht bist du der Verrückte, Hamlet. Aber ich weiß, was dagegen zu –«

Laertes griff ohne Vorwarnung an, Hamlet parierte mechanisch und lenkte den Stoß so ab, daß die Schwertspitze an ihm vorbeischoß, ohne ihn zu berühren. Vom eigenen Schwung mitgerissen, taumelte Laertes weiter und stieß gewaltsam mit Hamlet zusammen. Sie kippten beide über den Rand und in die Rinne.

Der Wasserstrahl war kalt und stark, der Boden der Rinne schlüpfrig vor Dreck. Sie rutschten, versuchten dabei verzweifelt, die Schwerter nicht zu verlieren, rangen, rollten, kugelten sich und trieben immer weiter, unaufhaltsam auf den Rachen des Zerkleinerers zu. Hamlet sah ihn flüchtig, einen riesigen grauen Metallkasten, fast zum Greifen nah. Die Rinne mündete in eine quadratische senkrechte Öffnung: der Rachen des Zerkleinerers.

Direkt über der Öffnung war ein Schild angebracht: NUR KLEINE KNOCHEN!

Einen knappen halben Meter vor dem Abgrund hatte sich eine Melonenschale in der engen Rinne verkantet. Um ein Haar wären Hamlet und Laertes über diese niedrige Barriere hinweggetragen worden, was für beide das Ende bedeutet hätte. Aber sie blieben hängen. Hamlet hatte eine Sekunde Zeit, um sich der Lächerlichkeit der Situation bewußt zu werden – verschont dank einer Melonenschale! Dann lösten sich er und Laertes voneinander und erhoben die Waffen.

Irgendwie hatten sie während ihrer Rutschpartie die Schwerter vertauscht. Hamlet verspürte ein absurdes Aufwallen von Ärger – *Das ist nicht der rechte Augenblick, pingelig zu sein* –, doch das Problem erledigte sich rasch von selbst. Mit einer blitzschnellen Bewegung entwaffnete ihn Laertes, noch bevor er die Gelegenheit gehabt hatte, einen Angriff zu versuchen. Das Nadelschwert verschwand im Zerkleinerer.

Hamlet war wehrlos; Laertes spannte sich an, um ihm den Todesstoß zu versetzen. »*Sehr* klar«, sagte er, und das Chaos brach über ihnen zusammen.

Zwei Ratten und ein Kobold waren stromaufwärts in die Rinne gefallen. Sie trafen unangemeldet ein, wild miteinander ringend, und die Wucht ihres Aufpralls lockerte die Melonenschale. Hamlet fühlte, wie er wieder abzurutschen begann, und machte einen kühnen Satz; indem er den Kopf einer Ratte als Sprungbrett benutzte, sprang er an der Wand der Rinne hoch und bekam den oberen Rand mit beiden Händen zu fassen.

»Jaaaah!« ächzte er, während er versuchte, sich hochzuziehen. Finger krallten sich um seinen Fuß; er warf einen Blick hinunter und sah, daß es Laertes war. Der ganze Rest – Melonenscheibe, Ratten und Kobold – war im stählernen Schlund verschwunden.

»Jesus und Troilus!« schrie Hamlet. Er trat mit dem freien Fuß um sich und erwischte durch einen glücklichen Zufall seinen Feind voll ins Gesicht. Laertes ächzte und verlor den Halt. Er stieß ein letztes Wort des Protestes aus – *»Klar!«* –, und dann verschluckte ihn der Zerkleinerer am Stück. Ein Strudel von Wasser und häckselnden Klingen ertränkte jeden etwaigen Schrei.

Erschöpft, einzig nach Ruhe verlangend, zog sich Hamlet wieder auf das Förderband hinauf, zurück in die zweifelhafte Sicherheit des Gefechts.

VIII

Ein Stück weiter das Förderband hinauf, nahe dem Anfang der Rinne, erschlug Hobart eine Ratte und sah sich vorübergehend allein. Rings um ihn her waren Kampfgeräusche zu hören, aber die Dampfschwaden verwandelten alles in undeutliche Schatten und isolierten ihn vom Rest der Welt. Er verschnaufte kurz und gedachte ein letztesmal jener anderen, so fern zurückliegenden Schlacht auf dem Knochenacker.

Ein bekanntes Echo in seinem Bewußtsein: *Ho-bart...*

Der Armbrustbolzen traf ihn links vom Brustbein, durchschlug ihn glatt und trat hinten wieder aus. Hobart ächzte, und seine Muskeln spannten sich unter dem plötzlichen Schmerz fast bis zum Zerreißen an, er spürte, wie sein Herz vergeblich versuchte, um die Pfählung herum weiterzupumpen.

Ho-bart. Der General der Ratten tauchte, wie immer hinkend, aus dem Dampf auf, die Armbrust in den Armen. *Zer killt dich*.

Hobart fiel auf die Knie. Sein Leben wollte davonschwimmen, doch er ließ es nicht, hielt sich den Tod mit dem Feuer der plötzlich in ihm auflodernden Wut noch ein paar Sekunden vom Leib. Natürlich paßte es, daß gerade Rasferrets persönlicher Abgesandter für sein Ende sorgen sollte. Und es war der Gedanke, daß sein Tod dem Engerling Befriedigung bereiten würde, der ihn rasend machte und ihm letzte Kraft verlieh.

Der Rattengeneral kam näher; Hobart sah auf, blickte ihm in die Augen. *Zer killt dich...*

»Und *Hobart* killt *dich*«, sagte der Kobold leise. Mit einer schier überirdischen Anstrengung stieß er sein Schwert aufwärts und rammte es der vollkommen unvorbereiteten Ratte in den Unterleib. Zer stieß einen quiekenden Schrei aus und ließ die Armbrust fallen.

»Kann dein Herr uns sehen?« brachte Hobart noch eben heraus. »Sag ihm, ich glaube, seine Zeit ist fast abgelaufen.«

Zer schrie und umklammerte die aus seinem Bauch herausragende Klinge. Er schwankte, taumelte zu weit nach vorn und fiel in die Rinne. Das Wasser riß ihn mit sich fort. Zum Zerkleinerer.

Hobart sank auf die Seite. Der älteste Kobold auf dem Hügel, der Veteran des Ersten Großen Krieges gegen Rasferret den Engerling und einstige heimliche Verehrer von Jenny McGraw hauchte seinen letzten Atemzug aus und verschwand aus dieser Welt.

IX

Der Tod eines Anführers ist selten bedeutungslos; wenn ein solcher Tod aber in Kriegszeiten erfolgt, zieht er besonders große, ja bisweilen sogar übernatürliche Konsequenzen nach sich. Zufällig oder nicht, bezeichnete der Augenblick von Hobarts Ableben die Wende in der Schlacht um die Straight. Genau im selben Augenblick wachte nämlich der Schwede wieder auf.

In einer entlegenen Ecke am Südende des Küchenkomplexes öffnete er die Augen und schüttelte den Kopf, um seine Gedanken zu ordnen. Eine der Explosionen hatte ihn glatt umgehauen, und in ihrer Panik hatten ihn die anderen Großen zurückgelassen. Er stützte sich jetzt mit den Armen auf - ein erwachender Riese. Er setzte sich... stand. Und blickte sich um. Sein ohnehin schon beträchtlich verwirrtes Gehirn wurde vom Sausen in seinen Ohren noch verwirrter, und er sah alles.

Er sah die Sabotage.

Er sah die Brände und den Rauch.

Er sah die Kobolde, die um ihr Leben kämpften.

Er sah die Ratten.

Seine Augen weiteten sich, und eine Berserkerwut, die Beowulf zur Ehre gereicht hätte, bemächtigte sich seiner.

»Ungeziefer?!« knurrte der Schwede aus den Tiefen seiner behaarten Brust. »Ungeziefer in *meiner* Küche? DAH-HJAN!«

Ein Fleischklopfer von der Größe Norwegens hing griffbereit an der Wand. Der Schwede packte ihn, schwang ihn einmal, um sein Gewicht zu prüfen, und hämmerte die nächste Ratte geradewegs nach Walhalla. Weitere anderthalb Dutzend waren hin, bevor eine von beiden kämpfenden Parteien überhaupt merkte, was vor sich ging. Dann begannen die Kobolde, zunächst unschlüssig, was sie von diesem rächenden Koloß halten sollten, ihm zuzujubeln.

»Kleine Volk«, rief der irre Küchenchef, »mir nach!«

Den Fleischklopfer in der einen und einen Feuerlöscher in der anderen Hand, ging der Schwede zum Angriff über und schlug den Feind in die Flucht.

»Jawoll!« sagte Macduff.

X

Jetzt war alles bereit. Das Spinnennetz war lückenlos.

Verzaubert lag Ithaca in Träume versunken; es war gänzlich abgeschnitten, von allen, draußen wie drinnen, vergessen. Mit einigen wenigen Ausnahmen wurden die Menschen in der Stadt von einem magischen Schlummer überwältigt, ähnlich dem, der Aurora Smith befallen hatte und Schneewittchen vor ihr. In der Straight heulte die Feuersirene unentwegt weiter, doch kein Löschzug eilte ihr zu Hilfe; nur gut, daß sich der Schwede – einstweilen jedenfalls – um die Angelegenheit kümmerte. Bald würde auch er sich niederkauern, den Kopf sinken lassen und von besiegten Ratten träumen als von ebenso vielen Grendels. Die Kobolde waren hellwach und kämpften unter Einsatz all ihrer Kraft, aber die Tiere – wiederum mit nur ein paar Ausnahmen und unter Ausschluß von Rasferrets Ratten – gerieten gleichfalls unter den Einfluß des Zaubers und schliefen ein. Der Grüne Drache lag da und wartete auf den Lebensfunken.

Zeit.

Auf dem Dach der Goldwin-Smith Hall legte Mr. Sunshine eine Hand an den Mund und wisperte ein einziges Wort in den Wind:

»George.«

Georges Aufstieg, und was unten in der Stadt geschah

I

George.

Der Geschichtenerzähler schlug die Augen auf; er lag in seinem Bett. Aufzuwachen hatte etwas Unwirkliches, und doch waren die Ereignisse der vergangenen Nacht kein Traum gewesen – auch ohne sich aufzusetzen, konnte er die Lanze sehen, wie sie da aufrecht und einsatzbereit an der Wand des Schlafzimmers lehnte. Trübes graues Licht sickerte durch das Fenster herein, und selbst diese geringe Beleuchtung reichte aus, um die Spitze bösartig auffunkeln zu lassen.

»Zeit«, flüsterte George zu sich selbst und stand auf. Sein Kopf war ganz leicht. Fast wie ein Luftballon. »Zeit.«

Nackt, wie er war, ging er auf Zehenspitzen ins Badezimmer – *Wie bin ich bloß letzte Nacht nach Hause gekommen?* –, beugte sich über das Waschbecken und spritzte sich Wasser ins Gesicht. Es war kalt und wusch ihm den Schlaf aus den Augen, am Zustand seines Kopfes änderte es indes nichts. Er fühlte sich so, als habe er irgendwas genommen.

Wozu? Um es mir zu erleichtern, meine Ungläubigkeit abzulegen? Damit es mir leichter fällt, ohne Papier zu schreiben?

Leichter... seine übertriebene Selbstsicherheit war, was ihn mit am meisten gefährdete. Als er, wieder im Schlafzimmer, die Lanze in der Hand wog, fühlte er sich unbesiegbar, jeder Zoll ein Ritter. Er würde die Handlung in den Griff bekommen, den gerechten Kampf ausfechten, den Drachen überwinden. Aurora würde gerettet werden. Alles kein Problem.

Sicher.

Ja, sicher... doch solange auch nur die geringste Chance bestand, daß sein eigener Hochmut ihn zu Fall bringen könnte, wäre es kein Fehler, sich ein wenig abzusichern. Die Lanze sah furchterregend aus, trotzdem war es bestimmt keine schlechte Idee, noch etwas anderes mitzunehmen: etwas, um den Wind einzuspannen.

Während er sich anzog, ließ er den Blick durch das Zimmer

schweifen und versuchte sich zu erinnern, wo er seinen Drachen gelassen hatte.

II

Hoch oben in der Glockenstube der McGraw Hall lachte Rasferret der Engerling ekstatisch. Er saß jetzt am Drücker; sein magischer Sinn war zurückgekehrt, und Hügel und Stadt lagen mit der Deutlichkeit einer Reliefkarte vor seinem geistigen Auge ausgebreitet. Seine Zauberkraft hatte einen neuen Höhepunkt erreicht, war bereit, es mit jedem Gegner aufzunehmen. Und es würde nur einen geben.

Er wußte von den Ereignissen in der Straight, hatte sie wahrgenommen, aber Zers Tod und die schwedenbedingte, kopflose Flucht seiner Truppen tangierte ihn nicht im mindesten. Auch Hobart war – endlich! – tot, und eine verlorene Schlacht hatte nicht viel zu besagen. Seine Ratten waren überall, griffen auf der ganzen Linie, in jeder Ecke des Campus an und überwältigten vielerorts ihre Feinde. Die Kobolde waren verloren. Es war nur noch eine Frage der Zeit.

Stephen Titus George blieb das einzige Hindernis auf seinem Weg zum Sieg. Und doch, als er ihn wahrnahm, konnte Rasferret nur wieder über die augenfällige Schwäche seines Gegners staunen. Das bißchen Magie, das in ihm stecken mochte, stellte kaum eine Bedrohung dar; in körperlicher Hinsicht war er auch nicht besonders aufsehenerregend. Wohingegen Rasferret Zauberkraft im Überfluß besaß, und das vollkommene – vollkommene! – Objekt zum Beseelen praktisch zu seinen Füßen bereitlag.

Er ist ein Nichts, kicherte Rasferret in sich hinein. *Wie leicht es doch sein wird, ihn zu töten, und wie albern zu glauben, er könnte in irgendeiner Weise gefährlich für mich werden. Wie sollte er das wohl anstellen?*

Das Gefühl seiner Macht, die nur darauf wartete, eingesetzt zu werden, fegte jede Angst hinweg, die Rasferret hätte zur Vorsicht mahnen können. Der Geschichtenerzähler fühlte sich nicht gefährlich an, also war er nicht gefährlich. Besonders eilig schien er es auch nicht zu haben – es würde noch ein Weilchen dauern, bis er zum Quad hinaufgefunden hätte.

Also richtete der Engerling seine Wahrnehmung auf das Zentrum von Ithaca und sah nach, ob sich in der schlafenden Stadt nicht noch das eine oder andere wache Lebewesen finden ließe, mit dem er sich die Wartezeit vertreiben könnte. Er brauchte weder lange zu suchen noch lange zu überlegen, was er mit seinen Opfern anstellen würde.

III

»Halt die Augen offen, Doubleday!« bellte Hollister, die kerzengerade hinter dem Lenkrad des Streifenwagens saß. Sie hatte selbst die größte Mühe, die Augen offenzuhalten, und kämpfte gegen die Angst an, die sie in das nächstgelegene Haus jagen und eine verriegelte Tür zwischen sich und dem Draußen bringen lassen wollte.

»Hach! Jesses, bin ich müde«, sagte Doubleday (ungefähr zum fünfzehntenmal in den letzten zehn Minuten). »Was zum Teufel ist in dieser Stadt bloß los?«

Hollister gab keine Antwort; sie wußte es genausowenig wie er. Sie waren die Route 13 entlanggefahren und hatten auf einen Kaffee bei Mano's Diner angehalten, als das Gewitter vorübergezogen war. Der Donner ließ die Fenster klirren, und als das Geräusch verebbte, fiel den Lokalgästen zweierlei ein: einmal, daß es sehr gefährlich sein könnte, jetzt ins Freie zu gehen, und zweitens, daß die Stühle und die Nischen, in denen sie saßen, außerordentlich gemütlich und zum Ausruhen wie geschaffen waren. So schön, so *gefahrlos*, sich einfach wohlig zurückzulehnen und sich zu entspannen ...

Nattie Hollister war nahe daran gewesen, sich gehenzulassen. Was sie davon abhielt einzuschlafen, war die plötzliche Vision der Gummipuppe, der wider alle Vernunft lebendigen Puppe, die sie in der Neujahrsnacht fast umgebracht hatte. Und so war ihr ein dritter Gedanke gekommen: *Sie ist draußen.*

Sie ließ beide Fäuste so fest sie nur konnte auf ihre Oberschenkel niedersausen; der darauffolgende Schmerz half ihr irgendwie, wieder auf die Beine zu kommen. Sie verpaßte Doubleday einen Klaps, um seinen weiteren Abstieg aufzuhalten, und schleifte ihn an den anderen, bereits schnarchenden Gästen vorbei zum Ausgang.

Jetzt fuhren sie. Und kämpften gegen den Zauber an. Doubleday hielt eine Schrotflinte quer auf dem Schoß.

»Sieh nach, ob sie auch wirklich geladen ist«, wies Hollister ihn an.

»Hab ich schon. Zweimal.«

»Sieh noch mal nach.« Benommen tat Doubleday wie befohlen. Hollister bog vorsichtig nach rechts in die State Street ein. Ihr Fuß ruhte federleicht auf dem Gaspedal; der Nebel verdichtete sich verschwörerisch vor den Scheinwerfern, warf das Licht zurück und blendete sie fast.

»Geladen«, sagte Doubleday. Er blickte aus dem Seitenfenster und konnte keine Anzeichen von Beleuchtung erkennen; der Stadt schien die Energie ausgegangen zu sein. »Na… und wo fahren wir überhaupt hin? Aufs Revier?«

Hollister dachte nach. Das klang einerseits ganz vernünftig, aber sie hatten schon versucht, die Kollegen anzufunken, und keine Antwort erhalten. Außerdem war es ja nicht das Präsidium, wo sie benötigt wurden.

»Wir fahren zum Hügel rauf«, sagte sie zu ihm. »Was es auch ist, es kommt von da oben. Spürst du's nicht auch?«

Nach einer kurzen Pause nickte Doubleday.

»Ja«, sagte er. »Jesses. Jesses, bin ich müde.«

IV

Das Gebäude ragte finster an der East Clinton Street empor, nicht weit vom Commons: das Städtische Polizeipräsidium, Ithacas Herberge von Recht & Ordnung. Herberge auch von Beweisstücken ungelöster Mordfälle.

Das Gebäude war stockfinster, es bot dem Passanten – hätte es irgendwelche Passanten gegeben – keinerlei Trost, und nichts hätte sich eigentlich in seinem Innern regen dürfen. Nattie Hollister und Sam Doubleday waren auf Streife unterwegs, und der Rest der Schicht war dem Zauber erlegen: Die Beamten schnarchten an ihren Schreibtischen, lagen zusammengesackt in den Korridoren, dösten über Berichten. Nichts hätte sich regen dürfen – ausgenommen Stirnen, die sich vor Alpträumen in Falten legten.

Dennoch flog die Eingangstür des Polizeireviers auf, und eine Gestalt trat hinaus in den Nebel. Kein Polizist, doch angetan mit einer Uniform: Eine viel zu große Polizeijacke hing ihr schlaff von den Schultern herab, und auf dem Kopf saß in forschem Winkel eine vorschriftsmäßige Mütze.

Die Augen glühten blau; darunter zog sich ein Plastikgrinsen in die Breite.

V

George trat hinaus auf die Veranda, die Lanze in der einen Hand, den Drachen in der anderen. Der Nebel umgab das Haus wie ein Vorhang – dicht, aber nicht undurchdringlich: George konnte undeutliche Schatten ausmachen. Wetterleuchten jagte durch den milchigen Dunst, als flammte irgendwo in einiger Entfernung eine riesige Blitzbirne auf; der Donner war klar und deutlich zu hören.

George ging noch zwei Schritte weiter, und der Wind riß ein Loch in den Vorhang. Vor ihm öffnete sich eine Gasse, die bis zum Straßenrand reichte, und einer der Schattenumrisse verdichtete sich zu Ragnaröks Gestalt, der in voller schwarzer Montur rittlings auf seinem Motorrad saß.

»Tag, George«, sagte der Schwarze Ritter. »Oder wie immer man das nennen soll.« Er warf einen Blick auf die Lanze, nickte dann in Richtung auf Georges Drachenkopf-Drachen. »Hübsch.«

»Ragnarök?«

»Hübsch«, wiederholte Ragnarök. Irgendwie wirkte er verändert, und nach kurzem Überlegen erkannte George, daß es an der fehlenden Sonnenbrille lag. Letzte Nacht im Krankenhaus war er wegen Aurora zu besorgt gewesen, um darauf zu achten, aber Ragnaröks Augen wirkten ernsthaft und überraschend menschlich nach der langen Zeit der Verborgenheit. »Also, George, kann ich dich irgendwohin mitnehmen?«

»Auf die Gefahr hin, daß es eine blöde Frage ist«, entgegnete George, »aber was tust du eigentlich hier, Ragnarök?«

»Was ich tue?« Die Frage schien den Bohemier zu verblüffen. »Was ich... also...« Er rieb sich ein Auge mit einer behandschuhten Faust. »Eine Angelegenheit zu Ende bringen, schätze ich. Um ehrlich zu sein, versuch ich immer noch rauszukriegen, wer mein Motorrad wieder zusammengeflickt hat.«

Er sah so verloren aus, daß George ihm keine weiteren Fragen stellte. Er setzte sich – vorsichtig wegen der Lanze – hinter ihm auf die Maschine und sagte: »Okay, los geht's.« Ragnarök drehte auf, und sie fuhren ab: den Hügel hinauf, hinauf zum Quad.

Ausnahmsweise übertrat Ragnarök diesmal keine Geschwindigkeitsbegrenzung.

VI

Da oben, sagte sich Luther. *Direkt da oben.*

Er war fast zu Hause, fast wieder im Himmel. Abgesehen davon, daß er allein ankam, war es genau wie das erstemal: alles war in Nebel gehüllt, die Stadt um ihn lautlos. Luther sehnte sich danach, hinaufzugehen, durch das überwölbte Tor zu treten und wieder auf dem Gipfel des Hügels zu stehen, doch er schätzte seine Chancen, es auch nur bis zu seinem Fuß zu schaffen, nicht sehr hoch ein; denn dieses war *nicht* das erstemal, und jetzt lauerte der Tod im Hinterhalt auf ihn. Der Mischling trottete die State Street entlang, keine anderthalb Häuserblocks vom Anfang des Commons entfernt, als seine Nase die Witterung seines Widersachers auffing.

Direkt da vorn, er wartet, es ist nur eine Frage von Sekunden, bis du vor ihm stehst. Und dann – selbst wenn du ein Hund wärst, der kämpft, müßtest du sterben. Deine einzige Chance ist, wegzulaufen, sofort wegzulaufen, zu hoffen, daß du schneller bist und er deine Fährte verliert...

Luther ließ seine Gedanken schweifen, aber seine Beine trugen ihn unbeirrt voran. Denn schließlich war er ein guter Hund, und es fehlte ihm nicht an Mut; er würde nicht so kurz vor dem Ende kneifen.

Noch ein paar Schritte, nur noch ein paar Schritte, und der Nebel wird sich lichten, und du wirst –

»Krätze...«

Der Nebel lichtete sich nur so weit, daß er die jetzt unbeleuchtete Digitaluhr am Westende des Commons sehen konnte und das Tier, das darunter kauerte. Im Verlauf seiner langen Wanderung war Luther dürr wie ein Gerippe geworden, und er hatte damit gerechnet, Drakon in einer ähnlichen Verfassung vorzufinden, dennoch bereitete ihm sein Anblick einen Schock.

»Du siehst wie Raaq aus«, rief Luther, dessen Entschlossenheit nacktem Entsetzen wich, und er bedauerte sehr, nicht weggelaufen zu sein, als er es noch gekonnt hätte.

»Nein«, erwiderte der Wolfshund zähnebleckend. »Nicht Raaq. Kein Teufel. Ich bin ein Henker, Krätze. Dein Henker.«

»Ein Henker. Und schau, was das Töten aus dir gemacht hat. Deine Seele gehört jetzt Raaq.«

»Er mag meine Seele haben, aber ich habe mein Leben. Und meine Rache. Ich werde dich Stück für Stück auseinandernehmen, Krätze. Ganz langsam. Wirst du wirklich einfach nur dastehen und mich machen lassen? Ohne Widerstand zu leisten?«

Der Wolfshund musterte ihn kurz.

»Du machst dir Sorgen um den Kater, nicht?«

»Wo ist Blackjack?« fragte Luther und fürchtete sich vor der Antwort. »Hast du –«

»Ich wollte ihn eigentlich hier dabeihaben«, erwiderte Drakon. »Seine Leiche, meine ich. Um sie dir zu zeigen. Aber du wirst ihn nie wiedersehen, Krätze. Selbst wenn du dir einreden solltest, daß du irgendwie an mir vorbeikommst – *daran* brauchst du nicht zu zweifeln. Er ist gefallen. Sehr tief gefallen.«

»Katzen sind wahre Meister im Fallen.«

»Nicht in diesem Fall. Und große Schwimmer sind sie auch nicht. Er ist tot.«

»Aber seine Leiche hast du nicht.« Luther verspürte eine plötzliche, irrationale Hoffnung. »Tot gesehen hast du ihn nicht, oder?«

»Er ist tot«, wiederholte Drakon.

»Aber sicher bist du nicht, was? Du hast keinen Beweis dafür.«

»Er ist *tot*, ich weiß, daß er tot ist, und ich habe es nicht nötig, irgendwas zu beweisen.« Wut stieg in ihm auf. Der Kater war mit Sicherheit erledigt – nichts und niemand hätte einen solchen Sturz überleben können –, aber zur Hölle mit dieser Krätze, die es geschafft hatte, einen wenn auch noch so winzigen Zweifel zu säen. »Er ist *tot*. Jetzt bist du dran.«

Drakon erhob sich aus seiner kauernden Stellung und kam mit

raschen Schritten, aber ohne zu rennen, auf ihn zu. »Ich könnte mir vorstellen, daß du doch kämpfst«, sagte er, als er die halbe Entfernung zwischen ihnen zurückgelegt hatte. »Ich könnte mir vorstellen, daß der Schmerz dir soviel Angst einjagt, daß du dich doch zur Wehr setzt.«

In diesem Augenblick wußte Luther selbst nicht genau, was er tun würde: kämpfen oder versuchen wegzulaufen oder einfach stehenbleiben und sich abschlachten lassen. Was er schließlich tat – und er wußte selbst nicht, warum –, war, eine letzte Frage zu stellen.

»Wie bist du den Fängern entkommen, Drakon?« fragte er.

Und eine plötzliche Eingebung ließ Drakon im Gehen innehalten.

»Fänger sind gar nicht so schlimm«, erwiderte der Wolfshund. »Sie haben weiche Kehlen, Krätze.«

Luther begriff und war entsetzt, genau wie Drakon es beabsichtigt hatte.

»Du hast einen *Herrn* getötet? Du hast einen *Menschen* getötet?«

»Zwei von der Sorte, Krätze. Einen Fänger und einen anderen unterwegs, eine Frau. Ich hatte Hunger, einen richtigen Wolfshunger...«

»Du bist verdammt«, sagte Luther zu ihm. »Dafür bist du verdammt.«

»Komisch, das Verdammtsein macht mir kein bißchen angst. Im Gegenteil, ich fühle mich dadurch stärker. Aber wenn es dich derart mit Abscheu erfüllt, warum greifst du mich nicht an? Das würde mir gefallen. Laß deinen Ekel an mir aus. Versuch's.«

»Nein«, sagte Luther, ohne zu zögern. »Ich werde keinen Hund töten, nicht einmal dich. Niemals. Raaq wird meine Seele nicht bekommen.«

»Feigling. Einfältiger kleiner Köter –«

»Bin ich nicht«, erklärte der Mischling mit fester Stimme. »Du bist um soviel größer als ich, ich weigere mich, gegen dich zu kämpfen, und doch wirst du mich töten, obwohl ich dir überhaupt nichts getan habe. Wer ist denn nun der Feigling, Drakon?«

»Feige oder nicht, du bist ein toter Hund«, sagte der Wolfshund zu ihm, doch ehe er springen konnte, lenkte ein Geräusch sie beide ab.

Stiefel auf Beton. Schritte.

Eine vom Nebel verwischte Gestalt kam die Cayuga Street entlang auf sie zu.

»Möchtest du gern sehen, wie ich einen Menschen töte, Krätze?«

»Nein«, bettelte Luther. »Nein, Drakon, das kannst du nicht tun.«

»Es ist einfach«, versicherte ihm der Wolfshund. »Aber du kannst ja immer noch versuchen, mich aufzuhalten.«

»Drakon, NEIN!«

Zu spät. Der Reinrassige hatte sich schon mit gebleckten Zähnen in Bewegung gesetzt. Luther bellte, um den Herrn zu warnen, aber der schien ihn nicht zu hören und kam immer näher. In diesem Augenblick befand sich Luther in der schlimmsten Zwickmühle seines Lebens.

Dann erreichte Drakon den Herrn und sprang ihn an, und blitzartig hatte sich der Mischling entschieden. »Verdammt«, sagte er. »Verdammt sollst du sein.« Er rannte los mit der Absicht, einen selbstmörderischen Angriff auf die Flanke des Wolfshundes zu versuchen. Was er nicht wußte, war, daß die Entscheidung des Wolfshundes, den Menschen anzugreifen, ebenfalls selbstmörderisch gewesen war.

Drakons Vorderpfoten knallten mit voller Wucht gegen den Busen des Menschen – es war eine Herrin – in der Absicht, sie umzuwerfen. Die Herrin indes spielte nicht mit. Sie fiel nicht; sie wankte nicht einmal. Ungerührt hob sie die Arme und schloß, als der Wolfshund den Kopf querlegte, um ihr an die Kehle zu gehen, starke Hände um seinen Hals.

Kalte Hände.

Plastikhände.

»Wwa-?« So plötzlich abgebremst, als ob sich eine eiserne Kette strammgezogen hätte, flog Drakons Kopf ruckartig zurück und er starrte mit einem Mal in die blauglühenden Augen der Gummimaid. Auch Luther sah die Augen und blieb voll Entsetzen wie angewurzelt stehen.

»Raaq ...«, flüsterte er.

»Nein«, beharrte der Reinrassige. Drakon versuchte sich freizukämpfen, aber es gelang ihm nicht, mit der Schnauze so nah heranzukommen, daß er hätte zubeißen können; und es hätte

ohnehin nichts genützt. Der Körper der Gummimaid war hart, absolut unnachgiebig; nur ihre Hände waren geschmeidig, und ihre Biegsamkeit diente einzig dem Zweck, sich immer enger um den Hals des Wolfshundes zu schließen.

»Was bist du?« fragte Drakon und versuchte zu bellen, doch er bekam keine Luft. »Was bist du?« Er kratzte und riß mit den Klauen an der Maid, aber sie spürte keinen Schmerz, lächelte ihr synthetisches Lächeln und wrang ihm dabei das Leben aus dem Leib. Finsternis zog sich mehr und mehr um ihn zusammen, und kurz vor dem Ende schien sich die Gummimaid zu verwandeln. Ihre Augen blieben dieselben, doch das Gesicht schwoll an, dehnte sich aus, wurde zu dem eines Hundes, eines unwahrscheinlich riesigen Tieres, ganz aus Licht und Schatten gebildet. *Willkommen daheim, Rassi,* begrüßte es ihn.

»NEIN!« brüllte Drakon im Geist. Luther konnte nicht sehen, was er sah, doch er spürte die Qual. Die Hinterpfoten des Wolfshundes scharrten verzweifelt auf dem Asphalt, scheuerten sich blutig, als er einen letzten Versuch zu entfliehen unternahm. »Ich lebe, ich lebe, *ich lebe,* ICH L-«

Das Knacken, mit dem sein Genick brach, war nur ein leises Geräusch im Vergleich mit dem Donner. Die Gummimaid warf seinen Kadaver beiseite wie ein Spielzeug, an dem sie jegliches Interesse verloren hatte. Sie richtete ihre Augen auf Luther.

»Bleib, wo du bist, Teufel«, sagte der Mischling zu ihr und wich schrittweise zurück. Die Puppe legte den Kopf schief – die Polizeimütze saß ihr immer noch fest auf dem Kopf – und ging auf ihn zu, ohne sich zu beeilen, mit langsamen und entspannten Schritten.

In diesem Augenblick kam der Streifenwagen aus dem Nebel hervorgeschossen.

VII

Hollister spürte die Anwesenheit der Gummimaid, noch bevor die Scheinwerfer ihre Gestalt im Nebel erfaßt hatten. Sie stieg auf das Gaspedal, und Doubleday hatte gerade noch Zeit, »Wa-« zu schreien, bevor die Puppe aus dem Nichts auftauchte und vom Kotflügel erfaßt wurde. Hollister hatte vorgehabt, die Maid entweder umzufahren und unter die Räder zu bekommen, oder aber sie möglichst demoliert in hohem Bogen von der Straße zu fegen, doch keines von beidem gelang. Statt dessen ließ sich die Gummimaid der Länge nach auf die Motorhaube fallen und streckte die Hände nach ihnen aus, als ob sie die ganze Zeit auf nichts anderes gewartet hätte.

»Oh, Scheiße!« zischte Hollister, denn direkt vor ihnen fing der Commons an, und es war nicht möglich, weiterzufahren. Sie trat auf die Bremse und riß das Lenkrad scharf links herum; das Auto schleuderte auf die Cayuga Street, knallte längs gegen einen parkenden Lieferwagen und blieb abgewürgt stehen. Doubledays Kopf prallte so heftig gegen das Seitenfenster, daß sich die Scheibe mit einem Netz von Sprüngen überzog.

Hollister traute ihren Augen nicht. Die Gummimaid hatte die Mütze verloren, hielt sich aber weiterhin mühelos an der Motorhaube fest, wie eine mißliebige Kühlerfigur. Kaum daß der Streifenwagen stand, streckte sie wieder lächelnd eine Hand aus. Ein Plastikknöchel klopfte an die Windschutzscheibe, und das Sicherheitsglas barst bei dieser Berührung.

»Doubleday«, sagte Hollister, doch ihr Partner war weggetreten, Blut rann ihm übers Gesicht. Sie schnappte sich die Schrotflinte von seinem Schoß, gerade als die Gummimaid eine Faust durch die Frontscheibe stieß. Die Hand griff gierig nach Doubledays uniformierter Brust.

»Falsch«, sagte Hollister zu ihr, und als sie die Waffe nach vorn richtete, bellte draußen irgendwo ein Hund. Das Geräusch der losgehenden Flinte war das Lauteste, was sie jemals gehört hatte; die Windschutzscheibe explodierte nach außen, und die rechte Kopfhälfte der Gummimaid löste sich in Luft auf. Die Puppe taumelte einen guten halben Meter zurück... und lehnte sich dann wieder tastend vor.

Hollister hatte sich aus dem Sicherheitsgurt befreit, noch ehe sie überhaupt wußte, was sie tat. Sie riß am Türgriff, doch das Schloß klemmte; sie warf sich mit ihrem ganzen Gewicht gegen die Tür und purzelte auf die Straße, als die Tür unvermittelt nachgab. Sie landete hart, ließ aber das Gewehr nicht fallen und pumpte eine neue Patrone in den Lauf, während sie sich vom Auto wegrollte.

Die Gummimaid stieg von der Kühlerhaube herunter mit Bewegungen, die nichts von ihrer grausamen Anmut eingebüßt hatten. Ihr Kopf war eine splittrige Ruine, doch ein Auge glühte weiterhin grellblau, und was von ihrem Mund noch übriggeblieben war, konnte durchaus zu einem Lächeln verzerrt sein – wenngleich das schwer zu erkennen war. Hollister hob die Schrotflinte und feuerte einen zweiten Schuß ab, der die andere Hälfte des Kopfes wegriß. Das Auge erlosch wie ein zertrümmertes Leuchtfeuer.

Enthauptet und blind, marschierte die Schaufensterpuppe dennoch unbeirrt weiter. Die entwendete Uniformjacke schlotterte ihr um die Schultern.

»Anne Boleyn am Kreuz.« Hollister saß auf dem Asphalt und verlor keine Zeit mit dem Versuch aufzustehen. Sie strampelte und schob sich auf den Hinterbacken zurück, während sie gleichzeitig durchlud. Sie feuerte noch einmal und traf die Maid an der linken Schulter; der Arm sackte ab, fiel aus dem Ärmel heraus, und die Finger krümmten und streckten sich noch, als er auf dem Boden aufschlug.

Hollister pumpte und feuerte wieder; die Schrotladung traf die Puppe am Oberschenkel, und endlich veränderte sich ihr Gang, begann sie, das Bein nachzuziehen. Hollister feuerte noch einmal – den letzten Schuß –, und das ganze Bein fiel ab. Die Gummimaid drehte sich taumelnd halb um die eigene Achse, und ihr Oberkörper schlug gegen Hollisters Stiefel, als sie zu Boden knallte. Die Polizistin zog sich entsetzt strampelnd und tretend zurück.

»Gottverdammt jetzt halt endlich still!« schrie sie, als sich der noch intakte Arm nach ihr ausstreckte. Die Finger tasteten suchend den Asphalt ab; als sie näher krochen, hob Hollister den Kolben der Flinte und bereitete sich darauf vor, sie wie eine Keule zu benutzen. Aber endlich schien die Puppe ihren Geist aufzugeben. Ihre Finger erstarrten von einem Moment auf den anderen; ihr verstümmelter Körper versteifte sich. Trotzdem entspannte sich Hollister noch nicht; sie argwöhnte eine List. Aber die Gummimaid rührte sich nicht mehr.

Ein kleiner schwarzweißer Hund – zweifellos derjenige, der vorhin gebellt hatte – kam jetzt angetrippelt. Er begab sich, anfangs vorsichtig, zu den Überresten der Maid und schnupperte daran. Dann hob er, als wollte er ein abschließendes Urteil über die Angelegenheit fällen, ein Bein und pinkelte flink darauf. Ein Blitz leuchtete die Szene gebührend aus.

»Herrgott...«, Hollister ließ allen Atem in einem Zug aus sich heraus und verlor fast die Besinnung. Nach der ausgestandenen Angst überfiel sie jetzt eine ungeheure Erschöpfung, die sie zu Boden zu ringen schien. Und es wäre schön gewesen, so schön, sich einfach aufs Pflaster zu legen und einzuschlafen...

Da kam der Hund herüber und begann ihr Gesicht abzulekken.

VIII

Das Motorrad fuhr in nördlicher Richtung am juristischen Institut vorbei, vorbei am großen Hof zwischen der Myron und der Anabel Taylor Hall. George mußte an Richard Fariña denken, der den Hof in seinem Cornellroman beschrieben und als den perfekten Ort zur Austragung von Duellen bezeichnet hatte. Das war er in der Tat; doch Stephen George kannte einen noch besseren.

Nordwärts, nordwärts die Central Avenue hinauf. Im Nebel konnte George den Turm nicht sehen, doch er wußte, daß er da war. Und direkt dahinter der Quad. Als sie sich ihm näherten, waren seine Hände naß, und das nicht bloß von der Feuchtigkeit in der Luft.

»Bis hierher, Partner«, sagte Ragnarök und hielt direkt hinter dem Campus-Supermarkt und der Straight an, nur ein paar Dutzend Schritte von der Uris-Bibliothek entfernt. »Von hier findest du wohl allein hin.«

»Weißt du denn, wo *du* hinwillst?« fragte ihn George.

Ragnarök rieb sich das Auge. »Ich denke... ich denke, ich werd's bald wissen. Nicht weit. Viel Glück, George.«

George nickte bloß. Ragnarök legte seine Hand wieder um den Gasgriff und fuhr davon, in den Nebel hinein.

»Also los«, sagte George, als der Schwarze Ritter verschwunden war.

Benommen, wie im Traum, lief er das letzte Stück zum Schauplatz seiner Prüfung.

St. Georg und der Drache

I

Die klamme Dunkelheit endete am Eingang zum Quad. Nebelschlieren kringelten sich durch das Gras wie rastlose Ranken, aber größtenteils war das Schlachtfeld frei, die Sicht trotz des leichten Dunstes unbehindert. Wie die Halle eines großen Königs öffnete sich der Quad vor ihm und dehnte sich weit nach Norden hin aus, und dort, ganz hinten, lag der Drache.

Er war groß.

Er war sehr, sehr groß.

Oh, sie hatten ihn groß gemacht, seine Schöpfer, größer als alle anderen Drachen vor ihm, aber wenn Verna oder Tchikovsky ihn jetzt hätten sehen können, wären sie bestürzt darüber gewesen, um wieviel gewaltiger und um wieviel lebensechter er inzwischen geworden war. Wie schlafend in sich zusammengerollt, ähnelte er einem kleinen Berg, und die Finsternis, die ihn wie ein Mantel umgab, ließ ihn noch massiger erscheinen. Hinter ihm war die Sibley Hall kaum mehr zu erkennen.

»Warte mal«, sagte George mit einem Gesicht, als habe man ihn gerade in eiskaltes Wasser getaucht. Die Lanze in seiner Hand fühlte sich plötzlich sehr klein an. »Wart einen Moment...«

Gelächter schallte vom Dach der Goldwin-Smith zu seiner Rechten herab. Linker Hand, in der Glockenstube der McGraw Hall, erklang ein zweites, unhörbar leises Gelächter.

»Warte mal«, sagte George. »Warte mal.«

Er wartete nicht.

Mit einem Auflodern von blauem Licht und einem Gestöber sich regender Schwingen erwachte der Drache zum Leben. Er entfaltete sich wie eine Blüte von monströsen Ausmaßen, als die Schwingen sich in einer langsamen Explosion von dunkler Leinwand ausbreiteten. In Dunkelheit getaucht, ragte er wie ein gigantischer Schattenriß empor, eine schwarze Gestalt mit Augen wie blaue Kugelblitze, unwirklich und wirklich zugleich. *Wird er bluten?* fragte sich George. *Spürt er den Schmerz, wenn ich ihm die Lanze in den Leib stoße? Oder Angst? Und wie bringe ich ihn um?*

Der Drache schlug mit den Schwingen, um sie auszuprobieren; der Luftzug zerzauste George das Haar, und mit einem Mal war er sich überdeutlich des leeren Raums hinter sich bewußt, verheißungsvoll nebelverhangener Alleen, in die er sich flüchten, in denen er sich verstecken konnte. Aber das Tier würde ihn finden. Er wußte das ebenso sicher, wie er wußte, daß Helden niemals fliehen; es würde ihn finden.

Gegen die zunehmende Angst ankämpfend, hob George einen Fuß, machte einen Schritt nach vorn, auf den Drachen zu. Das Ungeheuer tat es ihm nach, streckte eine Pranke vor, dann die andere, und riß dabei Grassoden wie riesige Fleischklumpen aus dem Boden, während hoch oben die Flügel wie gewaltige Fächer schlugen und die Luft aufwühlten. Es sah nicht eigentlich aus, als kröche er auf ihn zu; es sah so aus, als drehte er die Erde gewaltsam unter sich weg und als zerrte er George mit jedem Ruck seiner Klauen näher zu sich heran. Sein Schwanz peitschte den Boden wie eine gefällte Eiche, die auf eine Trommel aus Erdreich und Stein schlägt.

Mit vor Entsetzen leergefegtem Kopf und Herzen – der Drache war riesig, unvorstellbar riesig, und vielleicht würde er nicht einmal bluten – zwang sich George, mit der Entschlossenheit des Narren weiterzugehen, und hielt seinen Drachenkopf-Drachen vor sich wie ein Schild.

Als die Entfernung zwischen ihnen auf die Hälfte geschrumpft war, ließ der Drache seinen Unterkiefer hinunterklappen, und der Geschichtenerzähler machte sich auf einen Sprung und ein Zuschnappen von Mammutzähnen gefaßt. Daß der Drache vorhatte, ihn da, wo er stand, einzuäschern – darauf wäre er nicht im Traum gekommen. Also hob er die Lanze empor und duckte sich, bereit, dem Ungetüm in die Schnauze zu stechen, wenn es versuchen sollte zu beißen.

»Na gut, los geht's«, sagte George.

Und marschierte geradewegs auf den Grill zu.

Ragnarök fuhr durch das verlassene Durcheinander von Provopolis. Er fuhr allein, aber der Nebel um ihn her war voller Gespenster. Er meinte, in der weißen Finsternis, die jeden Laut verschluckte, das Geflüster alter Geräusche zu hören: das leise, dumpfe Rutschen eines Gewandes in einer eingepackten Schachtel; das Ritzen rasiermesserscharfer Spiegelscherben auf Haut – ein inmitten des Geklirrs berstenden Glases selten gehörtes, aber dennoch vorhandenes Geräusch. Wenn der Nebel sich plötzlich in ein Dutzend bedrohlicher weißer Gestalten aufgelöst, sich zu Rauch aus einem lodernden Kreuz gelichtet hätte, wäre Ragnarök nicht überrascht gewesen.

Doch wenn es im Nebel spukte, so war er auch verzaubert, durchwoben von seltsamen Möglichkeiten. Zusammen mit diesen dunklen Vorstellungen war ihm auch die Ahnung gekommen, daß es ihm gelingen könnte, durch irgendeinen Taschenspielertrick in sich hineinzugreifen, diesen Teil seiner Vergangenheit, den er mit sich herumschleppte, zu packen und herauszureißen. Ihn hinter sich zu lassen; ihn im dämmrigen Dunkel zu verlieren.

Eine Angelegenheit zu Ende bringen…

Er bog ab, fuhr zwischen Day und Stimson Hall hindurch. Als er auf der East Avenue herauskam, verlangsamte er seine Fahrt, horchte, hielt kurz an, um die schwarze Keule aus ihrem Behälter zu ziehen. Ein Brennen im Auge warnte ihn.

»Wo bist du, Jack?« rief er, während er mit gleichbleibender Geschwindigkeit von zwanzig Stundenkilometern die Avenue entlang nach Norden fuhr. Drei Herzschläge später hatte er seine Antwort, als der Vorschlaghammer aus dem Nichts hervorschnellte und ihn abfing und ihm ein einzelner Gedanke – *So war das nicht gedacht* – durch den Kopf schoß, als der eichene Stiel wie ein Baseballschläger waagerecht gegen seine Brust krachte und ihn rückwärts aus dem Sattel warf, indes die Maschine sich ein paar Meter weiter zu Bruch fuhr.

»Hier bin ich«, sagte Jack Baron, der jetzt über ihm stand. »Hier bin ich, du Arschloch.« Ragnarök hatte die Keule verloren und tastete mit der Linken danach, aber Jack ließ den Hammer mit aller Gewalt niedersausen und zerschmetterte dem Bohemier vier Finger. Ragnarök stieß – zum zweitenmal in seinem Leben – einen Schrei aus.

»Hier bin ich«, wiederholte Jack und versetzte Ragnarök einen Tritt in die Seite, der ihn halb herumwarf. »Sieht ganz so aus, als wär da ne Rippe durch, *Partner*, hast du schon Angst?«

Er holte zu einem zweiten Tritt aus, aber diesmal setzte Ragnarök seine andere Hand aufs Spiel und fing den Fuß mitten im Schwung ab. Sie stemmten sich gegeneinander, wobei Jack mit aller Kraft versuchte, seine Bewegung zu vollenden, und Ragnarök, ihn aus dem Gleichgewicht zu bringen... und dann löste Jack die Pattsituation, indem er dem Bohemier den Stiel des Vorschlaghammers in den Unterleib rammte.

»Ich könnte dich jetzt umbringen, *Partner*«, sagte Jack Baron, als der Schwarze Ritter sich schutzsuchend zusammenrollte. »Ich hab mir die ganze letzte Nacht und heute den halben Tag ausgemalt, was für ein herrliches Gefühl das wäre, dich umzubringen. Aber ich glaub, ich möchte vorher noch ein bißchen Fangen spielen, wie fändest du das, hä, *Partner*?«

Ein weiterer Tritt, ein weiterer blauer Fleck auf Ragnaröks Rücken, und dann machte der Präsident der Rho Alpha Tau kehrt, Gelächter und Schritte, die sich nach links entfernten, in Richtung Goldwin-Smith.

Nicht weit entfernt, auf dem Quad, kam jetzt Wind auf.

III

Das Feuer schien im Zeitlupentempo aus dem Maul des Drachen zu lodern.

George hatte Zeit, mehr Zeit, als objektiv möglich war, es kommen zu sehen und zu reagieren. Im Geist zu reagieren; denn körperlich schien auch er langsamer geworden zu sein, so daß nur seine Wahrnehmungen rasten und den Vorgang in die Länge zogen.

Zwei plötzliche, starke Gefühlsregungen wurden ihm nacheinander bewußt. Die erste war schlichte Überraschung, denn sich dem Drachen zu nähern war, als griffe man eine Festung an; er sah beeindruckend aus, überwältigend; Verbesserungen waren nicht notwendig. Er war um so viel größer als George, daß es ihm einen Schock bereitete, festzustellen, daß er es auch noch nötig haben sollte, Feuer zu spucken. Zähne und Klauen hätten eigentlich ausreichen müssen.

Die zweite Gefühlsregung war weniger rational und daher rettend: Empörung, daß er einen so übermächtigen Gegner vorgesetzt bekam; *er* hatte kein Feuer zum Spucken. Und so vergaß er, während der Flammenstrahl auf ihn niederschoß, in seiner Wut die Grenzen des Möglichen und überließ seinen Instinkten die Führung. Sein Geist packte die Luft um ihn herum wie eine Hausfrau, die die Ecken eines Lakens ergreift, und zog daran. Auf einmal war der Wind bei ihm und versetzte den Flammen einen Drall, so daß sie ihn wie ein Wirbelsturm umfingen, ohne ihn jedoch zu berühren.

Der Feuerstrahl versiegte abrupt; das Maul des Drachen schnappte zu. Unversehrt ging George zum Angriff über und riß mit der Lanze dem Ungeheuer eine klaffende Wunde quer über die Schnauze. Der Drache ließ sich leicht schneiden, und Stückchen irgendwelchen Materials rieselten in den stärker werdenden Wind, doch er blutete nicht. Auch schien er keinen Schmerz zu empfinden.

»Warte«, sagte George, »warte einen Moment...«

Eine Tatze streckte sich nach ihm aus, um ihn zu zermalmen. Der Panik nahe, schwang George die Lanze wie eine Axt und konzentrierte sich gleichzeitig, bemühte sich mit all seiner Kraft, im Geist zu schreiben: *Das muß dir weh tun, das* muß *dir weh tun.*

Die Schneide der Lanzenspitze hackte eine Klaue säuberlich ab; die verwundete Pranke verharrte in der Luft, verlor dabei kein Blut, das nicht, aber war das blaue Feuer seiner Augen nicht ein wenig matter geworden? Ein Anflug von Schmerz vielleicht? Der Drache wich zurück, schien die Situation neu zu überdenken.

»Erwischt!« triumphierte George vorschnell. »Ich hab dich erwischt! Ich hab dich erwischt!«

»Ich, ich, ich«, seufzte Mr. Sunshine kopfschüttelnd.

George hatte den Schwanz vergessen. Es sah nur so aus, als ob der Drache zögerte. Er ließ seinen langen Schwanz wie eine Peitsche herumsausen, und Georges Hochgefühl fand ein jähes Ende, als er von einem donnernden Schlag auf den Rücken zu Boden geworfen wurde. Die Ohren dröhnten ihm wie Gongs, als sich seine Arme wie zu einem Kopfsprung nach vorne ausstreckten und er mit dem Gesicht durch Gras und Erde pflügte.

Seine Wirbelsäule fühlte sich an, als sei sie gebrochen. Er versuchte sich hochzustemmen – denn er wußte, daß der Drache gleich über ihn kommen würde –, und sein Körper war ein einziger Schmerzstrang. Keine Zeit, leidend herumzuliegen; er hörte ein Fauchen hinter sich und rollte stöhnend zur Seite. Ein Flammenstrahl schoß haarscharf an ihm vorbei.

Die Lanze lag im Gras drei Meter rechts von ihm, zu weit weg. Er richtete sich trotzdem halb auf und stürzte sich darauf, aber der Drache beugte sich über ihn, und diesmal verpaßte ihm die unbeschädigte Pranke einen Hieb, der ihn mit einer neuen Explosion von Schmerz zu Boden fegte. Der Geschichtenerzähler schlug hart auf, ein Häuflein Elend, versuchte sich zu rühren und schaffte es nicht.

Nun war es an Rasferret, zu triumphieren: *Hab ich dich, hab ich dich,* HAB ICH DICH JETZT –

Beton unter ihm, kein Gras. Gegen die Lähmung ankämpfend, unsicher, wie viele Sekunden ihm noch verblieben, ehe der Drache ihn entweder zerreißen oder zu Asche verbrennen würde, rasend vor Wut, daß er so schnell, so leicht besiegt werden sollte, erkannte George mit einem Mal, daß er auf den Gehweg zwischen den Statuen gefallen war, den Statuen von Ezra Cornell und Andrew D. White. Er klammerte sich an den Strohhalm der Legende.

Wie spät ist es?

Er drehte den Kopf zum Turm, sah das ihm zugewandte Zifferblatt. Der Nebel hätte es eigentlich vor ihm verbergen müssen, doch wieder kam ihm der Wind zu Hilfe und klärte einen halben Atemzug lang die Luft.

Die Zeiger waren noch nicht weitergerückt, klebten noch immer auf der Zwölf; und wenngleich dies im Augenblick des Blitzschlags Mittag bedeutet hatte, faßte George es als Mitternacht auf.

Wenn eine Jungfrau um Mitternacht vorbeikommt –

Er war schon sieben Jahre über die Jungfräulichkeit hinaus, aber dennoch versuchte er es, bündelte alle Kraft, die ihm noch verblieb, konzentrierte sich, zwang dem Geschehen seinen Willen auf: *Steht auf, steht auf, Ezra, Andrew, helft mir.*

Dann war der Drache auch schon da, bereit, ihn zu töten, doch er hielt unentschlossen inne, als ließe er sich erst noch die verschiedenen Möglichkeiten durch den Kopf gehen, die ihm diesbezüglich zu Gebote standen. In seinem sicheren Versteck jubelte Rasferret.

Und da bewegte sich tatsächlich eine dritte Gestalt auf dem Quad – nicht Andrew White, der saß fest auf seinem Bronzestuhl, sondern neben dem Sockel, auf dem Ezra seit so langer Zeit stand. Sie hielt einen langen, schlanken Gegenstand in der einen Hand, und genau als der Drache / Rasferret zu einem Entschluß kam und das Maul weit aufriß, um einen Feuerstoß zu speien, hob die Gestalt den Gegenstand an die Schulter und drückte auf den Abzug.

Ein Geräusch wie von einer Explosion, und eine Ladung Schrot stanzte ein Loch in die Haut des Drachen, direkt am Halsansatz. Das Ungeheuer vergaß George und wandte sich entrüstet nach diesem neuen Widersacher um. Suchscheinwerferaugen machten den Eindringling aus.

Es war weder Andrew D. White noch Ezra Cornell.

Es war Nattie Hollister: Meisterin der Schrotflinte, außerordentliche Plastikpuppentöterin und letzte noch wache Angehörige der Polizeikräfte von Ithaca.

Momentan zog sie allerdings ernsthaft in Erwägung, nach Cleveland umzusiedeln.

IV

Ausnahmsweise mal vom Wunsch durchdrungen, so groß und stark – und so langbeinig – wie einer vom Großen Volk zu sein, raste Puck, so schnell er nur konnte, durch den Nebel auf den Turm zu. Hätte er nur seinen Doppeldecker gehabt! Ein Griff am Gashebel, und schon wäre er oben gewesen und bereit, an Zephyrs Seite zu kämpfen. Puck malte sich besorgt aus, wie sie allein gegen Dutzende von Ratten focht...

Komm schon, komm schon, komm schon! skandierte Puck im Geist, während er weiterrannte. Und obwohl Mr. Sunshines Aufmerksamkeit ganz auf den Quad gerichtet war, kann es sein, daß eine andere Macht mit Sinn für Humor seine Not sah und beschloß, ihm eine wenn auch risikoreiche Chance zu geben. Er war erst ein paar Meter weitergelaufen, als vor ihm ein Gegenstand auf dem Asphalt auftauchte: eine mit Holzstäbchen verstärkte Papierraute, die ein fliehender Paradenzuschauer hatte fallen lassen: grün, aber im Nebel fast schwarz wirkend.

Puck sah das Ding, erkannte die Möglichkeiten, die es ihm bot, und blieb abrupt stehen.

Aber er hatte noch nie zuvor einen Drachen steigen lassen.

V

»Was?!« rief Mr. Sunshine vom Dach der Goldwin-Smith aus. »Was ist denn das für ein Deus-ex-machina-Scheiß?« Er warf einen finster drohenden Blick gen Himmel. »Wenn ich herausbekomme, daß jemand da oben an meinem Schreibtisch rumgemurkst hat...«

Hollister starrte den Drachen an und war sicher, endgültig verrückt zu werden. Herumlaufende Puppen waren eine Sache, damit konnte sie sich schon fast abfinden, aber das... das verstieß in einer Weise gegen Recht und Ordnung, die überhaupt nichts mehr mit Justiz und Gerichtsbarkeit zu tun hatte. Märchenungeheuer wie dieses *konnte es einfach nicht geben.*

Es war ihr gelungen, sich unten in der Stadt, nachdem sie die Gummimaid erledigt hatte, nicht vom Schlaf überwältigen zu lassen; immer verzweifelter gegen die Müdigkeit ankämpfend, hatte sie sich zum Streifenwagen zurückgeschleppt, hatte es geschafft, den Motor anzulassen, und war – mit dem schwarzweißen Hund auf dem Schoß des weiterhin ohnmächtigen Doubleday – den Hügel hinaufgefahren. Als sie direkt hinter dem Quad den Motor abgewürgt hatte und ausgestiegen war, hatte sich der Hund als der letztlich Vernünftigere erwiesen und es vorgezogen, im Auto zu warten. Nicht so Nattie Hollister; von Pflichtbewußtsein getrieben und getragen von der unerschütterlichen Gewißheit, daß sich hier etwas überaus Wichtiges ereignete, war sie mit nachgeladener und schußbereiter Waffe weitergerannt – nur um auf ein Ding der Unmöglichkeit zu stoßen.

»Dich kann's nicht geben«, sagte sie zum Drachen, der sich ihre Behauptung nicht weiter zu Herzen zu nehmen schien. Er machte einen ersten Schritt auf sie zu, und sie feuerte zwei weitere Schüsse ab; die zwei Löcher in der Brust taten dem Drachen überhaupt nicht weh.

Und wieder zögerte das Untier kurz und erwog, ob es die Mühe eines Feuerstoßes auf sich nehmen sollte. Mr. Sunshine, der sich in der Neujahrsnacht eingemischt hatte, um Hollister das Leben zu retten, beschloß jetzt, daß er sich seinen schönen Höhepunkt von ihr nicht versauen lassen würde. Er handelte also, ehe der Drache dazu kam, und warf erneut einen Blick gen Himmel; der antwortete ihm mit einem Flackern.

»Du bist verhaftet!« schrie Hollister dem Drachen hysterisch zu und lud zum letztenmal durch. »Kapiert? Du bist verhaftet, du Arschl-«

Ein Blitz stieß aus den Wolken herab und warf sie um. Die Patrone explodierte im Lauf und zerstörte die Flinte; Hollister knallte mit versengten Augenbrauen und schwelender Uniformjacke wie ein Sack am Fuß von Ezra Cornells Statue hin. Total hinüber.

»Nicht persönlich nehmen«, sagte Mr. Sunshine. »Du bist eine tolle Figur, aber das hier ist nur für Geschichtenerzähler. Tut mir leid.« Er wandte seine Aufmerksamkeit wieder George zu, der, immer noch unfähig aufzustehen, durch das Gras auf die Lanze zukroch. »So eine Enttäuschung. Nein, *so* eine Enttäuschung. Trotz all deiner Talente, George, scheint dir die rechte Motivation zu fehlen.«

Dann spielte ein Lächeln um Mr. Sunshines Lippen. Ein schreckliches, boshaftes, eher faustisches als griechisches Lächeln. »Schau her, George«, sagte er.

Stephen George, der schon eine Hand auf die Lanze gelegt hatte, hörte die Stimme und drehte sich um. Was er sah, ließ sein Herz beinahe stillstehen: Vor Andrew D. Whites Statue hatte sich ein Bett materialisiert, ein Krankenhausbett wie ein Katafalk für das vollendete Opfer, und auf ihm lag Aurora Borealis Smith, noch immer in Schlaf versunken, vom Zauber umfangen. Wehrlos.

»Nein«, sagte George. »Nein, du Scheißkerl, das ist nicht fair, nicht fair...«

Von der Niederstreckung der Nattie Hollister vorübergehend gebannt, bemerkte der Grüne Drache erst jetzt die zweite Frau.

Seine feuerfesten Lefzen verzogen sich zu einer Parodie von Mr. Sunshines Lächeln; wie das griechische Original vor ihm konzentrierte der Drache nun seinen Willen und seine Zauberkraft auf den Himmel und versuchte, den Trick, den er soeben miterlebt hatte, nachzuahmen. Elektrizität zuckte über brodelndes schwarzes Gewölk und zog sich in einem Punkt zusammen.

»Nein!« brüllte George, und mit einem Mal erfüllten seine Beine, seine Füße wieder ihre Funktion und trugen ihn in gestrecktem Galopp über den Quad. Ohne die Kontrolle über den Himmel zu verlieren, feuerte ihm der Drache einen Flammenstoß nach, der das Gras an seinen Fersen dörrte und ihm den Hintern röstete. Die sengende Hitze ließ George nur um so schneller auf Aurora zurasen, wobei er sich fragte, ob sein Haar bereits Feuer gefangen habe.

Dann tat sich der Himmel auf und schoß einen ungeheuren blauen Strahl auf die Erde ab. Mit einem letzten verzweifelten Satz erreichte George das Bett, verlor einen kostbaren halben Augenblick damit, Aurora in die Arme zu nehmen, und sprang dann zur Seite. Ein gleißendes Auflodern, ein Donnerschlag wie ein Brecher direkt hinter ihm, und der Geschichtenerzähler landete hart am Sockel von Andrew Whites Standbild. Sterne schwirrten vor seinen Augen, aber er hatte noch die Lanze in der Hand und die unversehrte Aurora in seinen Armen. Das Krankenhausbett stand in Flammen, ein angeschmolzenes Wrack; die Luft stank nach Ozon.

Und der Drache war im Anzug. Er hielt wie ein alles niederwalzender Moloch auf sie zu, aber George nahm sich die Zeit, seiner Prinzessin einen kurzen Kuß zu geben. Sie rührte sich nicht, aber der Kuß gab ihm die Kraft, die stählerne Härte, die er benötigte.

Immer näher wälzte sich der Drache heran und schleppte Finsternis mit sich. Als er in Schußweite kam, klappte sein Unterkiefer herunter, und George sprang kampfbereit auf und wirbelte einmal, zweimal, dreimal herum. »Also gut, in Ordnung«, schrie er, »komm schon, KOMM SCHON!«, und schleuderte die Lanze schräg nach oben. Feuer quoll aus der Kehle des Drachen, und die Lanze flog geradewegs hinein, sauste zwischen die gewaltigen Kiefer des Ungeheuers und bohrte sich in die Rückwand des Schlundes.

Es folgten zwei Geräusche. Das erste war das verzagte *Tschuck-tschuck-tschuck* der kaputten Düse am Benzintank des Drachen, die keinen weiteren Brennstoff liefern konnte.

Das zweite war ein Schrei wie ein verstärkter Überschallknall, und zwar aus einem schlechten Verstärker: das Schmerzgeheul des Drachen. Grausam gestochen, riß er den Kopf gequält zurück; oben in der Glockenstube der McGraw Hall krümmte sich Rasferret der Engerling, als er selbst einen unsichtbaren Dorn in seinem Gaumen spürte.

»Tut das weh?« kreischte George ihn an. »Tut das weh, du Scheißvieh?«

Der Drache warf den Kopf gepeinigt hin und her und versuchte erfolglos, die Lanze aus seiner Kehle herauszuschleudern. Die Lautstärke seines Schreis dröhnte über die ganze Länge des Quads, brachte Gebäude zum Wanken, zerschmetterte Fensterscheiben.

Als das Vieh sich aufbäumte, sah George seinen Drachen, der beim Schwanz des Ungeheuers im Gras lag. Und mit einem Mal wußte er, wie die Geschichte ausgehen mußte.

VI

»Wo bist du, Jack?« röhrte der Schwarze Ritter, während er den Korridor im ersten Stock der Goldwin-Smith Hall entlangwankte. Ragnarök hatte die Keule in der rechten Hand, während er die Linke wie ein geliebtes, aber kaputtes Spielzeug an seine Brust hielt. Es war, als wandelte er in den Tiefen einer Katakombe, und der Bohemier warf argwöhnische Blicke durch jede Tür, in jeden dunklen Vorlesungsraum, an dem er vorbeikam. Der Präsident der Rho Alpha Tau ließ sich indes nicht blicken; Ragnarök erreichte das Zentrum des Gebäudes, blieb stehen und horchte. Rechter Hand führte eine breite Treppe zu einer Eingangshalle hinunter, deren Türen auf den Arts Quad gingen. Schwach drangen die Geräusche des Kampfes von draußen herein, hallten in den leeren Gängen.

Gewehrschüsse; und im selben Augenblick sprang Jack Baron hinter der Büste des Stifters hervor und ließ mit gestreckten Armen den Vorschlaghammer über Ragnaröks Schädel niedersausen. Der Schwarze Ritter wich dem Schlag aus und rammte Jack gleichzeitig ein Knie in den Bauch. Der Alphatauler grunzte, klappte zusammen... und packte dann, wobei er den Hammer halb losließ, Ragnaröks verletzte Hand und drückte sie. Fest.

»Tut's weh?« erkundigte sich Jack. Der Schwarze Ritter schrie auf und knallte mit einer solchen Wucht gegen den Alphatauler, daß sie beide die Treppe hinunterkollerten – ohne daß Jack die gebrochene Hand losließ. Unten angelangt, rollten sie auseinander; deutlicher noch als der gräßliche Schmerz wurde Ragnarök bewußt, daß er wieder seine Waffe verloren hatte. Sie lag auf halber Treppe, unerreichbar weit.

Jack Baron lachte, als er, den Vorschlaghammer fest im Griff, aufstand. »Was ist denn los, *Partner?* Was verloren?«

Keinen Meter hinter ihm führte eine zweite, engere, steilere Treppe ins Untergeschoß. Ein an eine Säule geklebtes handgeschriebenes Schild verkündete, dies sei der Südeingang zur Zeustempel-Cafeteria.

»Du enttäuschst mich, Ragnarök«, höhnte Jack. Draußen hallten weitere Gewehrschüsse. »Das ist zu einfach. Ich dachte, du seist ein Killer, hättest deine Seele dem Teufel verkauft.«

»Ein Killer«, flüsterte Ragnarök, und seine Augen verengten sich zu brennenden Schlitzen. »Das ist es also, was du willst? Ein Killer?«

»Komm und hol mich«, sagte Jack, und ein Blitz schlug auf dem Quad ein. Das grelle Licht drang durch die Türverglasung herein und blendete den Präsidenten der Rho Alpha Tau für eine halbe Sekunde. Er hatte gerade Zeit, einmal zu zwinkern, da war Ragnarök auch schon bei ihm und versetzte ihm einen Fausthieb, der ihn für eine weitere halbe Sekunde betäubte. Zu nah, als daß der Vorschlaghammer zum Einsatz hätte kommen können, packte der Schwarze Ritter Jack Baron mit einer Hand bei der Gurgel und fing an, ihn mit dem Kopf gegen die Säule zu knallen.

»Ist es das... was... du willst?« brüllte Ragnarök im Takt auf ihn ein. Das Cafeteriaschild fiel blutbefleckt zu Boden.

»Ist es das, was du willst?« brüllte er noch einmal und riß Jack herum, auf die enge Treppe zu. Im letzten Moment stellten sich Jacks Augen wieder scharf, er klammerte sich unbeholfen an Ragnarök, und wieder purzelten sie zusammen hinunter.

Die Südtür des Zeustempels flog aus den Angeln, als Ragnarök und Jack, nicht wie zwei einzelne Kämpfer, sondern wie ein einziger rasender Knäuel, wie eine symbiotische Einheit des Hasses, dagegen krachten. Wie eine riesige Bowlingkugel rollten sie in die Cafeteria hinein, schoben Tische und Stühle durch die Gegend. Von einem Regal an einer Wand verfolgte ein Pantheon von Abgüssen griechischer Statuen – manche ohne Arme, manche ohne Beine – dieses Schauspiel; ein Apollo aus Gips schien besonders gut aufzupassen, als wollte er diesen Augenblick für die Nachwelt festhalten.

Nur Ragnarök kam vom Boden wieder hoch. Jack lag flach auf dem Rücken, das Gesicht blutüberströmt, seine Lider flatterten wie kaputte Jalousien. Der Schwarze Ritter stand hochgewachsen und aufrecht da, den Vorschlaghammer in der heilen Hand, und setzte dem Präsidenten der Rho Alpha Tau einen gestiefelten Fuß auf die Brust, hielt ihn ruhig, wie ein Holzfäller einen Hackklotz ruhig hält, aus dem er eine Axt loswuchten will.

»Wenn du das willst«, sagte der Schwarze Ritter leise, »dann sollst du's haben. Partner.«

»Nein«, krächzte Jack; er war zu schwach, um sich zu bewegen, zu schwach, um irgend etwas zu unternehmen. »Nein, bitte...«

Und Ragnarök klemmte sich den Vorschlaghammer unter den Arm, um sich das Auge zu wischen, in dem die Raserei als eine einzelne Träne brannte. Draußen brüllte der Drache, und die Fenster hoch unter der Decke der Cafeteria zerbarsten und fielen gerade in dem Augenblick herein, als Ragnarök wieder klar zu sehen begann.

»Jetzt«, sagte der Schwarze Ritter und nahm den Vorschlaghammer wieder in die Hand. Er hob ihn hoch über den Kopf, hielt einen Augenblick inne: ein Schmied vor seinem Amboß. »Jetzt gewinne ich.«

Jack Baron schrie laut auf, immer lauter und schriller, je tiefer der Hammer hinabsauste... und verstummte abrupt, als er aufschlug.

Ragnarök atmete aus.

Wind rauschte durch die zerbrochenen Fenster herein.

Und mit weit aufgerissenen Augen sah Jack nach rechts, dorthin, wo der Vorschlaghammer den Fußboden getroffen hatte. Keine zehn Zentimeter neben seinem Kopf.

»Überraschung, du Hurensohn«, sagte Ragnarök. »Ich hab gewonnen.«

Jack verdrehte die Augen, sein Kopf rollte zur Seite, und er verlor das Bewußtsein.

Ein zufriedenes Lächeln auf den Lippen, tat es ihm der Schwarze Ritter von Bohemia einen Augenblick später gleich.

VII

In der Hoffnung, später nicht bereuen zu müssen, sie schutzlos zurückgelassen zu haben, hatte George Aurora zu Füßen der Statue hingelegt und stürmte jetzt wieder vor, während der Drache noch immer an der Lanze würgte. Von Krämpfen geschüttelt, stand er fast aufrecht, obwohl er gar keine Hinterbeine besaß, mit denen er sich hätte aufstützen können. George machte einen engen Bogen um das Ungeheuer und geriet dabei kurz in den Schatten einer riesigen Schwinge (es war, als liefe man durch eine Sonnenfinsternis); dann rannte er weiter, um den tanzenden Papierdrachen einzufangen, der, vom Sturm getrieben, den die Bewegungen des Grünen Drachen entfesselten, Purzelbäume über den Rasen schlug.

»Erwischt!« sagte George und packte ihn am Querholz. Einen halben Meter links von ihm explodierte eine Fontäne von Erde und Gras, als der Drache eine Pranke niederdonnern ließ.

Der Drachenkopf stieß aus dem Himmel herab und versuchte, George mit der blauen Schärfe seiner Augen aufzuspießen; die Kraftstoffpumpe setzte ihr ohnmächtiges *Tschuck-tschuck-tschuck* gleichmäßig fort. Die Pranke schlug wieder zu und riß ein weiteres Stück Grünanlage auf. Als George sich seitlich abrollte, um ihr auszuweichen, spürte er etwas Hartes unter seinem Rücken.

Den Knäuel Drachenschnur.

Der war noch besser als der Drachen.

»Probier mal, wie dir das steht«, sagte George, ergriff den Knäuel und schleuderte ihn so wie vorhin die Lanze aus dem Handgelenk los. Der Knäuel schoß empor, wobei er einen spiralförmigen Schwanz sich entrollenden Garns hinter sich herzog, und als er in den Rachen des Ungeheuers flog, legten sich drei solche Spiralwindungen um den Lanzenschaft und zogen sich eng wie eine Schlinge zusammen.

»Erledigt!« schrie George, stand auf und machte einen Satz zurück. »Du bist erledigt!«

Wieder war es der Schwanz, der ihn erwischte. Flink wie eine Peitsche, heimtückisch wie eine Schlange, riß er mit mehr Kraft als ein Footballprofi die Beine unter ihm weg. Jetzt senkte sich die Drachenpranke gemächlich wie eine Baggerschaufel.

»Ich wittere Epilog«, sagte Mr. Sunshine, während Klauen sich wie eine eiserne Faust um den liegenden Geschichtenerzähler schlossen und ihn aufhoben. George schüttelte benommen den Kopf, als das Ungeheuer ihn packte, sah seinen Drachen unten im Gras liegen. Zu weit weg; er kam nicht ran.

War auch egal.

Der Drache, dem die Lanze wie ein kopfloser Lollipop aus dem Maul ragte, hob ihn hoch, um besser sehen zu können, wie er ihm das Leben aus dem Leib quetschte. George blickte ihm nicht in die Augen, diese Augen, die so blau waren wie die Flamme, wo sie am heißesten ist. Nein; er ließ den Kopf hintenüber hängen, während die Pranke sich enger um seinen Rumpf schloß. Er ließ den Kopf hintenüber hängen und blickte konzentriert in den Himmel, als suchte er dort nach einem vertrauten Gesicht. Und auch wenn er sich nicht auf der Stelle drehen, nicht die magische Formel sprechen konnte, brachte er immerhin ein Lächeln zustande.

Na komm, dachte er, während er spürte, wie die erste Rippe zu brechen begann, *na komm*...

Ein neuer Wind – nicht vom Flügelschlag des Drachen verursacht – erhob sich. Der Drachen, der nach wie vor am Schaft der Lanze hing, hörte auf, auf dem Rasen des Quads Purzelbäume zu schlagen, und fing zielstrebig an zu steigen.

Tschuck-tschuck-tschuck, machte die Benzinpumpe.

Hab dich jetzt, hab dich jetzt, hab dich jetzt, plapperten Rasferrets Gedanken.

Der Drachen machte, daß er hochkam, hoch, *hoch* über den Quad, über die Prinzessin, über Sankt Georg, über den Grünen Drachen. Bis an die Wolken.

In den Wolken sammelte sich wiederum elektrische Spannung, die stieg und stieg...

Jetzt hob George den Kopf, begegnete dem Blick des Drachen. Lächelte das grimmigste Lächeln, das er beherrschte. *Erledigt*, dachte Rasferret.

Erledigt, bestätigte George.

»Ben Franklin!« grölte eine nuschelnde Stimme. Es war weder der eine Geschichtenerzähler noch der andere, sondern der Bohemier Z. Z. Top, der aus dem magischen Schlaf unter den Büschen der Lincoln Hall erwacht war und ein besoffenes Gebrüll anstimmte.

»Ben Franklin sagt, schmor in der Hölle, *schmor in der Hölle*, SCHMOR IN DER HÖLLE!« schrie er, und George dachte, *Na komm*, und Mr. Sunshine sagte: »Aah...«, und Rasferret dachte, *Nein*, NEIN, *das kann nicht*, DARF NICHT – als der Blitz in den Drachen einschlug und ihn zu Asche verbrannte. Wie ein Finger schrieb der Feuerstrahl weiter, tanzte die Schnur hinab, fand den metallenen Lanzenschaft an ihrem Ende, der so sehr einem Blitzableiter glich. Ein letztes NEIN!, das sich in die Ewigkeit hinzuziehen schien, entrang sich dem Engerling, als blaues Feuer – ein Geschenk eines anderen Heiligen, Elmo – über die Haut des Untiers, von der Schnauze bis zur Schwanzspitze, tanzte.

Und mit einem Geräusch wie der Weltuntergang explodierte der Grüne Drache.

VIII

Ein Beben erschütterte den Hügel, rollte bis in die Stadt hinunter. Der Zauberbann erzitterte und brach, und die gesamte menschliche und tierische Einwohnerschaft Ithacas zuckte, seufzte und entspannte sich in einem natürlicheren Schlaf. In der Welt der Wachenden verloren Rasferrets Soldaten schlagartig all ihren Kampfesmut und ergriffen kreischend die Flucht vor den überlebenden Kobolden.

In der offenen Glockenstube des McGraw-Turms stand Zephyr neben den Leichen des halben Dutzend Ratten, die zu ihr hinaufgefunden hatten; sie sah, wie der Drache zerbarst, und ihr Jubel über sein Ende mischte sich mit ihrem Angstschrei, als George im Explosionsblitz verschwand. Doch in diesem Augenblick erklang hinter ihr ein anderes Geräusch. Sie fuhr herum, auf einen neuen Angreifer gefaßt ... und riß sprachlos die Augen auf, als eine dunkle Raute aus dem Nebel angeflogen kam und in der Mitte der Glockenstube eine Bruchlandung machte.

Mit steifgefochtenem Arm senkte Zephyr das Schwert. Der Nebel löste sich mehr und mehr auf, und voller Neugierde musterte sie in der zunehmenden Helligkeit diesen zweiten, wunderbarerweise ungerösteten Drachen. Er zitterte hier und da, und plötzlich hob sich eine Ecke, und Puck kroch zerzaust darunter hervor.

»Halli hallo, Zeph«, begrüßte er sie verlegen lächelnd. »Wie läuft's denn so?«

IX

Schwelende Stücke des Drachen lagen überall auf dem Quad herum, Rauchschwaden stiegen in den Wind. Nahe dem Zentrum der Explosion brannte ein heißes, in einzelne Brände zerfallendes Feuer, und genau inmitten dieses Infernos war George, halb bewußtlos von der Detonation, zu Boden gefallen. Er spürte die Hitze um sich herum, versuchte benommen, in Sicherheit zu kriechen; schaffte es gerade, sich von den Überresten der Drachenpranke zu befreien, die ihn festgehalten hatte, aber mehr nicht. Seine Kraft war restlos verbraucht. Er brach zusammen und versank in tiefe Ohnmacht, während der Rauch sich dichter und dichter um ihn zusammenzog.

Dann kam Luther angerannt. Erschrocken bellend, bahnte er sich einen Weg zwischen den brennenden Trümmern, schlabberte George wieder zu Bewußtsein und durchnäßte sein Gesicht, bis er den Kopf etwas hob und ihn schüttelte. Trotz des beißenden Rauchgestanks konnte Luther noch immer den Duft an ihm wahrnehmen, den Himmelsduft von Hügeln und Regen.

Er packte Georges Arm fest mit den Zähnen und machte sich daran, dem Geschichtenerzähler wieder einmal aus der Patsche zu helfen.

X

»Ende«, verkündete Mr. Sunshine und rieb sich zufrieden die Hände. »Oder fast.« Er blickte über den Quad hinweg zur fernen Statue und zwinkerte. »Hatt ich dir nicht gesagt, daß es eine schöne Geschichte werden würde, Ezra? Jetzt muß ich hier nur noch ein bißchen aufräumen, und dann, denk ich, werd ich mal nachsehen, was der Dritte Weltkrieg macht...«

Es war früh am Morgen des nächsten Tages, als die Stadt Ithaca ihren Bezug zur Wirklichkeit vollständig wiederherstellte und aufs neue zu einem normalen Teil der Welt wurde – wie normal diese auch immer sein mag. Einer nach dem anderen wachten die Bürger auf und wußten – wie eine Katze, die geträumt hat – nichts mehr von den Ereignissen des Vortags. Auch wenn manche den Verdacht nicht loswurden, daß sich etwas Bedeutsames zugetragen haben mußte, lagen keinerlei konkrete Indizien vor, die ihnen etwelche Rückschlüsse ermöglicht hätten. Nattie Hollister und Sam Doubleday beispielsweise schreckten, ziemlich steif, aber unversehrt, um neun Uhr auf dem Vordersitz ihres unbeschädigten Streifenwagens aus dem Schlaf auf und fragten sich, warum sie in aller Welt ausgerechnet vor dem Kifferbedarfladen auf der State Street parkten. Zehn Meter weiter, am Anfang des Commons, waren die Überreste der Gummimaid und des Wolfshundes vom zurückweichenden Nebel weggefegt und mitgenommen worden. Ragnarök schlug die Augen in seinem dunklen, nicht demolierten Haus auf und fragte sich, wie und wann er sich seine linke Hand verstaucht haben konnte. Und Jack Baron… nun ja, die Umstände *seines* Erwachens waren etwas peinlicher Natur; genüge es, hier zu sagen, daß er sich fragte, wo seine Kleider hingeraten sein mochten.

Die Stadt erwachte; doch als allererste, vor allen anderen und selbst noch vor der Morgenröte, war eine blaßwangige Prinzessin auf den Beinen. Als die Sonne im Osten aufging, stand sie auf dem Gipfel des Hügels und schien den neuen Tag über den Horizont zu führen, und das Krankenhausnachthemd, mit dem sie bekleidet war, strahlte wie das schönste Gewand im rosigen Licht der Frühe.

Sie überquerte den Arts Quad und erhellte ihn dabei, erhellte die aschgrauen Trümmer des Drachen, die auf der ansonsten unversehrten Kuppe des Hügels verstreut herumlagen. Überbleibsel der gestrigen Parade, nichts Besonderes… aber der Geschichtenerzähler war nicht da, er war noch ziemlich weit umhergeirrt, nachdem er dem Feuer entkommen war, also ging Aurora weiter und suchte ihn. Der junge Tag war warm und schön, frühsommerlich fast. Sie ging nordwärts den Libe Slope entlang, kam am Johnson-Museum vorbei, wo sie kurz stehenblieb, um dem Spiel der Glöckchen im Wind zu lauschen, und setzte dann ihren Weg fort, denselben Weg, der Prediger in den Tod geführt hatte. Doch an diesem Morgen war er ungefährlich, so ungefährlich wie ein Tagtraum.

Sie fand ihren Geliebten auf der Hängebrücke, ganz mit Ruß bedeckt und allem Anschein nach mehr tot als lebendig. Der Hund schlief zusammengerollt neben ihm, um den gütigen Herrn mit seiner Liebe und seinem Körper zu wärmen. Als Aurora näher kam, öffnete er die Augen, erkannte sie wieder und bellte ein freudiges Willkommen. Sie duftete jetzt ebenso stark wie der Geschichtenerzähler nach Himmel, und überzeugt, daß sie jetzt alles wieder ins Lot bringen würde, fing der Mischling an, wie ein junger Beagle herumzuhüpfen.

»Oh, George«, sagte Aurora. Sie kniete sich neben ihn und nahm seinen Kopf in den Schoß. »Armer George...« Er regte sich nicht, als sie ihn berührte; schien nicht einmal zu atmen.

Aurora machte sich deshalb allerdings keine Sorgen; sie wußte, was sie zu tun hatte.

»Weil ich dich liebe«, sagte sie – ein selbstverfaßter Zauberspruch – und küßte ihn. Ein leichtes Beben lief durch die Brücke, das auch Luther spürte. Aus tiefem Schlummer zurückgerufen, öffnete der Geschichtenerzähler die Augen, hob die Arme, um Aurora an sich zu drücken, und erwiderte den Kuß. Lange blieben sie so.

»Hurra!« rief Luther japsend und hüpfte in vollendeter Nachahmung Skippys herum. »Hurra! Hurra!«

Und als sei das Maß seines Glücks damit noch nicht voll, blickte er zum nahen Brückenkopf und sah etwas, das ihn beinahe umgehauen hätte. Die Leichen von Denmark und Roverdem-Ätzer waren ebenso wie die des Wolfshundes mit dem Nebel verschwunden, aber ein weiteres Tier, das von Rechts wegen hätte tot sein müssen, war dort aufgetaucht: mit schlammigem und strähnigem Fell, voller Narben und nach wie vor ohne Schwanz.

»BLACKJACK!« rief Luther und rannte, jetzt uneingeschränkter Seligkeit teilhaftig, dem auferstandenen Freund entgegen.

»Oh, Scheiße!« erwiderte der Manxkater, als Luther ihn mit einer Breitseite schlabbriger Hundeküsse zu Boden warf. »Scheiße, Mensch, kein Wasser mehr, Luther, bitte, *Luther*, bell doch nicht so laut, mir platzt gleich der Kopf, verdammt noch mal! Luther, könntest du *bitte damit aufhören*!«

Doch Luther konnte nicht, und Blackjack blieb nichts anderes übrig, als seine Zuneigung über sich ergehen zu lassen und wiederholte Male »Scheiße!« und »Sei so gut und verpiß dich!« auszurufen. Auf der Brücke dauerte die Umarmung des menschlichen Liebespaars fort, derweil die Sonne aufging und alle Kühle aus der Luft vertrieb.

»Mann«, flüsterte George. Er hatte keine Ahnung, wie es kam, daß er so früh am Morgen hier lag, während die frische Brise aus der Schlucht sein und Auroras Haar ineinander verwirrte, aber es war ohne Frage unwahrscheinlich toll. »Mann, was für ein Tag, um am Leben zu sein!«

Epilog

I

Der März wich dem April, und der April dem Mai. Am letzten Tag des Monats wurde Aurora Borealis Smith zusammen mit zwei Dutzend Bohemiern und mehreren Tausend normaleren Menschen von der Cornell University mit einem Abschlußdiplom ins Leben entlassen. George wohnte der Feierlichkeit bei: er war kein Campusschreiber mehr, sondern wieder sein eigener Herr; er würde mit seiner Dame nach Westen ziehen, wo die beiden – früher oder später – eine Hochzeit erwartete und was immer danach kommen mochte.

Bei den Hunden ging die Abschlußfeier nicht ganz so glatt vonstatten. Die Spannungen im Zusammenhang mit der Vierten Frage Höchster Weisheit – und anderen damit verbundenen Themenkomplexen – waren an einem kritischen Punkt angelangt, aber die Mischlinge des Hügels hatten noch immer einen langen Kreuzzug vor sich, einen Kampf, der noch viele Jahre andauern würde. Luther und Blackjack würden viel davon miterleben, denn sie blieben in Ithaca bis ans Ende ihrer Tage; sie lebten lange und – dank gelegentlich geklauter Hühnchen – ziemlich gut, wenngleich Blackjack sich nie so recht an den ewigen Regen gewöhnte.

Die Bohemier zerstreuten sich in alle Winde, um ihr jeweiliges Glück zu suchen. Löwenherz und Myoko fuhren nach Europa, um eine Dynastie zu gründen; Z. Z. Top endete als Schafscherer in Feuerland, und die Geschichte, wie es ihn dorthin verschlug, stellt allein ein mittleres Epos dar. Endlich, wenn auch unerklärlicherweise, von der Last seiner Vergangenheit befreit, streifte Ragnarök noch eine Weile umher und ließ sich schließlich im Mittleren Westen nieder. Er und Jinsei blieben ihr Leben lang Freunde.

Gegen Ende August dieses denkwürdigen Jahres, in einer besonders heißen Nacht, brannte das Rho-Alpha-Tau-Gebäude, wie der Drache vor ihm, restlos nieder. Es war kein Zufall, daß der für das Feuer verantwortliche Korpsbruder (er war bei brennender Kerzenbeleuchtung an einem Tisch voller Zeitungen eingenickt) die nötige Bettschwere mittels ein paar Flaschen Retsina erzielt hatte; auch nicht, daß so viele von den Alphataulern, nunmehr obdachlos und vom strengen Auge eines Untersuchungsausschusses des Cornellschen Verbindungsrates unter die Lupe genommen, ein böses Ende fanden. Jack Baron bildete diesbezüglich höchstens insofern eine Ausnahme, als die Abrechnung in seinem Fall besonders abrupt erfolgte: Er wurde eines Abends einfach aus dem Strom der Weltgeschichte herausgerissen – wie eine Figur, die auf den letzten Seiten eines Romans weglektoriert wird. Er hinterließ keine Lücke.

Die Kobolde lebten weiter im Verborgenen, wie sie es schon immer getan hatten, halfen der Universitätsverwaltung, ihre Akten in Ordnung zu halten, und sorgten dafür, daß Ehemalige ihre Aufforderung, Studiendarlehen zurückzuzahlen, pünktlich erhielten. Zephyrs und Pucks Liebesgeschichte glich auch weiterhin in vielem einer Achterbahnfahrt, und es könnten noch viele Geschichten über die beiden erzählt werden; möge es einstweilen genügen, zu sagen, daß sie zwar keinen Krieg mehr erlebten, wohl aber nicht wenige Scharmützel.

Und Rasferret der Engerling? Wer weiß? Vielleicht löste er sich in Nichts auf, als der Drache besiegt wurde; vielleicht floh er und verbrachte, aller Zauberkraft beraubt, den Rest seines elenden Lebens irgendwo an einem einsamen Ort. Soviel ist sicher, daß auf dem Hügel nie wieder weder etwas von ihm gesehen noch gehört wurde, und das war, zumindest was das Kleine Volk anging, das einzig Wichtige.

II

An einem windstillen Sommertag eines unbestimmten Jahres, mehr als ein Jahrhundert nach der Gründung von Cornell, erklomm ein Mann, der vom Lügen lebte, den Hügel, um einen letzten Drachen steigen zu lassen. Er war ein (selbst für einen professionellen Lügner) erstaunlich reicher junger Mann, und die Frau, die ihn den Libe Slope hinaufbegleitete, war die vollkommenste Gefährtin, die er sich nur hätte erträumen können.

Der Mann und die Frau setzten sich auf dem Arts Quad ins

Gras und bauten gemeinsam den Drachen zusammen; er war rautenförmig, weiß mit einem roten Kreuz, und in der Mitte war eine Tarotkarte abgebildet. Die Karte stellte einen Mann dar, der am Rand eines Abgrunds stand; seine Augen waren gen Himmel gerichtet, und zu seinen Füßen bellte ein schwarzweißer Hund, der eine große Ähnlichkeit mit dem Mischling aufwies, der in diesem Augenblick freudige Kreise um die zwei Menschen zog. Am unteren Rand der Spielkarte stand ihr Name: DER NARR. Alles in allem sah das recht schön aus.

Als der Drachen fertig zusammengebaut war, hob der Mann ihn auf. Der kleine Hund japste erwartungsvoll, und ein Bernhardiner, der in einer anderen Ecke des Quads faulenzte, sah mit etwas mehr Contenance herüber.

Der Mann blickte konzentriert in den Himmel, als suchte er dort nach einem vertrauten Gesicht. Den Drachen in der einen und eine Rolle starken Garns in der anderen Hand, begann er sich auf der Stelle zu drehen – erst nach Westen, dann nach Norden, dann nach Osten, dann nach Süden. Dreimal drehte er sich so im Kreis, unentwegt lächelnd, als wirkte er einen ebenso amüsanten wie machtvollen Zauber.

Er blieb stehen und blickte dem Himmel noch einmal tief ins Auge. »Na komm«, lockte er leise, während die Frau die Worte lautlos mitsprach, und der Wind kam. Er wehte von Osten her, wo er die ganze Zeit gewartet hatte, und hob den Drachen mit unsichtbaren Händen empor.

Der kleine Hund kläffte jetzt wie verrückt, und sogar der Bernhardiner konnte sich eines Gebells nicht enthalten. Lächelnd bot der Mann der Frau die Drachenschnur an, und so hielten sie sie abwechselnd, mal sie, mal er, während der Narr höher und höher über den Hügel stieg, emporgetragen in einem rautenförmigen Käfig.

Der Wind wehte den ganzen Sommer über.

Ithaca / New York City
Mai 1985 – April 1987